CUENTOS CASAENRAMA presenta con orgullo

HOMBRE PERRO
HISTORIA DE DOS GATITOS

ESCRITO E ILUSTRADO POR DAV PILKEY
COMO JORGE BETANZOS Y BERTO HENARES
CON COLOR DE JOSE GARIBALDI

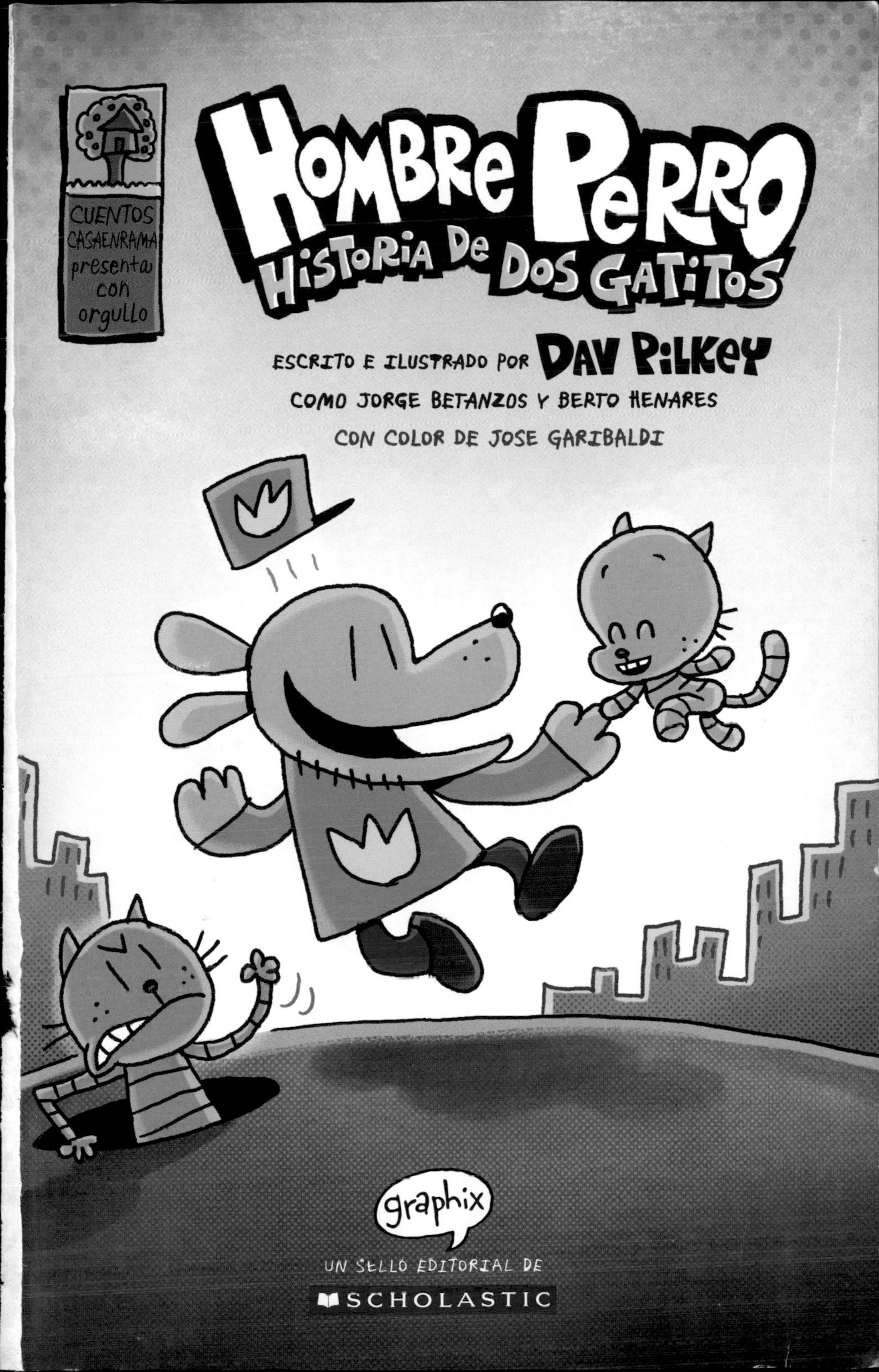

graphix
UN SELLO EDITORIAL DE
SCHOLASTIC

¡ESTE ES PARA TI, SR. ROBINSON! (GRACIAS, DICK.)

Gracias a Charles Dickens, cuyas novelas, especialmente Historia de dos ciudades, todavía captan la atención de los lectores de hoy en día.

Originally published in English as Dog Man: A Tale of Two Kitties

Translated by Nuria Molinero

ISBN 978-1-338-27770-8

10 9 8 7 6 5 4 3 2 1   18 19 20 21 22

Printed in China   62
First Spanish printing, September 2018

Original edition edited by Anamika Bhatnagar
Book design by Dav Pilkey and Phil Falco
Color by Jose Garibaldi
Creative Director: David Saylor

Capítulos

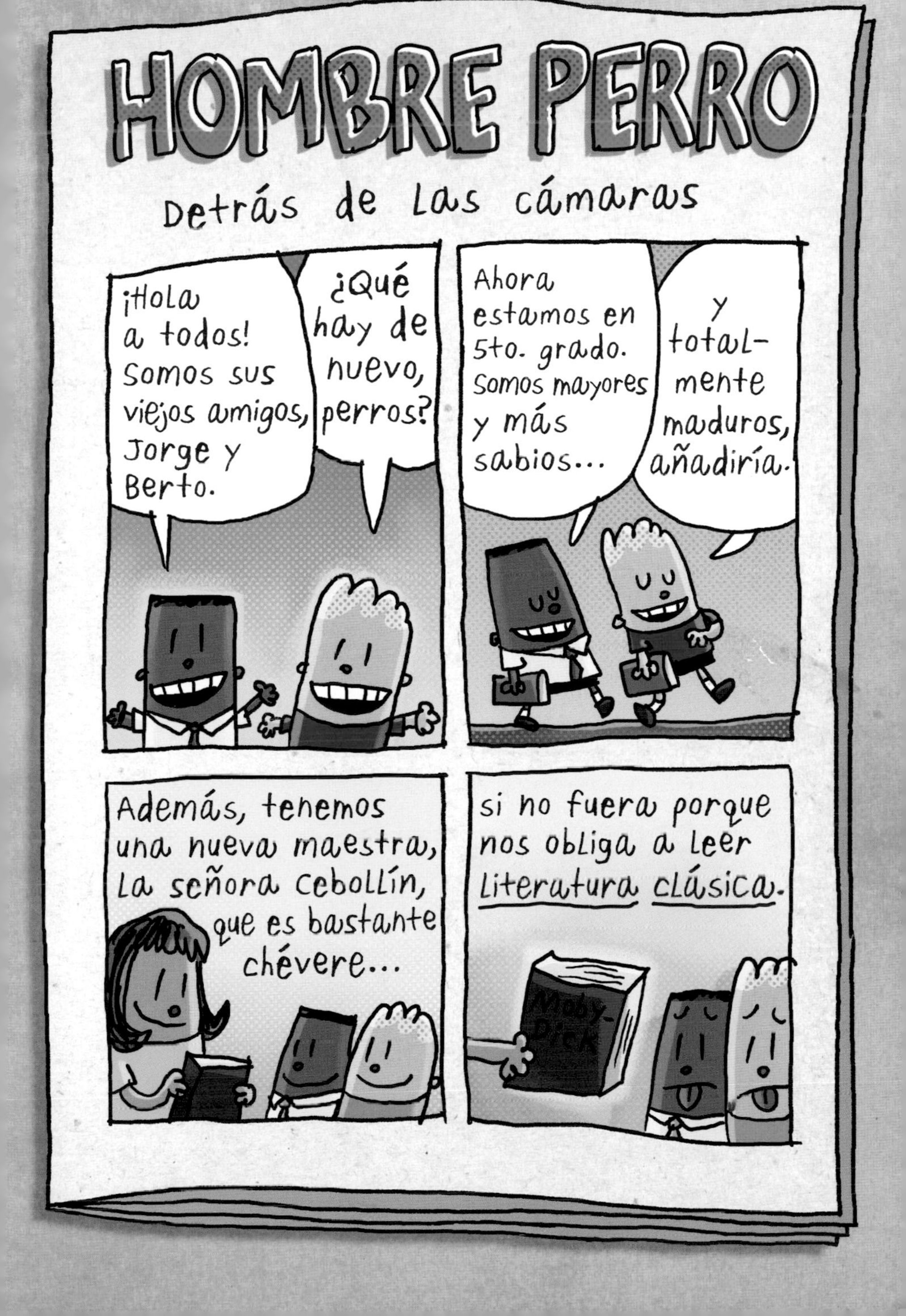
HOMBRE PERRO
Detrás de las cámaras
¡Hola a todos! Somos sus viejos amigos, Jorge y Berto.
¿Qué hay de nuevo, perros?
Ahora estamos en 5to. grado. Somos mayores y más sabios...
Y totalmente maduros, añadiría.
Además, tenemos una nueva maestra, la señora Cebollín, que es bastante chévere...
si no fuera porque nos obliga a leer literatura clásica.
Moby-Dick

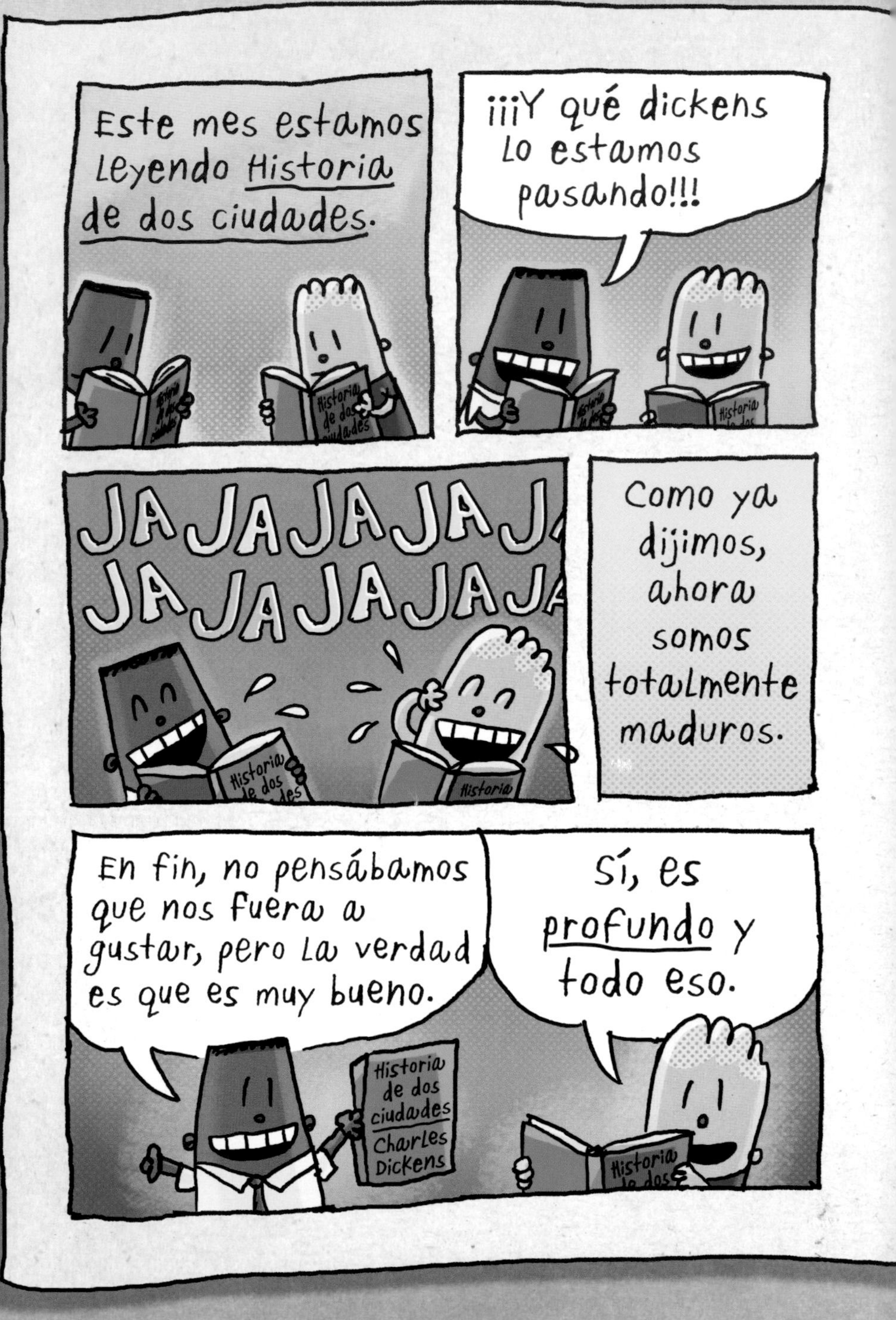
Este mes estamos leyendo Historia de dos ciudades.
Historia de dos ciudades
¡¡¡Y qué dickens lo estamos pasando!!!
JAJAJAJAJA JAJAJAJAJA
Historia de dos
Historia
Como ya dijimos, ahora somos totalmente maduros.
En fin, no pensábamos que nos fuera a gustar, pero la verdad es que es muy bueno.
Sí, es profundo y todo eso.
Historia de dos ciudades
Charles Dickens
Historia de dos

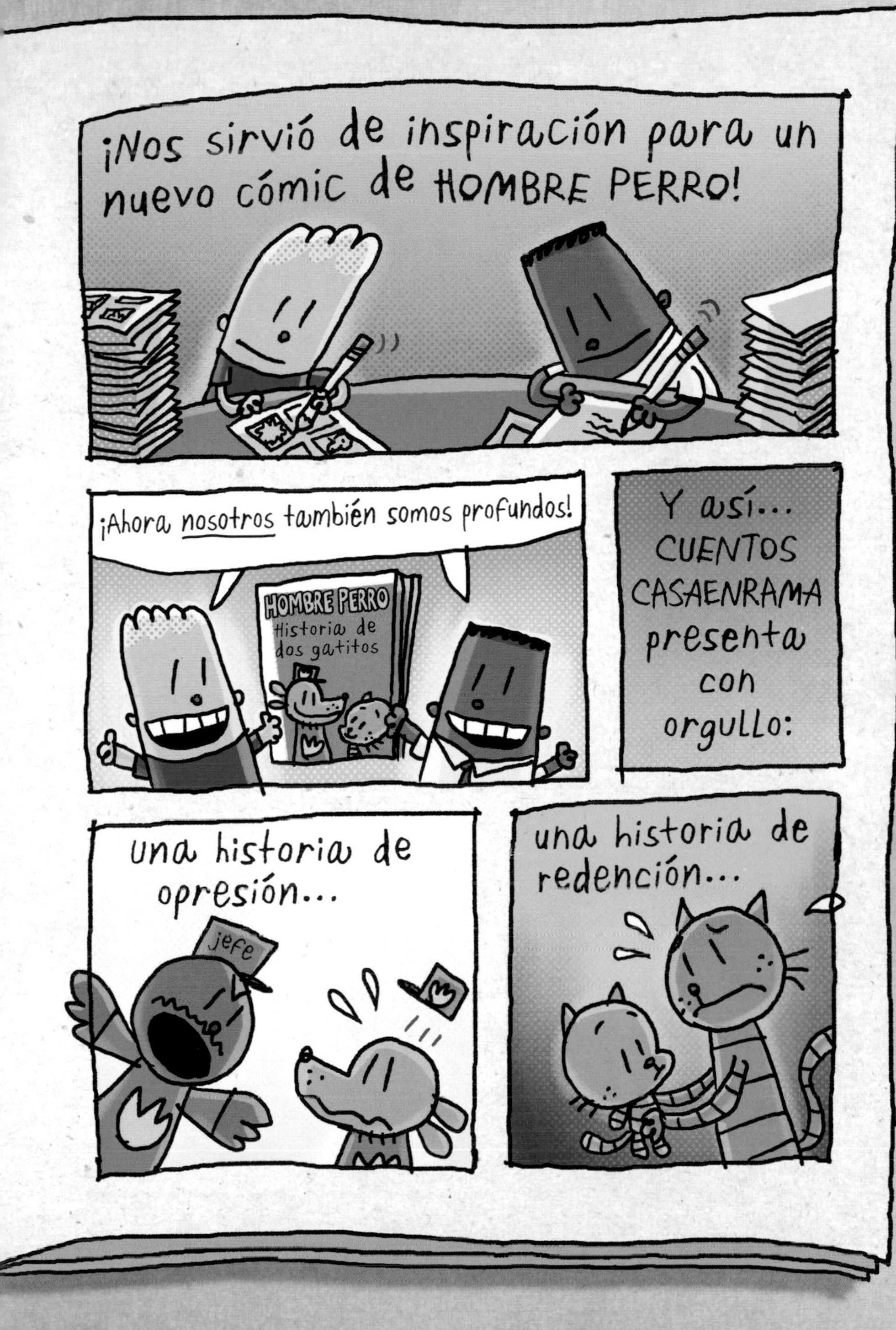
¡Nos sirvió de inspiración para un nuevo cómic de HOMBRE PERRO!
¡Ahora nosotros también somos profundos!
HOMBRE PERRO
Historia de dos gatitos
Y así... CUENTOS CASAENRAMA presenta con orgullo:
una historia de opresión...
jefe
una historia de redención...

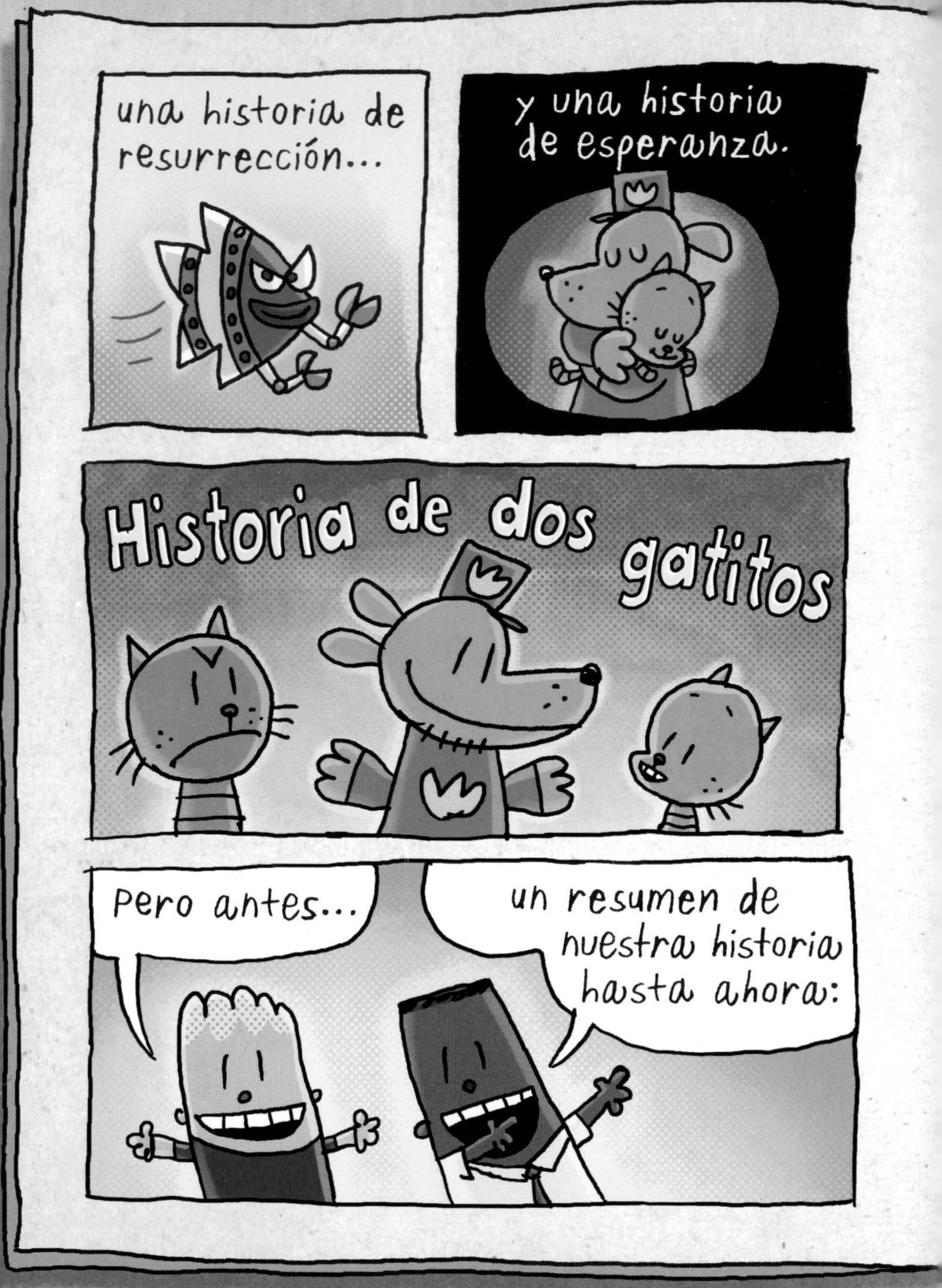
una historia de resurrección...
y una historia de esperanza.
Historia de dos gatitos
Pero antes...
un resumen de nuestra historia hasta ahora:

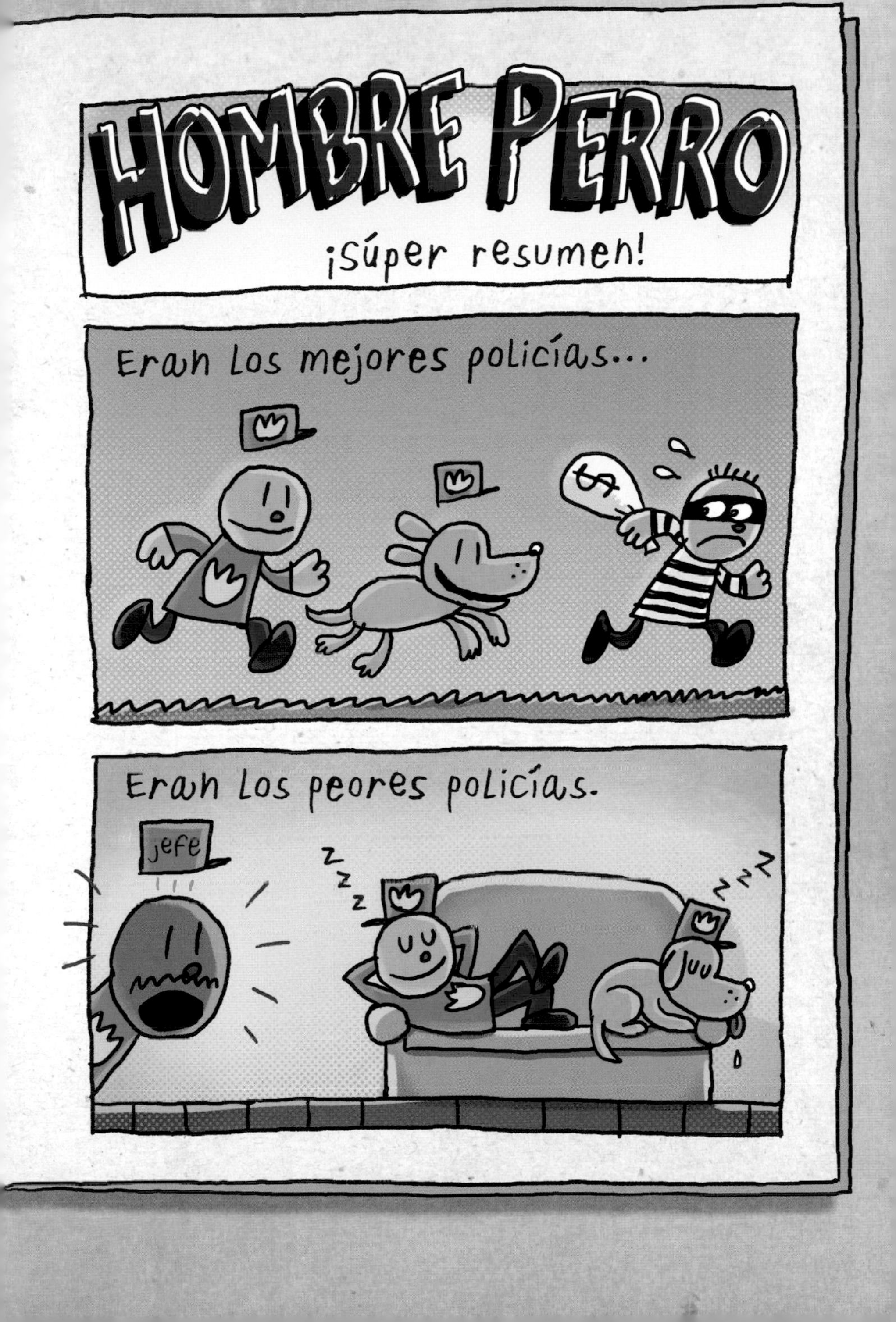
HOMBRE PERRO
¡Súper resumen!
Eran los mejores policías...
Eran los peores policías.
jefe
Z Z Z
Z Z Z

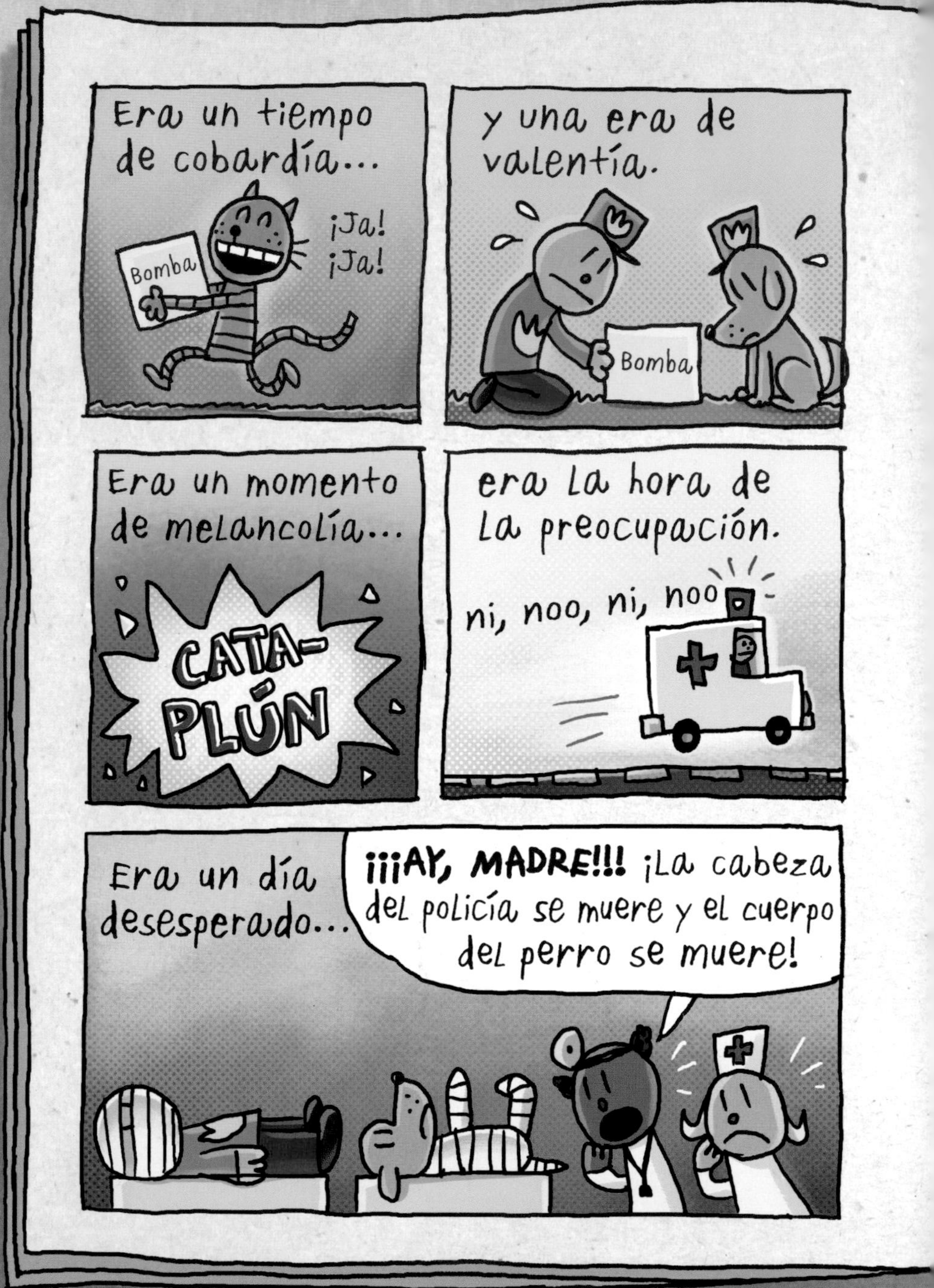

Era un tiempo de cobardía...
Bomba
¡Ja! ¡Ja!
y una era de valentía.
Bomba
Era un momento de melancolía...
CATA-PLÚN
era la hora de la preocupación.
ni, noo, ni, noo
Era un día desesperado...
¡¡¡AY, MADRE!!! ¡La cabeza del policía se muere y el cuerpo del perro se muere!

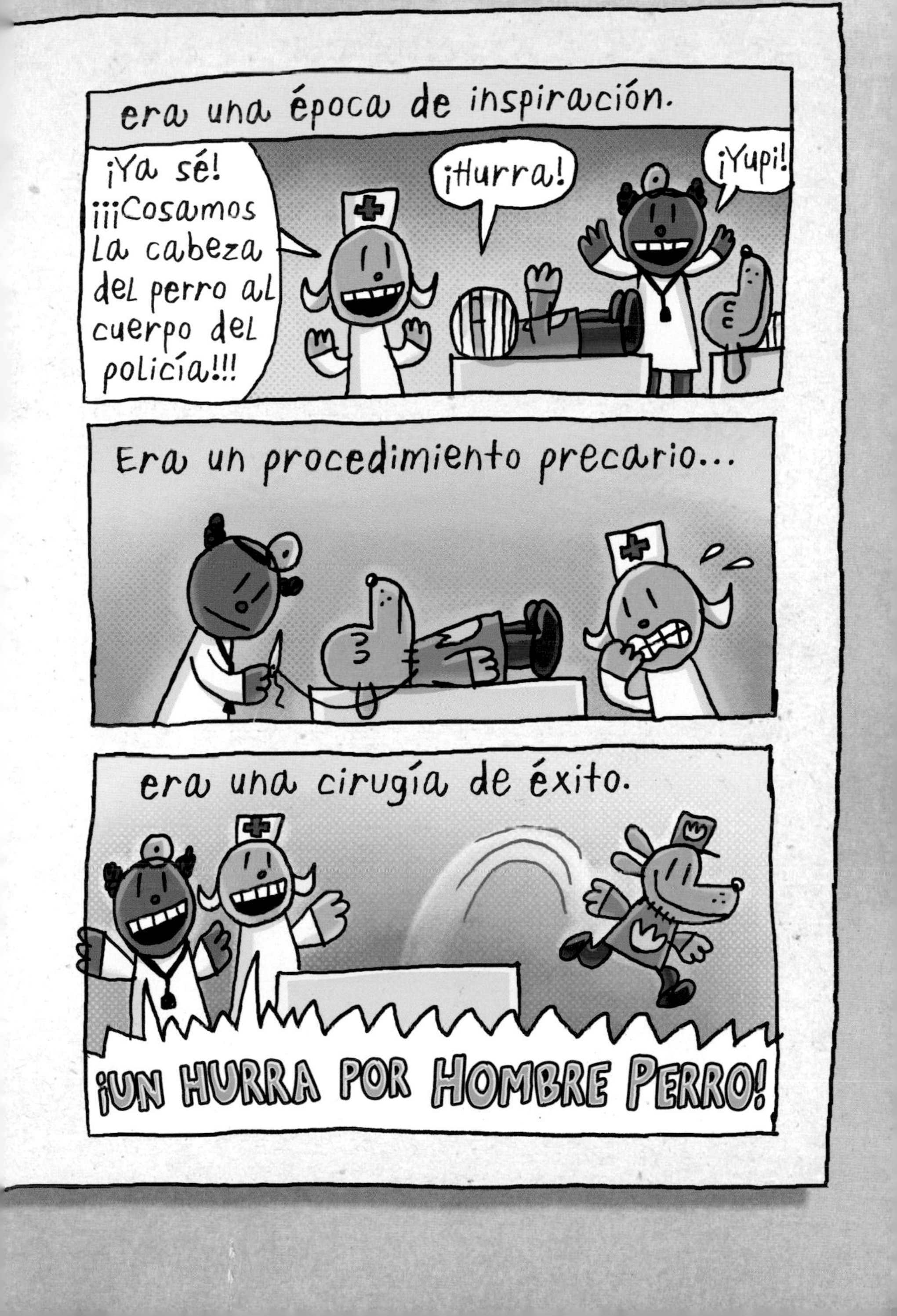
era una época de inspiración.
¡Ya sé! ¡¡¡Cosamos la cabeza del perro al cuerpo del policía!!!
¡Hurra!
¡Yupi!
Era un procedimiento precario...
era una cirugía de éxito.
¡UN HURRA POR HOMBRE PERRO!

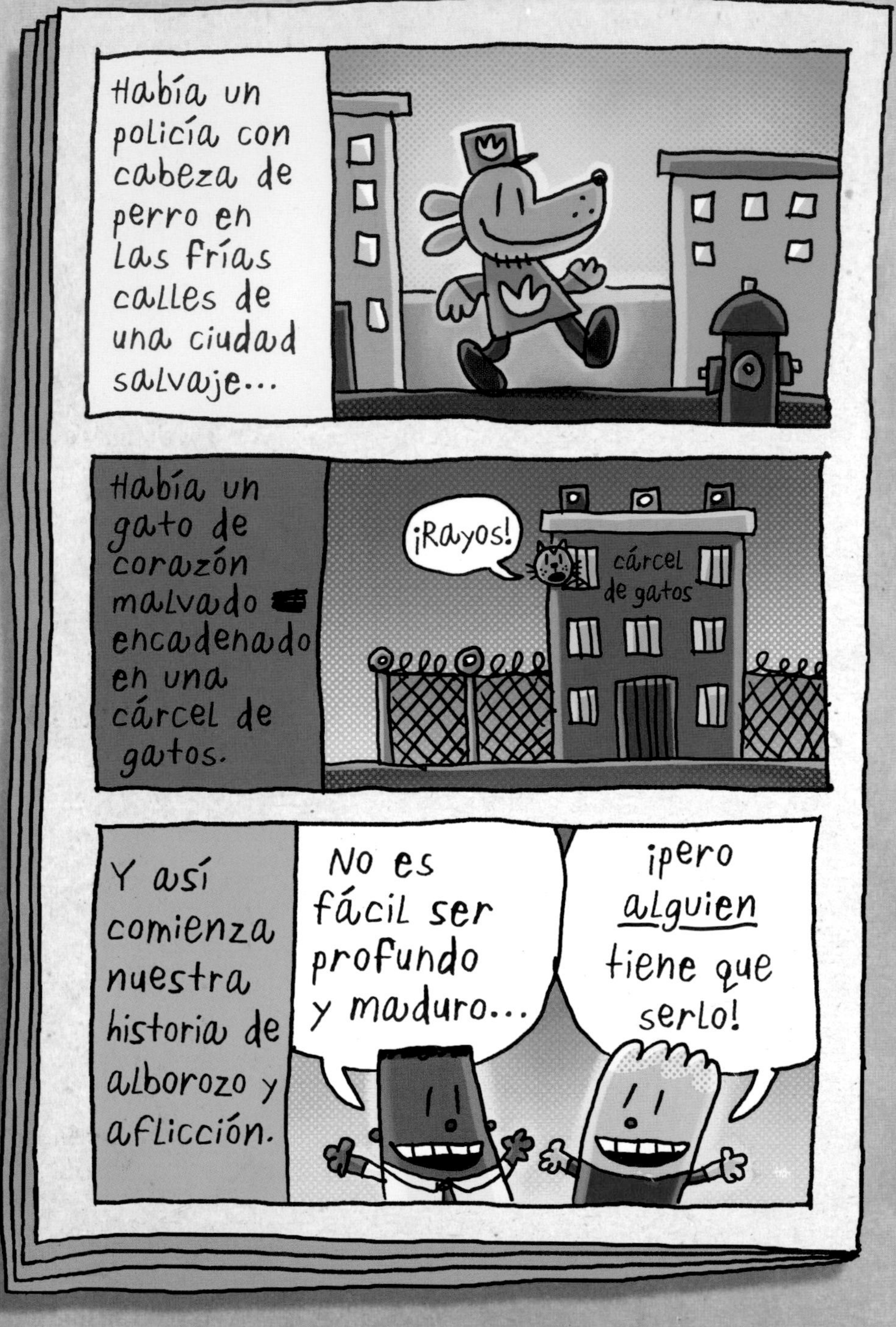

Había un policía con cabeza de perro en las frías calles de una ciudad salvaje...
Había un gato de corazón malvado [redacted] encadenado en una cárcel de gatos.
¡Rayos!
cárcel de gatos
Y así comienza nuestra historia de alborozo y aflicción.
No es fácil ser profundo y maduro...
¡pero alguien tiene que serlo!

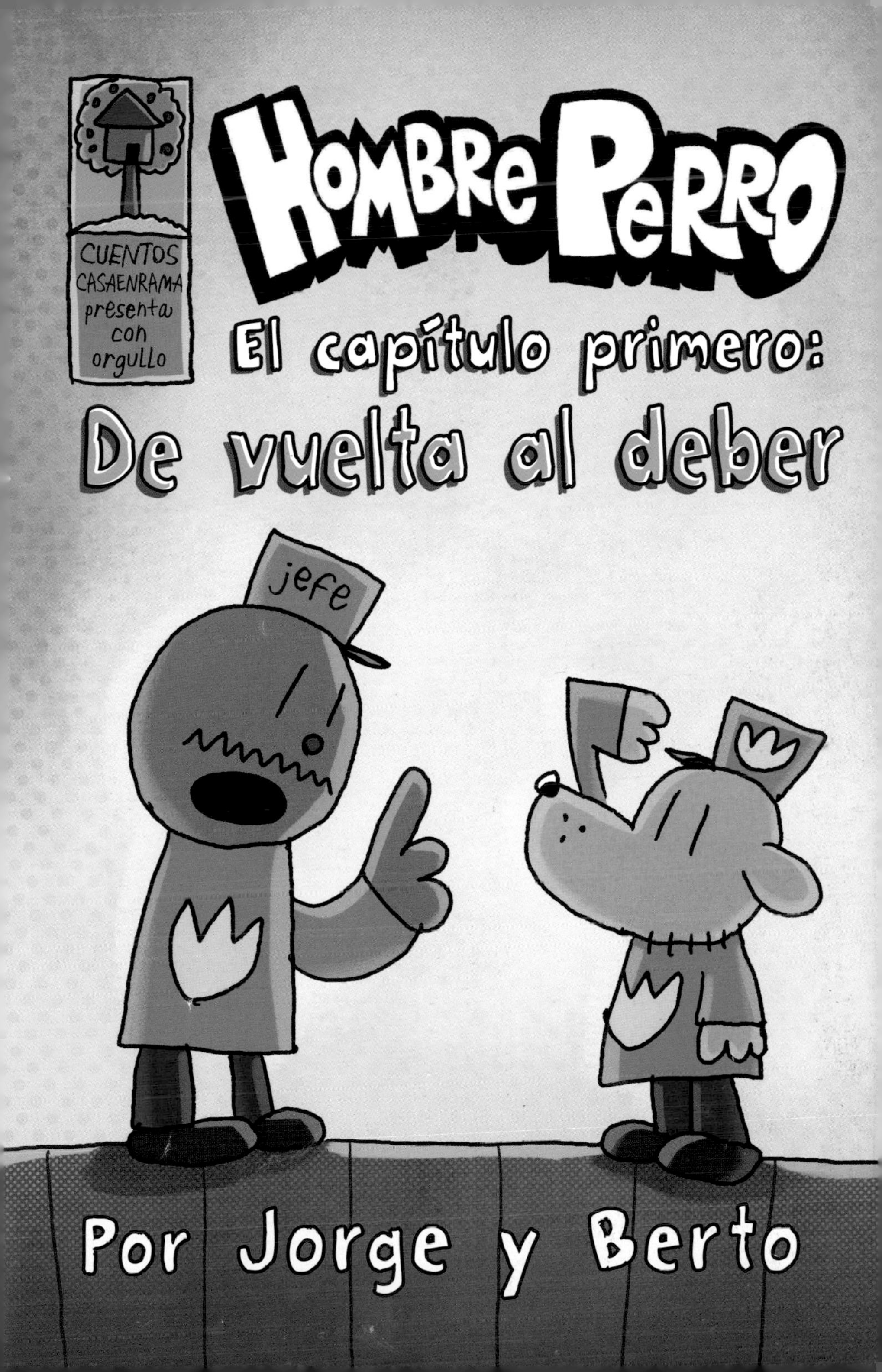
CUENTOS CASAENRAMA presenta con orgullo
HOMBRE PERRO
El capítulo primero:
De vuelta al deber
jefe
Por Jorge y Berto

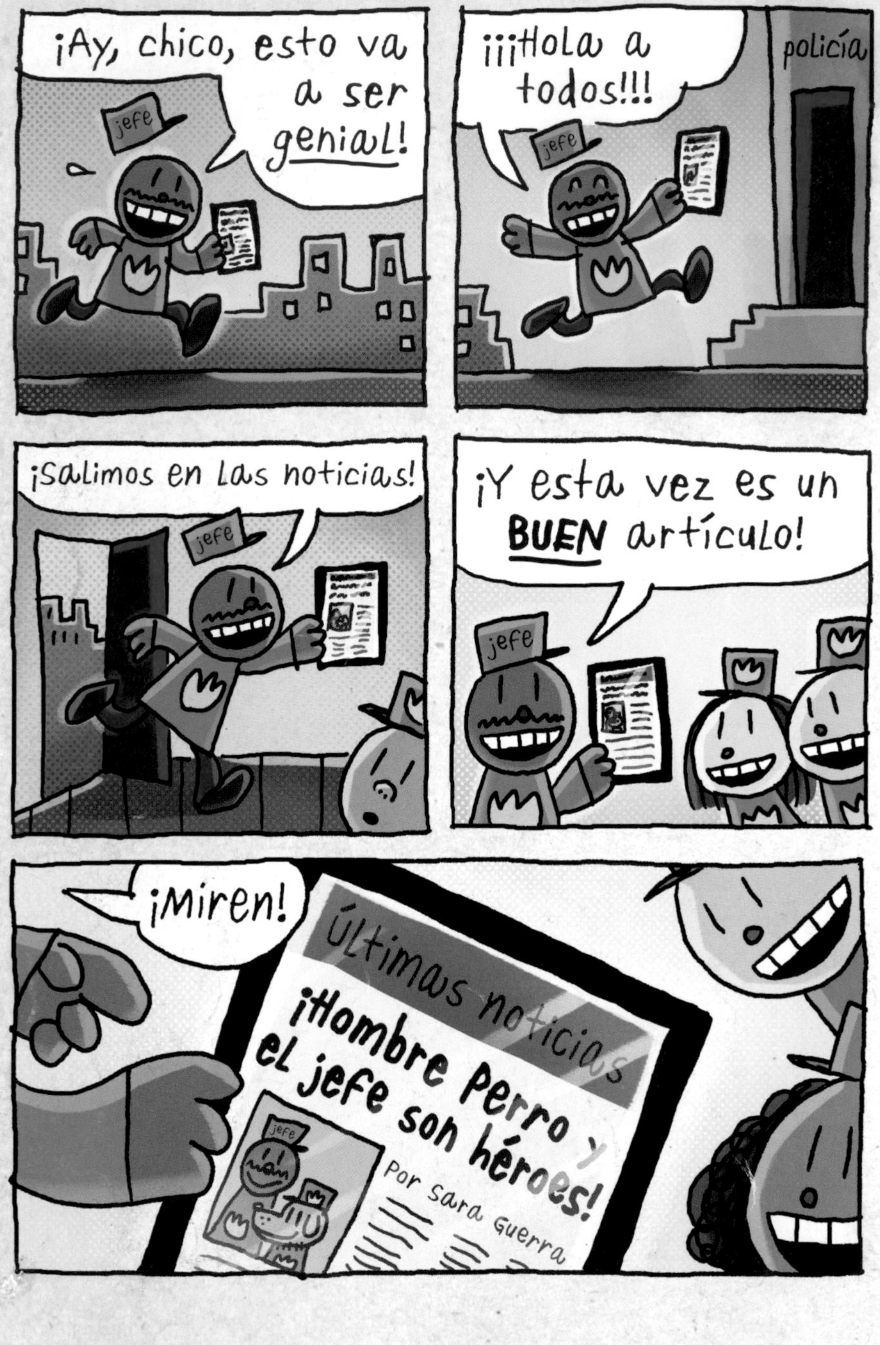
¡Ay, chico, esto va a ser genial!
jefe
¡¡¡Hola a todos!!!
policía
¡Salimos en las noticias!
¡Y esta vez es un BUEN artículo!
¡Miren!
Últimas noticias
¡Hombre Perro y el jefe son héroes!
Por Sara Guerra

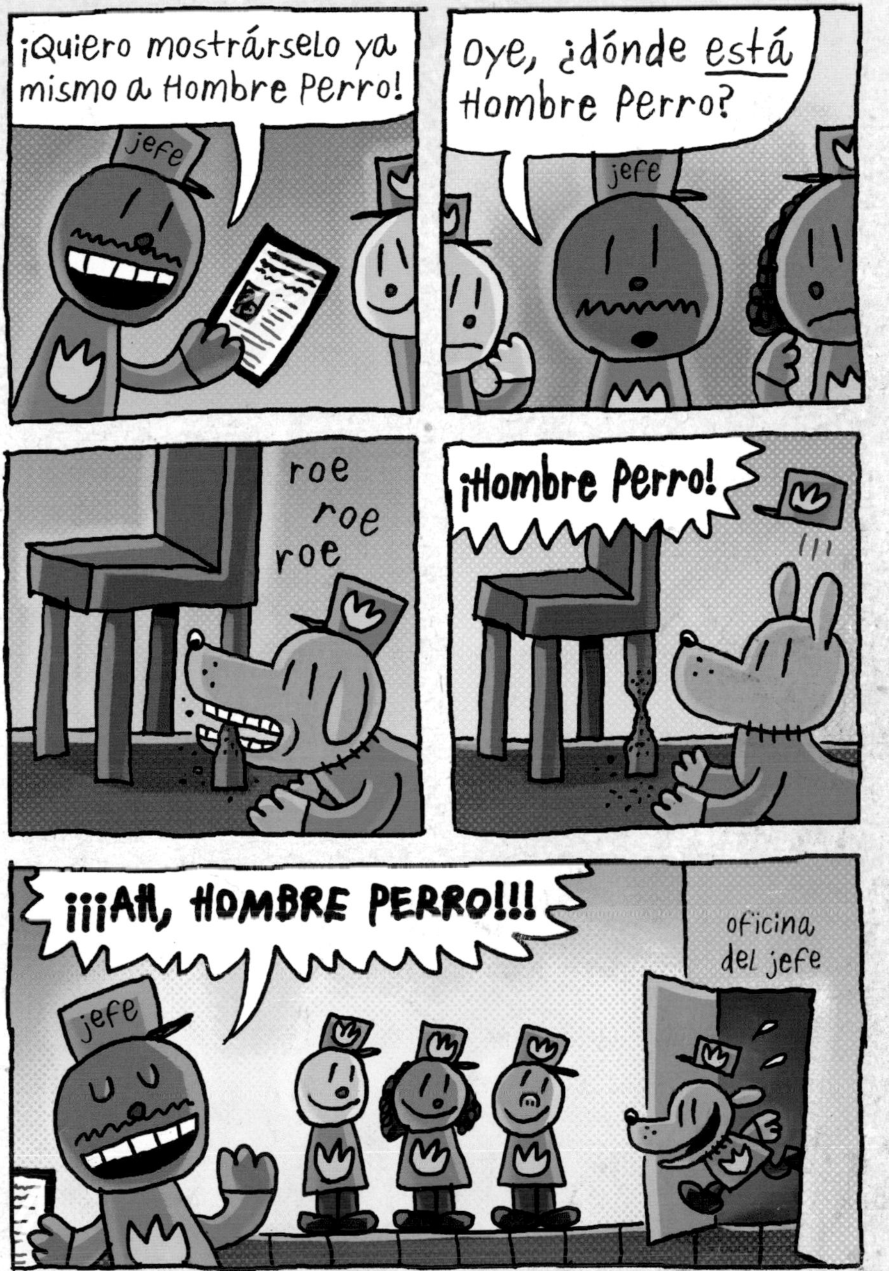
¡Quiero mostrárselo ya mismo a Hombre Perro!
Oye, ¿dónde está Hombre Perro?
jefe
roe
roe
roe
¡Hombre Perro!
¡¡¡AH, HOMBRE PERRO!!!
jefe
oficina del jefe

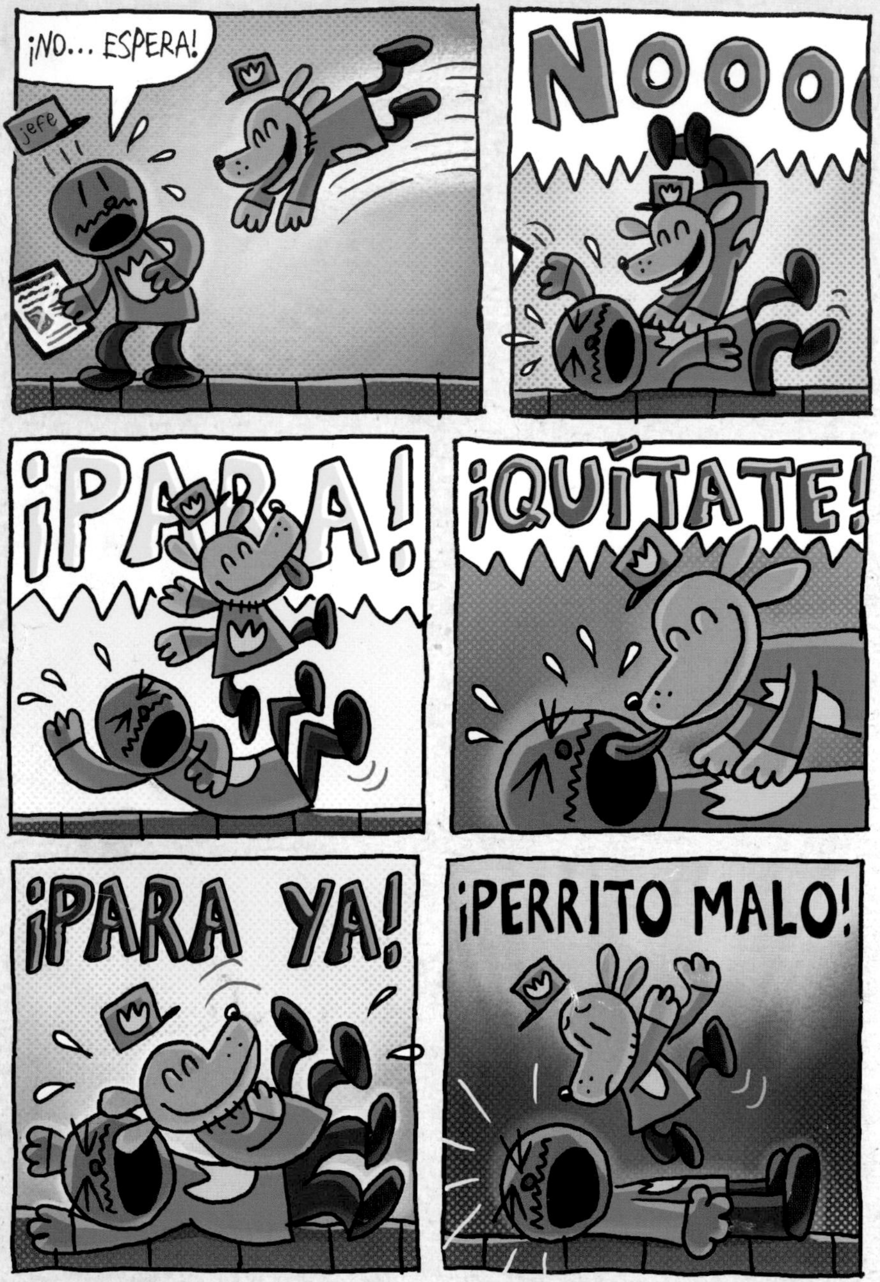
¡NO... ESPERA!
jefe
NOOOO
¡PARA!
¡QUÍTATE!
¡PARA YA!
¡PERRITO MALO!

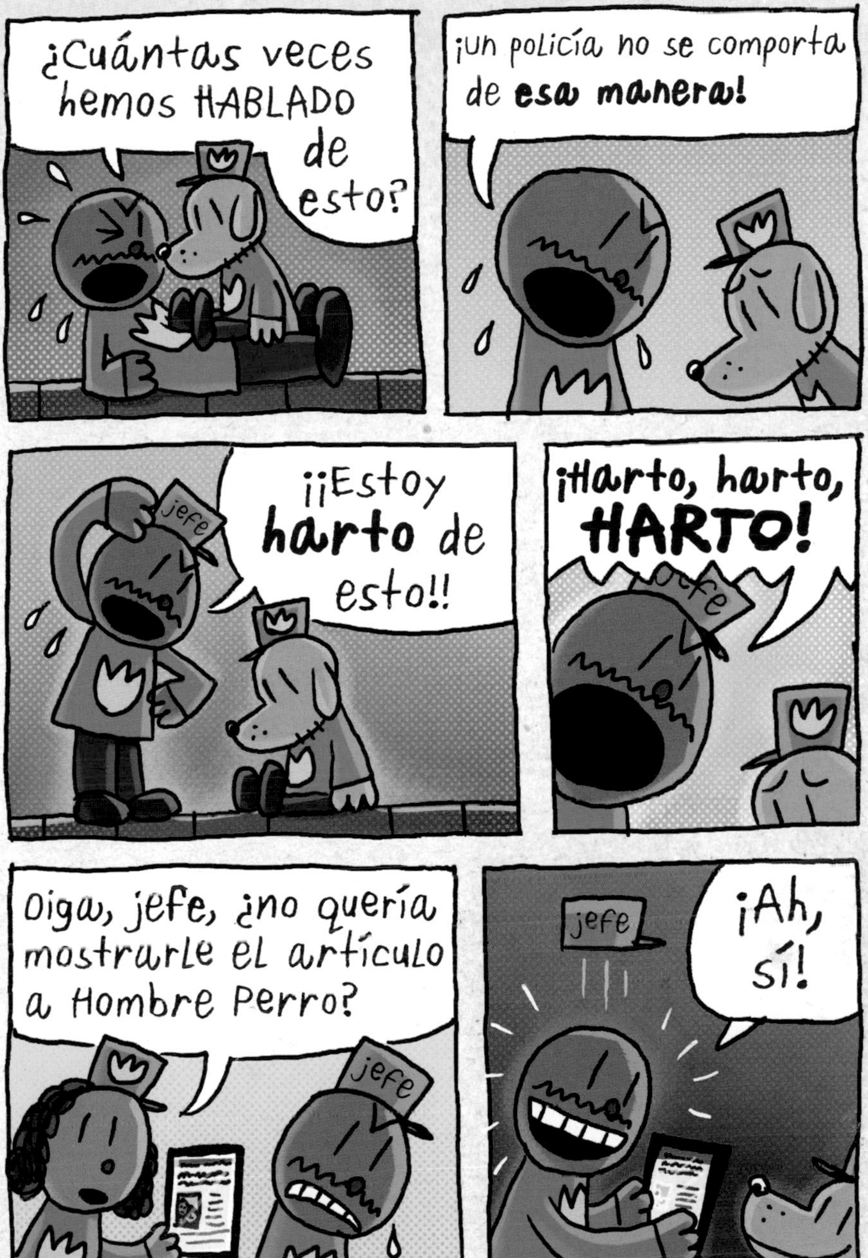
¿Cuántas veces hemos HABLADO de esto?
¡Un policía no se comporta de **esa manera**!
¡¡Estoy **harto** de esto!!
jefe
¡Harto, harto, **HARTO!**
jefe
Oiga, jefe, ¿no quería mostrarle el artículo a Hombre Perro?
jefe
jefe
¡Ah, sí!

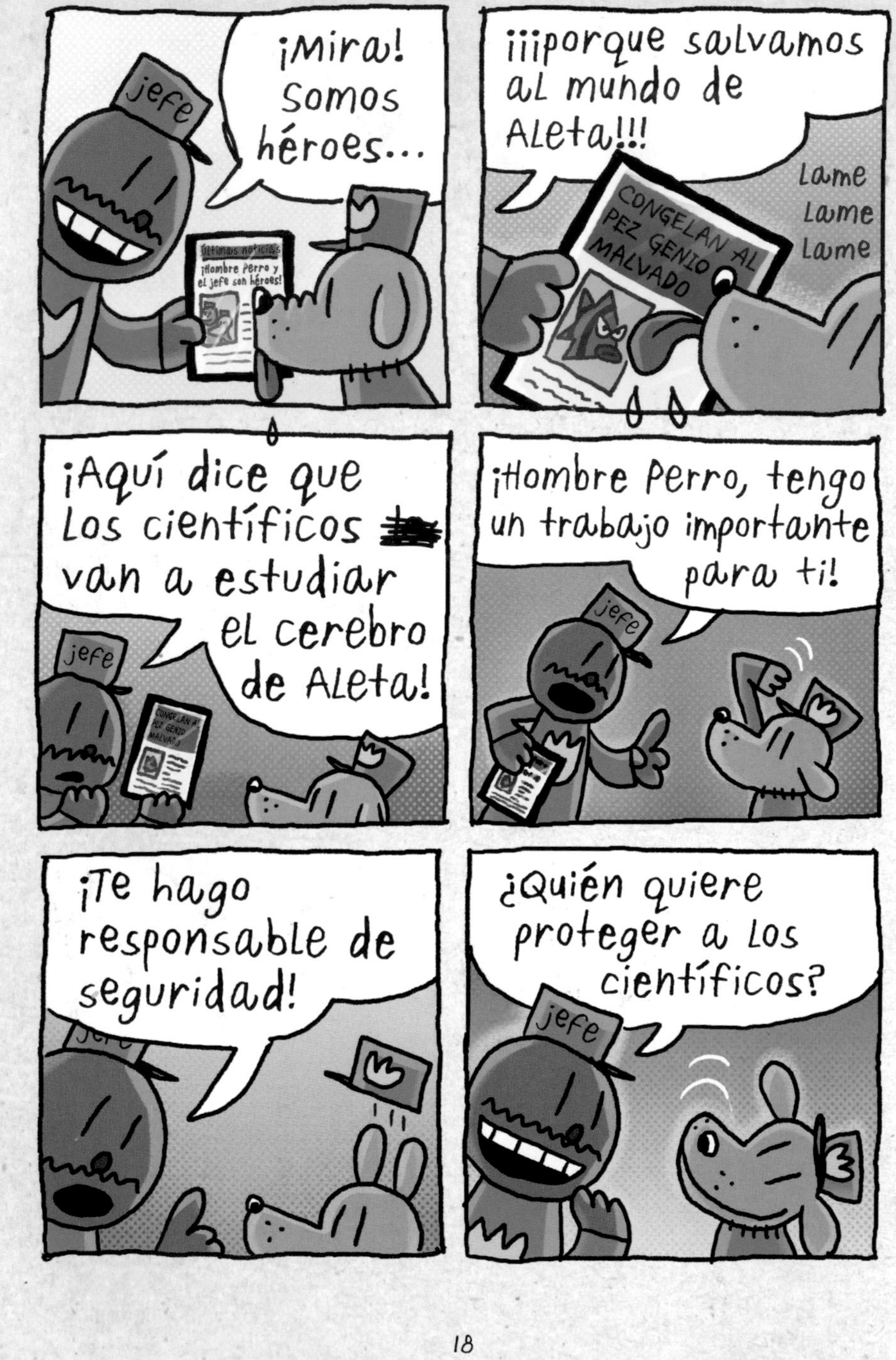
¡Mira! Somos héroes...
jefe
Últimas noticias
¡Hombre Perro y el jefe son héroes!
¡¡¡porque salvamos al mundo de Aleta!!!
CONGELAN AL PEZ GENIO MALVADO
Lame
Lame
Lame
¡Aquí dice que los científicos van a estudiar el cerebro de Aleta!
jefe
CONGELAN AL PEZ GENIO MALVADO
¡Hombre Perro, tengo un trabajo importante para ti!
jefe
¡Te hago responsable de seguridad!
¿Quién quiere proteger a los científicos?
jefe

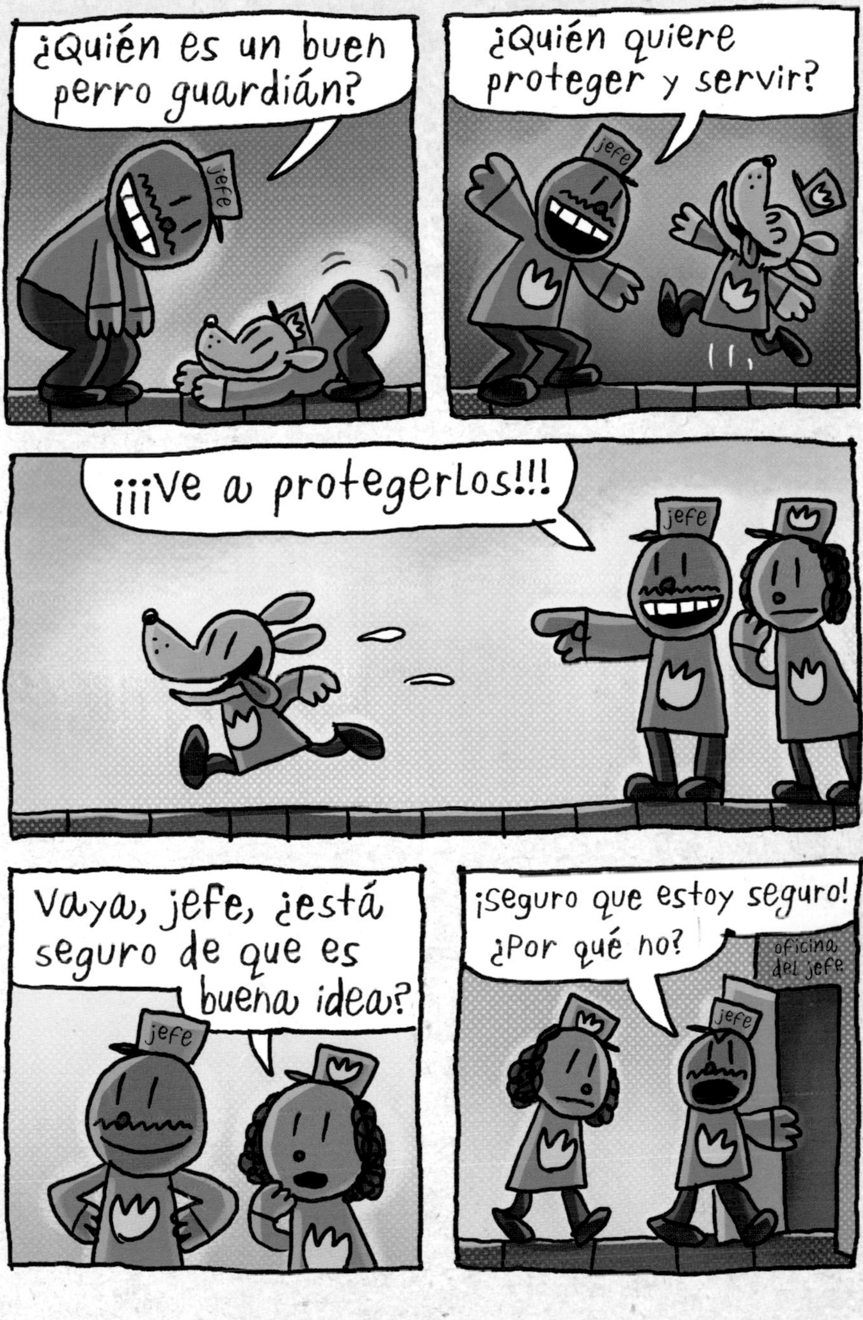
¿Quién es un buen perro guardián?
jefe
¿Quién quiere proteger y servir?
jefe
¡¡¡Ve a protegerlos!!!
jefe
Vaya, jefe, ¿está seguro de que es buena idea?
jefe
¡Seguro que estoy seguro!
¿Por qué no?
oficina del jefe
jefe

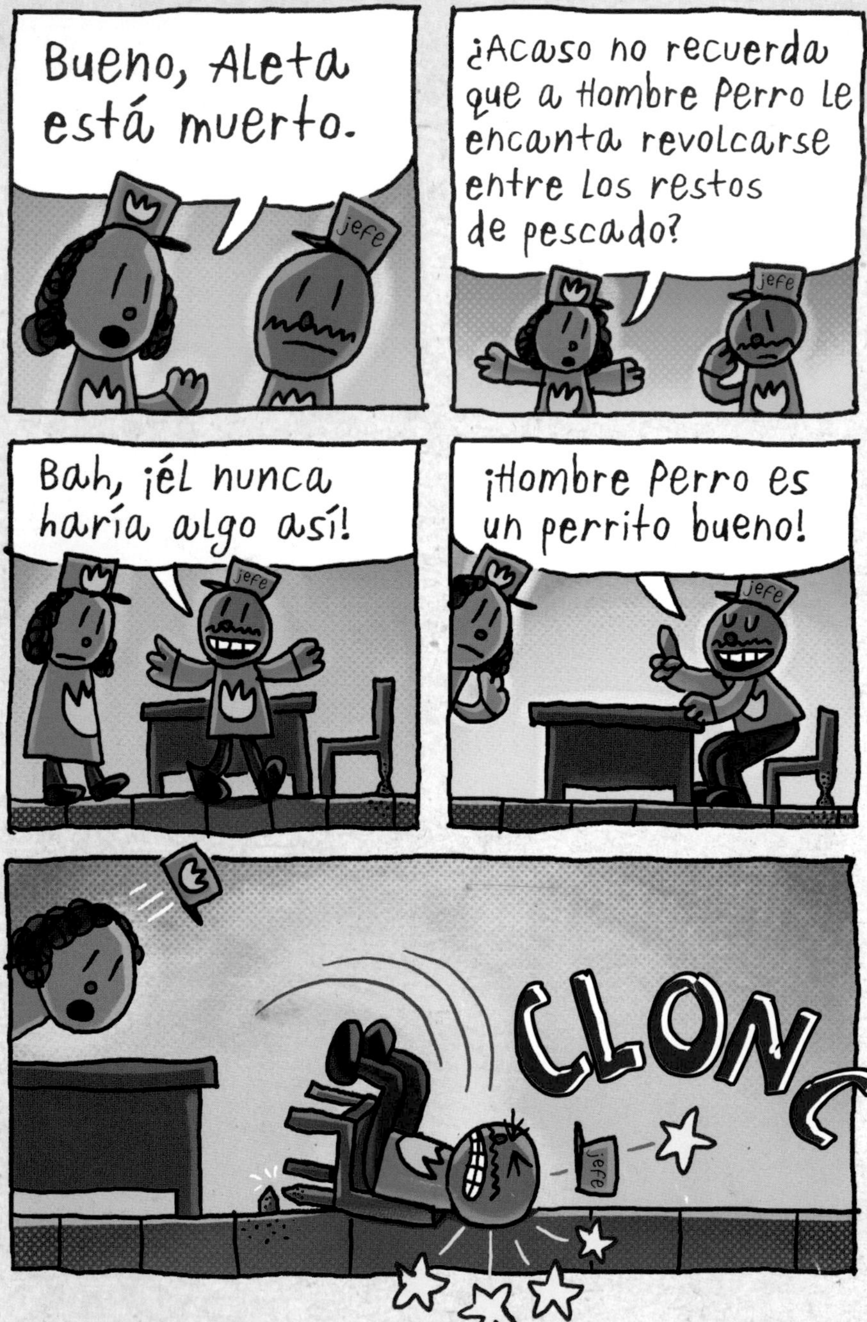
Bueno, Aleta está muerto.
jefe
¿Acaso no recuerda que a Hombre Perro le encanta revolcarse entre los restos de pescado?
jefe
Bah, ¡él nunca haría algo así!
jefe
¡Hombre Perro es un perrito bueno!
jefe
CLONC
jefe

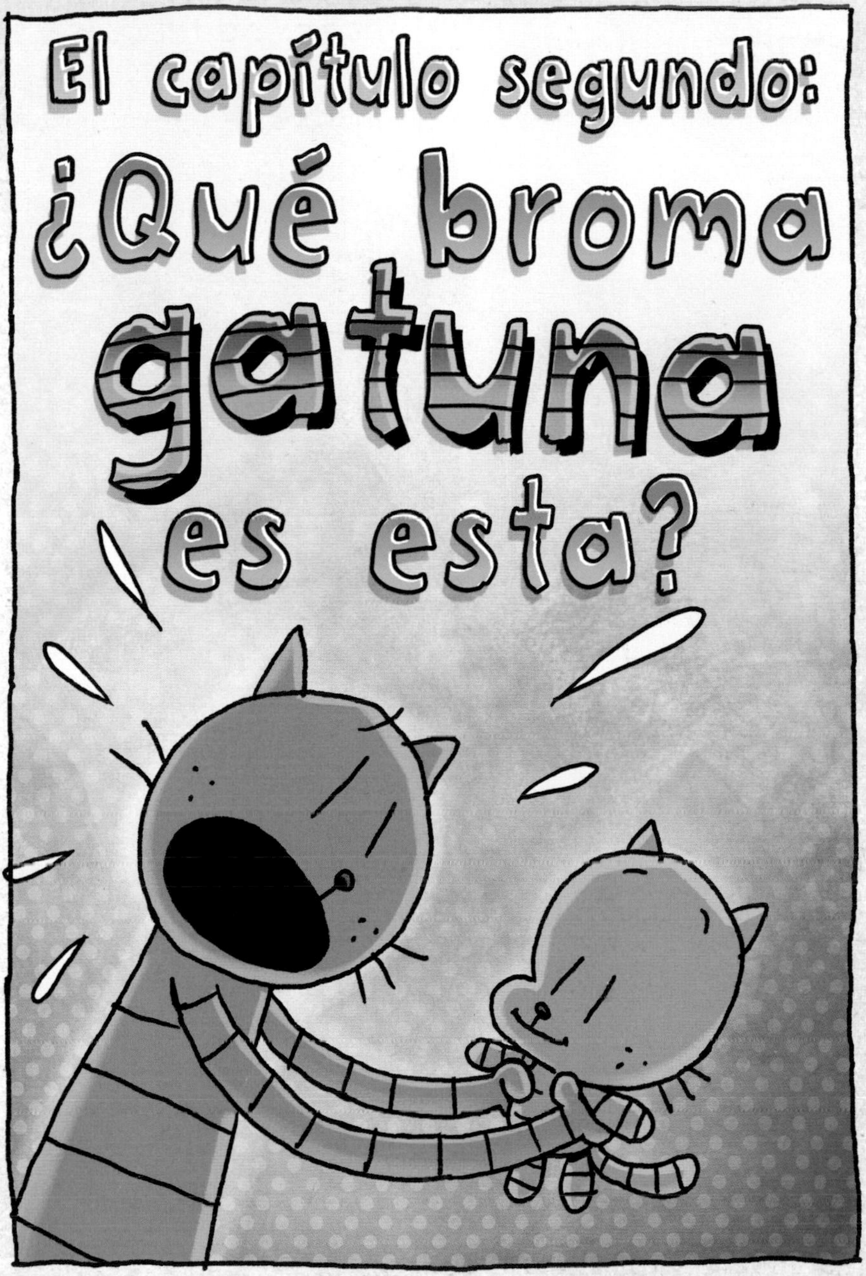
El capítulo segundo:
¿Qué broma gatuna es esta?

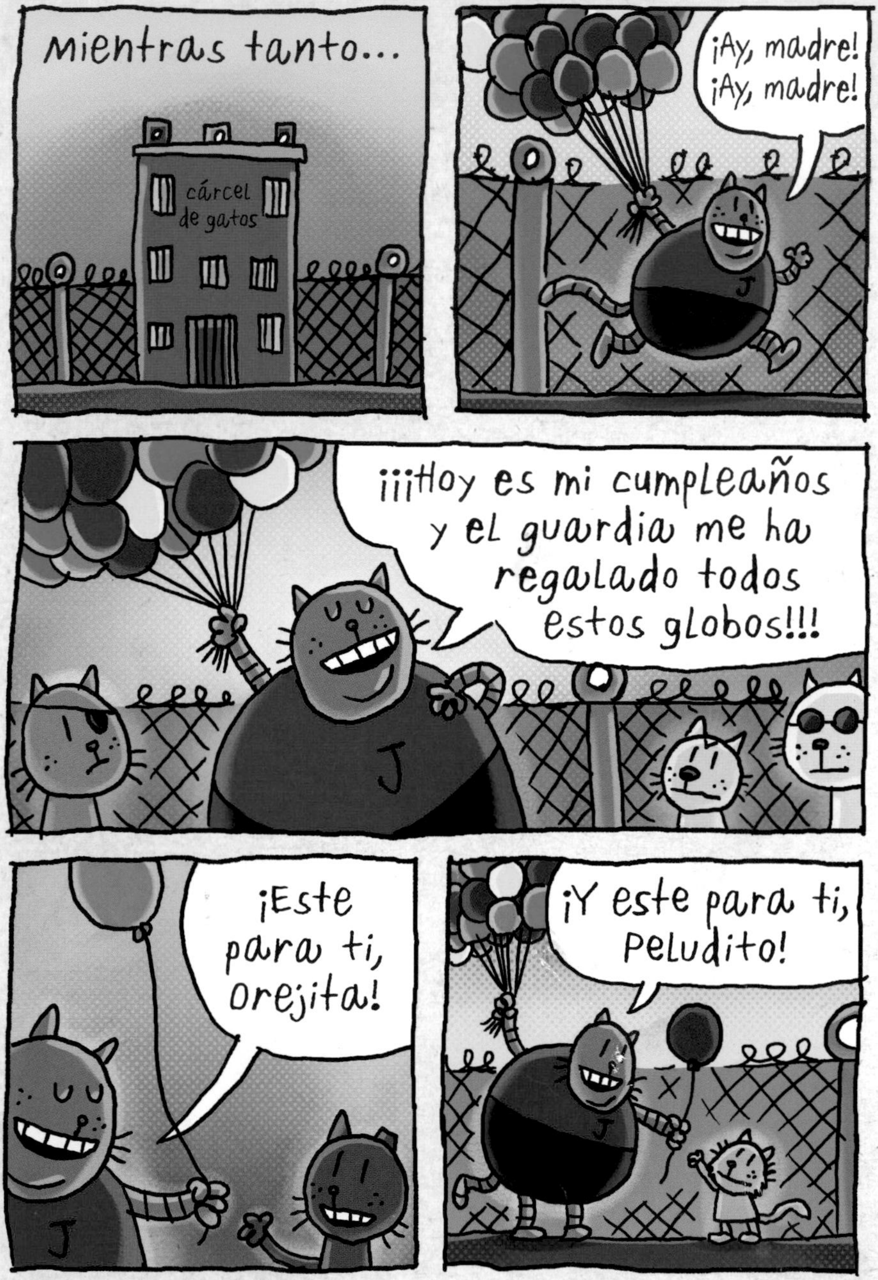
Mientras tanto...
cárcel de gatos
¡Ay, madre! ¡Ay, madre!
¡¡¡Hoy es mi cumpleaños y el guardia me ha regalado todos estos globos!!!
¡Este para ti, orejita!
¡Y este para ti, peludito!

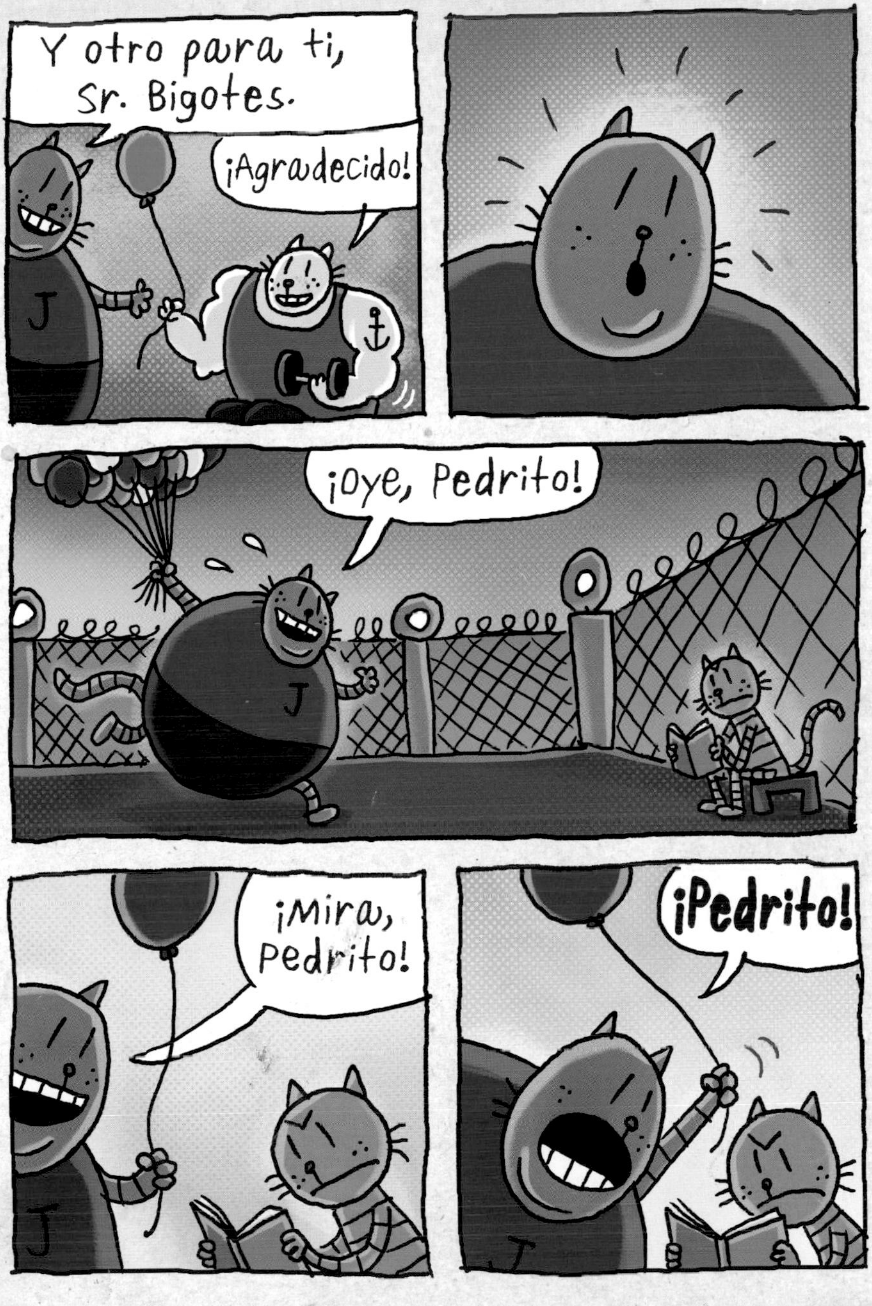
Y otro para ti,
Sr. Bigotes.
¡Agradecido!
¡Oye, Pedrito!
¡Mira,
Pedrito!
¡Pedrito!

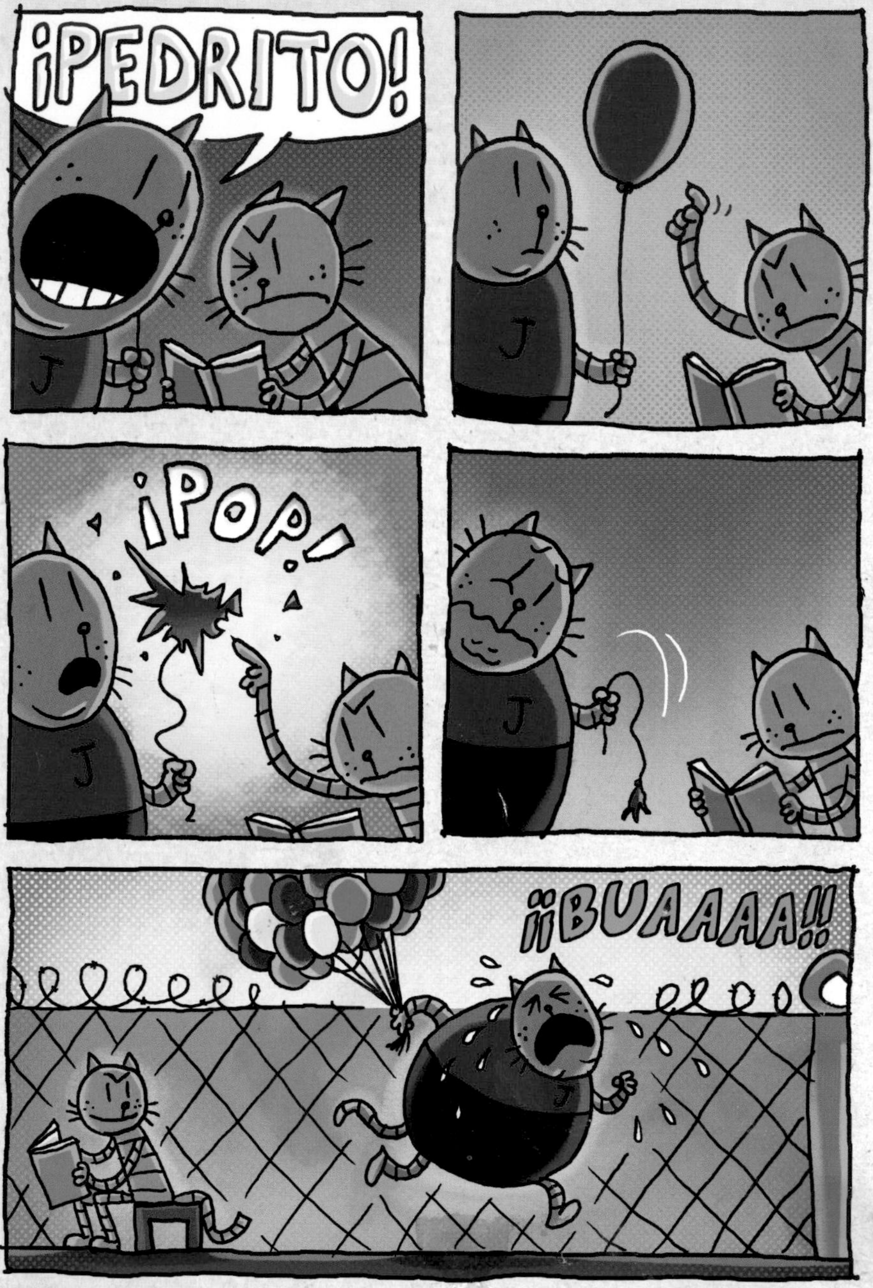
¡PEDRITO!
¡POP!
¡¡BUAAAA!!

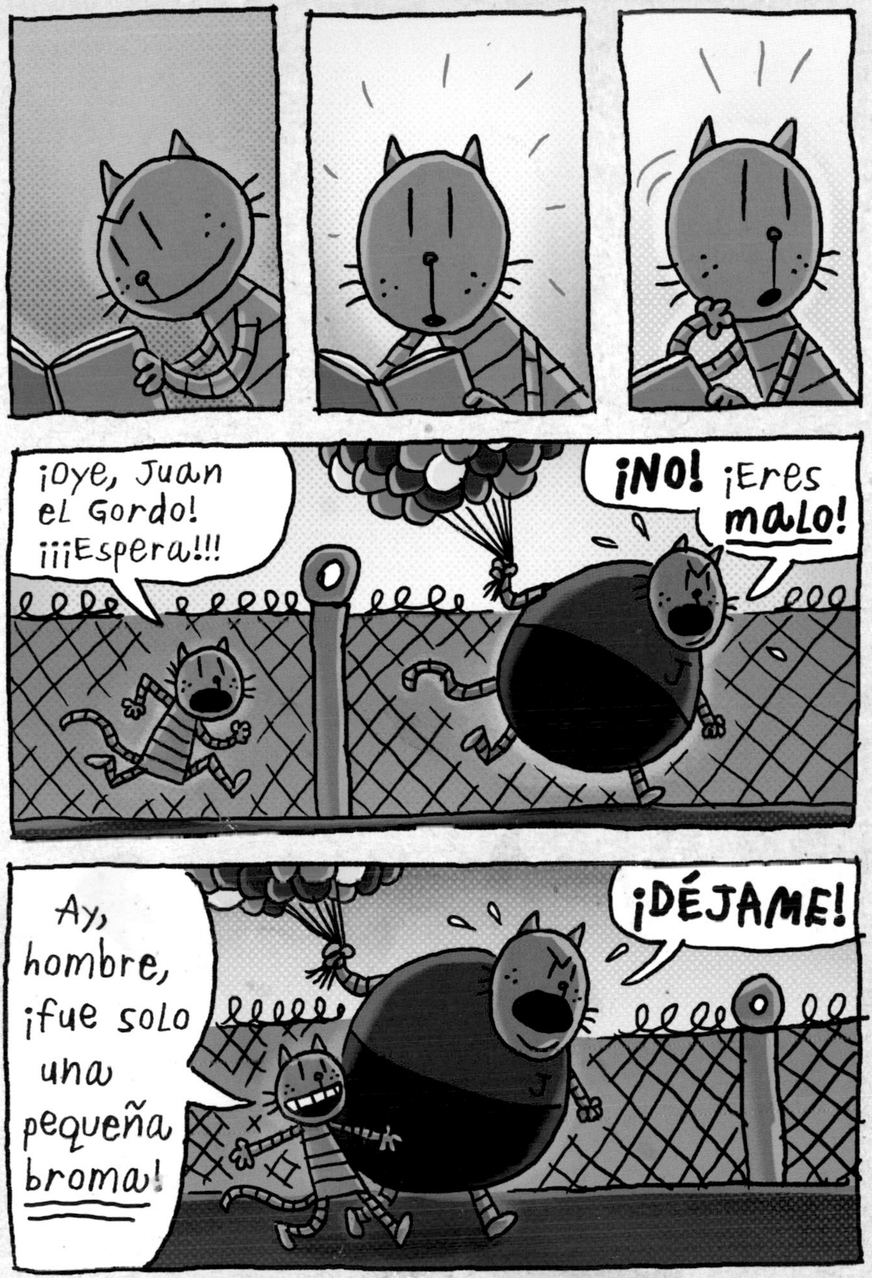
¡Oye, Juan el Gordo! ¡¡¡Espera!!!
¡NO! ¡Eres malo!
Ay, hombre, ¡fue solo una pequeña broma!
¡DÉJAME!

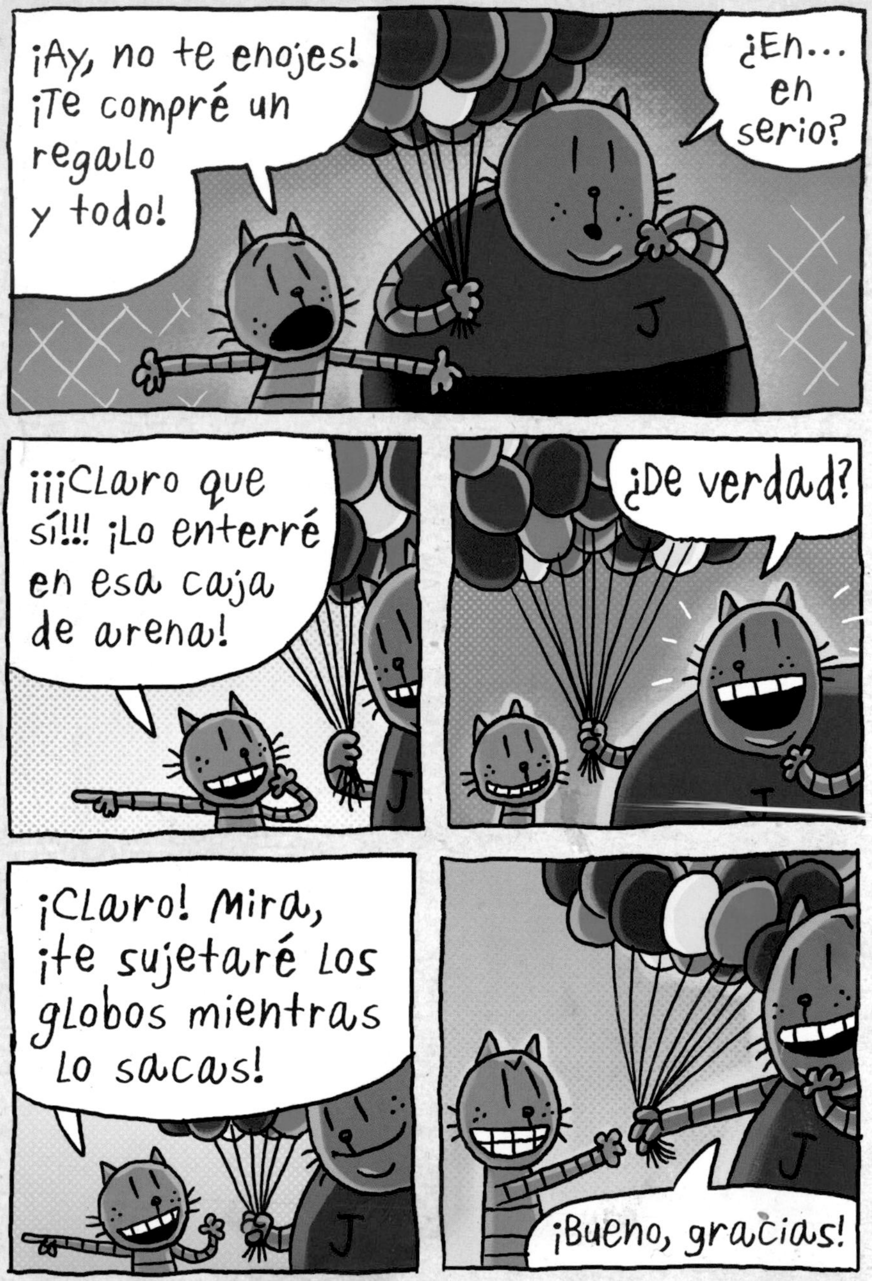
¡Ay, no te enojes! ¡Te compré un regalo y todo!
¿En... en serio?
¡¡¡Claro que sí!!! ¡Lo enterré en esa caja de arena!
¿De verdad?
¡Claro! Mira, ¡te sujetaré los globos mientras lo sacas!
¡Bueno, gracias!

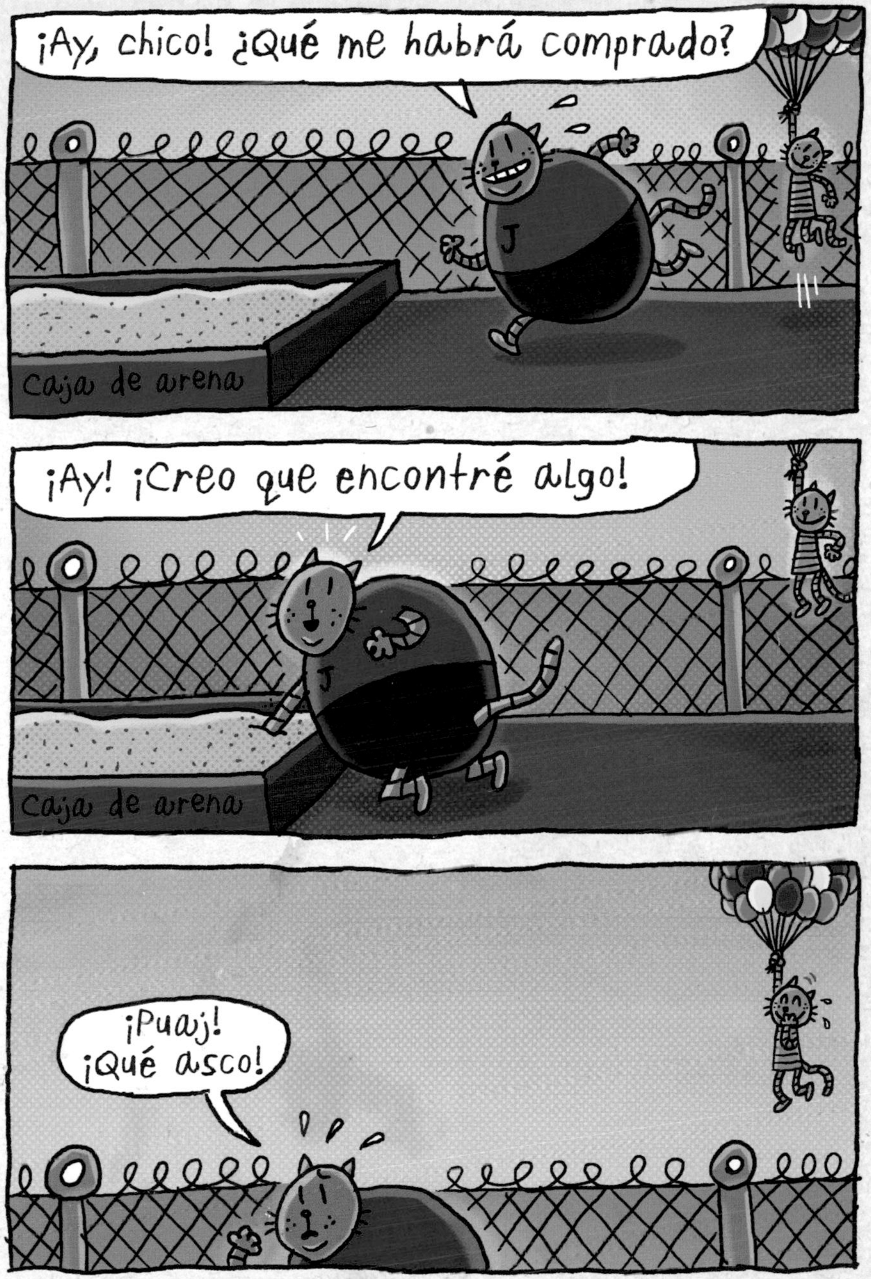
¡Ay, chico! ¿Qué me habrá comprado?
Caja de arena
¡Ay! ¡Creo que encontré algo!
Caja de arena
¡Puaj!
¡Qué asco!

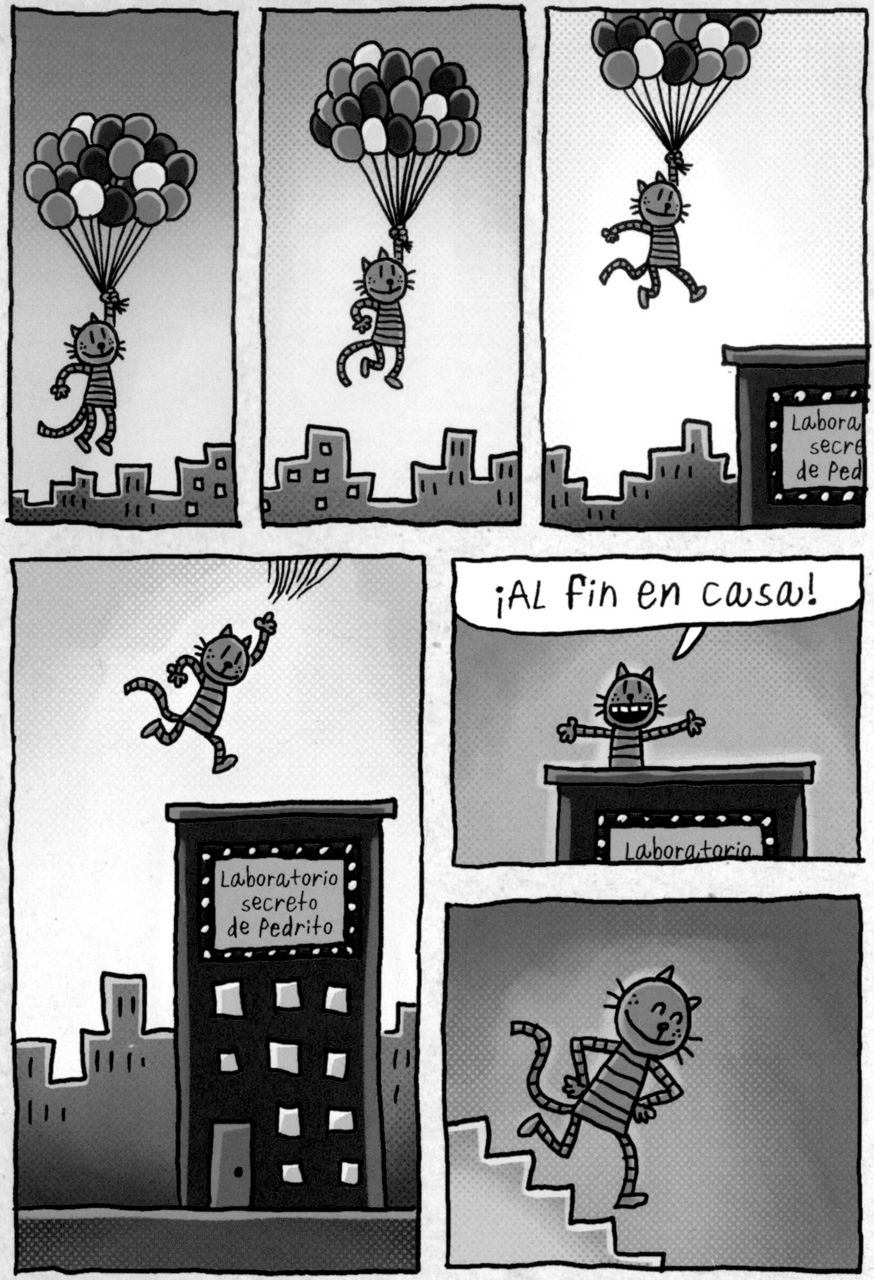
Labora
secre
de Ped
Laboratorio secreto de Pedrito
¡AL fin en casa!
Laboratorio

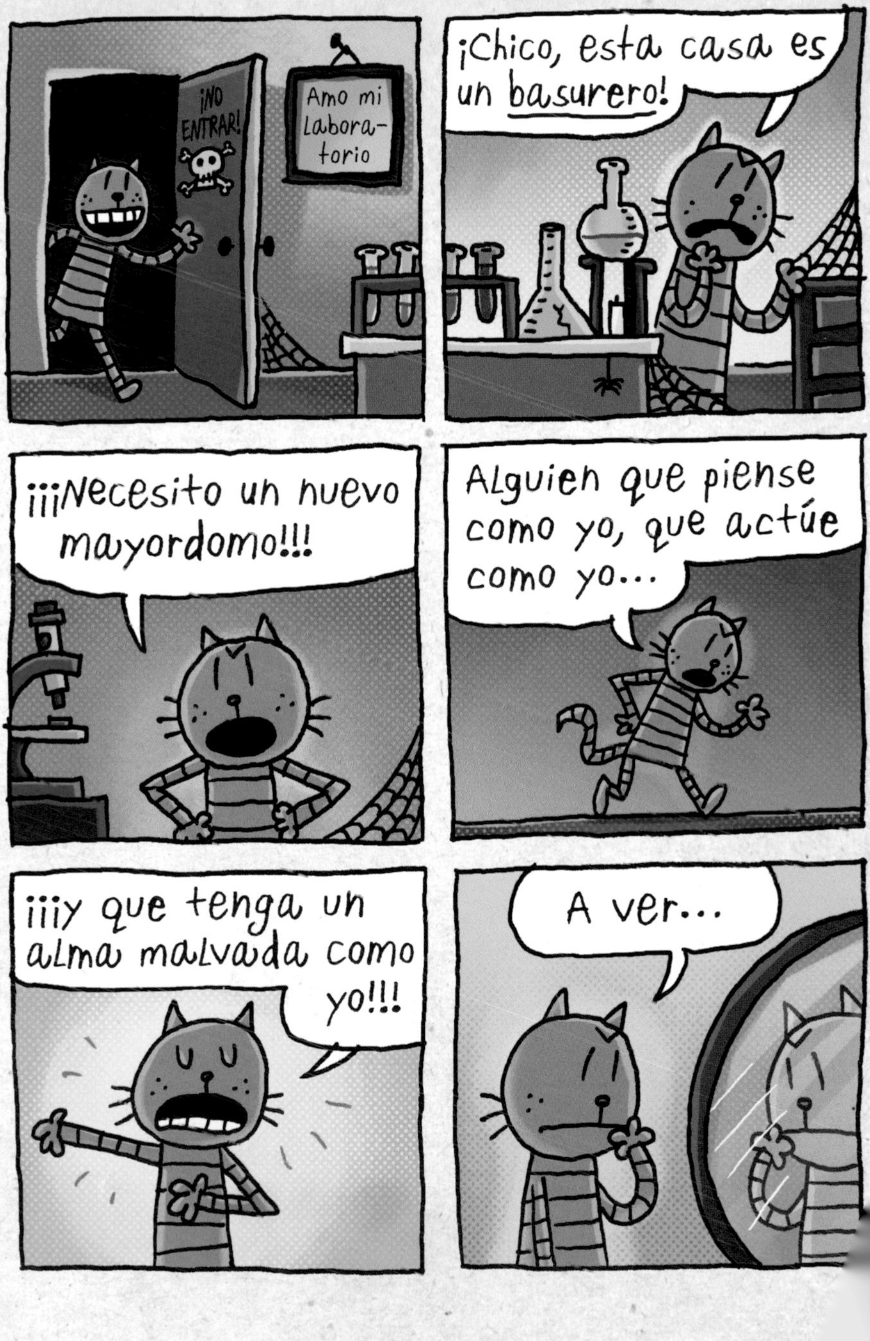
¡NO ENTRAR!
Amo mi Laboratorio
¡Chico, esta casa es un basurero!
¡¡¡Necesito un nuevo mayordomo!!!
Alguien que piense como yo, que actúe como yo...
¡¡¡Y que tenga un alma malvada como yo!!!
A ver...

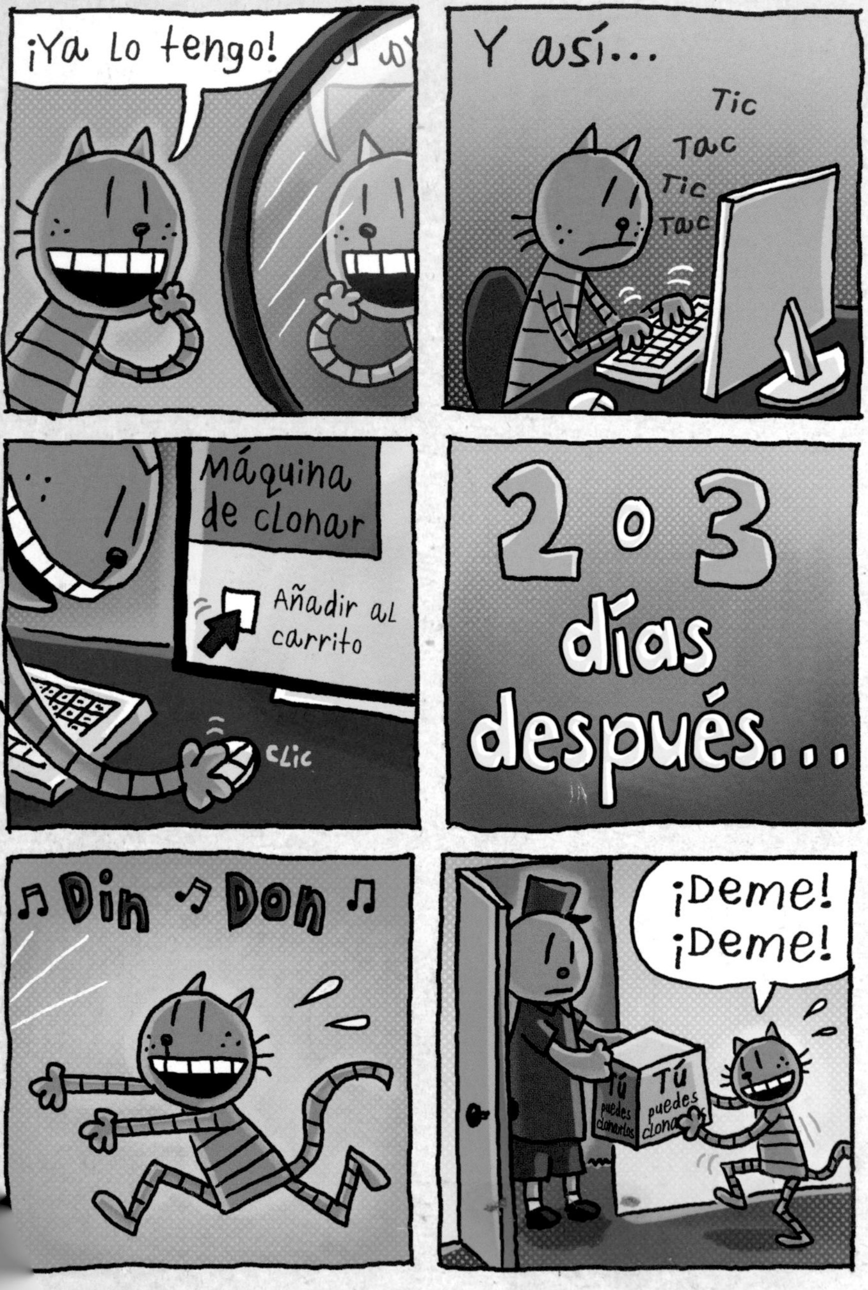
¡Ya lo tengo!
Y así...
Tic
Tac
Tic
Tac
Máquina de clonar
Añadir al carrito
CLIC
2 o 3 días después...
Din Don
¡Deme! ¡Deme!
Tú puedes clonarlos
Tú puedes clona

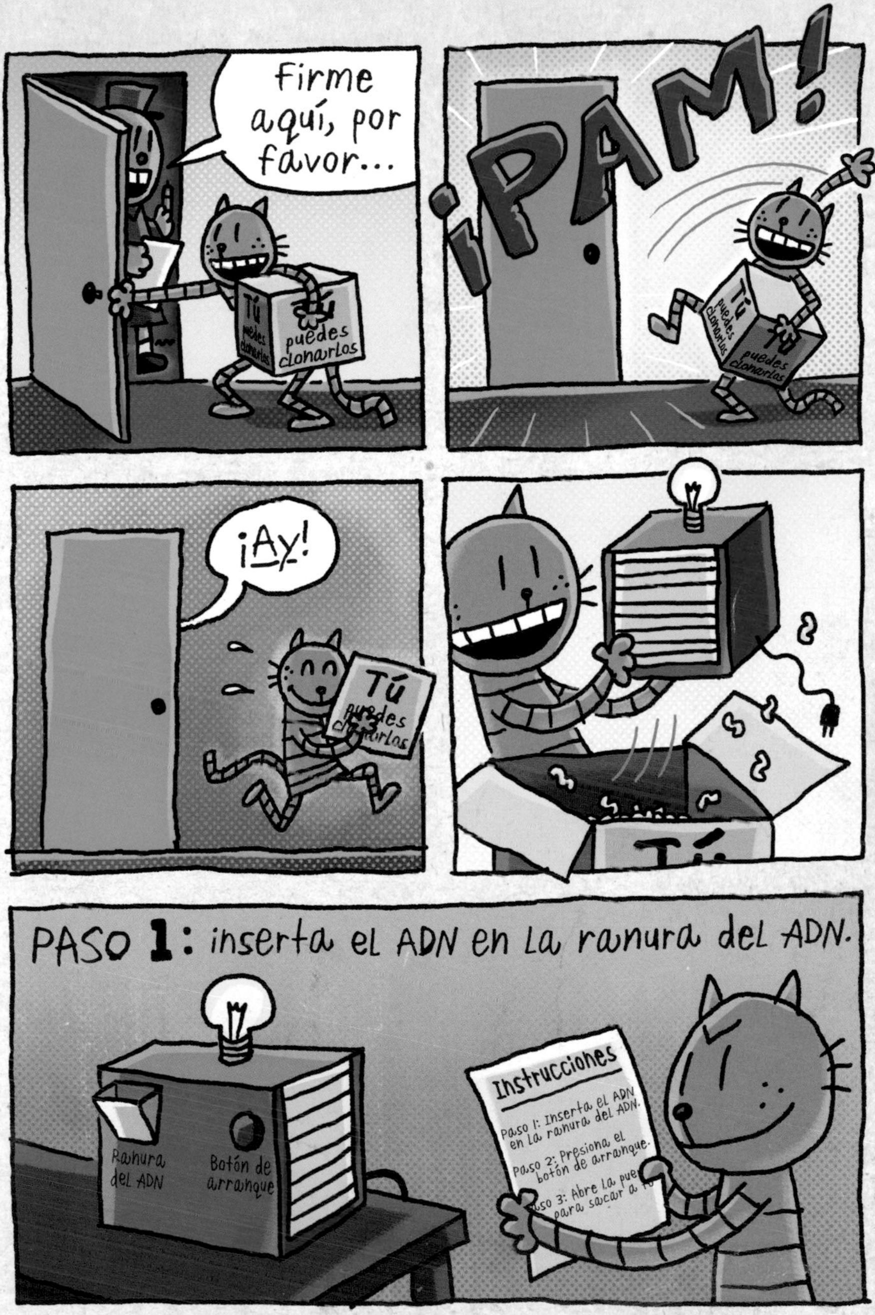
Firme aquí, por favor...
Tú puedes clonarlos
¡PAM!
¡Ay!
PASO 1: inserta el ADN en la ranura del ADN.
Ranura del ADN
Botón de arranque
Instrucciones
Paso 1: Inserta el ADN en la ranura del ADN.
Paso 2: Presiona el botón de arranque.

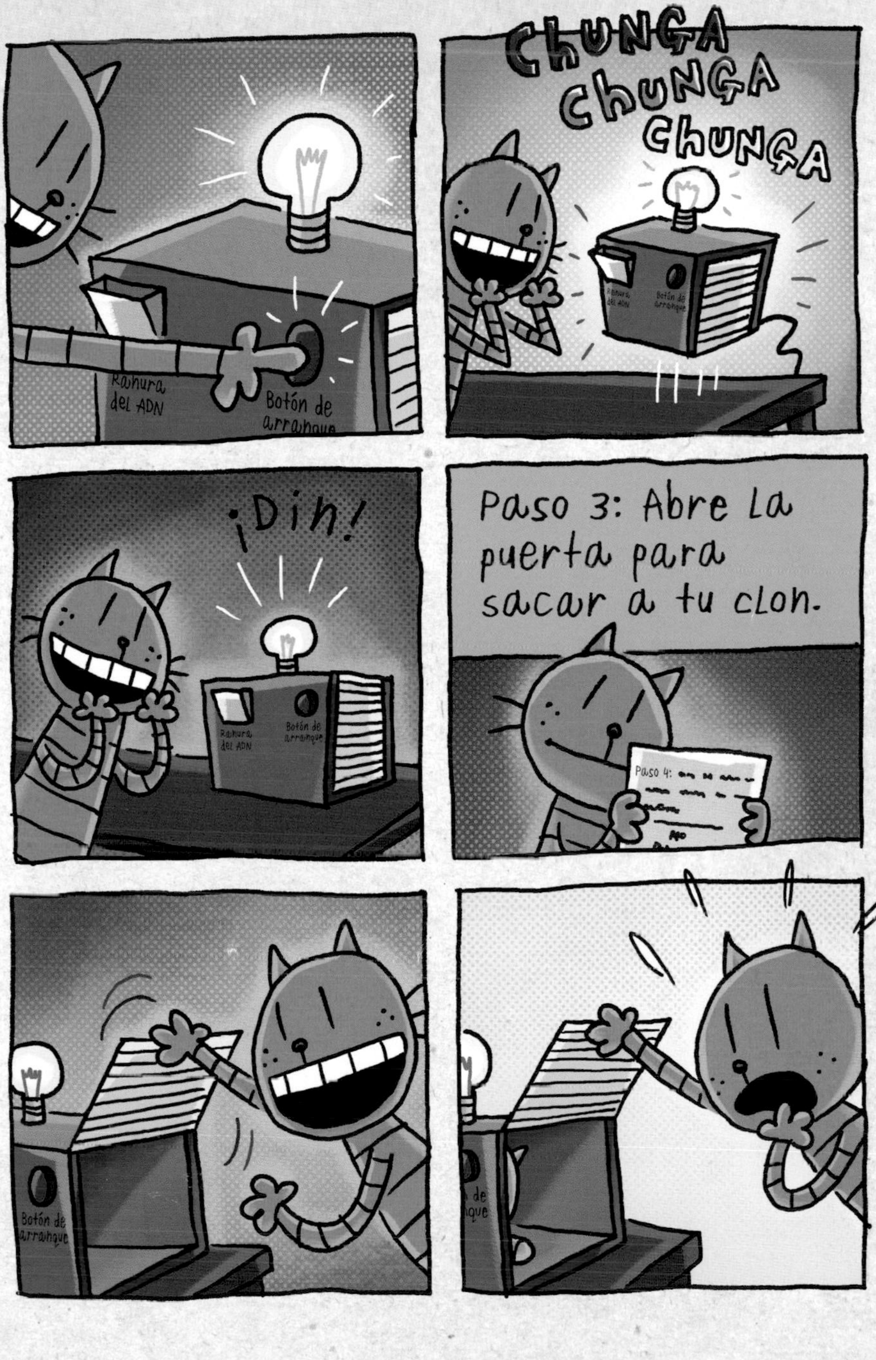
Ranura del ADN
Botón de arranque
CHUNGA CHUNGA CHUNGA
¡Din!
Paso 3: Abre la puerta para sacar a tu clon.
Paso 4:
Botón de arranque

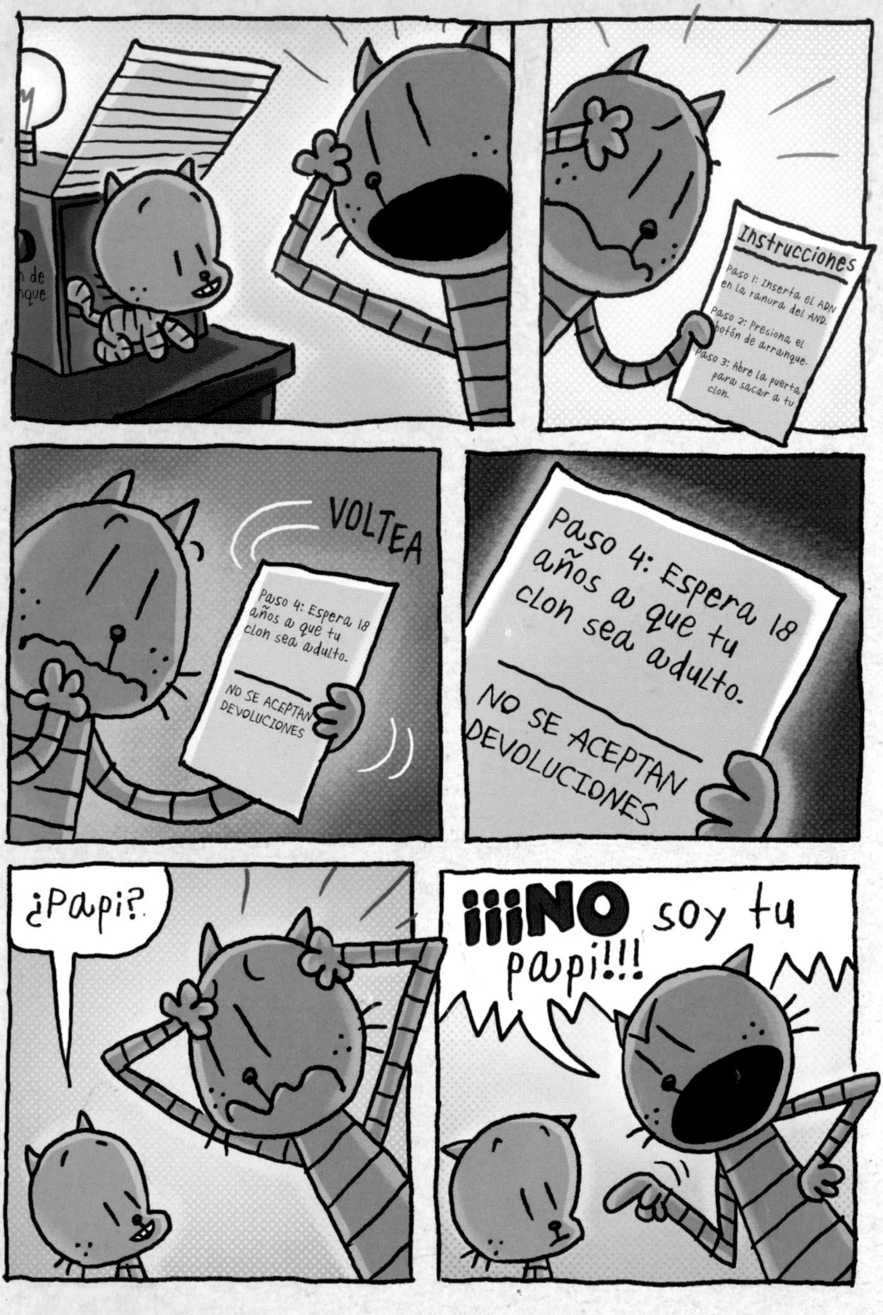

Instrucciones
Paso 1: Inserta el ADN en la ranura del AND.
Paso 2: Presiona el botón de arranque.
Paso 3: Abre la puerta para sacar a tu clon.
VOLTEA
Paso 4: Espera 18 años a que tu clon sea adulto.
NO SE ACEPTAN DEVOLUCIONES
Paso 4: Espera 18 años a que tu clon sea adulto.
NO SE ACEPTAN DEVOLUCIONES
¿Papi?
¡¡¡NO soy tu papi!!!

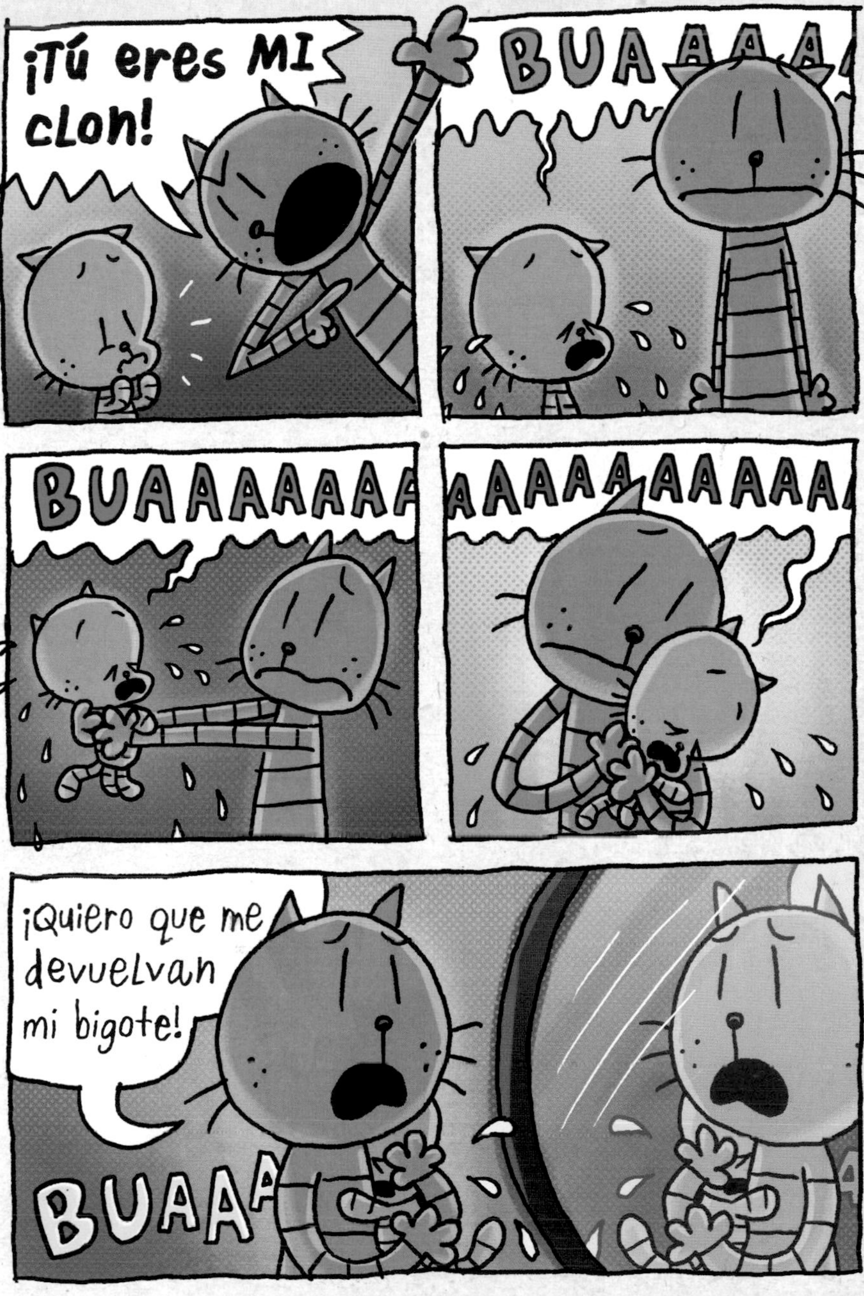
¡Tú eres MI clon!
BUAAAAA
BUAAAAAAAA
AAAAAAAAAAA
¡Quiero que me devuelvan mi bigote!
BUAAA

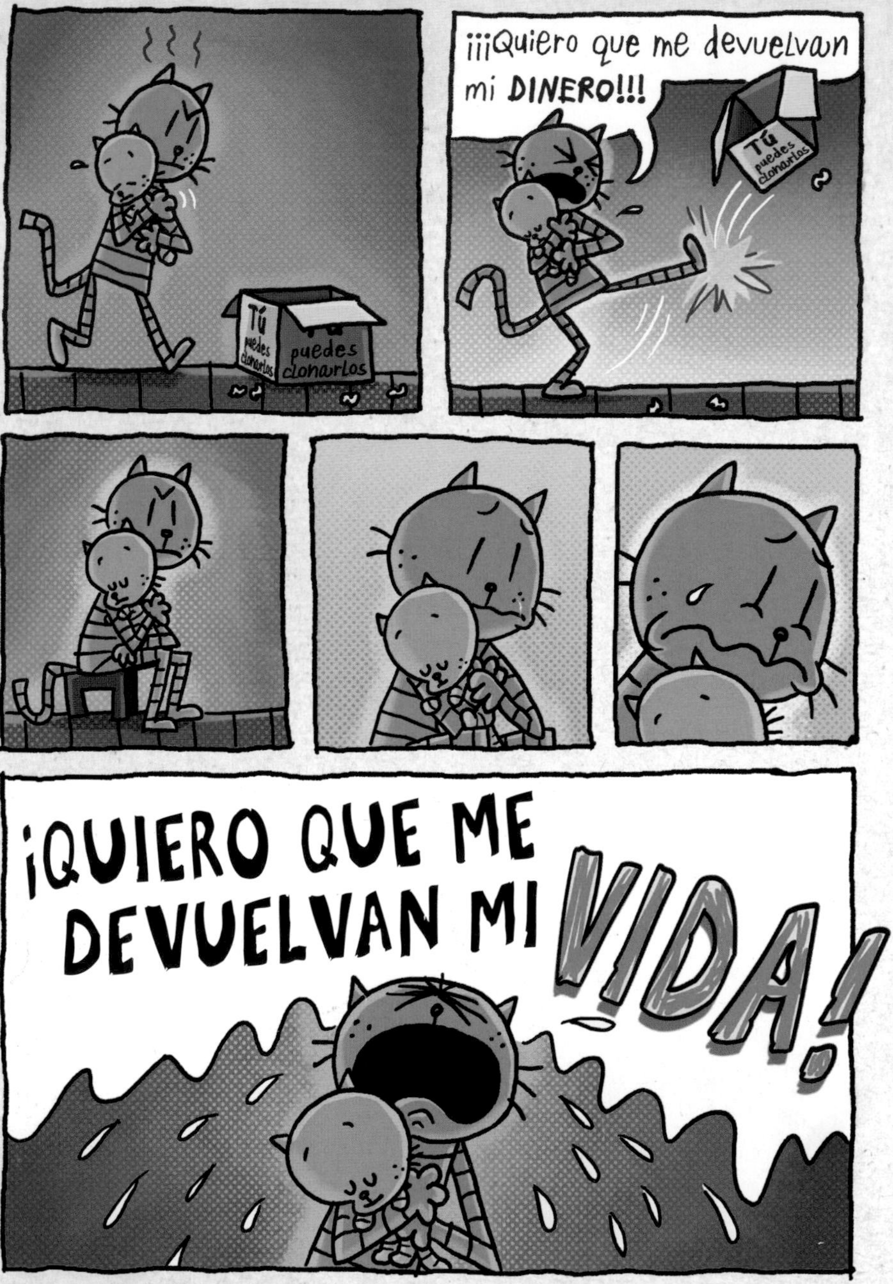
Tú puedes clonarlos
puedes clonarlos
¡¡¡Quiero que me devuelvan mi DINERO!!!
Tú puedes clonarlos
¡QUIERO QUE ME DEVUELVAN MI VIDA!

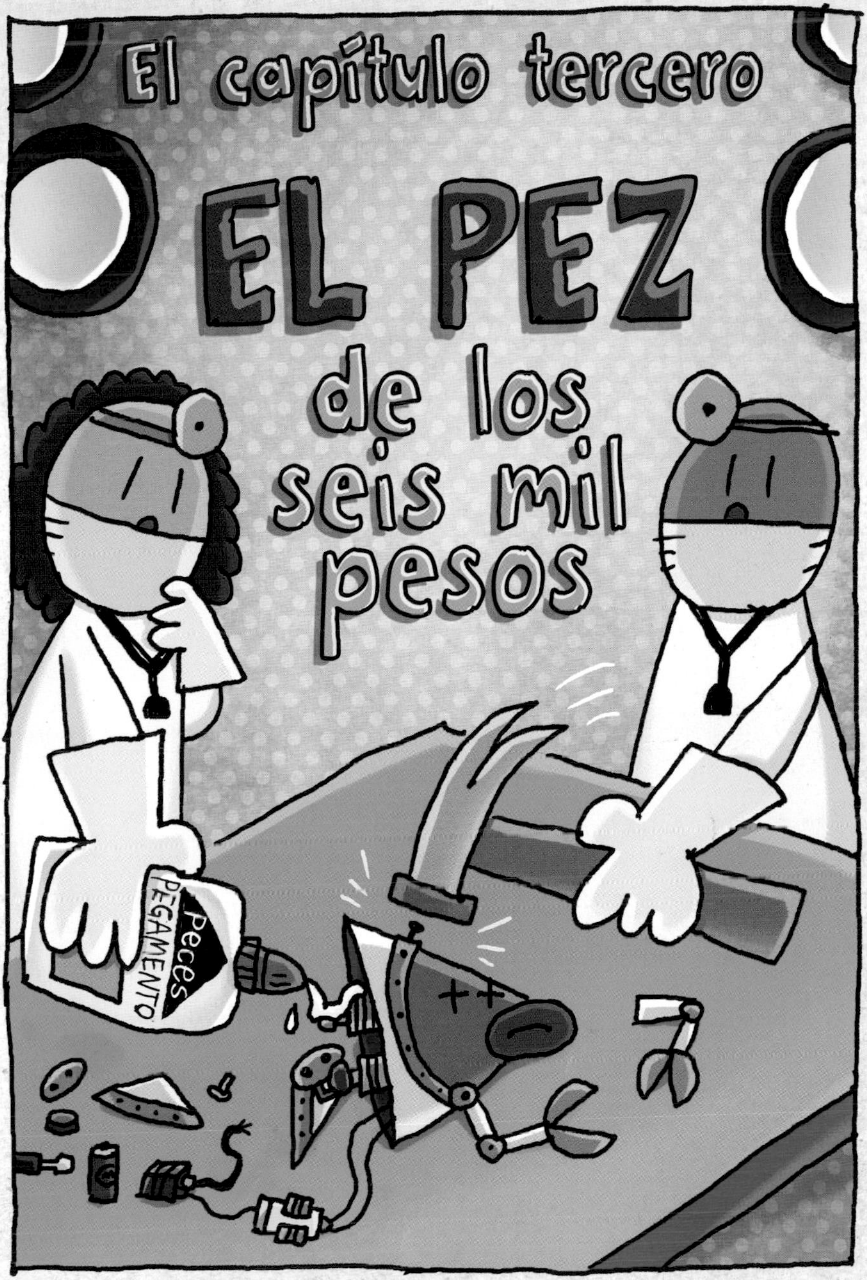
El capítulo tercero
EL PEZ
de los
seis mil
pesos
Peces
PEGAMENTO

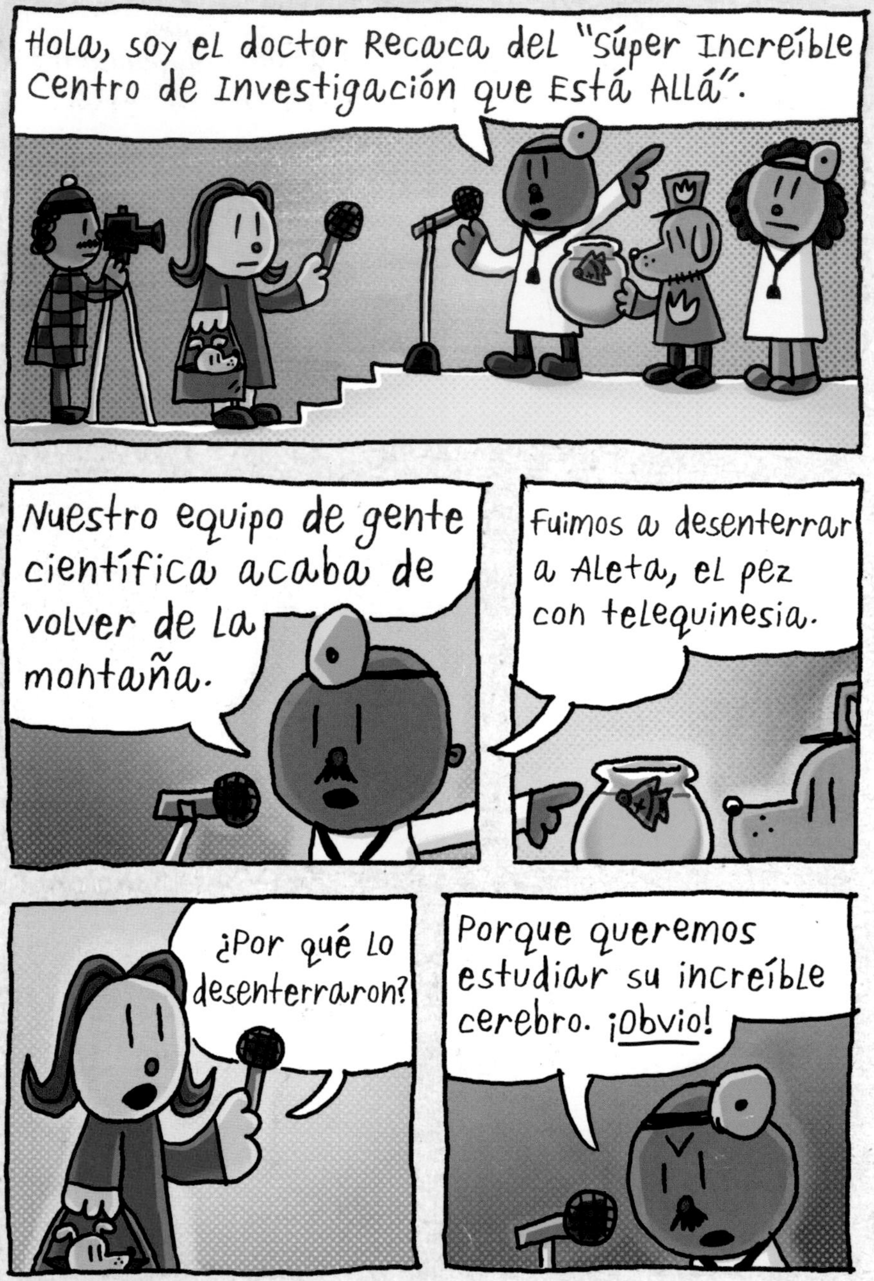
Hola, soy el doctor Recaca del "Súper Increíble Centro de Investigación que Está Allá".
Nuestro equipo de gente científica acaba de volver de la montaña.
Fuimos a desenterrar a Aleta, el pez con telequinesia.
¿Por qué lo desenterraron?
Porque queremos estudiar su increíble cerebro. ¡Obvio!

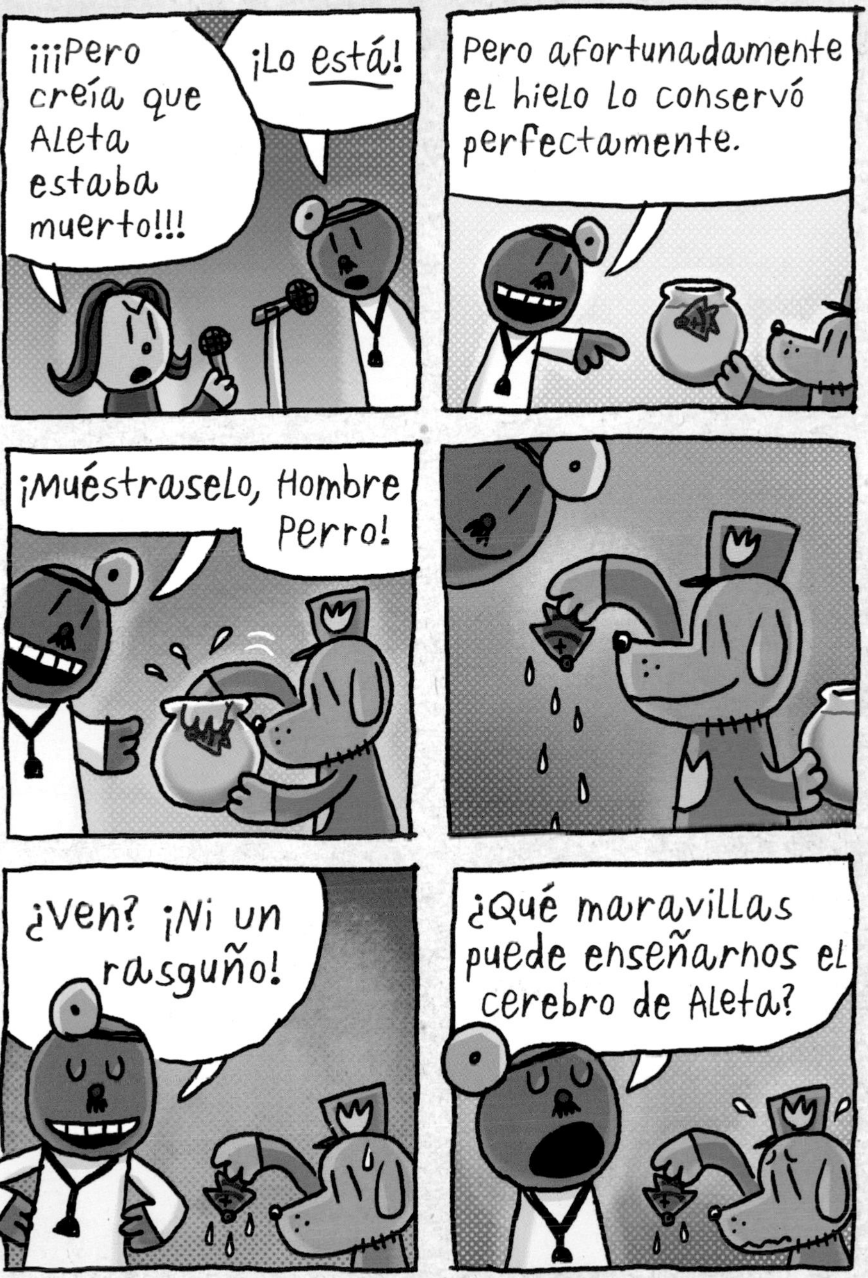
¡¡¡Pero creía que Aleta estaba muerto!!!
¡Lo está!
Pero afortunadamente el hielo lo conservó perfectamente.
¡Muéstraselo, Hombre Perro!
¿Ven? ¡Ni un rasguño!
¿Qué maravillas puede enseñarnos el cerebro de Aleta?

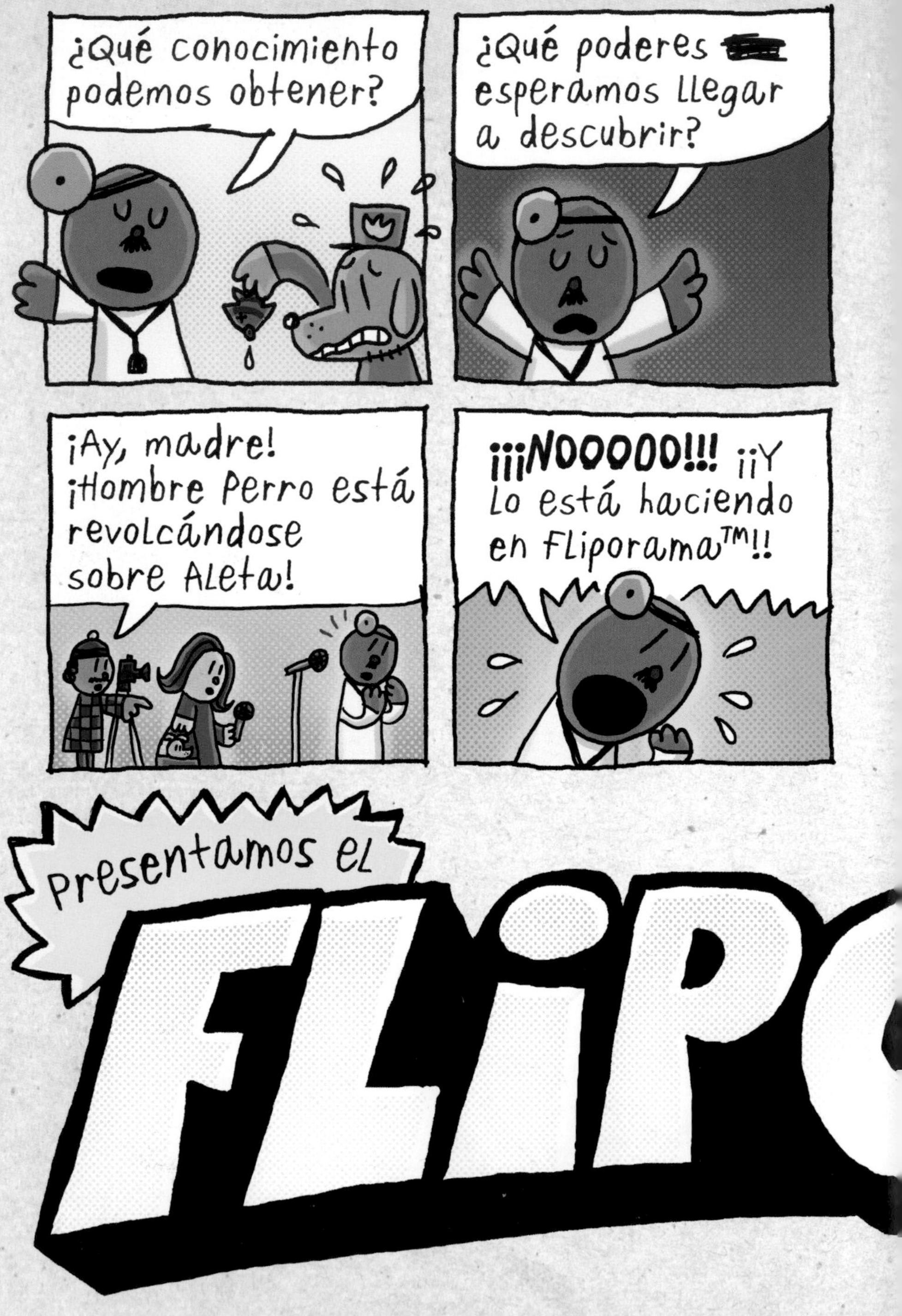
¿Qué conocimiento podemos obtener?
¿Qué poderes [redacted] esperamos llegar a descubrir?
¡Ay, madre! ¡Hombre Perro está revolcándose sobre Aleta!
¡¡¡NOOOOO!!! ¡¡Y lo está haciendo en Fliporama™!!
presentamos el
FLIP

Paso 1

Primero, coloca la mano izquierda dentro de las líneas de puntos donde dice "mano izquierda aquí". ¡Sujeta el libro abierto DEL TODO!

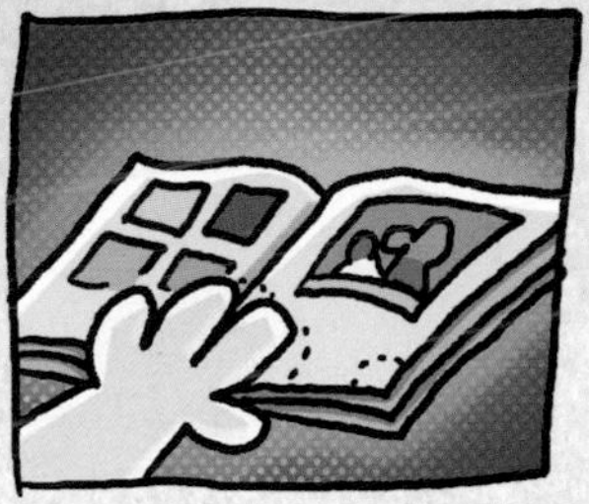

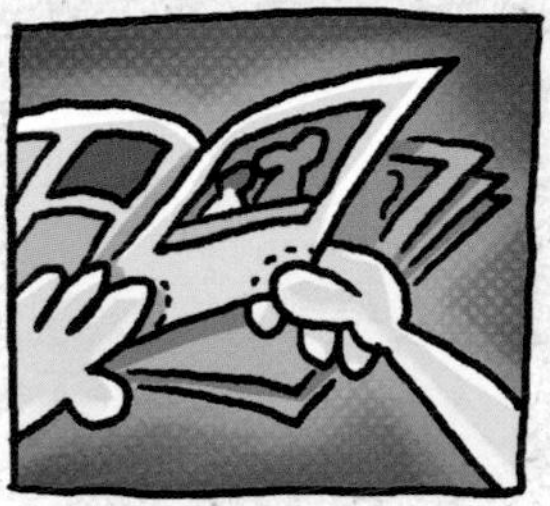

Paso 2

Sujeta la página de la derecha entre el pulgar y el índice de la mano derecha (dentro de las líneas que dicen "Pulgar derecho aquí").

Paso 3

Ahora agita rápidamente la página de la derecha hasta que parezca que la imagen está animada.

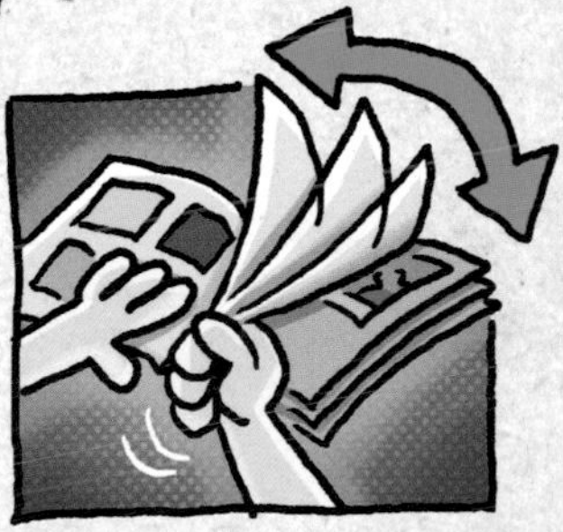

(¡Diversión asegurada con la incorporación de efectos sonoros personalizados!)

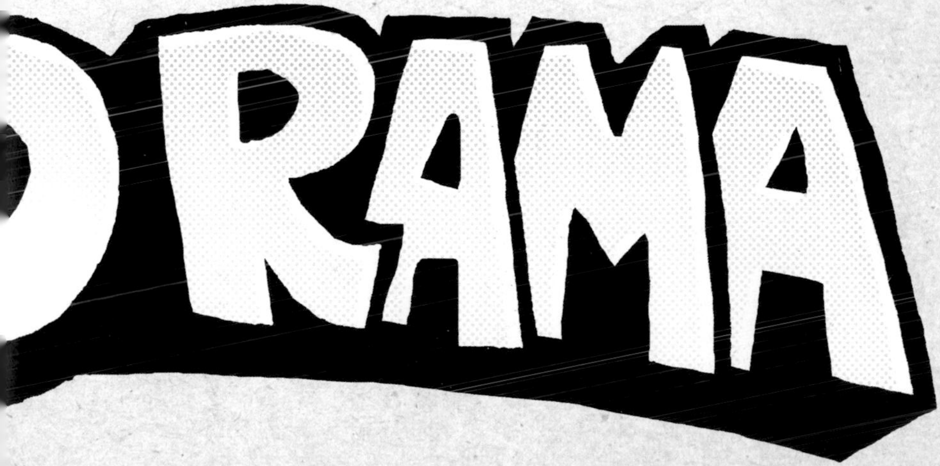
RAMA

Recuerden,

mientras agitan la página, asegúrense de que pueden ver las ilustraciones de la página **43** **Y** las de la página **45**.

Si agitan la página rápidamente, ¡parecerán dibujos **ANIMADOS!**

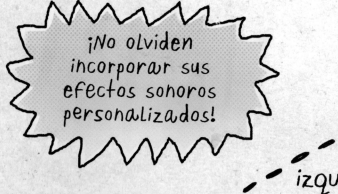

¡No olviden incorporar sus efectos sonoros personalizados!

Mano izquierda aquí.

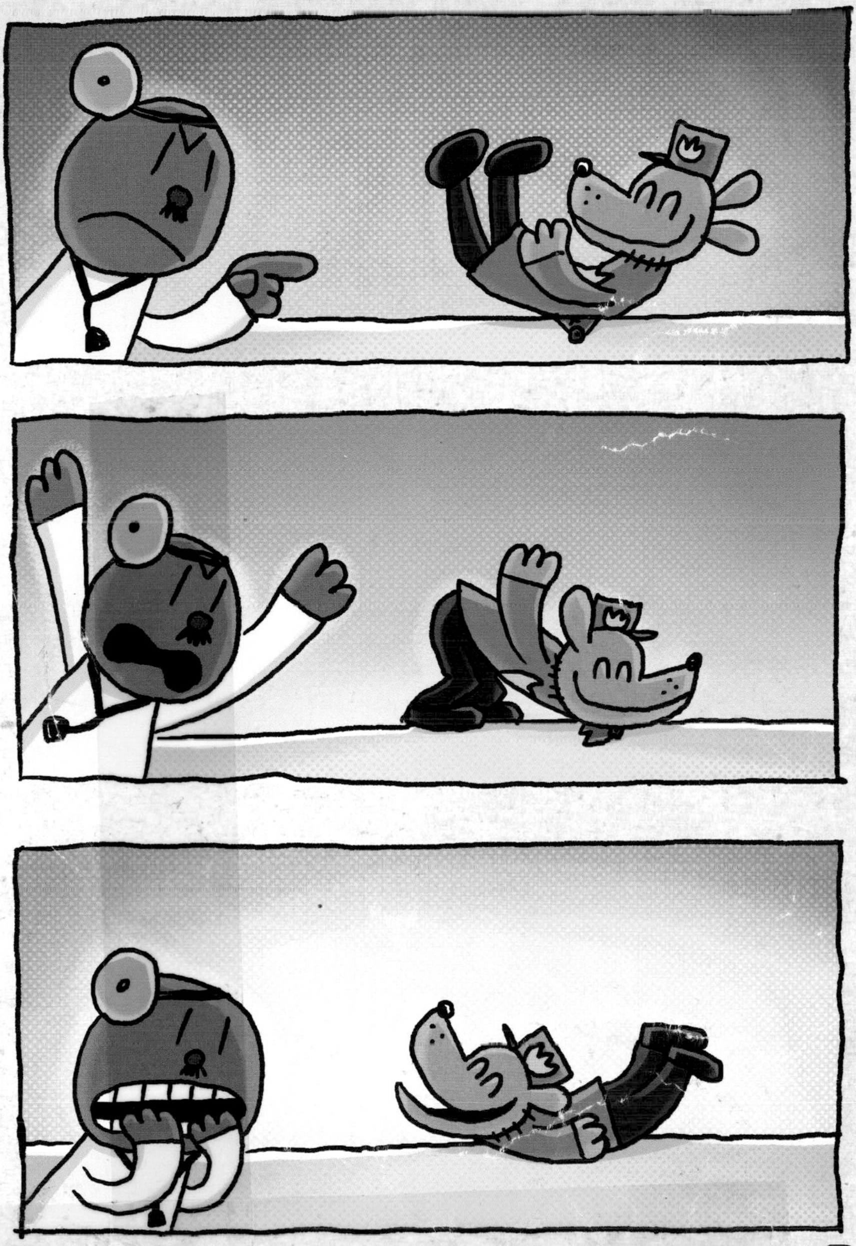

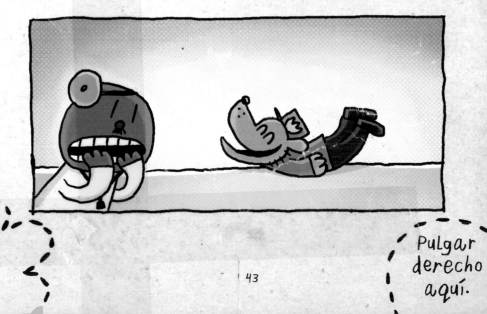

Pulgar derecho aquí.

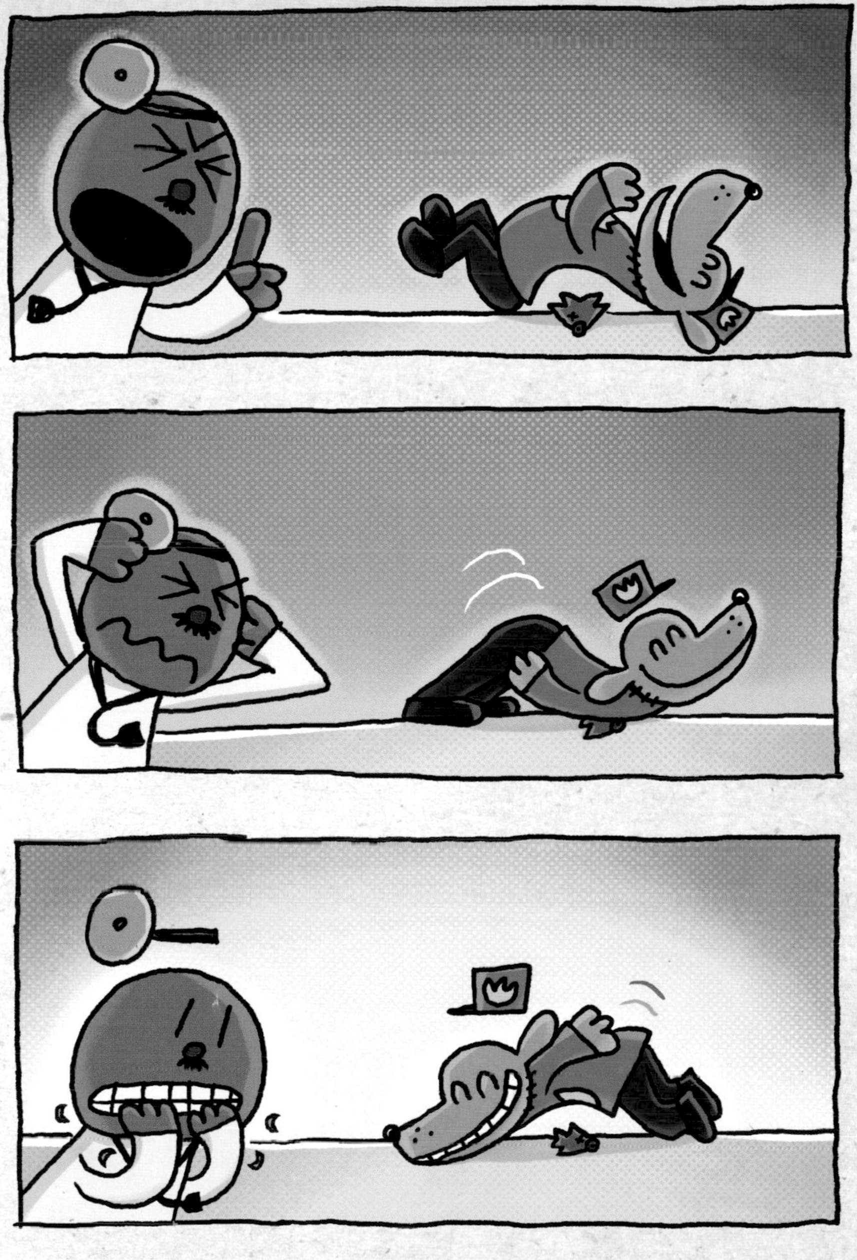

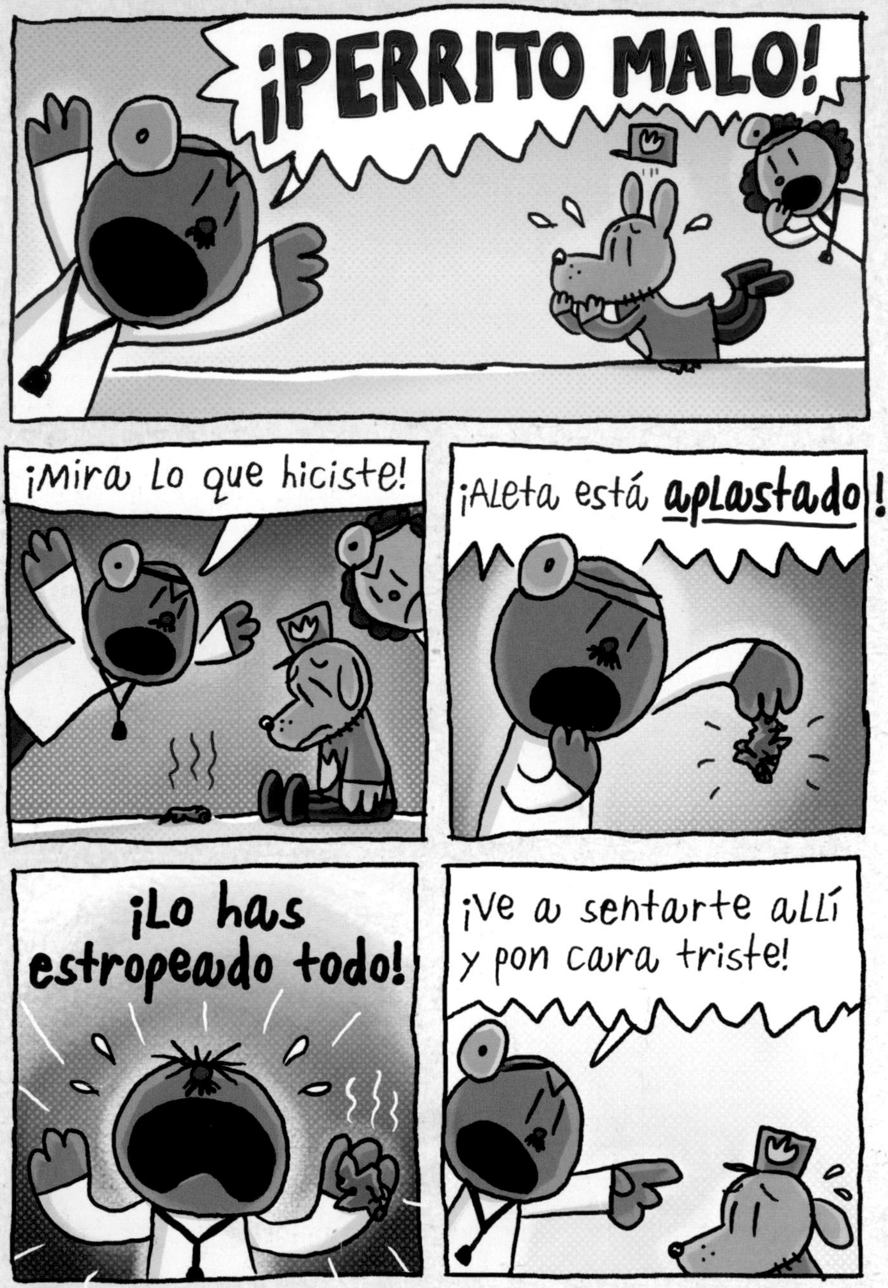
¡PERRITO MALO!
¡Mira lo que hiciste!
¡Aleta está aplastado!
¡Lo has estropeado todo!
¡Ve a sentarte allí y pon cara triste!

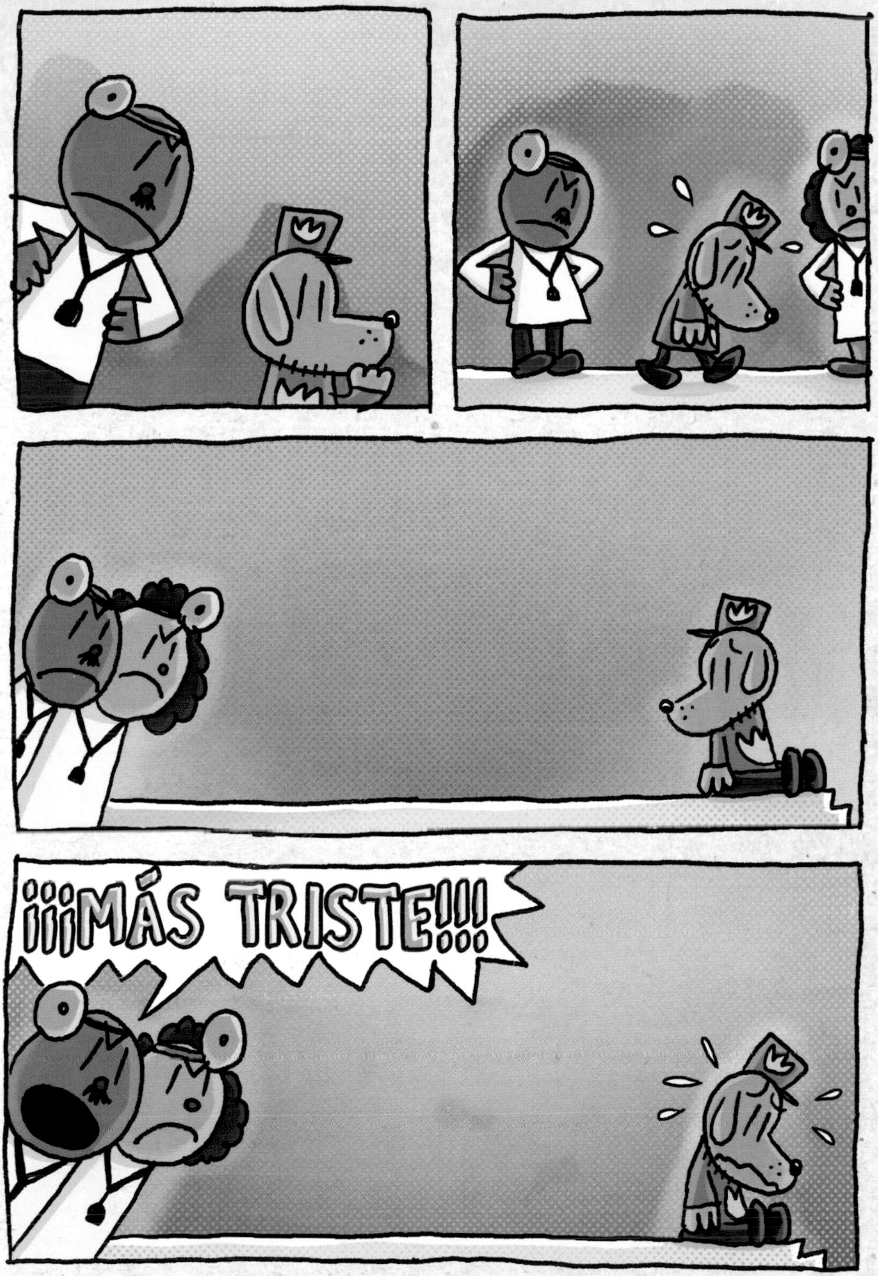
¡¡¡MÁS TRISTE!!!

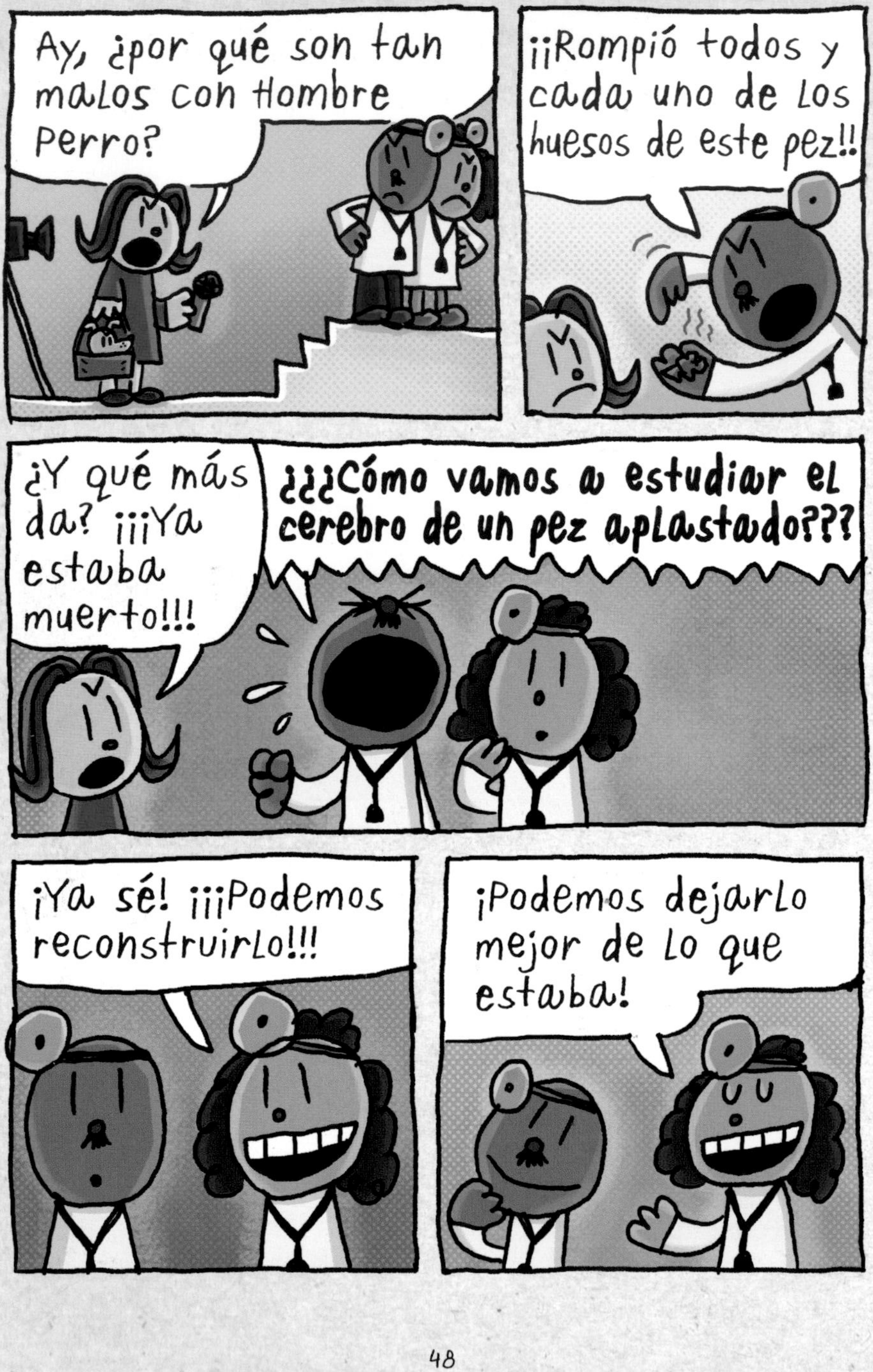

Ay, ¿por qué son tan maLos con Hombre Perro?
¡¡Rompió todos y cada uno de Los huesos de este pez!!
¿Y qué más da? ¡¡¡Ya estaba muerto!!!
¿¿¿Cómo vamos a estudiar eL cerebro de un pez apLastado???
¡Ya sé! ¡¡¡Podemos reconstruirLo!!!
¡Podemos dejarLo mejor de Lo que estaba!

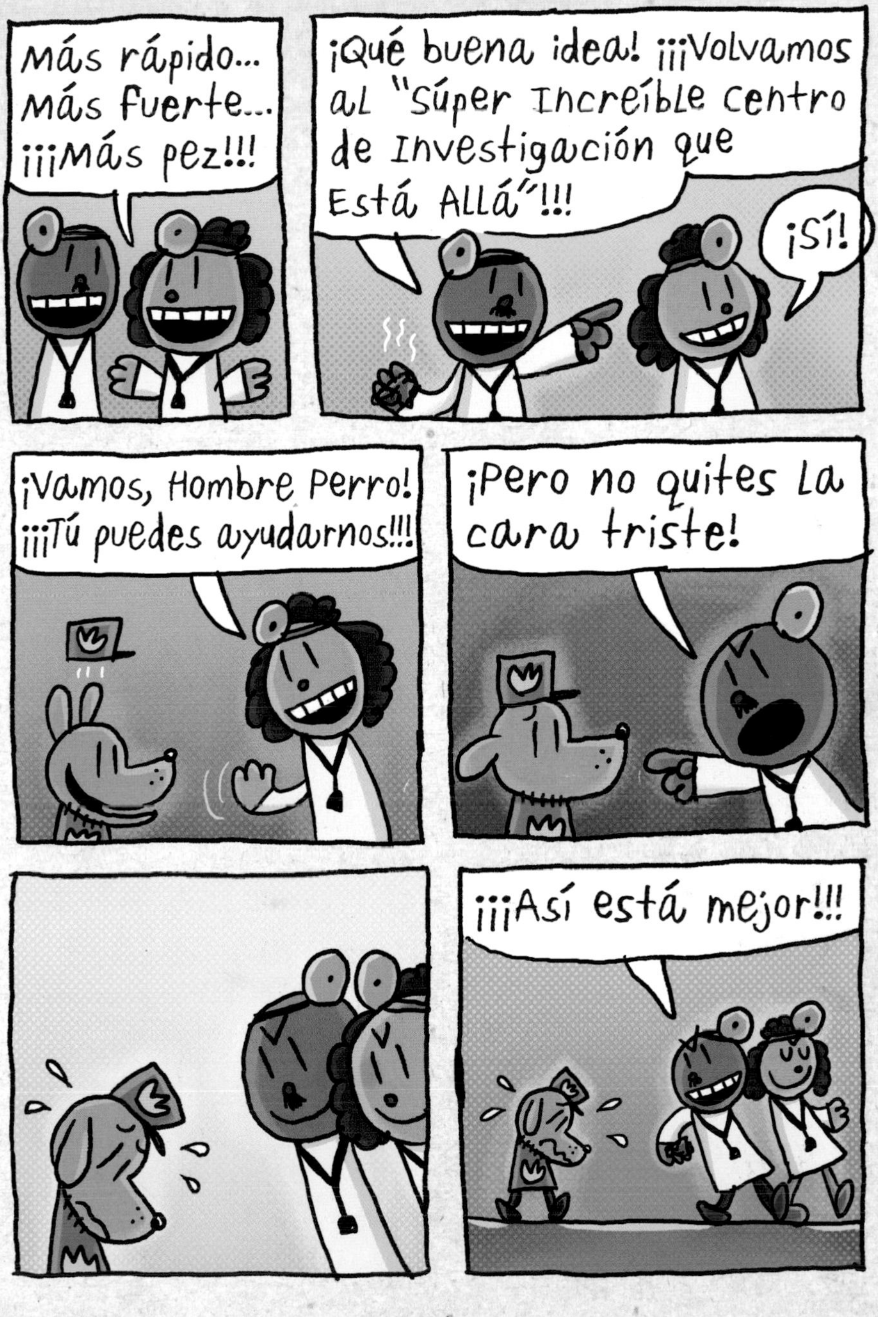
Más rápido...
Más fuerte...
¡¡¡Más pez!!!
¡Qué buena idea! ¡¡¡Volvamos al "Súper Increíble centro de Investigación que Está Allá"!!!
¡Sí!
¡Vamos, Hombre Perro! ¡¡¡Tú puedes ayudarnos!!!
¡Pero no quites la cara triste!
¡¡¡Así está mejor!!!

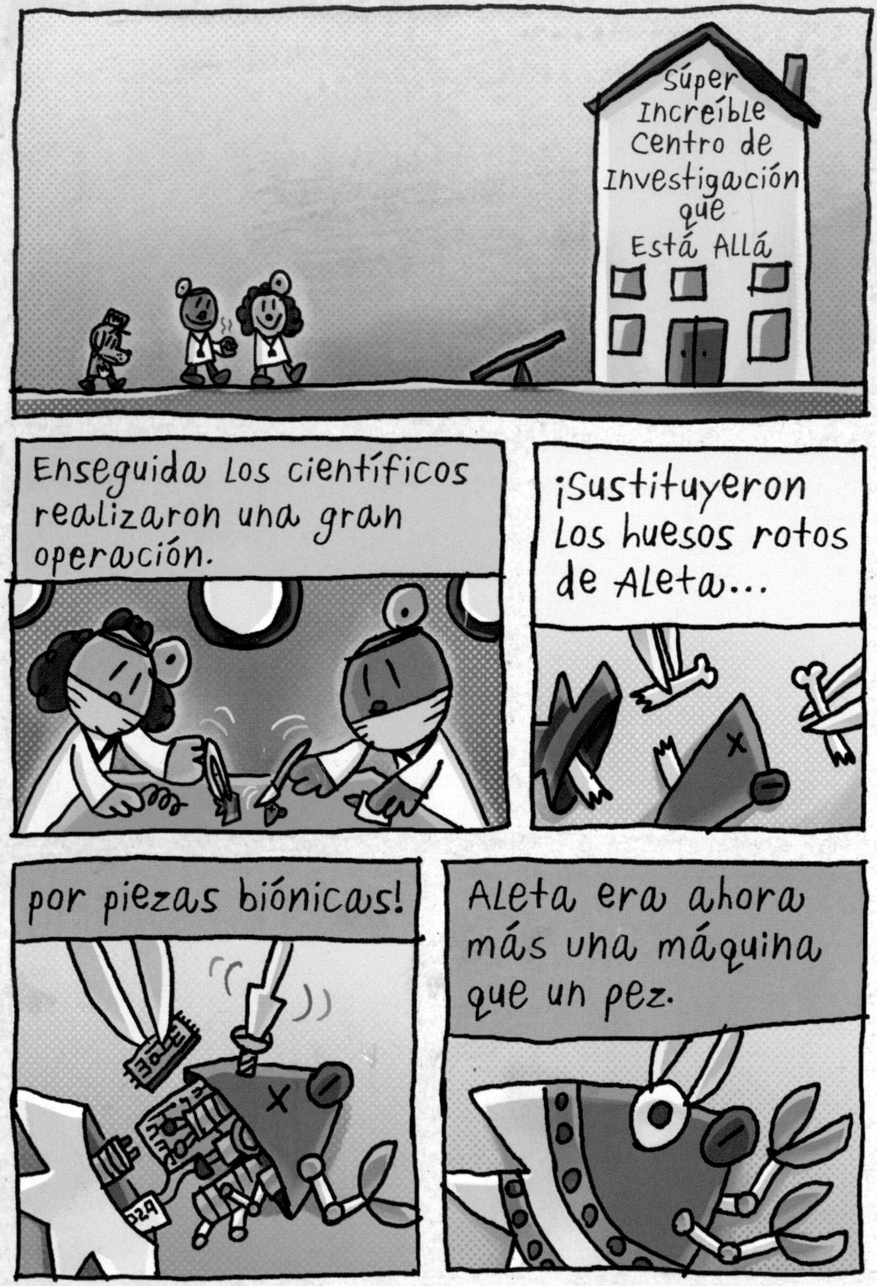
Súper Increíble Centro de Investigación que Está Allá
Enseguida los científicos realizaron una gran operación.
¡Sustituyeron los huesos rotos de Aleta...
por piezas biónicas!
Aleta era ahora más una máquina que un pez.

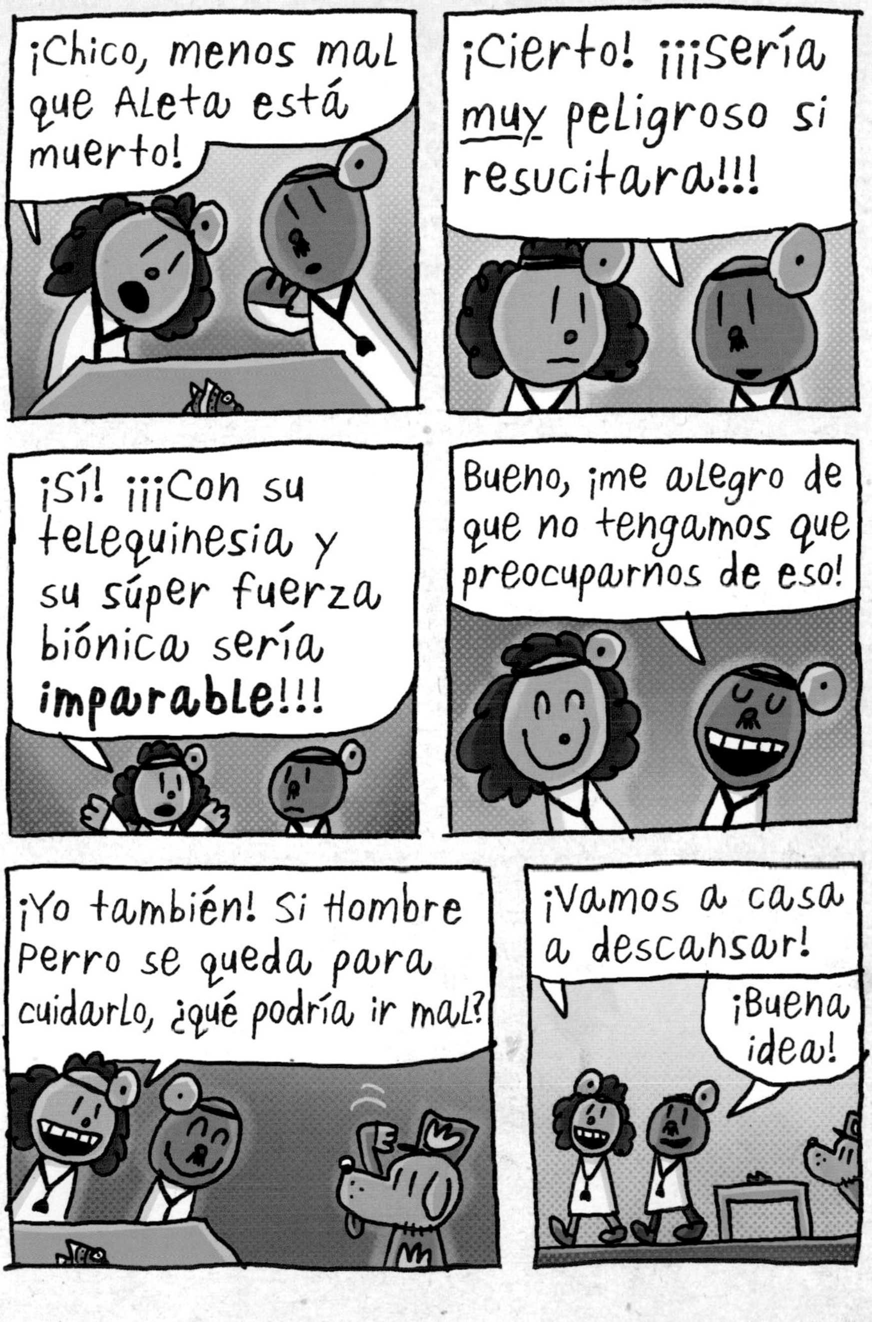
¡Chico, menos mal que Aleta está muerto!
¡Cierto! ¡¡¡Sería muy peligroso si resucitara!!!
¡Sí! ¡¡¡Con su telequinesia y su súper fuerza biónica sería imparable!!!
Bueno, ¡me alegro de que no tengamos que preocuparnos de eso!
¡Yo también! Si Hombre Perro se queda para cuidarlo, ¿qué podría ir mal?
¡Vamos a casa a descansar!
¡Buena idea!

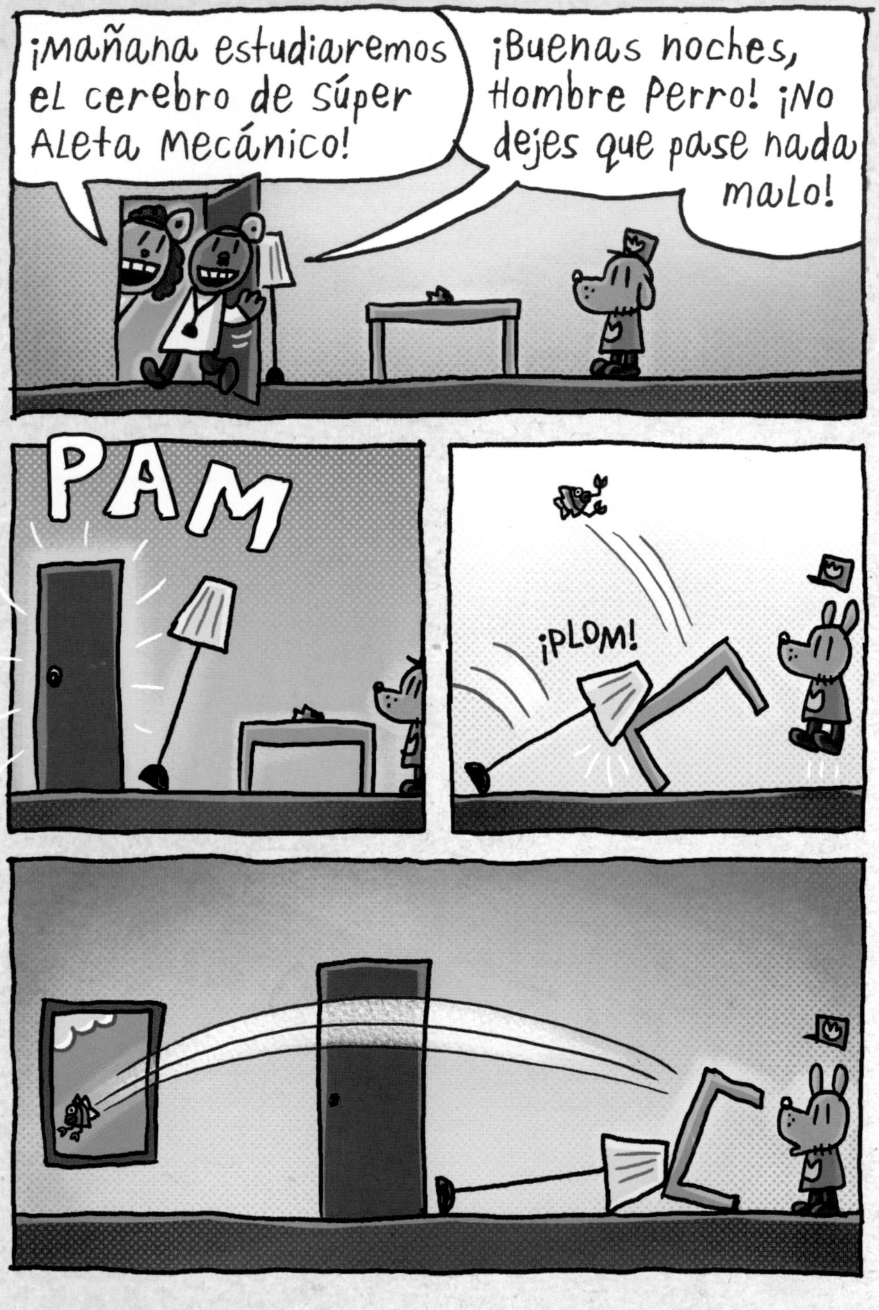
¡Mañana estudiaremos el cerebro de Súper Aleta Mecánico!
¡Buenas noches, Hombre Perro! ¡No dejes que pase nada malo!
PAM
¡PLOM!

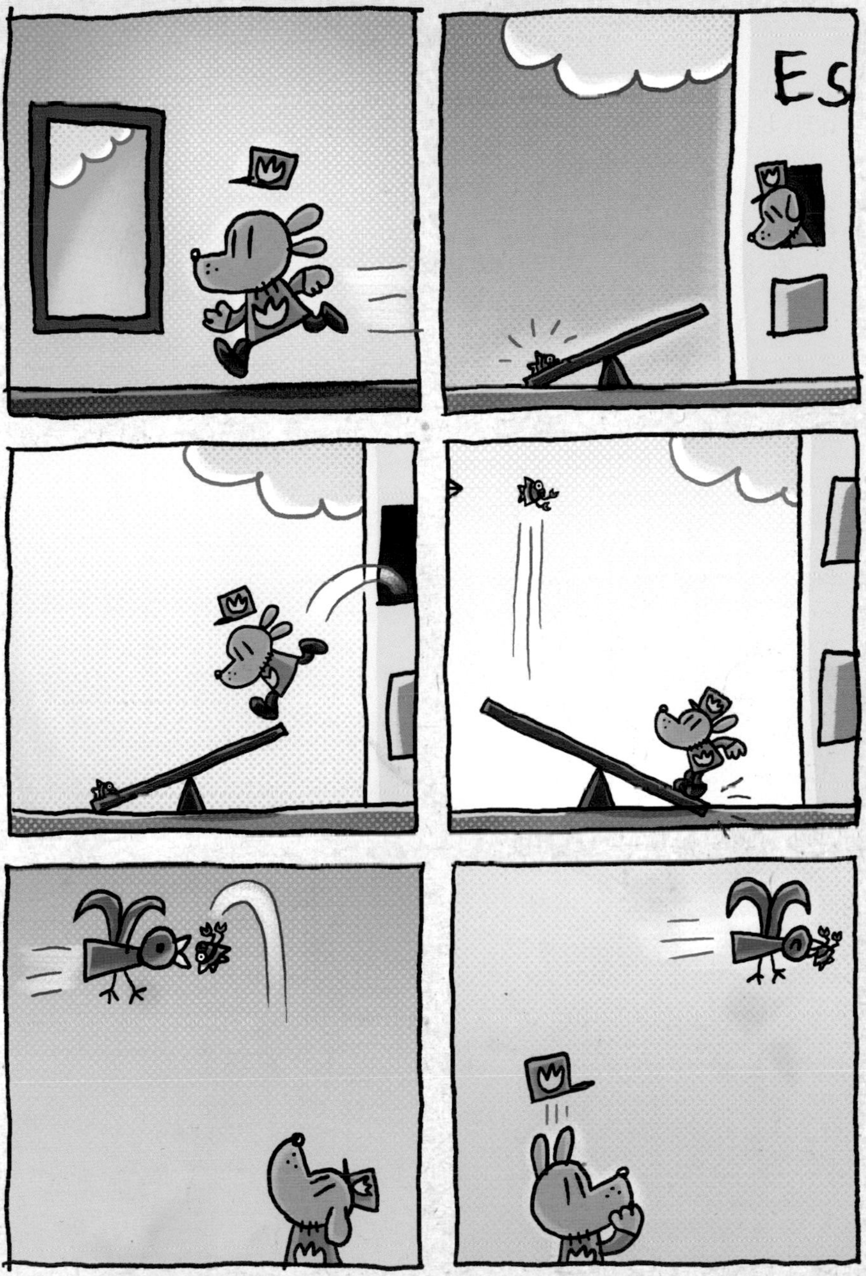
Es

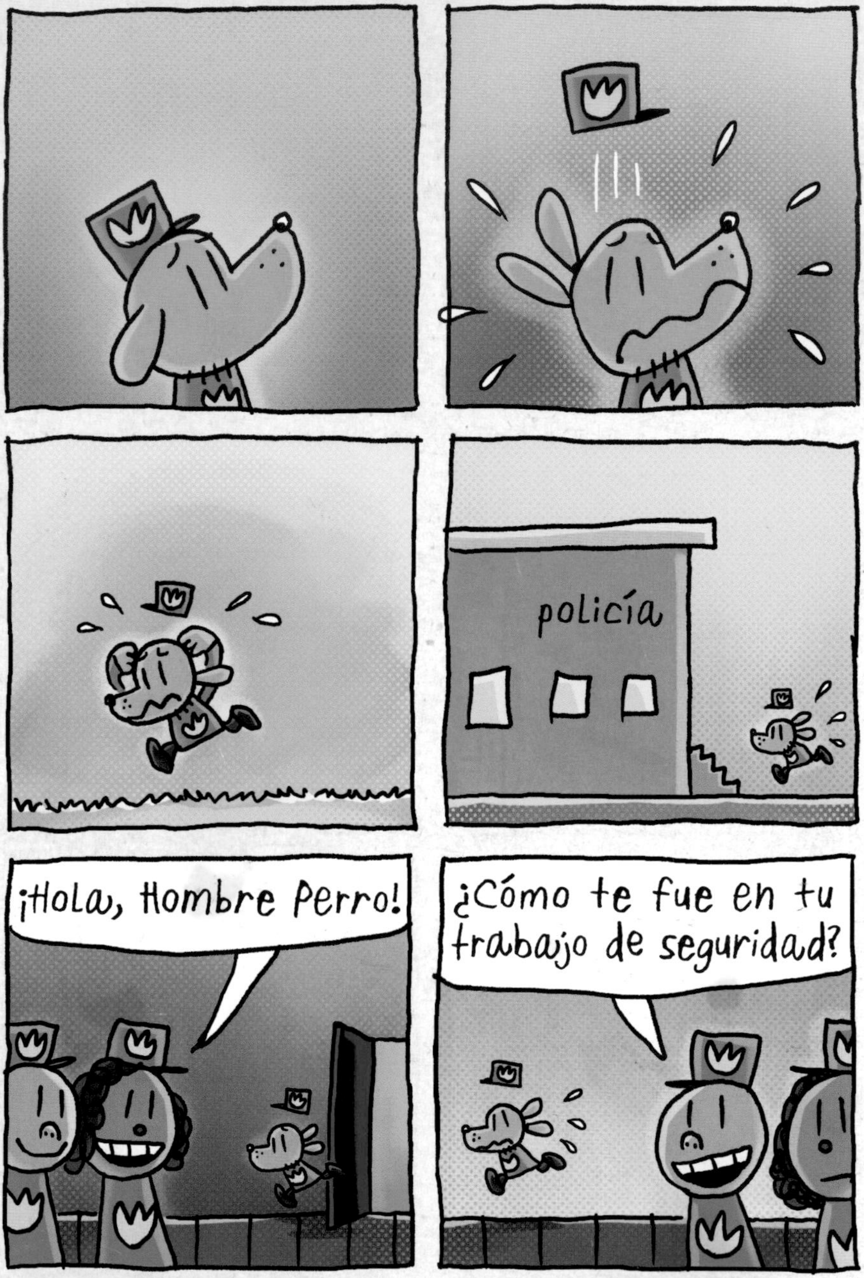
policía
¡Hola, Hombre Perro!
¿Cómo te fue en tu trabajo de seguridad?

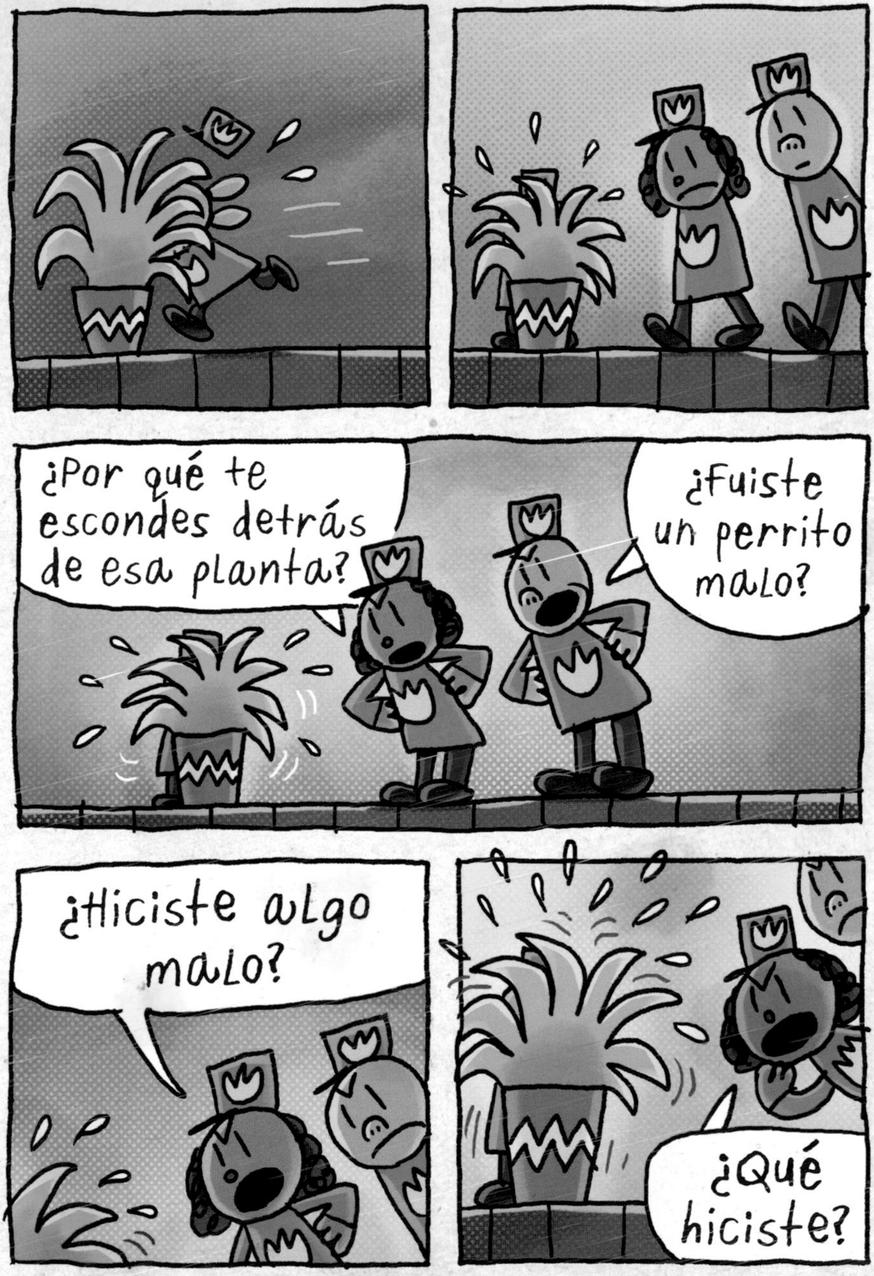
¿Por qué te escondes detrás de esa planta?
¿Fuiste un perrito malo?
¿Hiciste algo malo?
¿Qué hiciste?

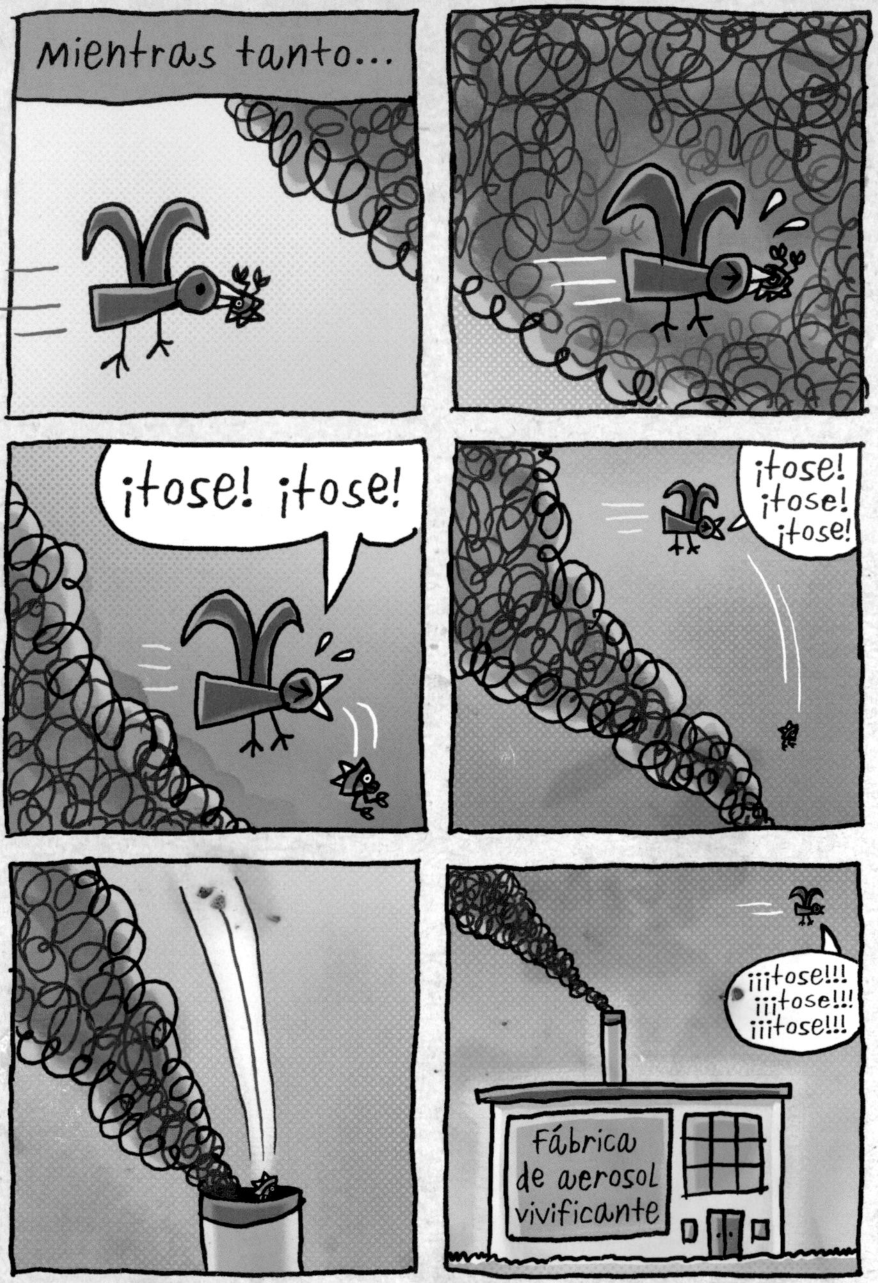
Mientras tanto...
¡tose! ¡tose!
¡tose! ¡tose! ¡tose!
¡¡¡tose!!! ¡¡¡tose!!! ¡¡¡tose!!!
Fábrica de aerosol vivificante

El capítulo cuarto

¡Basta de bromas gatunas!

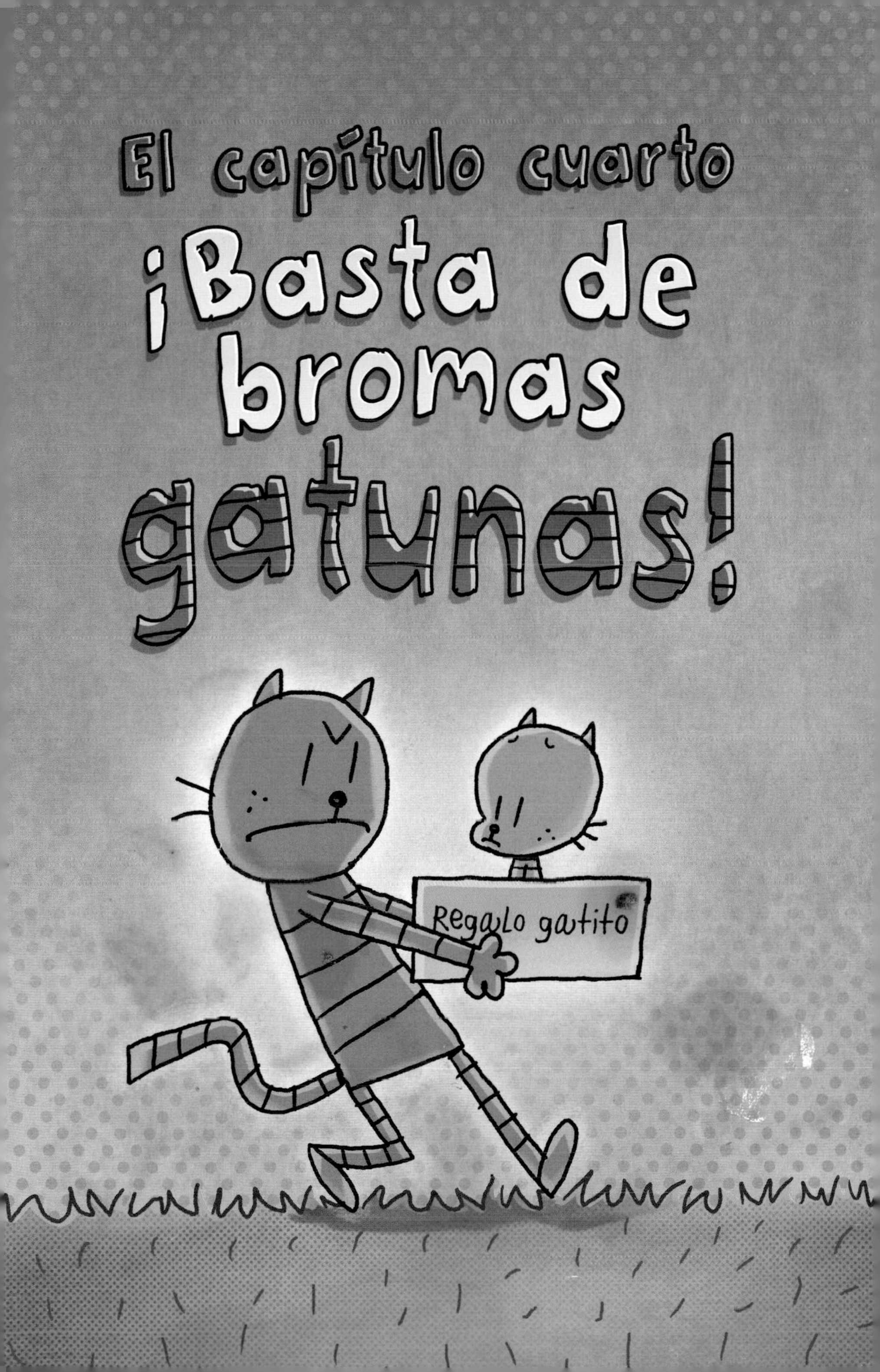
Regalo gatito

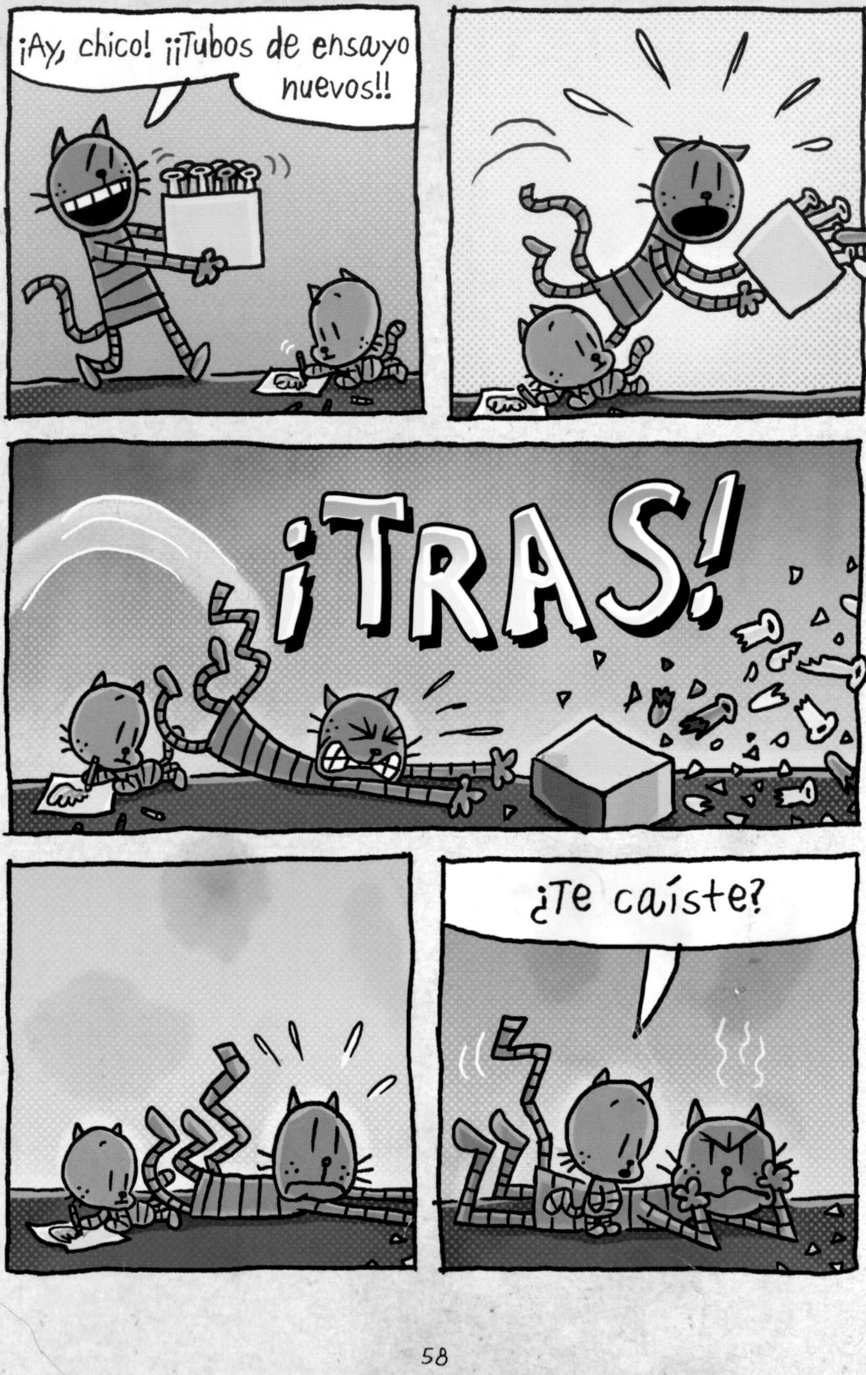
¡Ay, chico! ¡¡Tubos de ensayo nuevos!!
¡TRAS!
¿Te caíste?

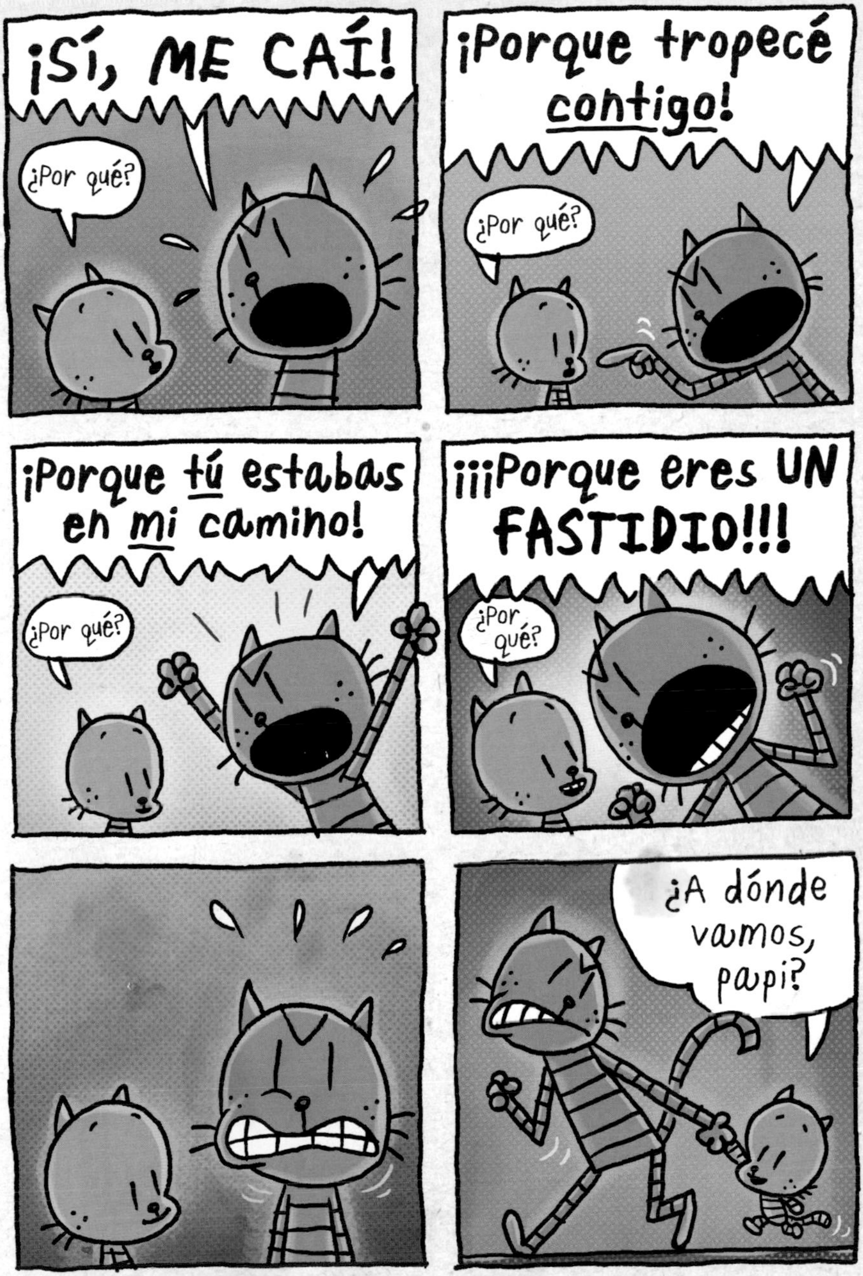
¡SÍ, ME CAÍ!
¿Por qué?
¡Porque tropecé contigo!
¿Por qué?
¡Porque tú estabas en mi camino!
¿Por qué?
¡¡¡Porque eres UN FASTIDIO!!!
¿Por qué?
¿A dónde vamos, papi?

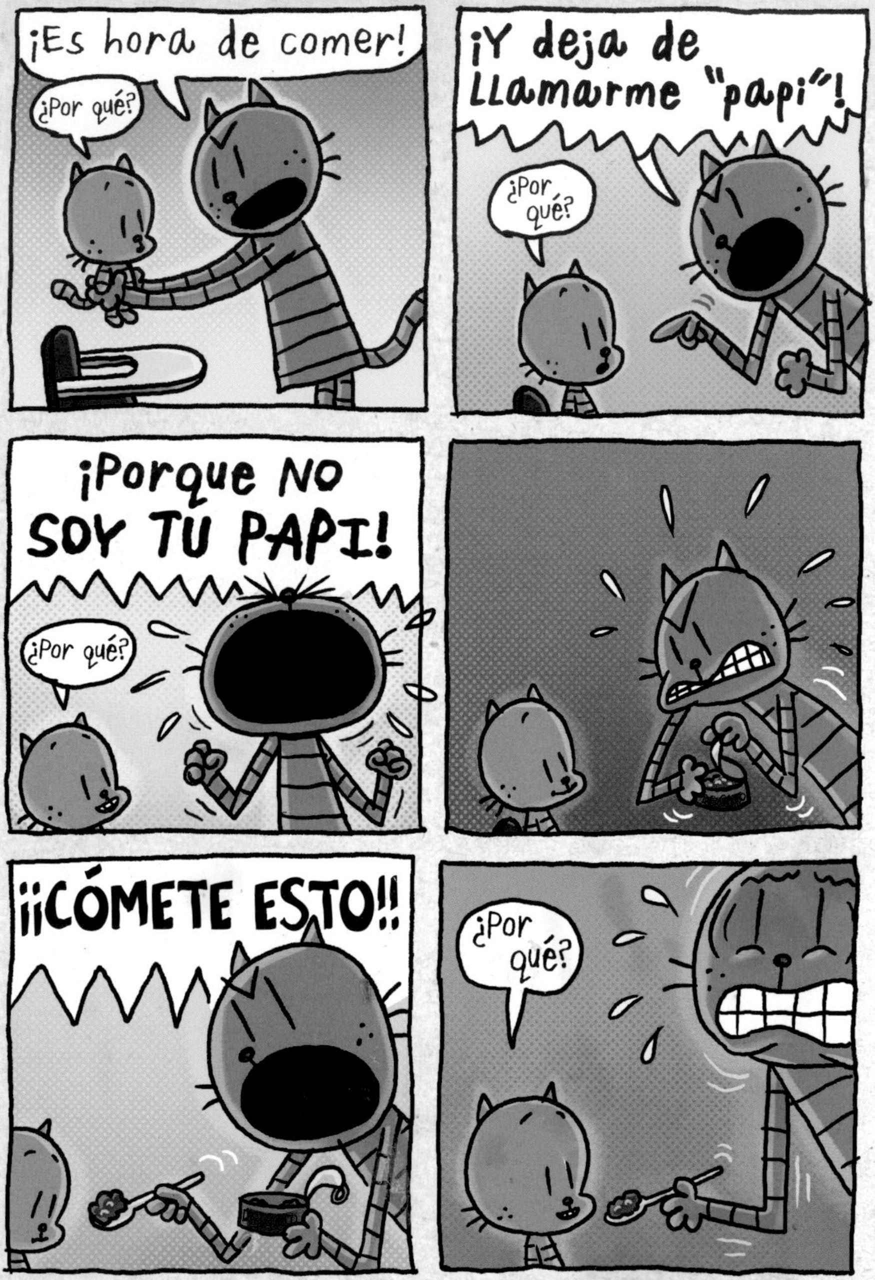
¡Es hora de comer!
¿Por qué?
¡Y deja de llamarme "papi"!
¿Por qué?
¡Porque NO SOY TU PAPI!
¿Por qué?
¡¡CÓMETE ESTO!!
¿Por qué?

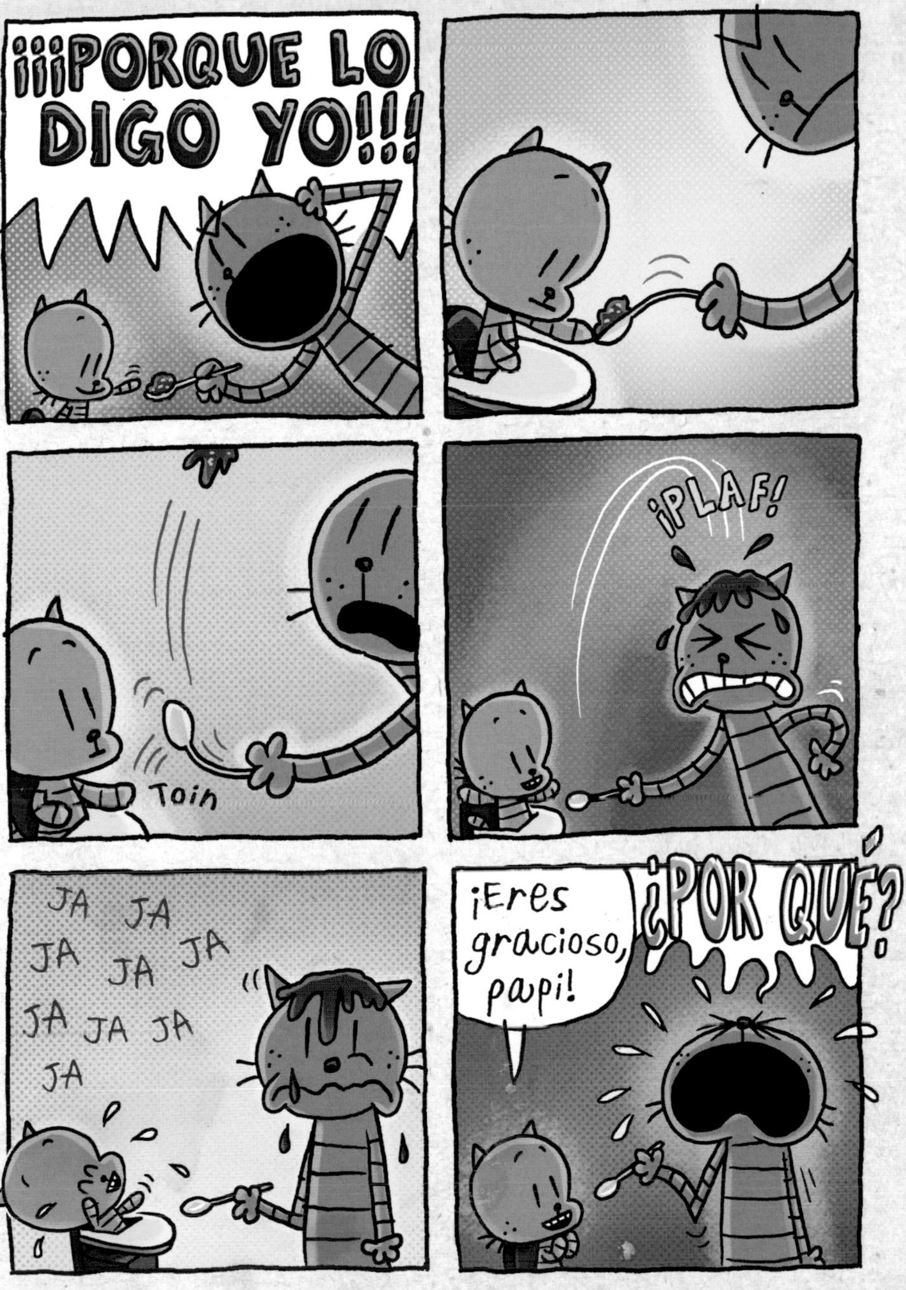
¡¡¡PORQUE LO DIGO YO!!!
Toin
¡PLAF!
JA JA JA JA JA JA JA JA JA
¡Eres gracioso, papi!
¿POR QUÉ?

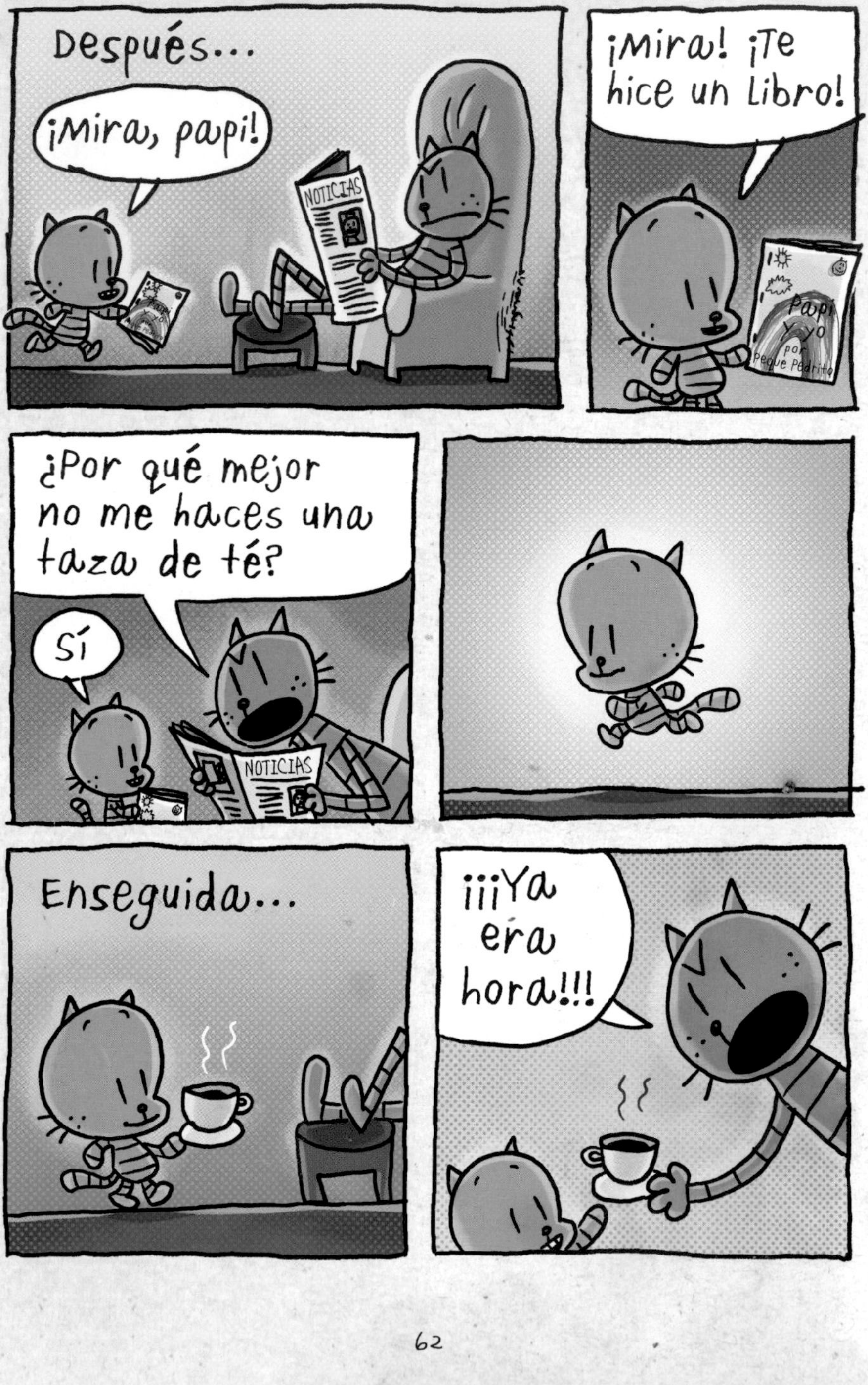
Después...
¡Mira, papi!
NOTICIAS
¡Mira! ¡Te hice un libro!
Papi y yo por Peque Pedrito
¿Por qué mejor no me haces una taza de té?
Sí
NOTICIAS
Enseguida...
¡¡¡Ya era hora!!!

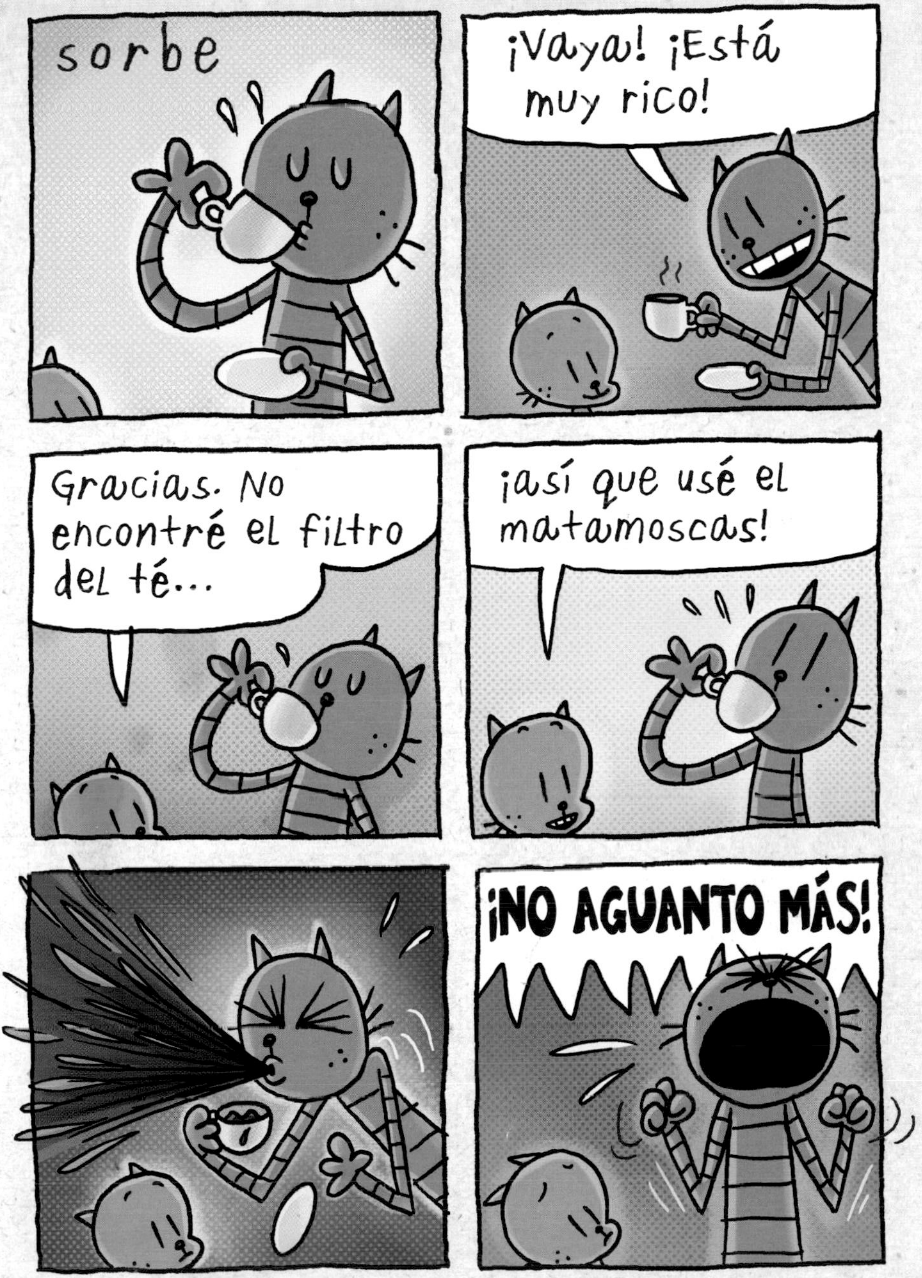
sorbe
¡Vaya! ¡Está muy rico!
Gracias. No encontré el filtro del té...
¡así que usé el matamoscas!
¡NO AGUANTO MÁS!

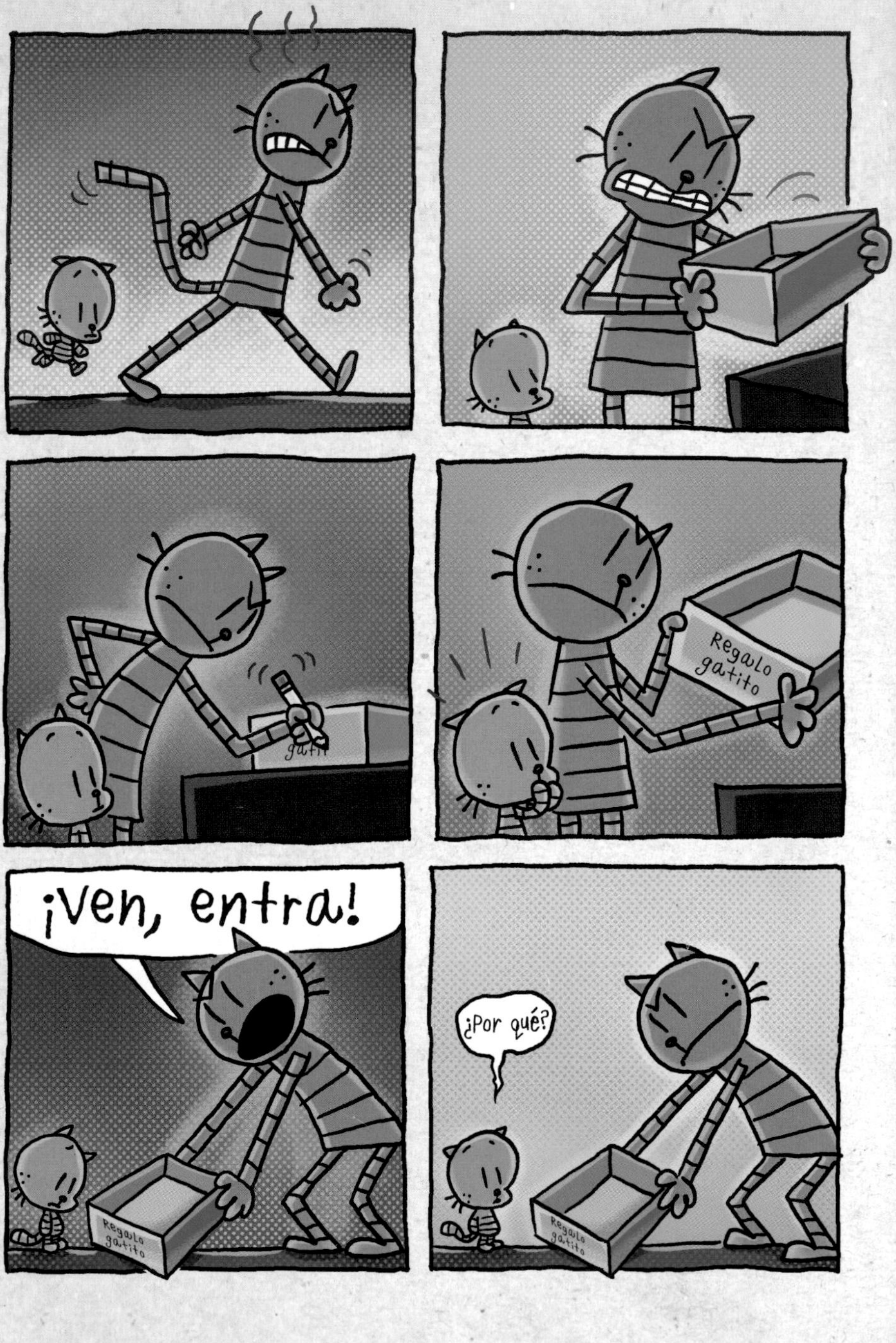
Regalo gatito
¡Ven, entra!
Regalo gatito
¿Por qué?
Regalo gatito

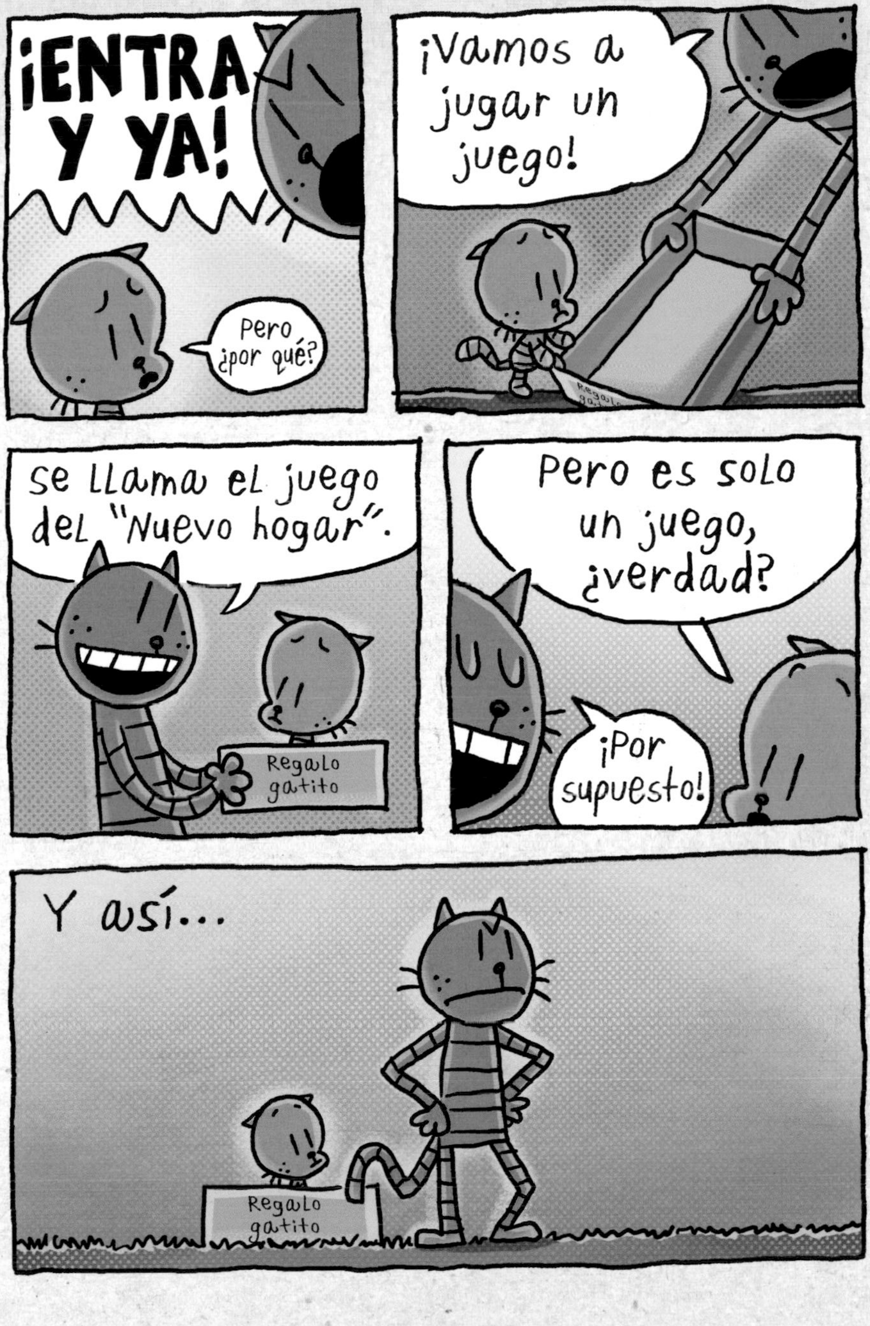
¡ENTRA Y YA!
Pero ¿por qué?
¡Vamos a jugar un juego!
Regalo gatito
Se llama el juego del "Nuevo hogar".
Regalo gatito
Pero es solo un juego, ¿verdad?
¡Por supuesto!
Y así...
Regalo gatito

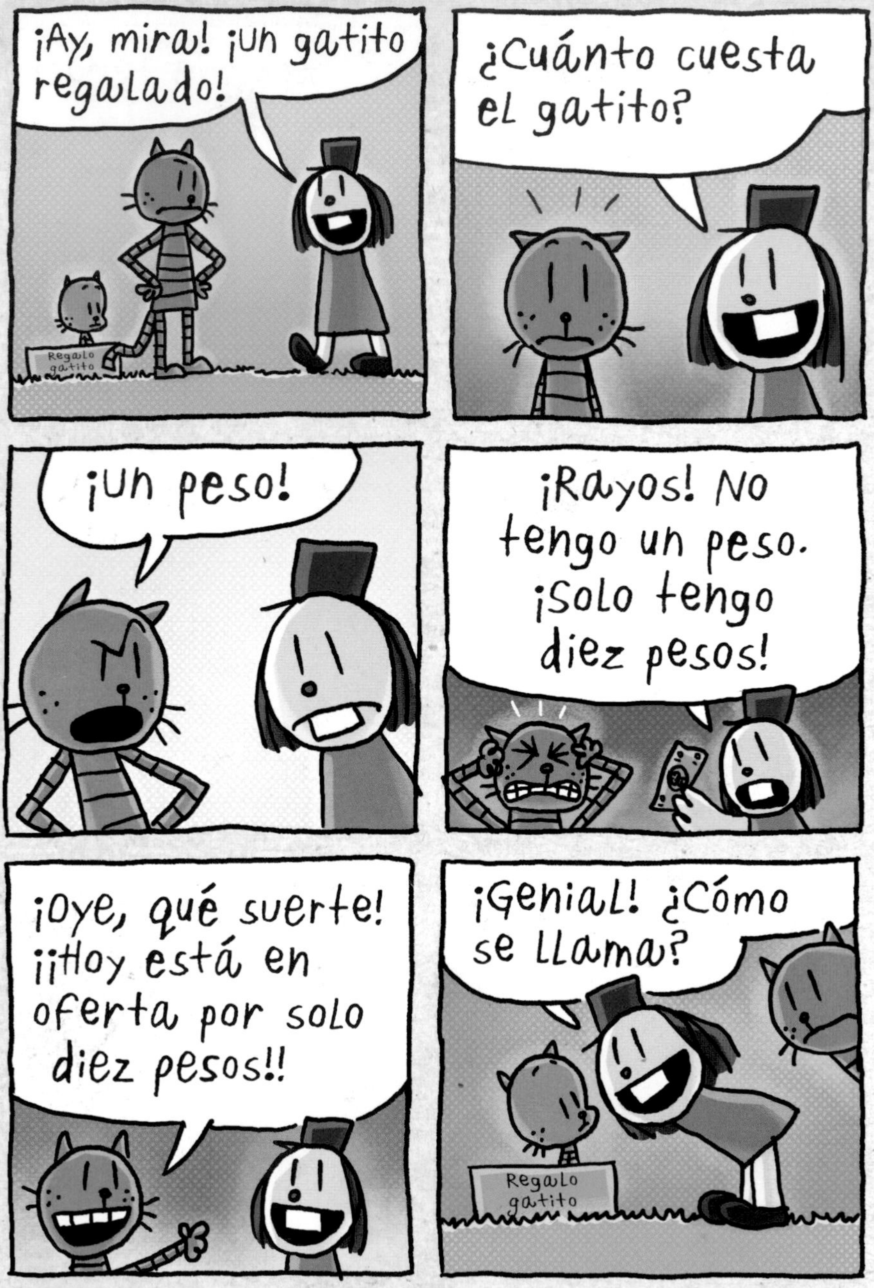
¡Ay, mira! ¡Un gatito regalado!
Regalo gatito
¿Cuánto cuesta el gatito?
¡Un peso!
¡Rayos! No tengo un peso. ¡Solo tengo diez pesos!
¡Oye, qué suerte! ¡¡Hoy está en oferta por solo diez pesos!!
¡Genial! ¿Cómo se llama?
Regalo gatito

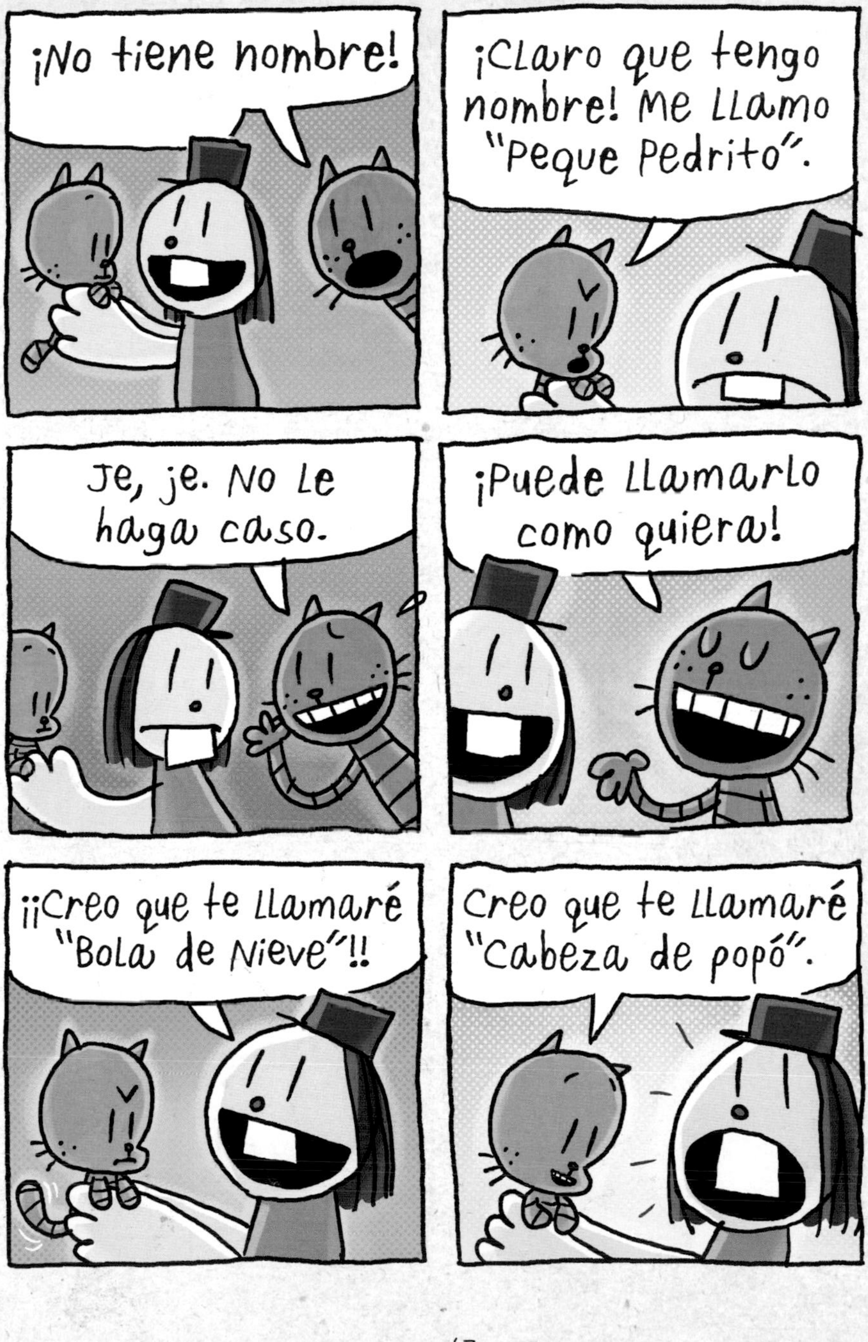
¡No tiene nombre!
¡Claro que tengo nombre! Me llamo "Peque Pedrito".
Je, je. No le haga caso.
¡Puede llamarlo como quiera!
¡¡Creo que te llamaré "Bola de Nieve"!!
Creo que te llamaré "Cabeza de popó".

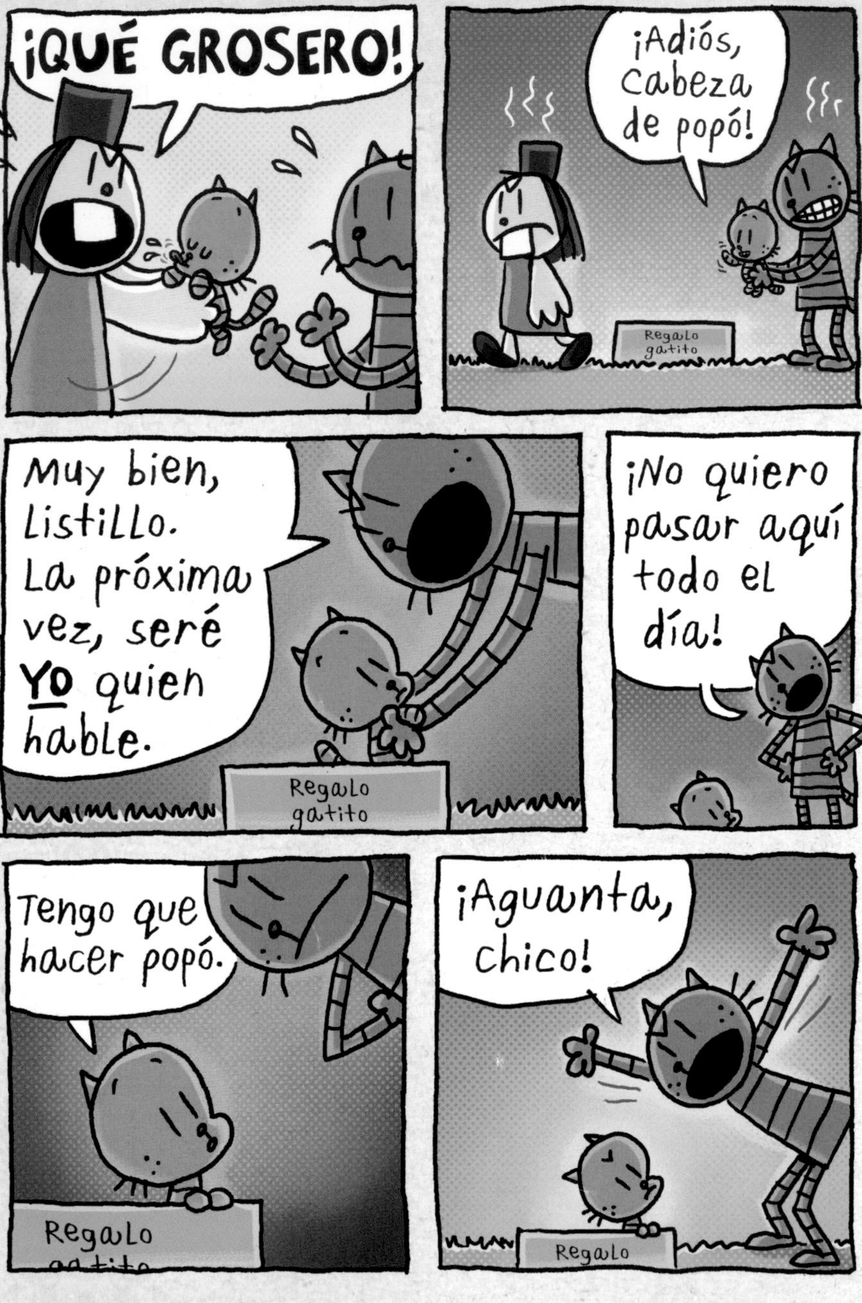
¡QUÉ GROSERO!
¡Adiós, cabeza de popó!
Regalo gatito
Muy bien, listillo. La próxima vez, seré YO quien hable.
Regalo gatito
¡No quiero pasar aquí todo el día!
Tengo que hacer popó.
Regalo
¡Aguanta, chico!
Regalo

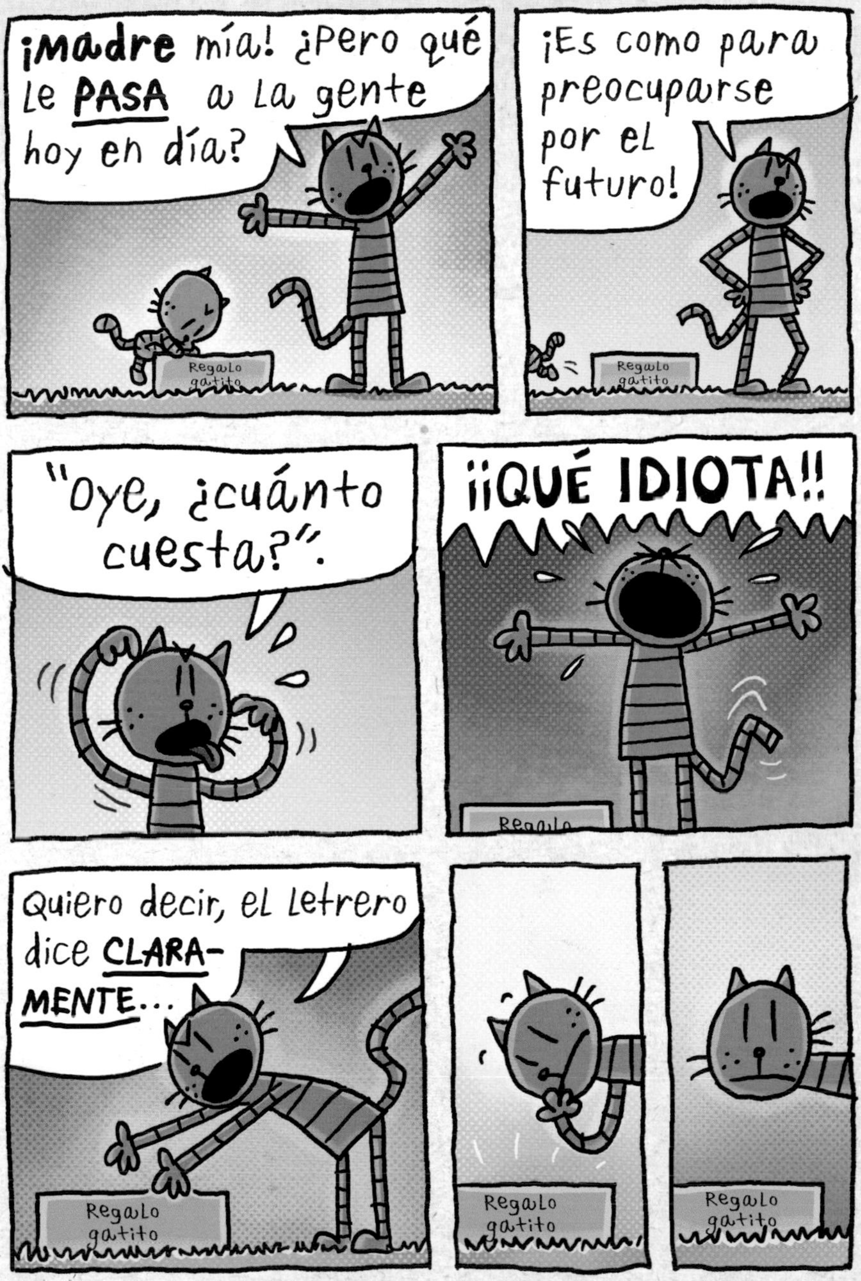
¡Madre mía! ¿Pero qué le PASA a la gente hoy en día?
Regalo gatito
¡Es como para preocuparse por el futuro!
Regalo gatito
"Oye, ¿cuánto cuesta?".
¡¡QUÉ IDIOTA!!
Quiero decir, el letrero dice CLARAMENTE...
Regalo gatito
Regalo gatito
Regalo gatito

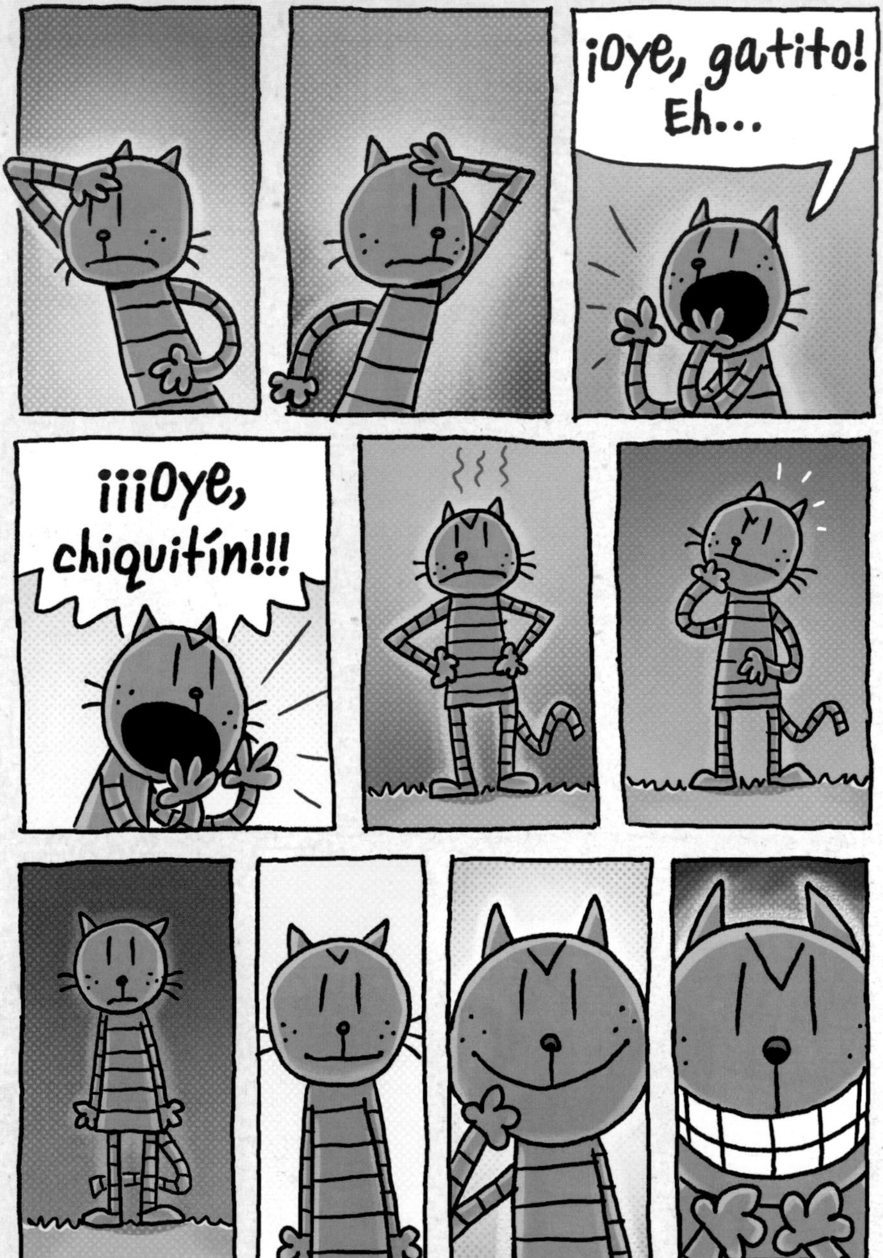
¡Oye, gatito! Eh...
¡¡¡Oye, chiquitín!!!

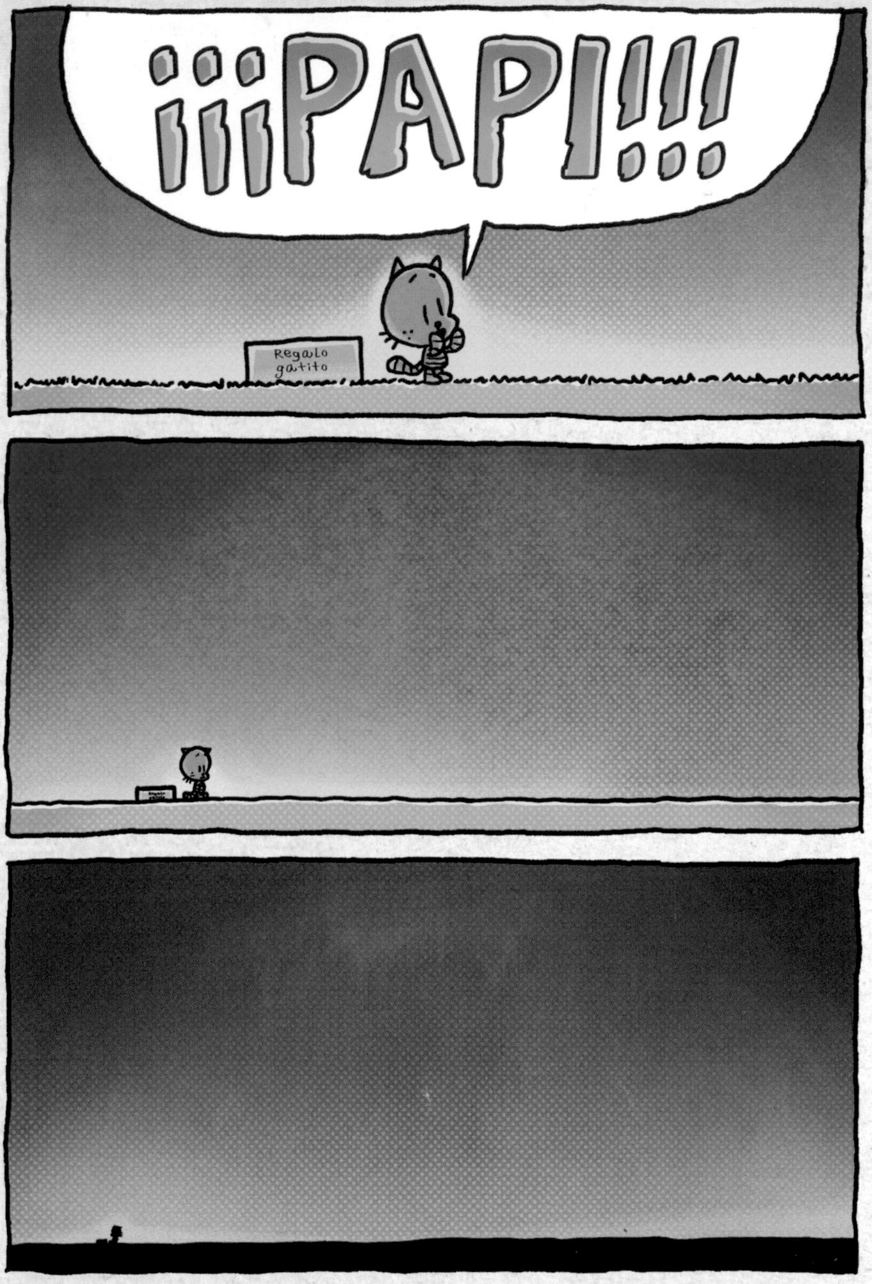
¡¡¡PAPI!!!
Regalo gatito

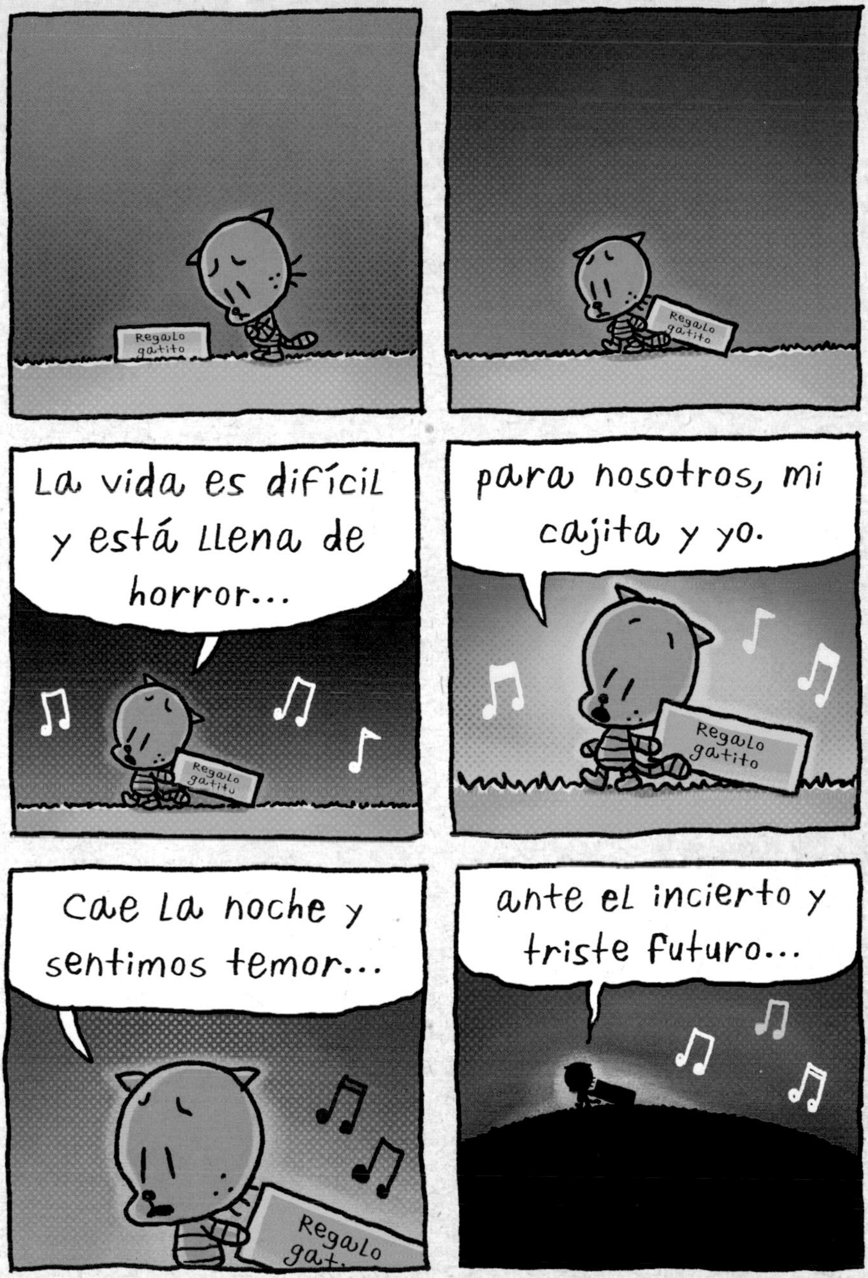
Regalo gatito
Regalo gatito
La vida es difícil y está llena de horror...
Regalo gatito
para nosotros, mi cajita y yo.
Regalo gatito
Cae la noche y sentimos temor...
ante el incierto y triste futuro...

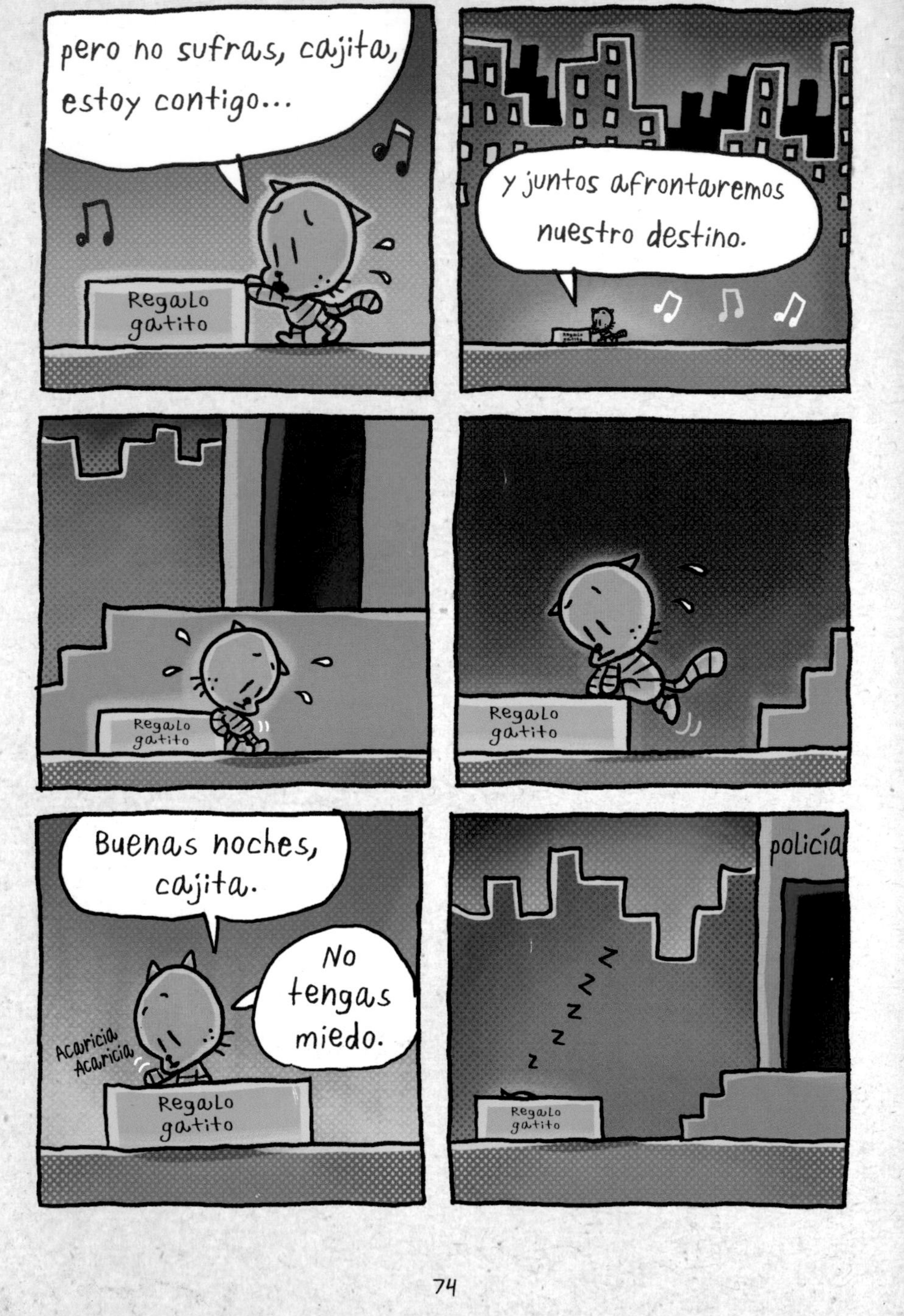
pero no sufras, cajita, estoy contigo...
Regalo gatito
y juntos afrontaremos nuestro destino.
Regalo gatito
Regalo gatito
Buenas noches, cajita.
No tengas miedo.
Acaricia Acaricia
Regalo gatito
policía
Z Z Z Z Z
Regalo gatito

El capítulo quinto

CAJITA DE ESPERANZAS

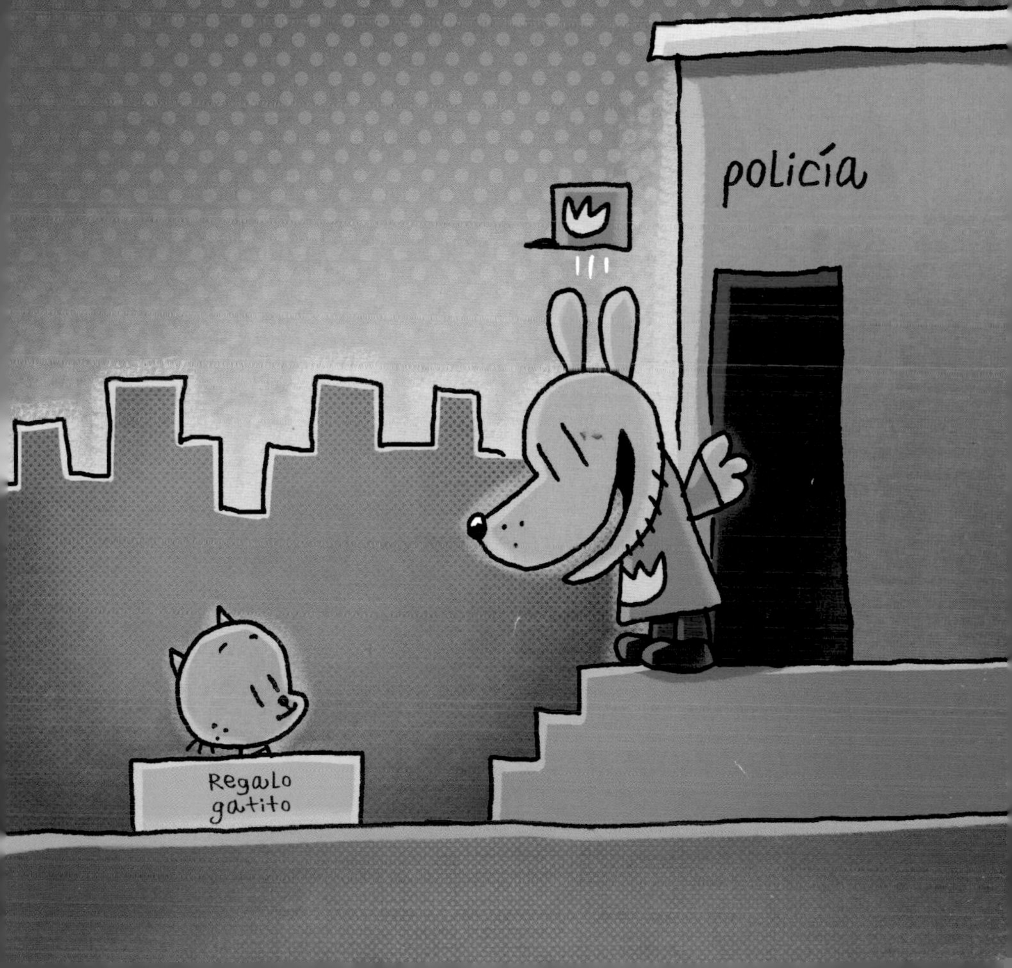

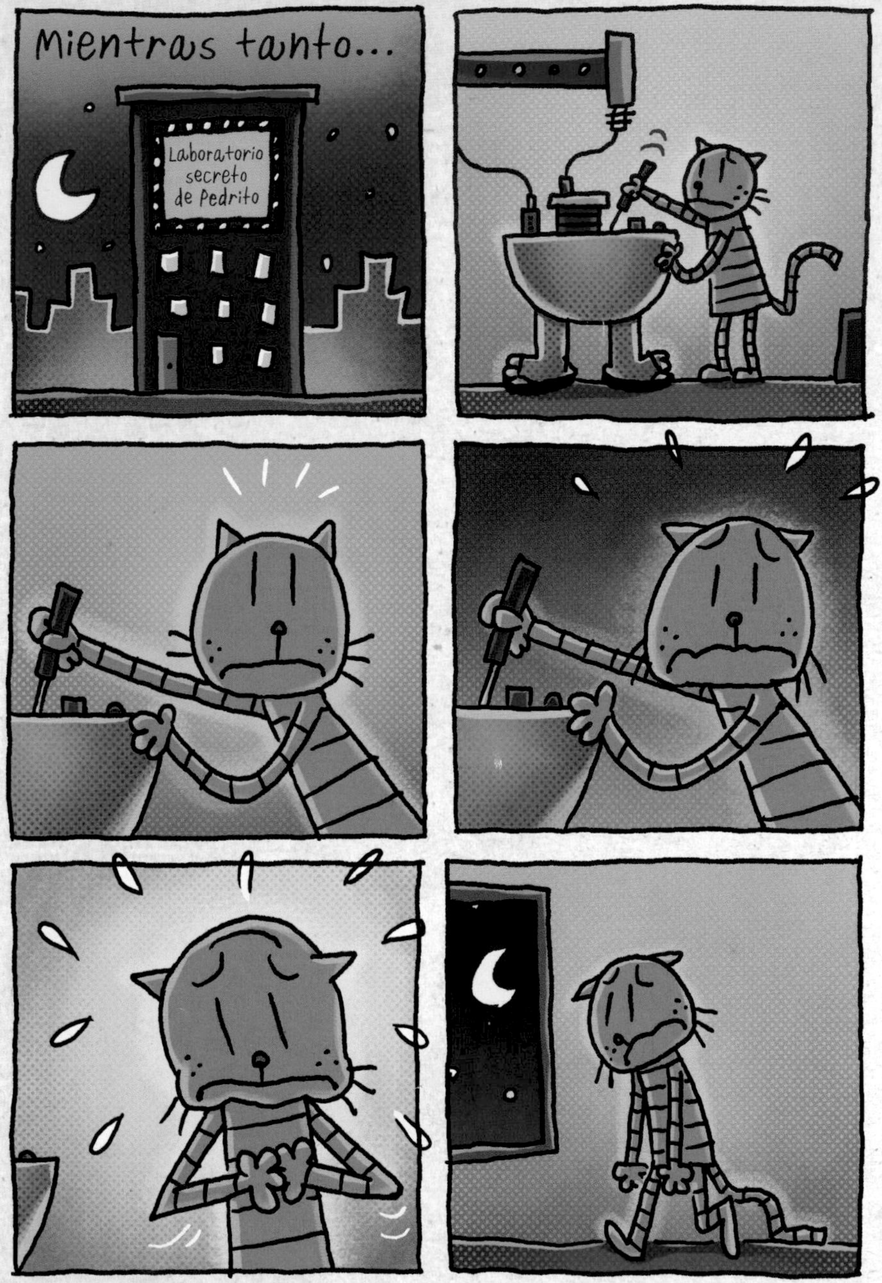
Mientras tanto...
Laboratorio secreto de Pedrito

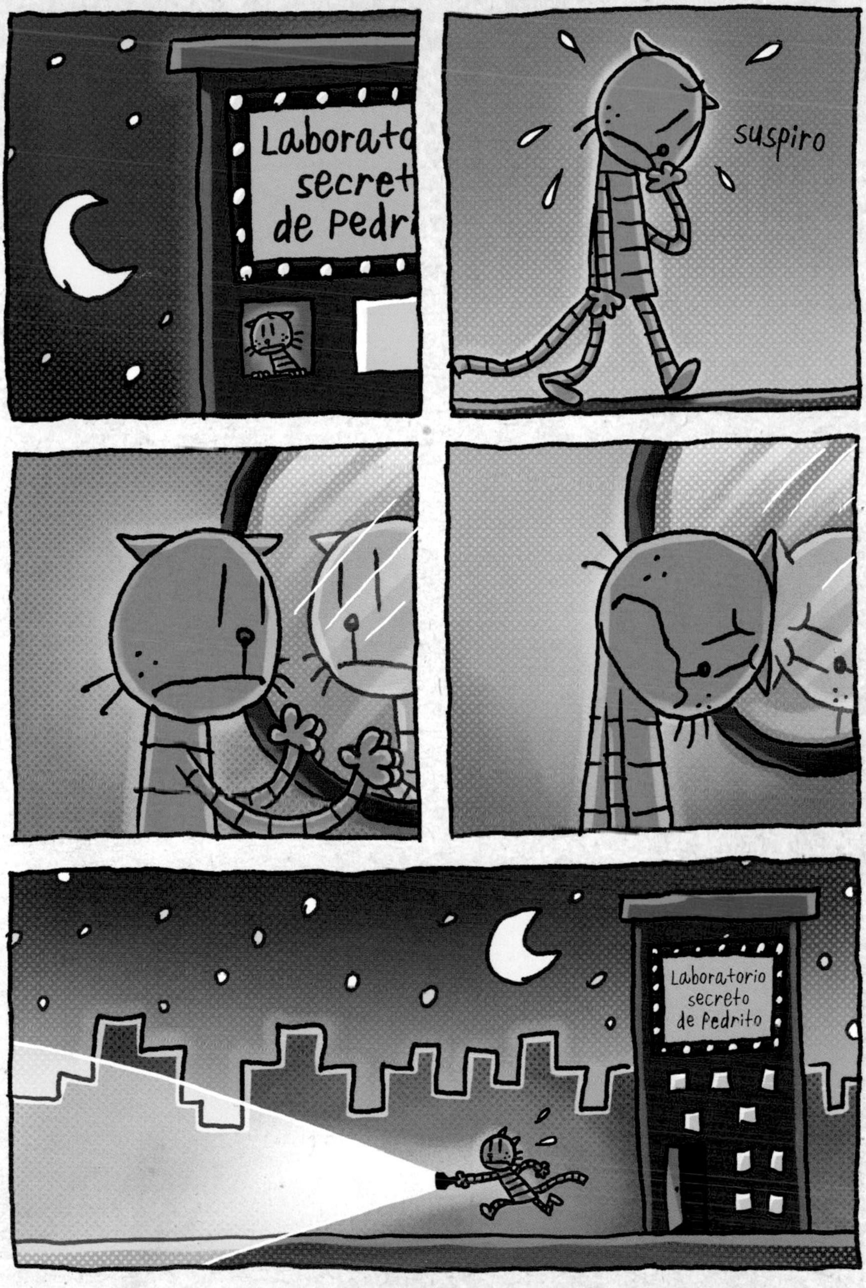
Laborato
secret
de Pedri
suspiro
Laboratorio
secreto
de Pedrito

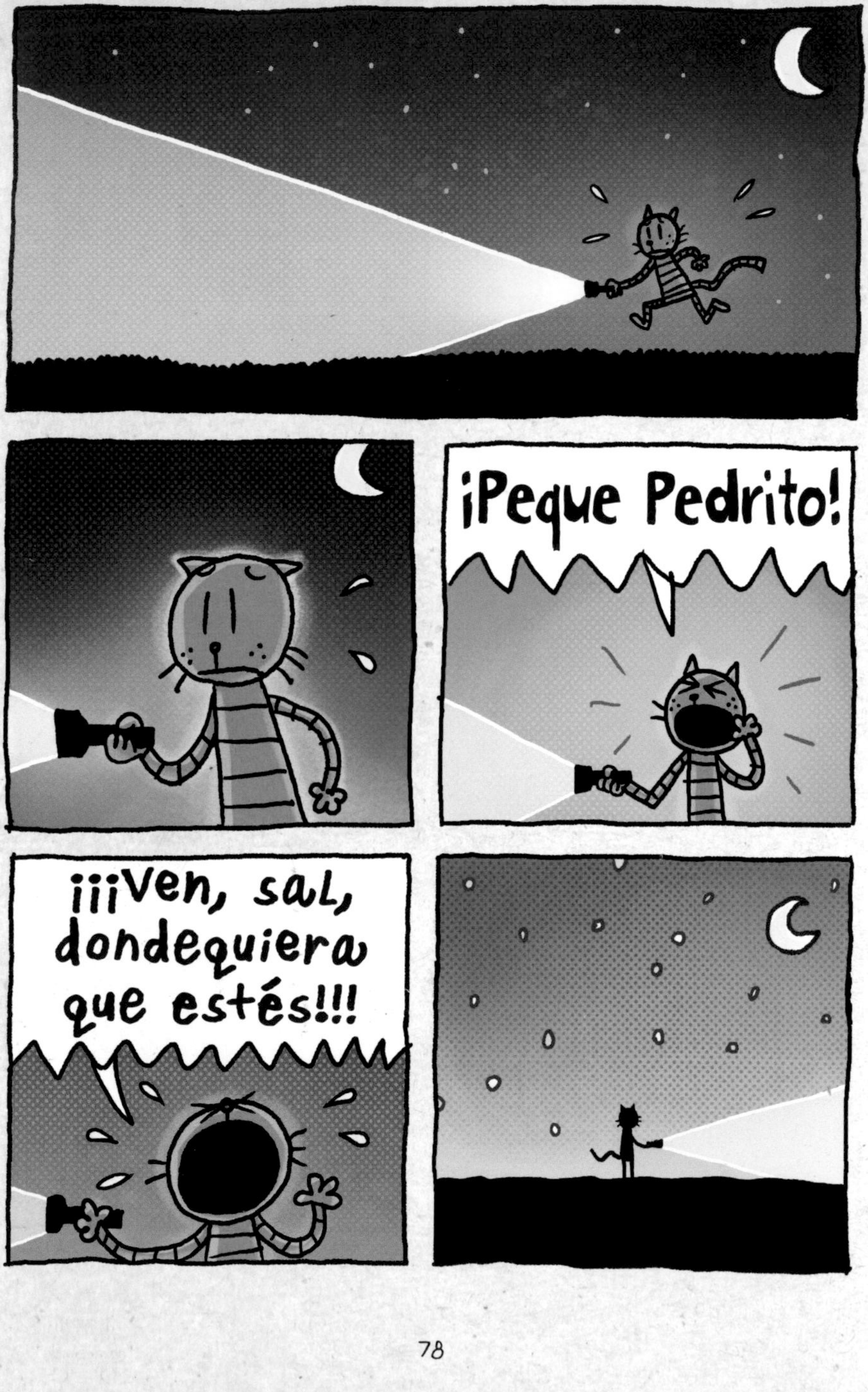
¡Peque Pedrito!
¡¡¡Ven, sal, dondequiera que estés!!!

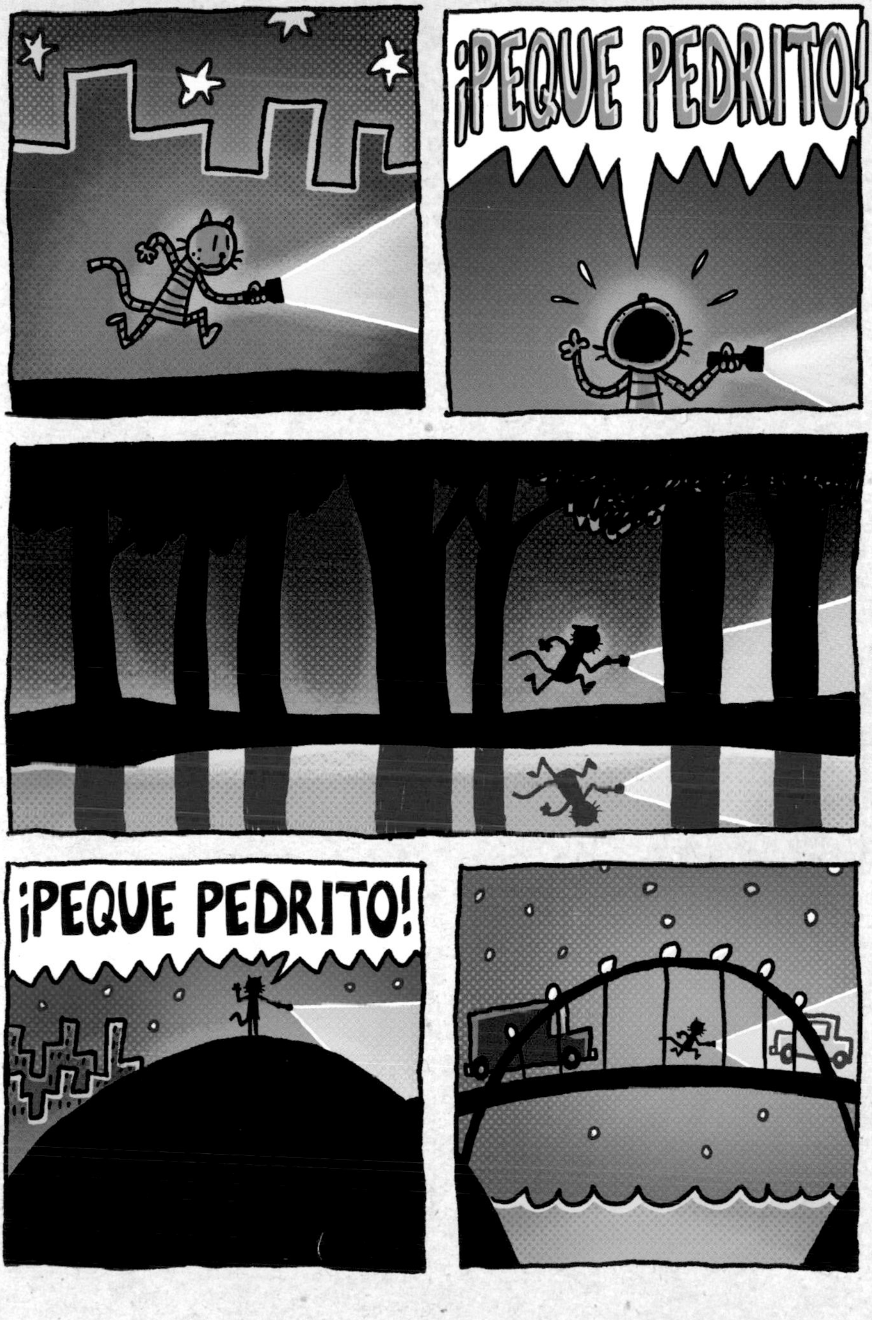
¡PEQUE PEDRITO!
¡PEQUE PEDRITO!

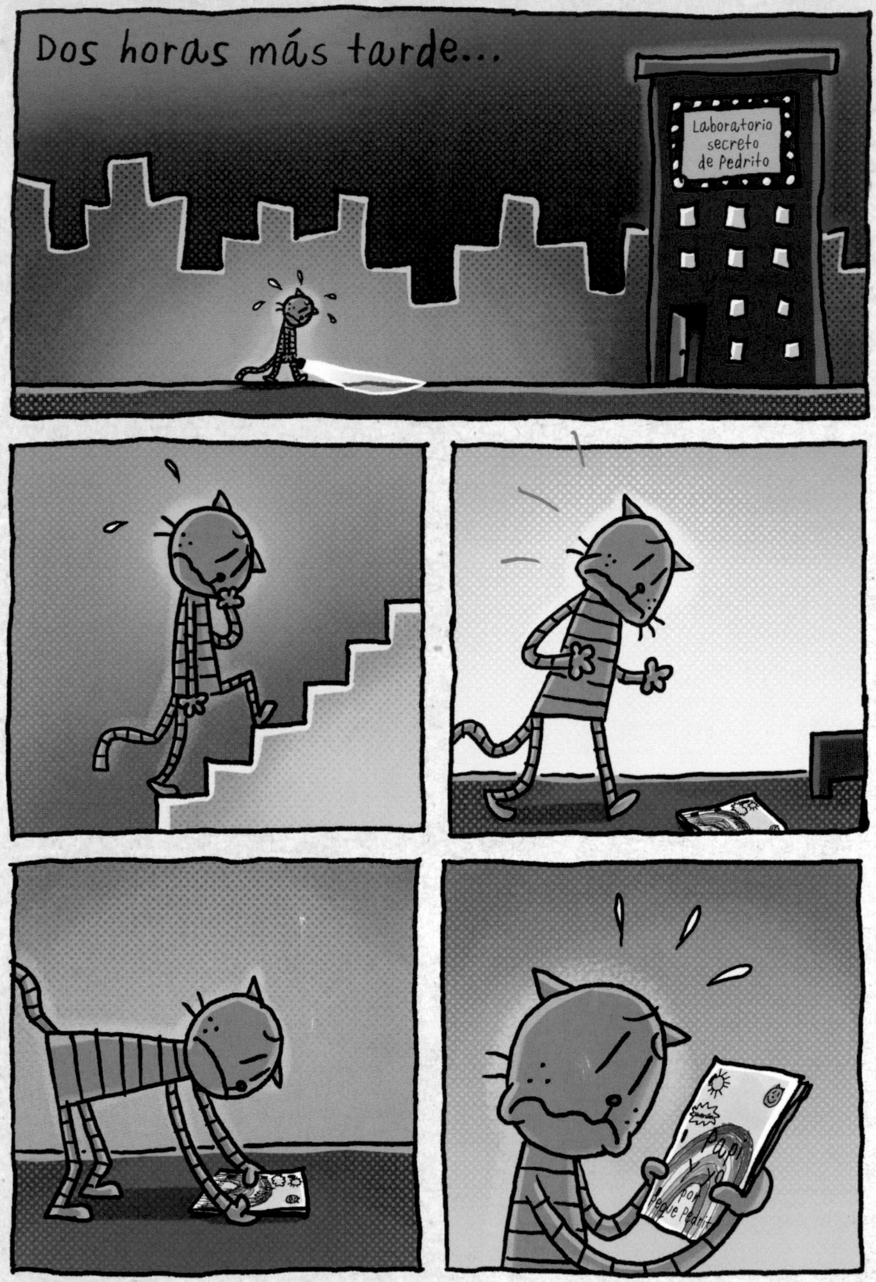
Dos horas más tarde...
Laboratorio secreto de Pedrito
Papi
y yo
por

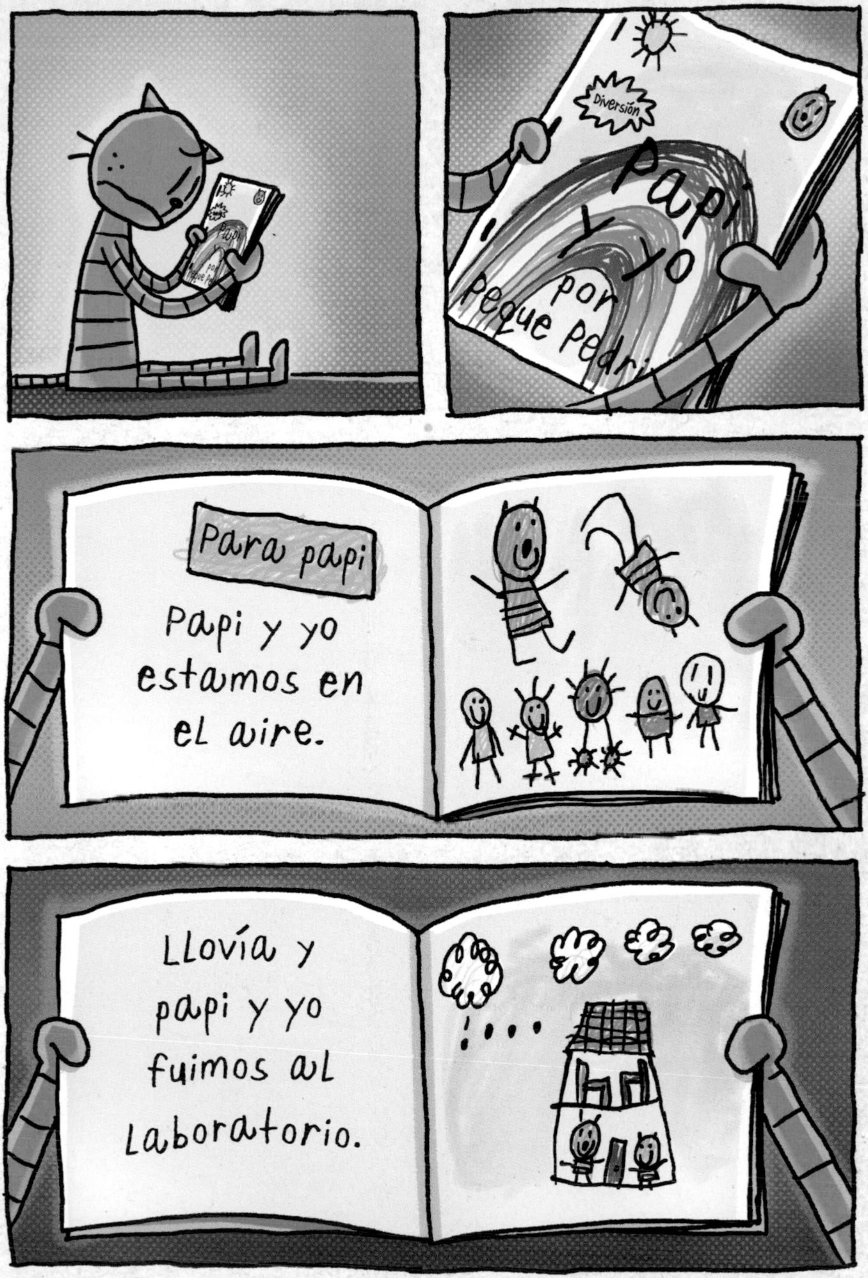
Diversión
Papi y yo
por Peque Pedri
Para papi
Papi y yo estamos en el aire.
Llovía y papi y yo fuimos al laboratorio.

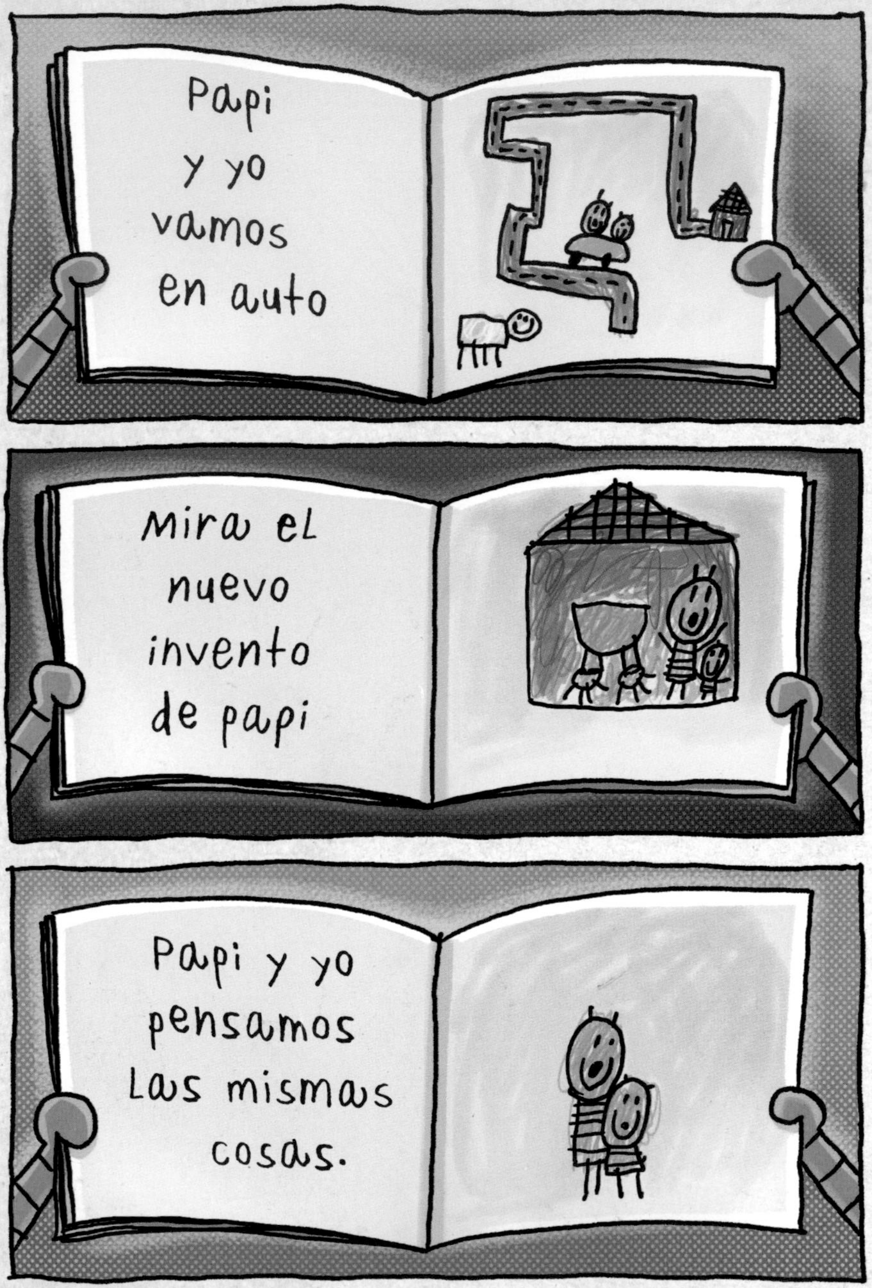
Papi y yo vamos en auto
Mira el nuevo invento de papi
Papi y yo pensamos las mismas cosas.

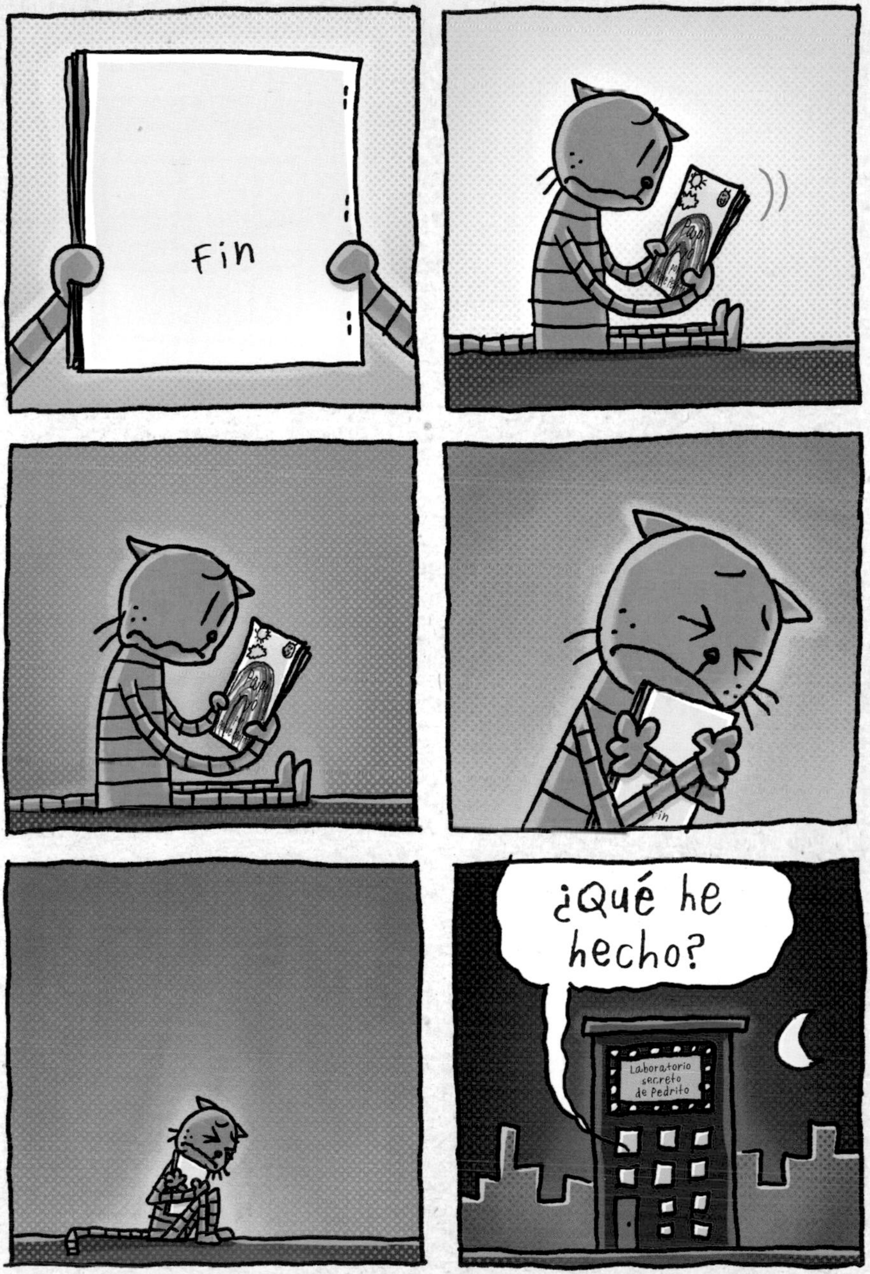
Fin
Fin
¿Qué he hecho?
Laboratorio secreto de Pedrito

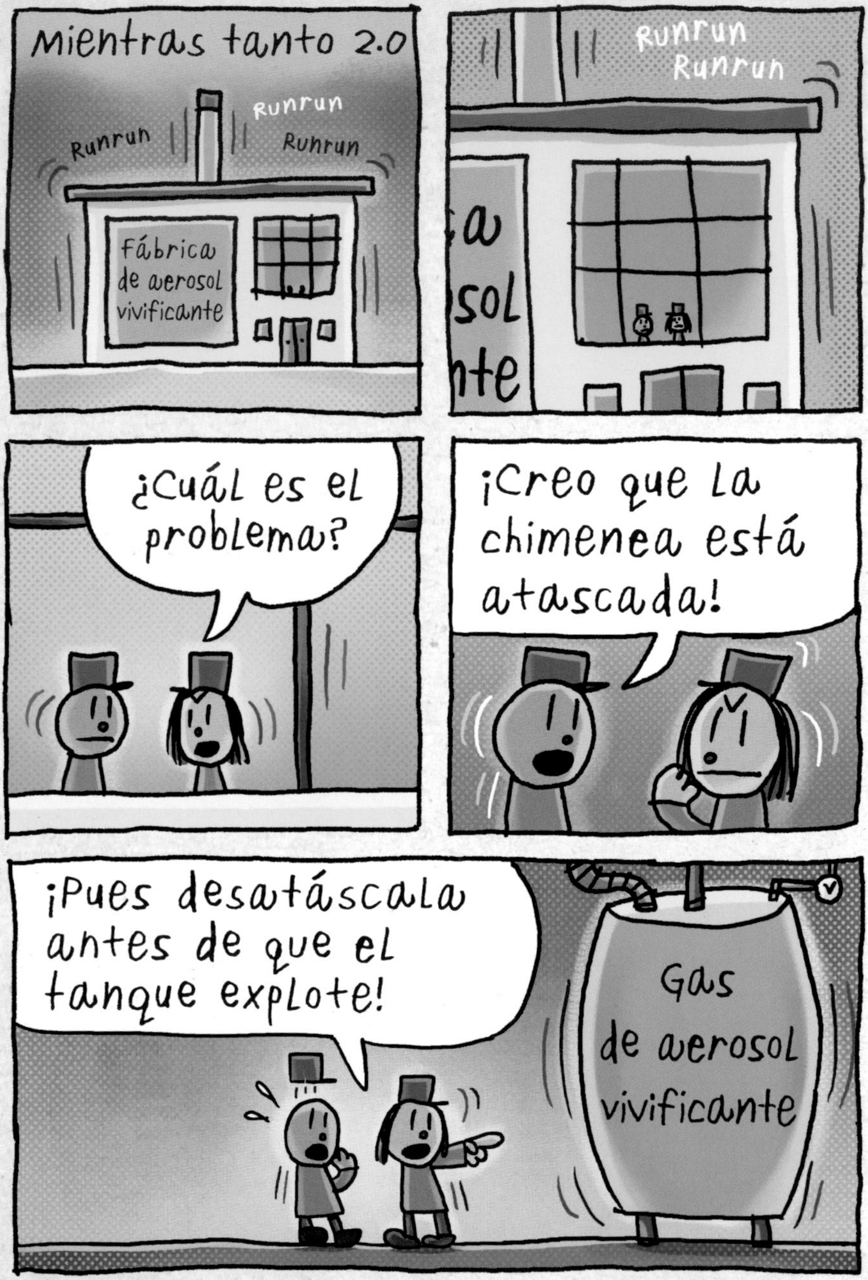
Mientras tanto 2.0
Runrun
Runrun
Runrun
Fábrica de aerosol vivificante
Runrun
Runrun
¿Cuál es el problema?
¡Creo que la chimenea está atascada!
¡Pues desatáscala antes de que el tanque explote!
Gas de aerosol vivificante

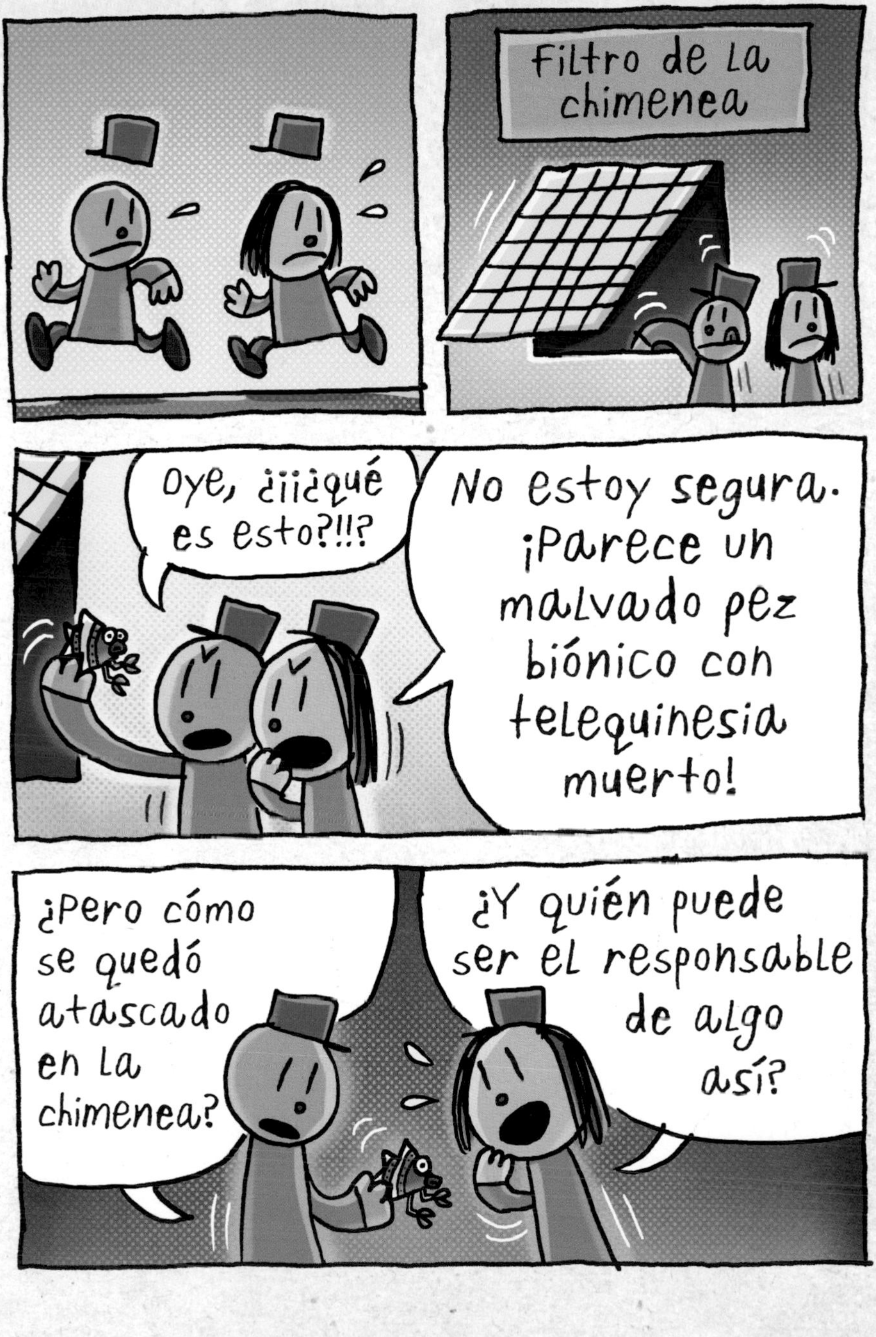
Filtro de la chimenea
Oye, ¿¡¡¿qué es esto?!!?
No estoy segura. ¡Parece un malvado pez biónico con telequinesia muerto!
¿Pero cómo se quedó atascado en la chimenea?
¿Y quién puede ser el responsable de algo así?

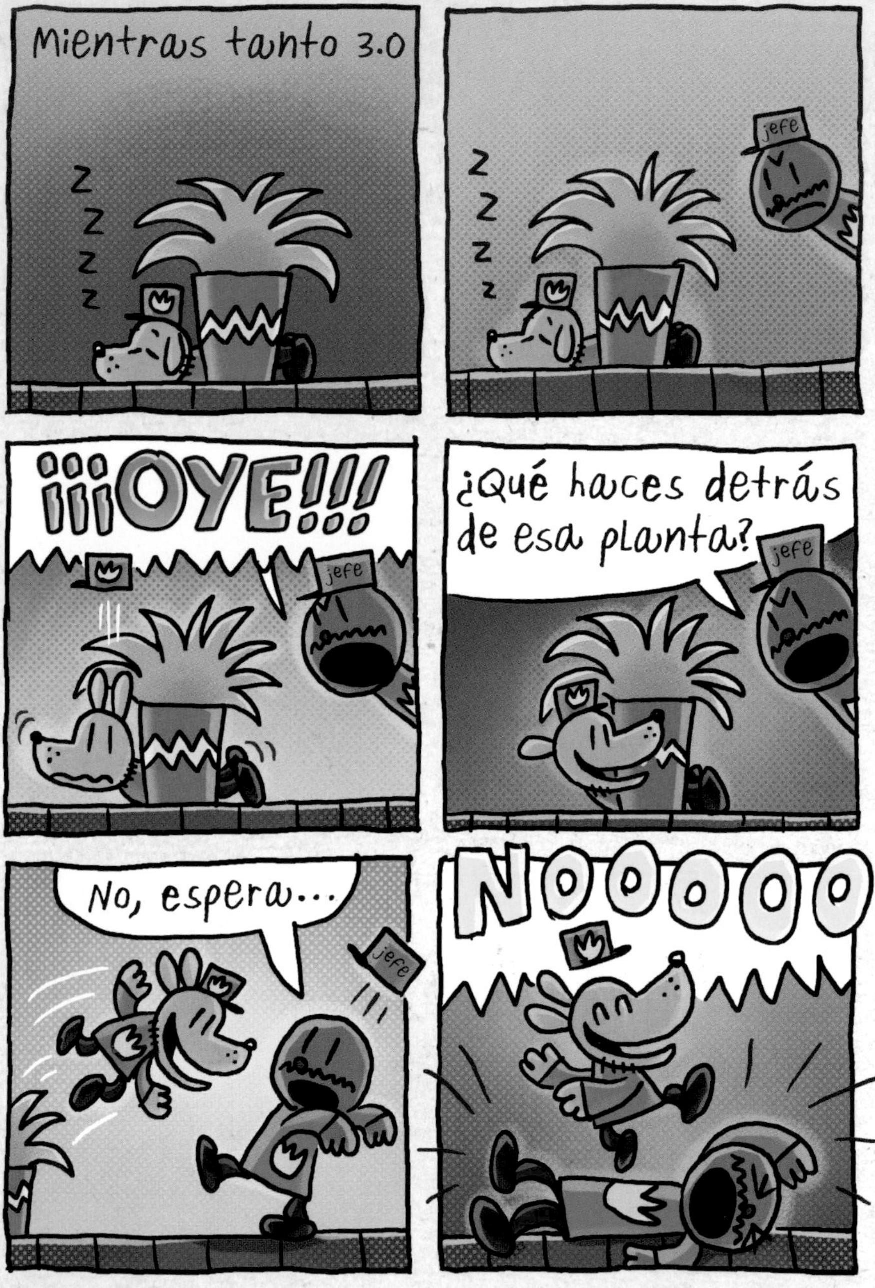
Mientras tanto 3.0
Z Z Z Z
jefe
¡¡¡OYE!!!
jefe
¿Qué haces detrás de esa planta?
jefe
No, espera...
jefe
NOOOOO

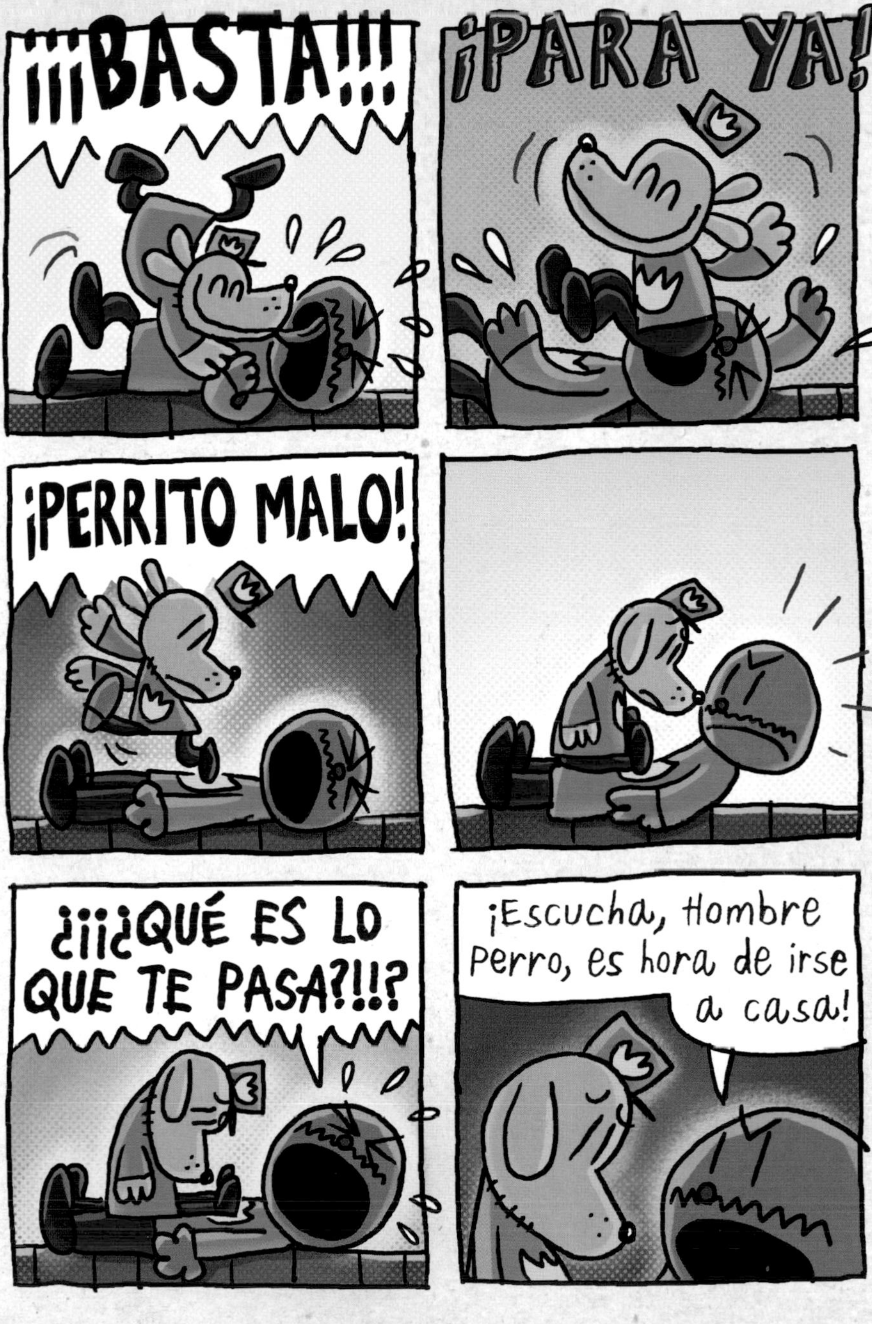
¡¡¡BASTA!!!
¡PARA YA!
¡PERRITO MALO!
¿¡¡¿QUÉ ES LO QUE TE PASA?!!?
¡Escucha, Hombre Perro, es hora de irse a casa!

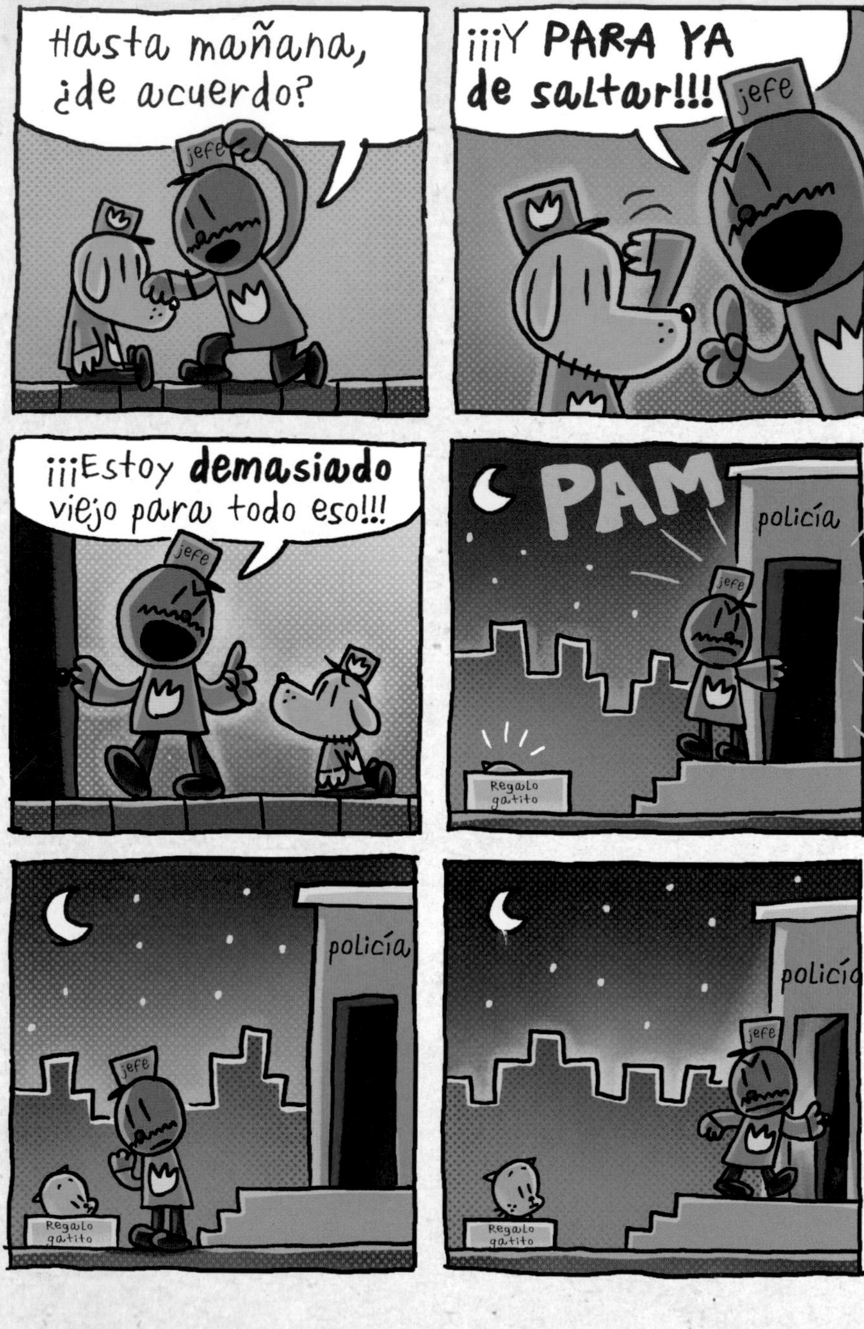
Hasta mañana, ¿de acuerdo?
jefe
¡¡¡Y **PARA YA de saltar!!!**
jefe
¡¡¡Estoy **demasiado** viejo para todo eso!!!
jefe
PAM
policía
jefe
Regalo gatito
policía
jefe
Regalo gatito
policía
jefe
Regalo gatito

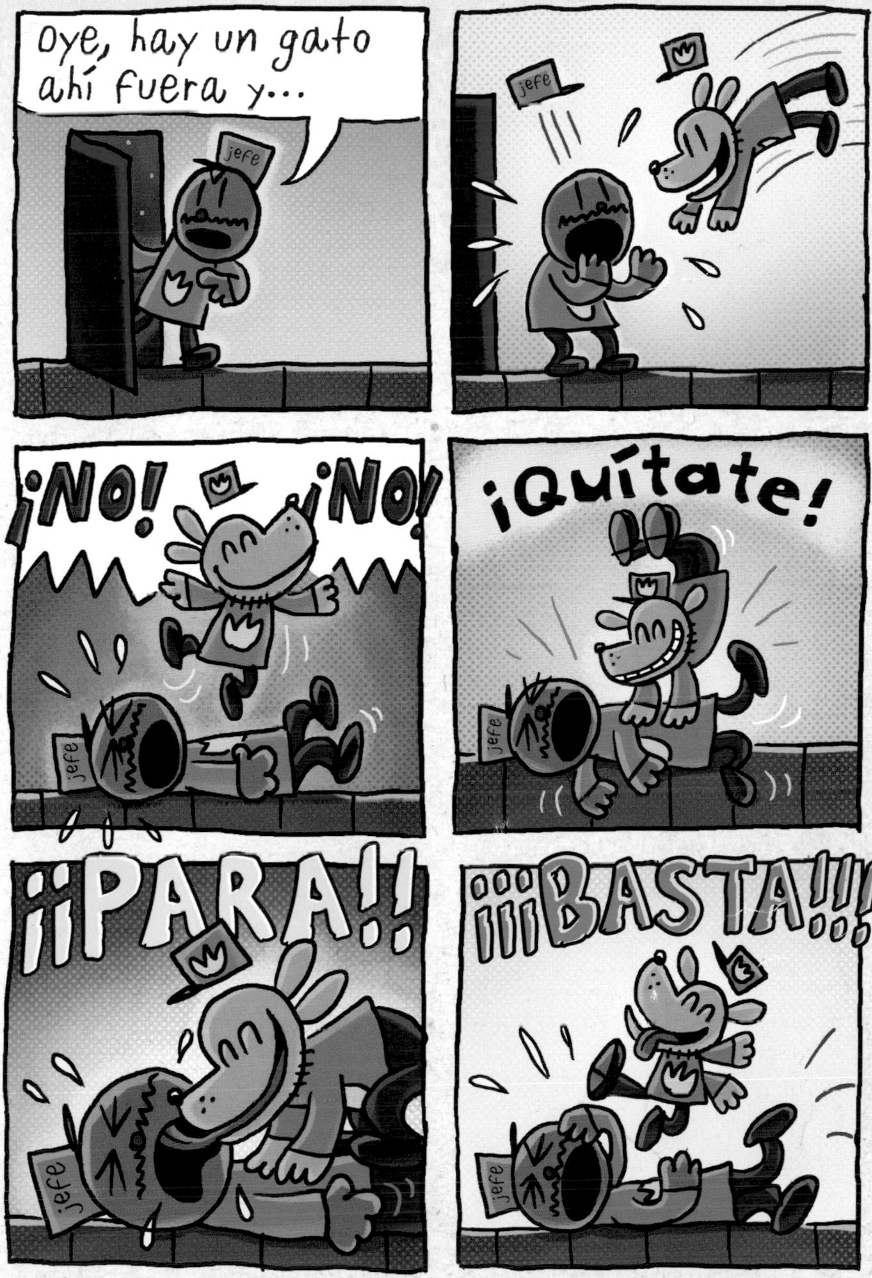
Oye, hay un gato ahí fuera y...
jefe
jefe
¡NO! ¡NO!
jefe
¡Quítate!
jefe
¡¡PARA!!
jefe
¡¡¡BASTA!!!
jefe

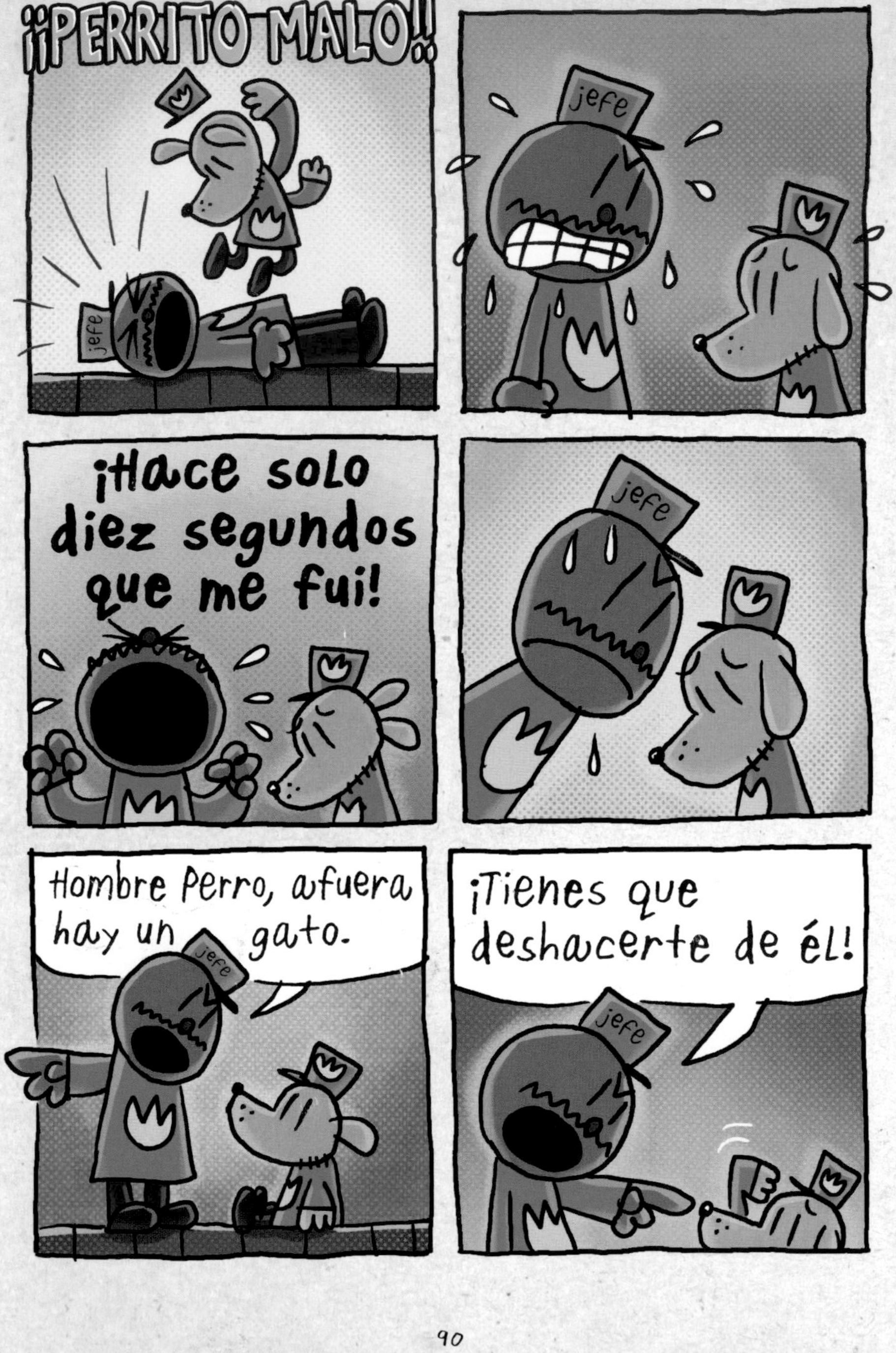
¡¡PERRITO MALO!!
jefe
jefe
¡Hace solo diez segundos que me fui!
jefe
Hombre Perro, afuera hay un gato.
jefe
¡Tienes que deshacerte de él!
jefe

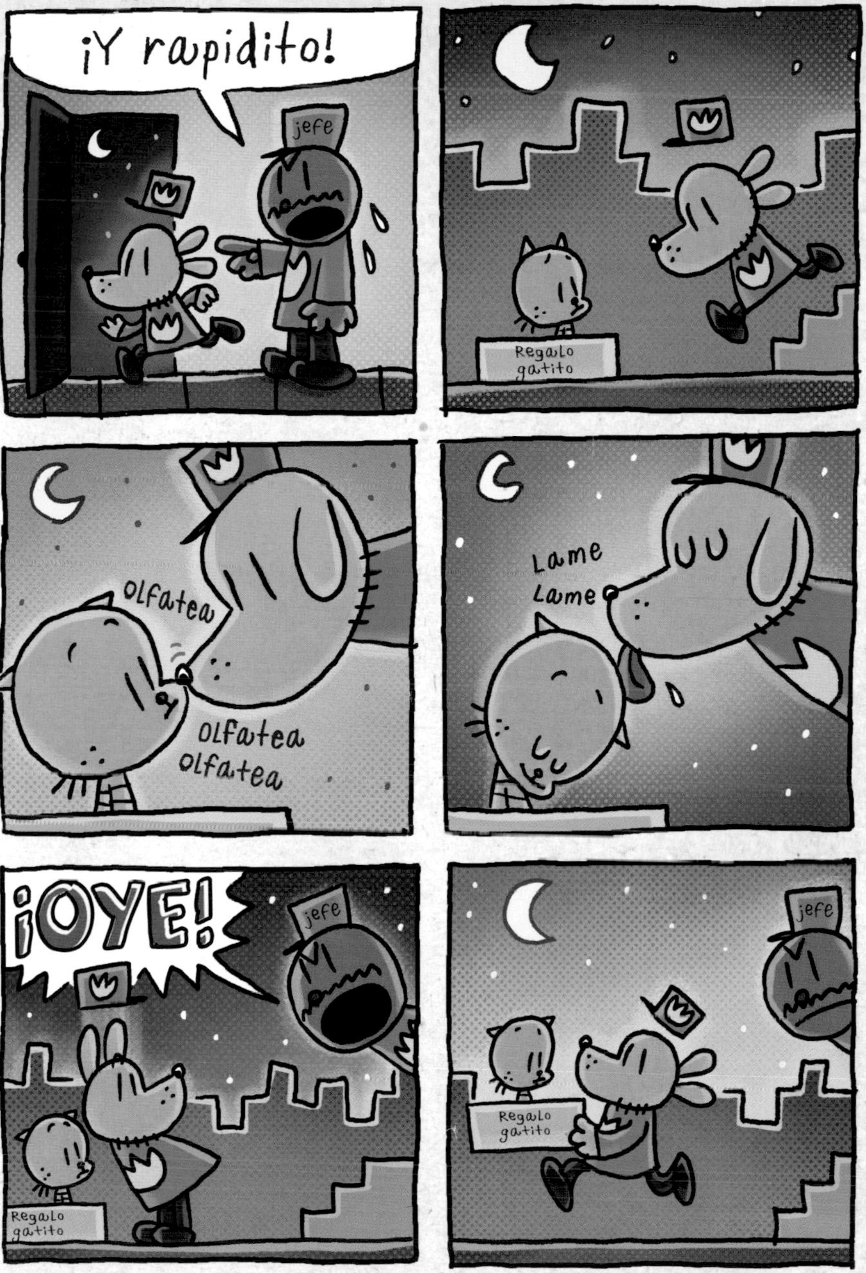
¡Y rapidito!
jefe
Regalo gatito
olfatea
olfatea olfatea
Lame Lame
¡OYE!
jefe
Regalo gatito
Regalo gatito
jefe

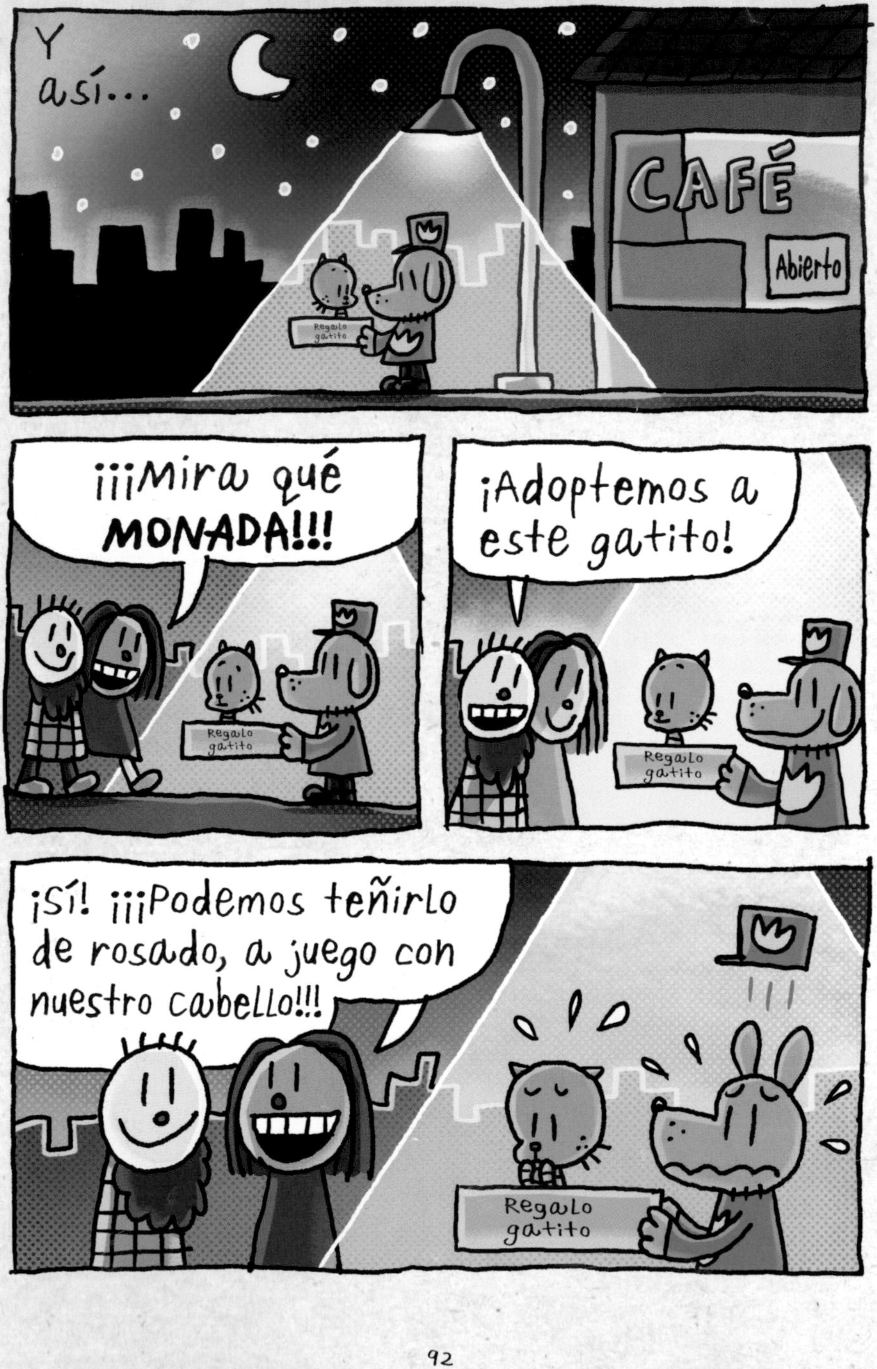
Y así...
CAFÉ
Abierto
Regalo gatito
¡¡¡Mira qué **MONADA**!!!
Regalo gatito
¡Adoptemos a este gatito!
Regalo gatito
¡Sí! ¡¡¡Podemos teñirlo de rosado, a juego con nuestro cabello!!!
Regalo gatito

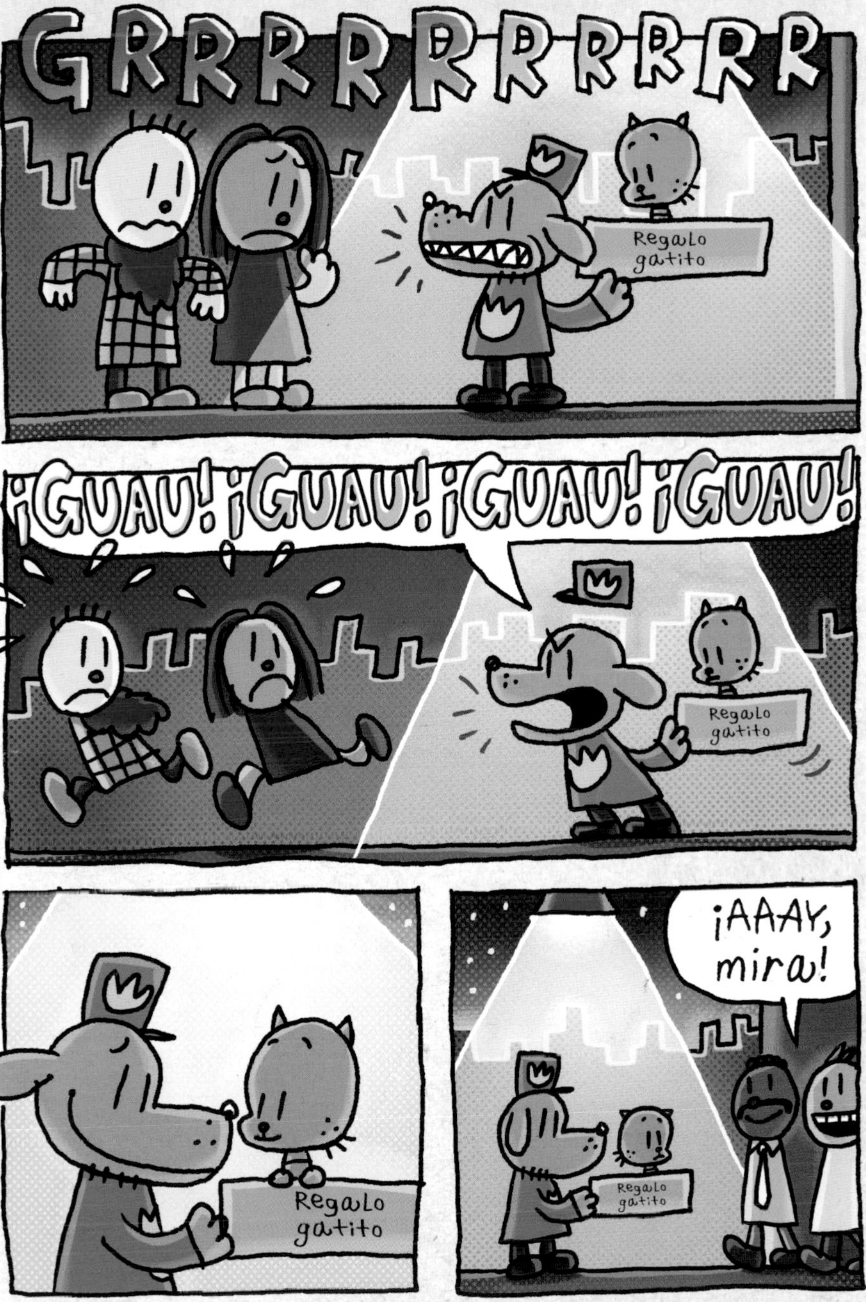
GRRRRRRRRRR
Regalo gatito
¡GUAU! ¡GUAU! ¡GUAU! ¡GUAU!
Regalo gatito
Regalo gatito
¡AAAY, mira!
Regalo gatito

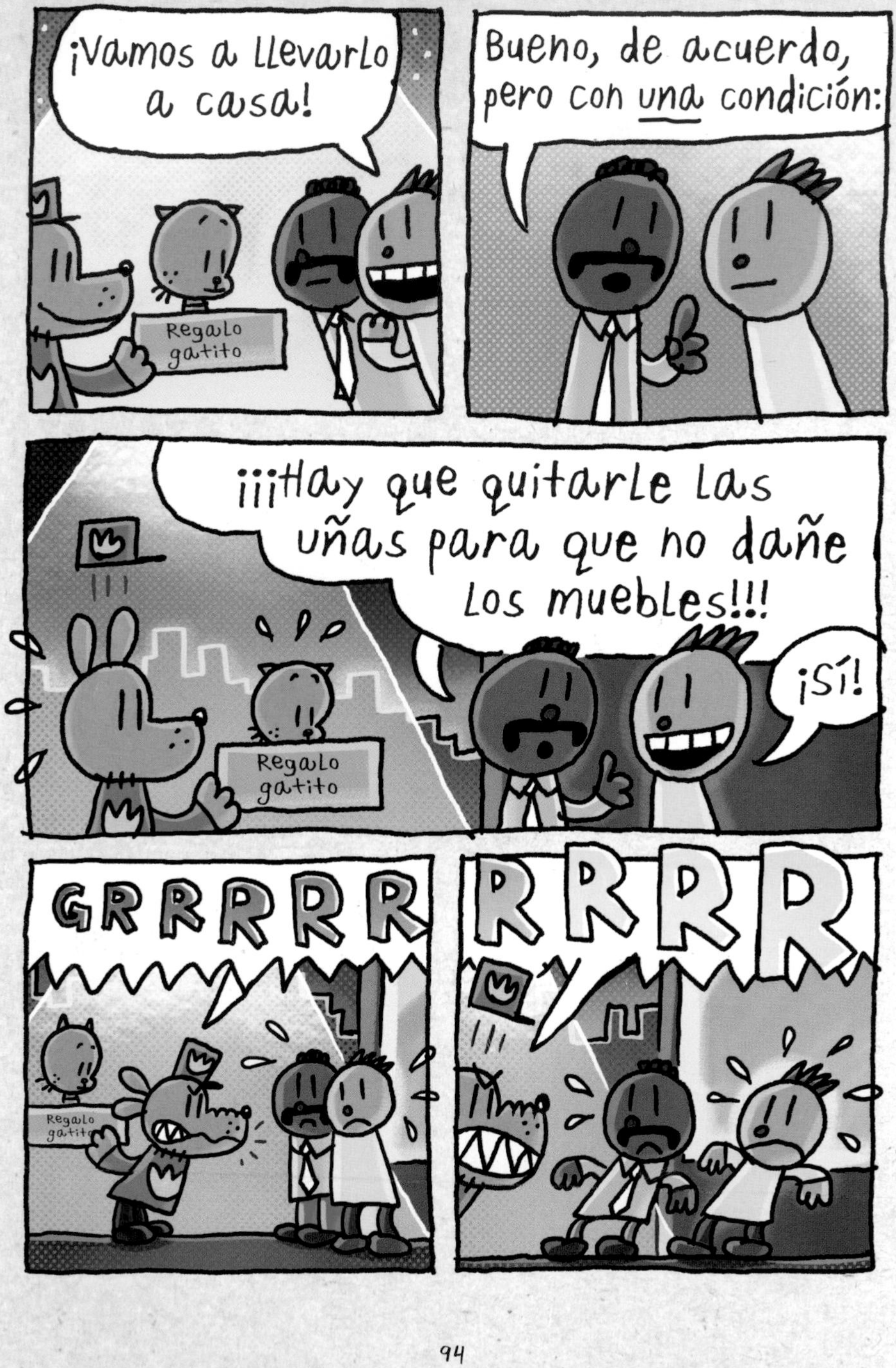
¡Vamos a llevarlo a casa!
Regalo gatito
Bueno, de acuerdo, pero con una condición:
¡¡¡Hay que quitarle las uñas para que no dañe los muebles!!!
¡Sí!
Regalo gatito
GRRRRR
Regalo gatito
RRRR

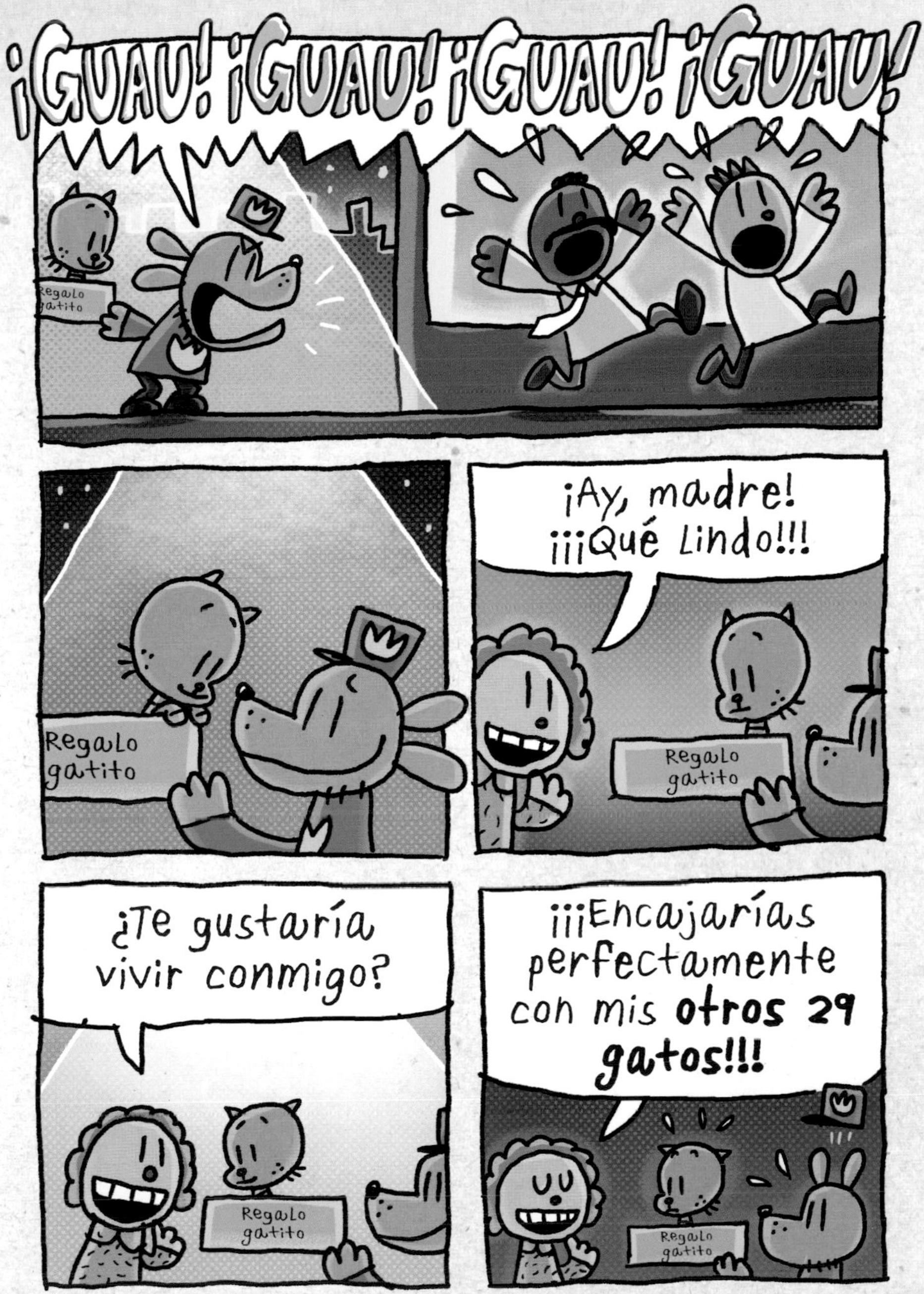
¡GUAU! ¡GUAU! ¡GUAU! ¡GUAU!
Regalo gatito
Regalo gatito
¡Ay, madre! ¡¡¡Qué lindo!!!
Regalo gatito
¿Te gustaría vivir conmigo?
Regalo gatito
¡¡¡Encajarías perfectamente con mis **otros 29 gatos!!!**
Regalo gatito

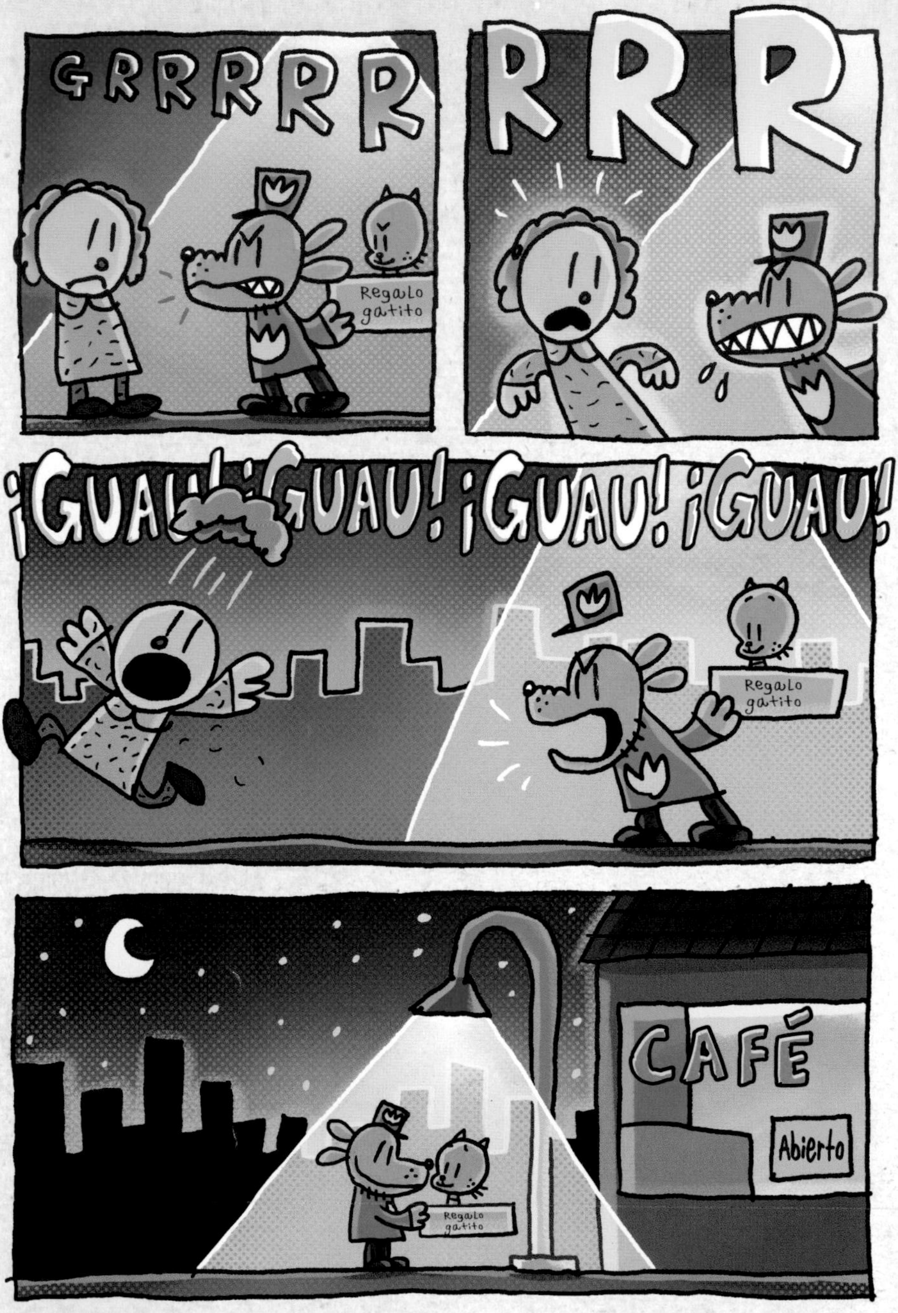
GRRRRRR
RRR
Regalo gatito
¡GUAU! ¡GUAU! ¡GUAU! ¡GUAU!
Regalo gatito
CAFÉ
Abierto
Regalo gatito

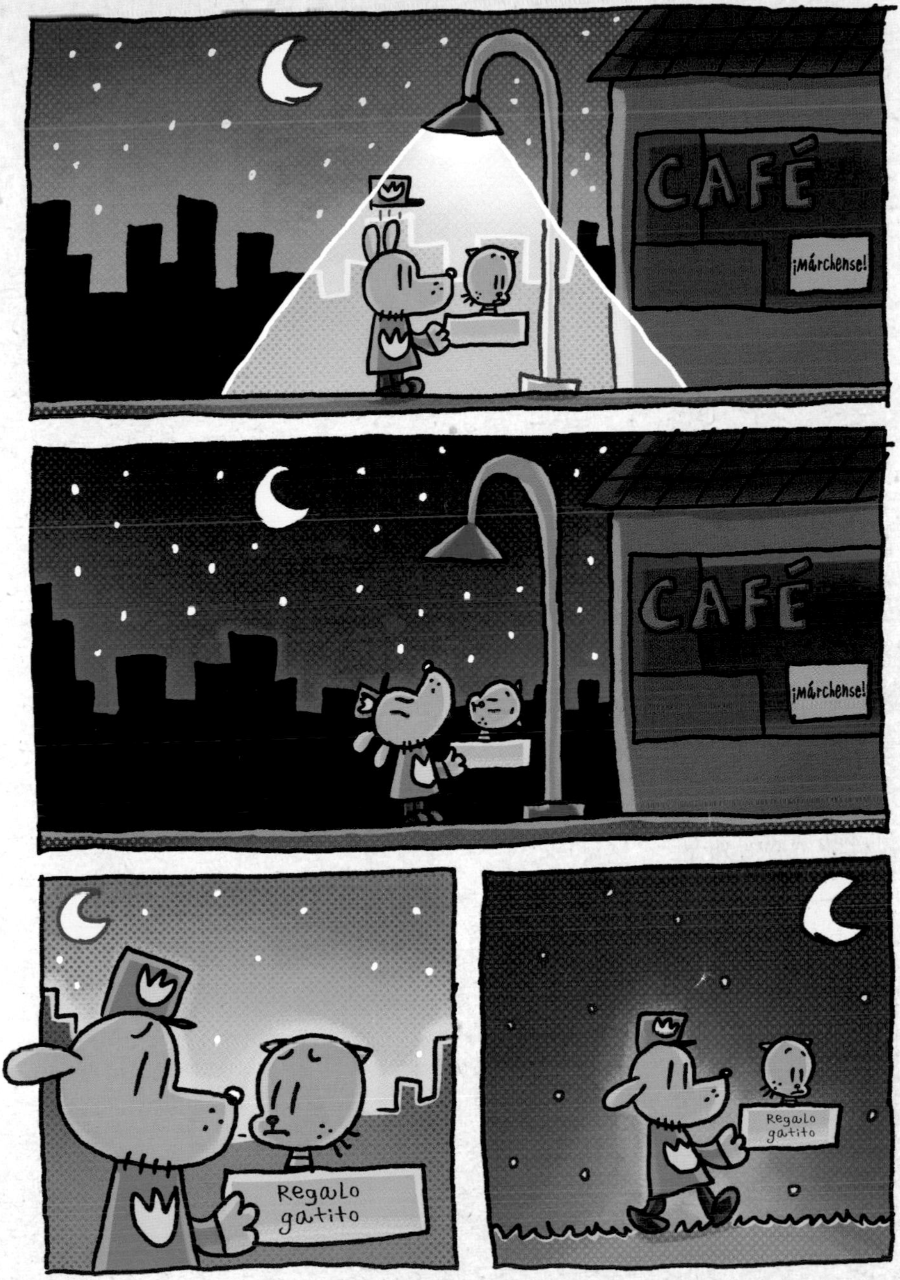
CAFÉ
¡Márchense!
CAFÉ
¡Márchense!
Regalo gatito
Regalo gatito

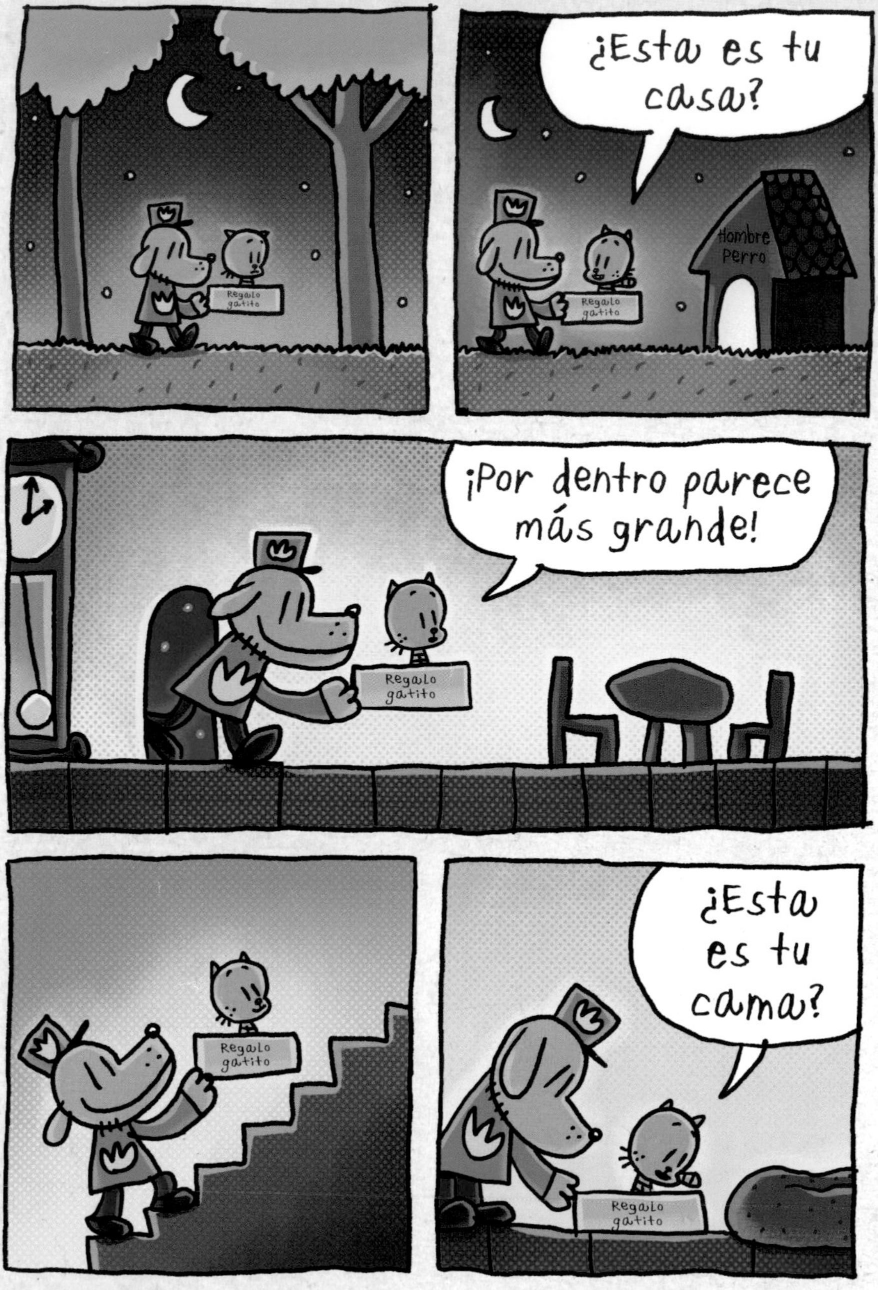
Regalo gatito
¿Esta es tu casa?
Hombre Perro
Regalo gatito
¡Por dentro parece más grande!
Regalo gatito
Regalo gatito
¿Esta es tu cama?
Regalo gatito

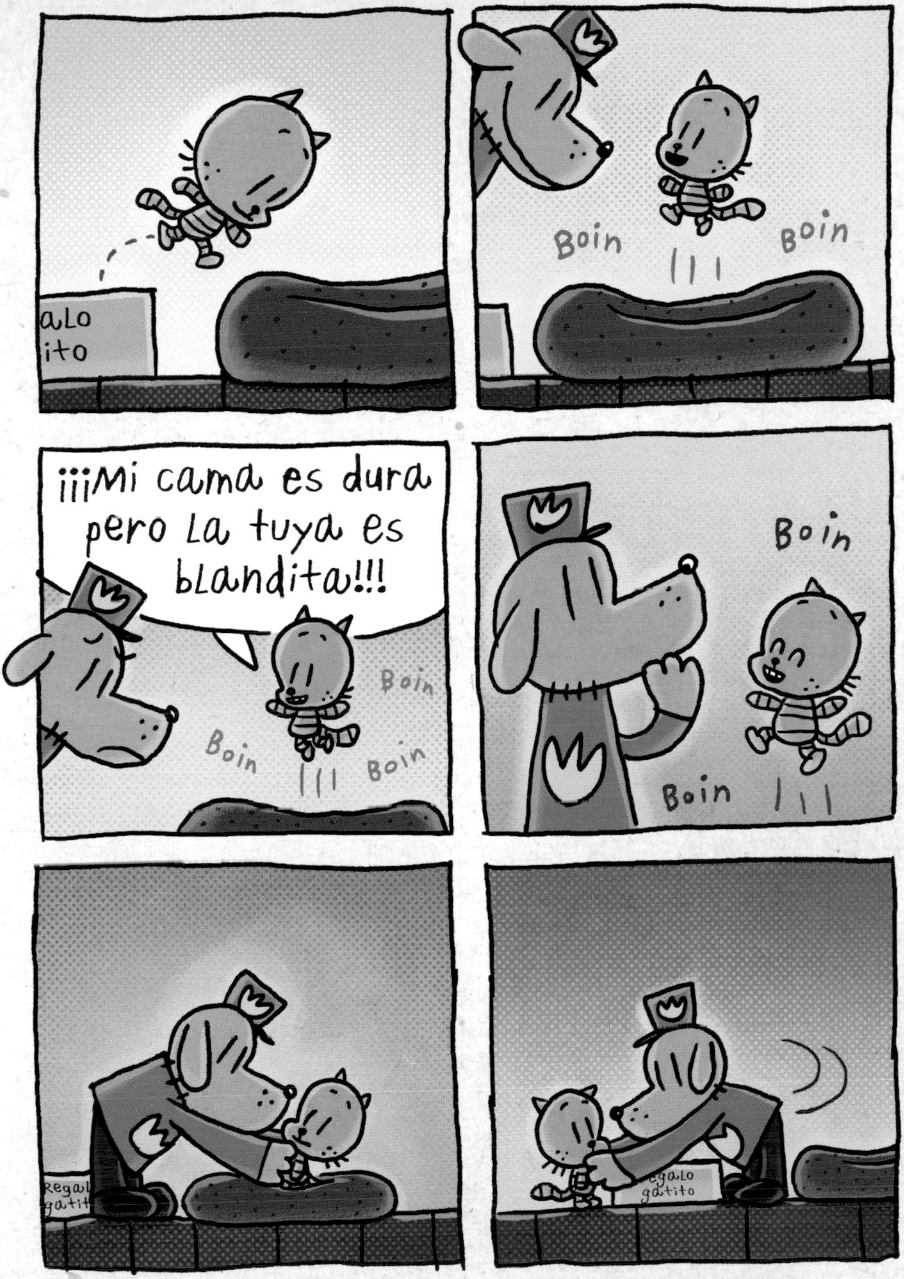
Boin
Boin
¡¡¡Mi cama es dura pero La tuya es bLandita!!!
Boin
Boin
Boin
Boin
Boin

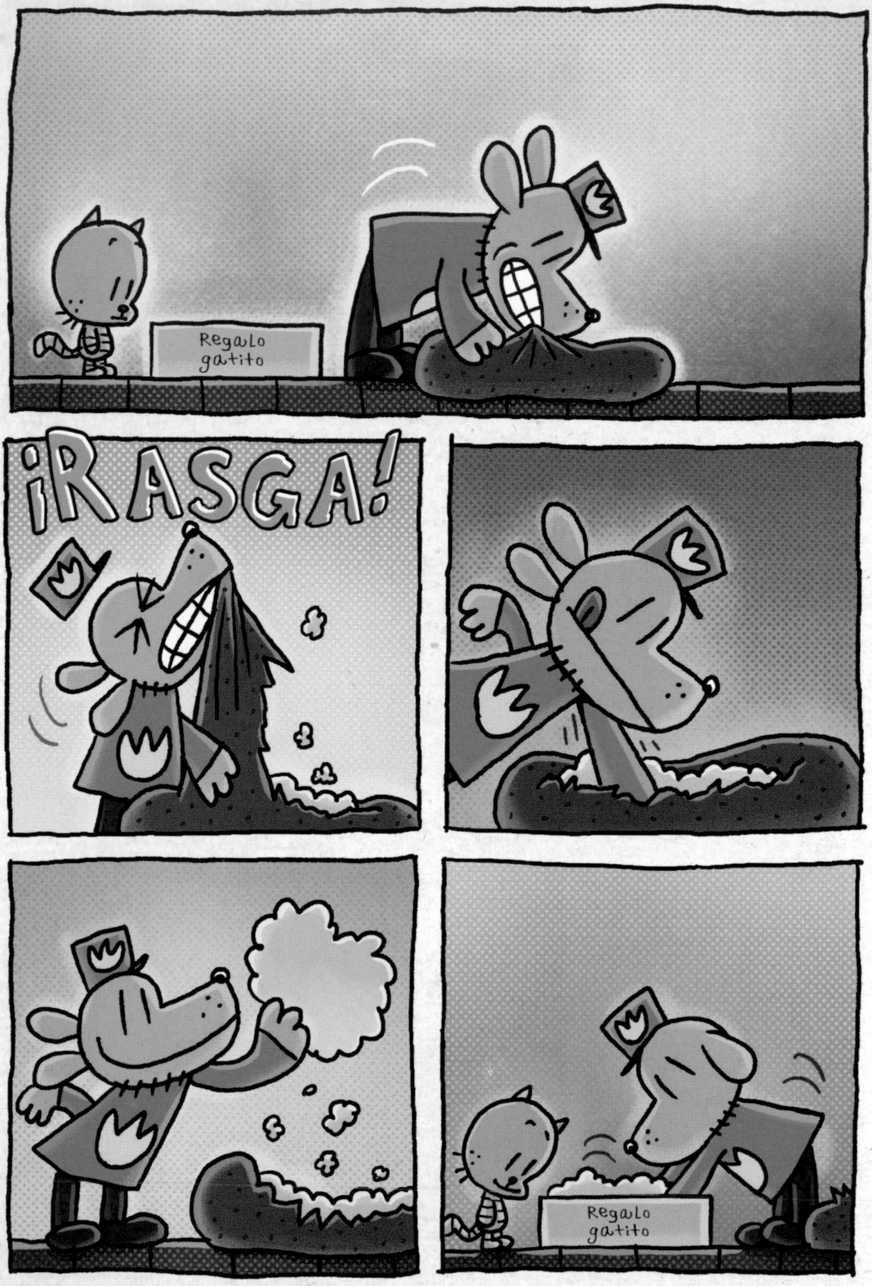
Regalo gatito
¡RASGA!
Regalo gatito

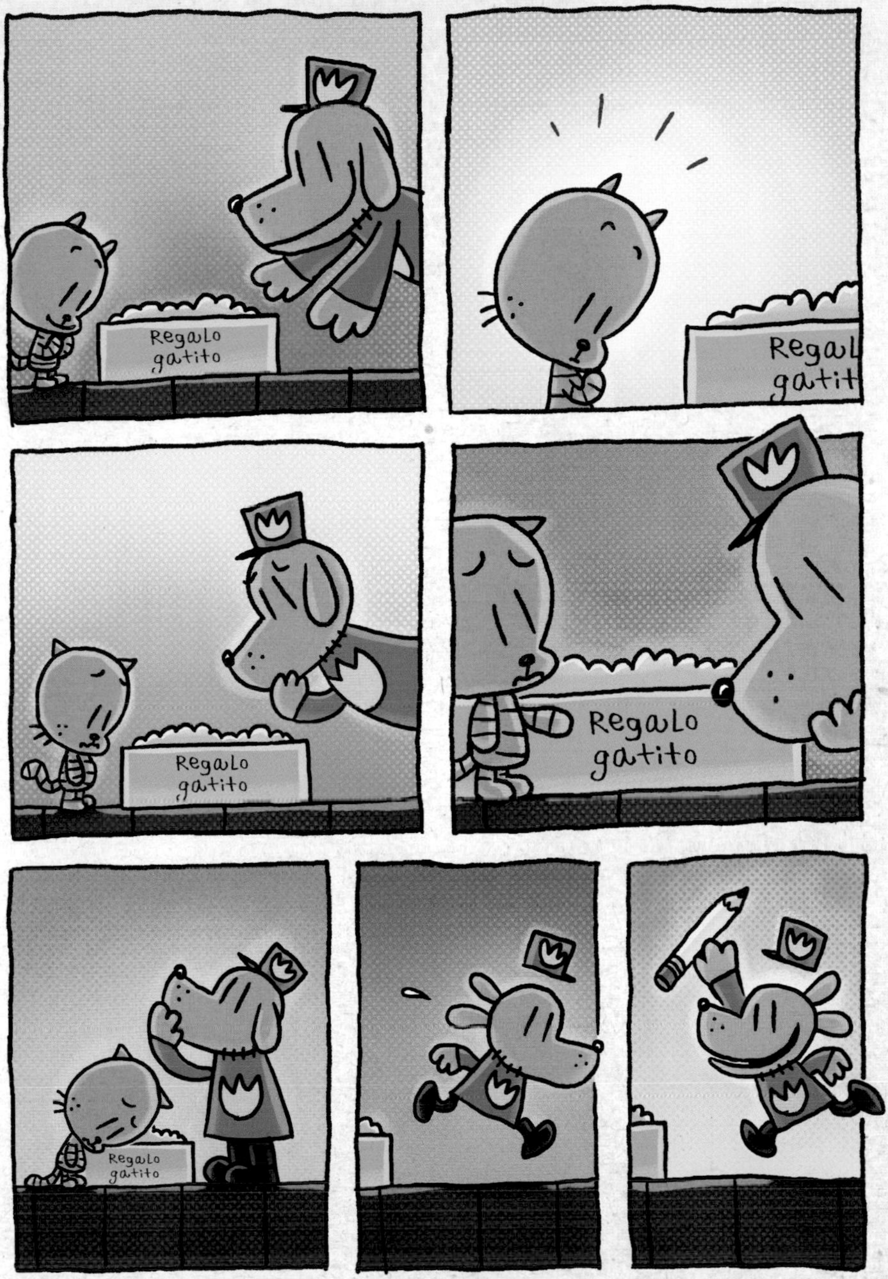
Regalo gatito
Regal gatit
Regalo gatito
Regalo gatito
Regalo gatito

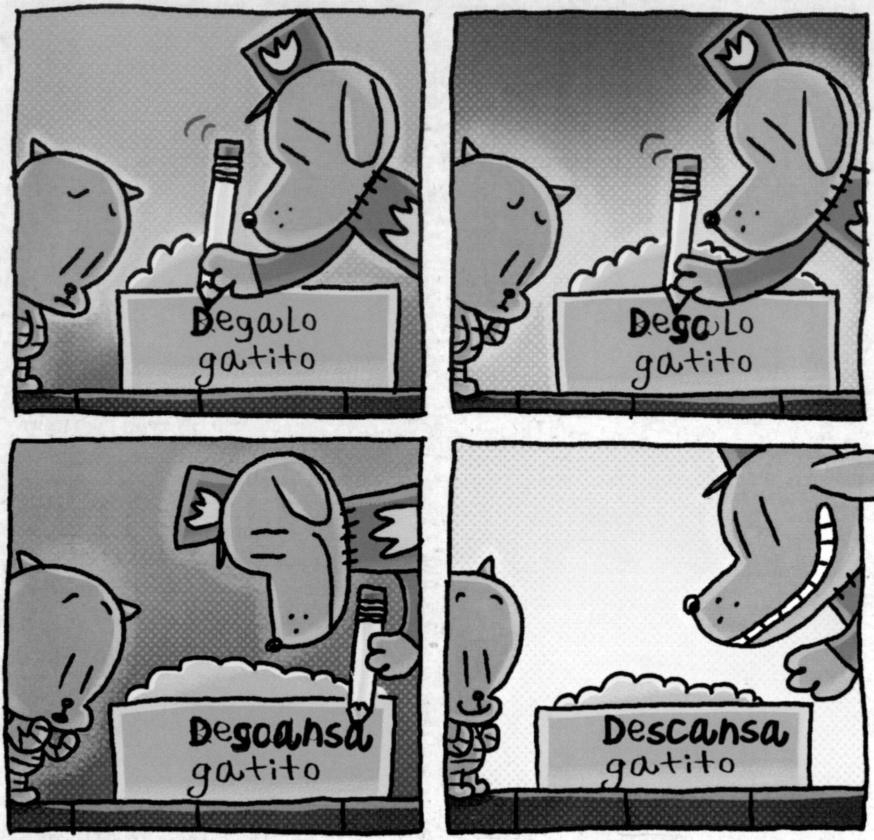
Degalo
gatito
gatito
gatito
Descansa
gatito

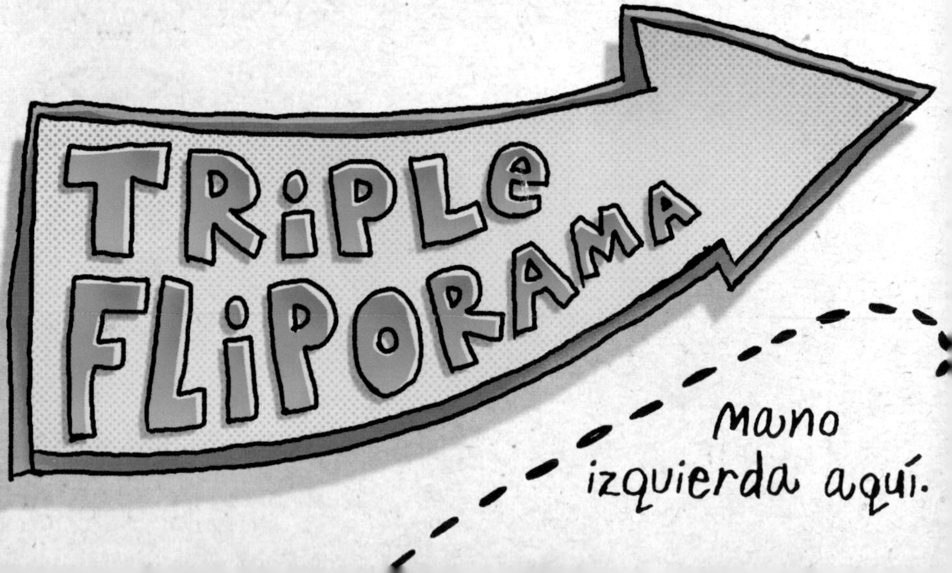
TRIPLE FLIPORAMA
Mano izquierda aquí.

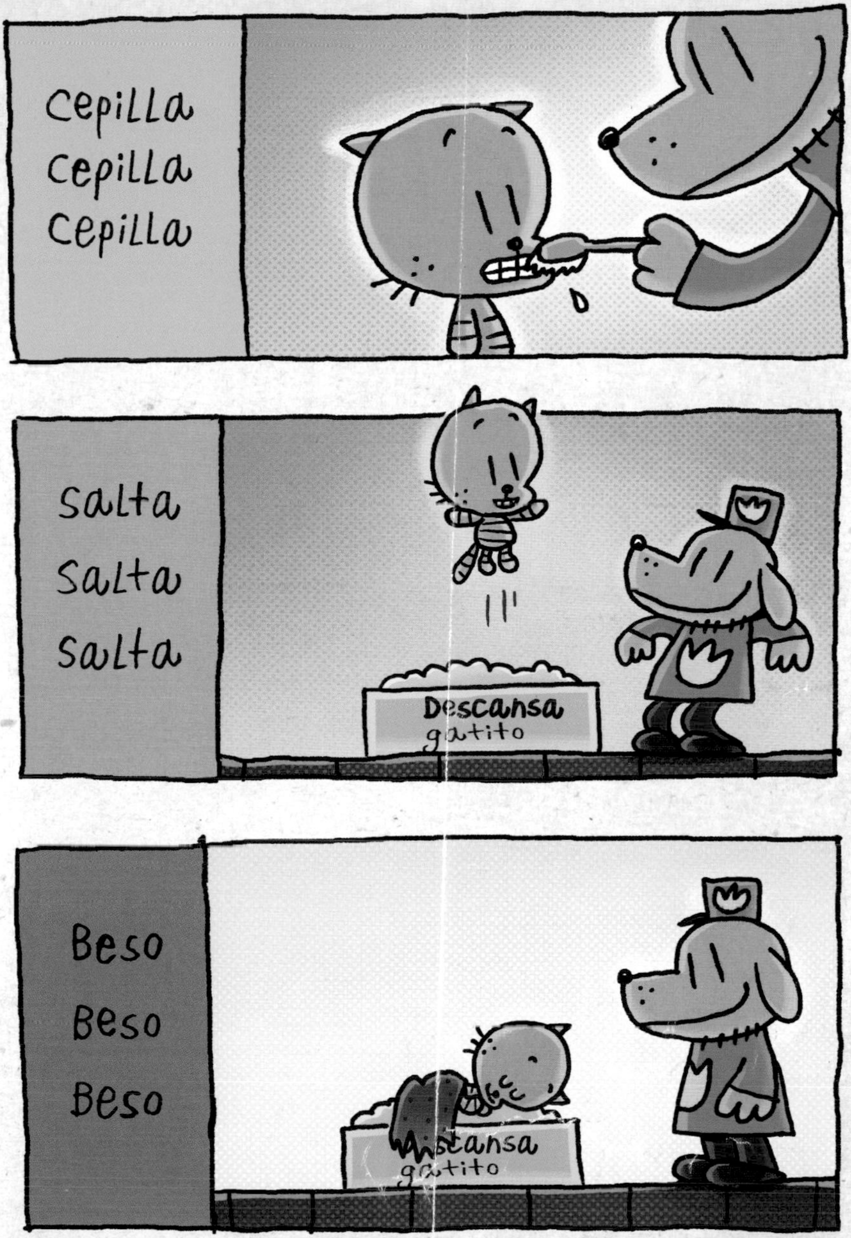
cepilla
cepilla
cepilla
salta
salta
salta
Descansa gatito
Beso
Beso
Beso

Pulgar derecho aquí.

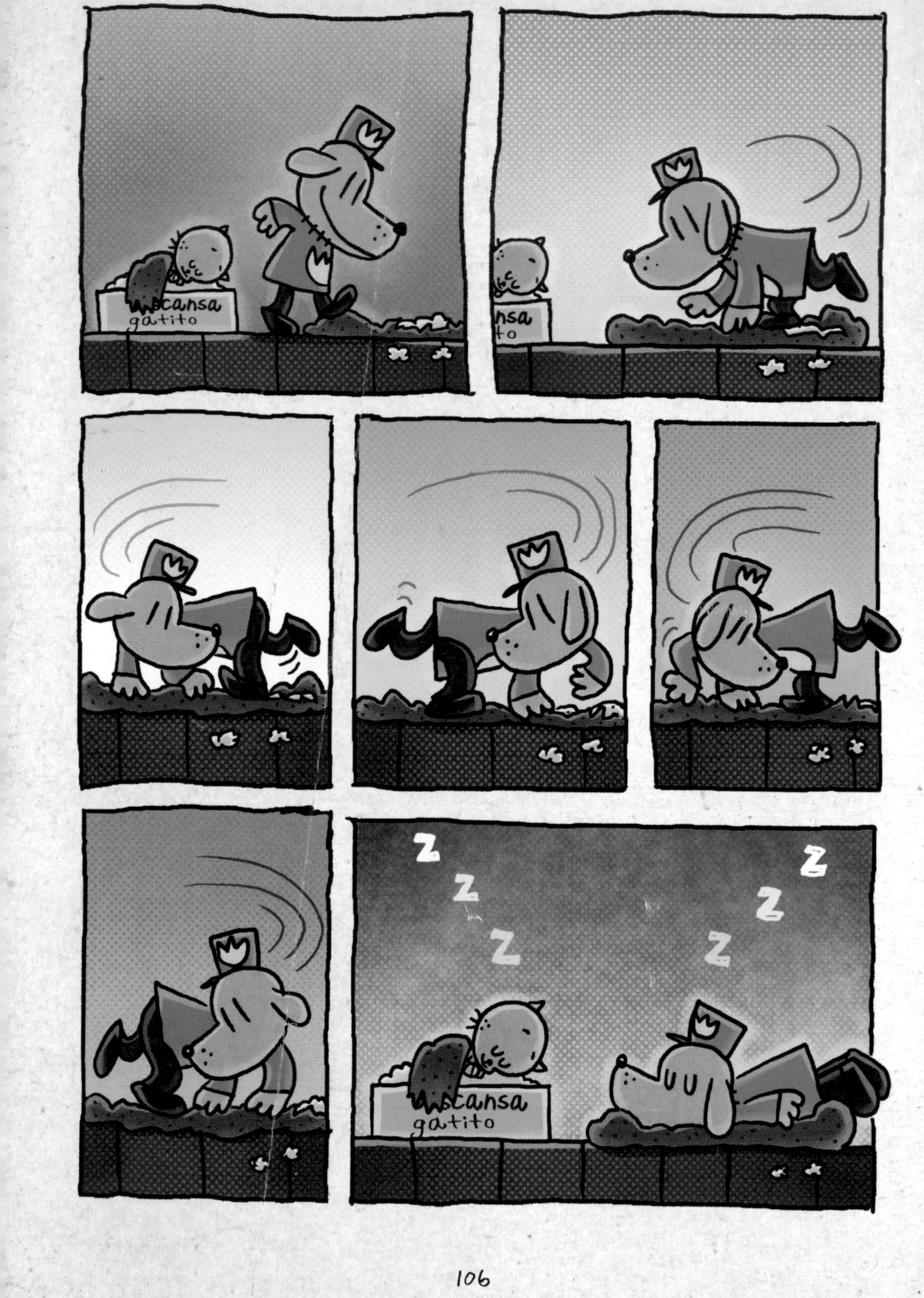
scansa
gatito
nsa
to
Z
Z
Z
Z
Z
Z
scansa
gatito

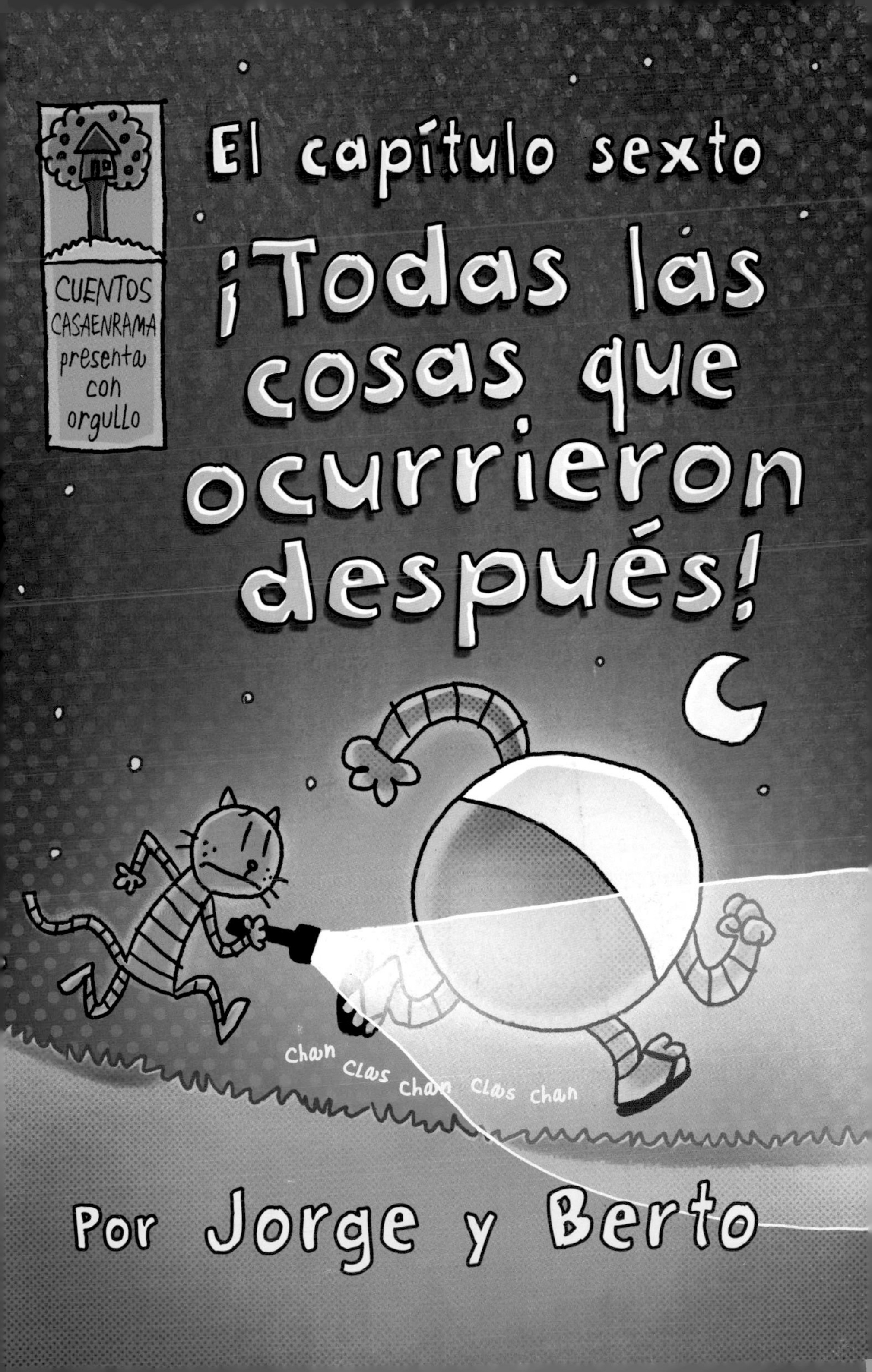
CUENTOS CASAENRAMA presenta con orgullo
El capítulo sexto
¡Todas las cosas que ocurrieron después!
Chan
Clas
Chan
Clas
chan
Por Jorge y Berto

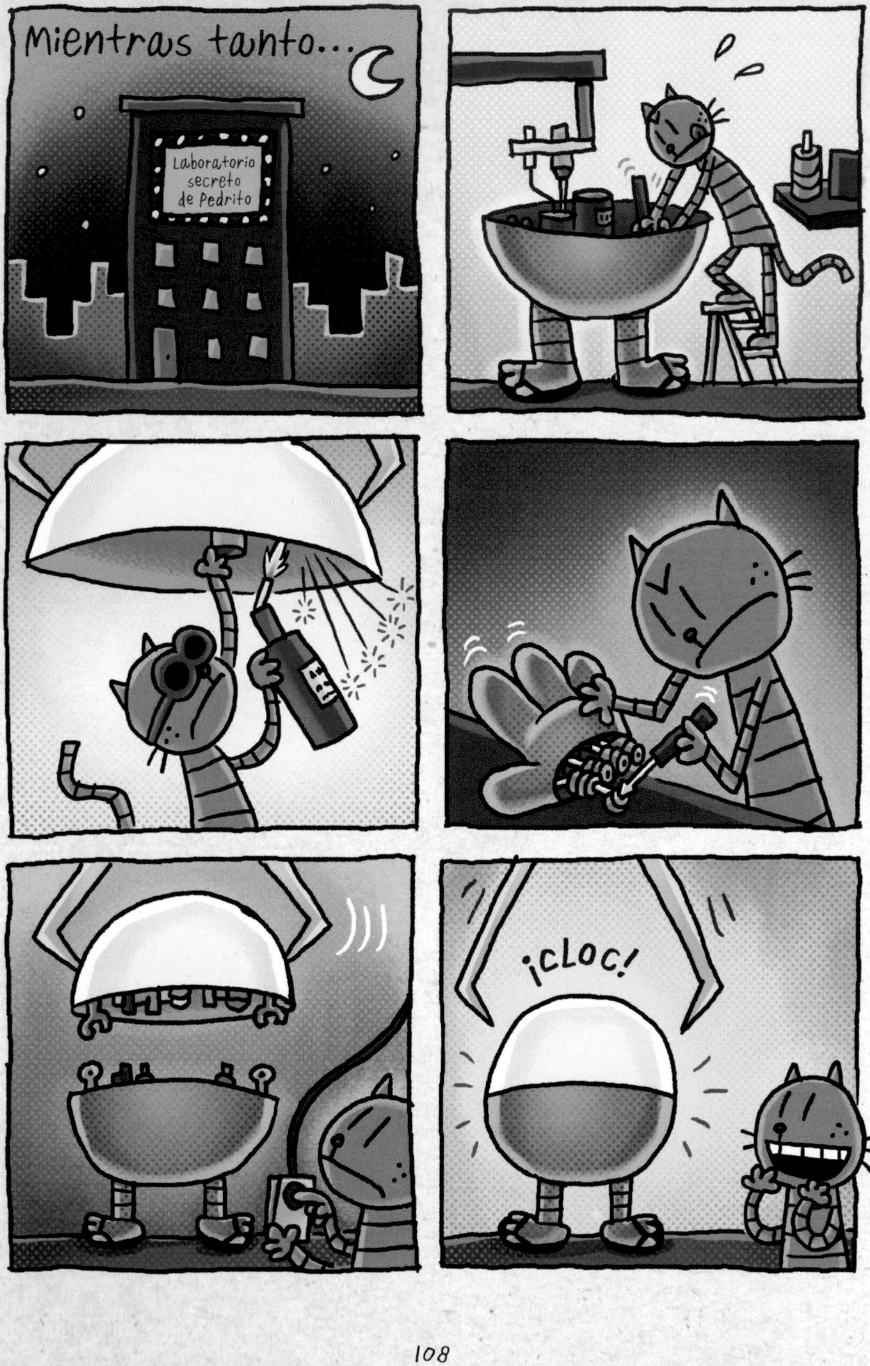
Mientras tanto...
Laboratorio secreto de Pedrito
¡CLOC!

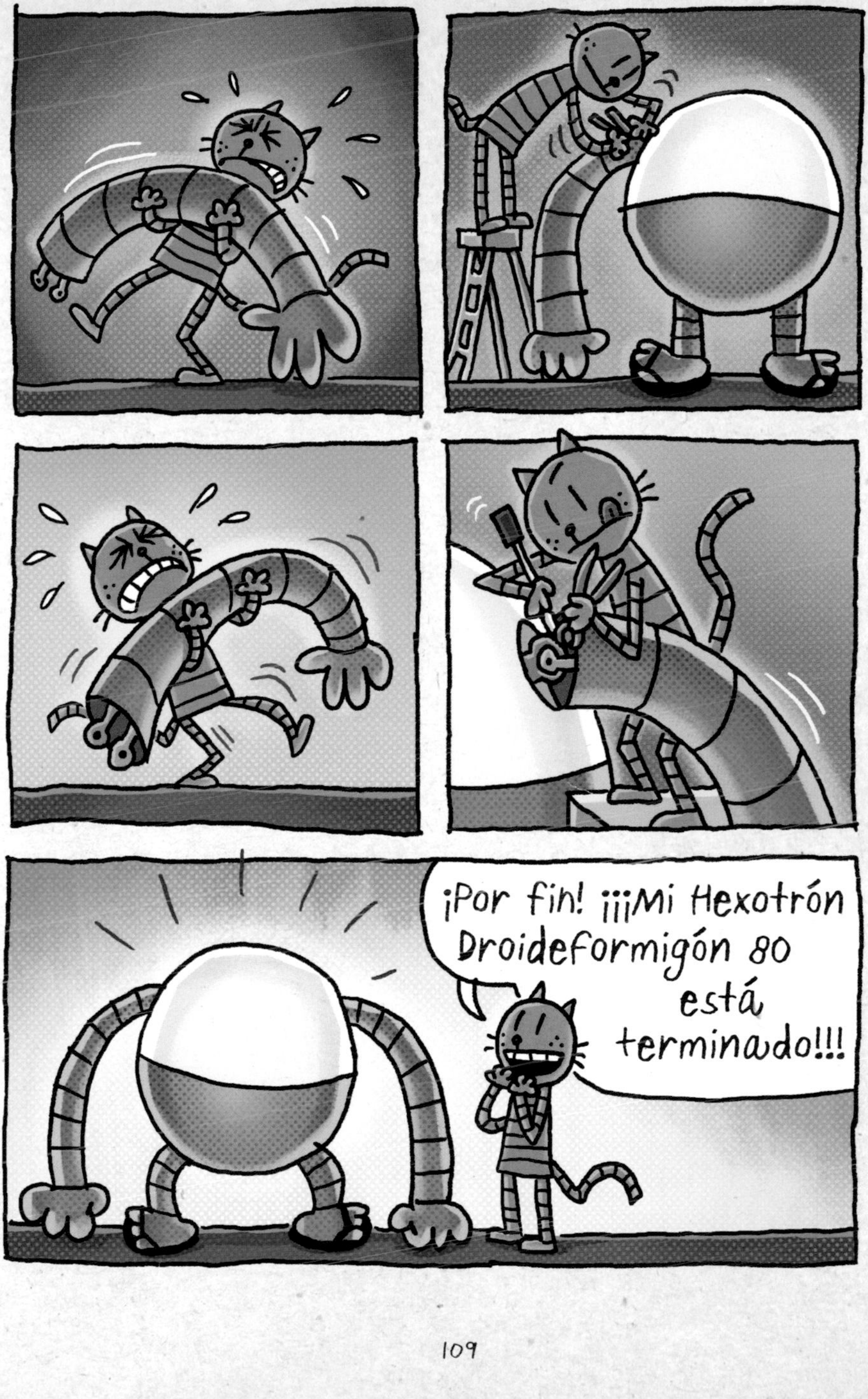
¡Por fin! ¡¡¡Mi Hexotrón Droideformigón 80 está terminado!!!

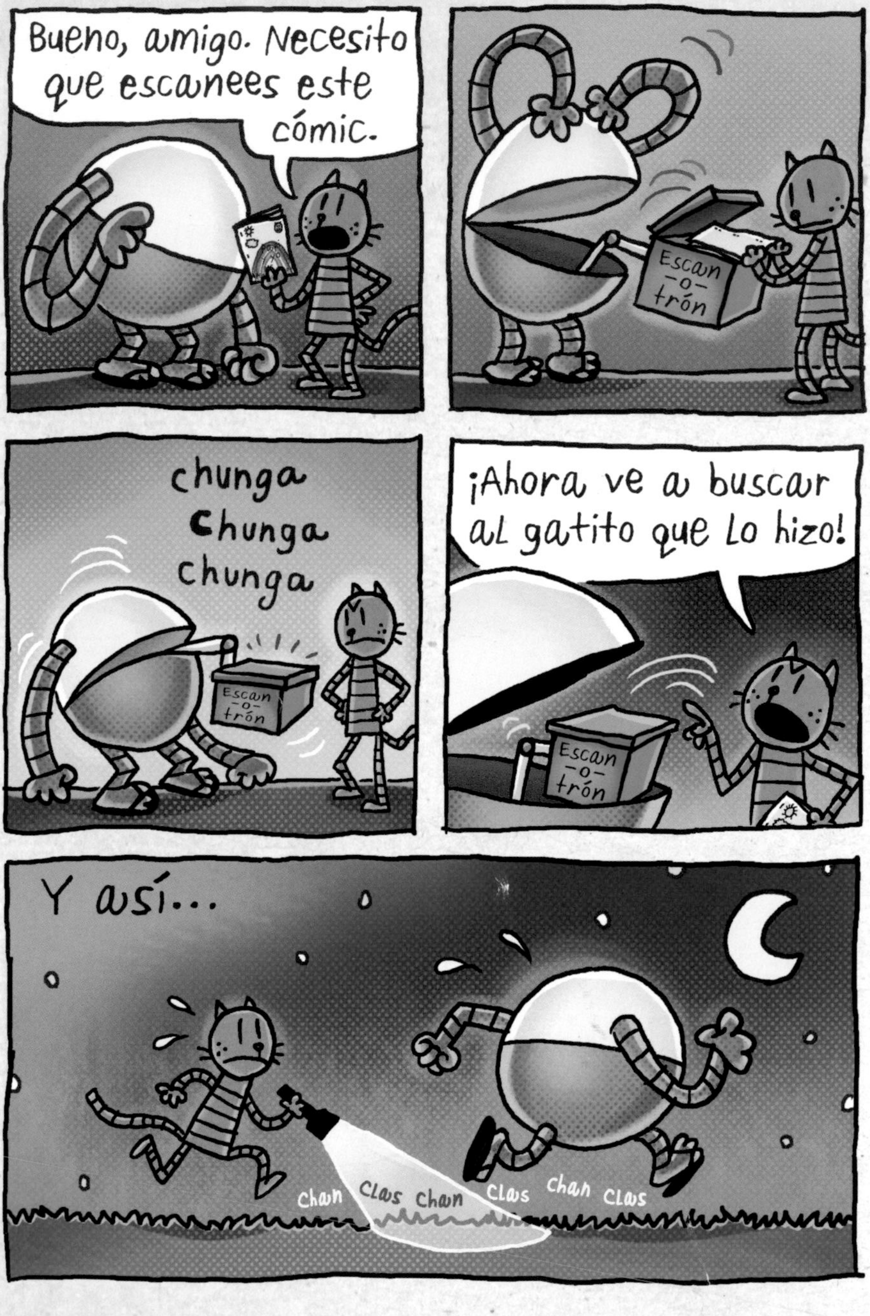
Bueno, amigo. Necesito que escanees este cómic.
Escan-o-trón
chunga chunga chunga
Escan-o-trón
¡Ahora ve a buscar al gatito que lo hizo!
Escan-o-trón
Y así...
chan clas chan clas chan clas

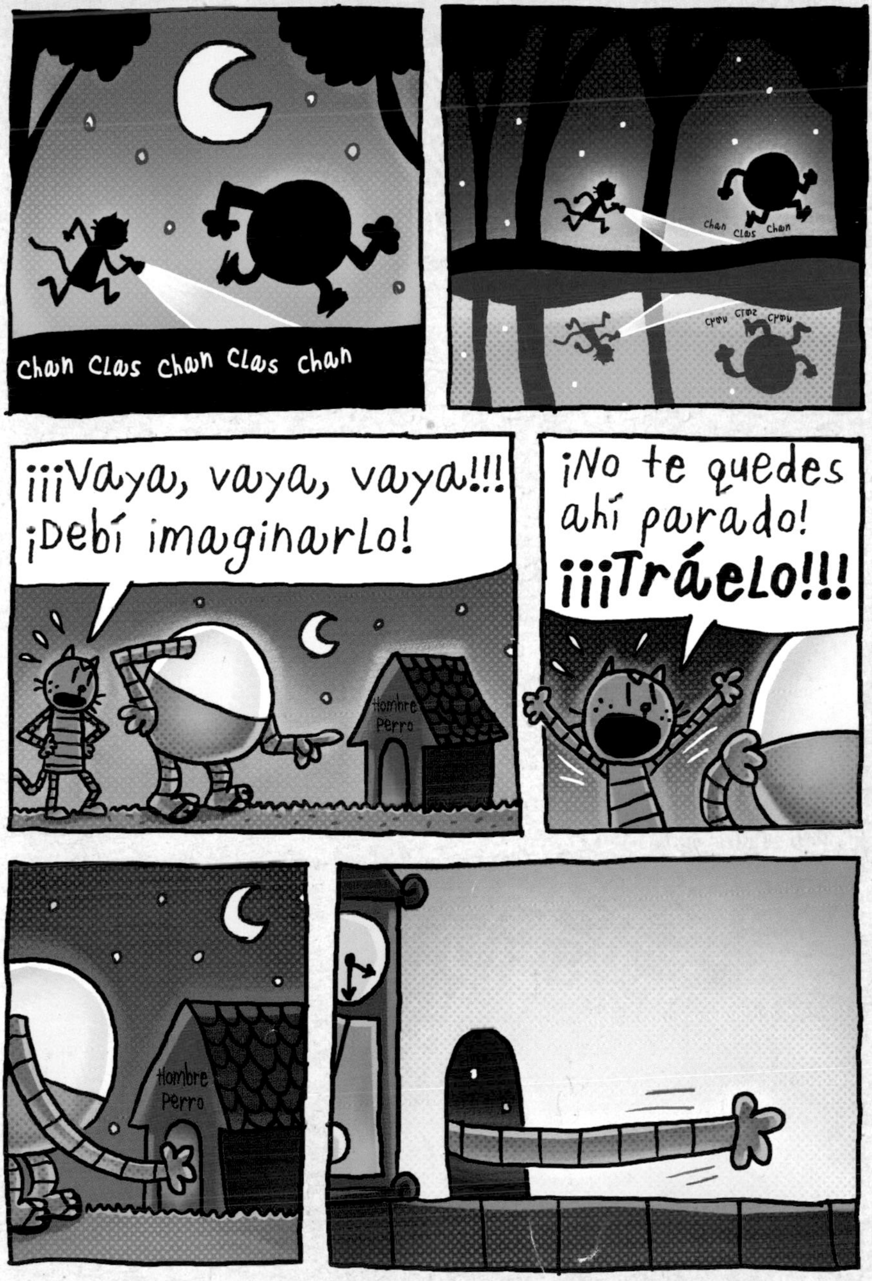
Chan Clas Chan Clas Chan
Chan Clas Chan
¡¡¡Vaya, vaya, vaya!!! ¡Debí imaginarlo!
Hombre Perro
¡No te quedes ahí parado! ¡¡¡Tráelo!!!
Hombre Perro

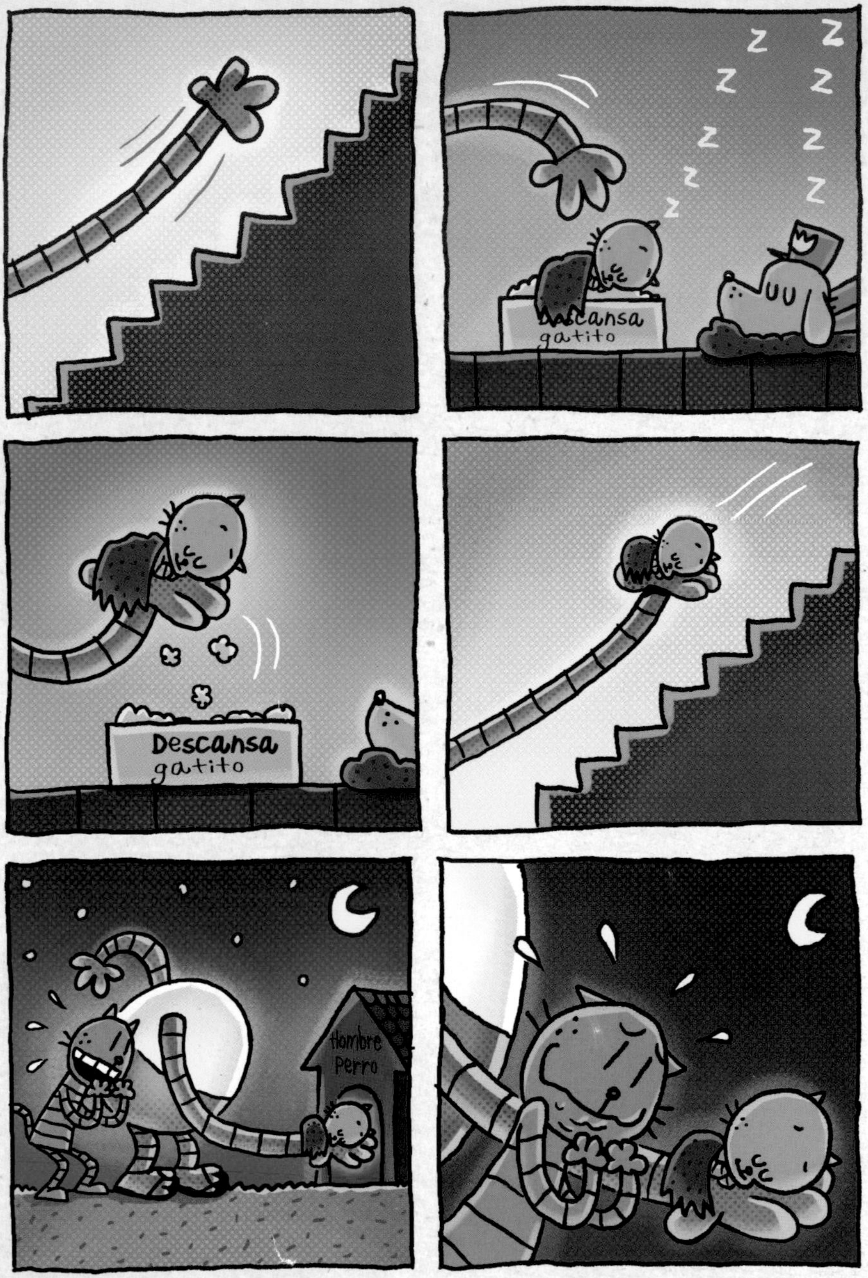
Z Z Z Z Z Z Z Z Z
Descansa gatito
Descansa gatito
Hombre Perro

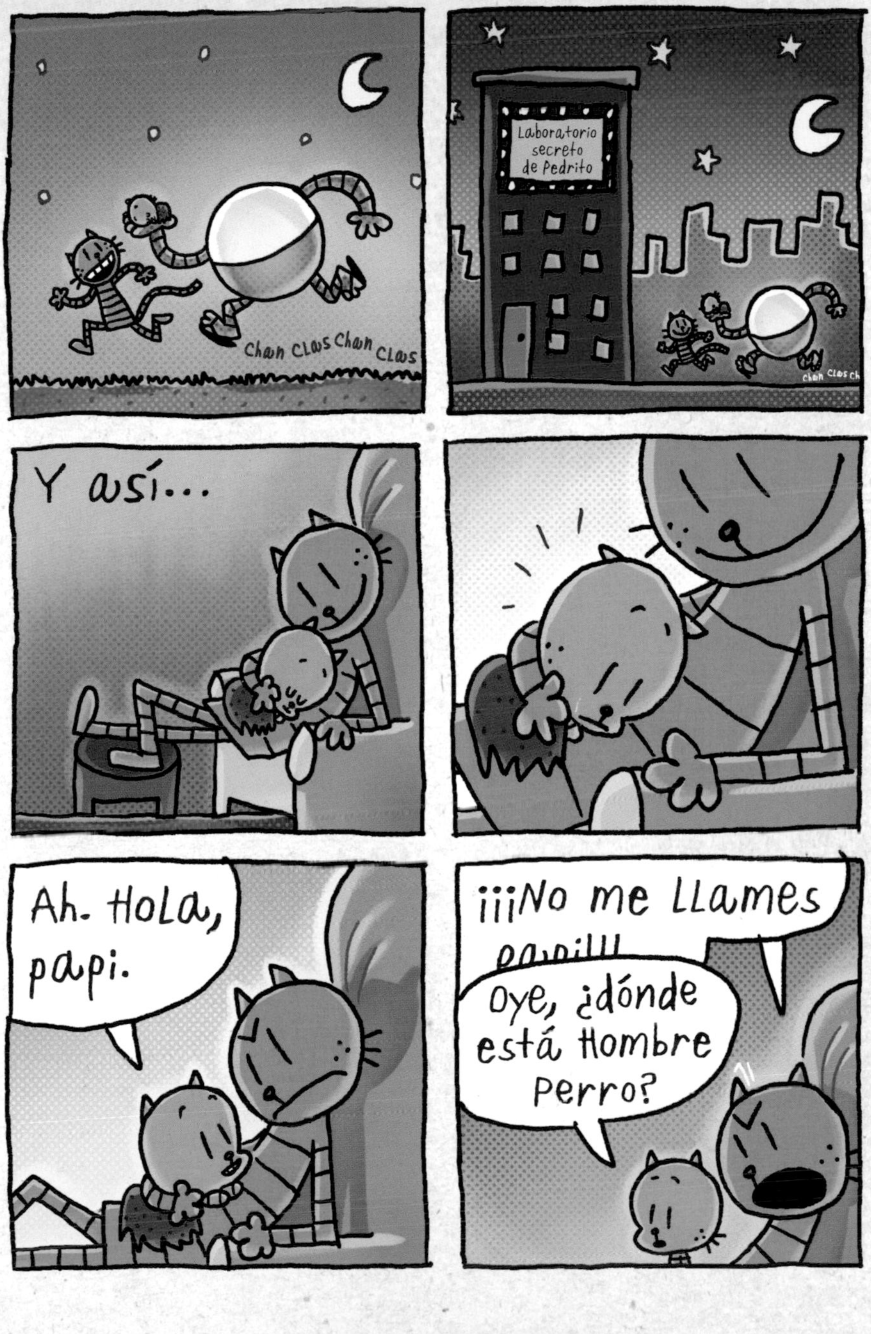
Chan Clas Chan Clas
Laboratorio secreto de Pedrito
Chan Clas Ch
Y así...
Ah. Hola, papi.
¡¡¡No me llames
Oye, ¿dónde está Hombre Perro?

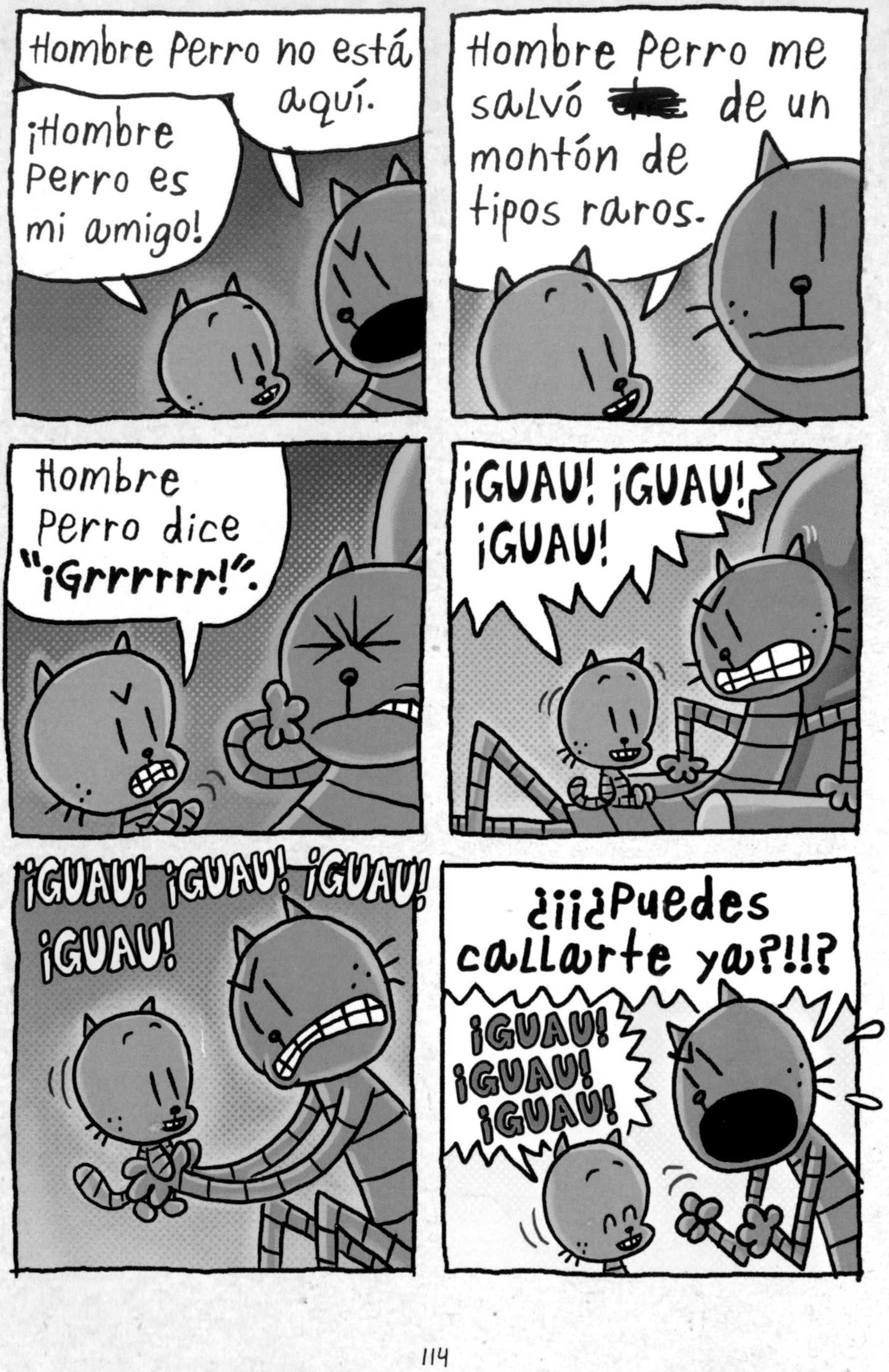
Hombre Perro no está aquí.
¡Hombre Perro es mi amigo!
Hombre Perro me salvó [redacted] de un montón de tipos raros.
Hombre Perro dice "¡Grrrrrr!".
¡GUAU! ¡GUAU! ¡GUAU!
¡GUAU! ¡GUAU! ¡GUAU! ¡GUAU!
¿¡¡¿Puedes callarte ya?!!?
¡GUAU! ¡GUAU! ¡GUAU!

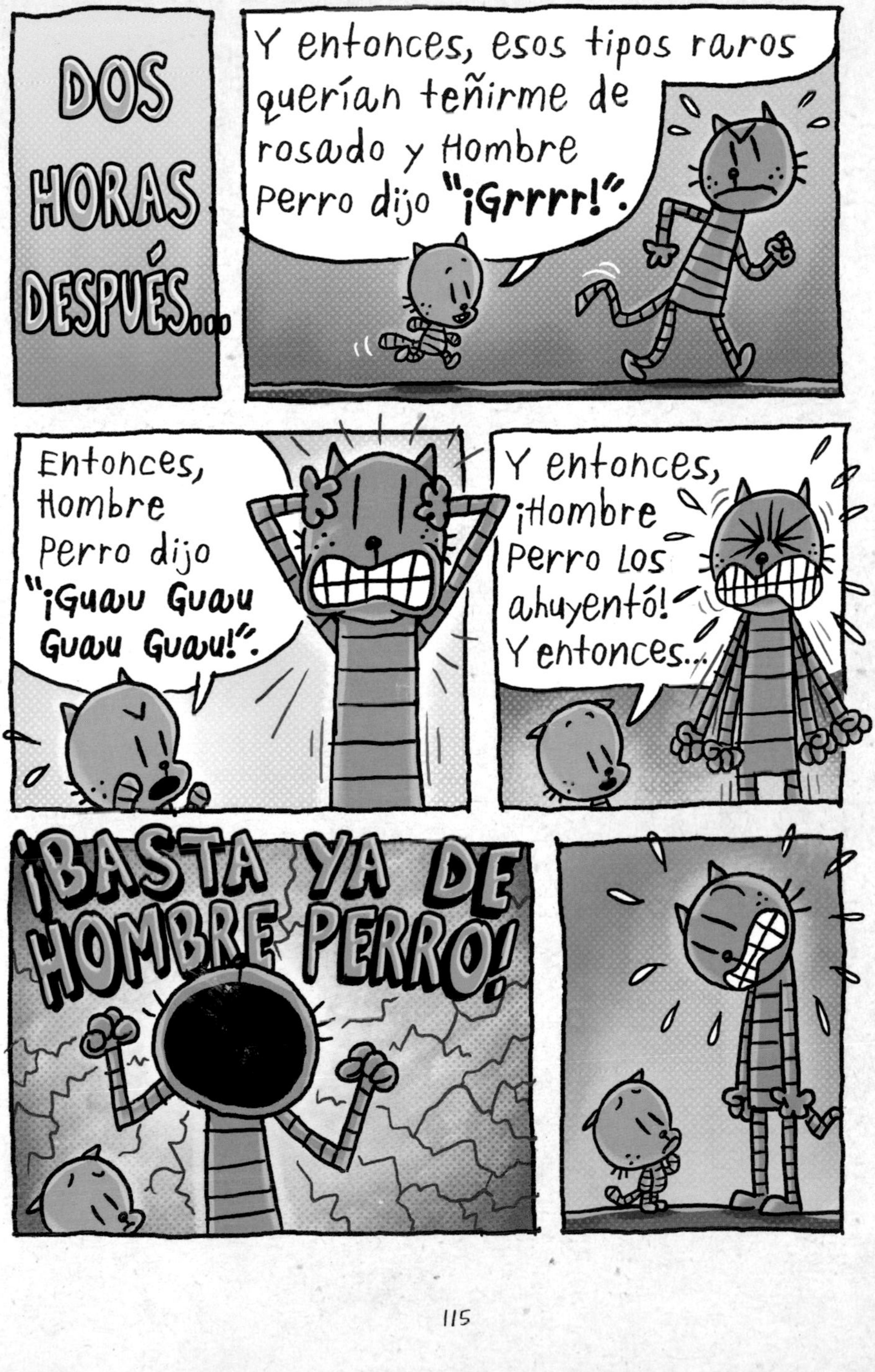
DOS HORAS DESPUÉS...
Y entonces, esos tipos raros querían teñirme de rosado y Hombre Perro dijo "¡Grrrr!".
Entonces, Hombre Perro dijo "¡Guau Guau Guau Guau!".
Y entonces, ¡Hombre Perro los ahuyentó! Y entonces...
¡BASTA YA DE HOMBRE PERRO!

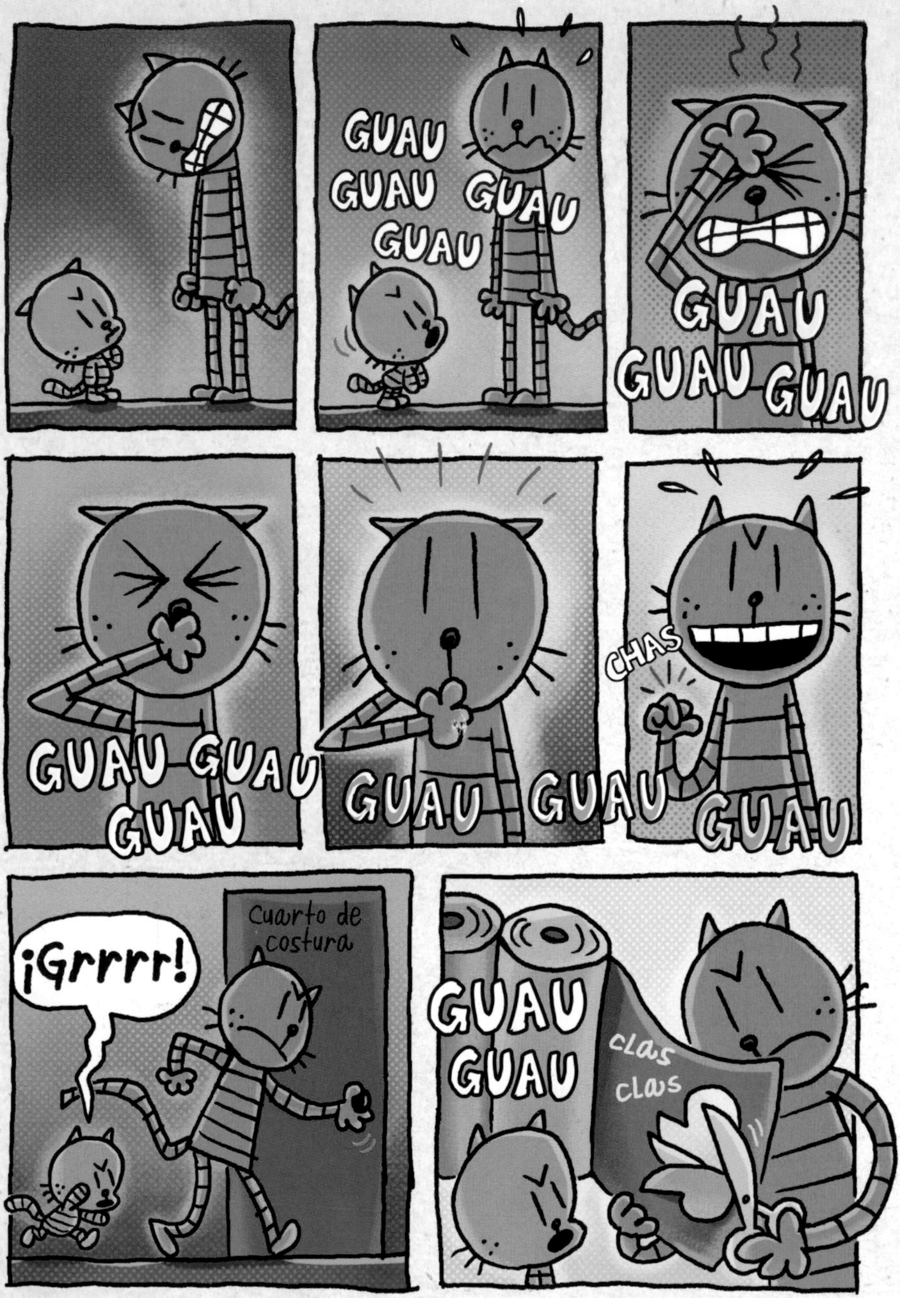
GUAU
GUAU GUAU
GUAU
GUAU
GUAU GUAU
GUAU
GUAU GUAU
GUAU
GUAU GUAU
CHAS
GUAU
Cuarto de costura
¡Grrrr!
GUAU
GUAU
clas
clas

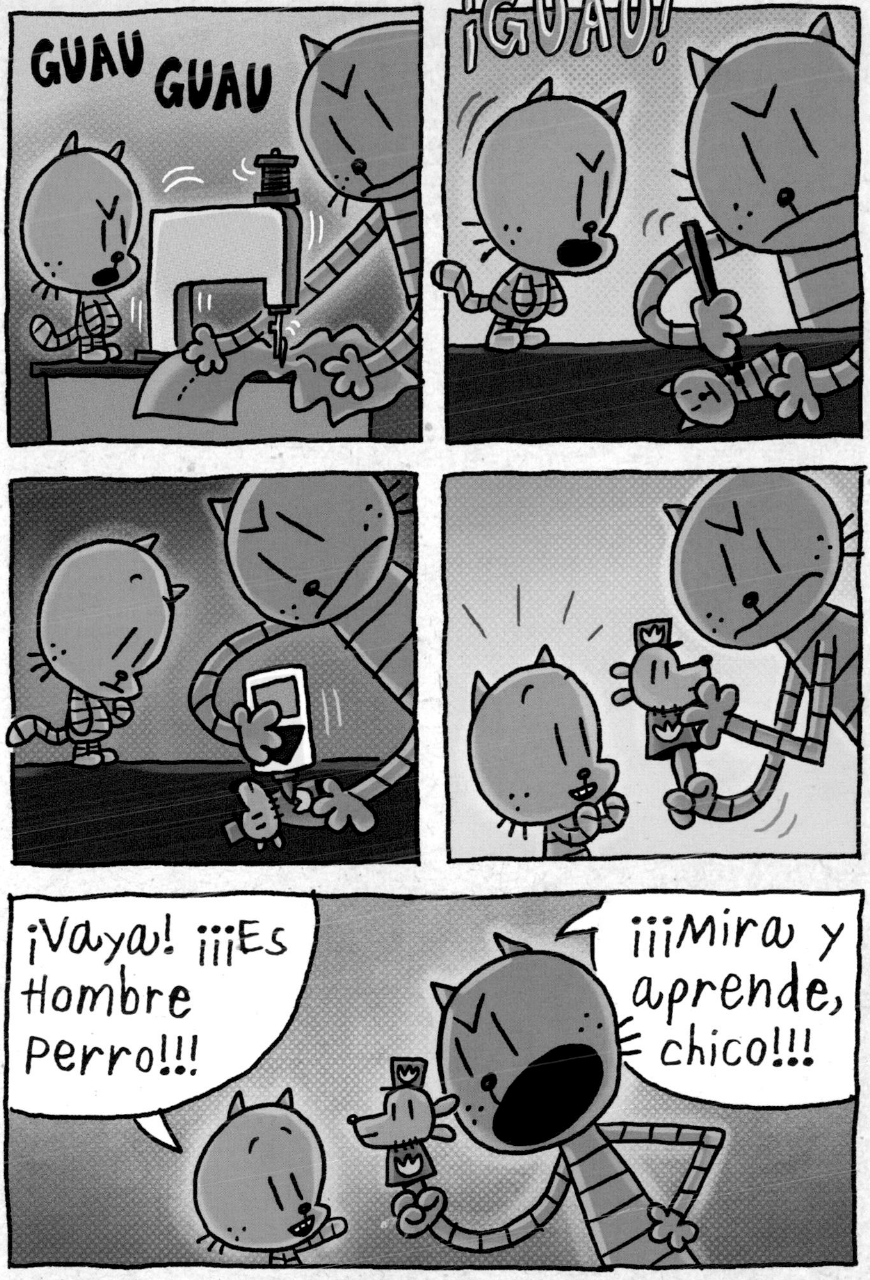
GUAU GUAU
¡GUAU!
¡Vaya! ¡¡¡Es Hombre Perro!!!
¡¡¡Mira y aprende, chico!!!

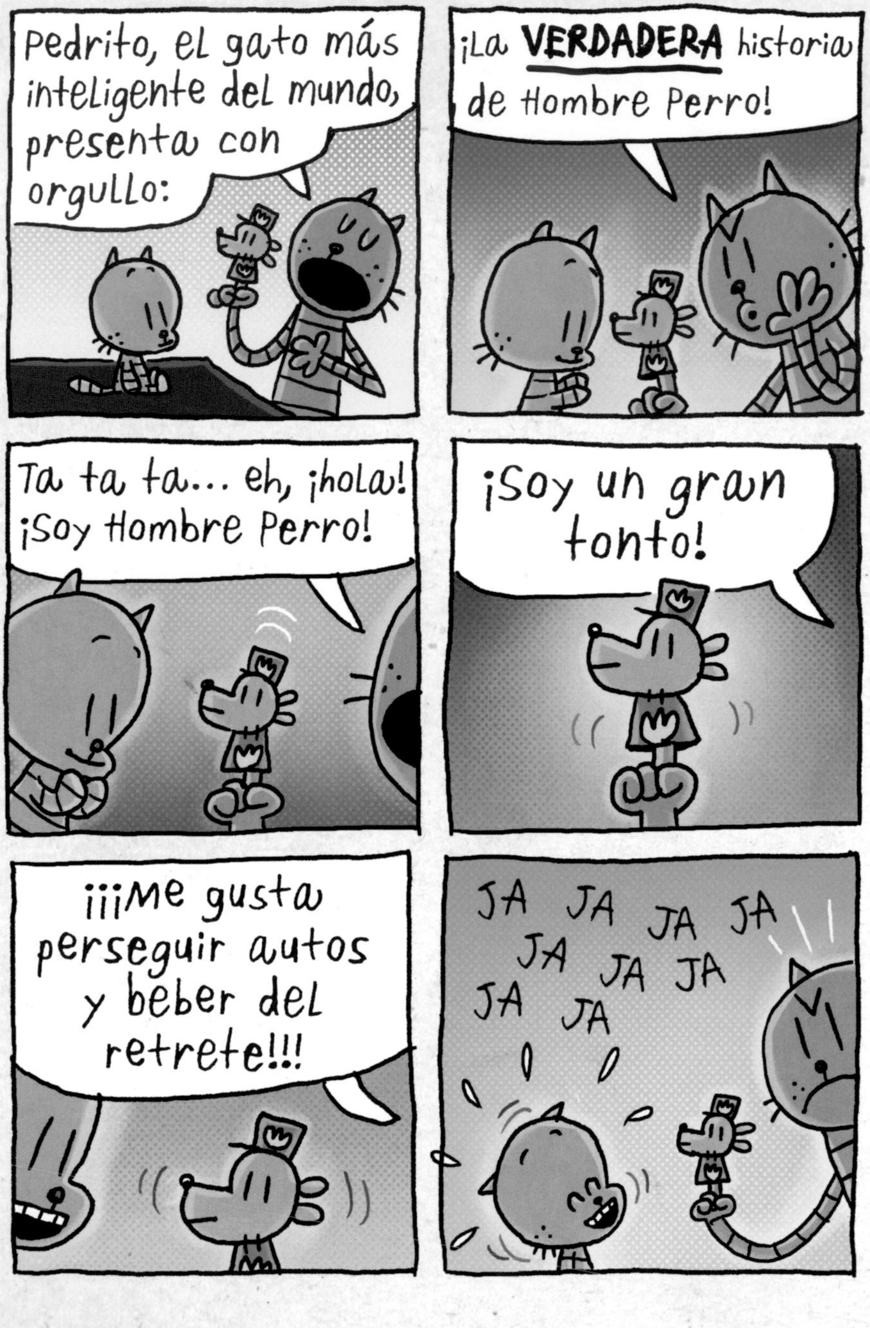

Pedrito, el gato más inteligente del mundo, presenta con orgullo:
¡La VERDADERA historia de Hombre Perro!
Ta ta ta... eh, ¡hola! ¡Soy Hombre Perro!
¡Soy un gran tonto!
¡¡¡Me gusta perseguir autos y beber del retrete!!!
JA JA JA JA JA JA JA JA JA

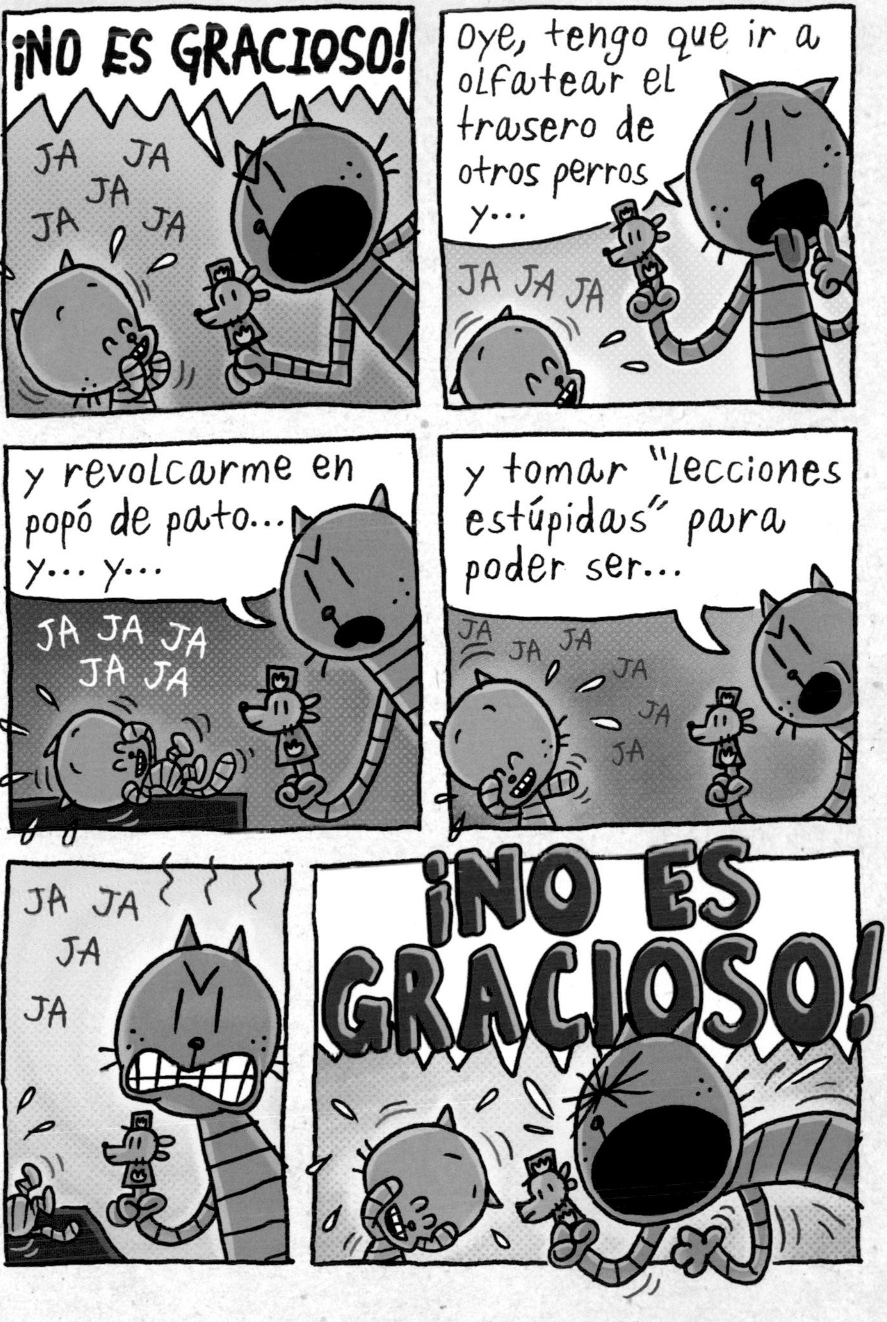

¡NO ES GRACIOSO!
JA JA JA JA JA
Oye, tengo que ir a olfatear el trasero de otros perros y...
JA JA JA
y revolcarme en popó de pato... y... y...
JA JA JA JA JA
y tomar "Lecciones estúpidas" para poder ser...
JA JA JA JA JA JA
JA JA JA JA
¡NO ES GRACIOSO!

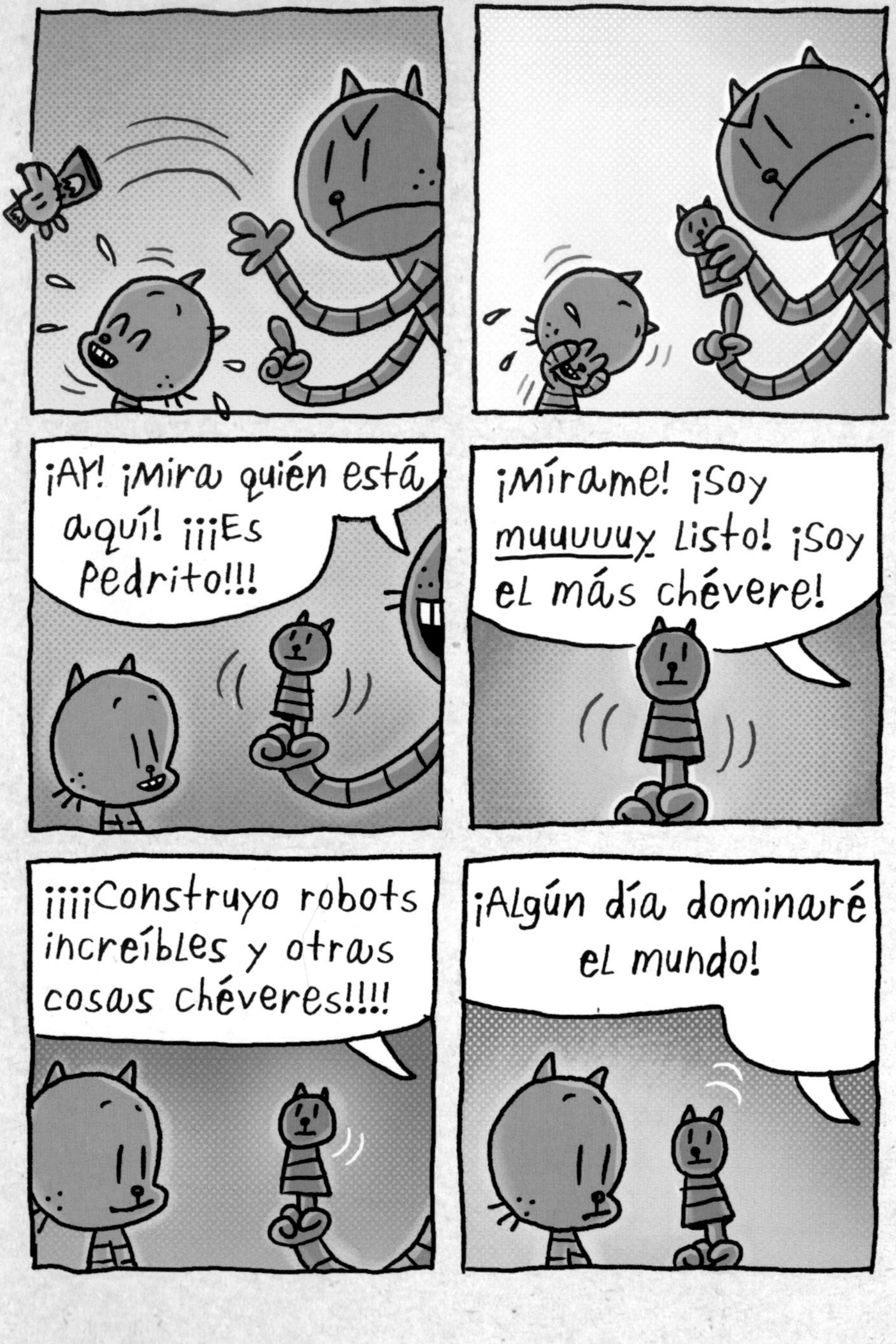
¡AY! ¡Mira quién está aquí! ¡¡¡Es Pedrito!!!
¡Mírame! ¡Soy muuuuuy listo! ¡Soy el más chévere!
¡¡¡¡Construyo robots increíbles y otras cosas chéveres!!!!
¡Algún día dominaré el mundo!

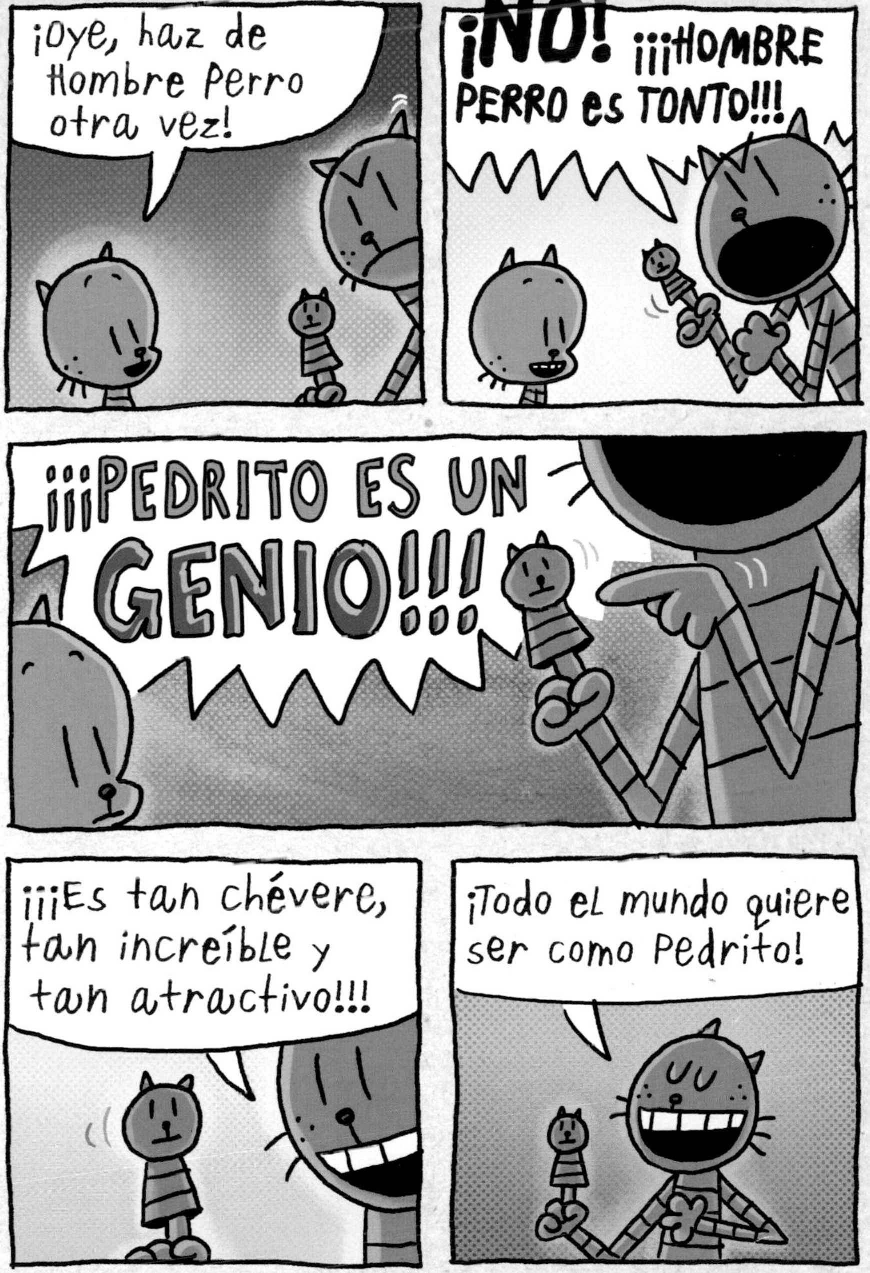
¡Oye, haz de Hombre Perro otra vez!
¡NO! ¡¡¡HOMBRE PERRO es TONTO!!!
¡¡¡PEDRITO ES UN GENIO!!!
¡¡¡Es tan chévere, tan increíble y tan atractivo!!!
¡Todo el mundo quiere ser como Pedrito!

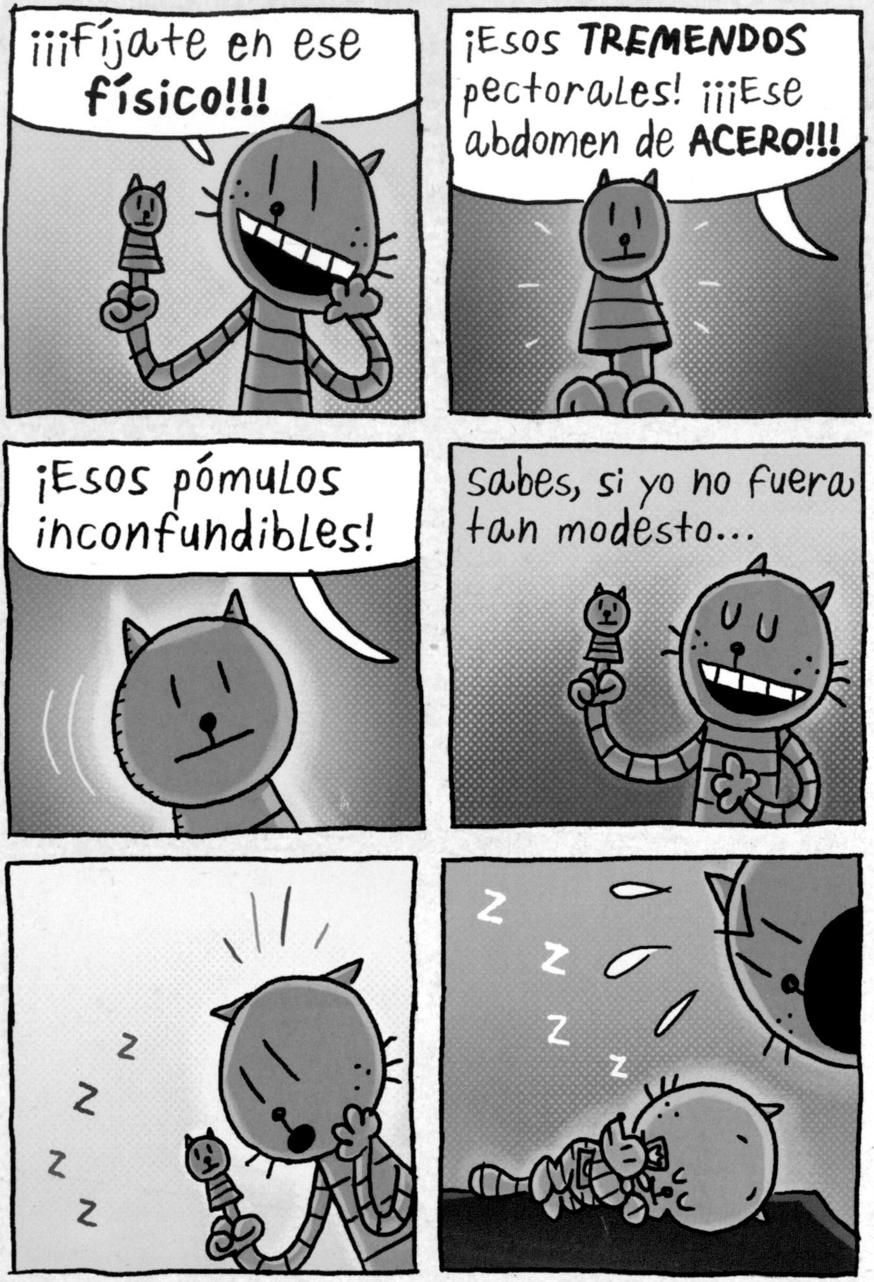
¡¡¡Fíjate en ese físico!!!
¡Esos TREMENDOS pectorales! ¡¡¡Ese abdomen de ACERO!!!
¡Esos pómulos inconfundibles!
sabes, si yo no fuera tan modesto...
Z
Z
Z
Z
Z
Z
Z
Z

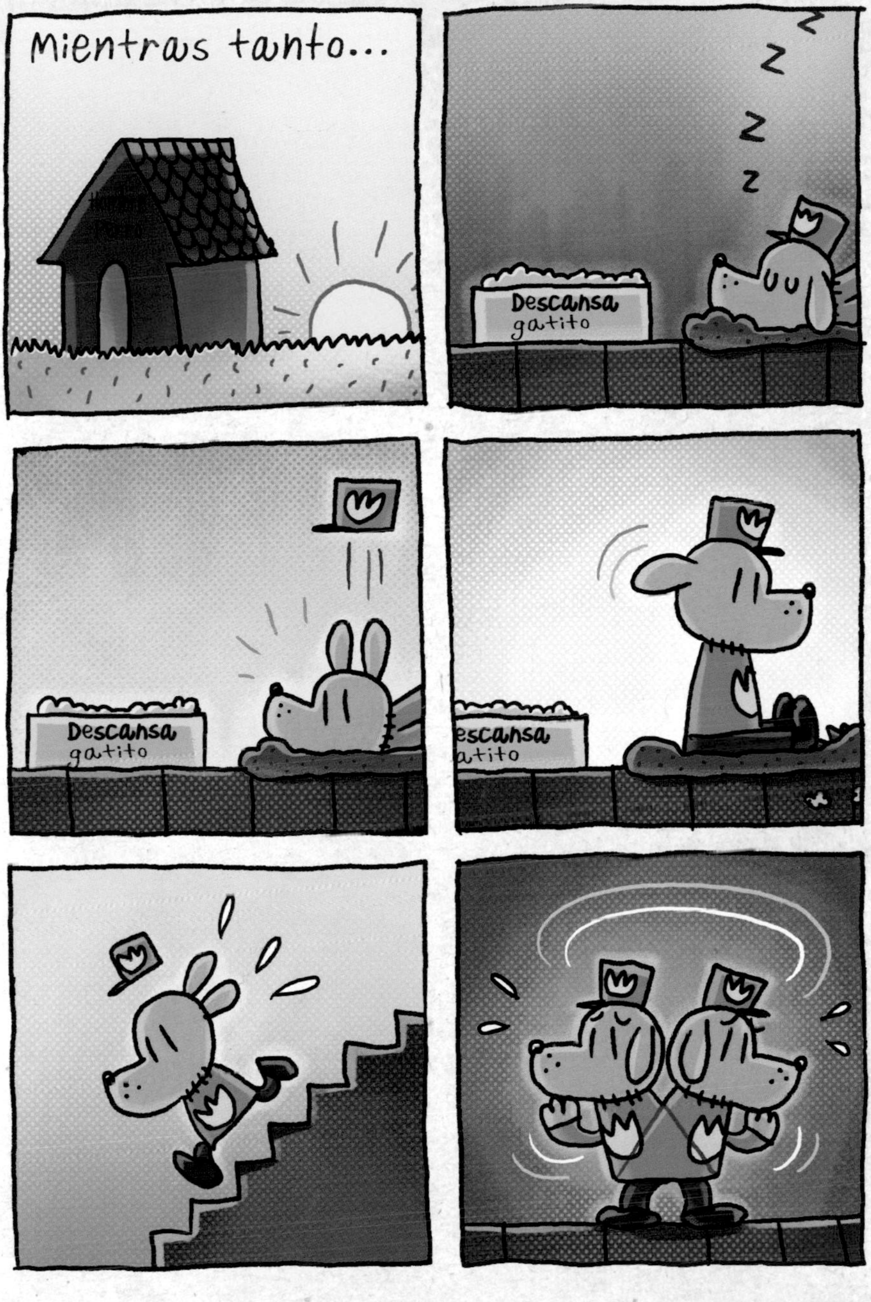
Mientras tanto...
Z
Z
Z
Z
Descansa
gatito
Descansa
gatito
escansa
atito

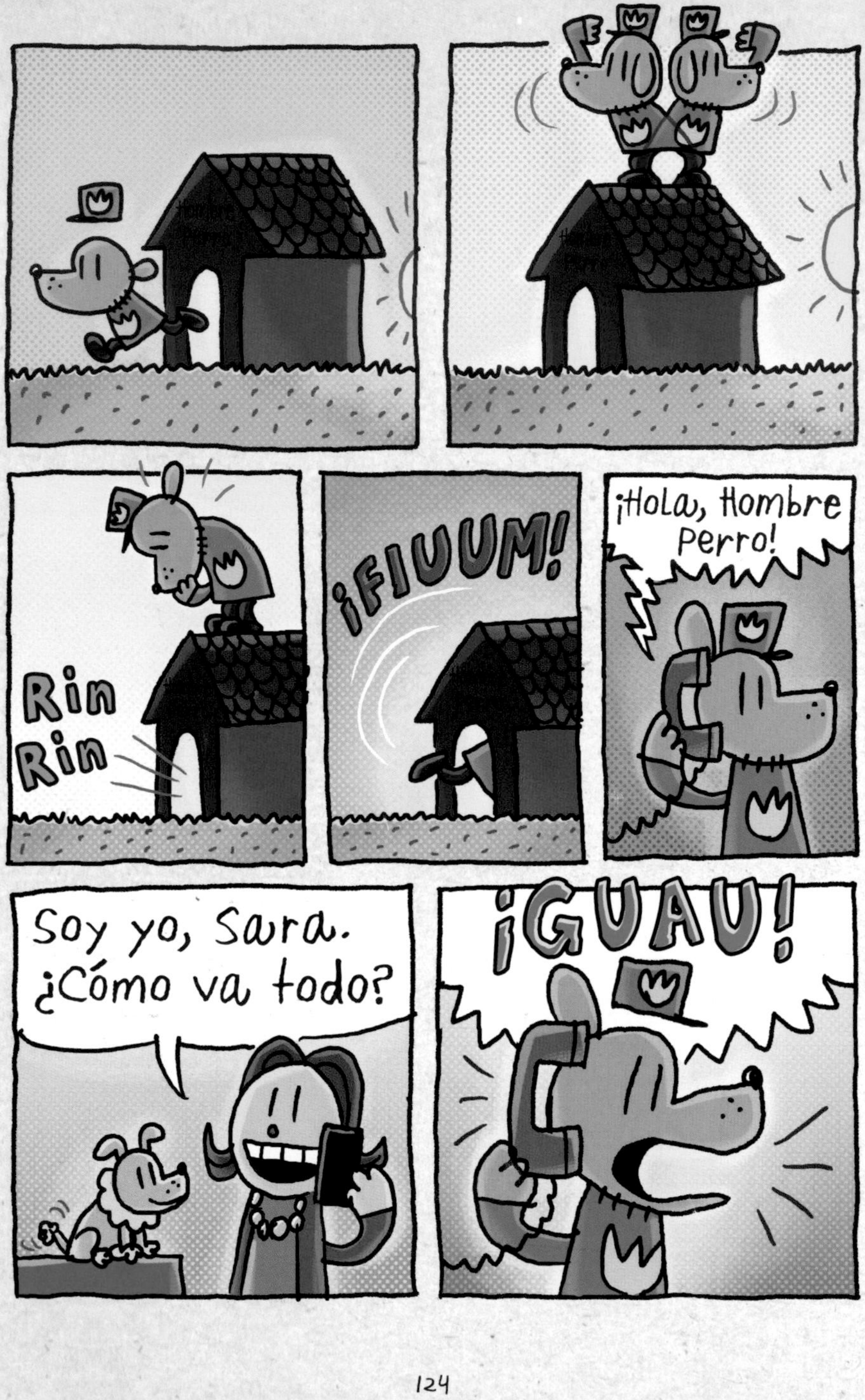
Rin
Rin
¡FIUUM!
¡Hola, Hombre Perro!
Soy yo, Sara. ¿Cómo va todo?
¡GUAU!

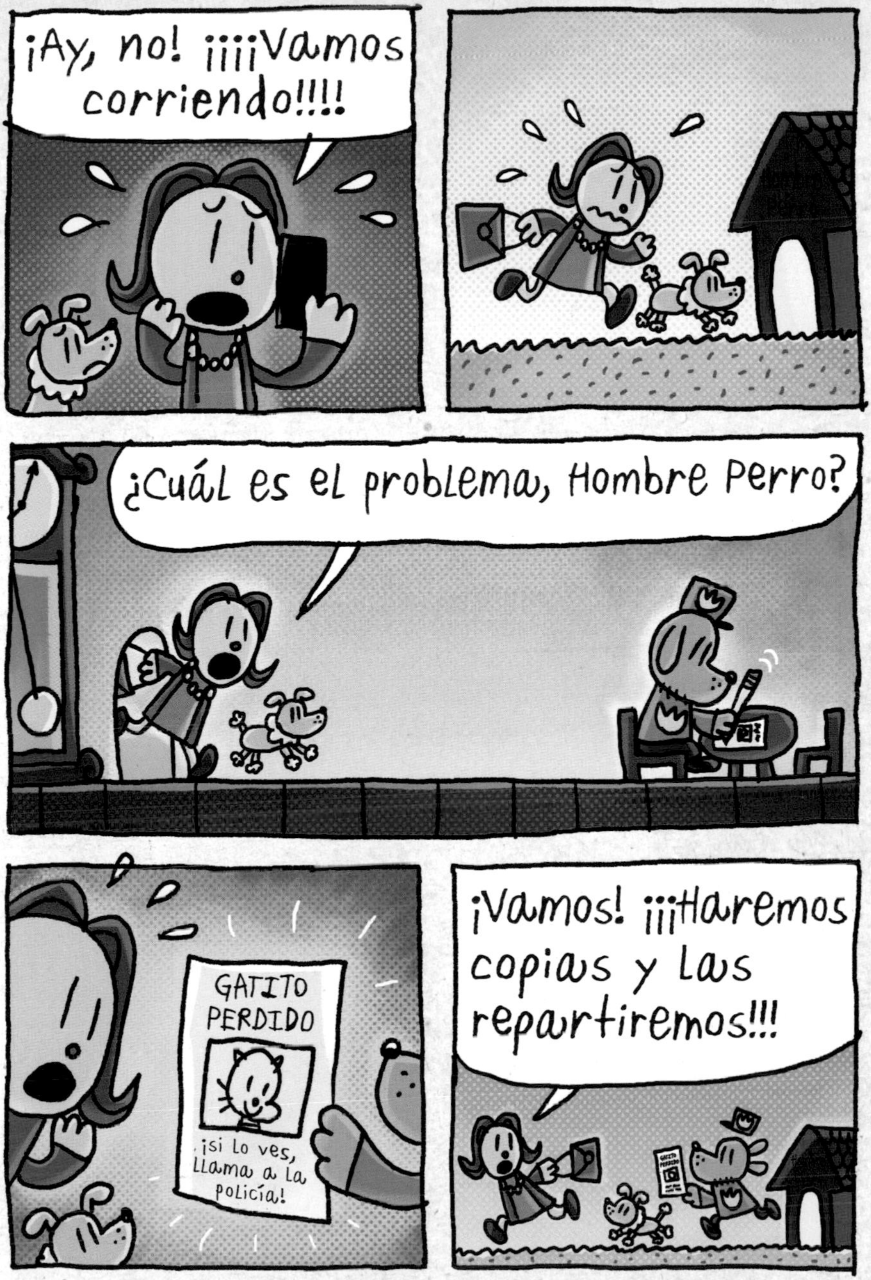
¡Ay, no! ¡¡¡¡Vamos corriendo!!!!
¿Cuál es el problema, Hombre Perro?
GATITO PERDIDO
¡Si lo ves, llama a la policía!
¡Vamos! ¡¡¡Haremos copias y las repartiremos!!!

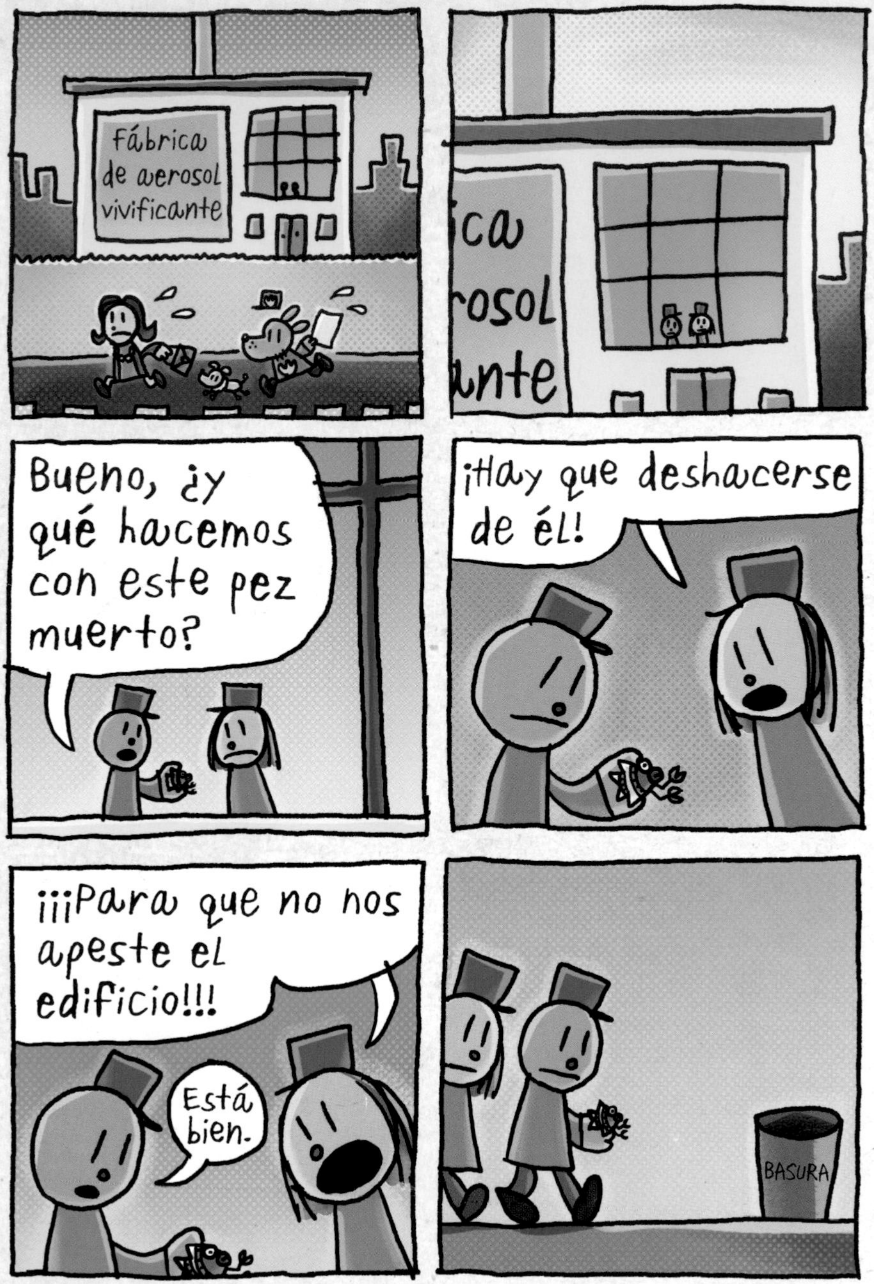
Fábrica de aerosol vivificante
ica
rosol
ante
Bueno, ¿y qué hacemos con este pez muerto?
¡Hay que deshacerse de él!
¡¡¡Para que no nos apeste el edificio!!!
Está bien.
BASURA

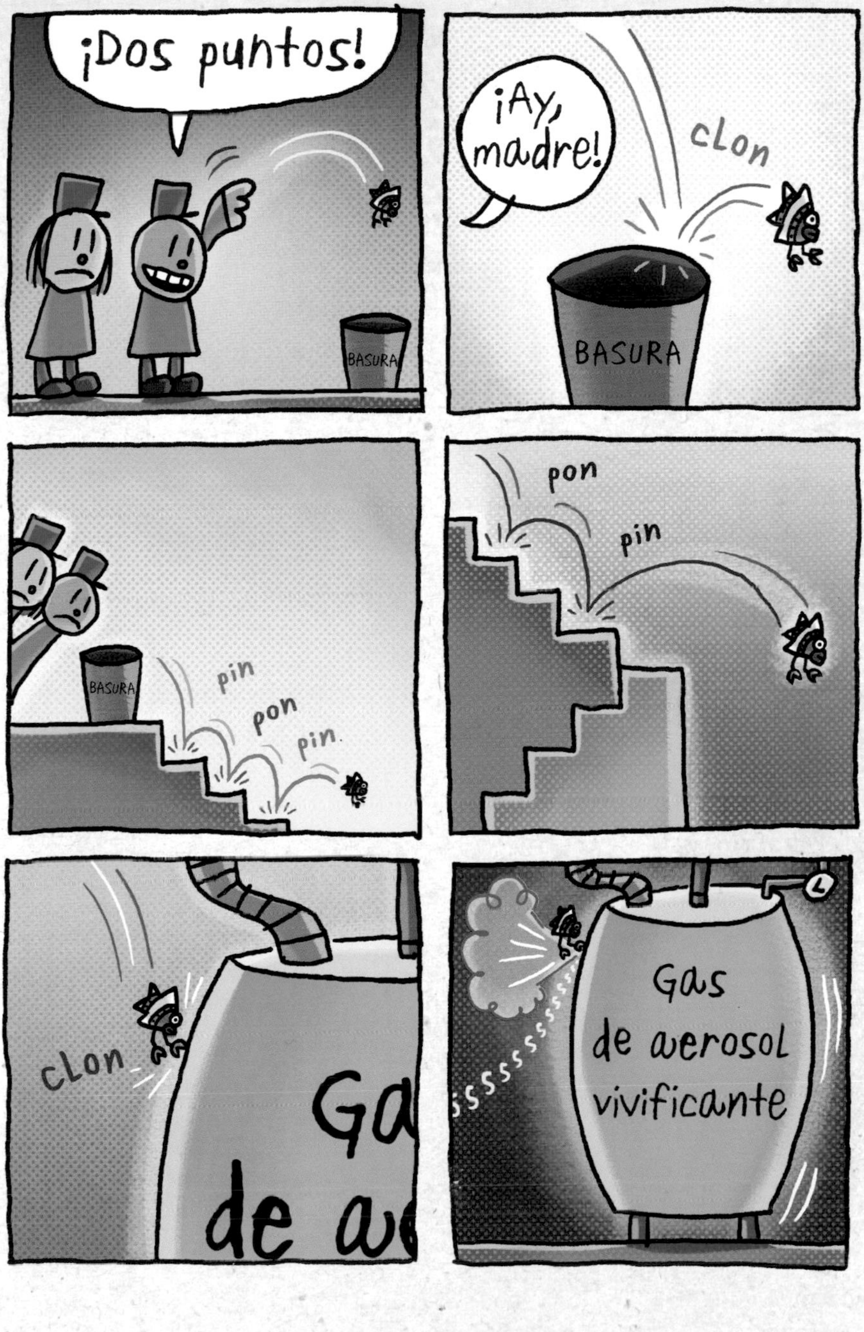
¡Dos puntos!
¡Ay, madre!
cLon
BASURA
BASURA
BASURA
pin
pon
pin.
pon
pin
cLon
Ga
de ae
Gas de aerosoL vivificante
ssssssss

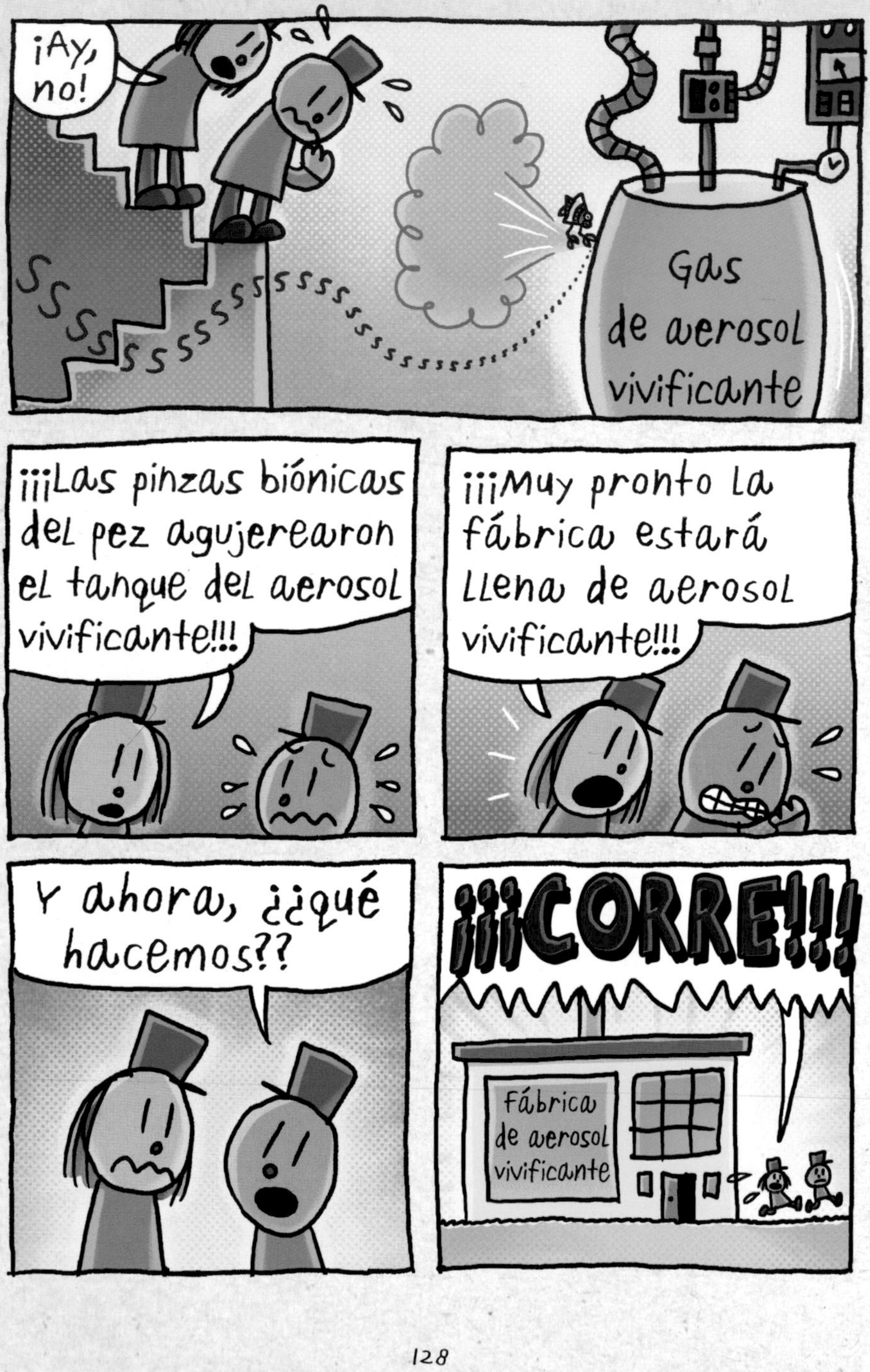
¡Ay, no!
SSSSSSSSSSSSSSSSSSSSSSSSSSSSSS
Gas de aerosol vivificante
¡¡¡Las pinzas biónicas del pez agujerearon el tanque del aerosol vivificante!!!
¡¡¡Muy pronto la fábrica estará llena de aerosol vivificante!!!
Y ahora, ¿¿qué hacemos??
¡¡¡CORRE!!!
Fábrica de aerosol vivificante

El capítulo séptimo

De vuelta a la vida

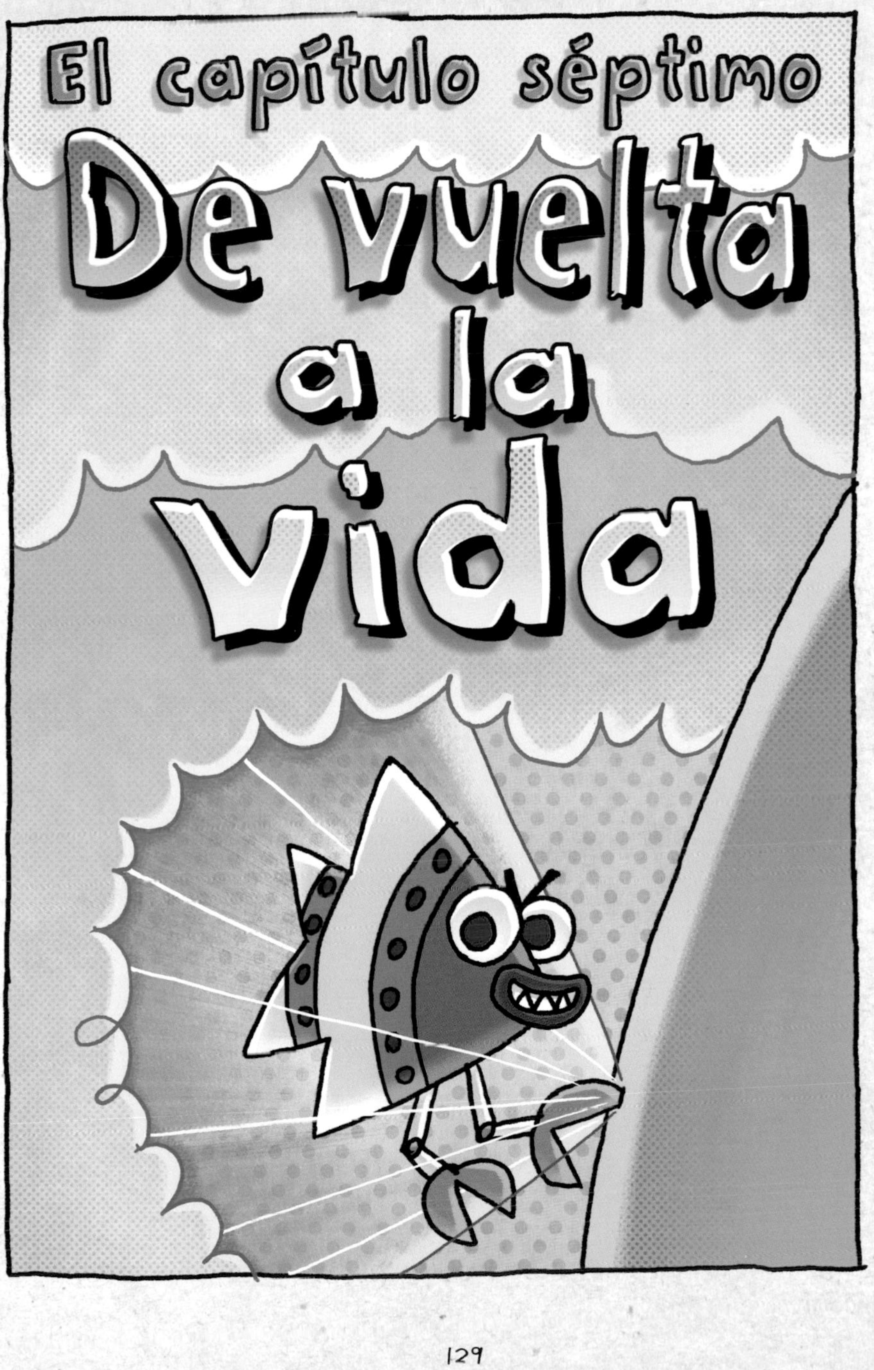

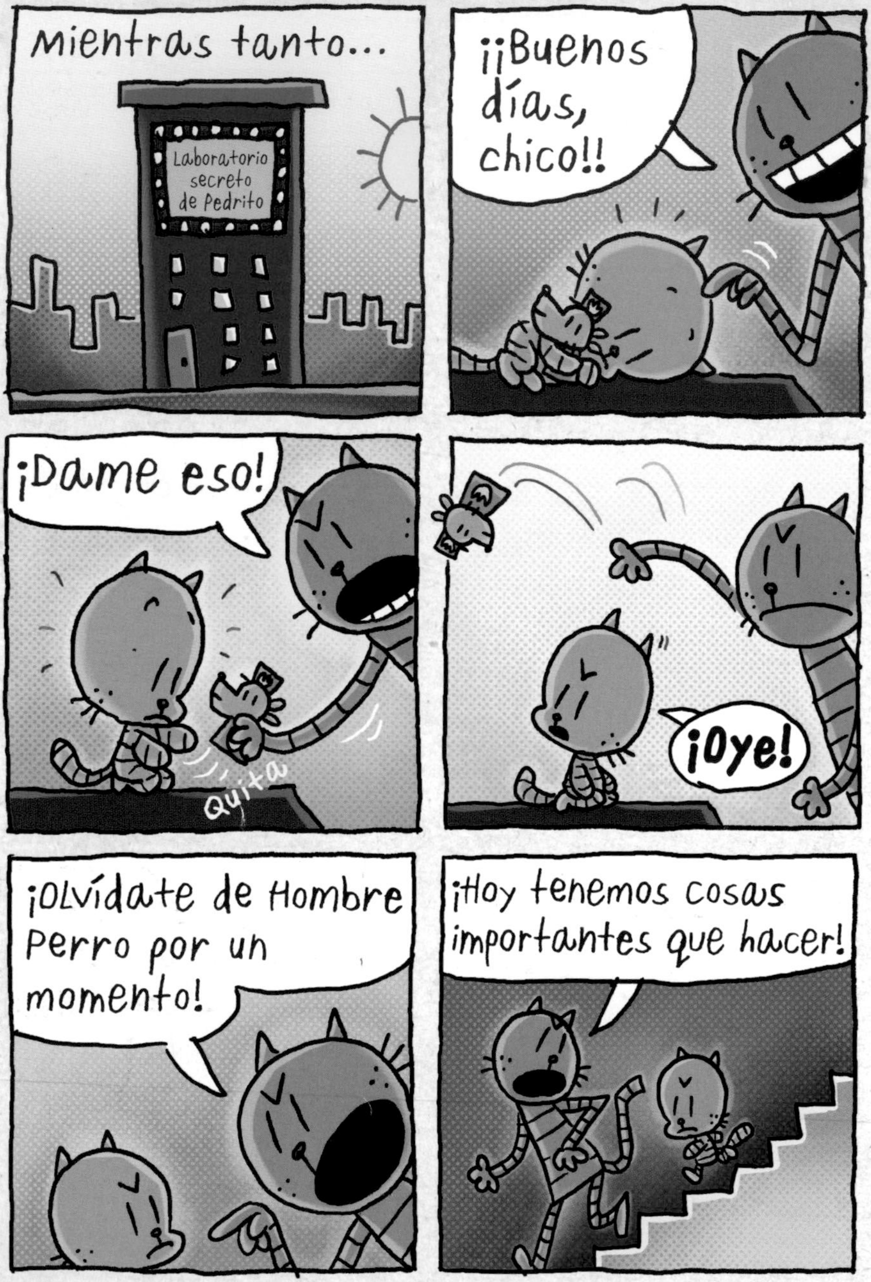
Mientras tanto...
Laboratorio secreto de Pedrito
¡¡Buenos días, chico!!
¡Dame eso!
Quita
¡Oye!
¡Olvídate de Hombre Perro por un momento!
¡Hoy tenemos cosas importantes que hacer!

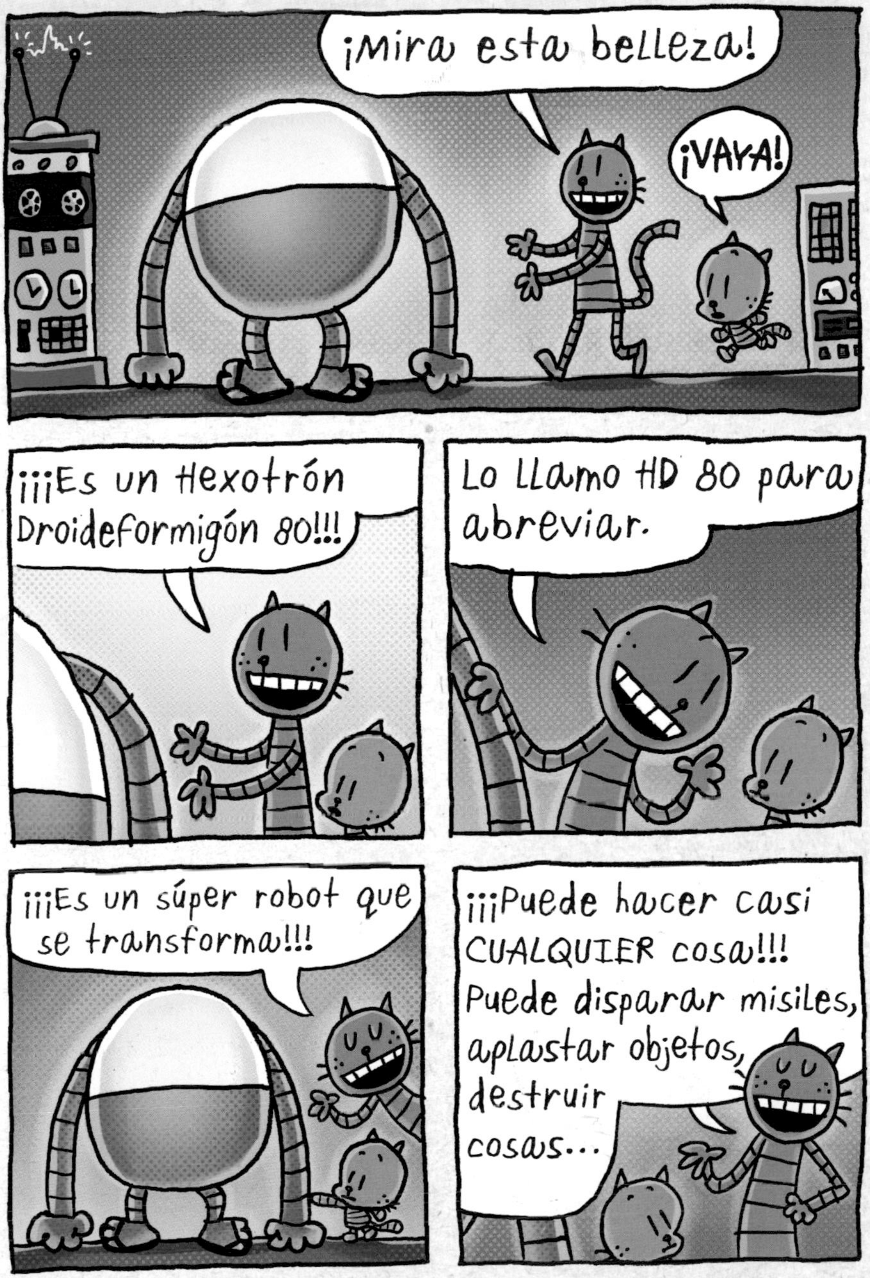
¡Mira esta belleza!
¡VAYA!
¡¡¡Es un Hexotrón Droideformigón 80!!!
Lo llamo HD 80 para abreviar.
¡¡¡Es un súper robot que se transforma!!!
¡¡¡Puede hacer casi CUALQUIER cosa!!! Puede disparar misiles, aplastar objetos, destruir cosas...

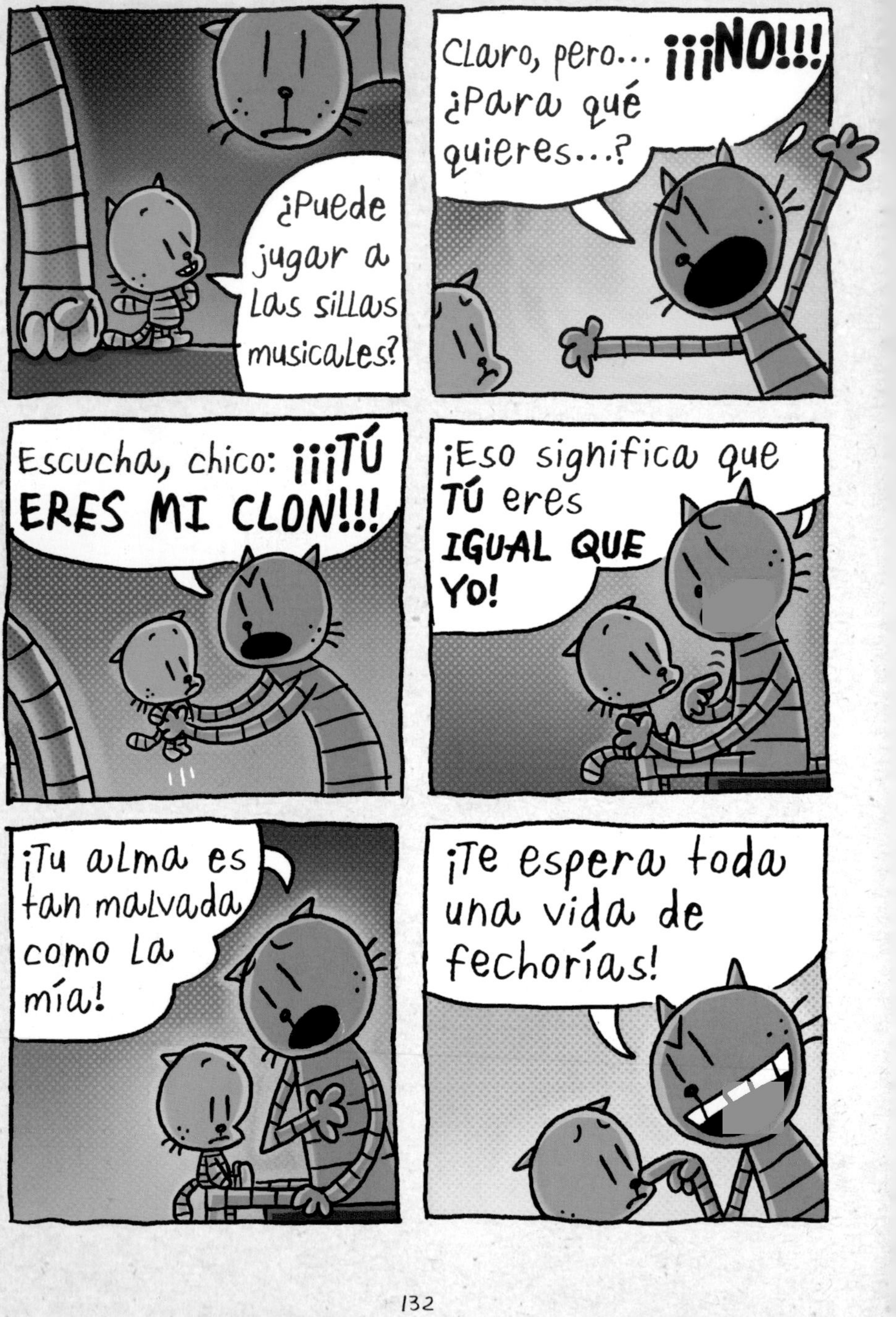
¿Puede jugar a las sillas musicales?
Claro, pero... ¿Para qué quieres...?
¡¡¡NO!!!
Escucha, chico: ¡¡¡TÚ ERES MI CLON!!!
¡Eso significa que TÚ eres IGUAL QUE YO!
¡Tu alma es tan malvada como la mía!
¡Te espera toda una vida de fechorías!

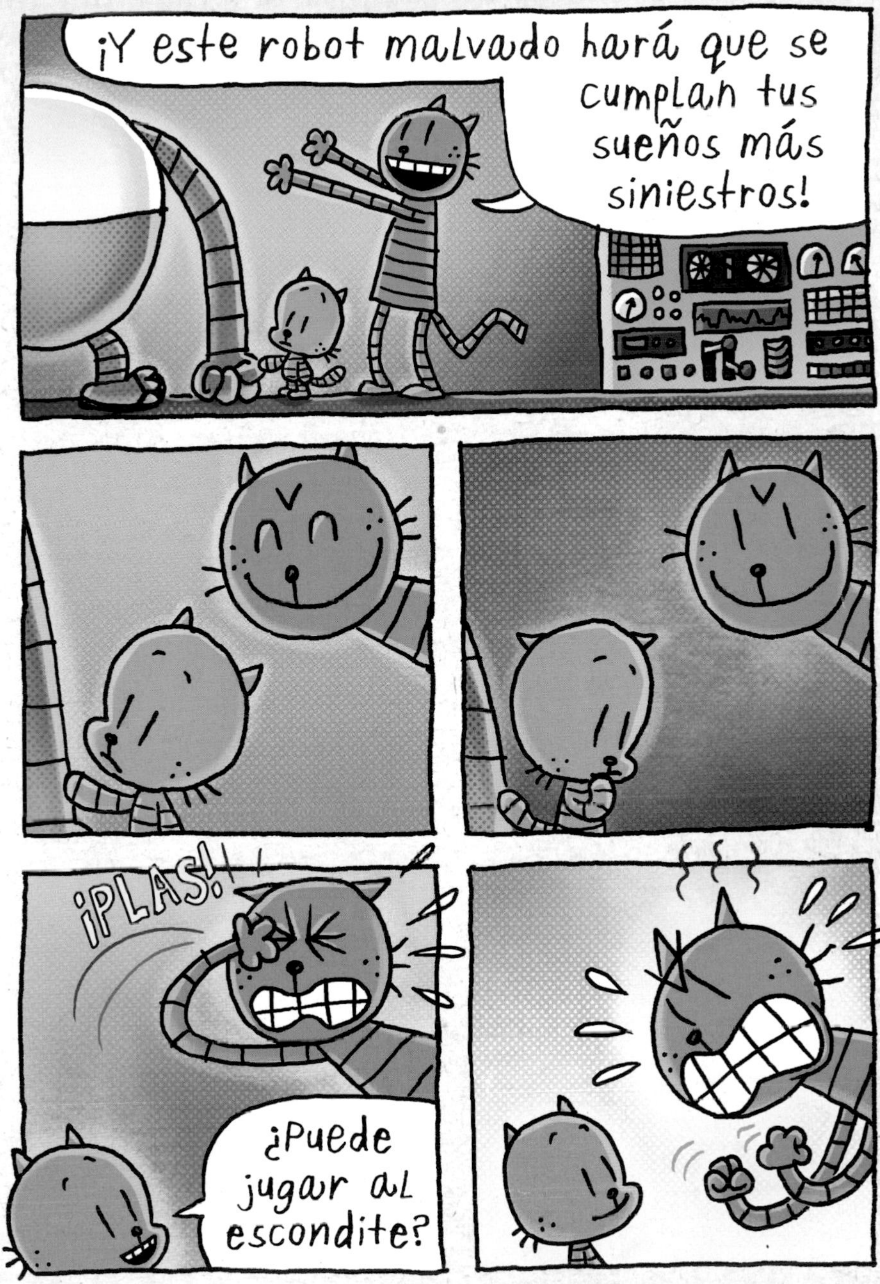
¡Y este robot malvado hará que se cumplan tus sueños más siniestros!
¡PLAS!
¿Puede jugar al escondite?

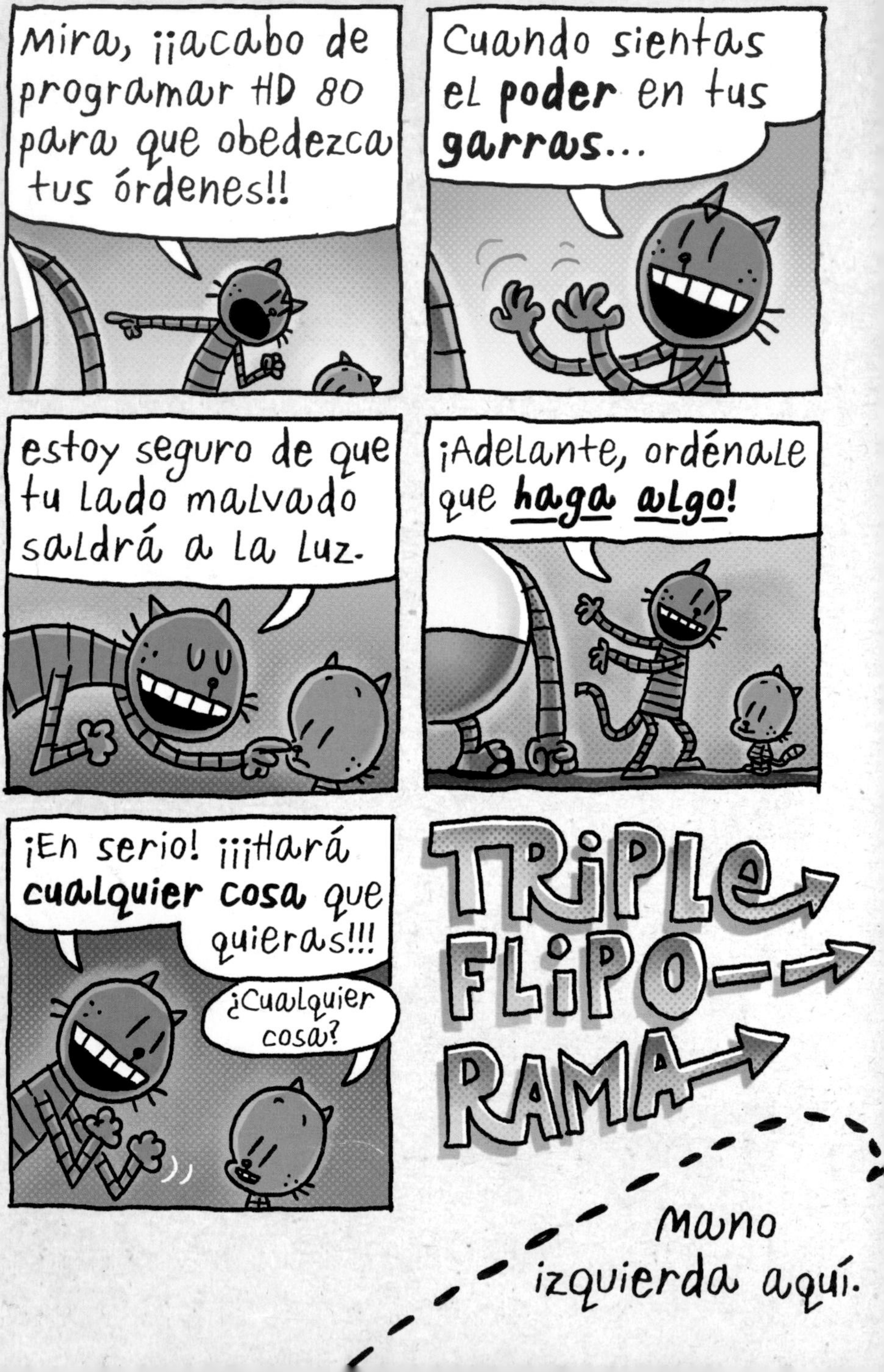
Mira, ¡¡acabo de programar HD 80 para que obedezca tus órdenes!!
Cuando sientas el **poder** en tus **garras**...
estoy seguro de que tu lado malvado saldrá a la luz.
¡Adelante, ordénale que **haga algo**!
¡En serio! ¡¡¡Hará **cualquier cosa** que quieras!!!
¿Cualquier cosa?
TRIPLE FLIPO-RAMA
Mano izquierda aquí.

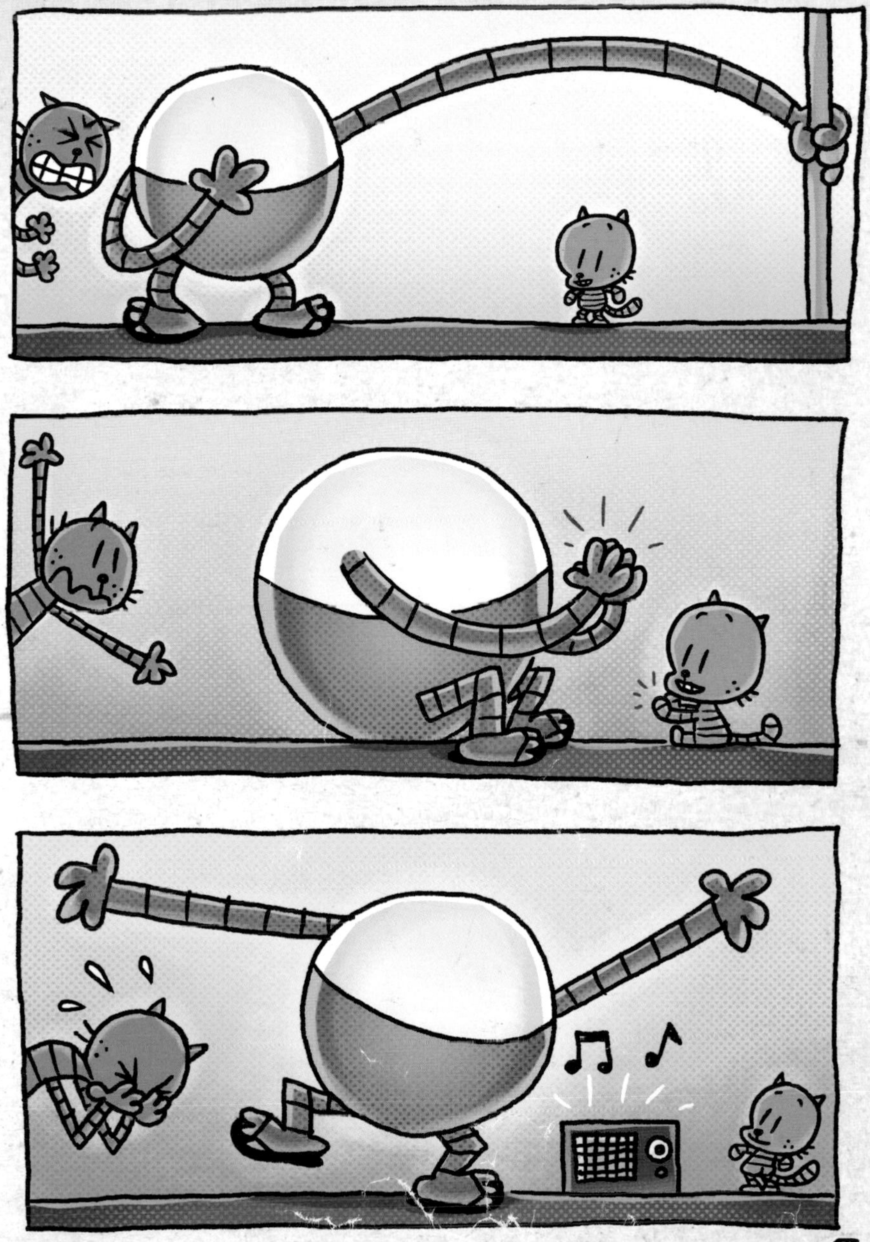

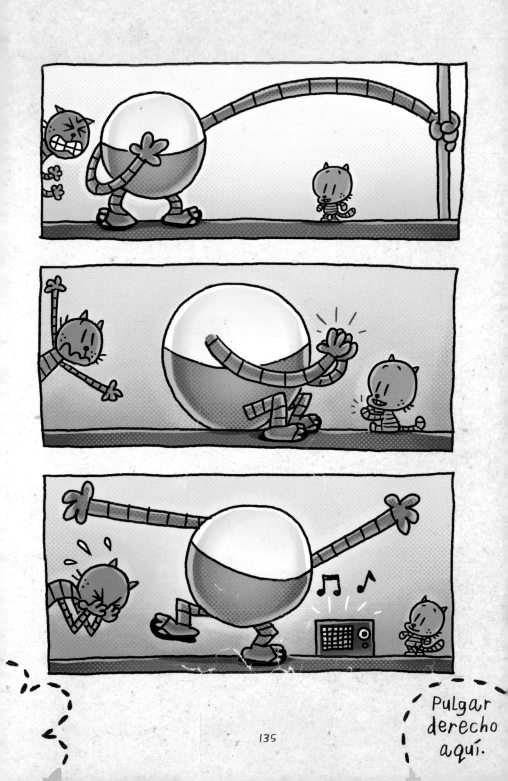

Pulgar derecho aquí.

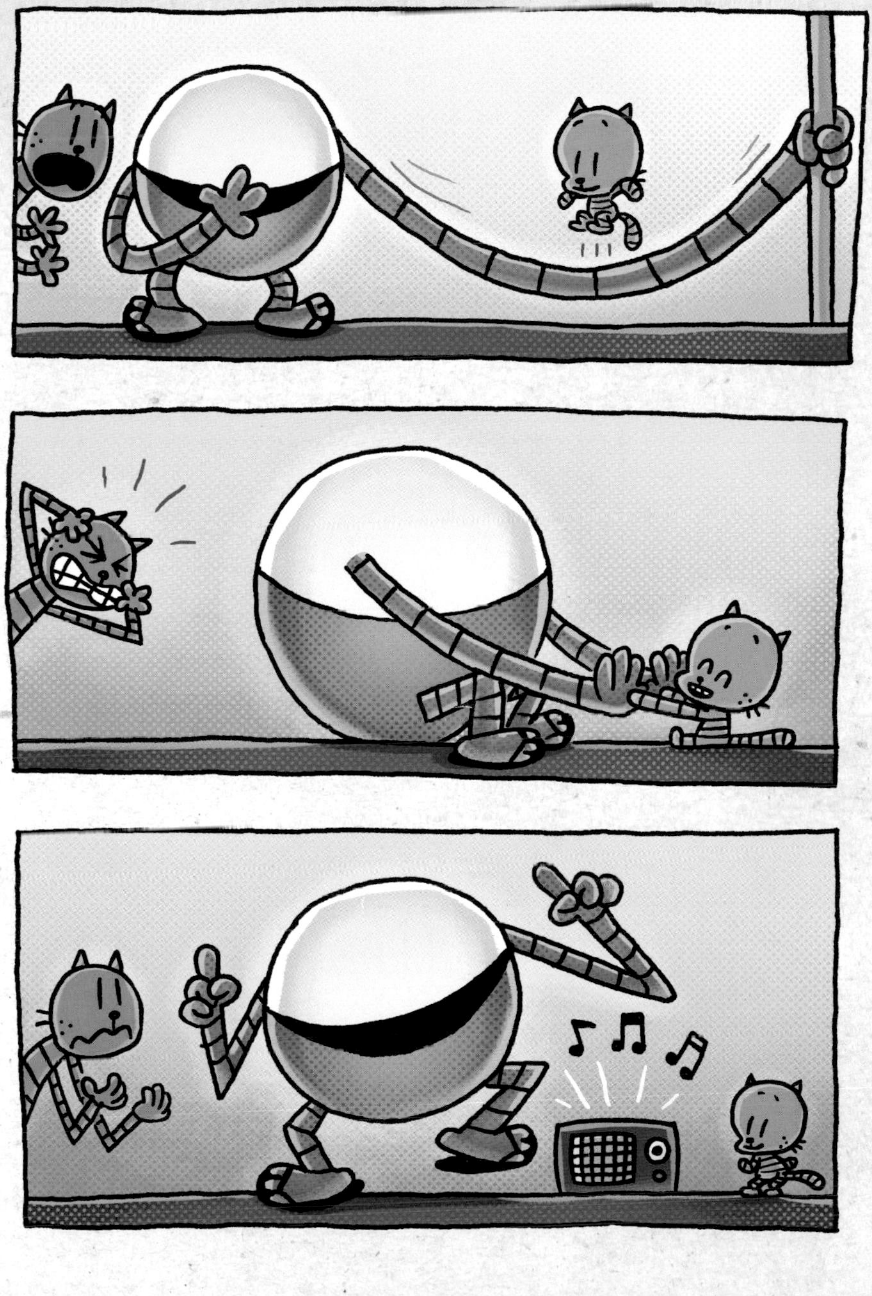

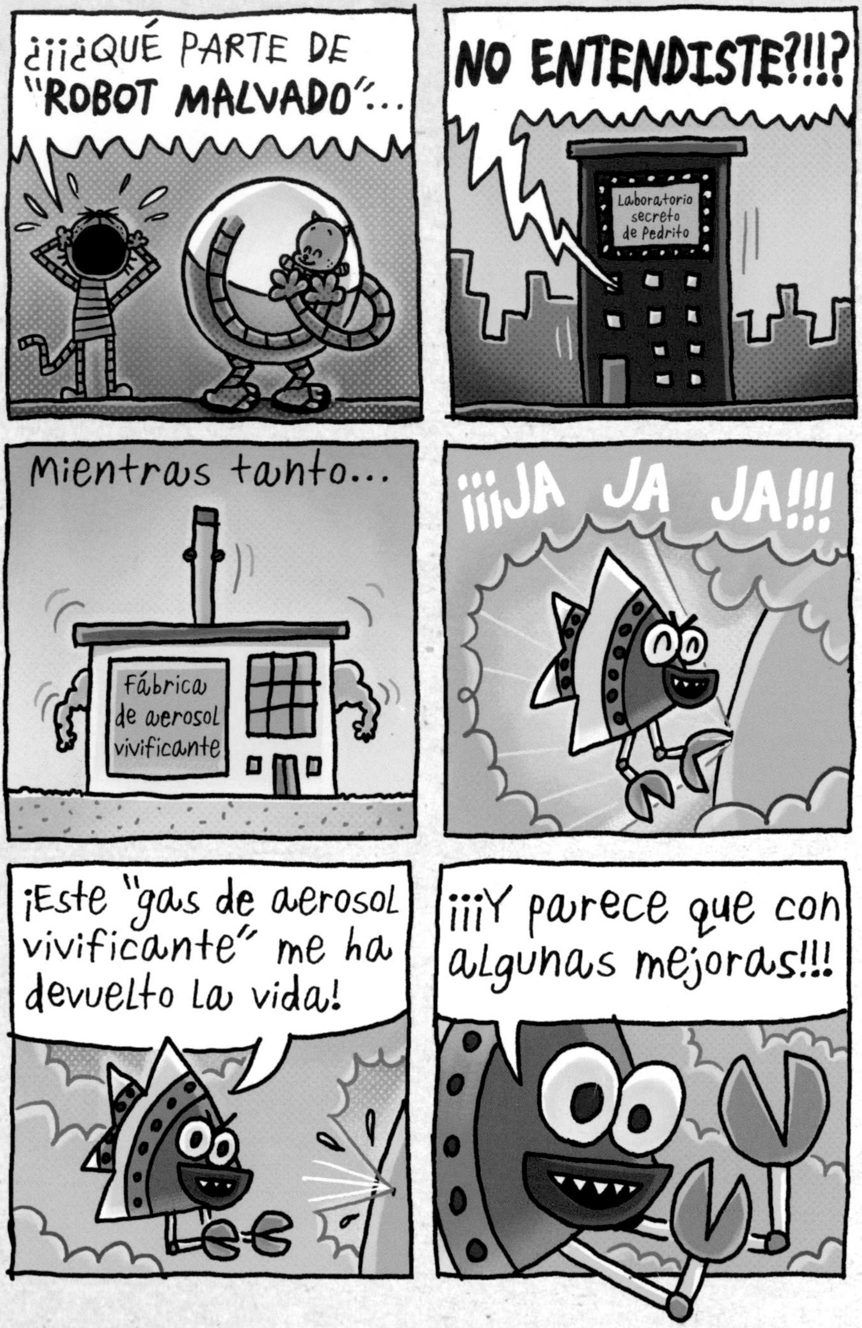
¿¡¡¿QUÉ PARTE DE "ROBOT MALVADO"...
NO ENTENDISTE?!!?
Laboratorio secreto de Pedrito
Mientras tanto...
Fábrica de aerosol vivificante
¡¡¡JA JA JA!!!
¡Este "gas de aerosol vivificante" me ha devuelto la vida!
¡¡¡Y parece que con algunas mejoras!!!

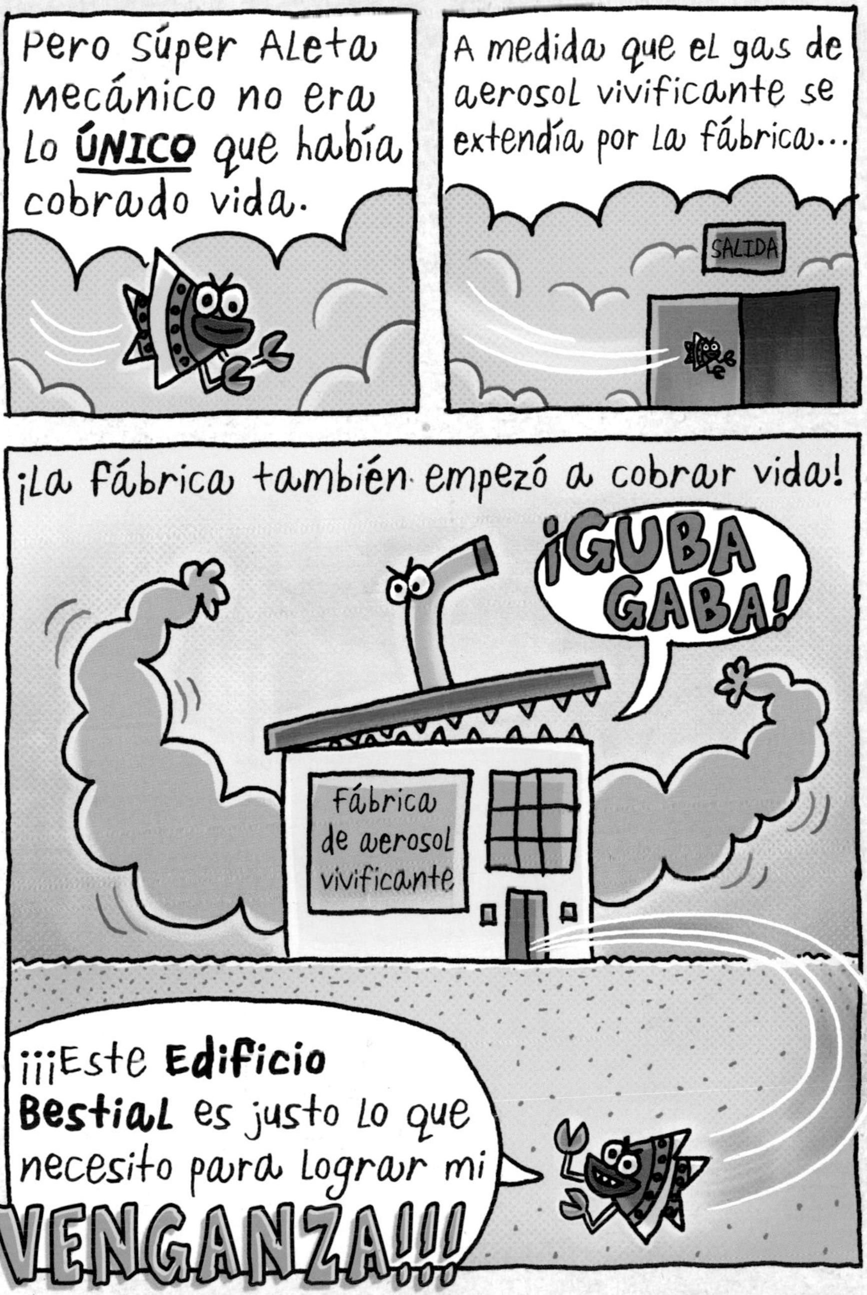
Pero Súper Aleta Mecánico no era lo **ÚNICO** que había cobrado vida.
A medida que el gas de aerosol vivificante se extendía por la fábrica...
SALIDA
¡La fábrica también empezó a cobrar vida!
¡GUBA GABA!
Fábrica de aerosol vivificante
¡¡¡Este **Edificio Bestial** es justo lo que necesito para lograr mi VENGANZA!!!

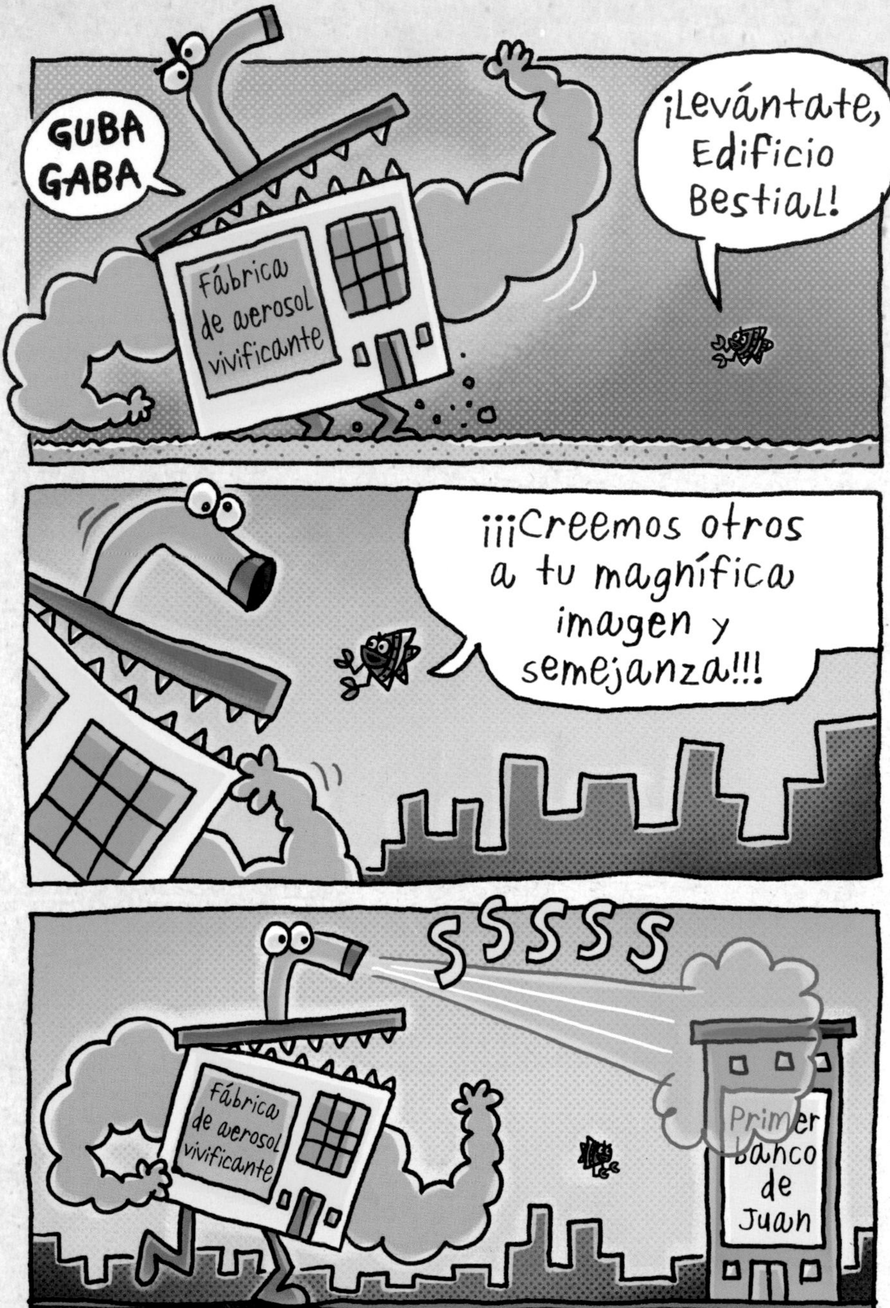
GUBA GABA
Fábrica de aerosol vivificante
¡Levántate, Edificio Bestial!
¡¡¡Creemos otros a tu magnífica imagen y semejanza!!!
SSSSS
Fábrica de aerosol vivificante
Primer banco de Juan

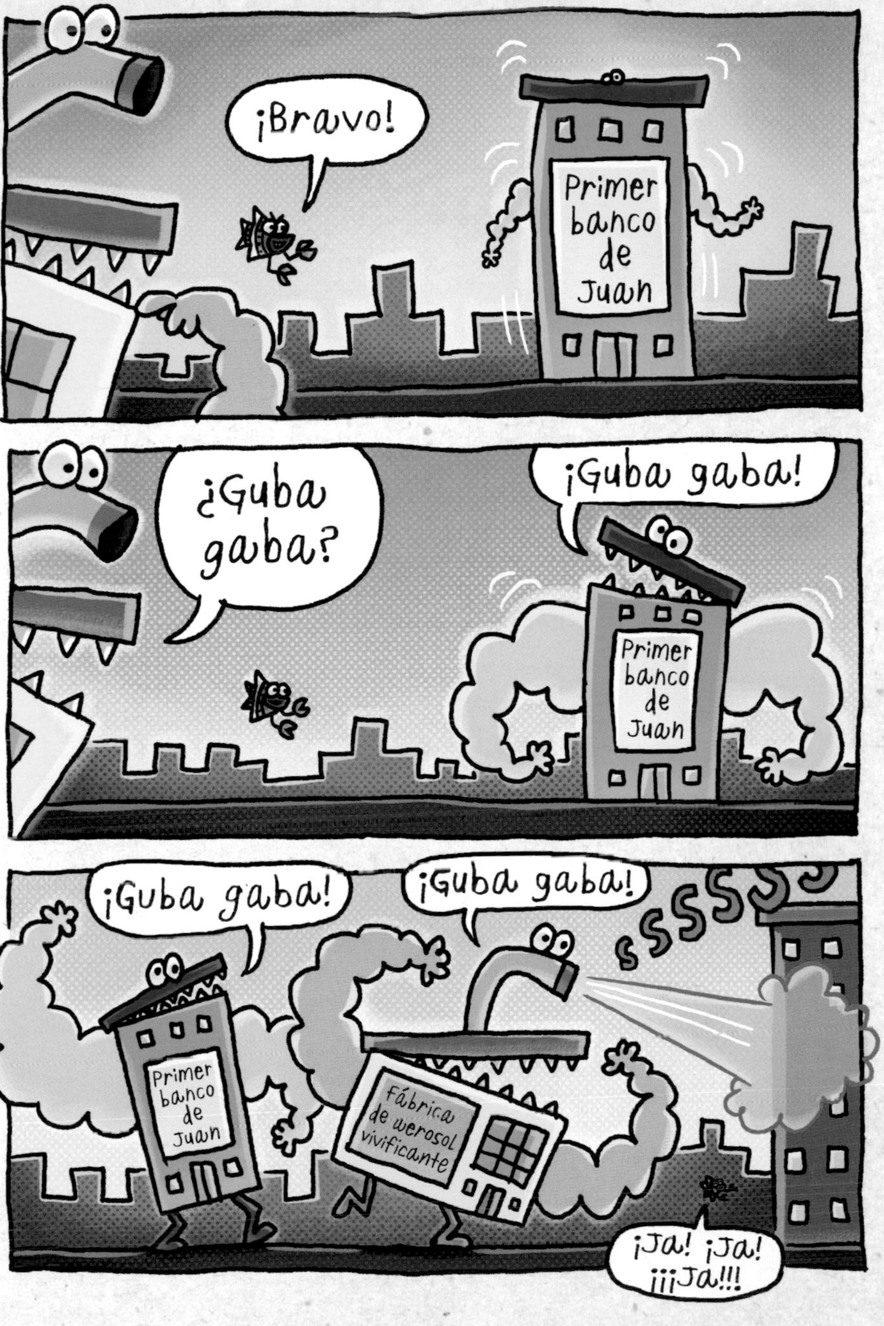
¡Bravo!
Primer banco de Juan
¿Guba gaba?
¡Guba gaba!
Primer banco de Juan
¡Guba gaba!
¡Guba gaba!
Primer banco de Juan
Fábrica de aerosol vivificante
¡Ja! ¡Ja! ¡¡¡Ja!!!

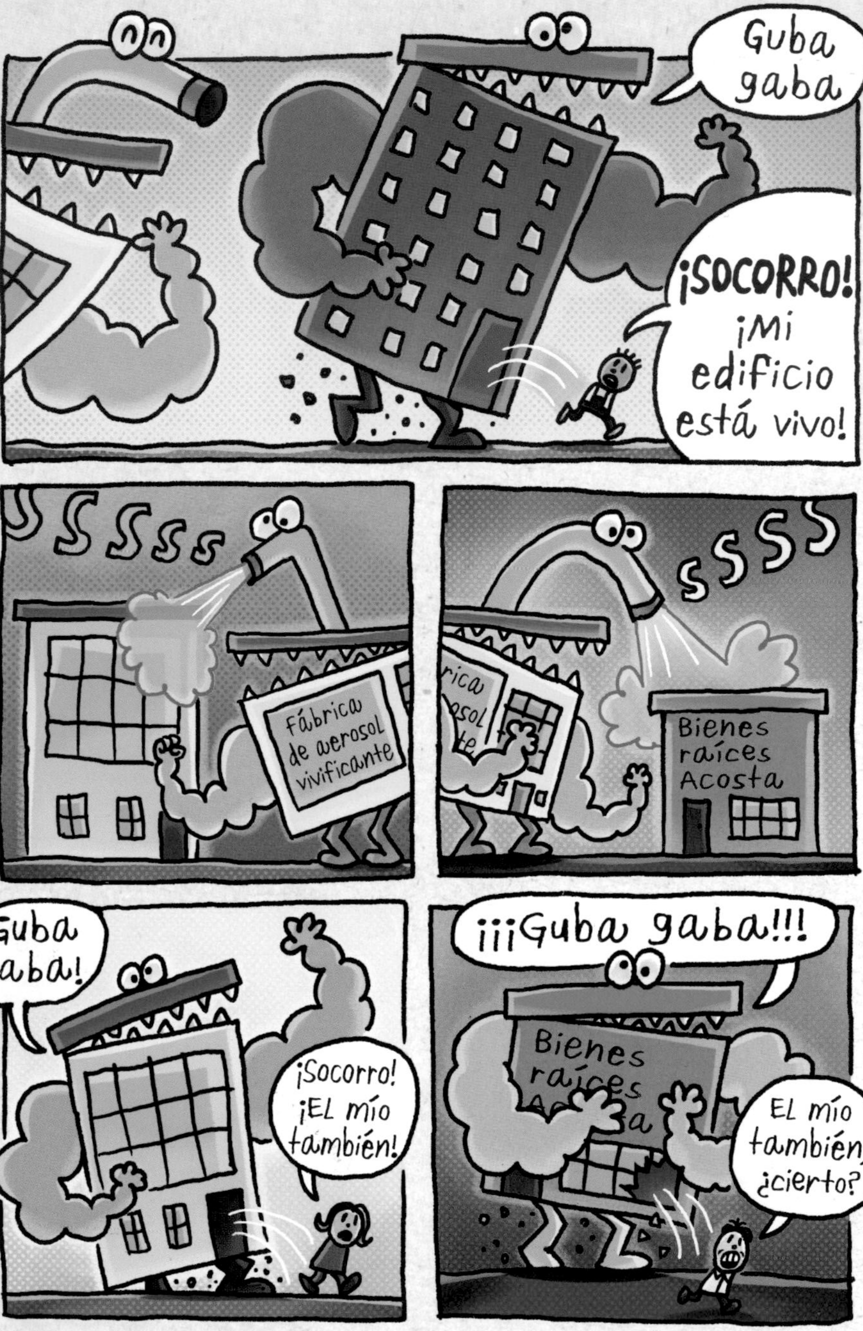
Guba gaba
¡SOCORRO! ¡Mi edificio está vivo!
SSSSS
Fábrica de aerosol vivificante
SSSSS
Bienes raíces Acosta
¡Guba gaba!
¡Socorro! ¡EL mío también!
¡¡¡Guba gaba!!!
EL mío también, ¿cierto?

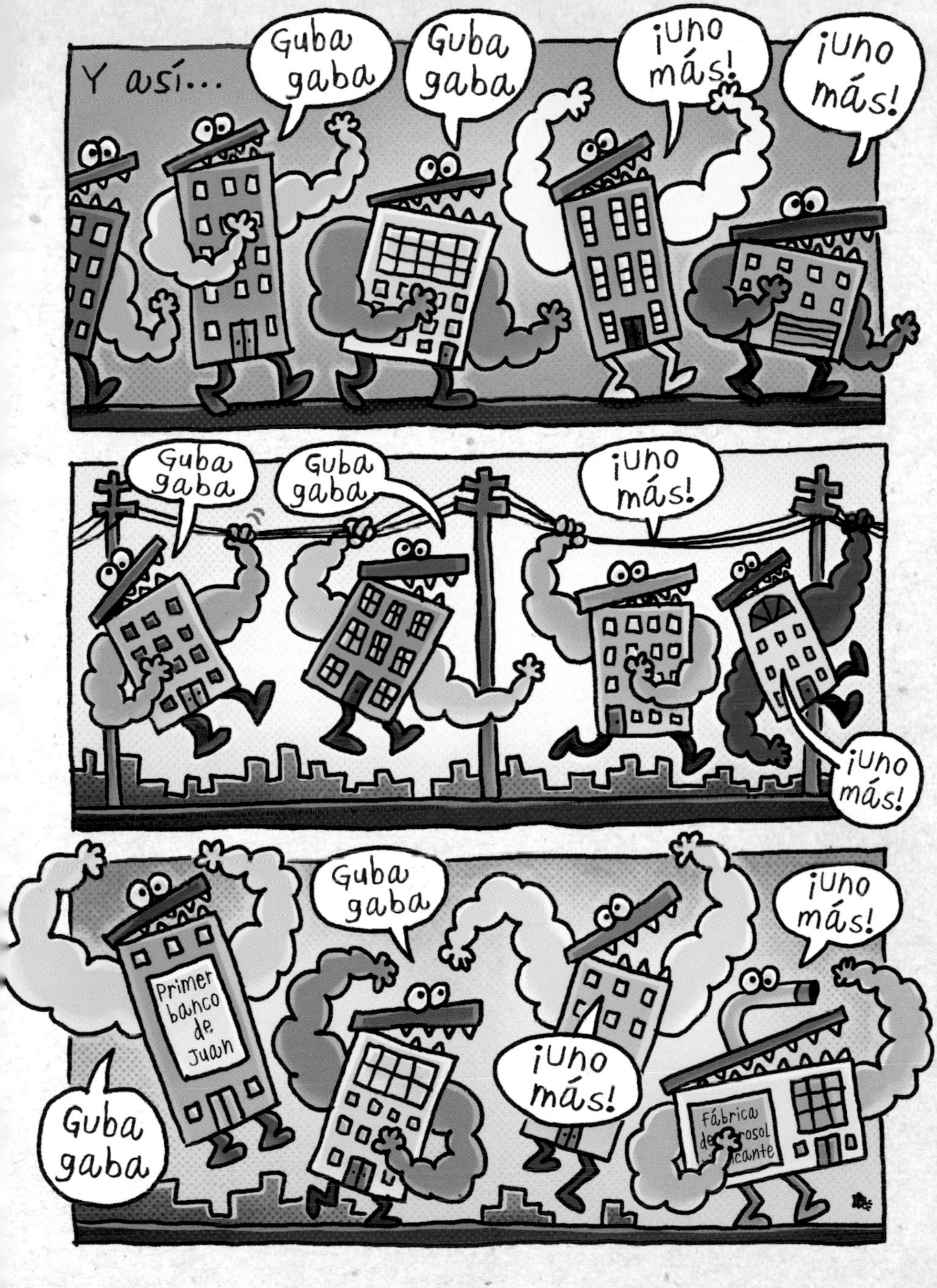
Y así...
Guba gaba
Guba gaba
¡Uno más!
¡Uno más!
Guba gaba
Guba gaba
¡Uno más!
¡Uno más!
Primer banco de Juan
Guba gaba
Guba gaba
¡Uno más!
¡Uno más!
Fábrica

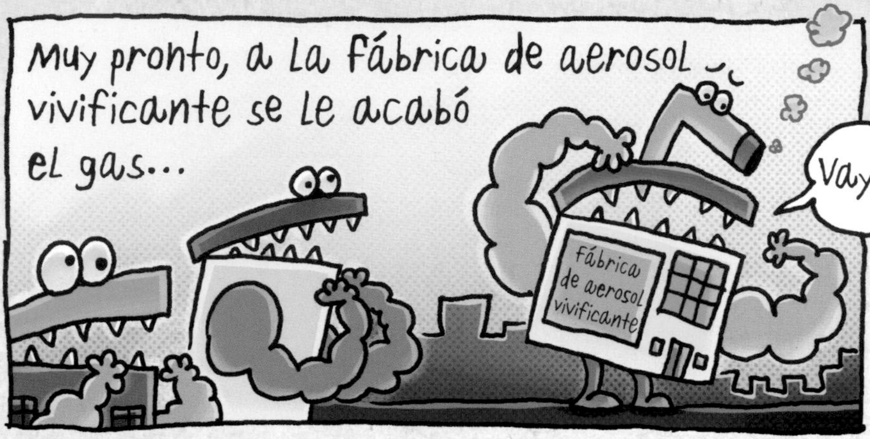
Muy pronto, a la fábrica de aerosol vivificante se le acabó el gas...
Fábrica de aerosol vivificante
Vaya.

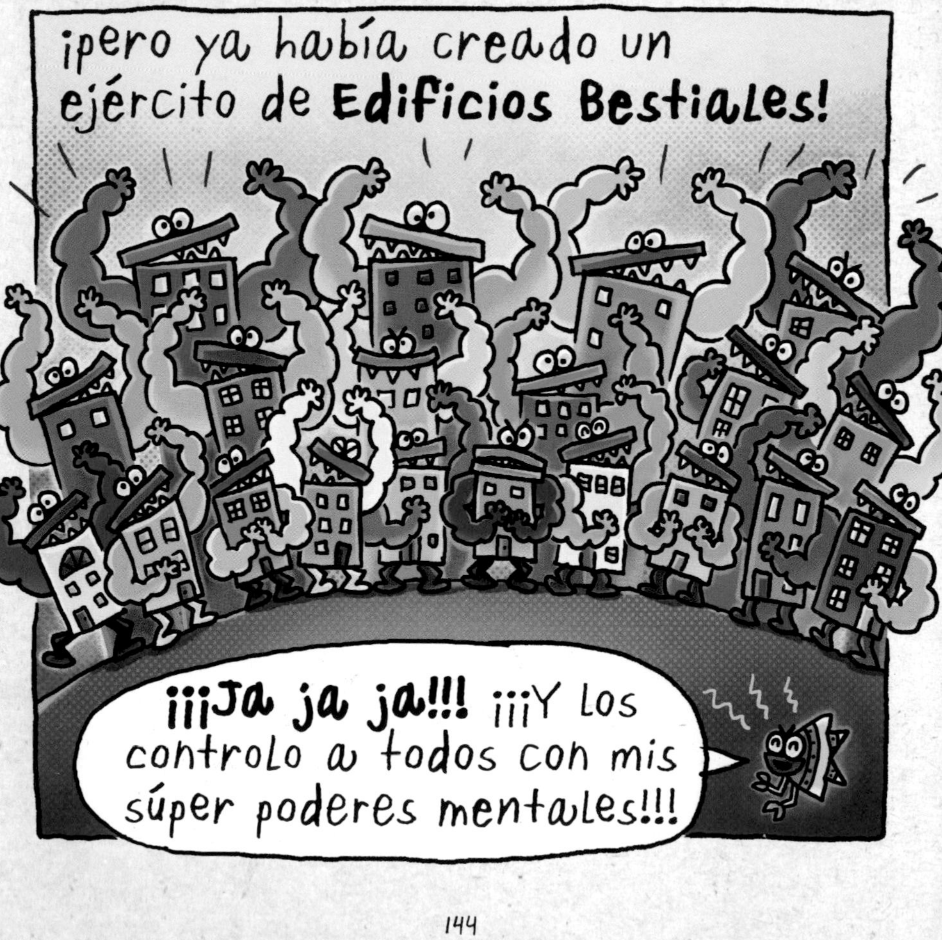
¡pero ya había creado un ejército de **Edificios Bestiales**!
¡¡¡Ja ja ja!!! ¡¡¡Y los controlo a todos con mis súper poderes mentales!!!

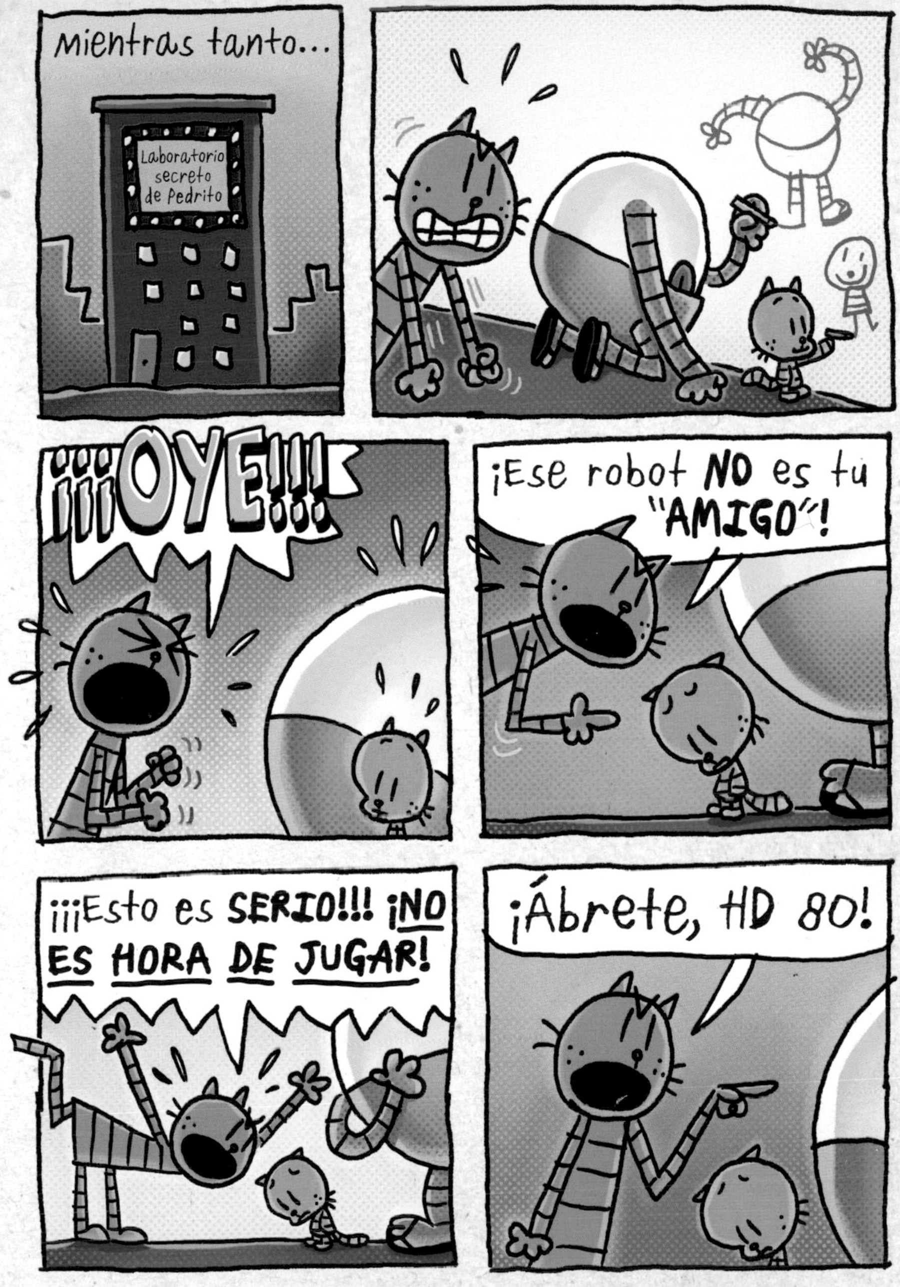
Mientras tanto...
Laboratorio secreto de Pedrito
¡¡¡OYE!!!
¡Ese robot NO es tu "AMIGO"!
¡¡¡Esto es SERIO!!! ¡NO ES HORA DE JUGAR!
¡Ábrete, HD 80!

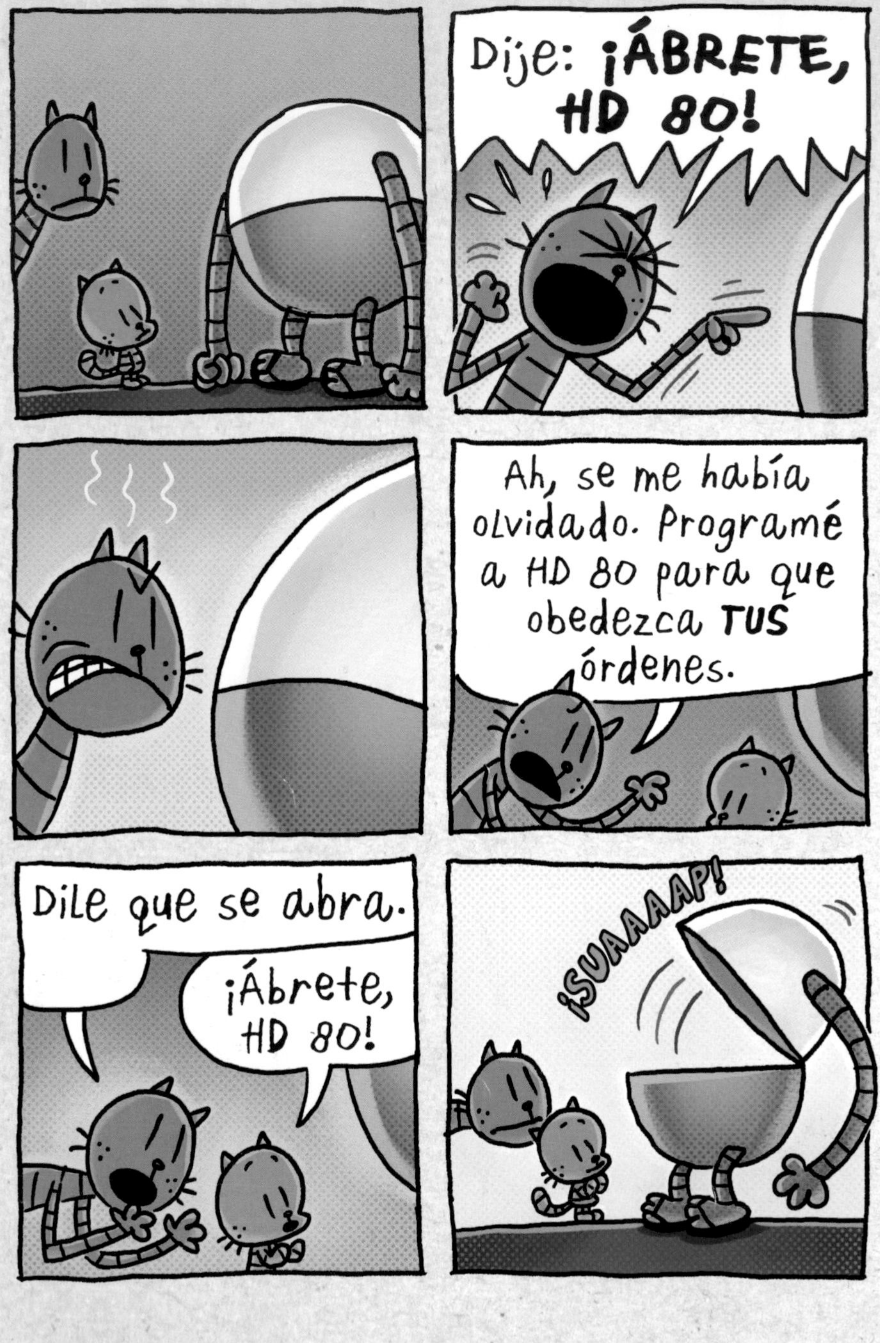
Dije: ¡ÁBRETE, HD 80!
Ah, se me había olvidado. Programé a HD 80 para que obedezca TUS órdenes.
Dile que se abra.
¡Ábrete, HD 80!
¡SUAAAAAP!

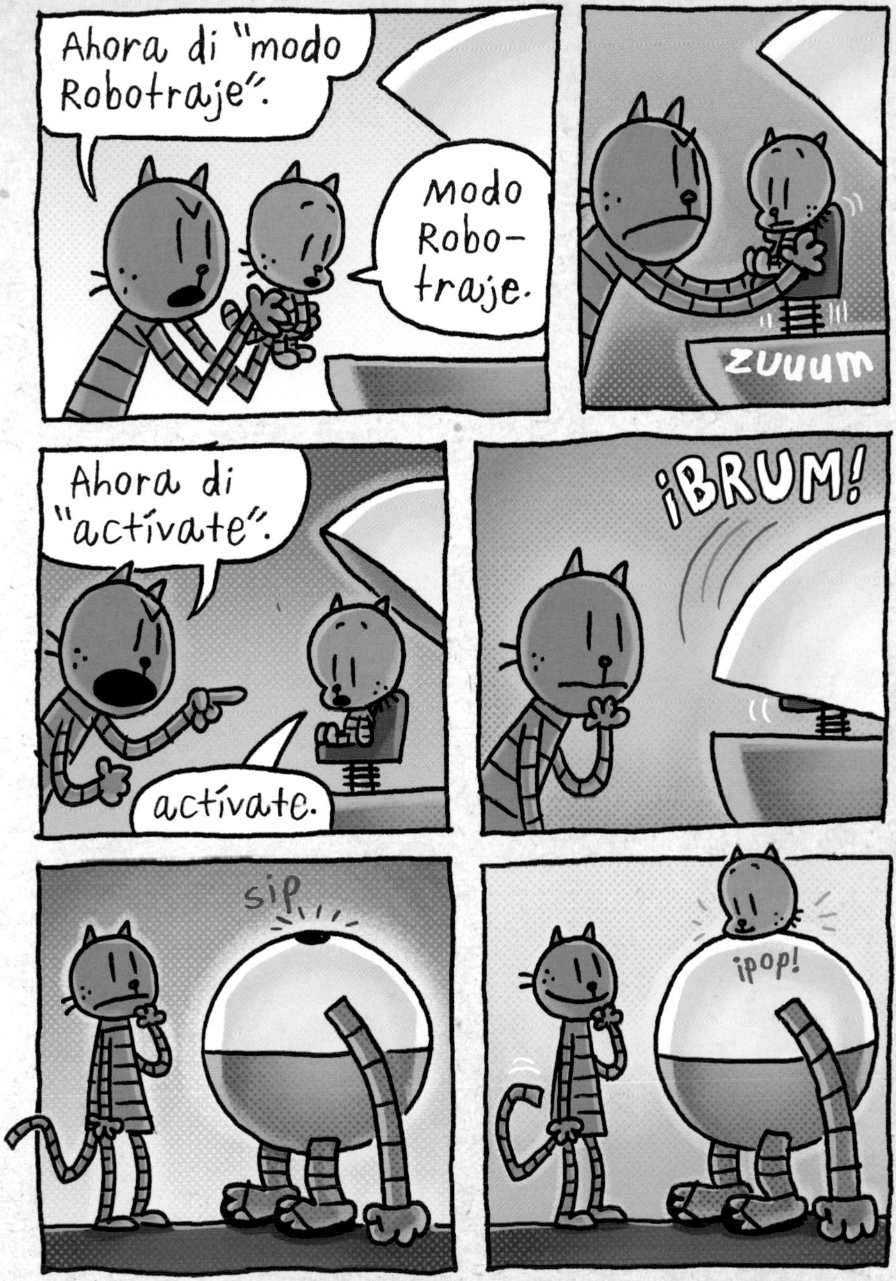
Ahora di "modo Robotraje".
Modo Robo-traje.
ZUUUM
Ahora di "actívate".
actívate.
¡BRUM!
sip
¡pop!

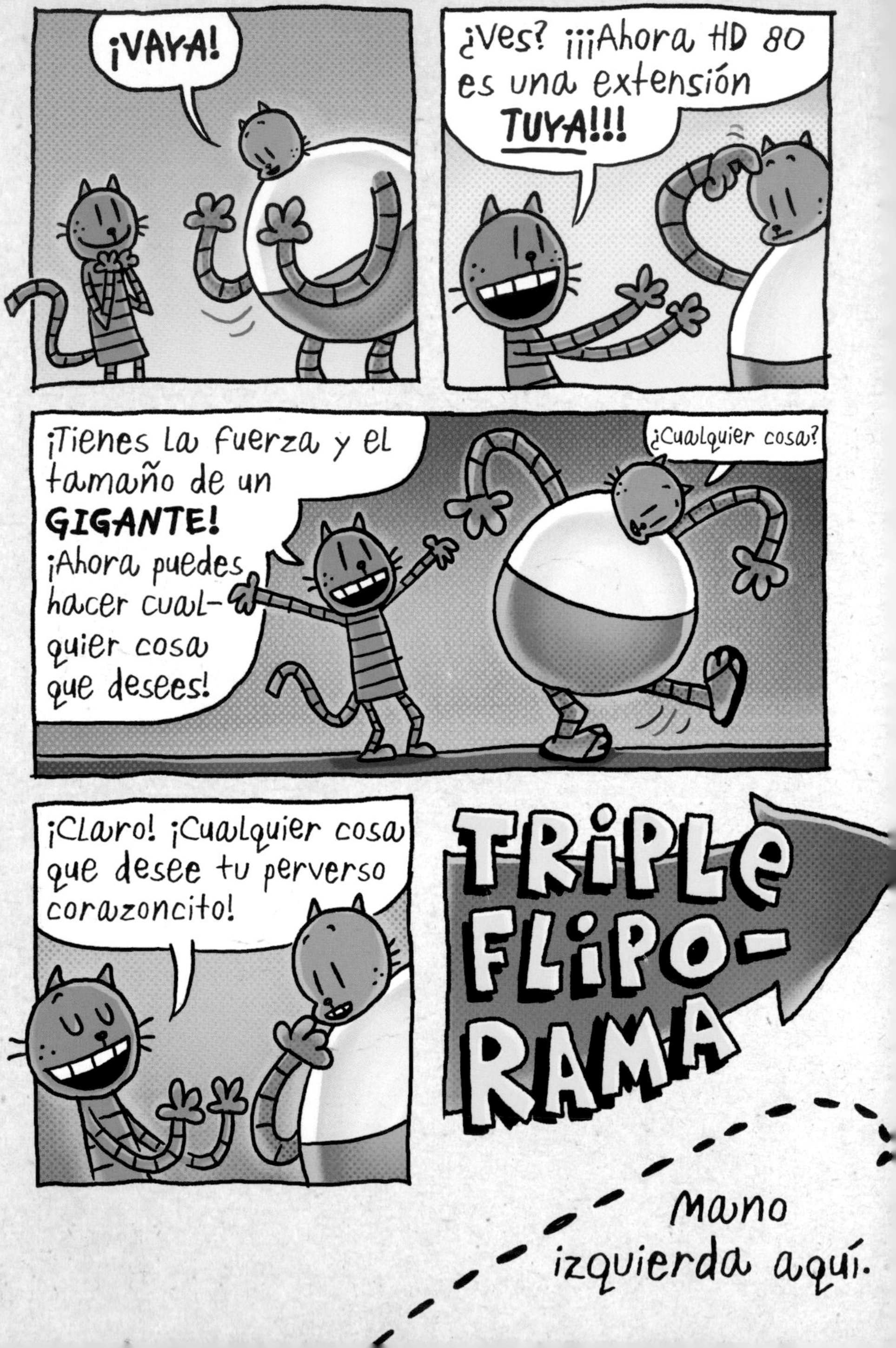
¡VAYA!
¿Ves? ¡¡¡Ahora HD 80 es una extensión TUYA!!!
¡Tienes la fuerza y el tamaño de un GIGANTE! ¡Ahora puedes hacer cualquier cosa que desees!
¿Cualquier cosa?
¡Claro! ¡Cualquier cosa que desee tu perverso corazoncito!
TRIPLE FLIPO-RAMA
Mano izquierda aquí.

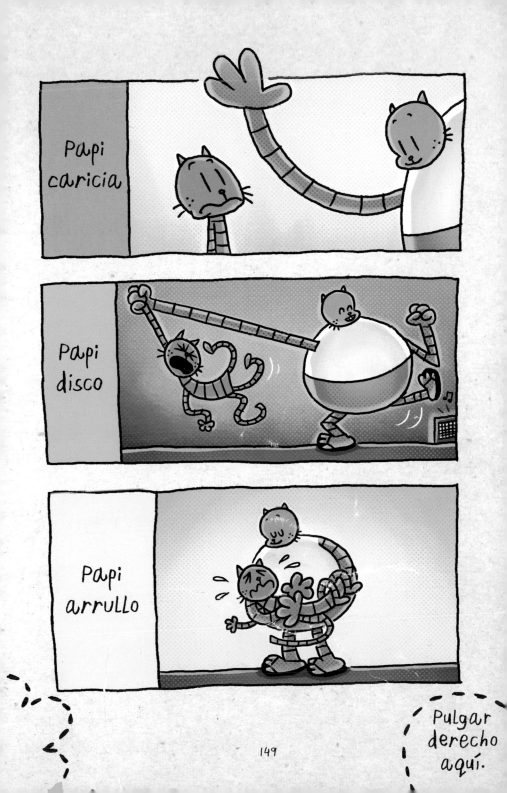

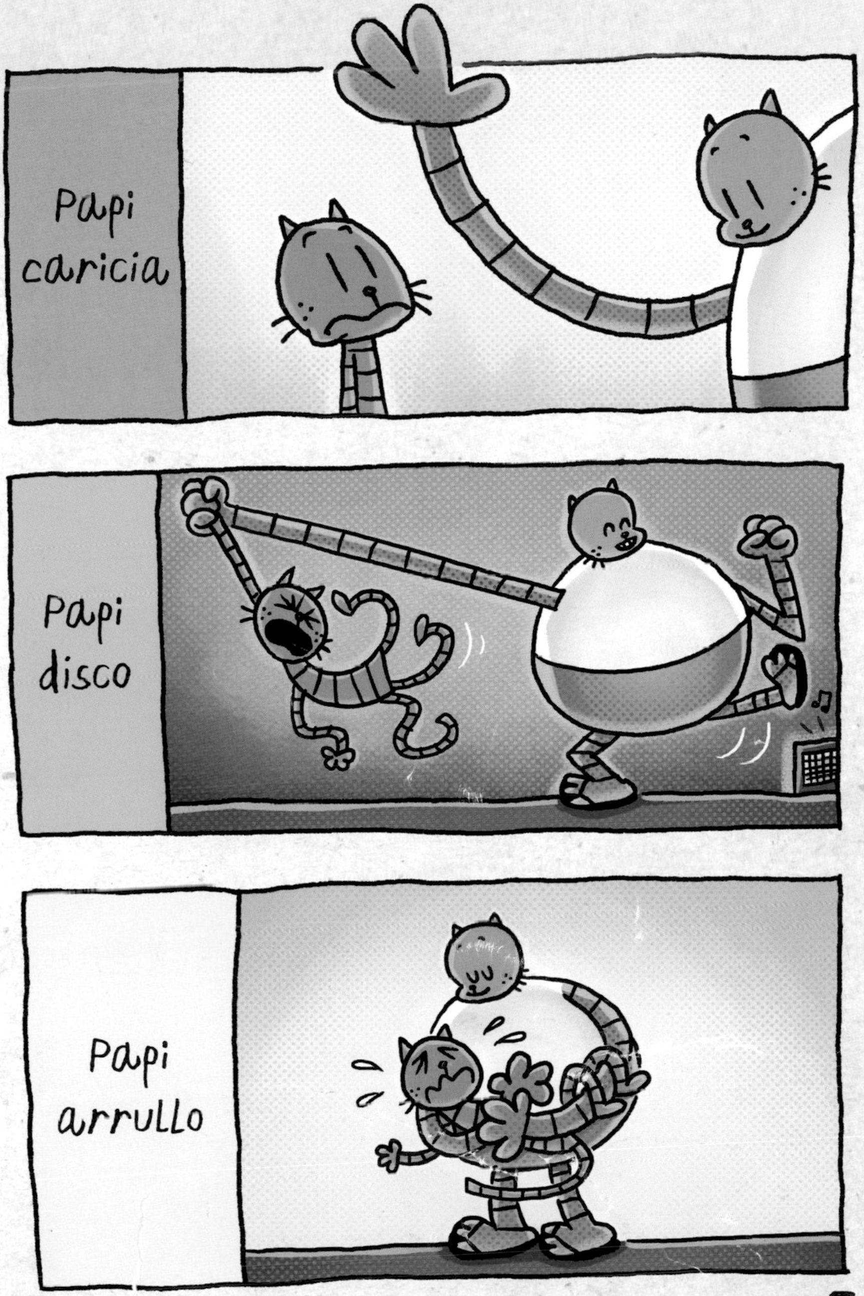
Papi caricia
Papi disco
Papi arrullo

Pulgar derecho aquí.

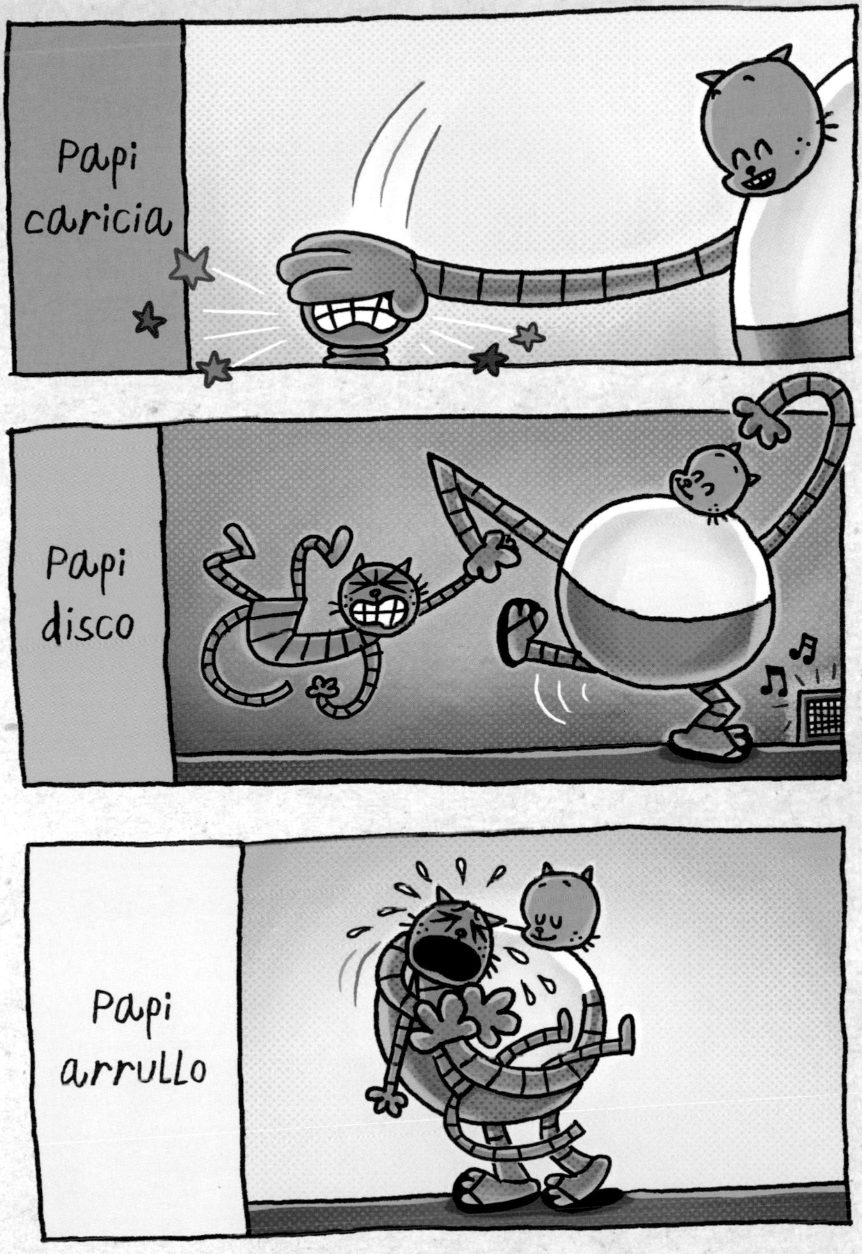
Papi caricia
Papi disco
Papi arrullo

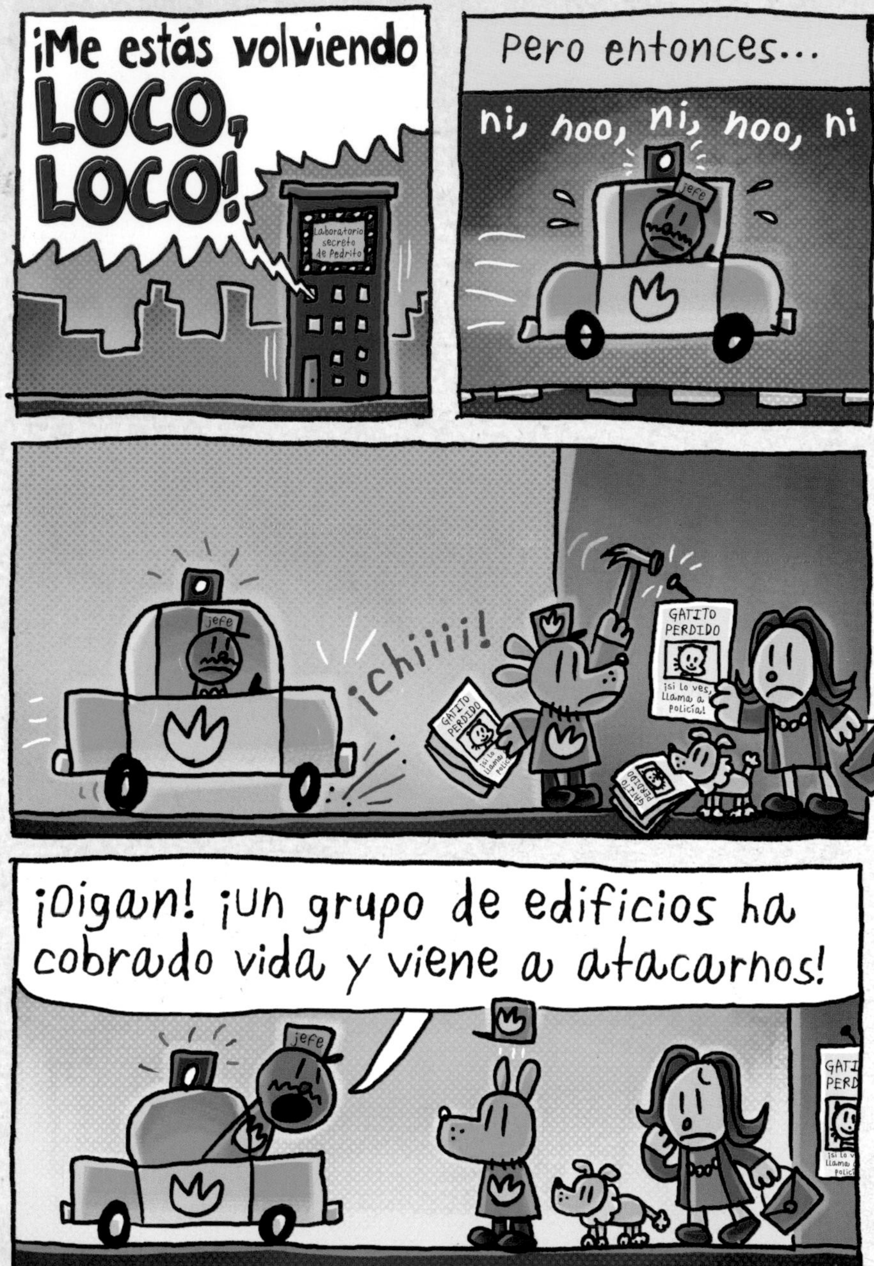
¡Me estás volviendo LOCO, LOCO!
Laboratorio secreto de Pedrito
Pero entonces...
ni, noo, ni, noo, ni
jefe
jefe
¡chiiiii!
GATITO PERDIDO
¡si lo ves, llama a policía!
¡Oigan! ¡Un grupo de edificios ha cobrado vida y viene a atacarnos!
jefe

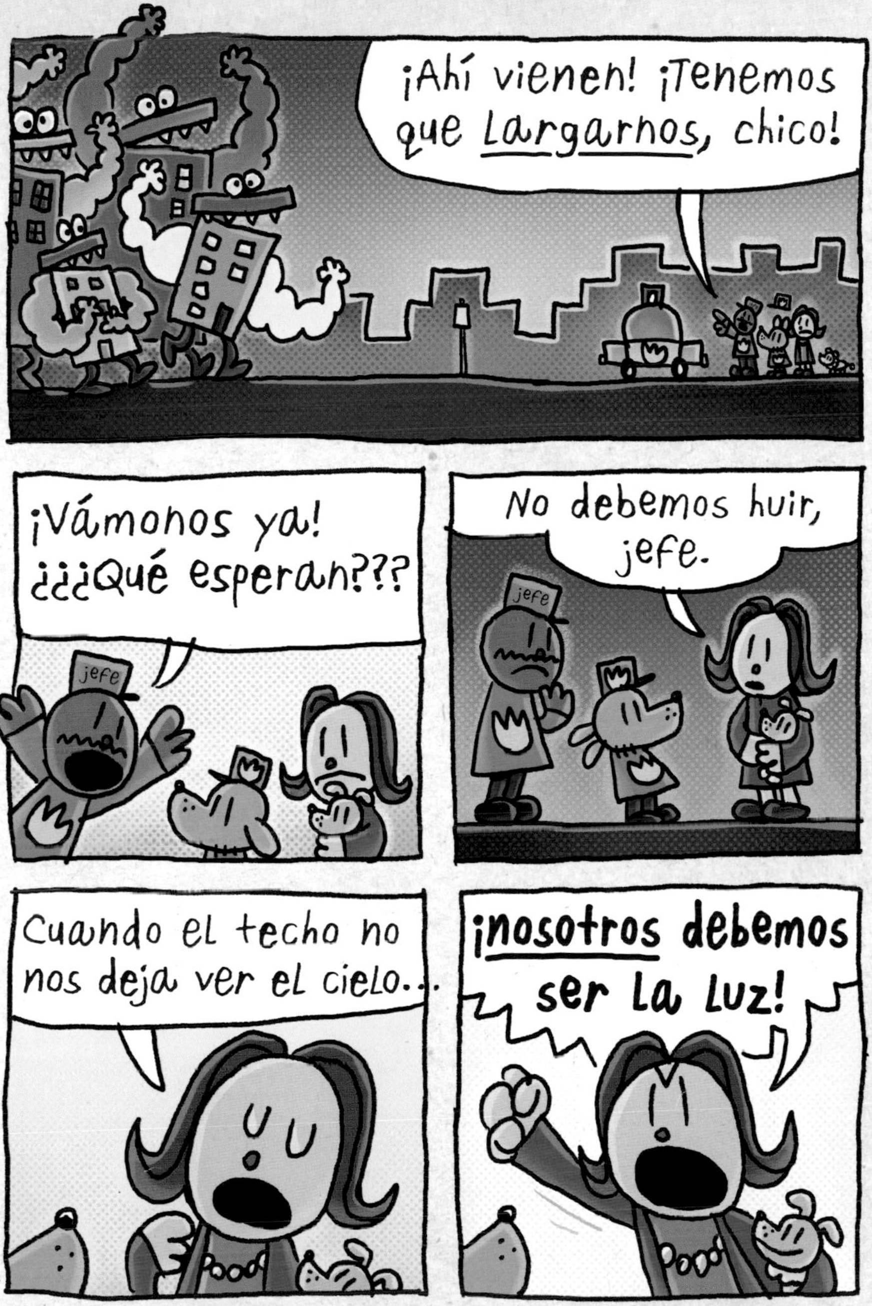
¡Ahí vienen! ¡Tenemos que largarnos, chico!
jefe
¡Vámonos ya! ¿¿¿Qué esperan???
jefe
No debemos huir, jefe.
Cuando el techo no nos deja ver el cielo...
¡nosotros debemos ser la luz!

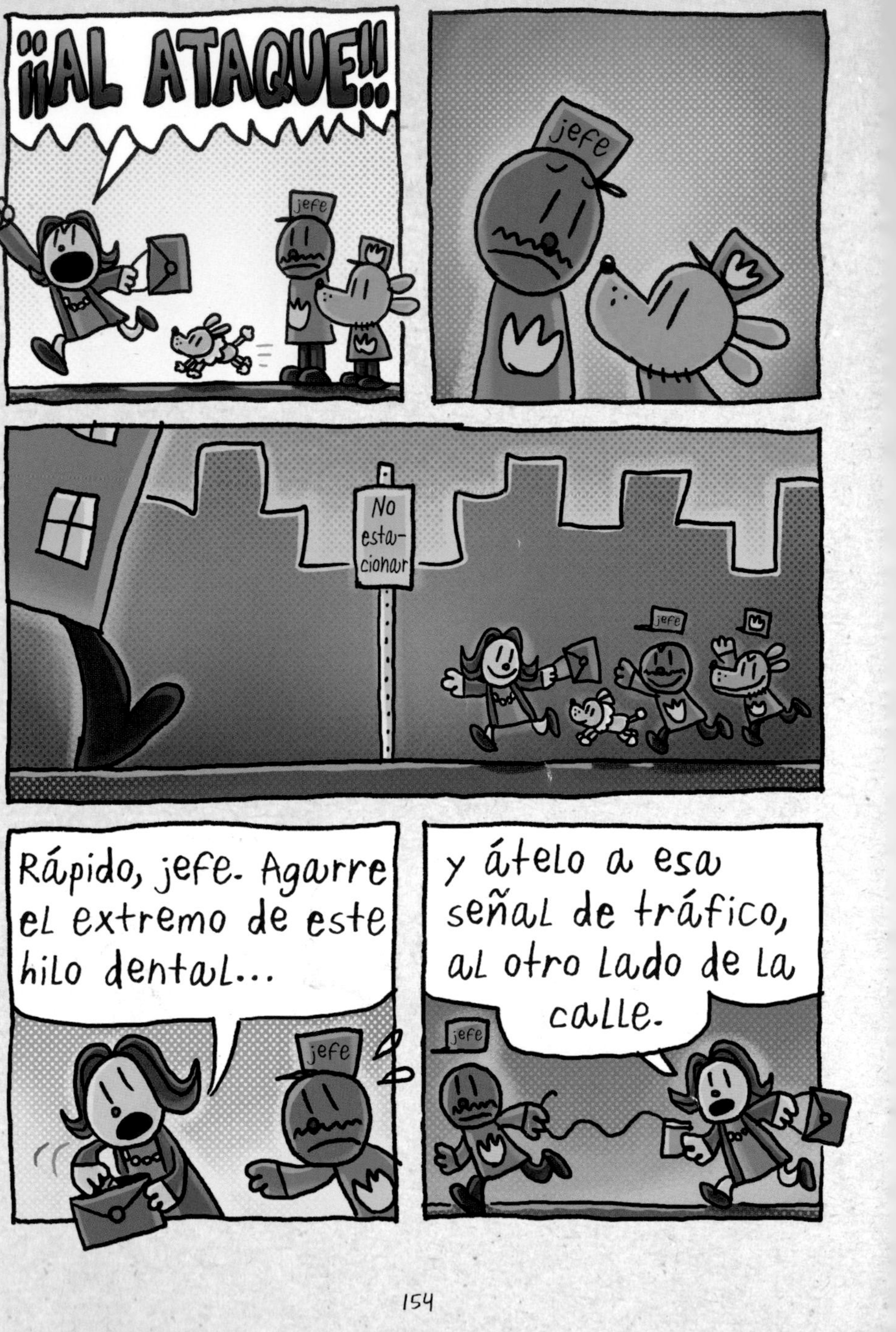
¡¡AL ATAQUE!!
jefe
jefe
jefe
No estacionar
jefe
Rápido, jefe. Agarre el extremo de este hilo dental...
jefe
y átelo a esa señal de tráfico, al otro lado de la calle.
jefe

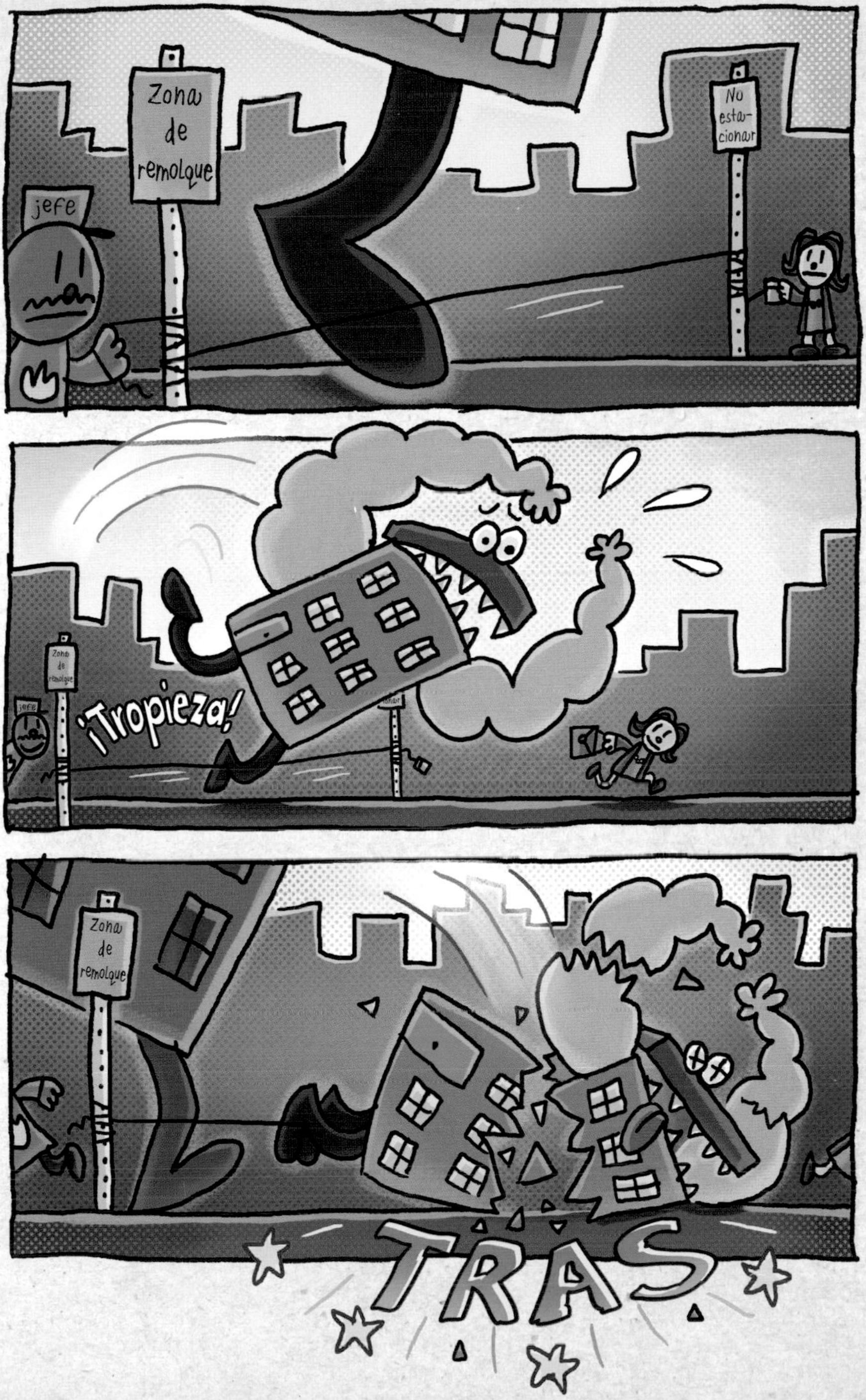

Zona de remolque
jefe
No estacionar
Zona de remolque
jefe
¡Tropieza!
Zona de remolque
TRAS

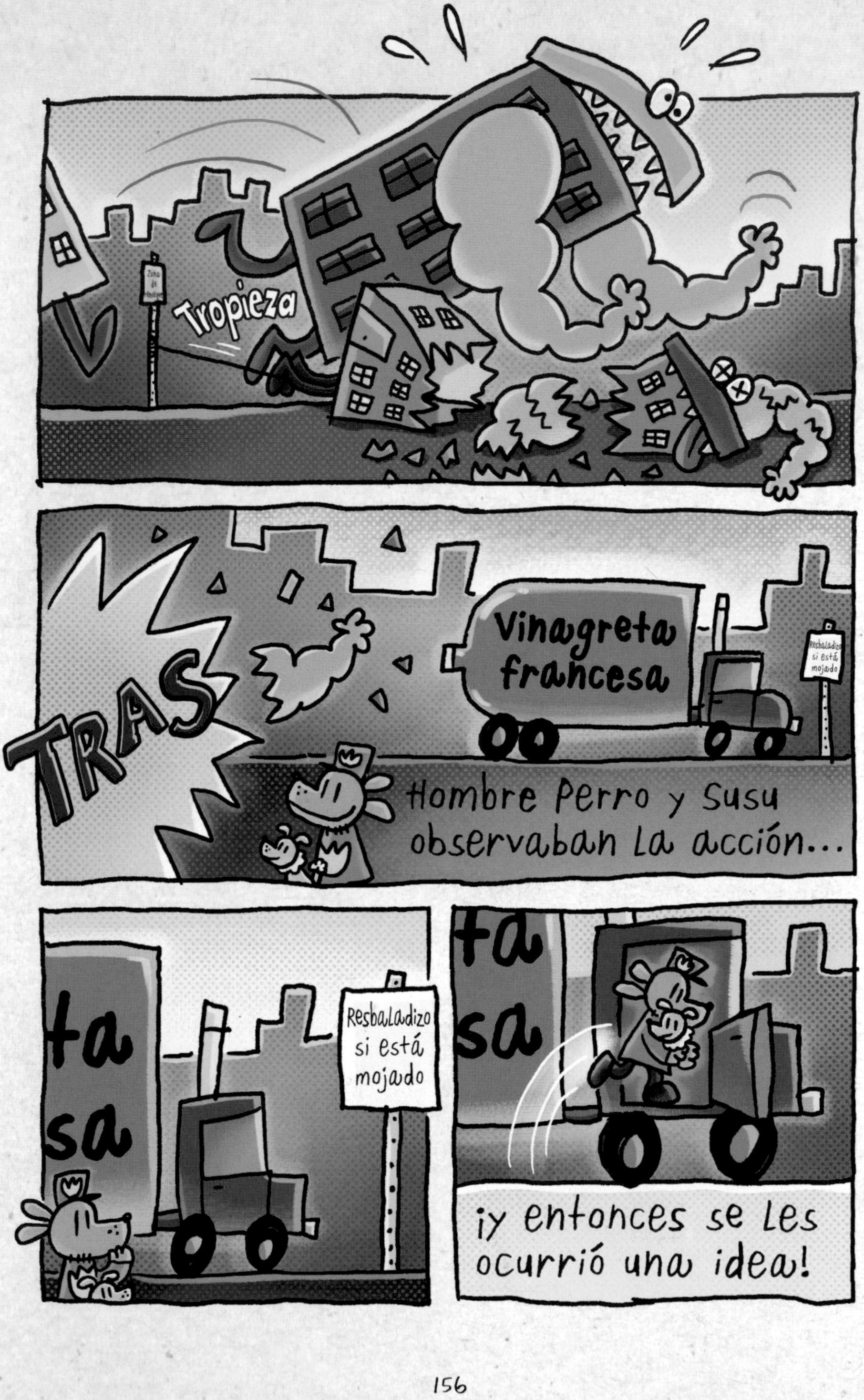
Tropieza
TRAS
Vinagreta francesa
Resbaladizo si está mojado
Hombre Perro y Susu observaban la acción...
Resbaladizo si está mojado
¡Y entonces se les ocurrió una idea!

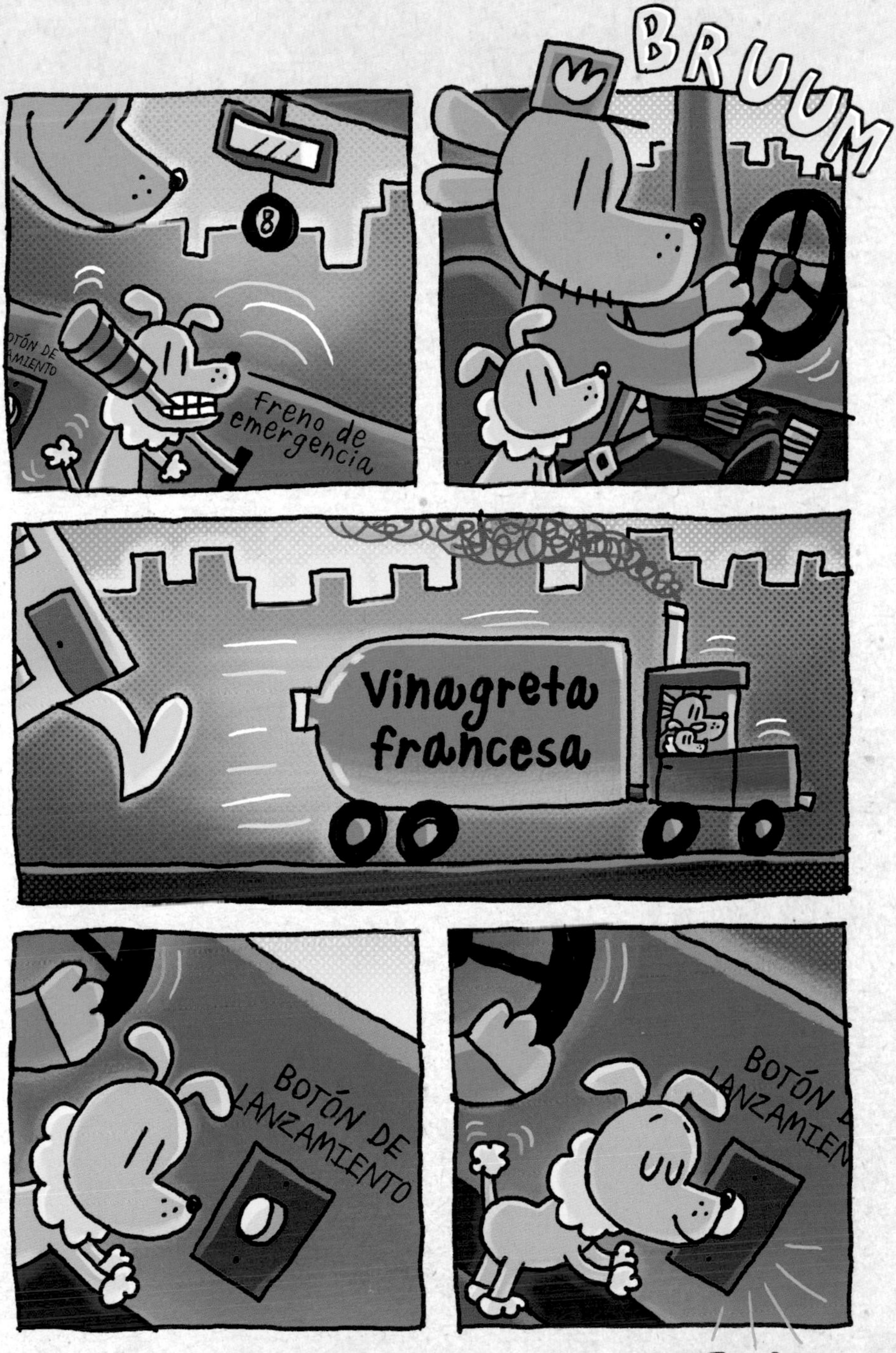
BOTÓN DE
LANZAMIENTO
Freno de
emergencia
BRUUUM
Vinagreta
francesa
BOTÓN DE
LANZAMIENTO
CLIC

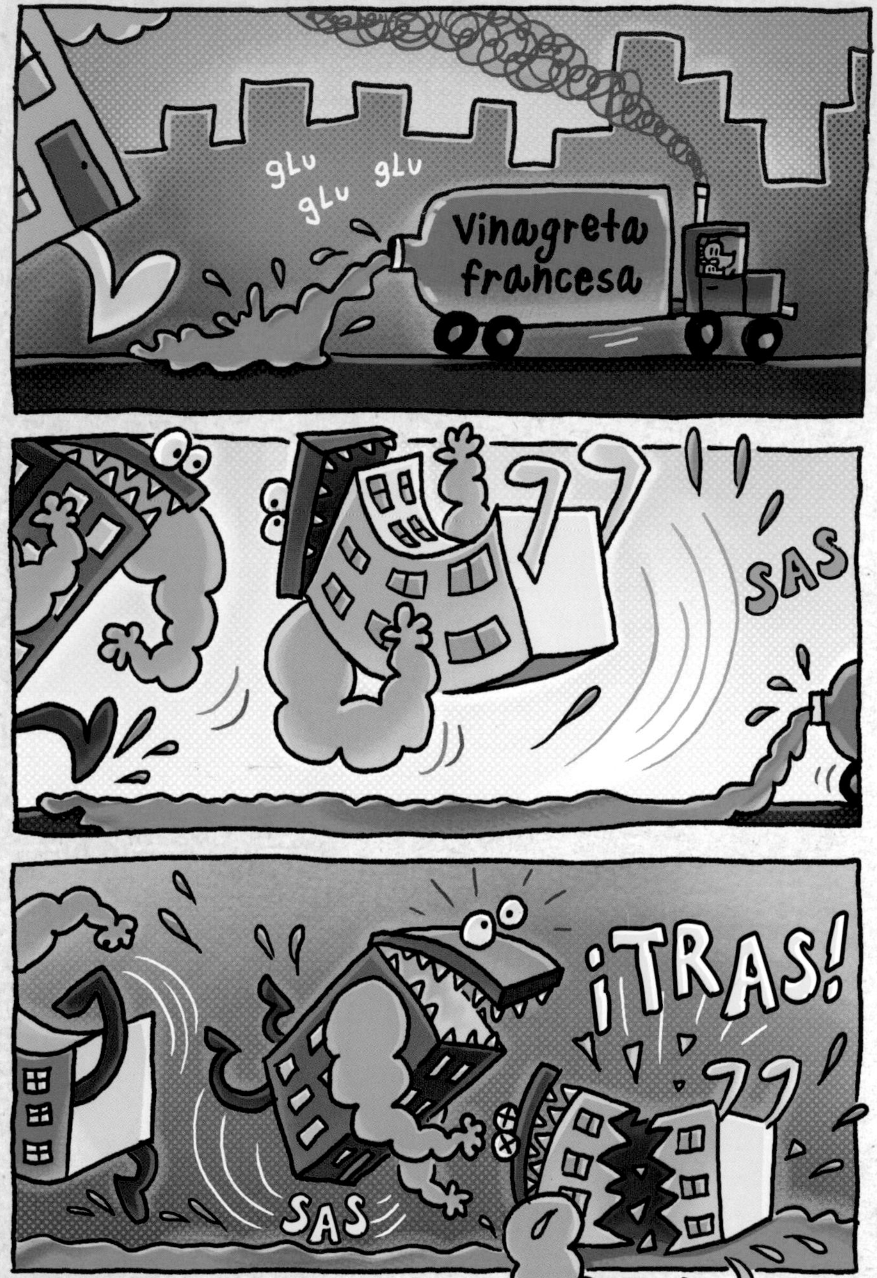
glu
glu glu
Vinagreta francesa
SAS
SAS
¡TRAS!

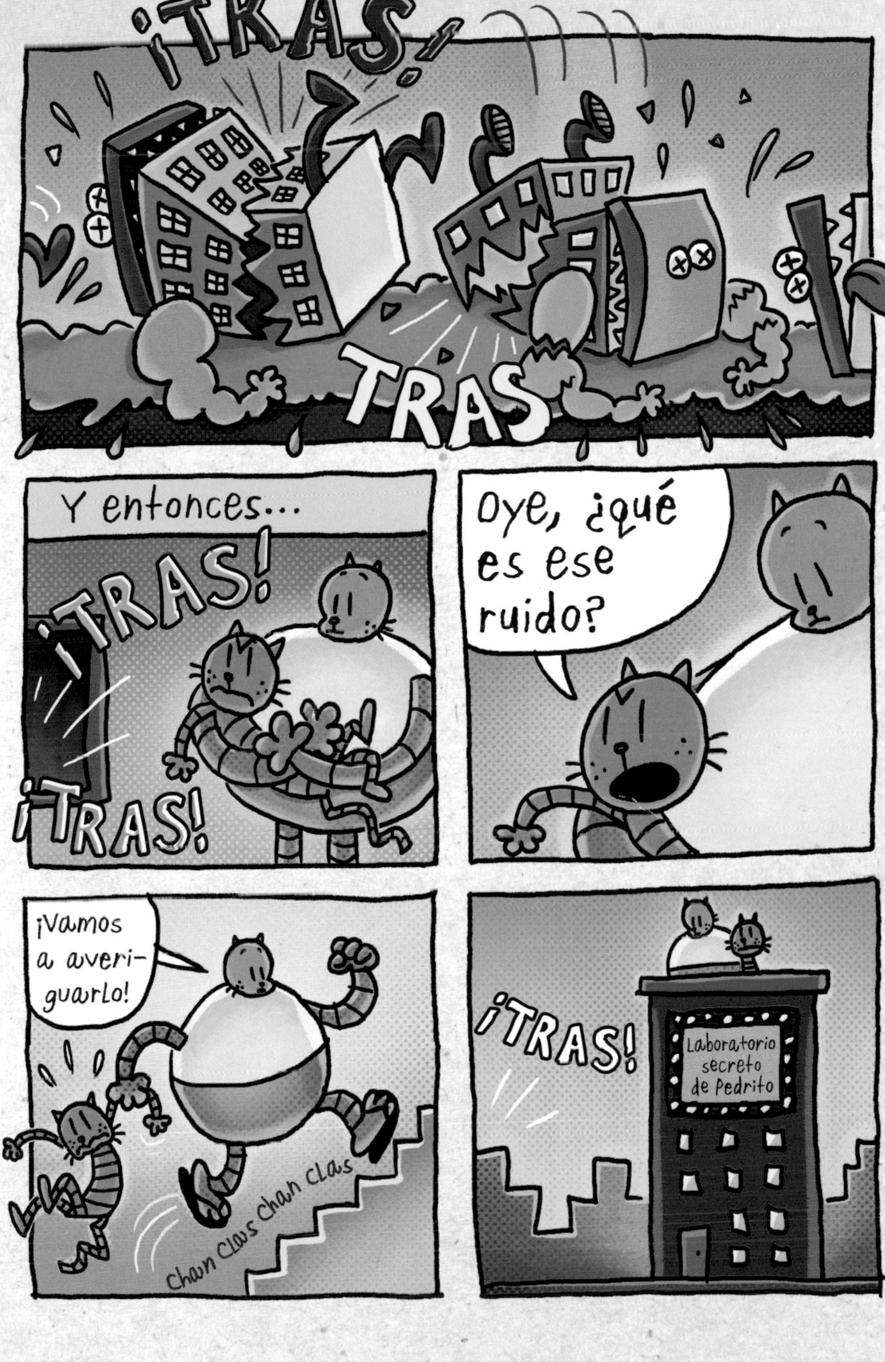
¡TRAS!
TRAS
Y entonces...
¡TRAS!
¡TRAS!
Oye, ¿qué es ese ruido?
¡Vamos a averiguarlo!
Chan Clas Chan Clas
¡TRAS!
Laboratorio secreto de Pedrito

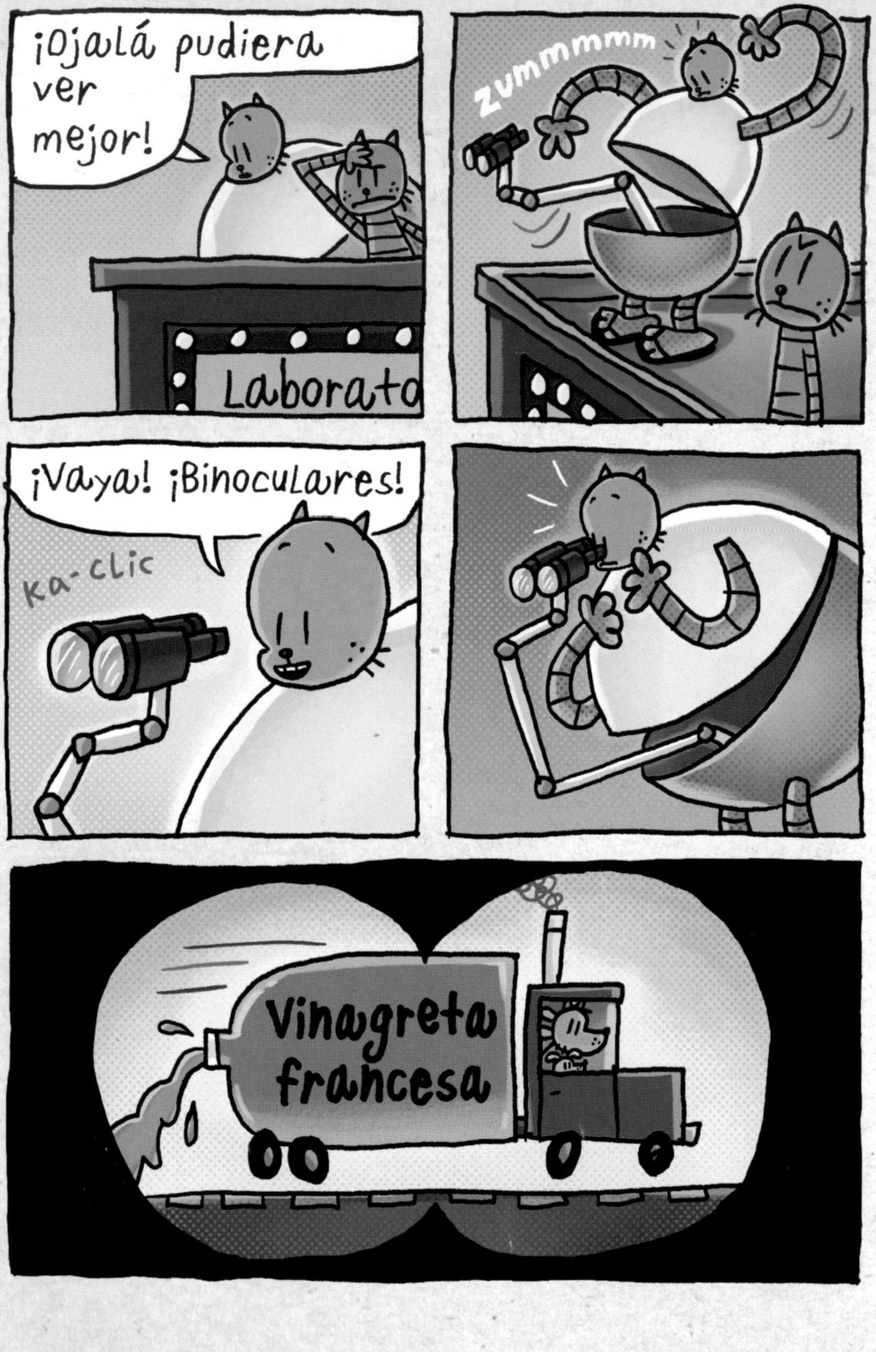
¡Ojalá pudiera ver mejor!
Laborato
ZUMMMMMM
¡Vaya! ¡Binoculares!
KA-CLIC
Vinagreta francesa

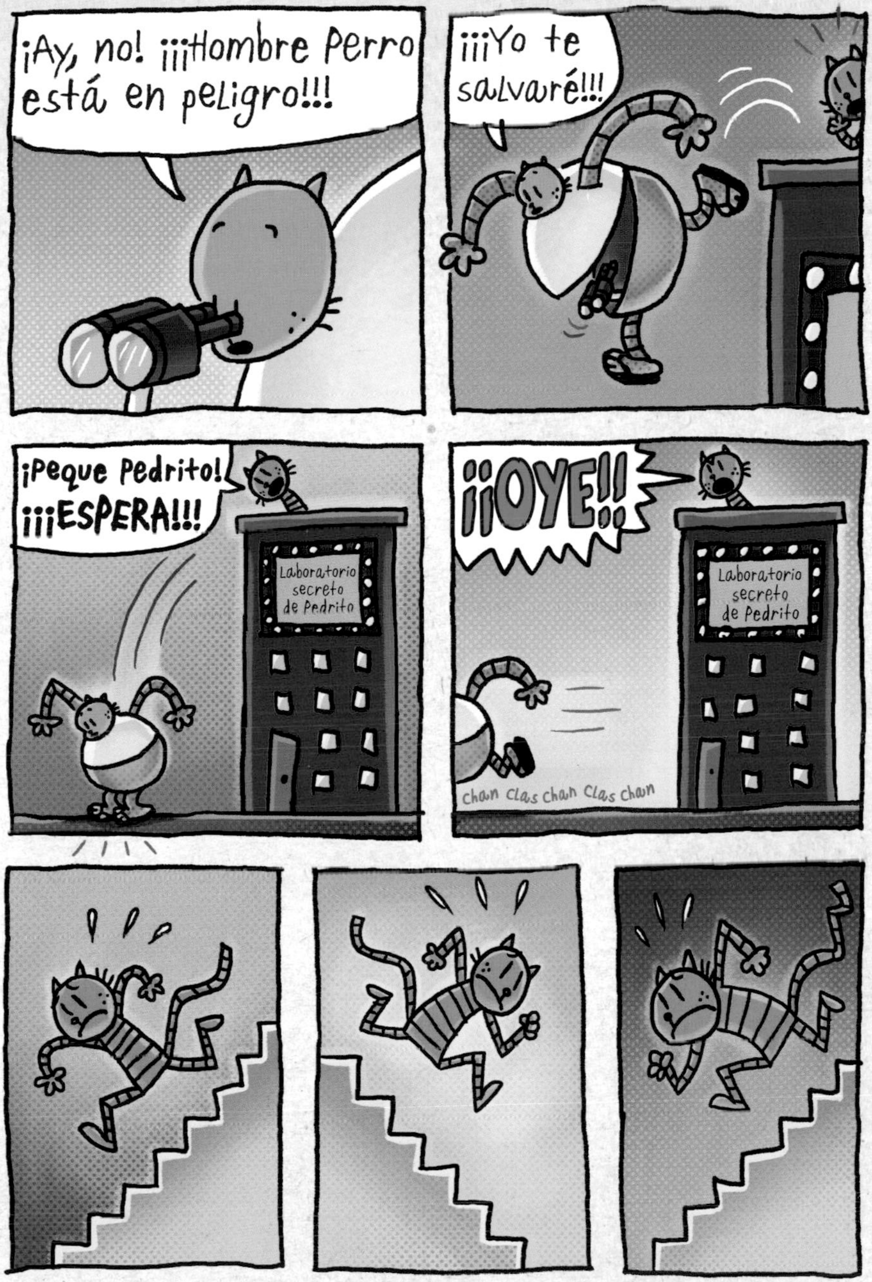
¡Ay, no! ¡¡¡Hombre Perro está en peligro!!!
¡¡¡Yo te salvaré!!!
¡Peque Pedrito! ¡¡¡ESPERA!!!
Laboratorio secreto de Pedrito
¡¡OYE!!
Laboratorio secreto de Pedrito
chan clas chan clas chan

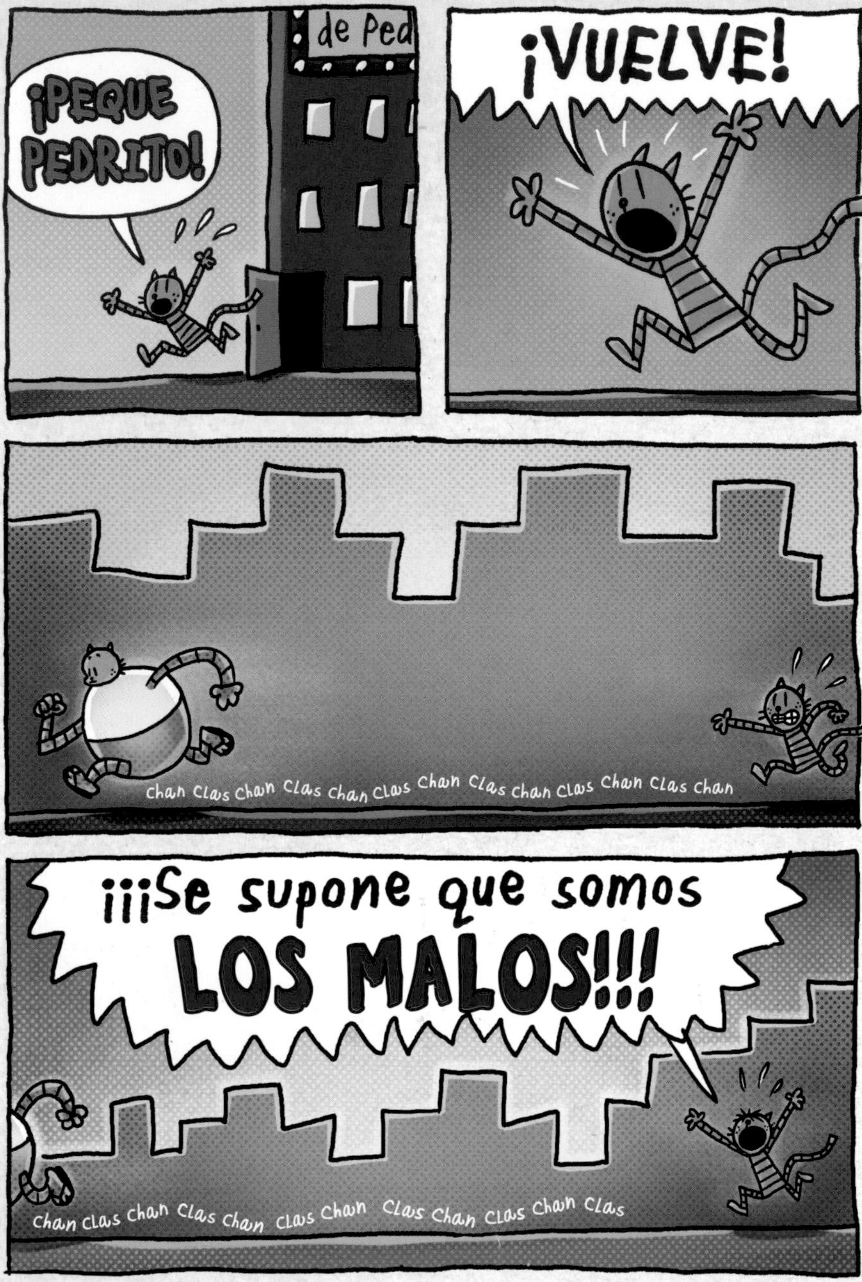
de Ped
¡PEQUE PEDRITO!
¡VUELVE!
Chan Clas Chan Clas Chan Clas Chan Clas Chan Clas Chan Clas Chan
¡¡¡Se supone que somos LOS MALOS!!!
Chan Clas Chan Clas Chan Clas Chan Clas Chan Clas Chan Clas

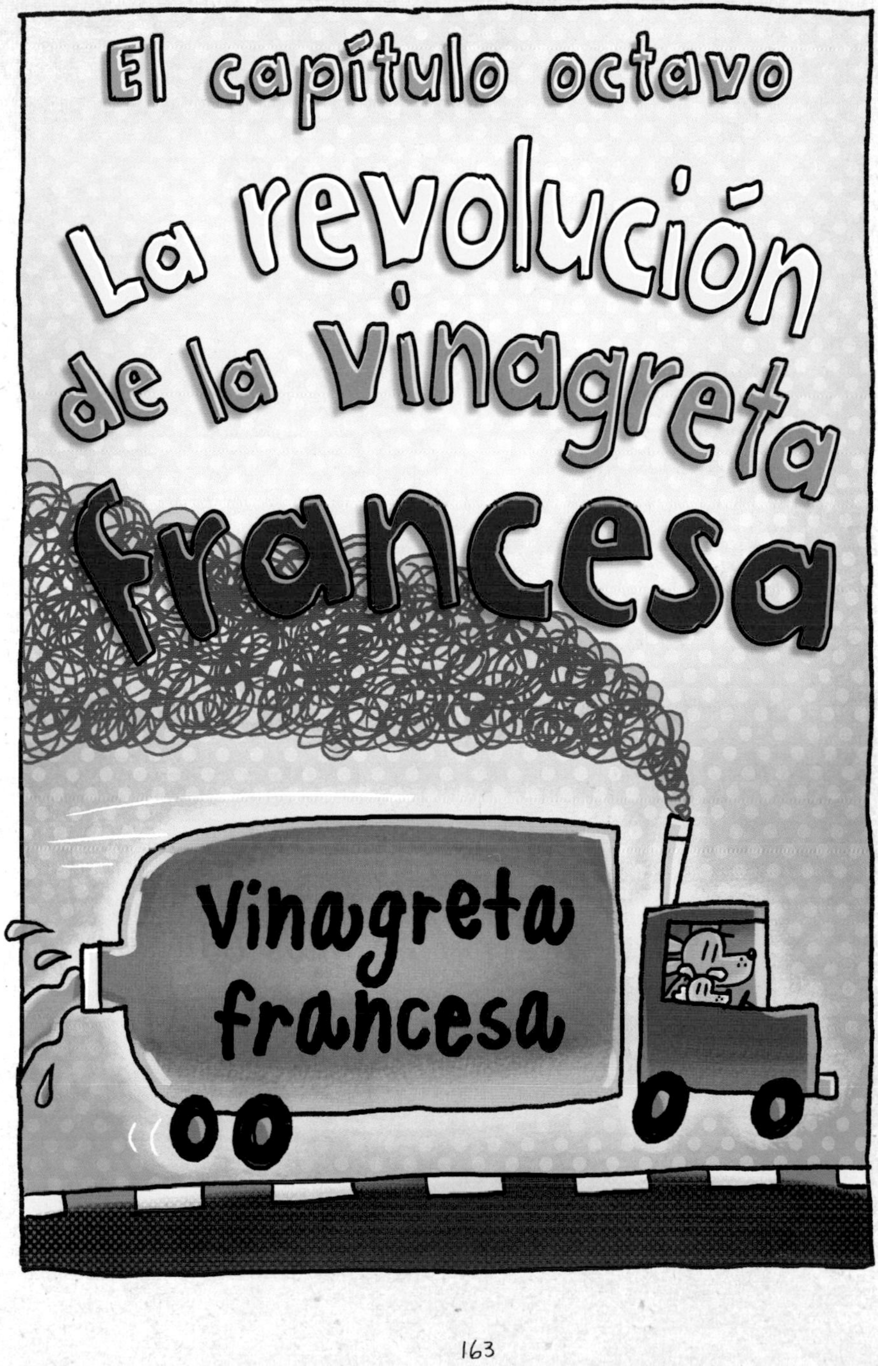
El capítulo octavo
La revolución de la Vinagreta francesa
Vinagreta francesa

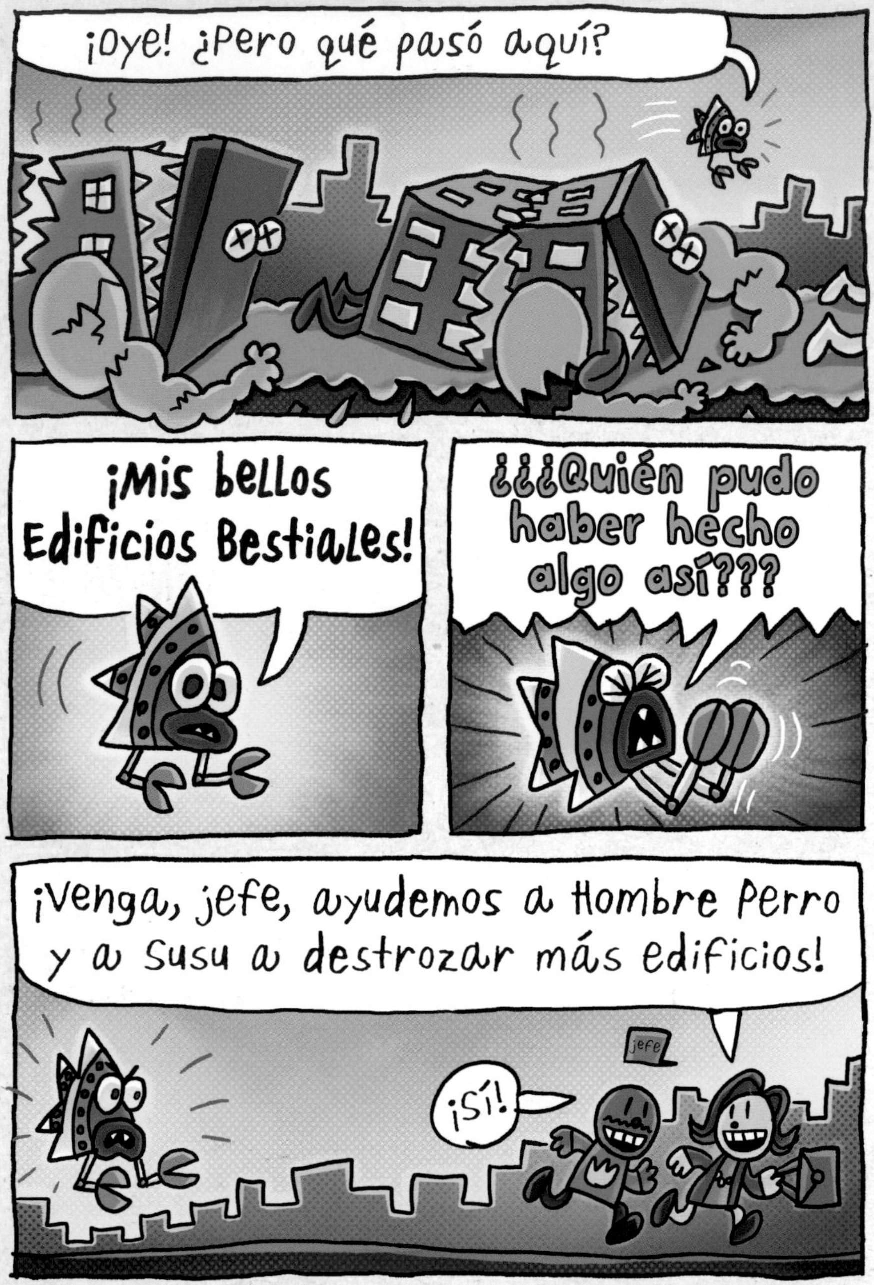
¡Oye! ¿Pero qué pasó aquí?
¡Mis bellos Edificios Bestiales!
¿¿¿Quién pudo haber hecho algo así???
¡Venga, jefe, ayudemos a Hombre Perro y a Susu a destrozar más edificios!
jefe
¡Sí!

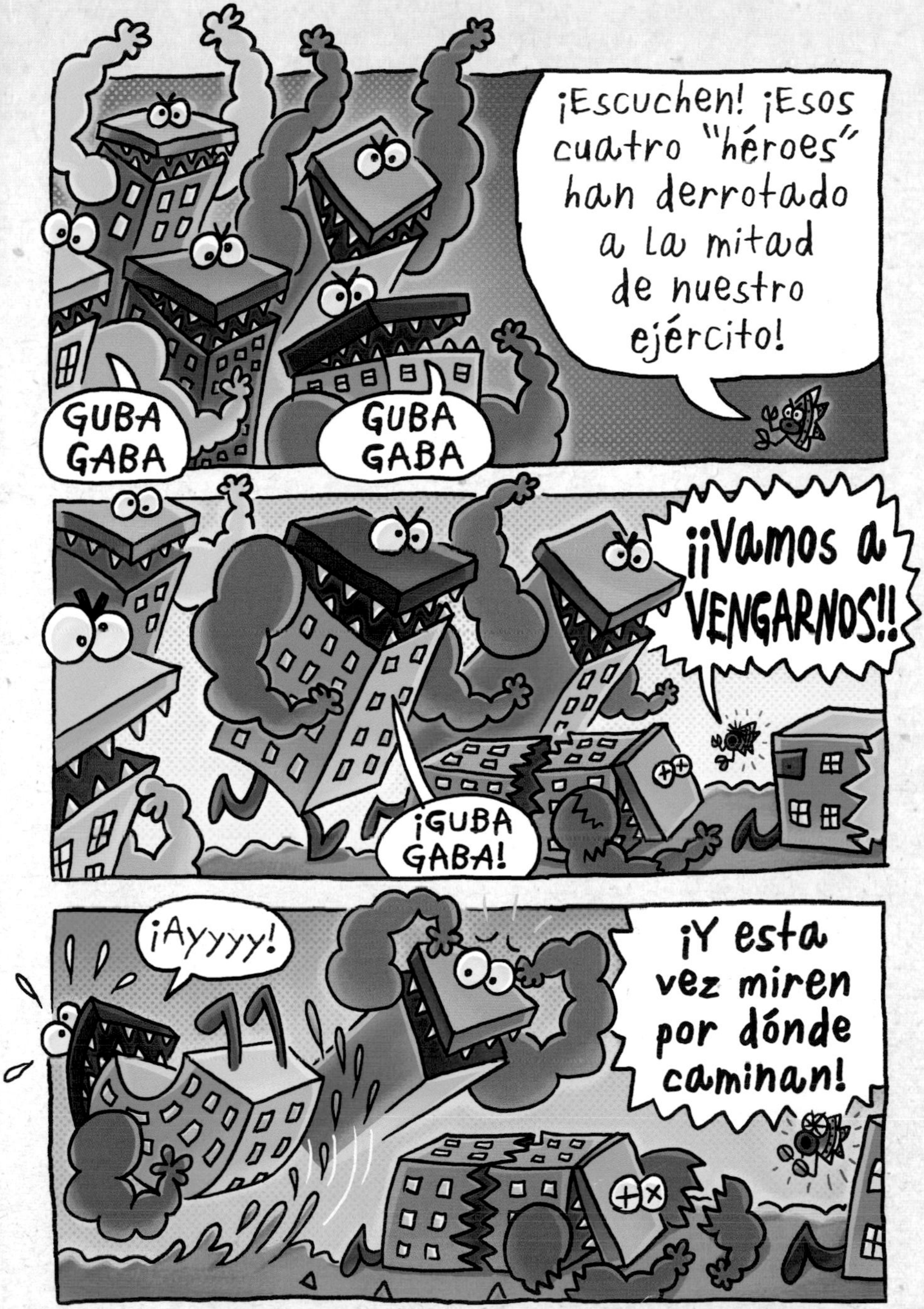
¡Escuchen! ¡Esos cuatro "héroes" han derrotado a la mitad de nuestro ejército!
GUBA GABA
GUBA GABA
¡¡Vamos a VENGARNOS!!
¡GUBA GABA!
¡Ayyyy!
¡Y esta vez miren por dónde caminan!

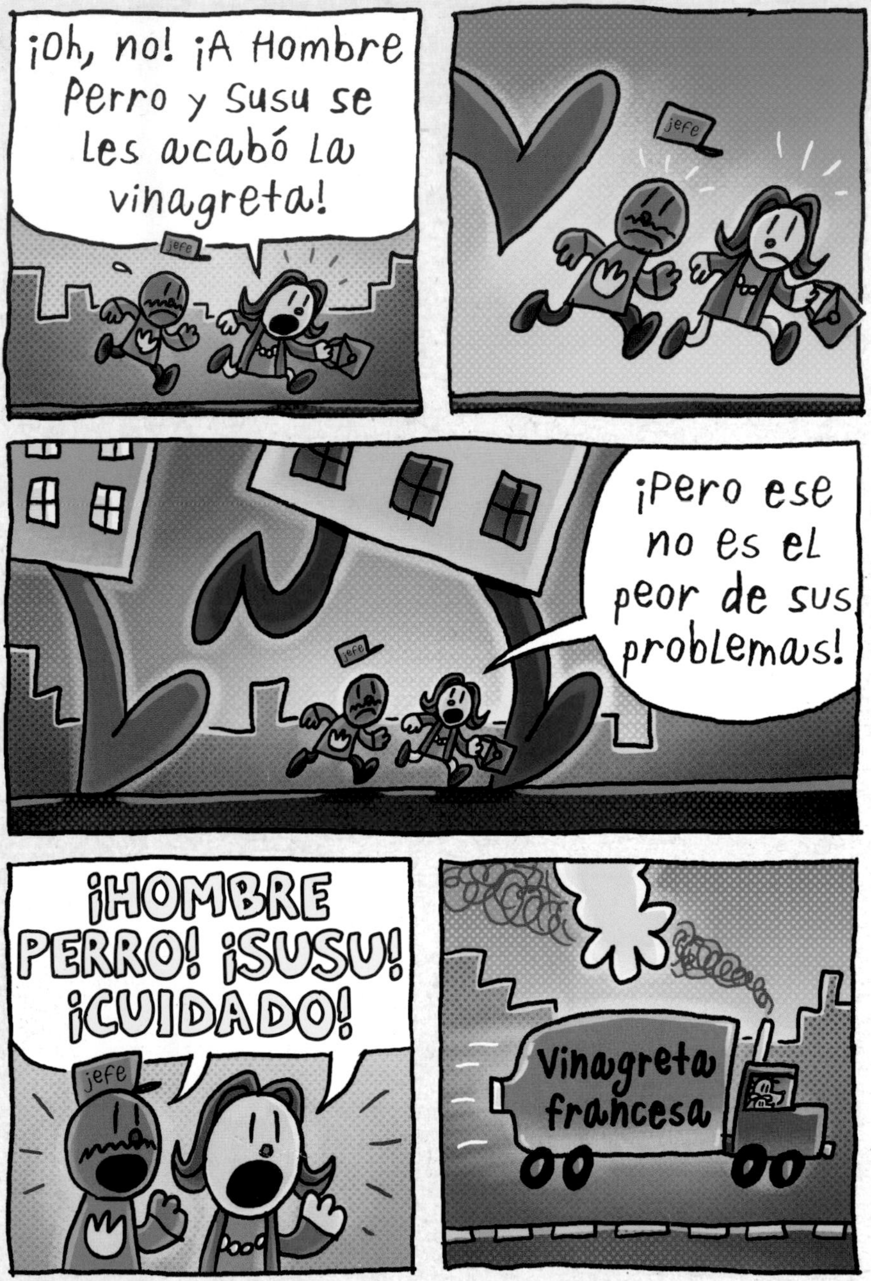
¡Oh, no! ¡A Hombre Perro y Susu se les acabó la vinagreta!
jefe
jefe
jefe
¡Pero ese no es el peor de sus problemas!
¡HOMBRE PERRO! ¡SUSU! ¡CUIDADO!
jefe
Vinagreta francesa

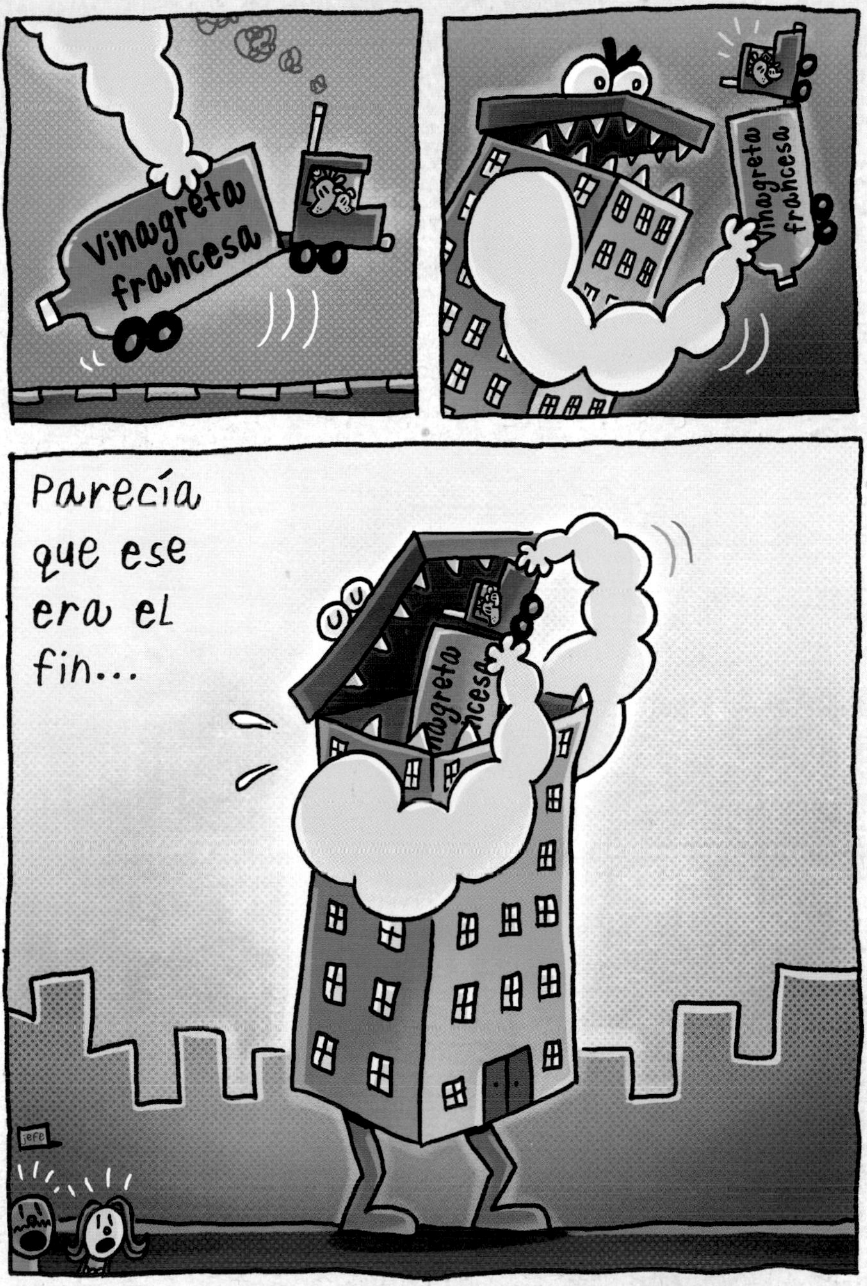
Vinagreta francesa
Vinagreta francesa
Parecía que ese era el fin...
Vinagreta francesa
jefe

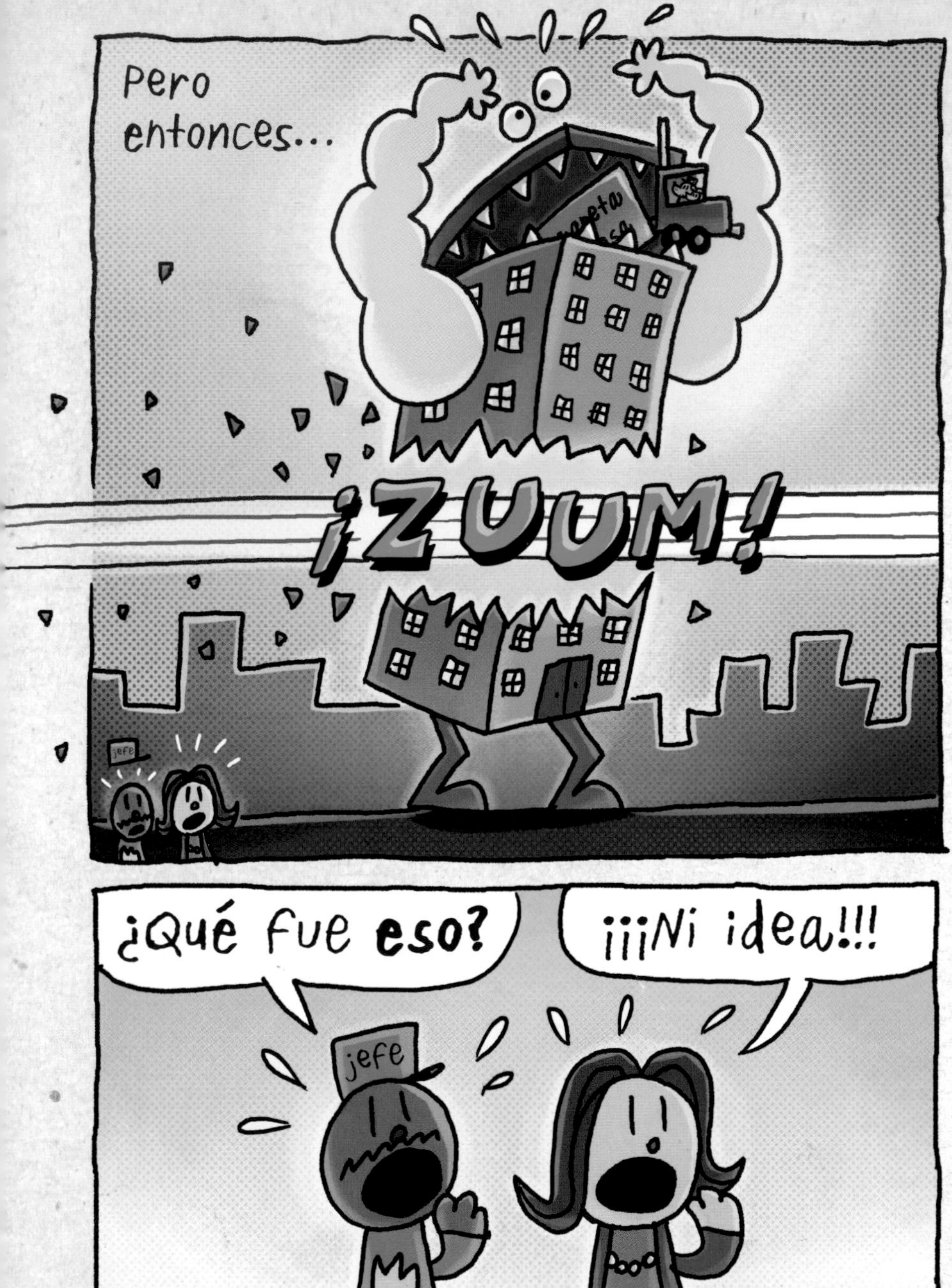
Pero entonces...
¡ZUUM!
jefe
¿Qué fue **eso**?
¡¡¡Ni idea!!!

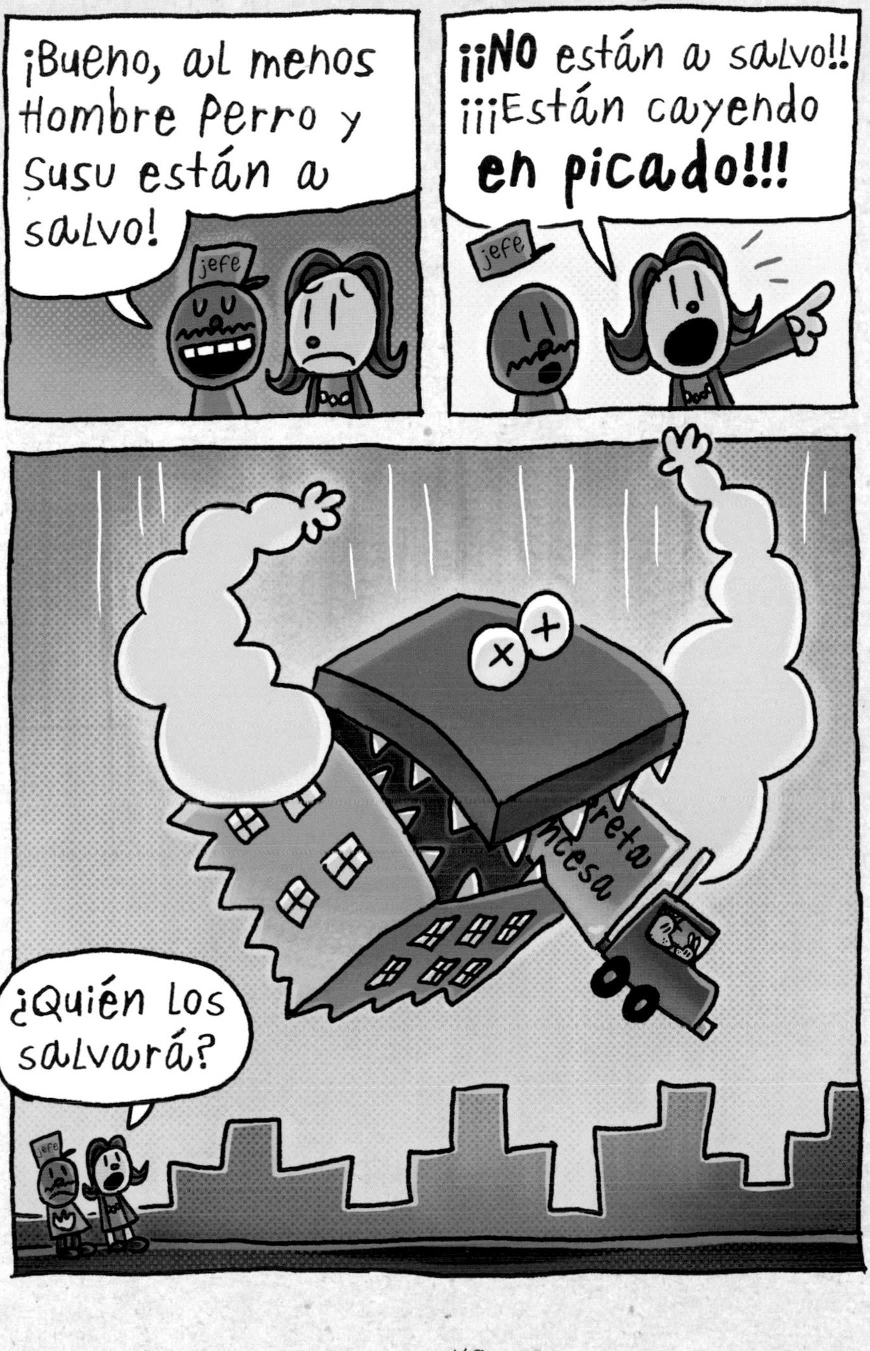
¡Bueno, al menos Hombre Perro y Susu están a salvo!
jefe
¡¡NO están a salvo!! ¡¡¡Están cayendo en picado!!!
jefe
¿Quién los salvará?
jefe

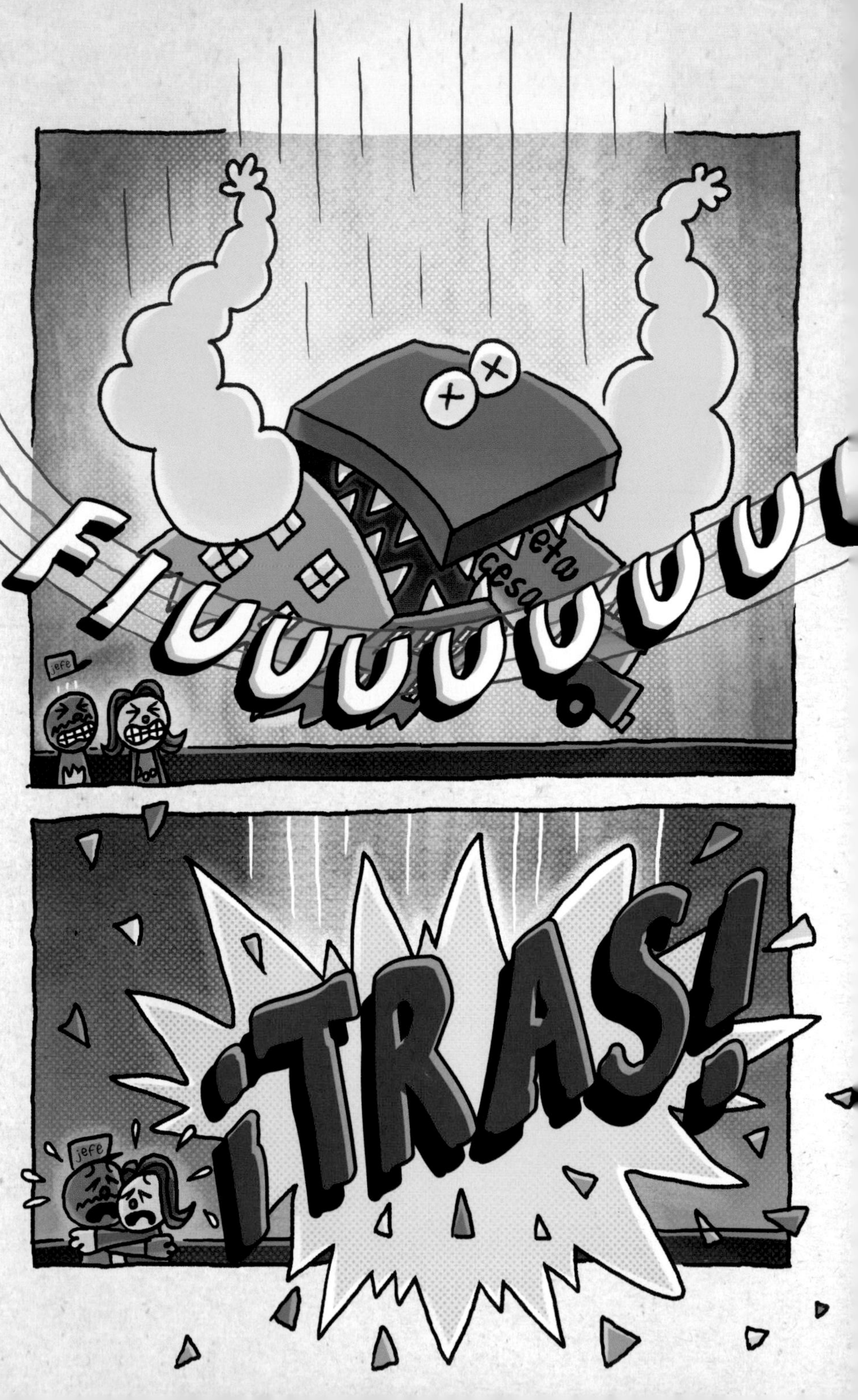

FIUUUUUUUUUU
jefe
jefe
¡TRAS!

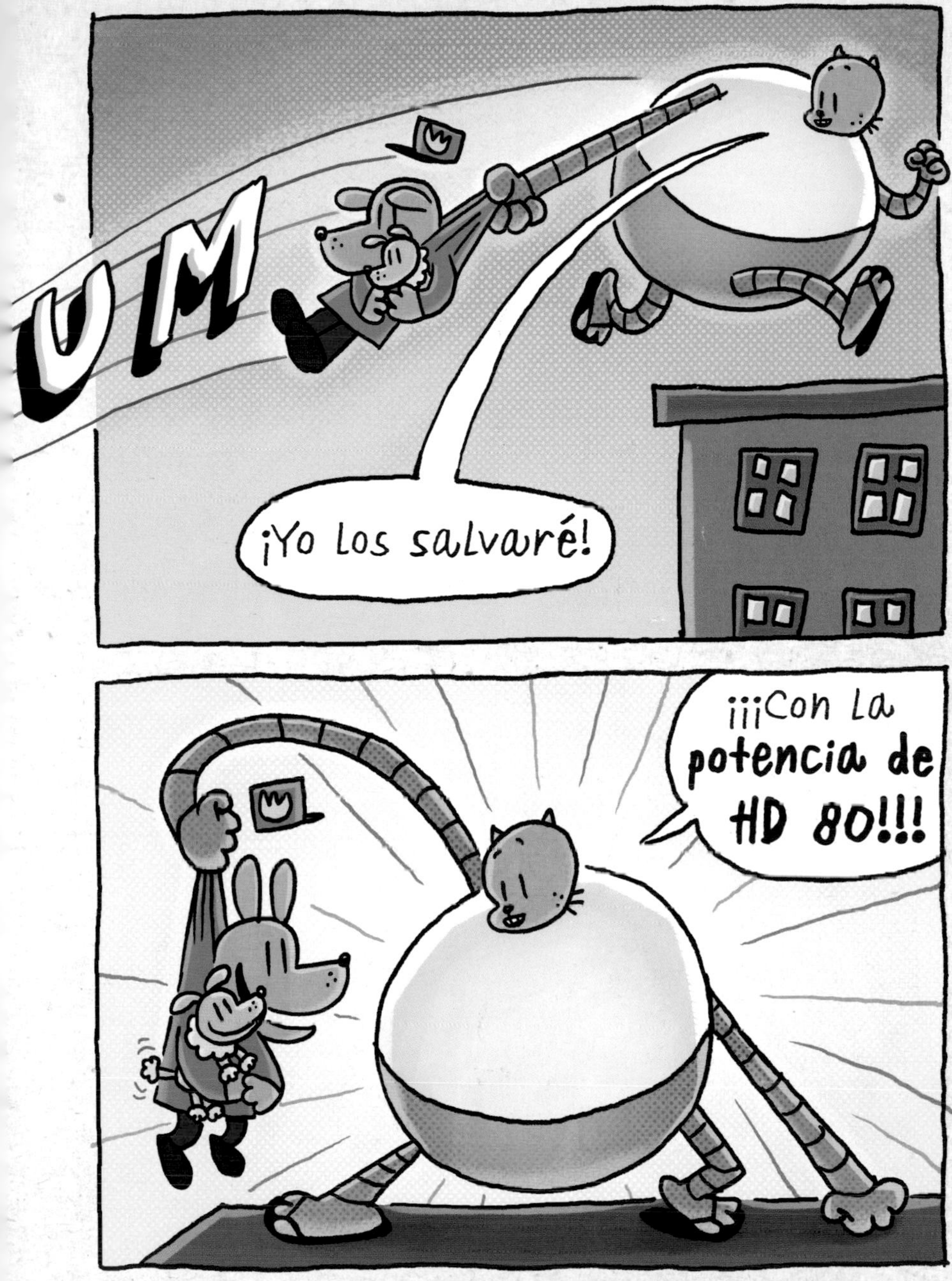
UM
¡Yo los salvaré!
¡¡¡Con la potencia de HD 80!!!

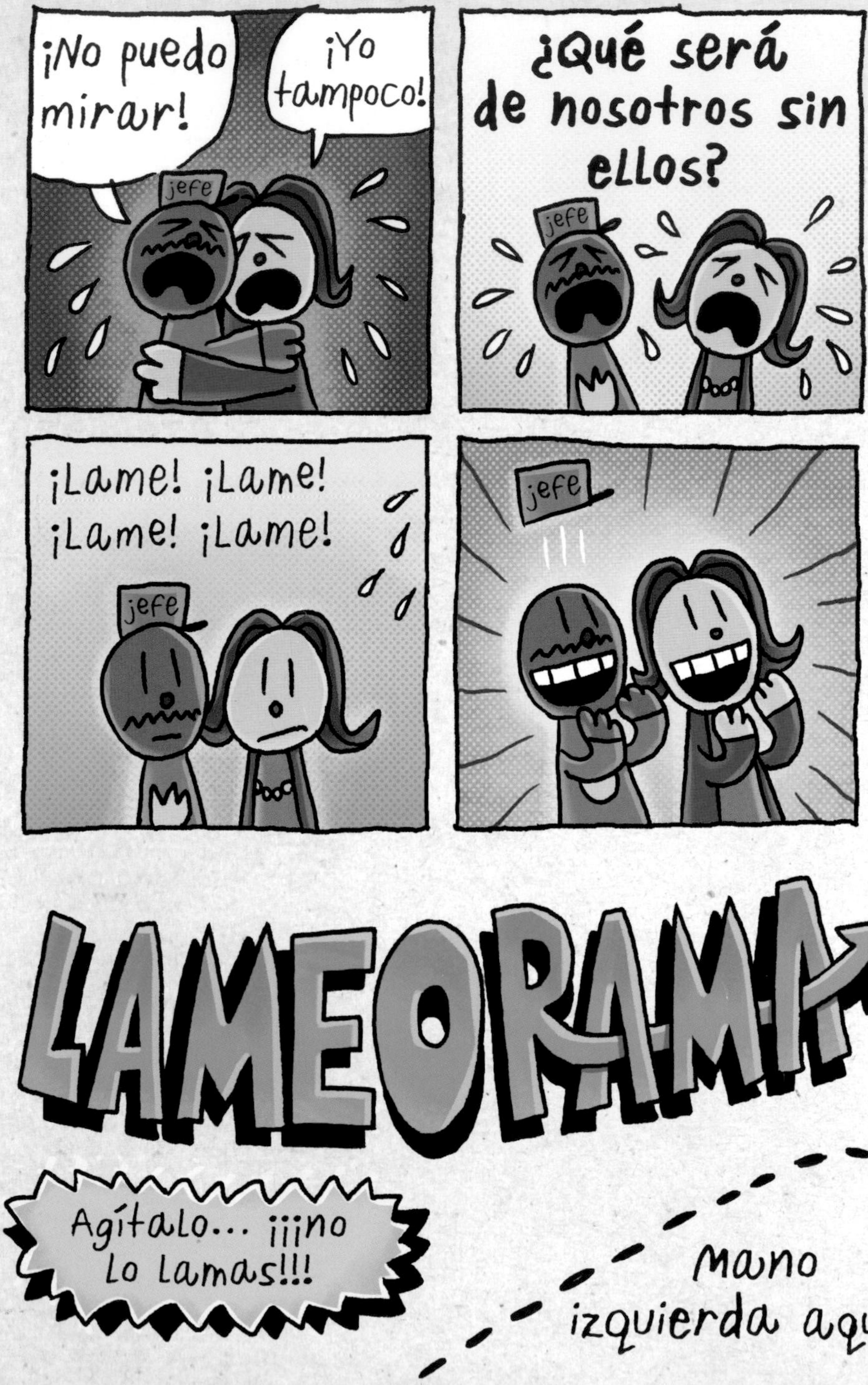
¡No puedo mirar!
¡Yo tampoco!
jefe
¿Qué será de nosotros sin ellos?
jefe
¡Lame! ¡Lame! ¡Lame! ¡Lame!
jefe
jefe

LAMEORAMA

Agítalo... ¡¡¡no lo lamas!!!

Mano izquierda aquí.

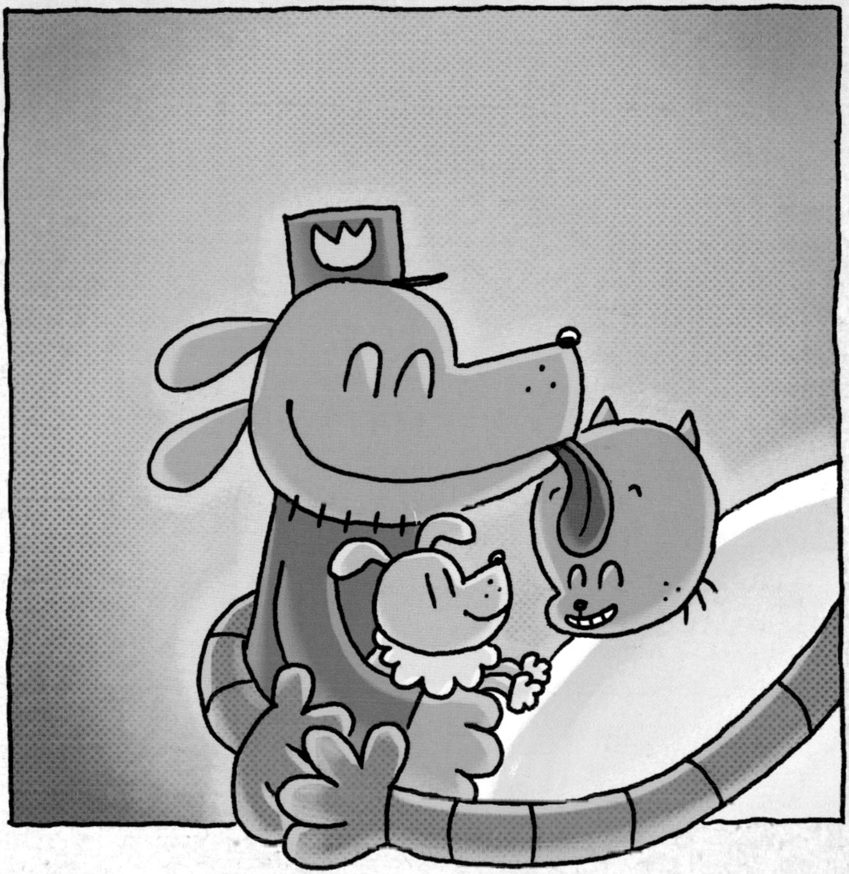

¡¡¡Lame y sigue lamiendo!!!

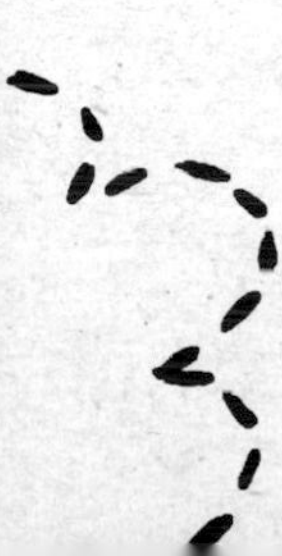

Pulgar derecho aquí.

¡¡¡Lame y sigue
Lamiendo!!!

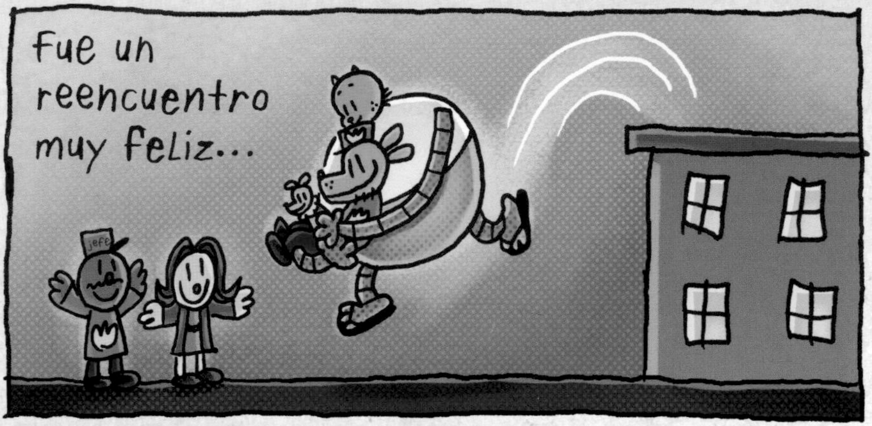
Fue un reencuentro muy feliz...

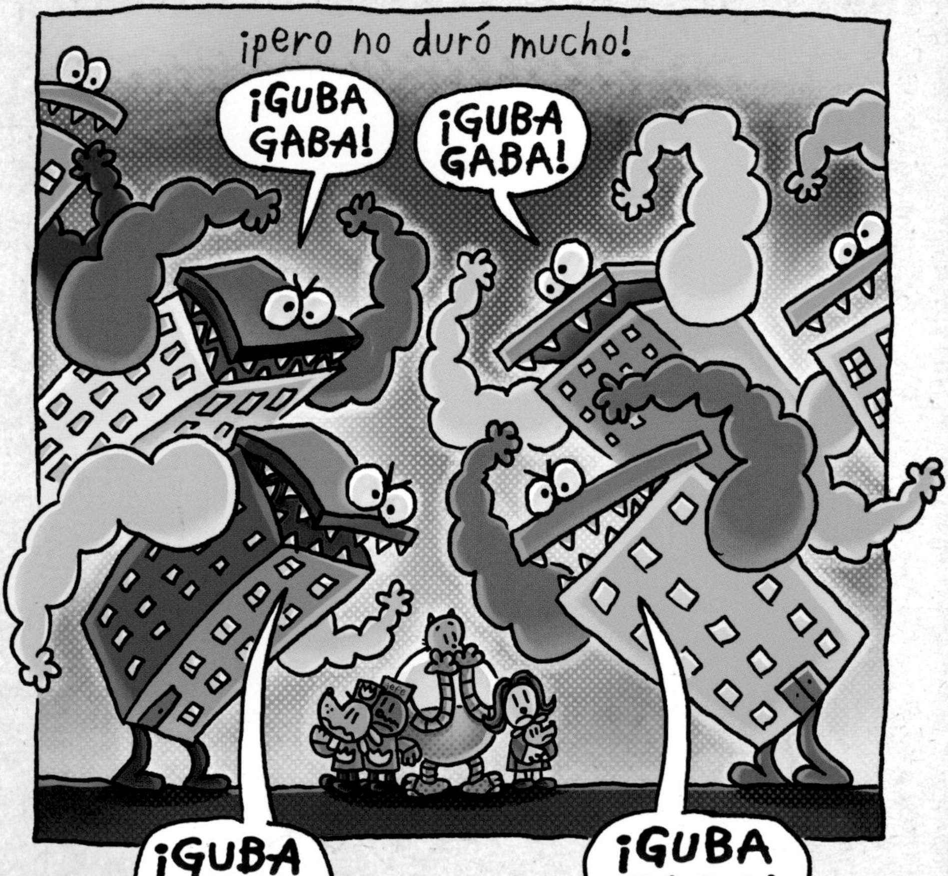
¡pero no duró mucho!
¡GUBA GABA!
¡GUBA GABA!
¡GUBA GABA!
¡GUBA GABA!

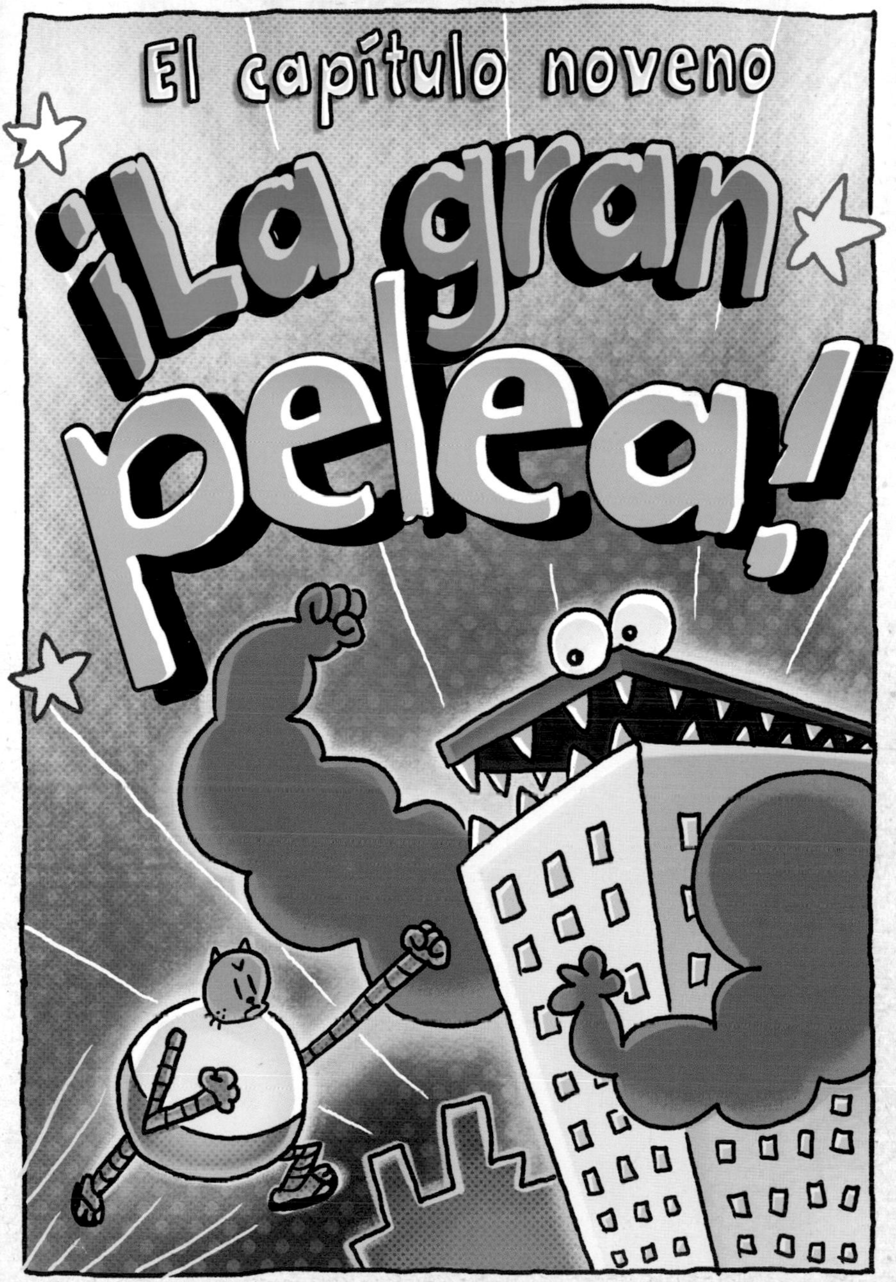
El capítulo noveno
¡La gran pelea!

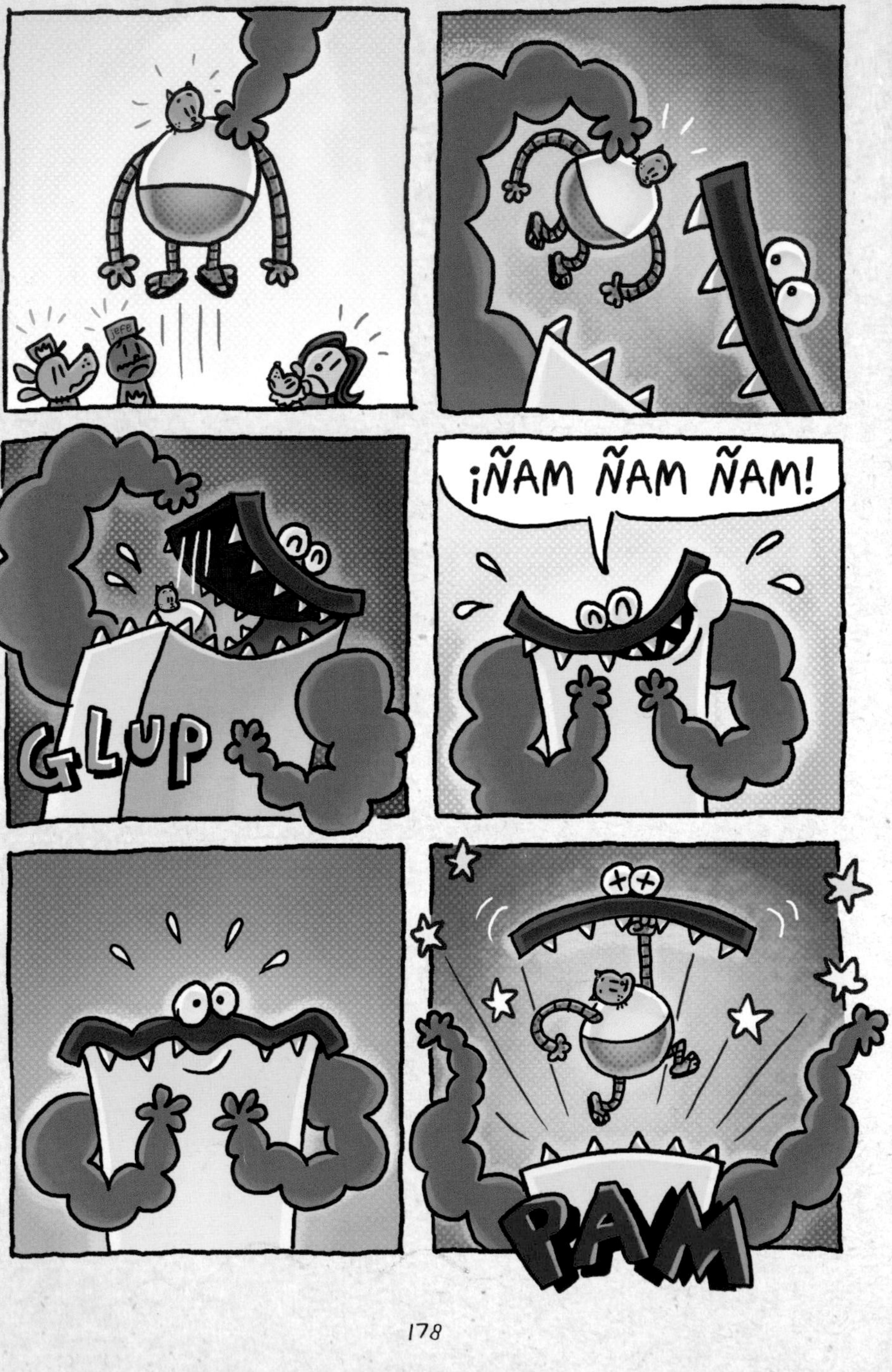
JEFE
GLUP
¡ÑAM ÑAM ÑAM!
PAM

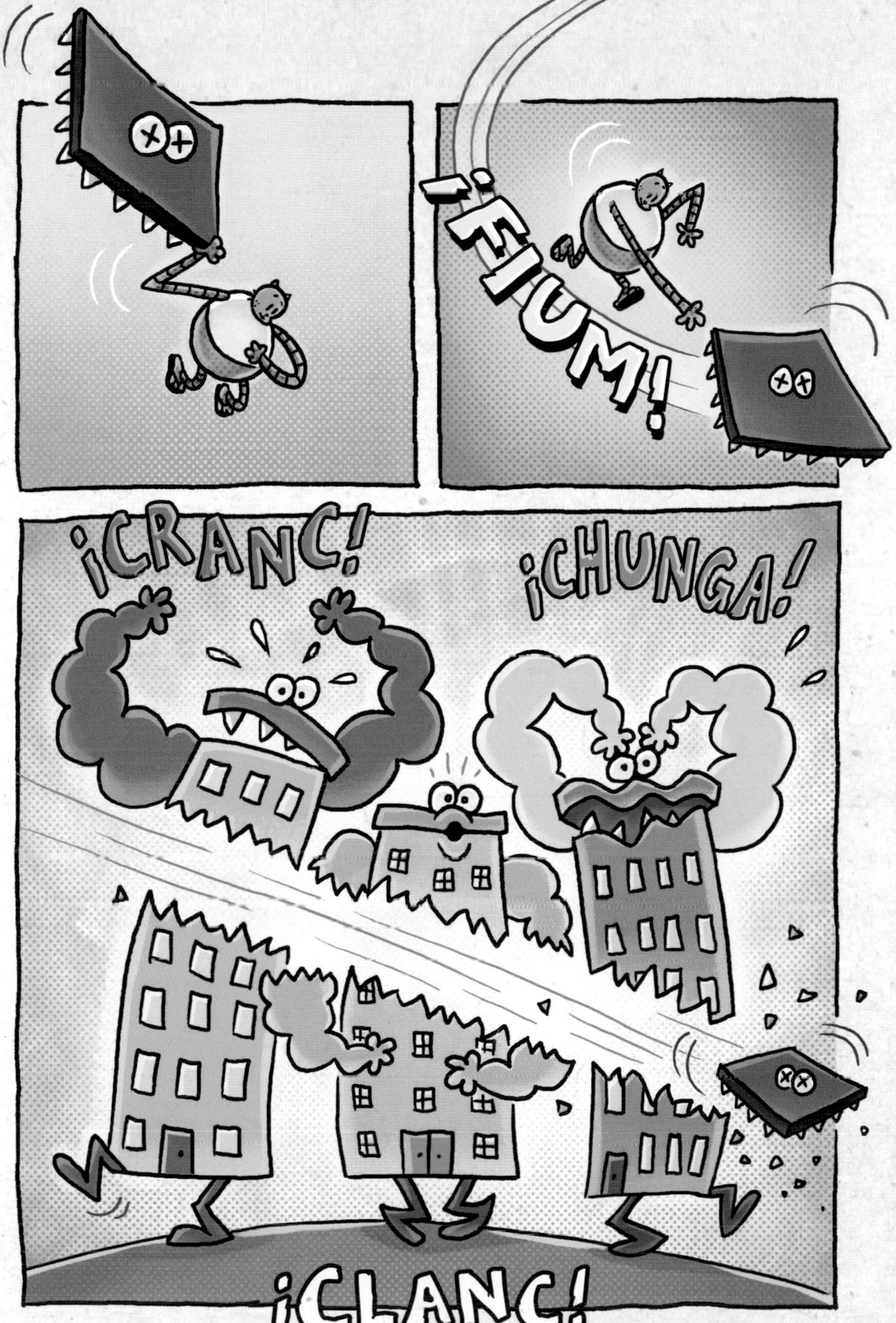
¡FIUM!
¡CRANC!
¡CHUNGA!
¡CLANC!

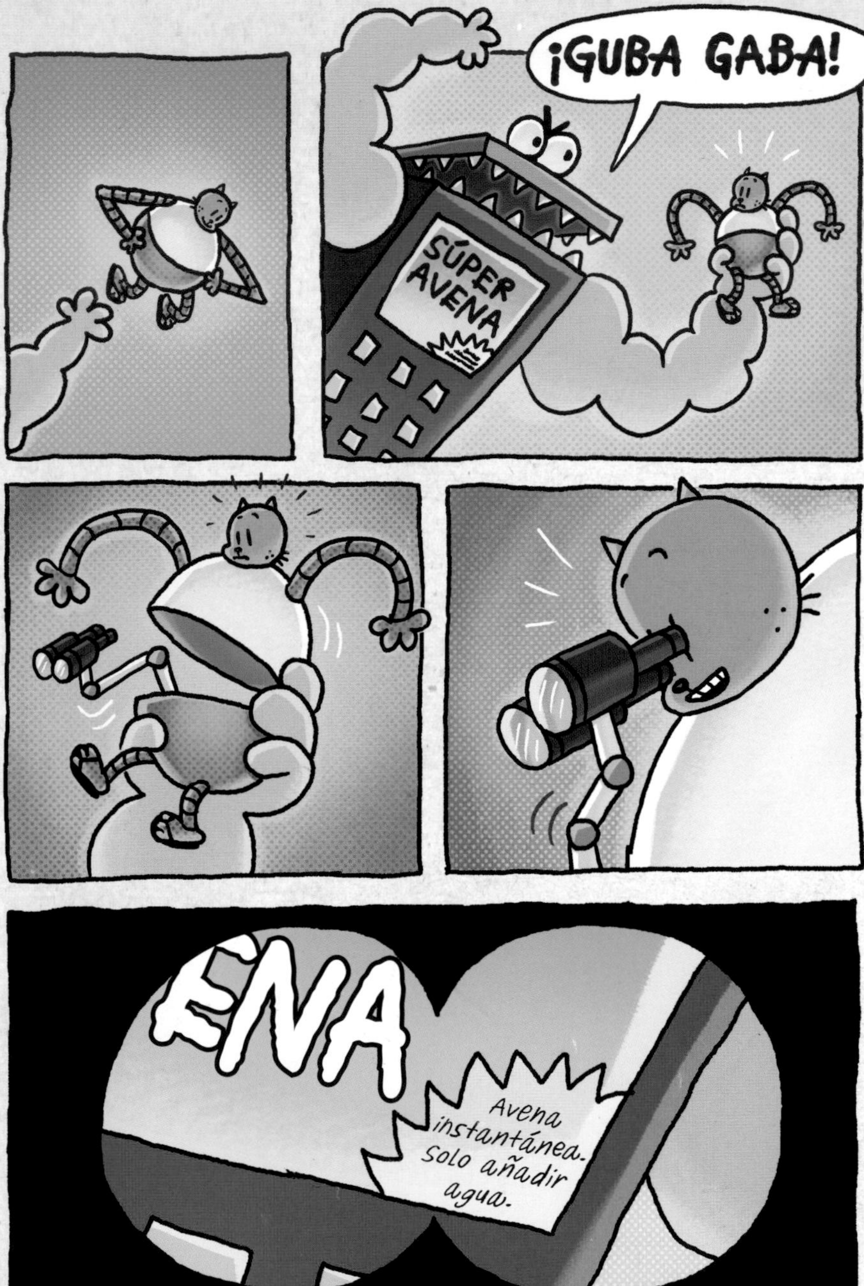
¡GUBA GABA!
SÚPER AVENA
ENA
Avena instantánea. Solo añadir agua.

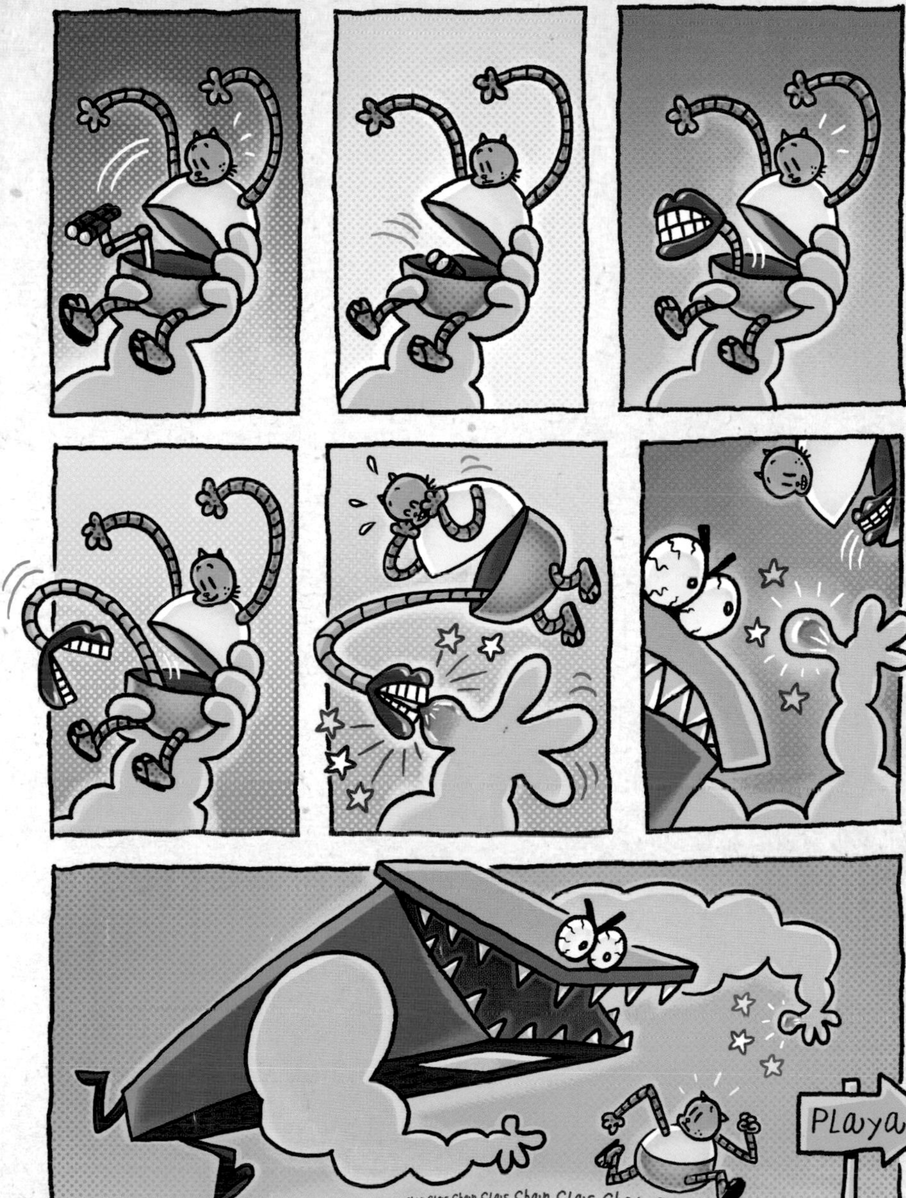

Playa
Chan Clas Chan Clas Chan Clas Chan Clas Chan Clas

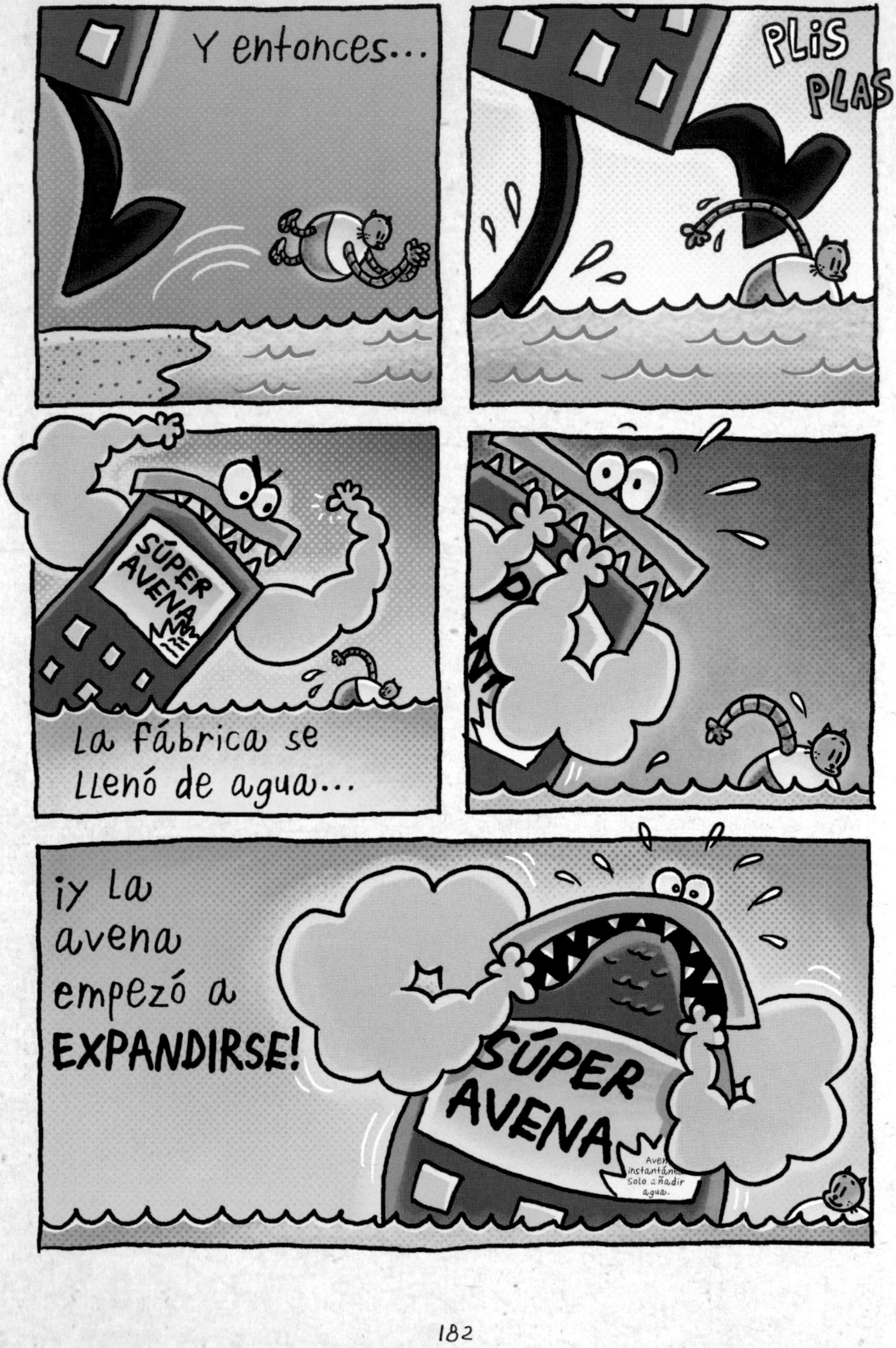
Y entonces...
PLIS PLAS
SÚPER AVENA
La fábrica se llenó de agua...
¡y la avena empezó a EXPANDIRSE!
SÚPER AVENA
Aven
instantánea
solo añadir
agua.

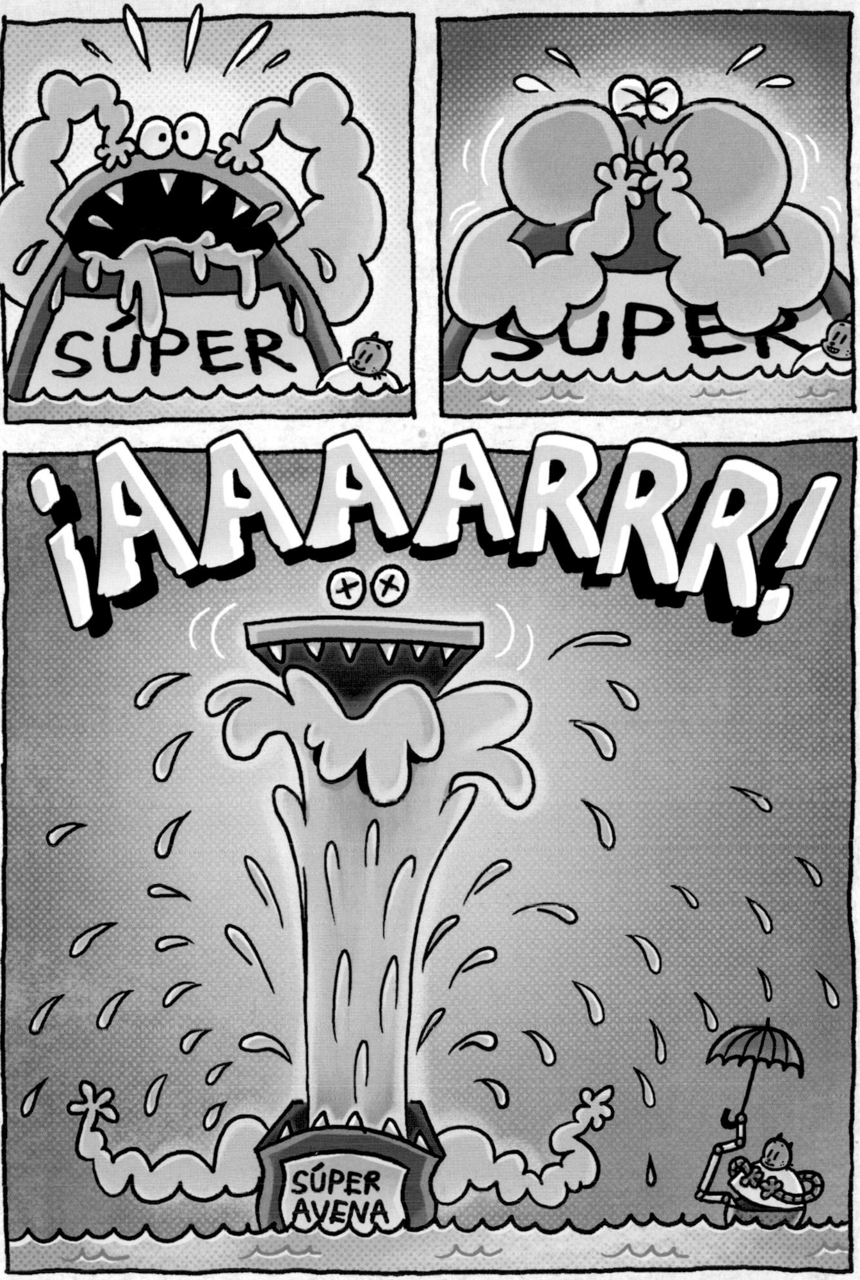
SÚPER
SÚPER
¡AAAARRRR!
SÚPER
AVENA

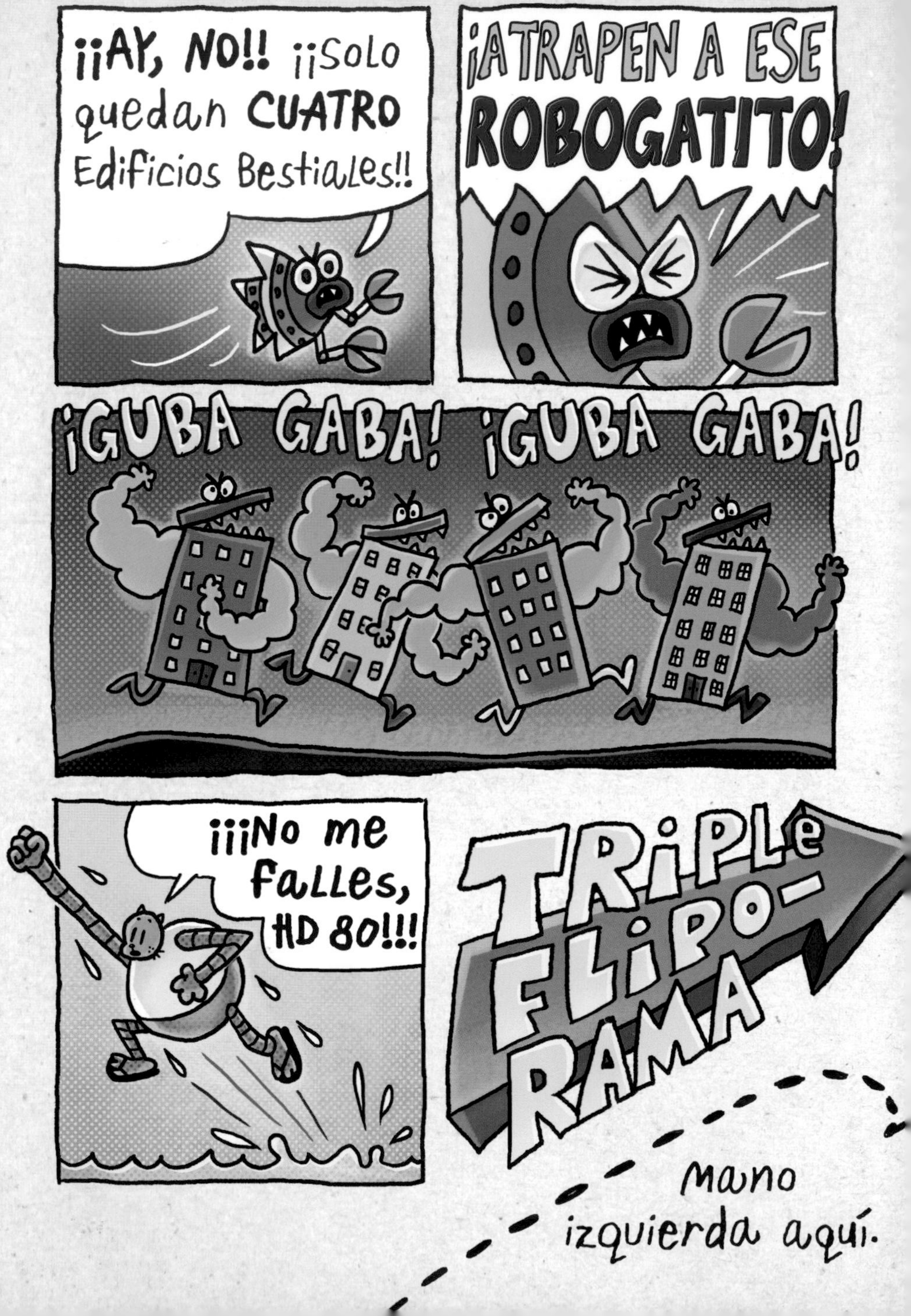
¡¡AY, NO!! ¡¡Solo quedan CUATRO Edificios Bestiales!!
¡ATRAPEN A ESE ROBOGATITO!
¡GUBA GABA! ¡GUBA GABA!
¡¡¡No me falles, HD 80!!!
TRIPLE FLIPO-RAMA
Mano izquierda aquí.

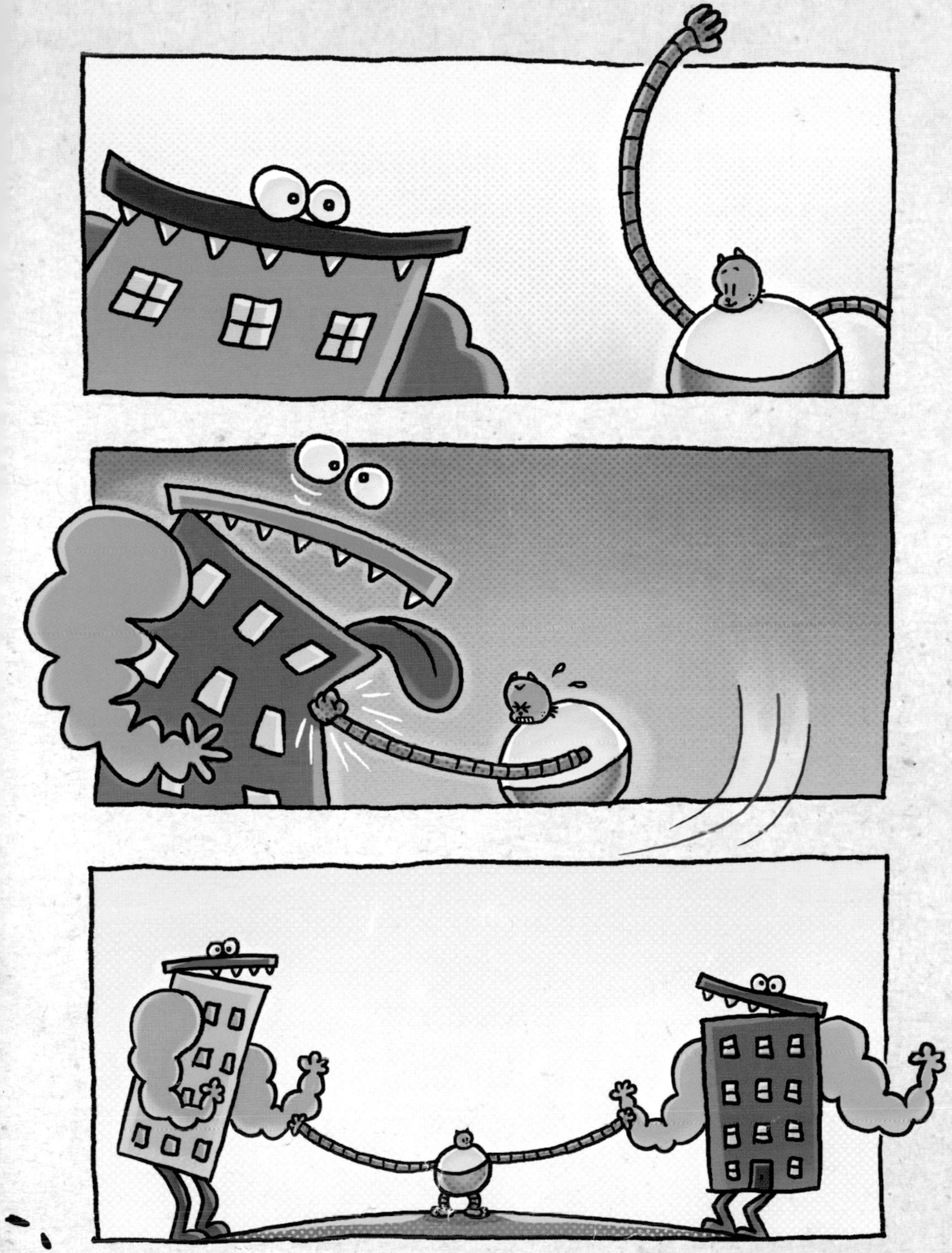

Pulgar derecho aquí.

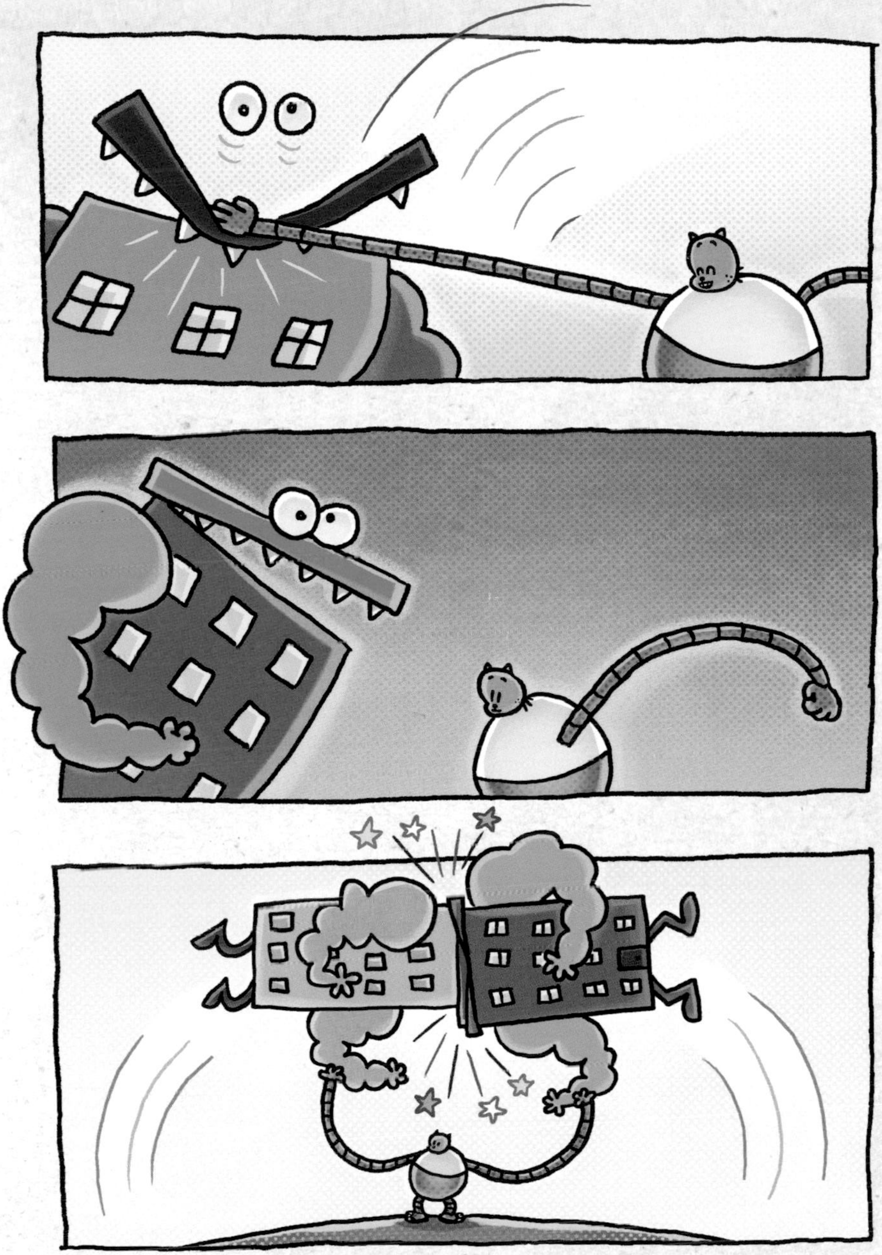

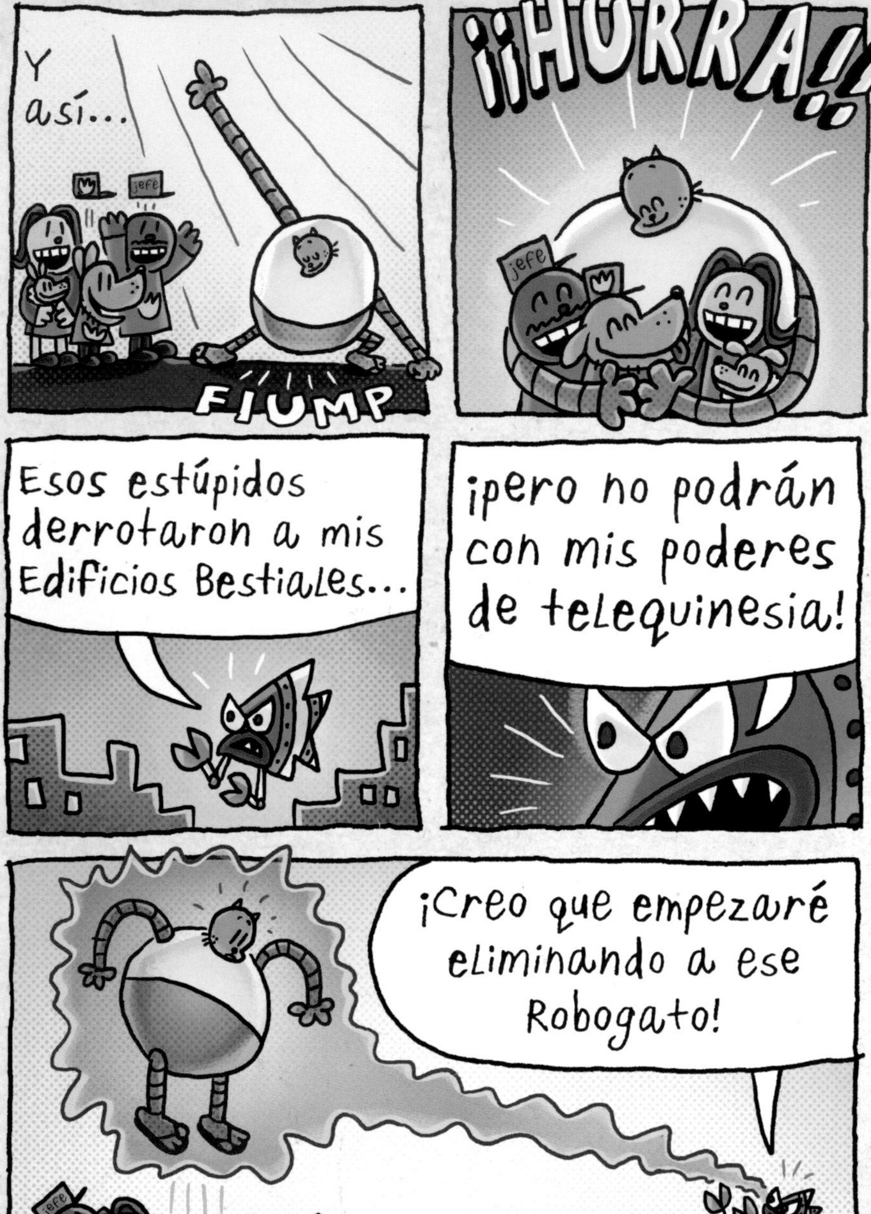
Y así...
jefe
FIUMP
¡¡HURRA!!
jefe
Esos estúpidos derrotaron a mis Edificios Bestiales...
¡pero no podrán con mis poderes de telequinesia!
¡Creo que empezaré eliminando a ese Robogato!
jefe

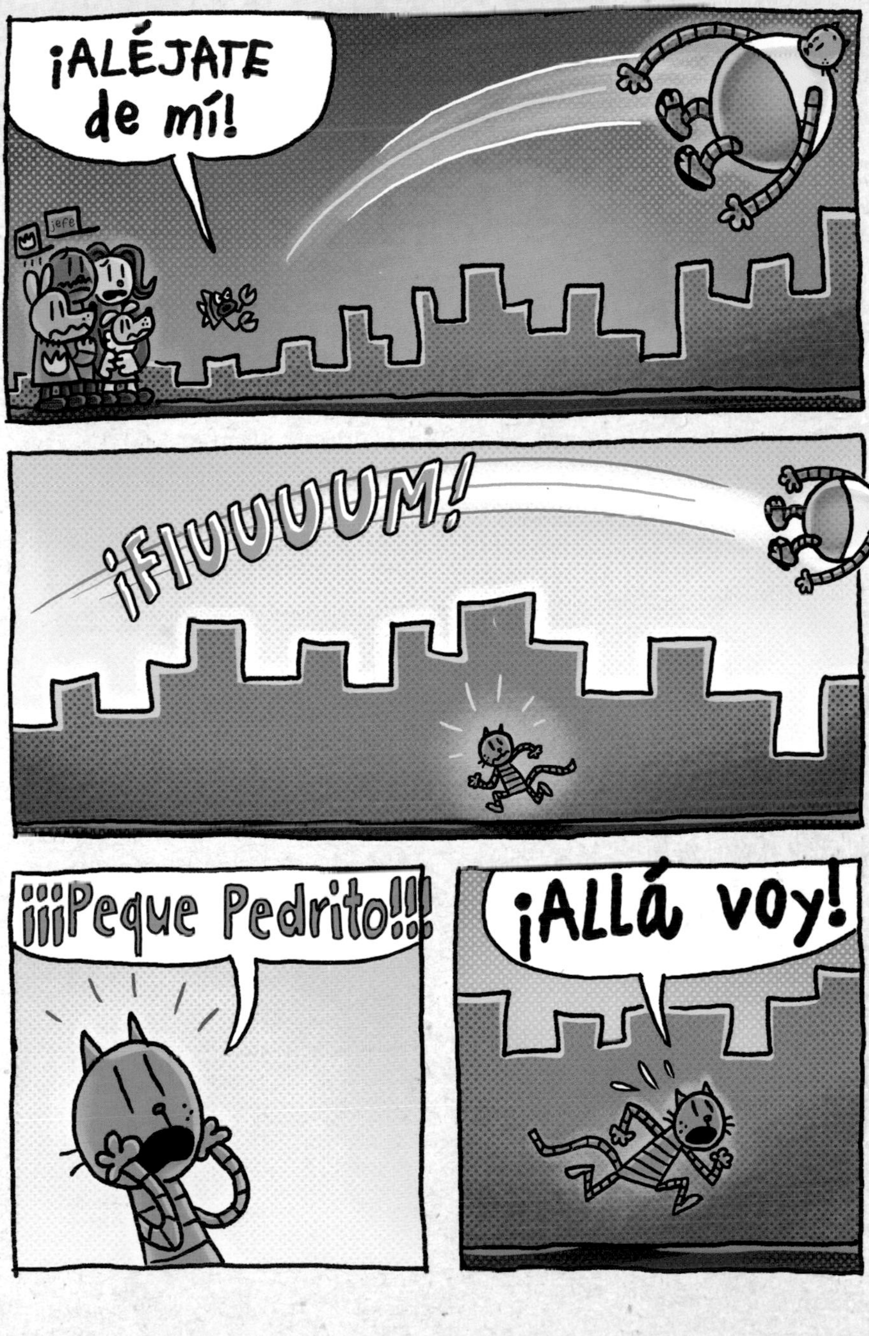
¡ALÉJATE de mí!
jefe
¡FIUUUUUM!
¡¡¡Peque Pedrito!!!
¡ALLÁ voy!

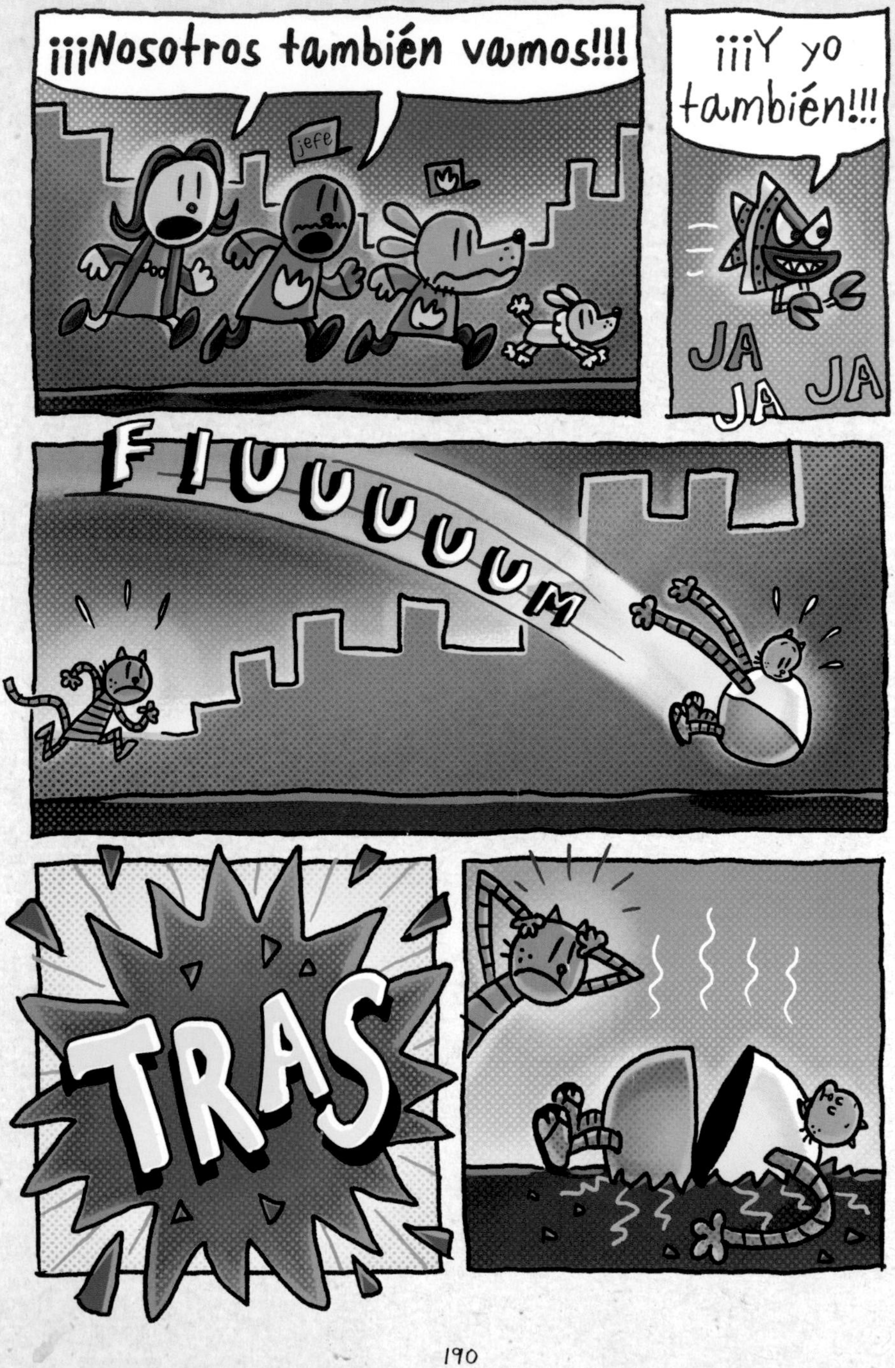
¡¡¡Nosotros también vamos!!!
jefe
¡¡¡Y yo también!!!
JA
JA
JA
FIUUUUUUUM
TRAS

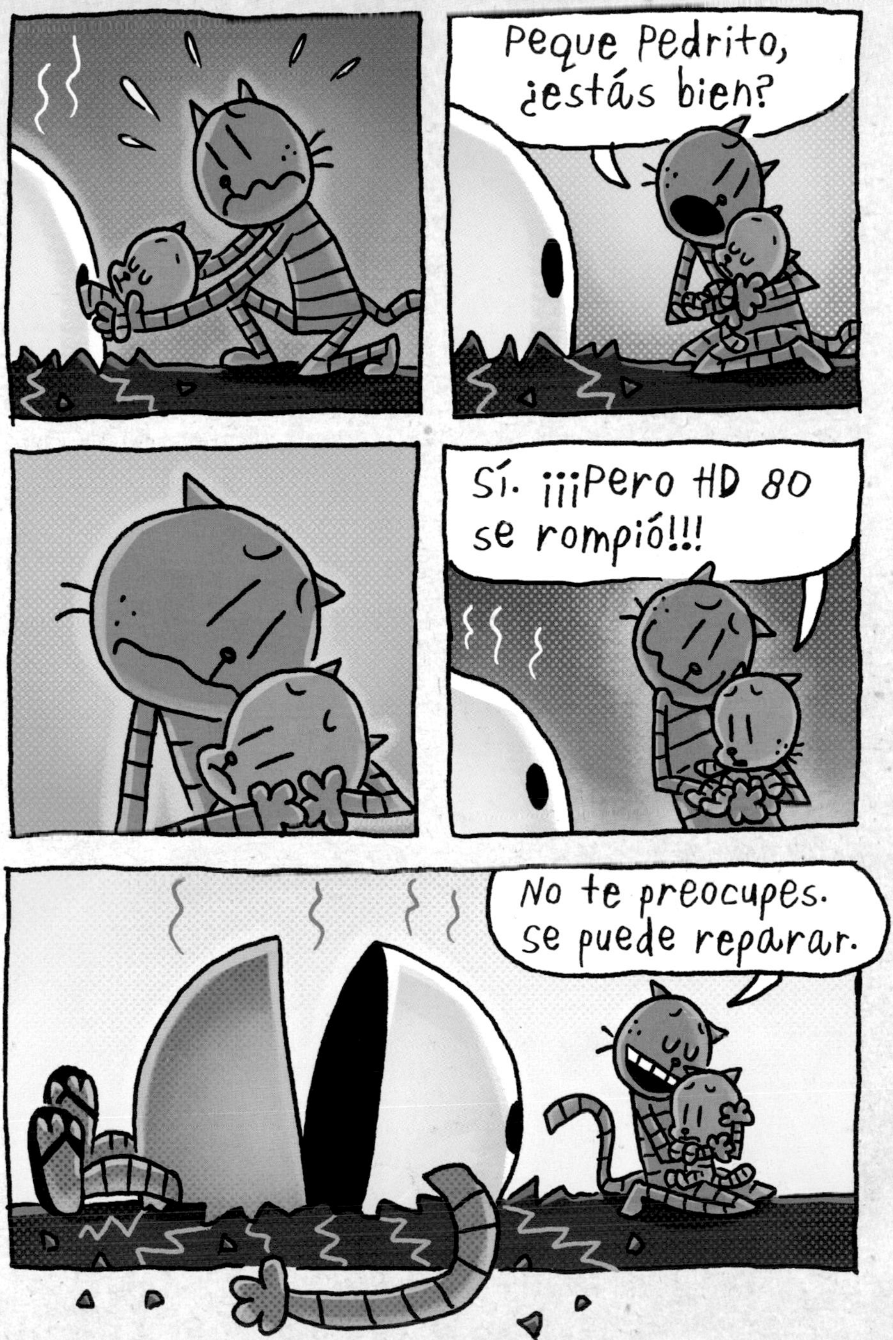
Peque Pedrito, ¿estás bien?
Sí. ¡¡¡Pero HD 80 se rompió!!!
No te preocupes. Se puede reparar.

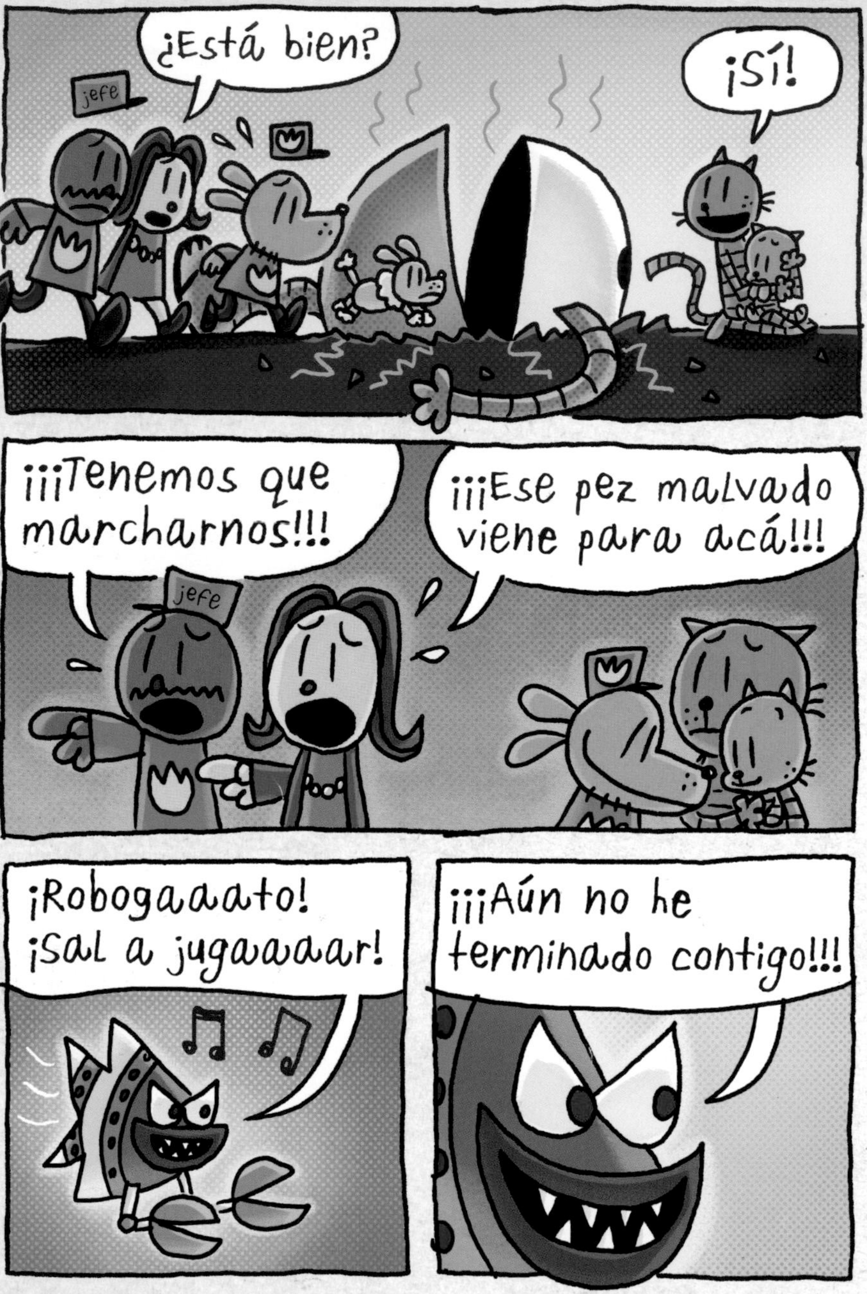
jefe
¿Está bien?
¡SÍ!
¡¡¡Tenemos que marcharnos!!!
¡¡¡Ese pez malvado viene para acá!!!
jefe
¡Robogaaato! ¡Sal a jugaaaar!
¡¡¡Aún no he terminado contigo!!!

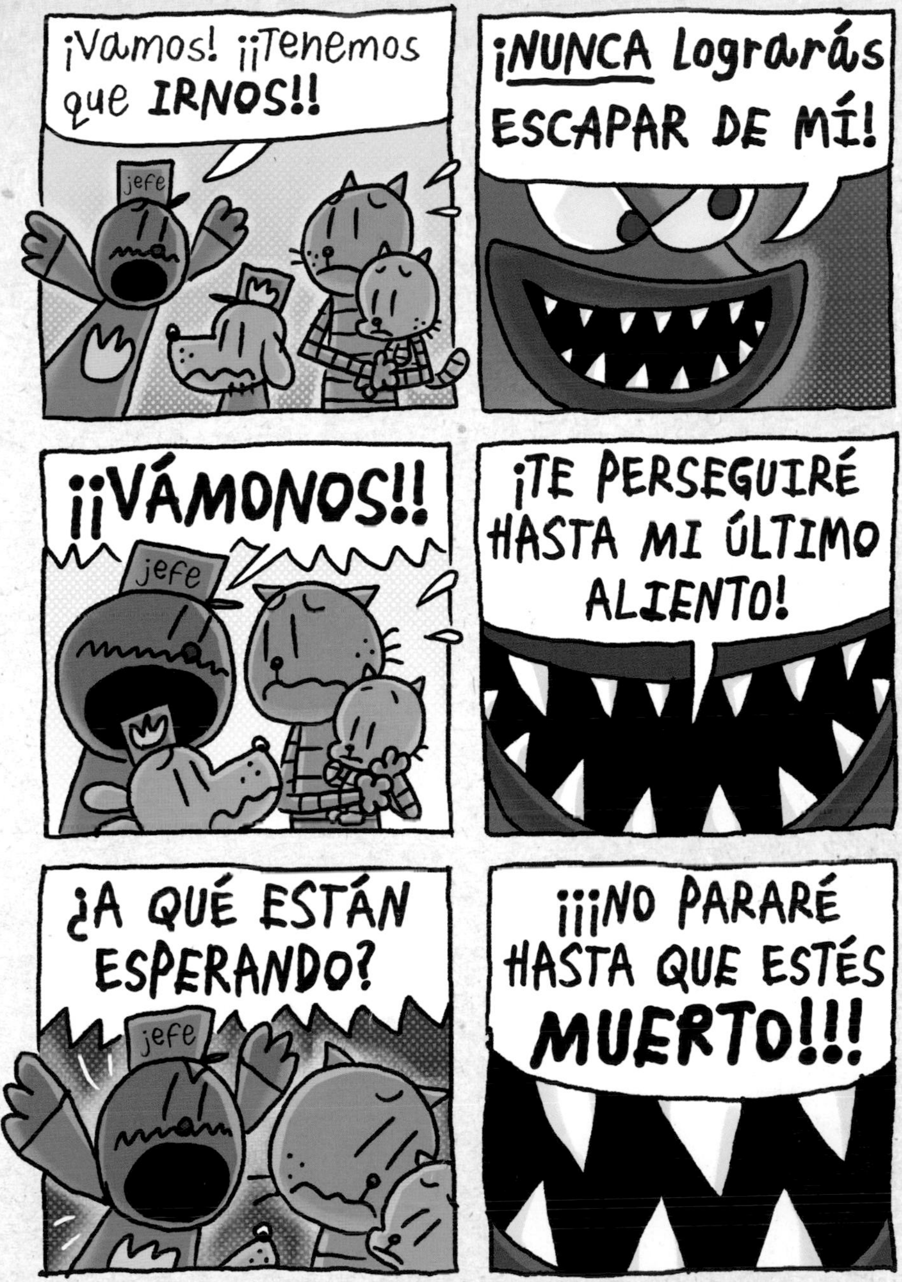
¡Vamos! ¡¡Tenemos que IRNOS!!
jefe
¡NUNCA lograrás ESCAPAR DE MÍ!
¡¡VÁMONOS!!
jefe
¡TE PERSEGUIRÉ HASTA MI ÚLTIMO ALIENTO!
¿A QUÉ ESTÁN ESPERANDO?
jefe
¡¡¡NO PARARÉ HASTA QUE ESTÉS MUERTO!!!

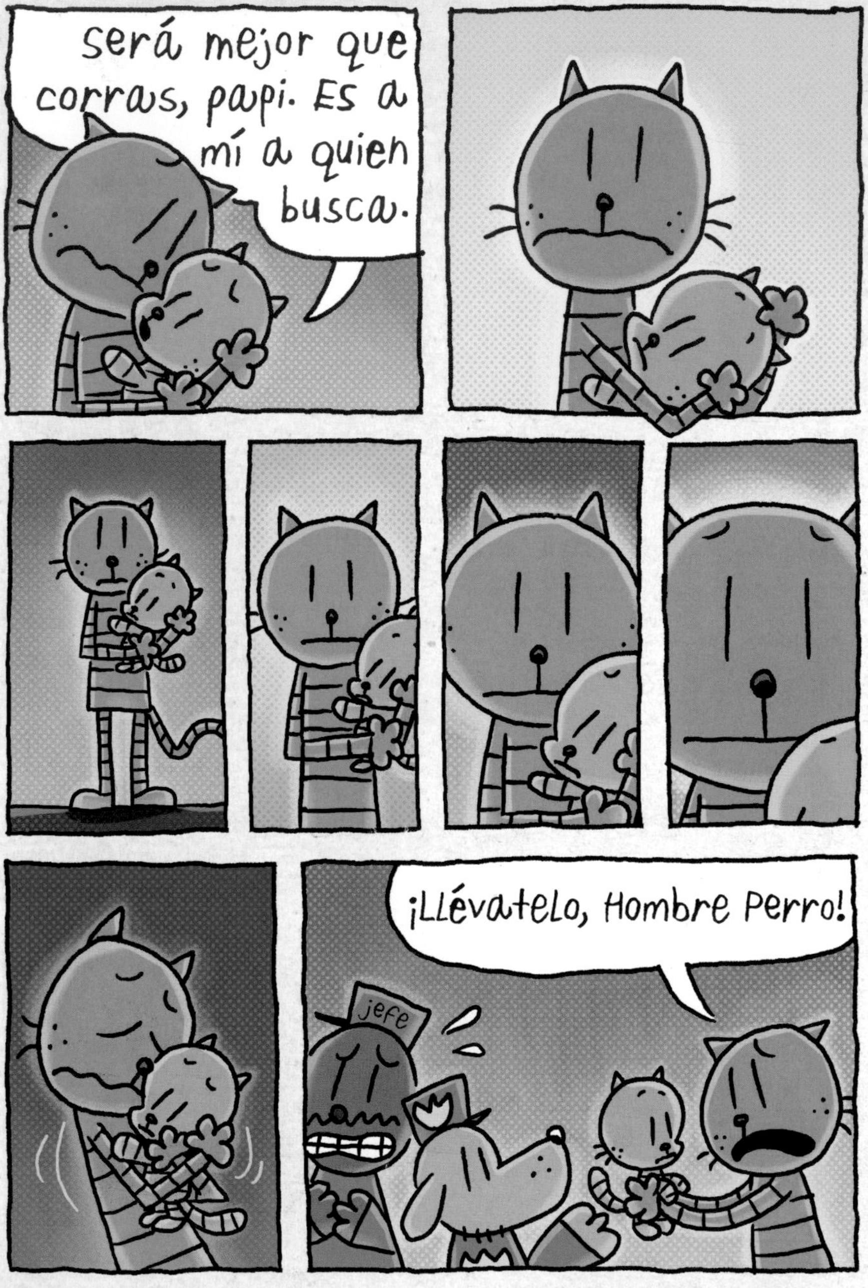
Será mejor que corras, papi. Es a mí a quien busca.
jefe
¡Llévatelo, Hombre Perro!

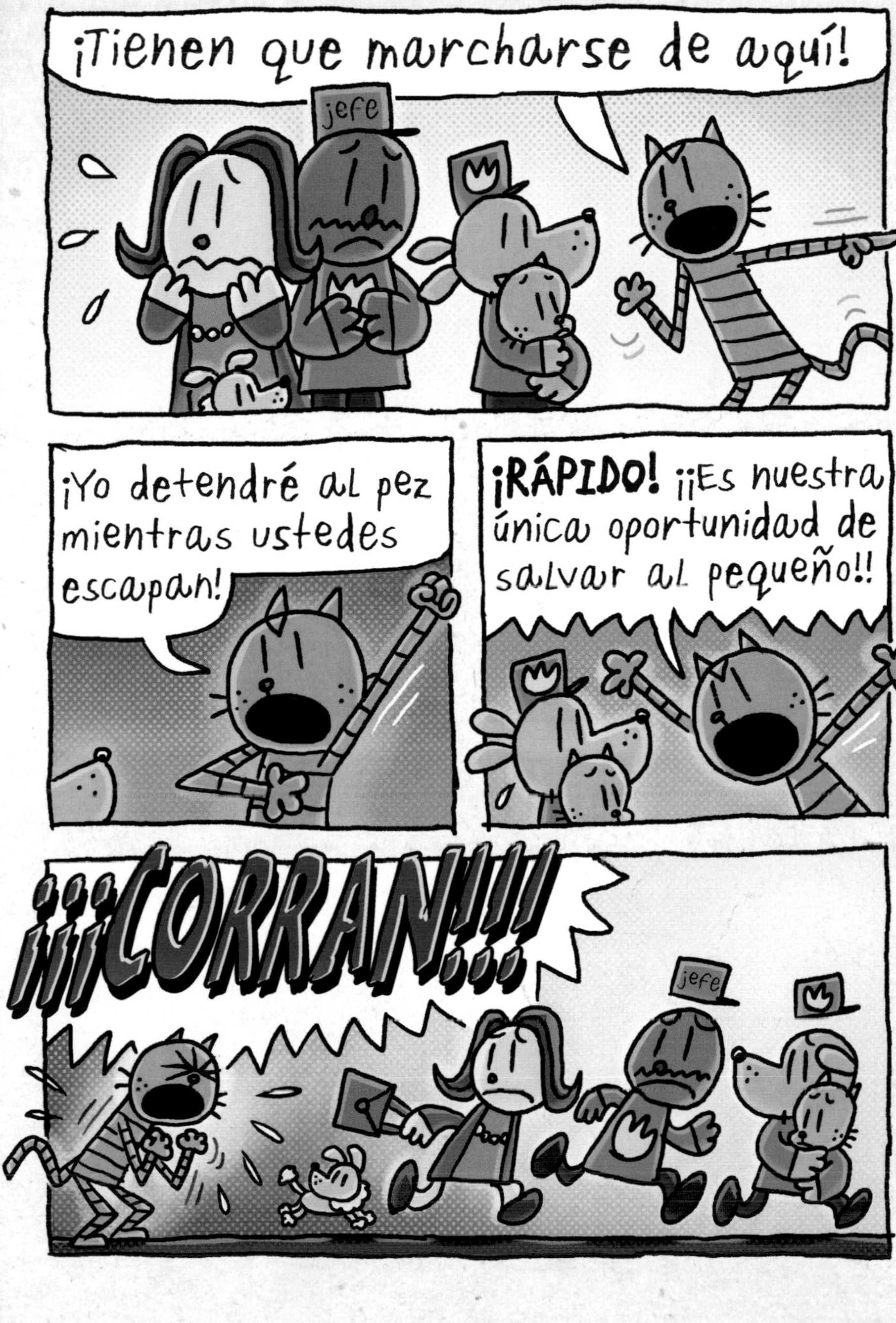
¡Tienen que marcharse de aquí!
jefe
¡Yo detendré al pez mientras ustedes escapan!
¡RÁPIDO! ¡¡Es nuestra única oportunidad de salvar al pequeño!!
¡¡¡CORRAN!!!
jefe

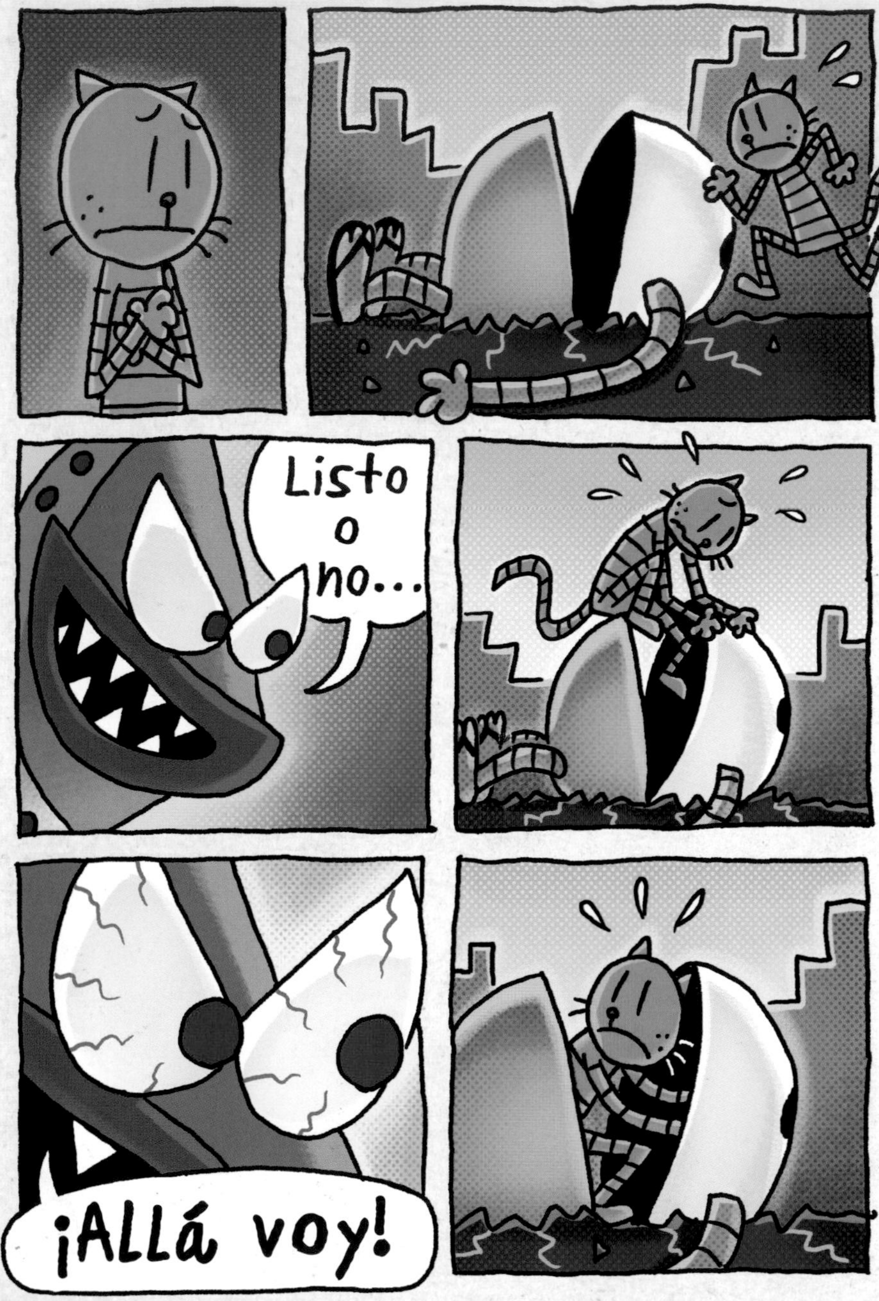
Listo o no...
¡ALLÁ voy!

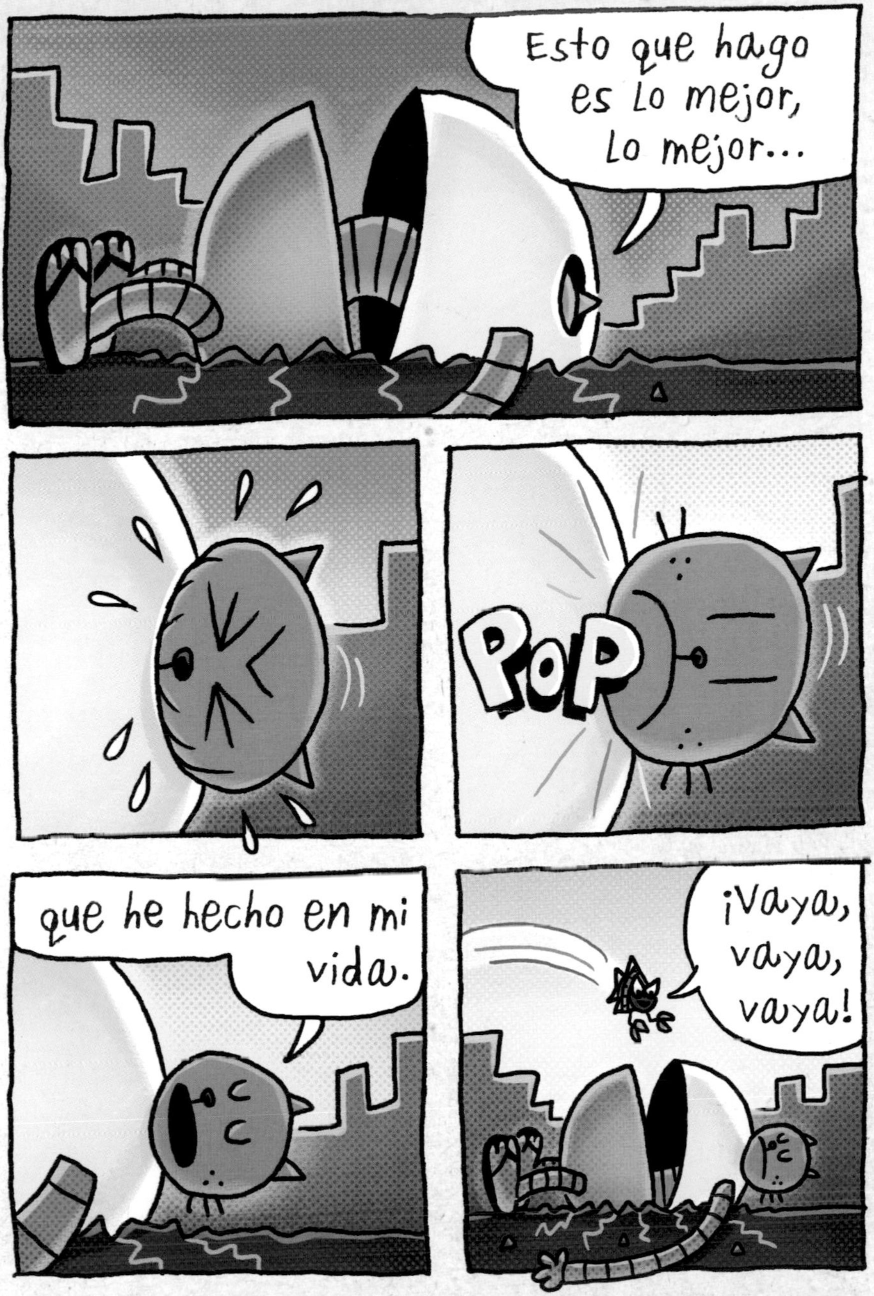
Esto que hago es lo mejor, lo mejor...
POP
que he hecho en mi vida.
¡Vaya, vaya, vaya!

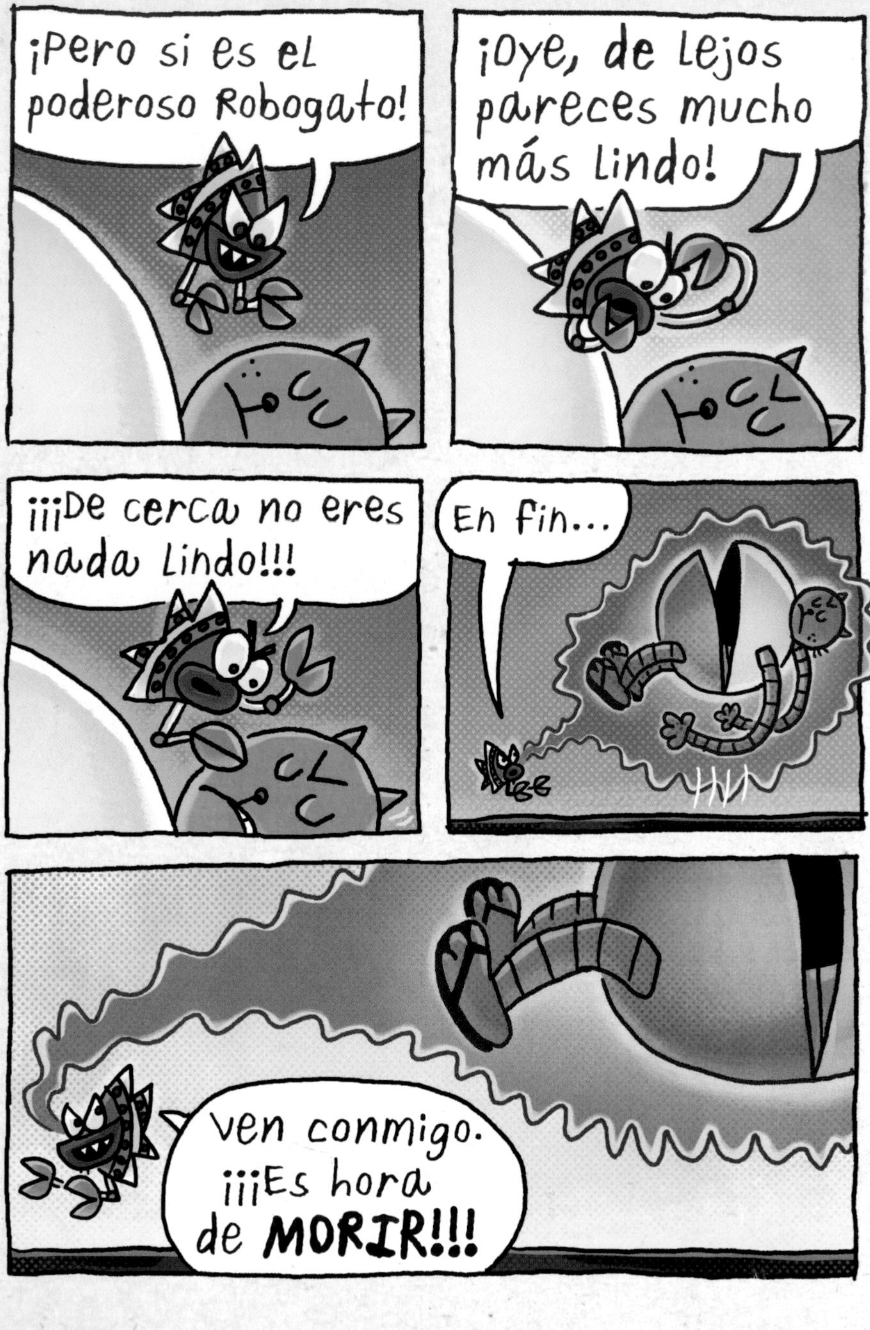
¡Pero si es el poderoso Robogato!
¡Oye, de lejos pareces mucho más lindo!
¡¡¡De cerca no eres nada lindo!!!
En fin...
Ven conmigo.
¡¡¡Es hora de MORIR!!!

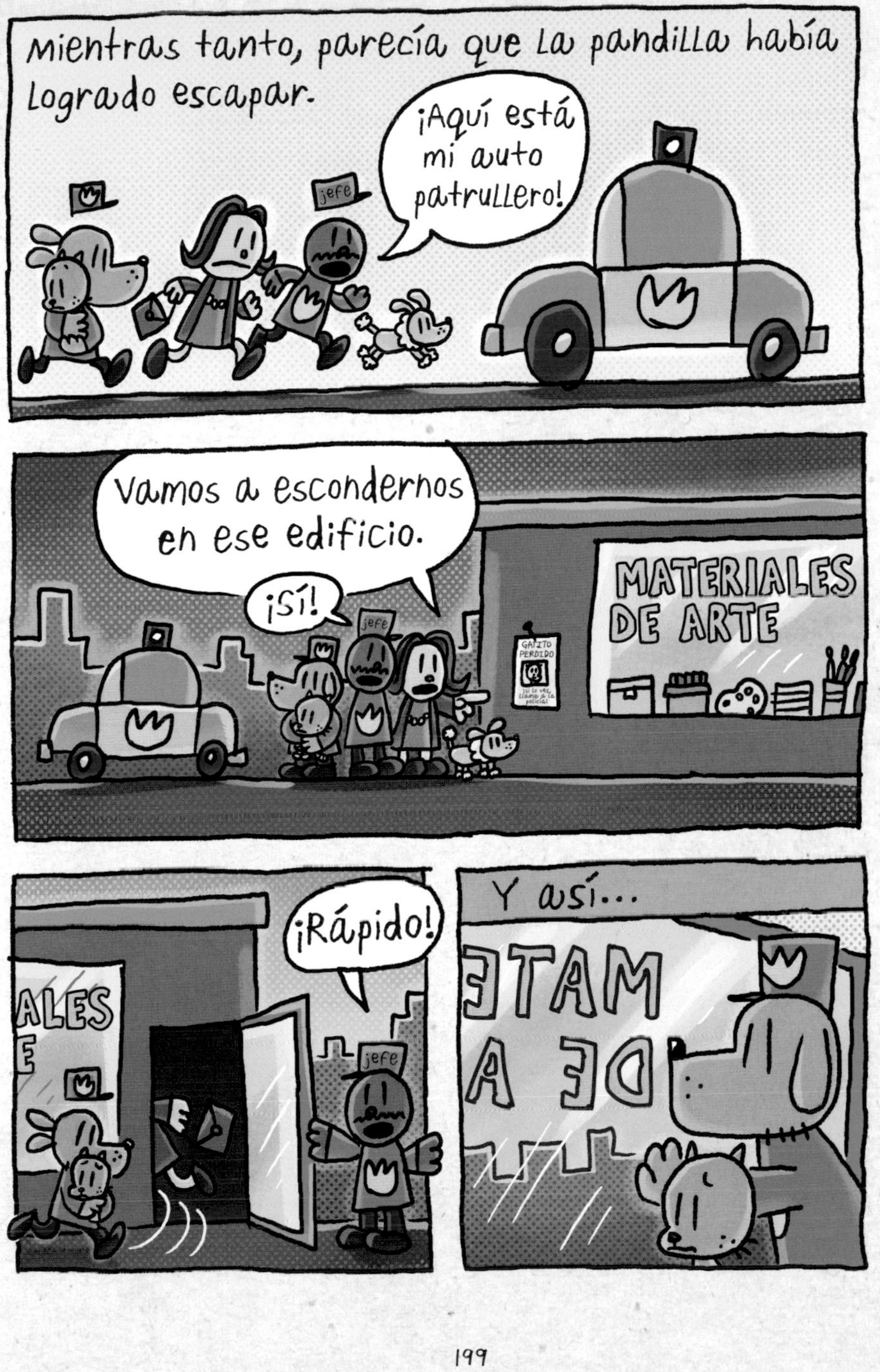
Mientras tanto, parecía que la pandilla había logrado escapar.
¡Aquí está mi auto patrullero!
jefe
Vamos a escondernos en ese edificio.
¡Sí!
jefe
GATITO PERDIDO
MATERIALES DE ARTE
¡Rápido!
jefe
Y así...

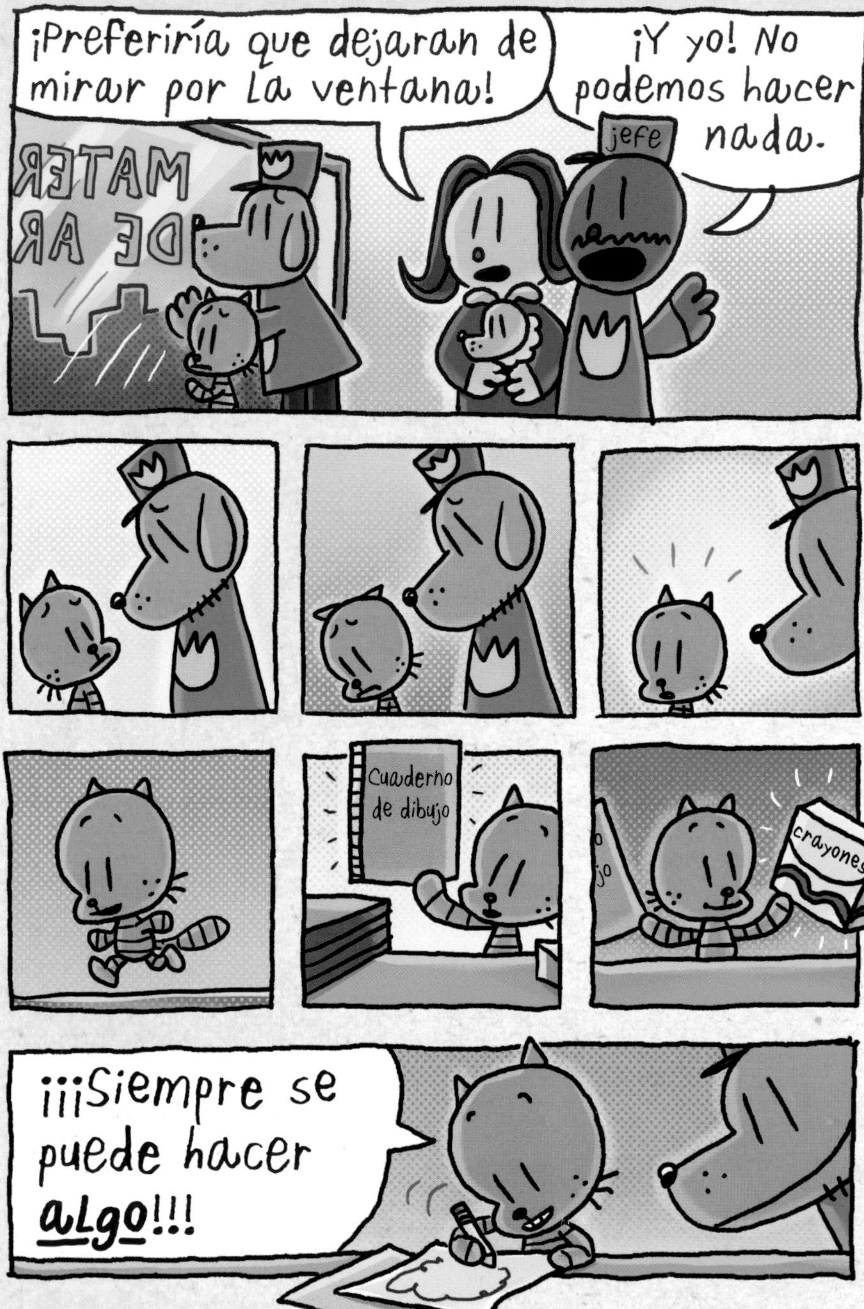
MATER
DE AR
¡Preferiría que dejaran de mirar por la ventana!
jefe
¡Y yo! No podemos hacer nada.
Cuaderno de dibujo
crayones
¡¡¡Siempre se puede hacer algo!!!

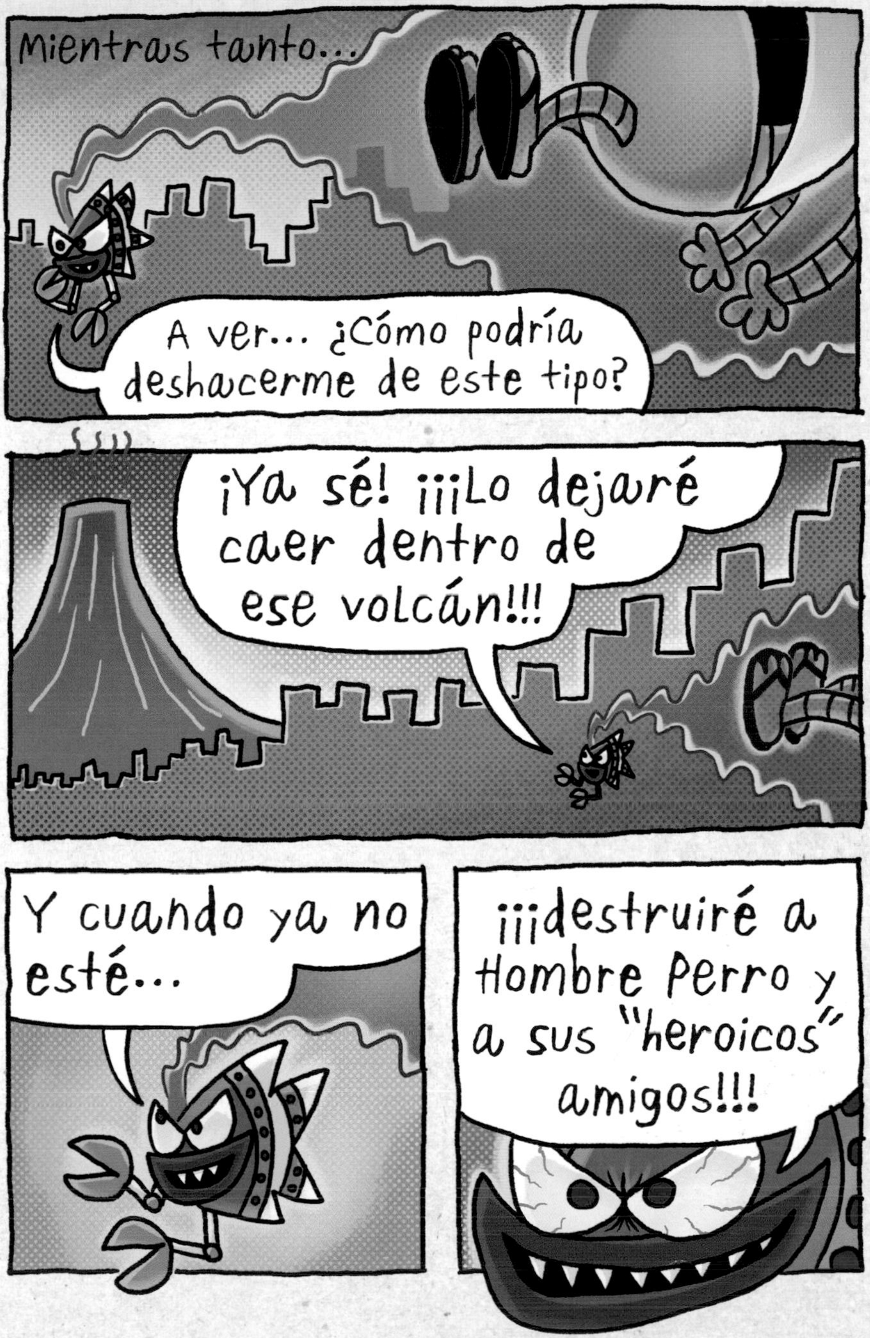
Mientras tanto...
A ver... ¿Cómo podría deshacerme de este tipo?
¡Ya sé! ¡¡¡Lo dejaré caer dentro de ese volcán!!!
Y cuando ya no esté...
¡¡¡destruiré a Hombre Perro y a sus "heroicos" amigos!!!

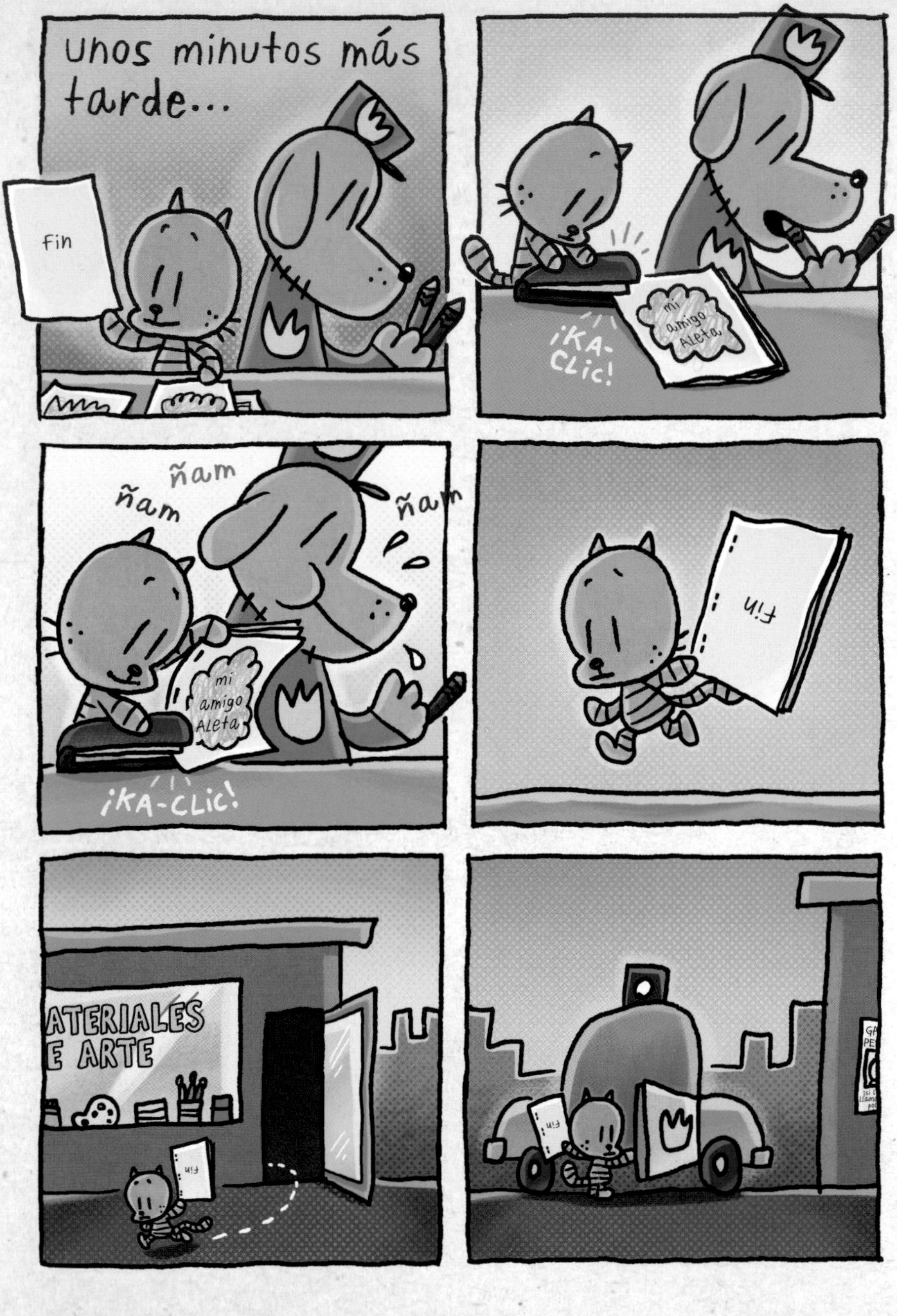
unos minutos más tarde...
Fin
mi amigo Aleta
¡KA-CLIC!
ñam
ñam
ñam
mi amigo Aleta
¡KA-CLIC!
ATERIALES
E ARTE

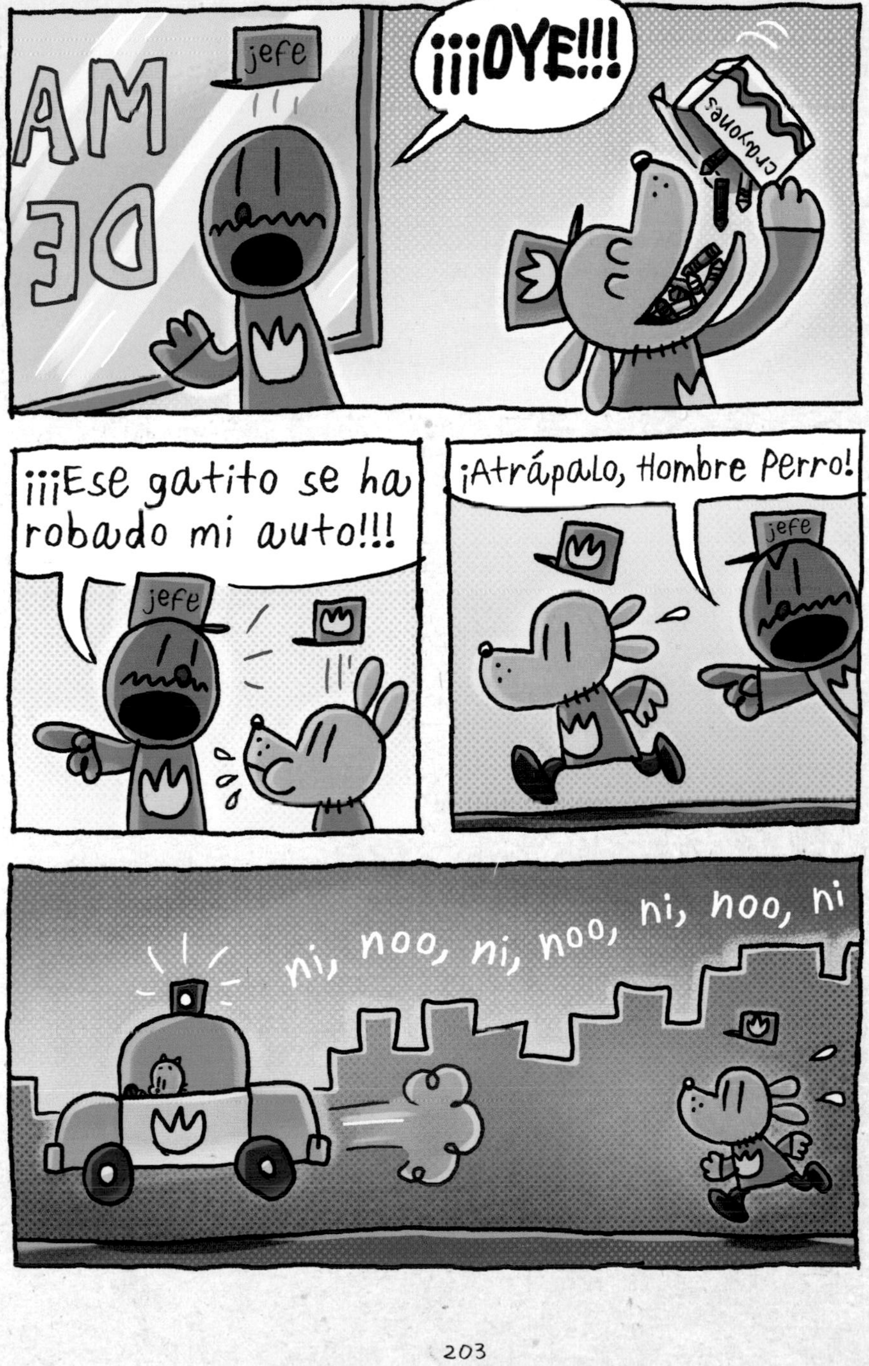
jefe
¡¡¡OYE!!!
crayones
¡¡¡Ese gatito se ha robado mi auto!!!
jefe
¡Atrápalo, Hombre Perro!
jefe
ni, noo, ni, noo, ni, noo, ni

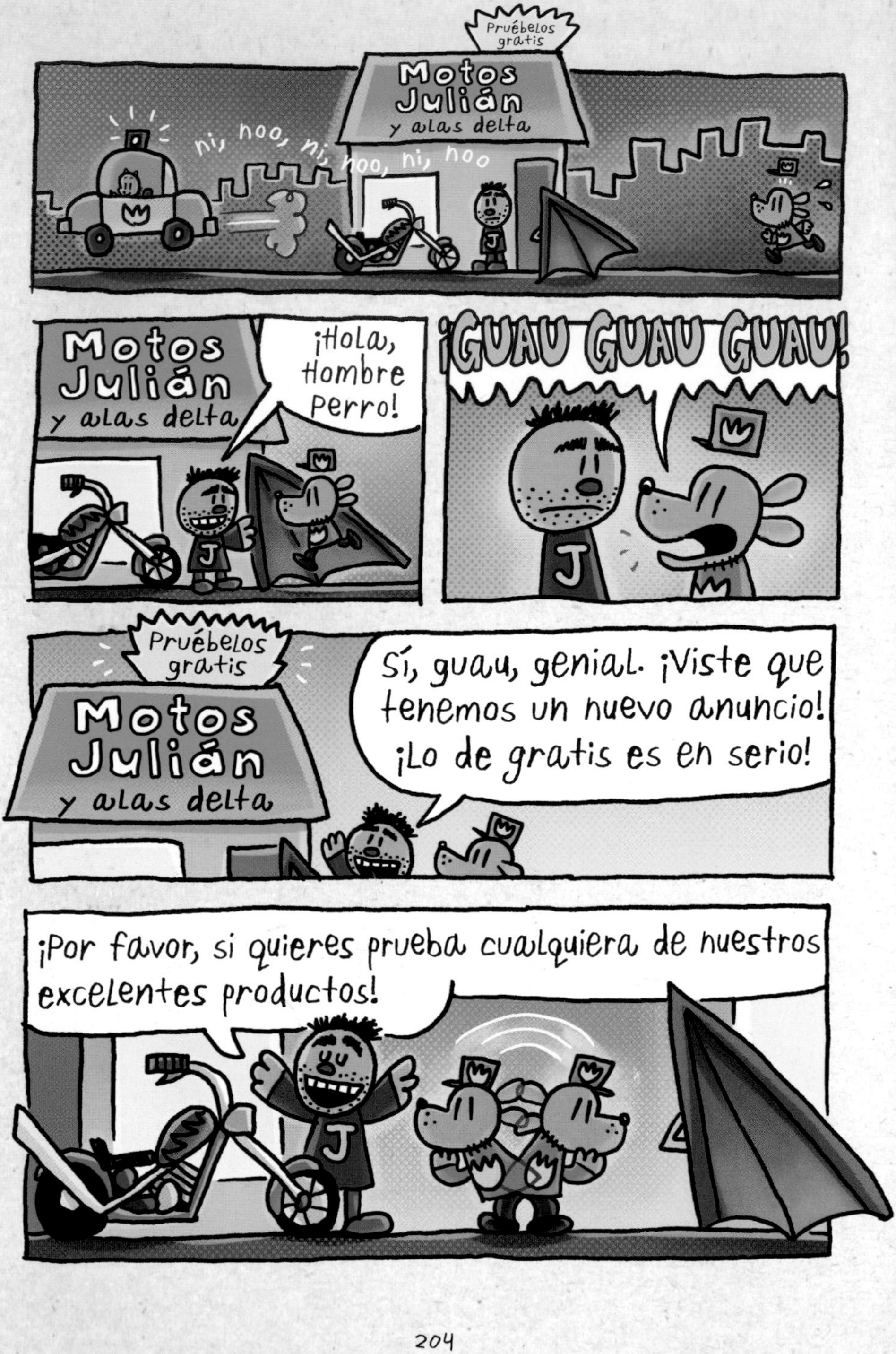
Pruébelos gratis
Motos Julián y alas delta
ni, noo, ni, noo, ni, noo
Motos Julián y alas delta
¡Hola, Hombre Perro!
¡GUAU GUAU GUAU!
Pruébelos gratis
Motos Julián y alas delta
Sí, guau, genial. ¡Viste que tenemos un nuevo anuncio! ¡Lo de gratis es en serio!
¡Por favor, si quieres prueba cualquiera de nuestros excelentes productos!

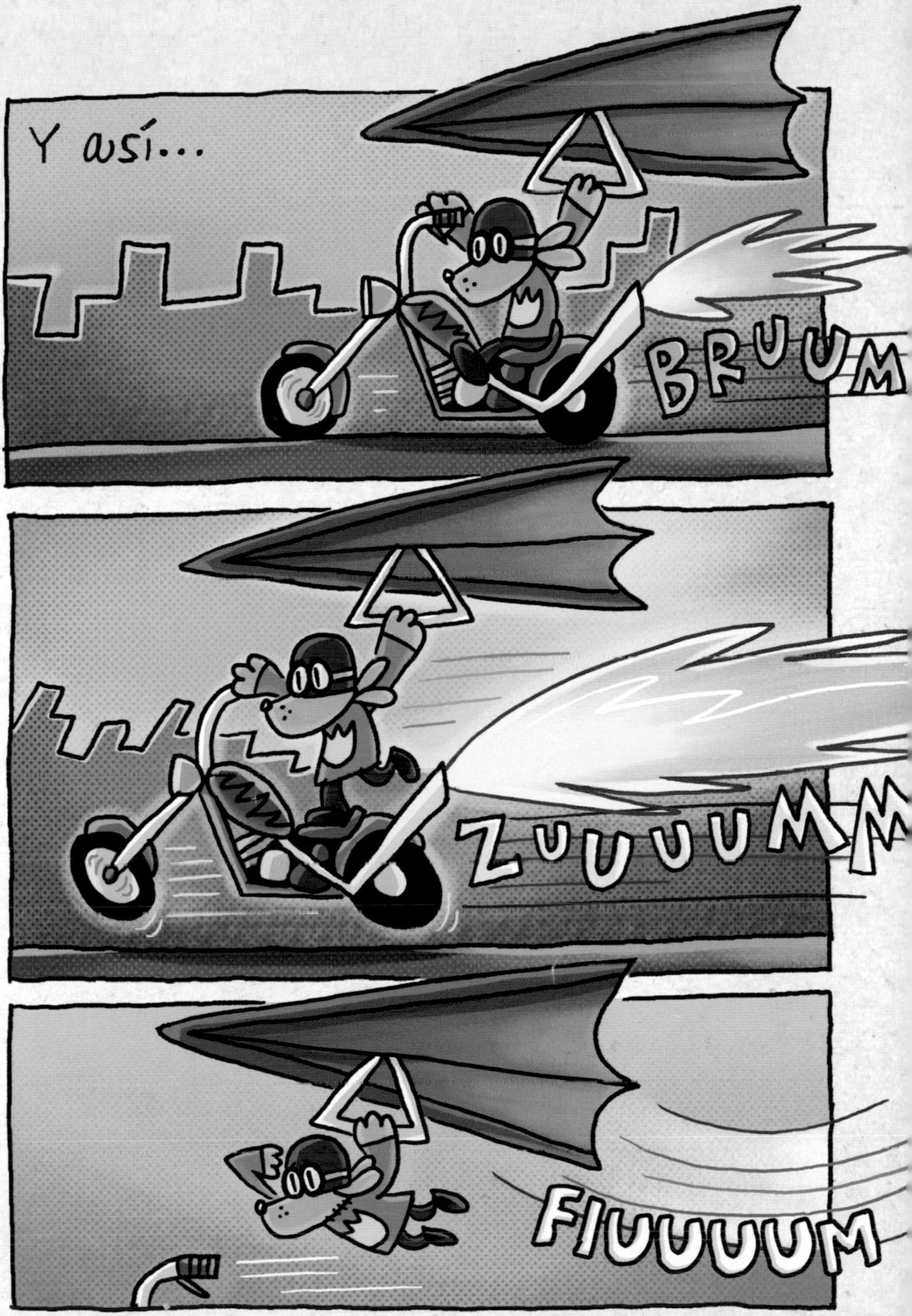
Y así...
BRUUM
ZUUUUMM
FIUUUUM

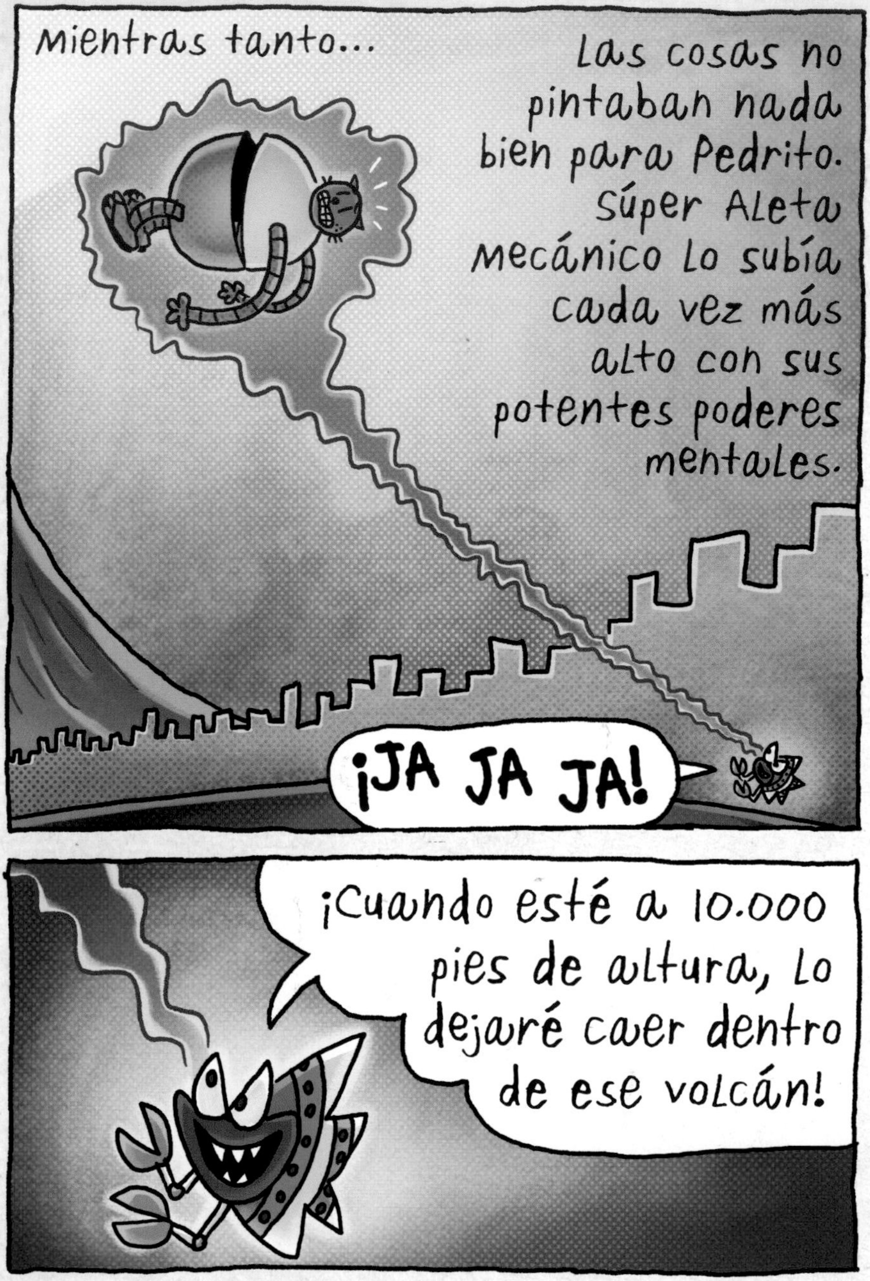
Mientras tanto...
Las cosas no pintaban nada bien para Pedrito. Súper Aleta Mecánico lo subía cada vez más alto con sus potentes poderes mentales.
¡JA JA JA!
¡Cuando esté a 10.000 pies de altura, lo dejaré caer dentro de ese volcán!

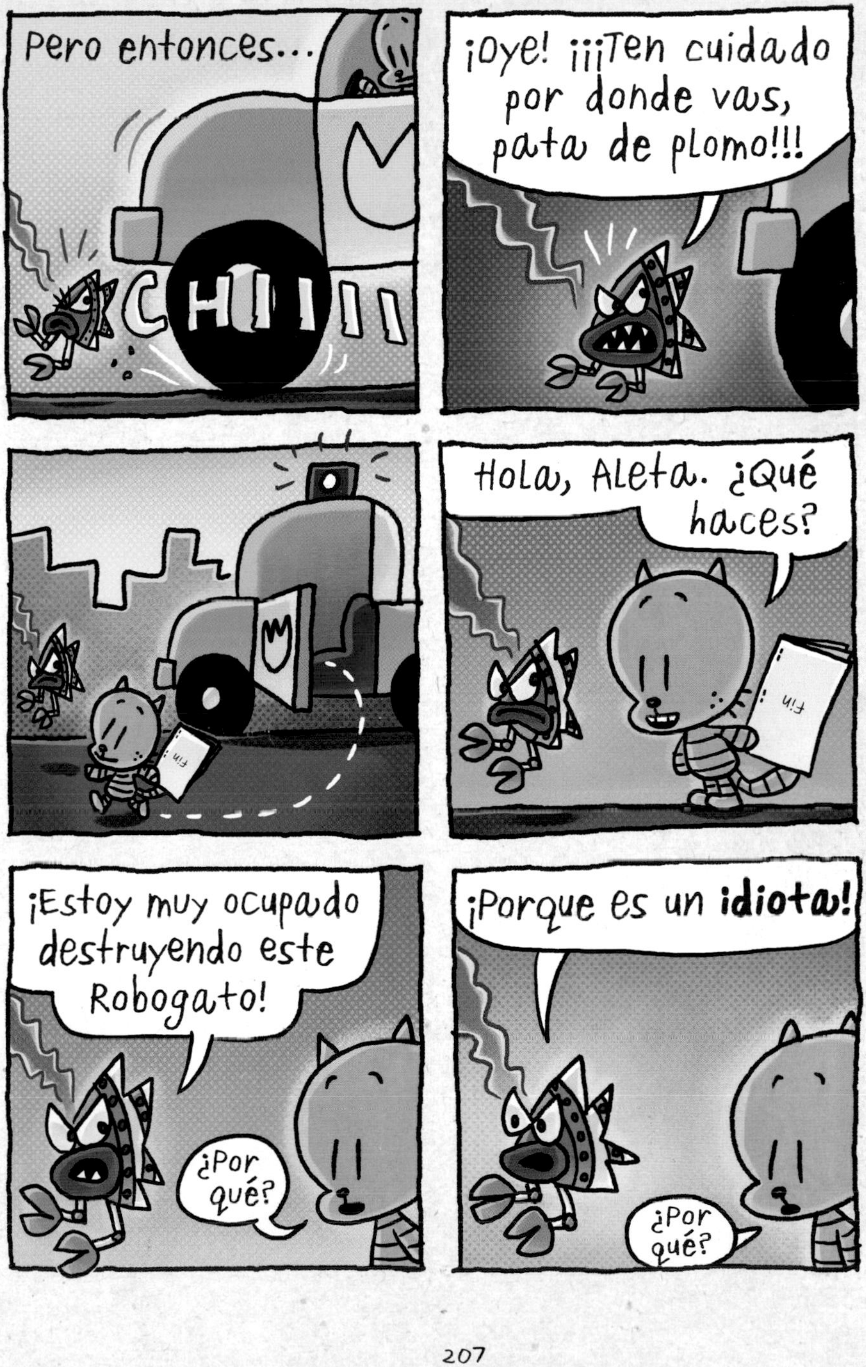
Pero entonces...
CHIIII
¡Oye! ¡¡¡Ten cuidado por donde vas, pata de plomo!!!
Hola, Aleta. ¿Qué haces?
¡Estoy muy ocupado destruyendo este Robogato!
¿Por qué?
¡Porque es un **idiota**!
¿Por qué?

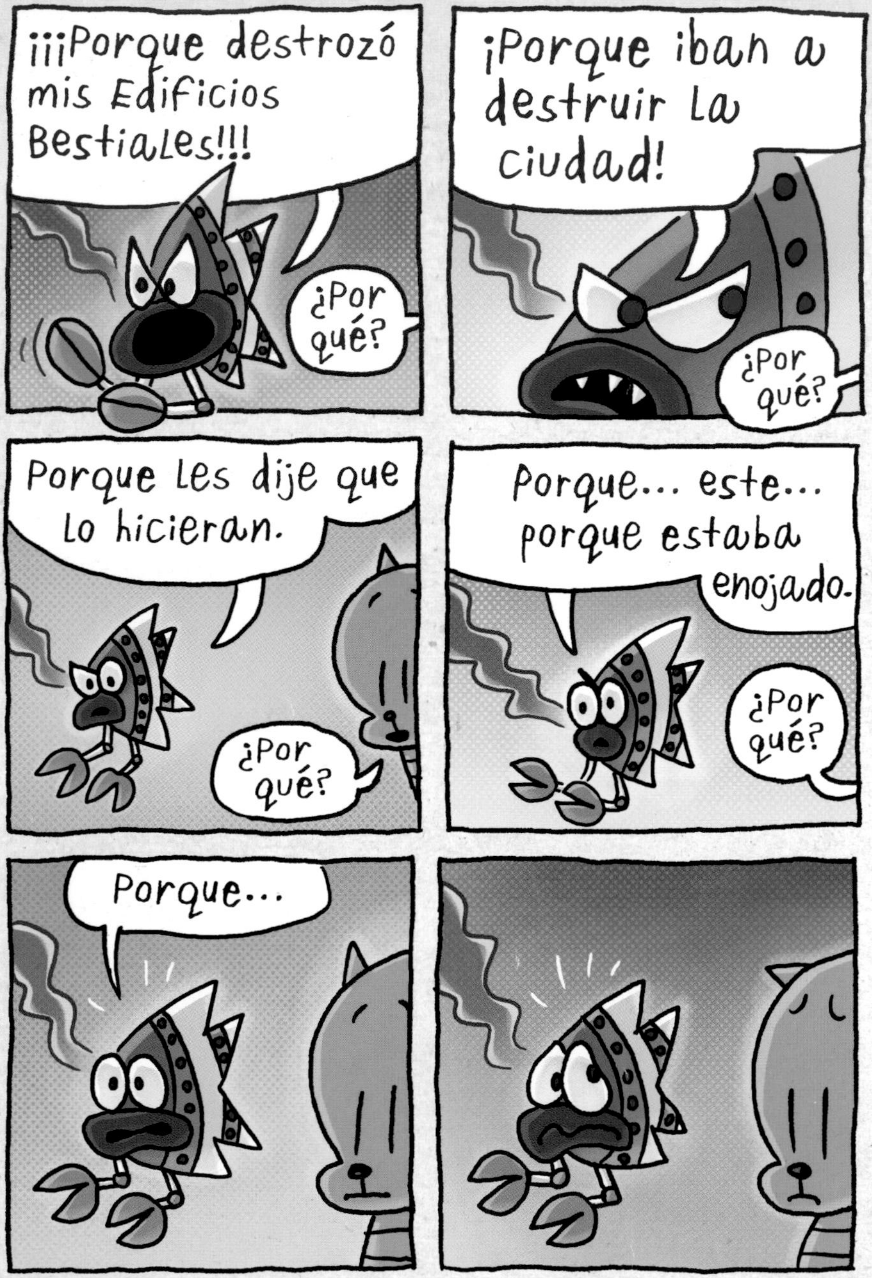
¡¡¡Porque destrozó mis Edificios Bestiales!!!
¿Por qué?
¡Porque iban a destruir la ciudad!
¿Por qué?
Porque les dije que lo hicieran.
¿Por qué?
Porque... este... porque estaba enojado.
¿Por qué?
Porque...

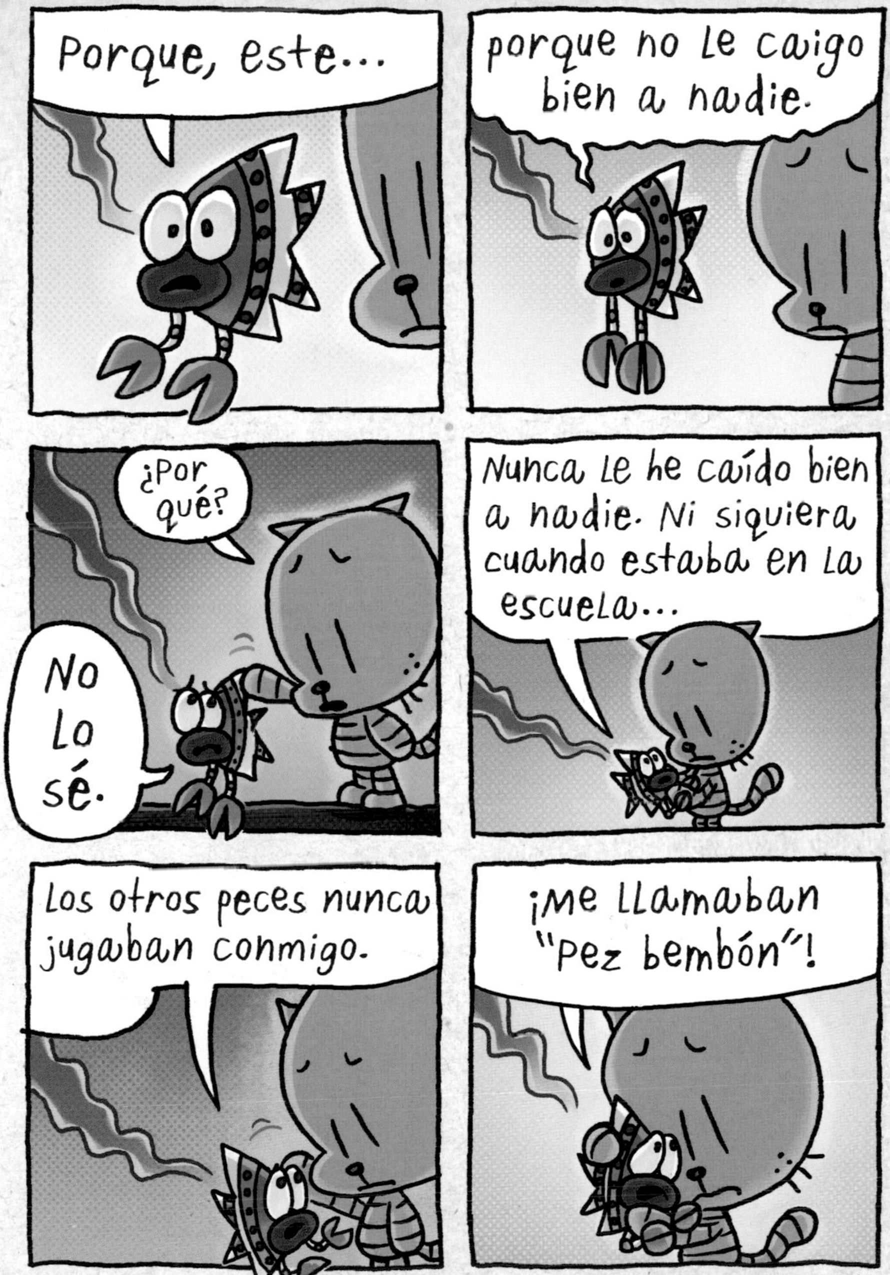
Porque, este...
porque no le caigo bien a nadie.
¿Por qué?
No lo sé.
Nunca le he caído bien a nadie. Ni siquiera cuando estaba en la escuela...
Los otros peces nunca jugaban conmigo.
¡Me llamaban "pez bembón"!

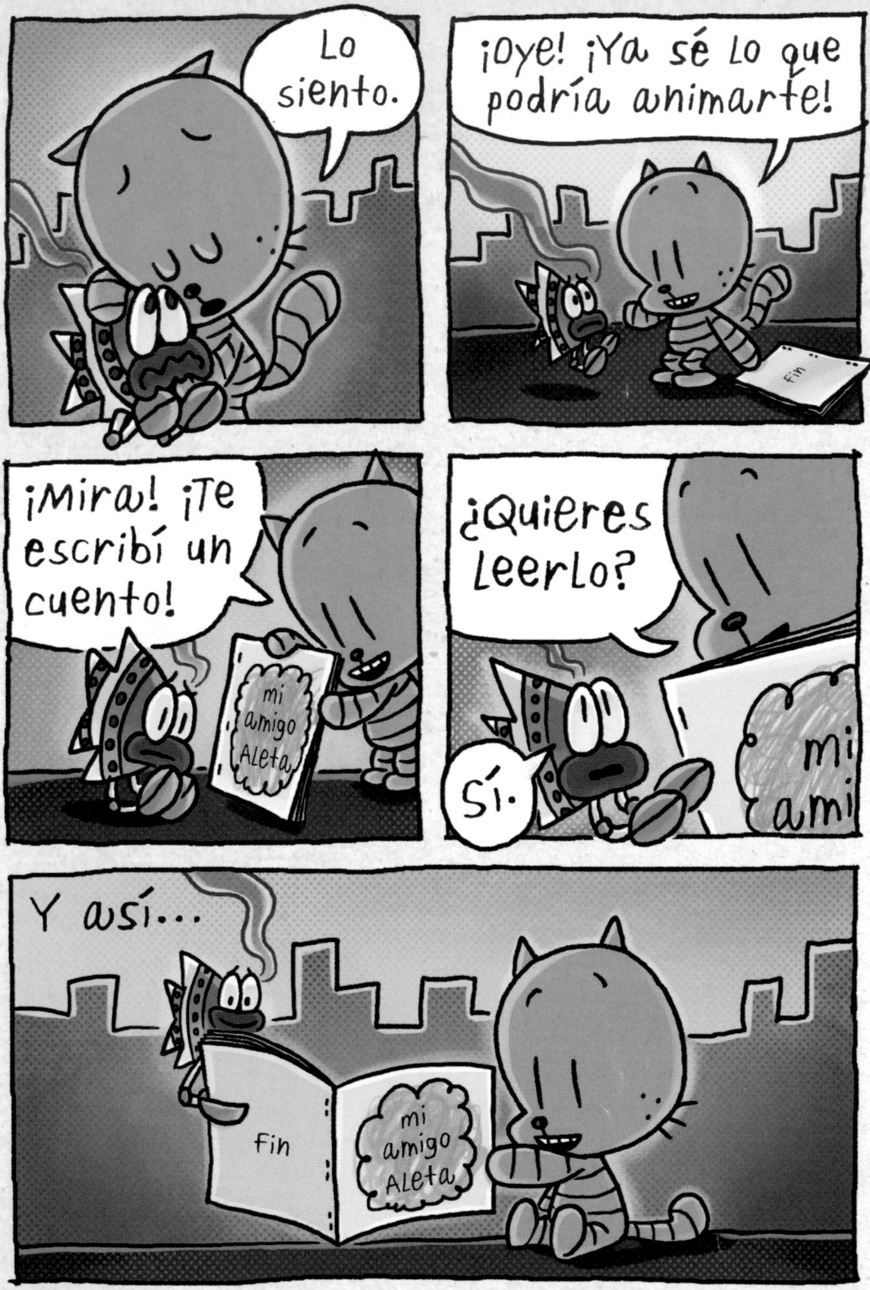
Lo siento.
¡Oye! ¡Ya sé lo que podría animarte!
Fin
¡Mira! ¡Te escribí un cuento!
mi amigo Aleta
¿Quieres leerlo?
Sí.
Y así...
Fin
mi amigo Aleta

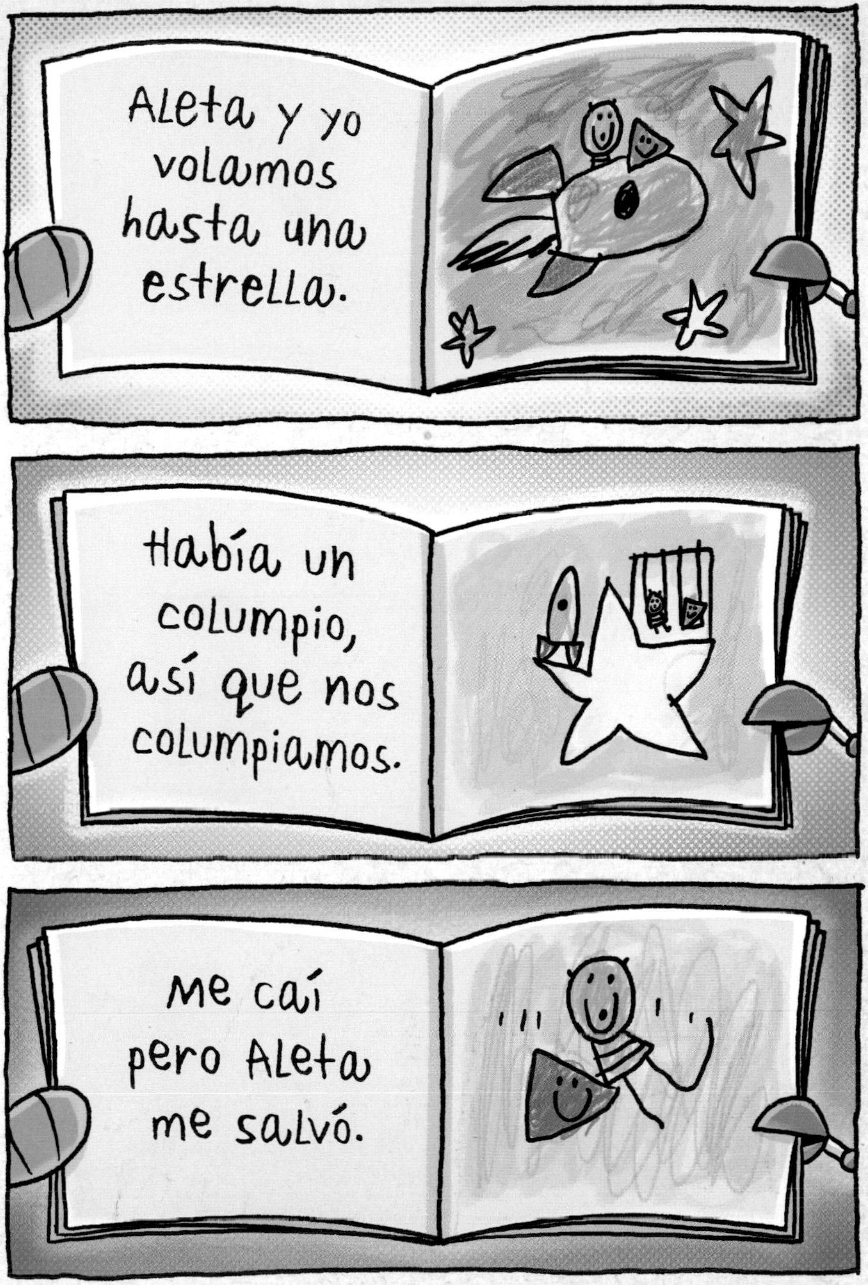
Aleta y yo volamos hasta una estrella.
Había un columpio, así que nos columpiamos.
Me caí pero Aleta me salvó.

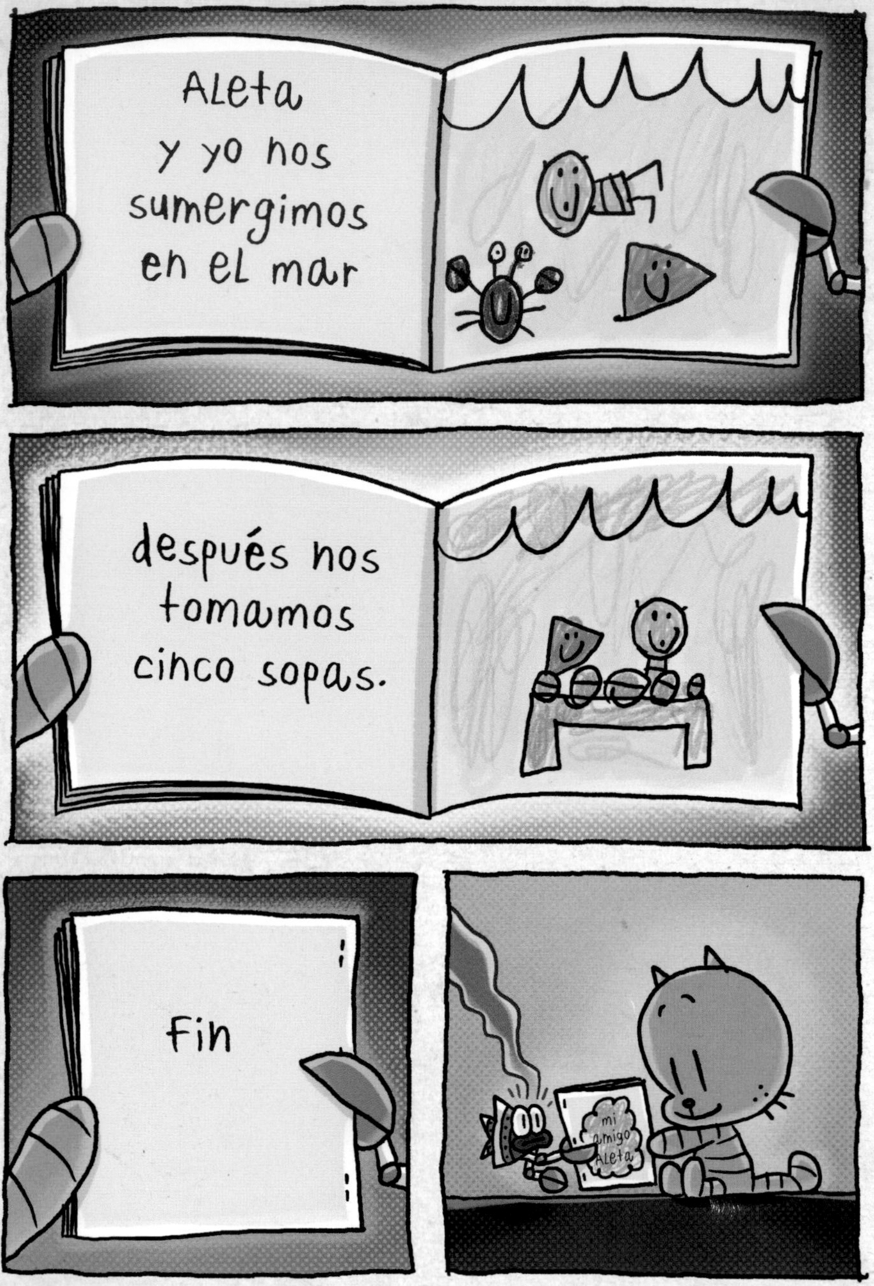
Aleta
y yo nos
sumergimos
en el mar
después nos
tomamos
cinco sopas.
Fin
mi
amigo
Aleta

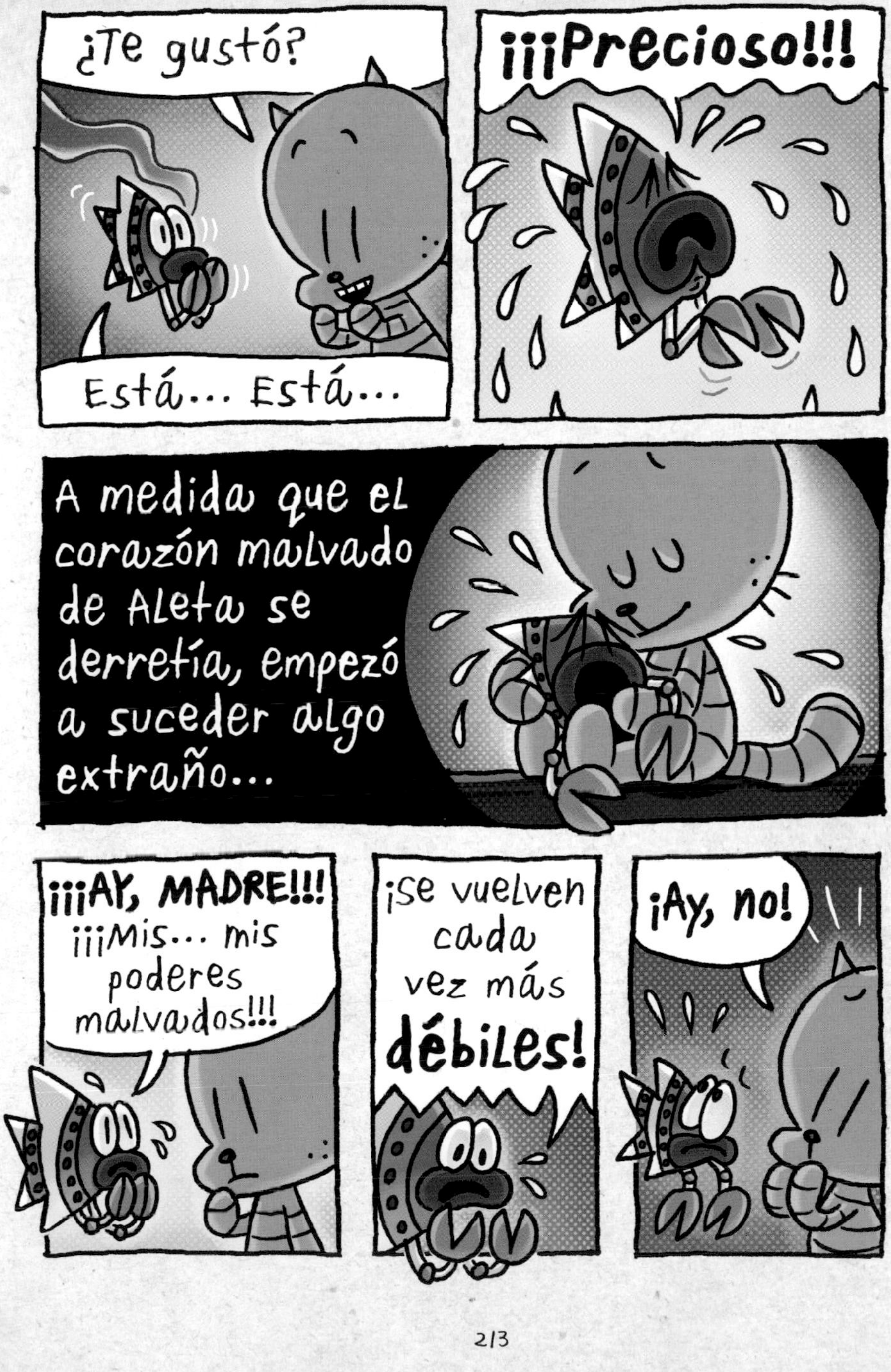
¿Te gustó?
Está… Está…
¡¡¡Precioso!!!
A medida que el corazón malvado de Aleta se derretía, empezó a suceder algo extraño…
¡¡¡AY, MADRE!!! ¡¡¡Mis… mis poderes malvados!!!
¡Se vuelven cada vez más débiles!
¡Ay, no!

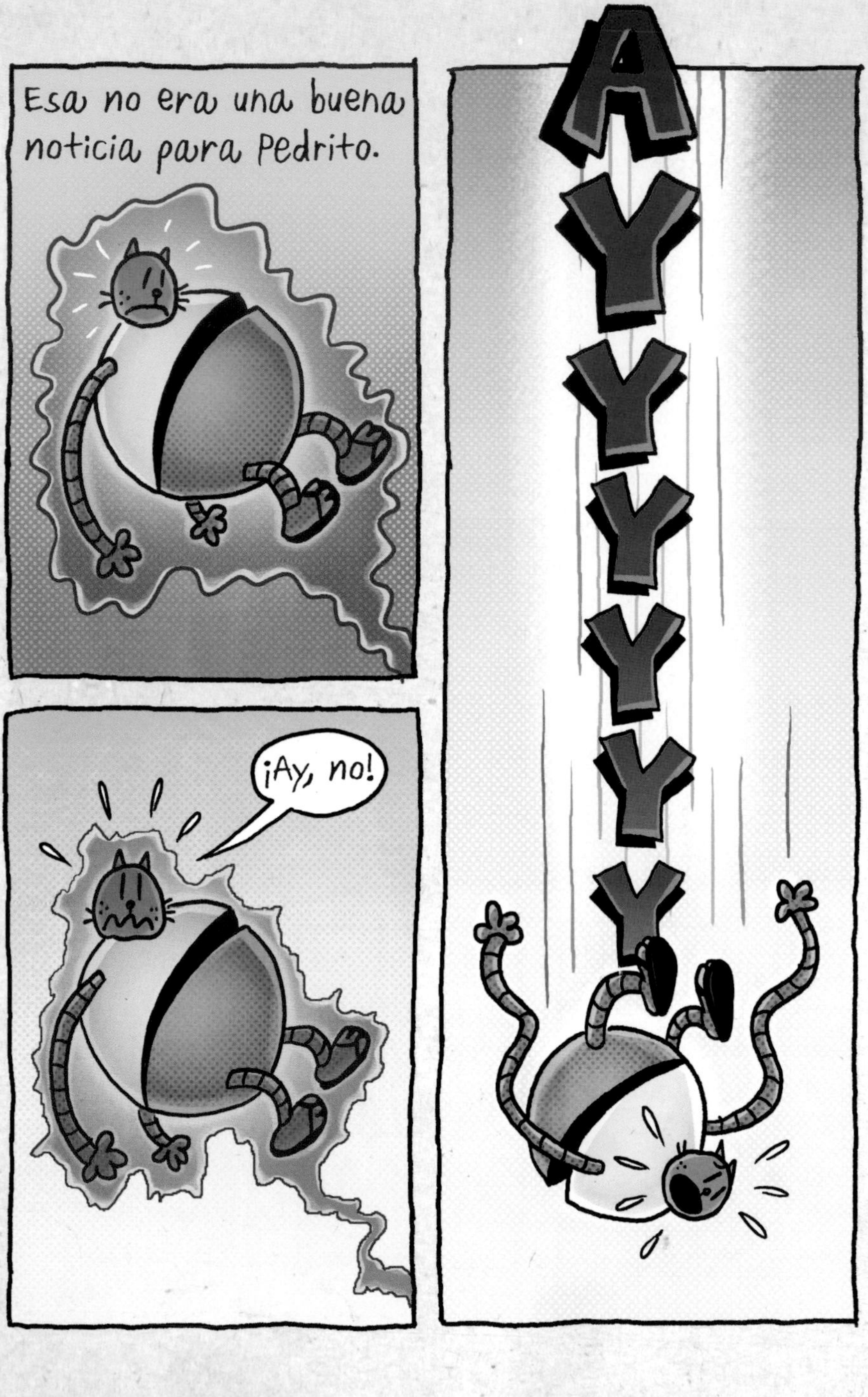
Esa no era una buena noticia para Pedrito.
¡Ay, no!
AYYYYYY

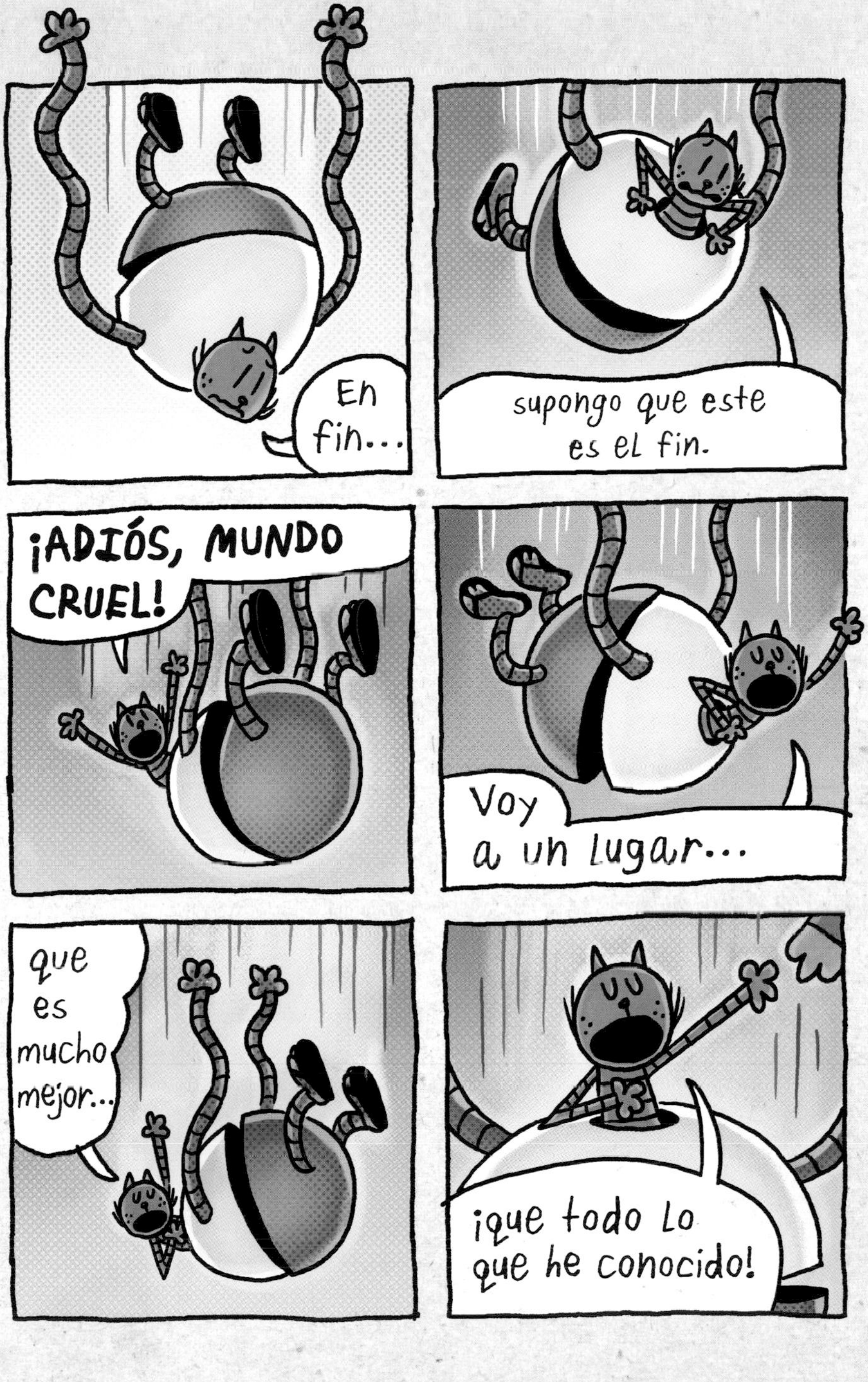
En fin...
supongo que este es el fin.
¡ADIÓS, MUNDO CRUEL!
Voy a un lugar...
que es mucho mejor...
¡que todo lo que he conocido!

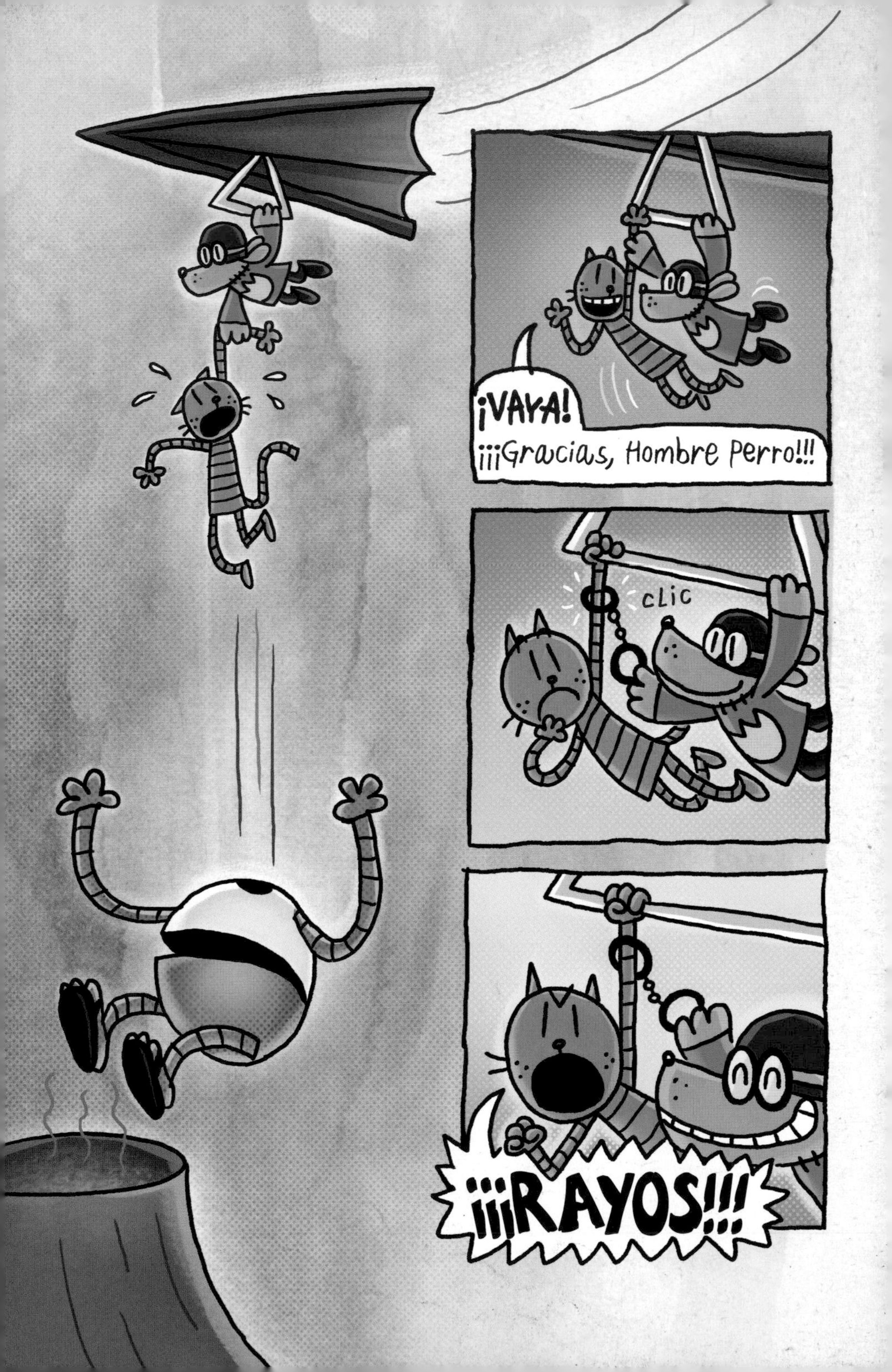
¡VAYA!
¡¡¡Gracias, Hombre Perro!!!
CLIC
¡¡¡RAYOS!!!

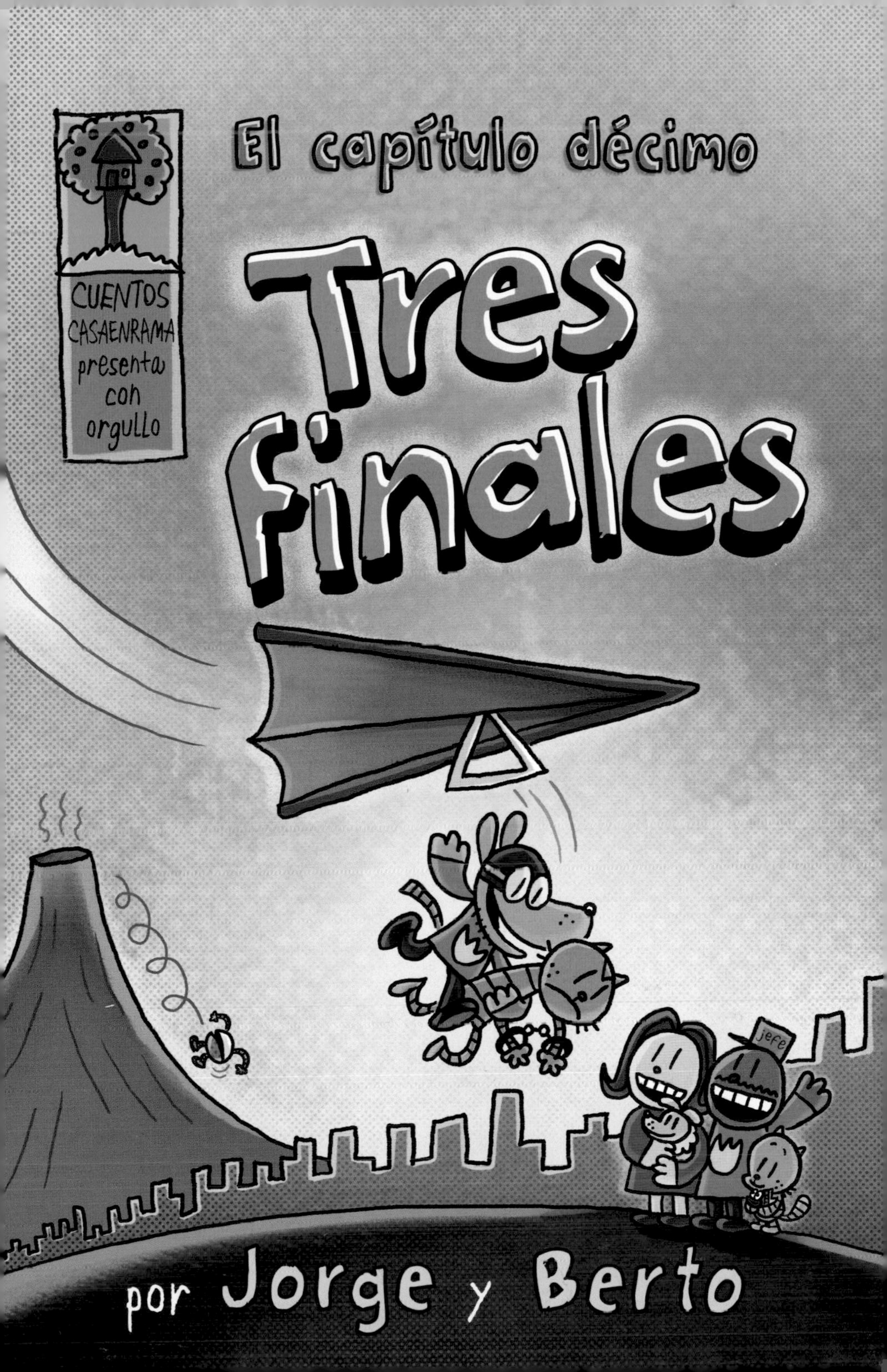
CUENTOS
CASAENRAMA
presenta
con
orgullo
El capítulo décimo
Tres finales
jefe
por Jorge y Berto

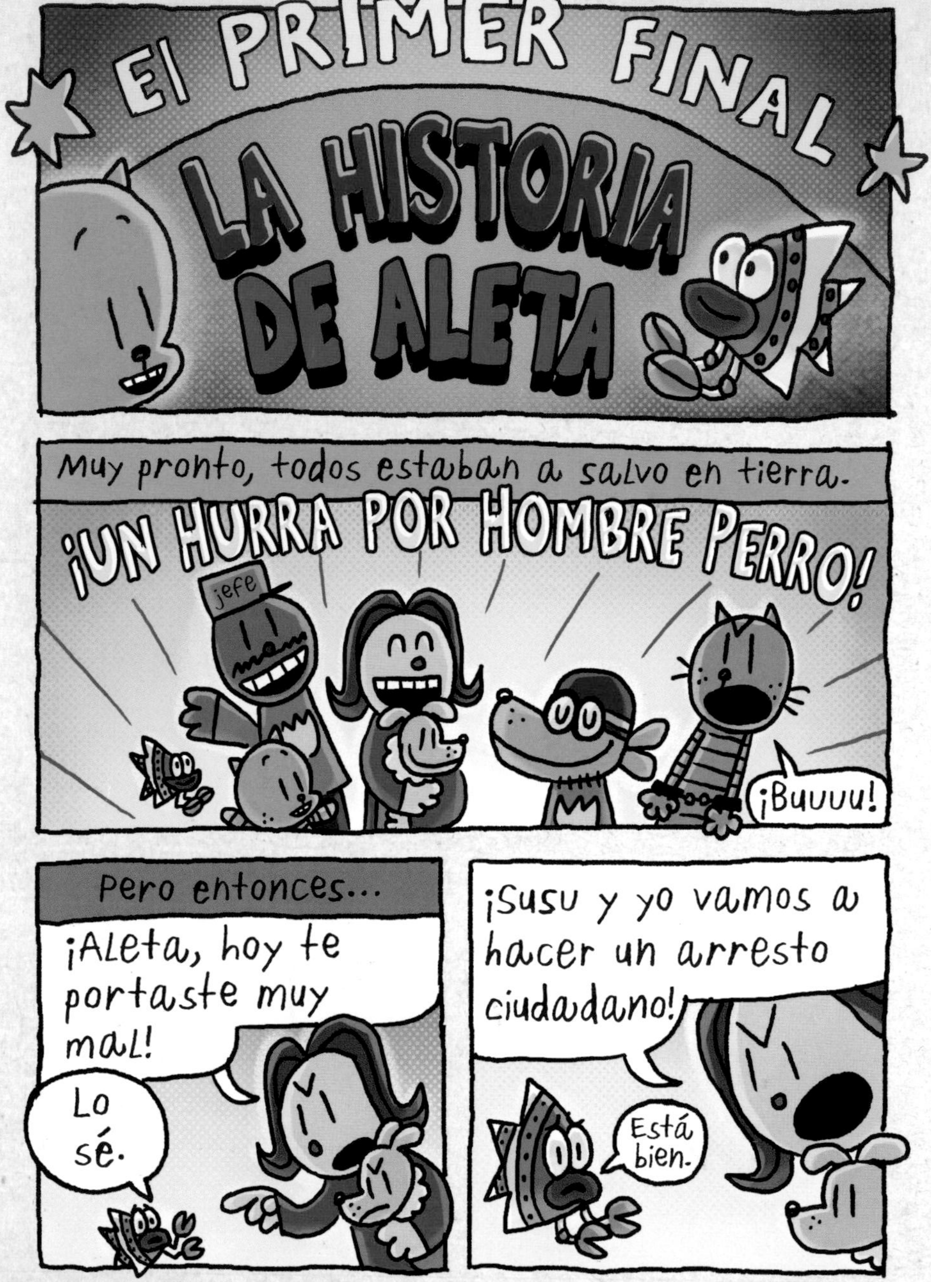
El PRIMER FINAL
LA HISTORIA DE ALETA
Muy pronto, todos estaban a salvo en tierra.
¡UN HURRA POR HOMBRE PERRO!
jefe
¡Buuuu!
Pero entonces...
¡Aleta, hoy te portaste muy mal!
Lo sé.
¡Susu y yo vamos a hacer un arresto ciudadano!
Está bien.

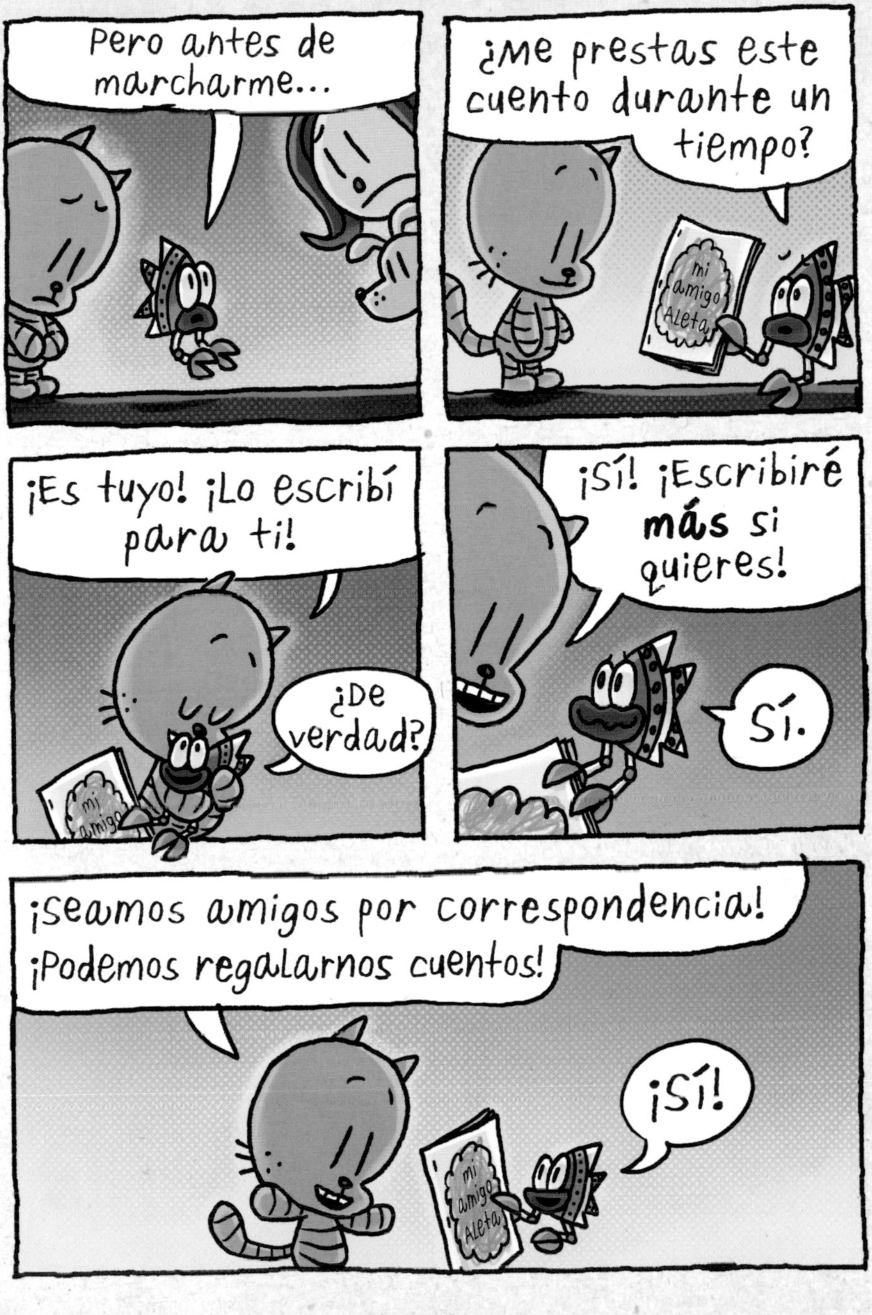

Pero antes de marcharme...
¿Me prestas este cuento durante un tiempo?
mi amigo Aleta
¡Es tuyo! ¡Lo escribí para ti!
¿De verdad?
mi amigo
¡Sí! ¡Escribiré **más** si quieres!
Sí.
¡Seamos amigos por correspondencia! ¡Podemos regalarnos cuentos!
¡Sí!
mi amigo Aleta

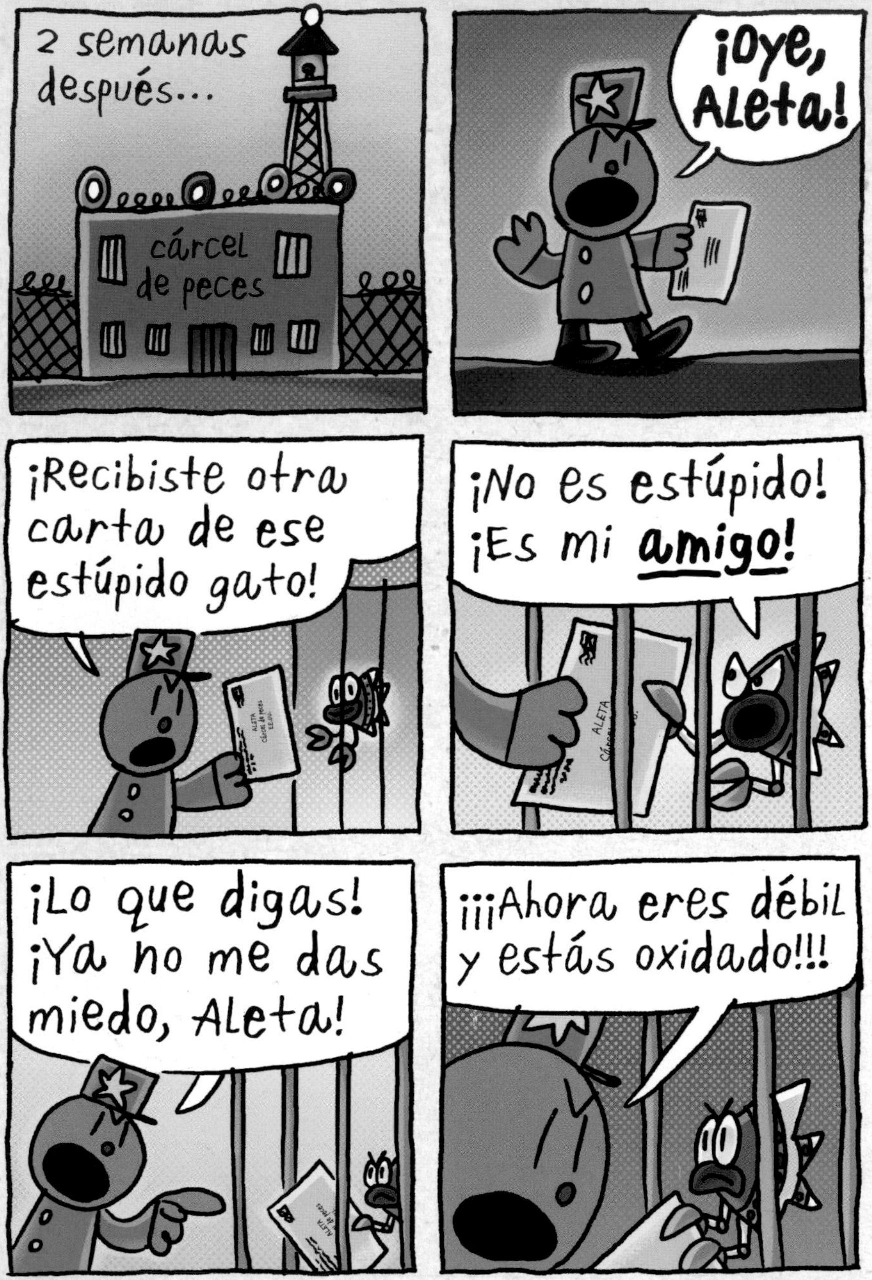
2 semanas después...
cárcel de peces
¡Oye, Aleta!
¡Recibiste otra carta de ese estúpido gato!
¡No es estúpido! ¡Es mi amigo!
¡Lo que digas! ¡Ya no me das miedo, Aleta!
¡¡¡Ahora eres débil y estás oxidado!!!

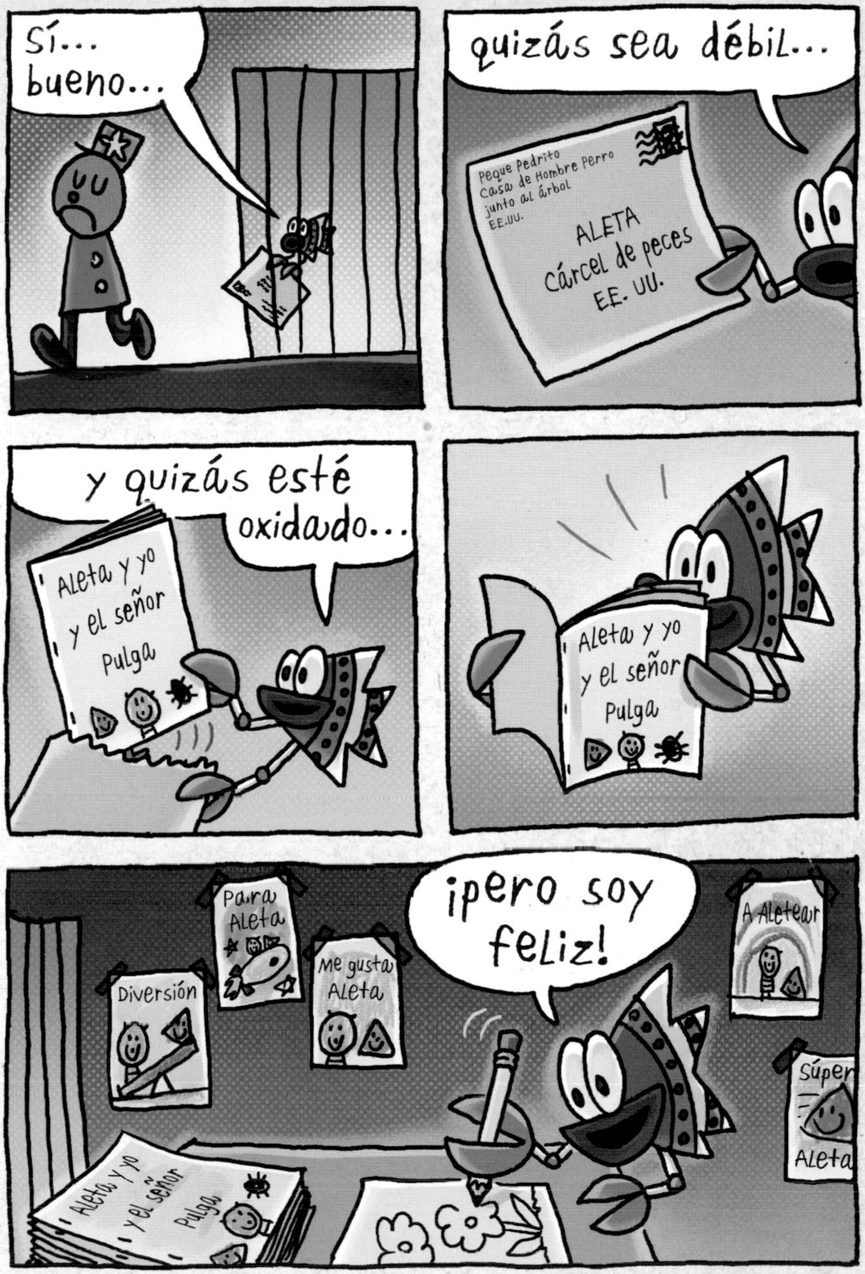
Sí...
bueno...
quizás sea débil...
Peque Pedrito
Casa de Hombre Perro
junto al árbol
EE.UU.
ALETA
Cárcel de peces
EE. UU.
y quizás esté oxidado...
Aleta y yo y el señor Pulga
Aleta y yo y el señor Pulga
Diversión
Para Aleta
Me gusta Aleta
¡pero soy feliz!
A Aletear
Súper Aleta
Aleta y yo y el señor Pulga

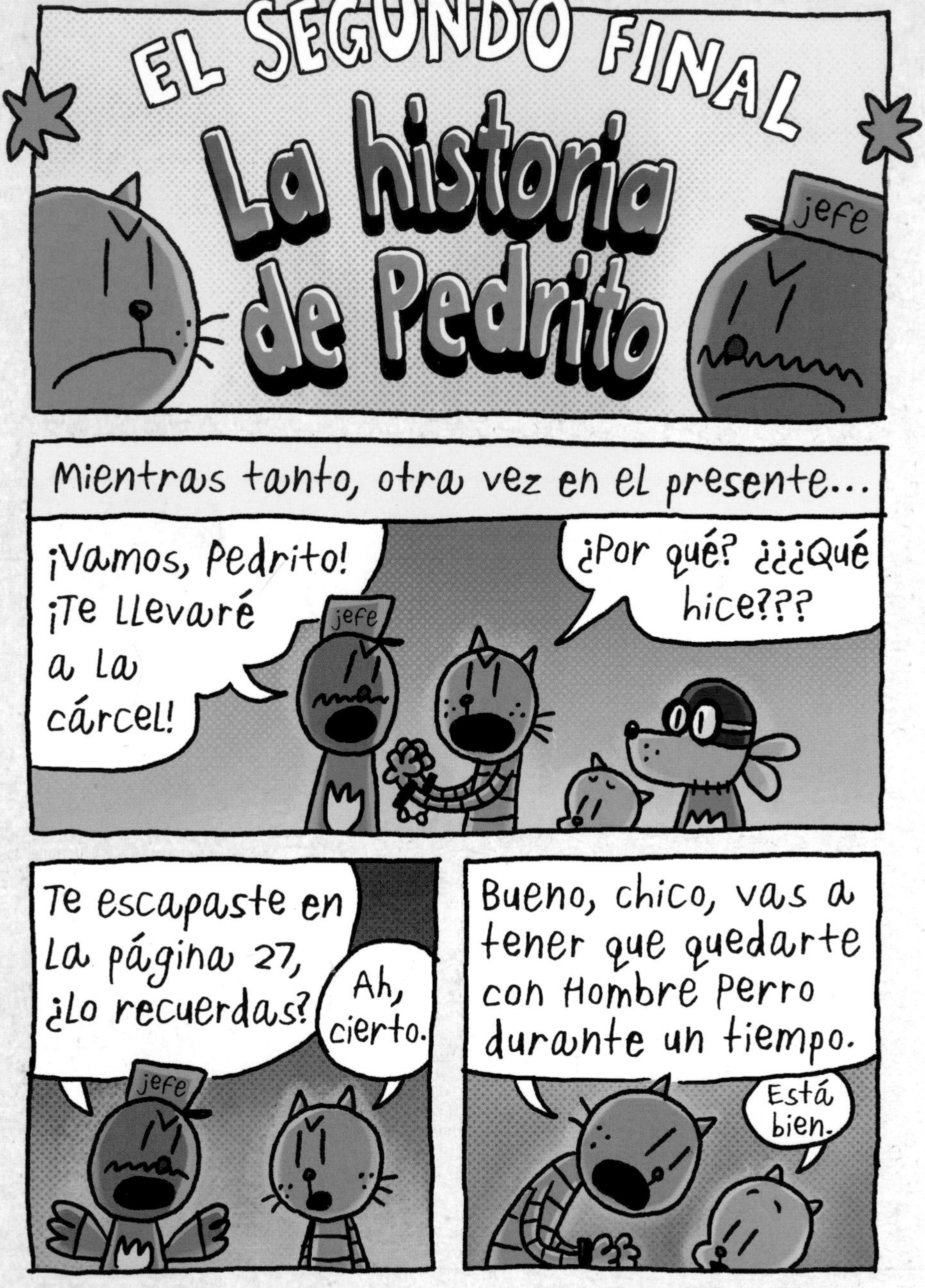
EL SEGUNDO FINAL
La historia de Pedrito
jefe
Mientras tanto, otra vez en el presente...
¡Vamos, Pedrito! ¡Te llevaré a la cárcel!
jefe
¿Por qué? ¿¿¿Qué hice???
Te escapaste en la página 27, ¿lo recuerdas?
jefe
Ah, cierto.
Bueno, chico, vas a tener que quedarte con Hombre Perro durante un tiempo.
Está bien.

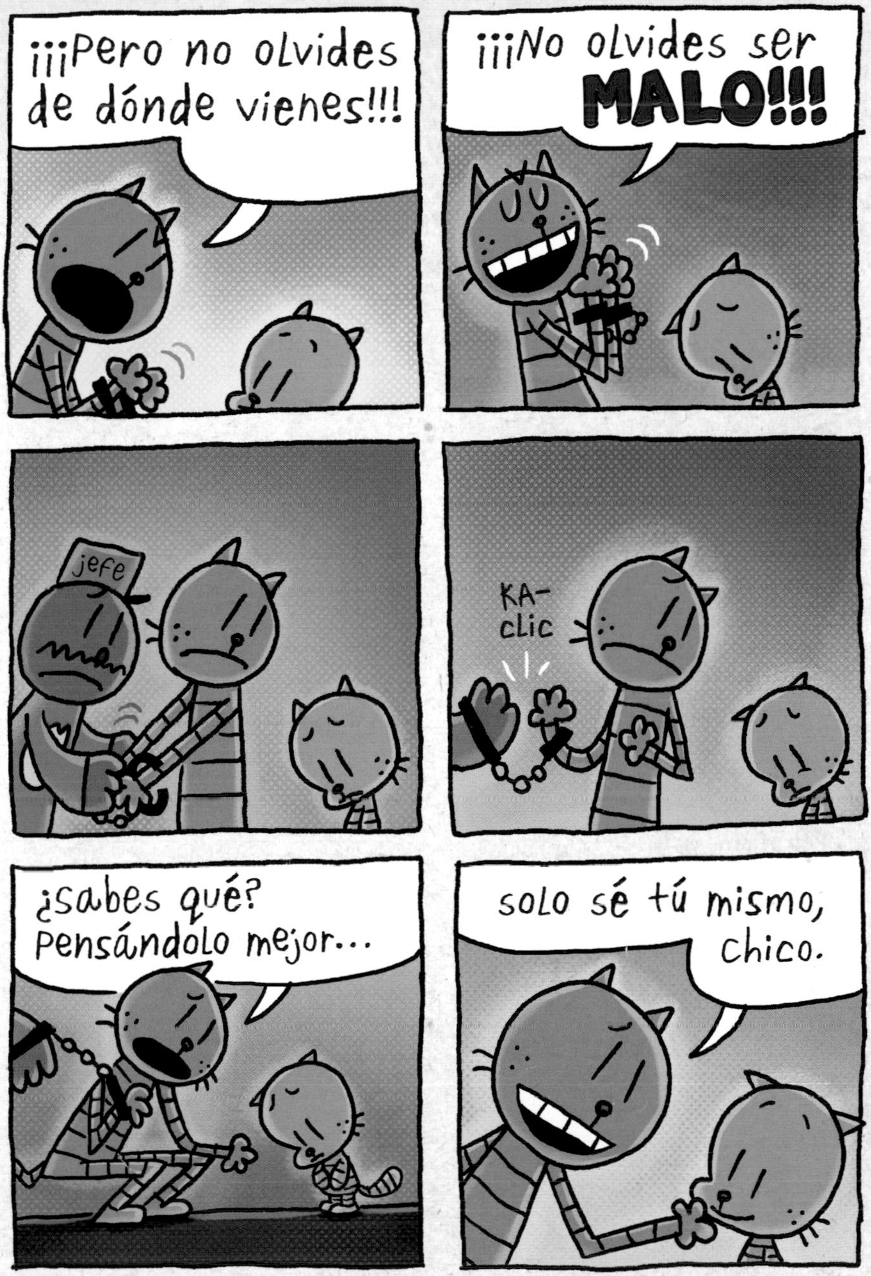
¡¡¡Pero no olvides de dónde vienes!!!
¡¡¡No olvides ser MALO!!!
jefe
KA-CLIC
¿sabes qué? pensándolo mejor...
solo sé tú mismo, chico.

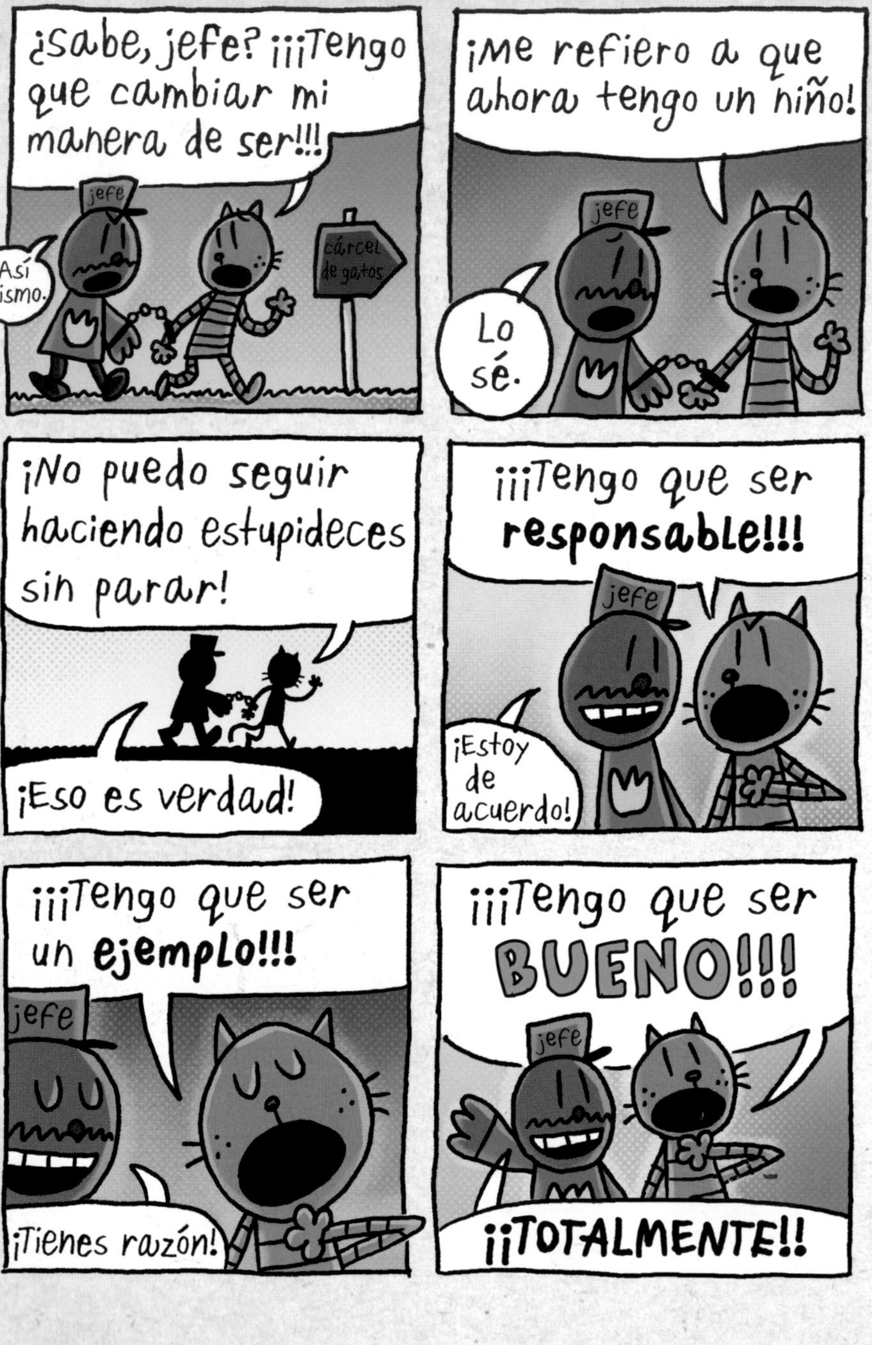
¿Sabe, jefe? ¡¡¡Tengo que cambiar mi manera de ser!!!
jefe
Así mismo.
cárcel de gatos
¡Me refiero a que ahora tengo un niño!
jefe
Lo sé.
¡No puedo seguir haciendo estupideces sin parar!
¡Eso es verdad!
¡¡¡Tengo que ser **responsable**!!!
jefe
¡Estoy de acuerdo!
¡¡¡Tengo que ser un **ejemplo**!!!
jefe
¡Tienes razón!
¡¡¡Tengo que ser **BUENO**!!!
jefe
¡¡TOTALMENTE!!

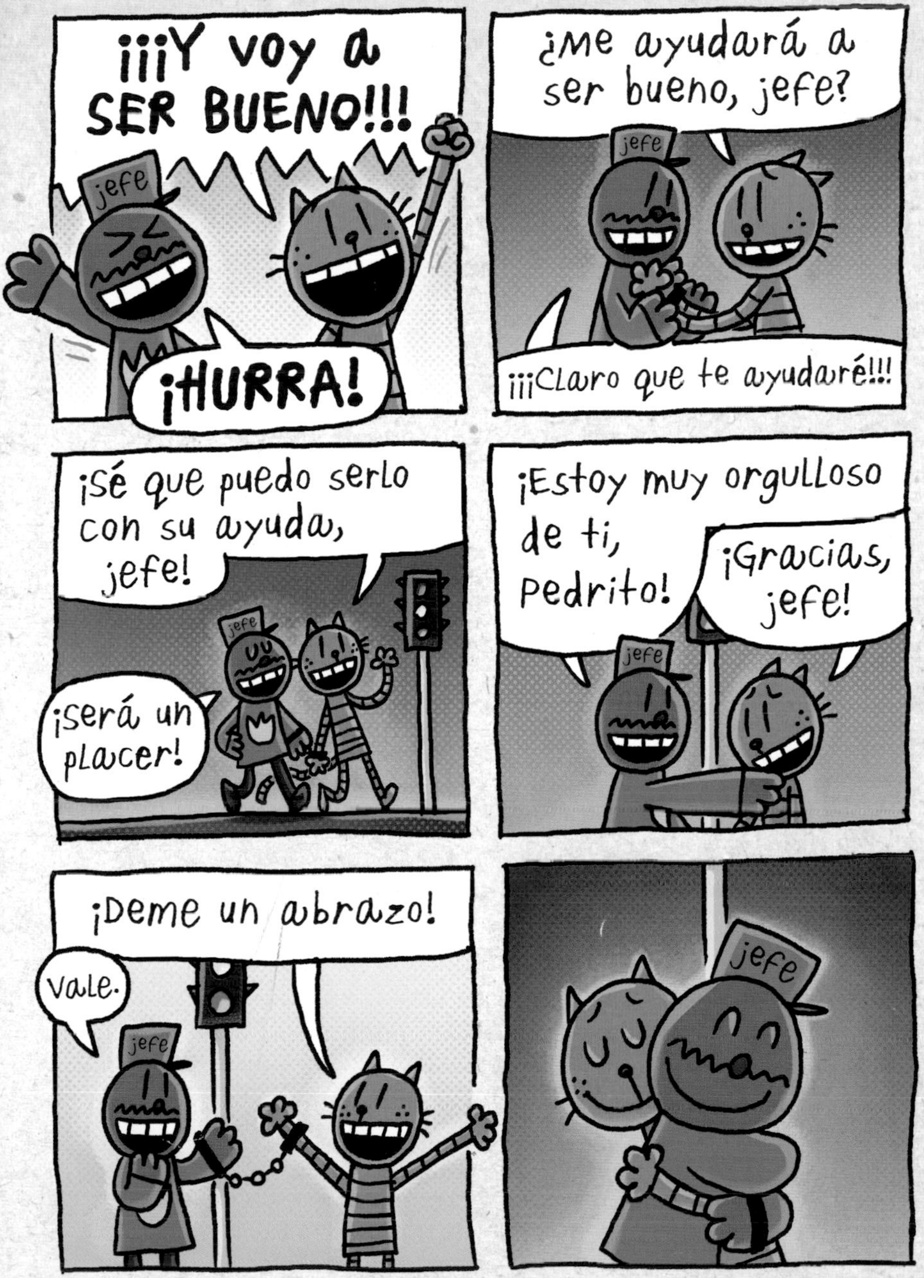
¡¡¡Y voy a SER BUENO!!!
jefe
¡HURRA!
¿Me ayudará a ser bueno, jefe?
jefe
¡¡¡Claro que te ayudaré!!!
¡Sé que puedo serlo con su ayuda, jefe!
jefe
¡Será un placer!
¡Estoy muy orgulloso de ti, Pedrito!
¡Gracias, jefe!
jefe
¡Deme un abrazo!
Vale.
jefe
jefe

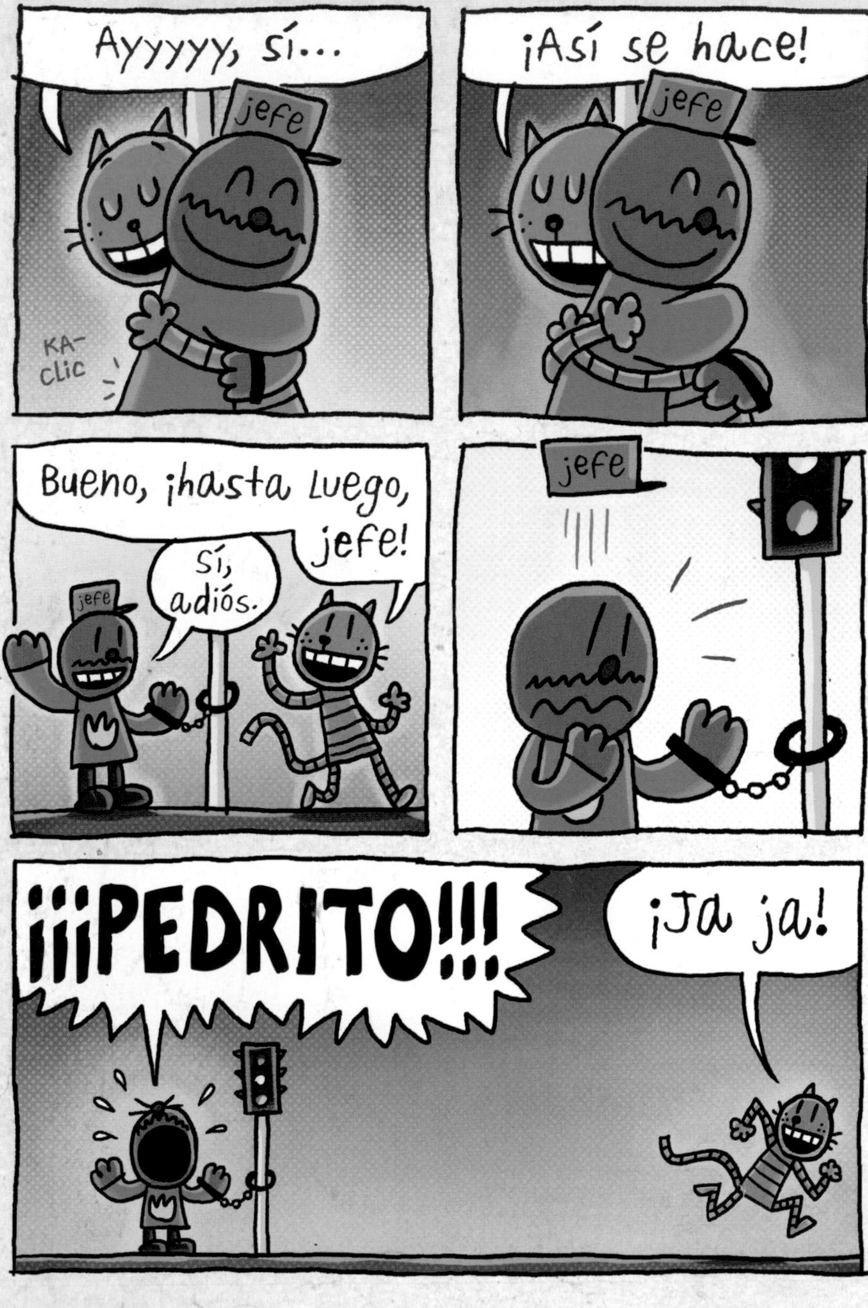
Ayyyyy, sí...
jefe
KA-CLIC
¡Así se hace!
jefe
Bueno, ¡hasta luego, jefe!
Sí, adiós.
jefe
jefe
¡¡¡PEDRITO!!!
¡Ja ja!

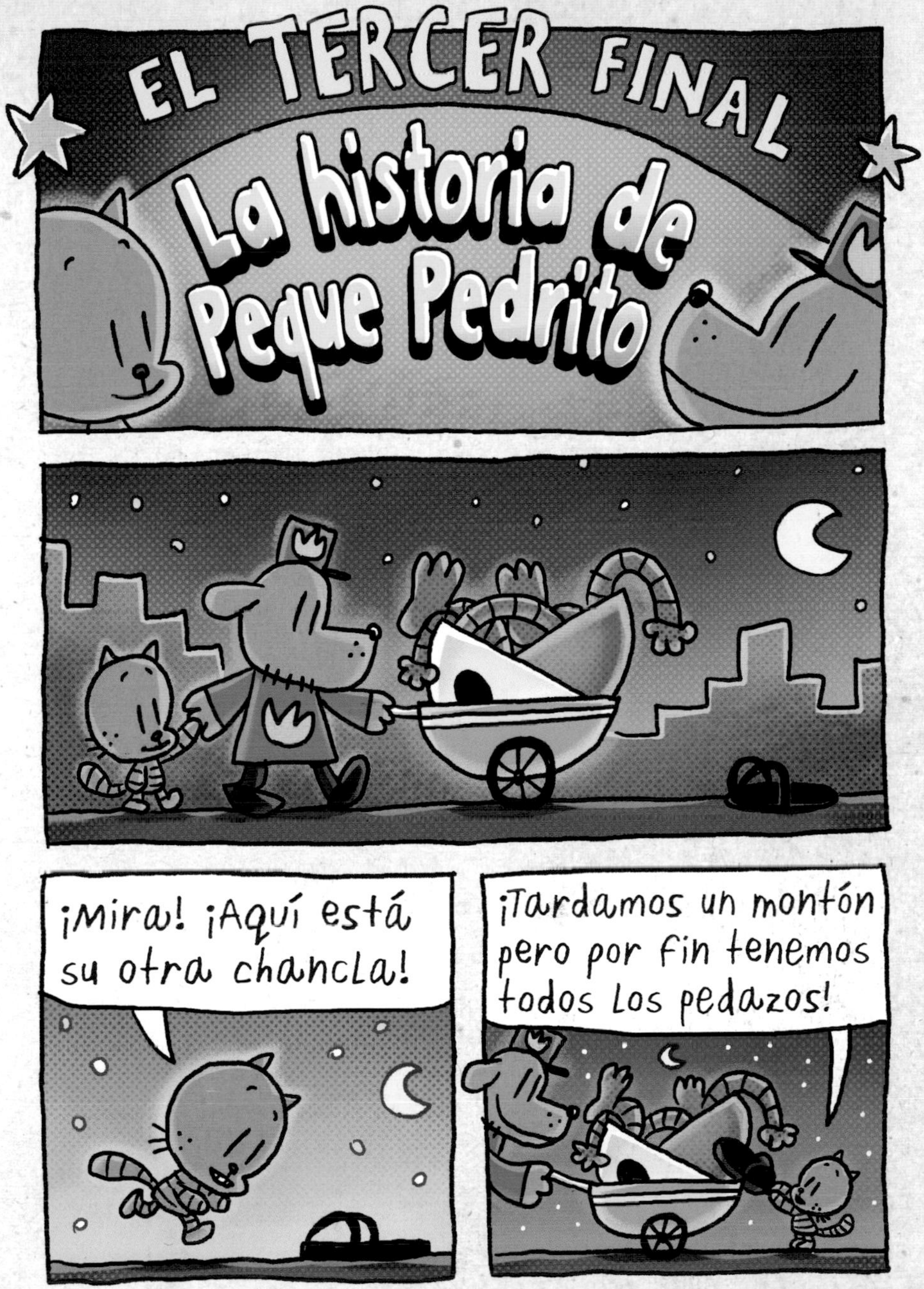
EL TERCER FINAL
La historia de Peque Pedrito
¡Mira! ¡Aquí está su otra chancla!
¡Tardamos un montón pero por fin tenemos todos los pedazos!

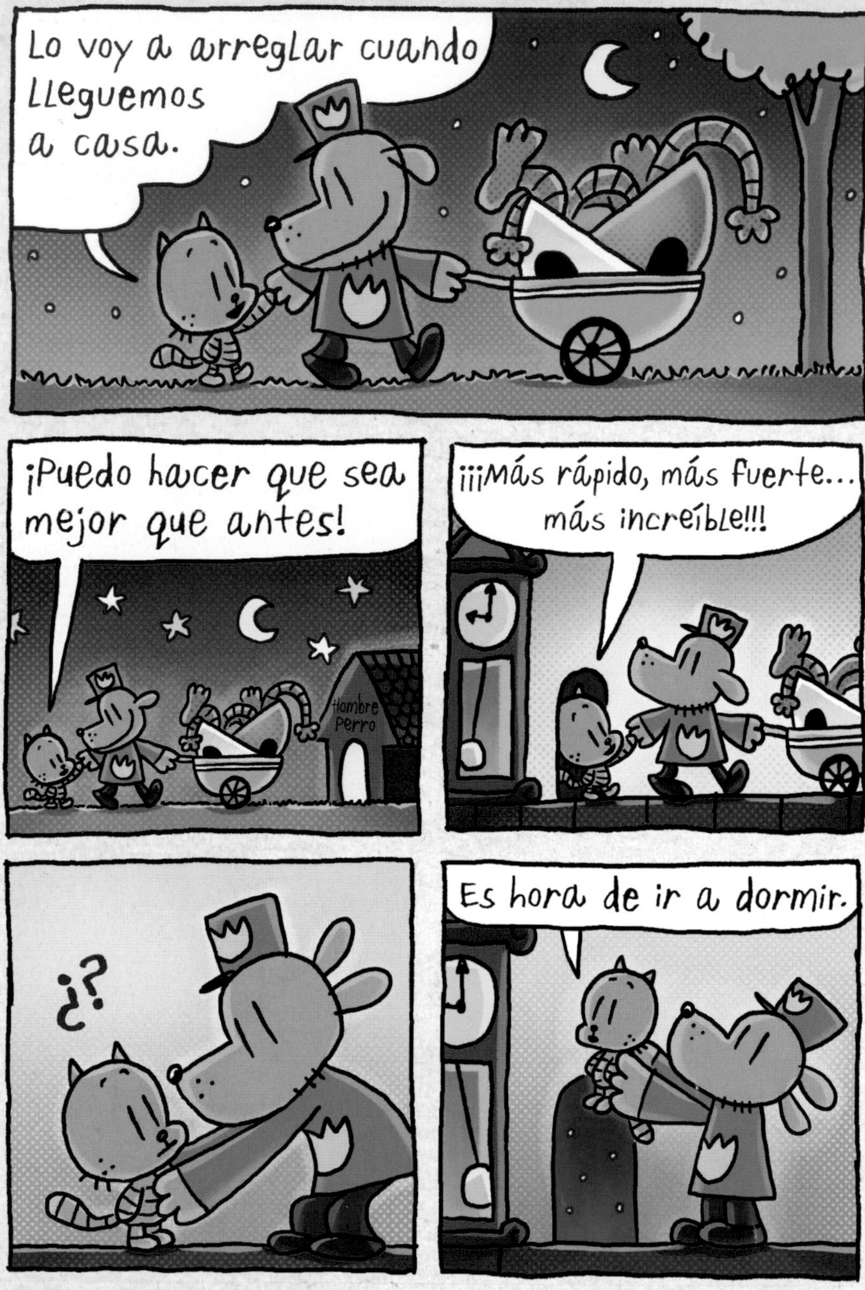
Lo voy a arreglar cuando Lleguemos a casa.
¡Puedo hacer que sea mejor que antes!
Hombre Perro
¡¡¡Más rápido, más fuerte... más increíble!!!
¿?
Es hora de ir a dormir.

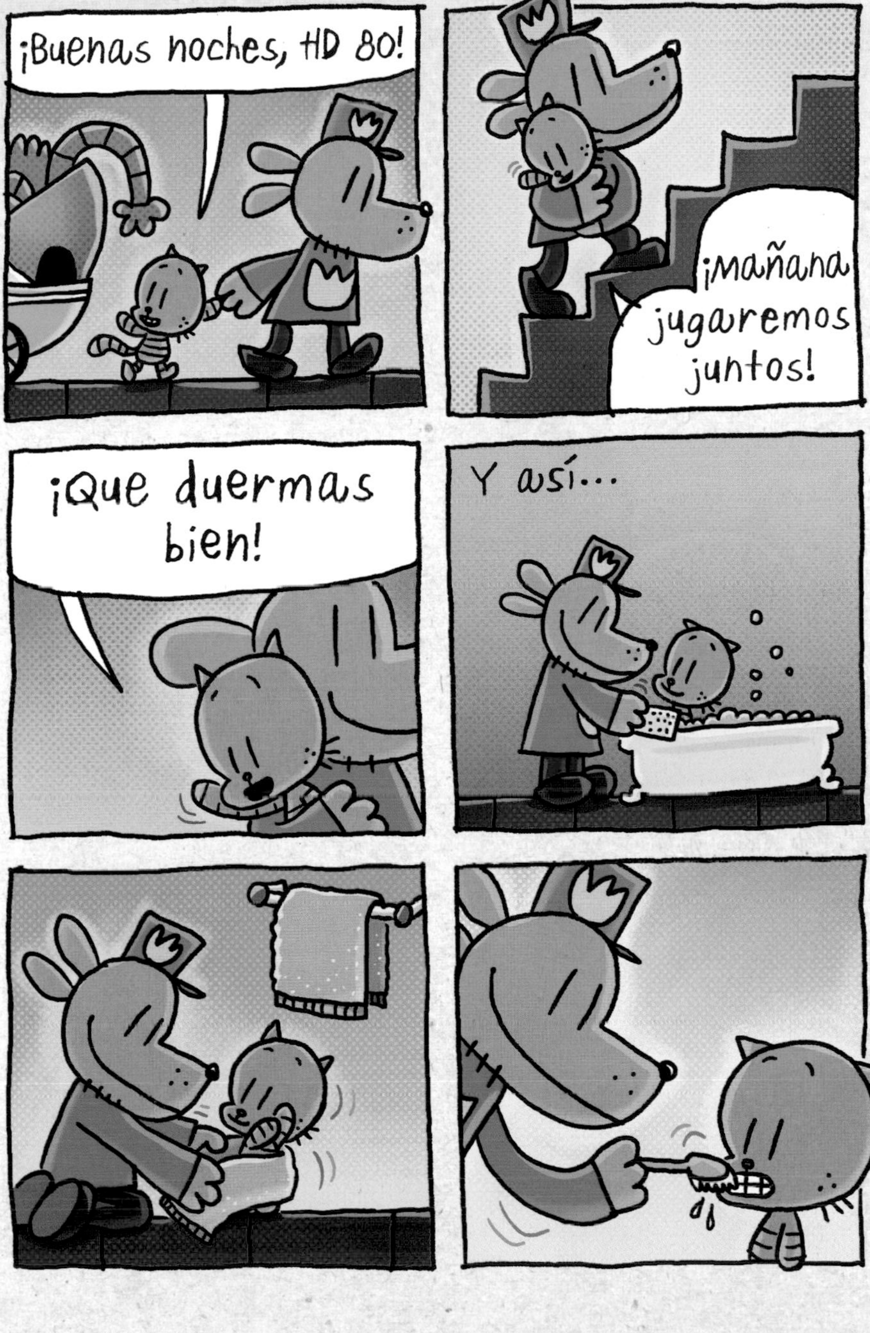
¡Buenas noches, HD 80!
¡Mañana jugaremos juntos!
¡Que duermas bien!
Y así...

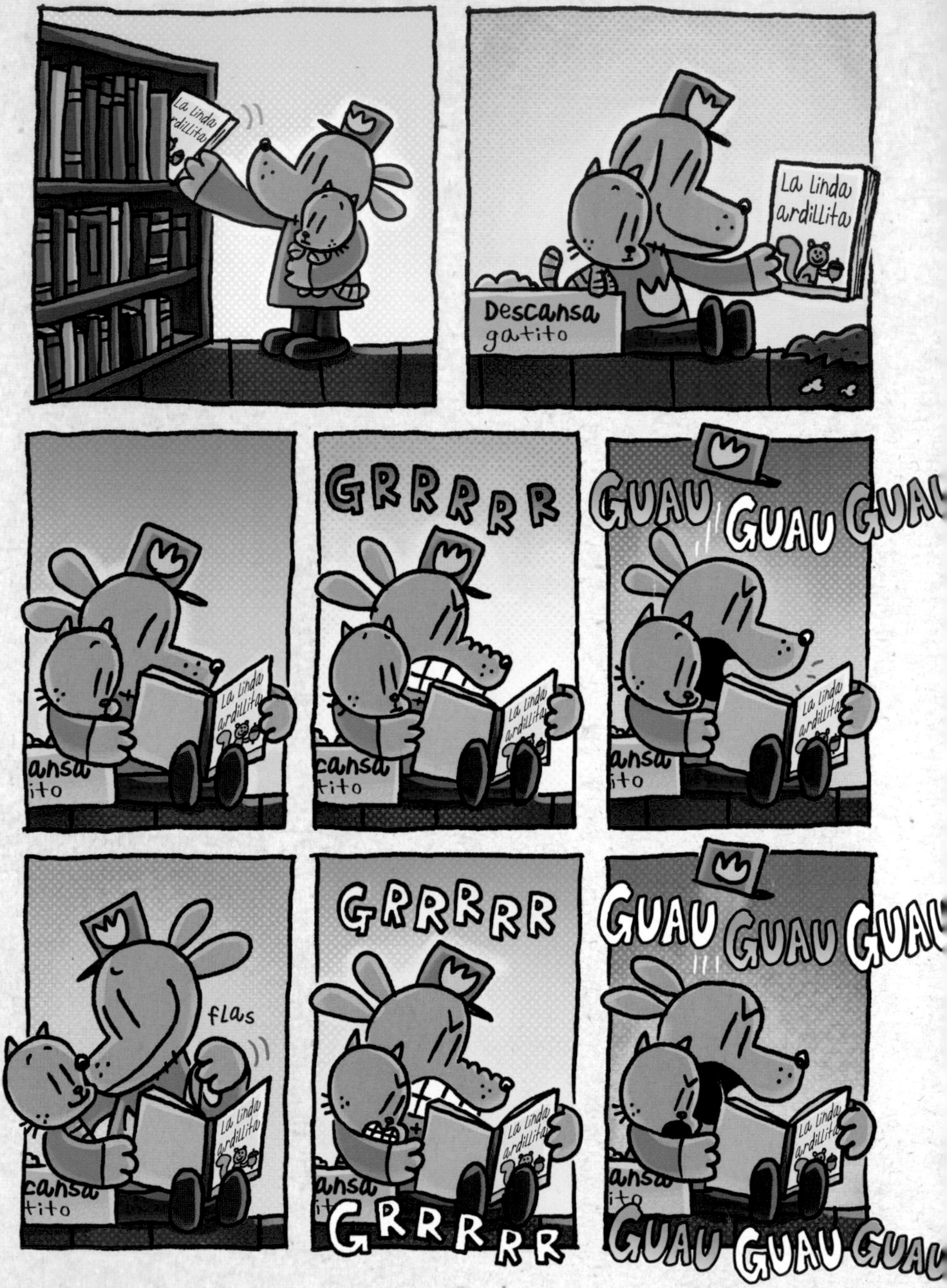

La Linda ardillita
La Linda ardillita
Descansa gatito
GRRRRRR
GUAU GUAU GUAU
flas
GRRRRRR
GRRRRRR
GUAU GUAU GUAU
GUAU GUAU GUAU

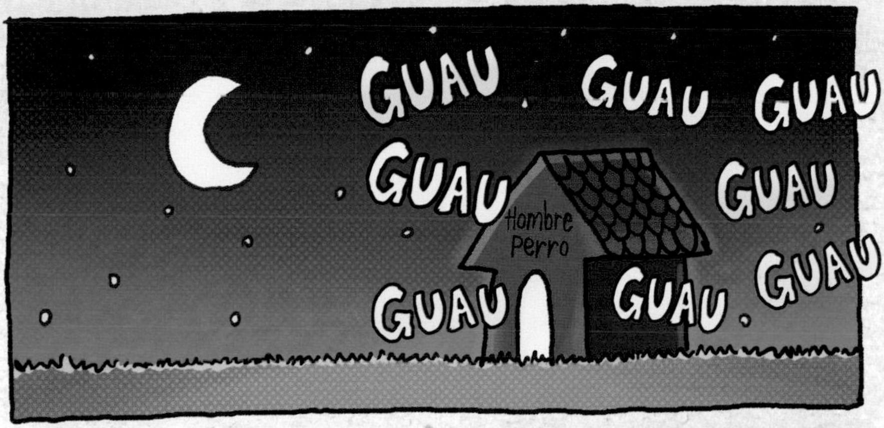
GUAU GUAU GUAU
GUAU GUAU
Hombre Perro
GUAU GUAU GUAU

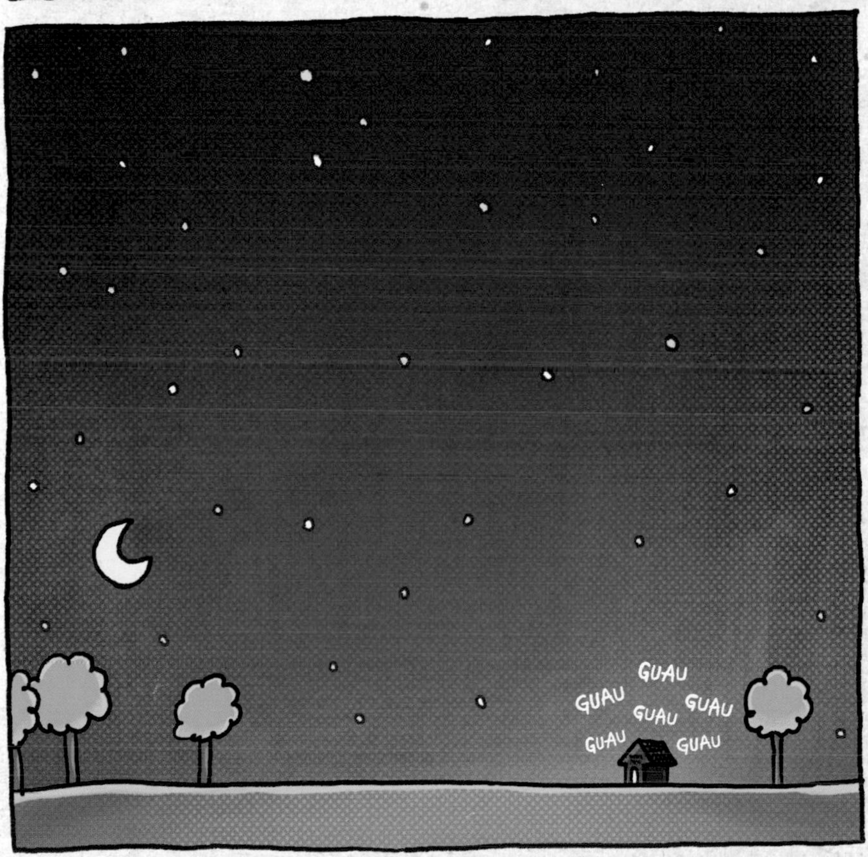
GUAU
GUAU GUAU GUAU
GUAU GUAU

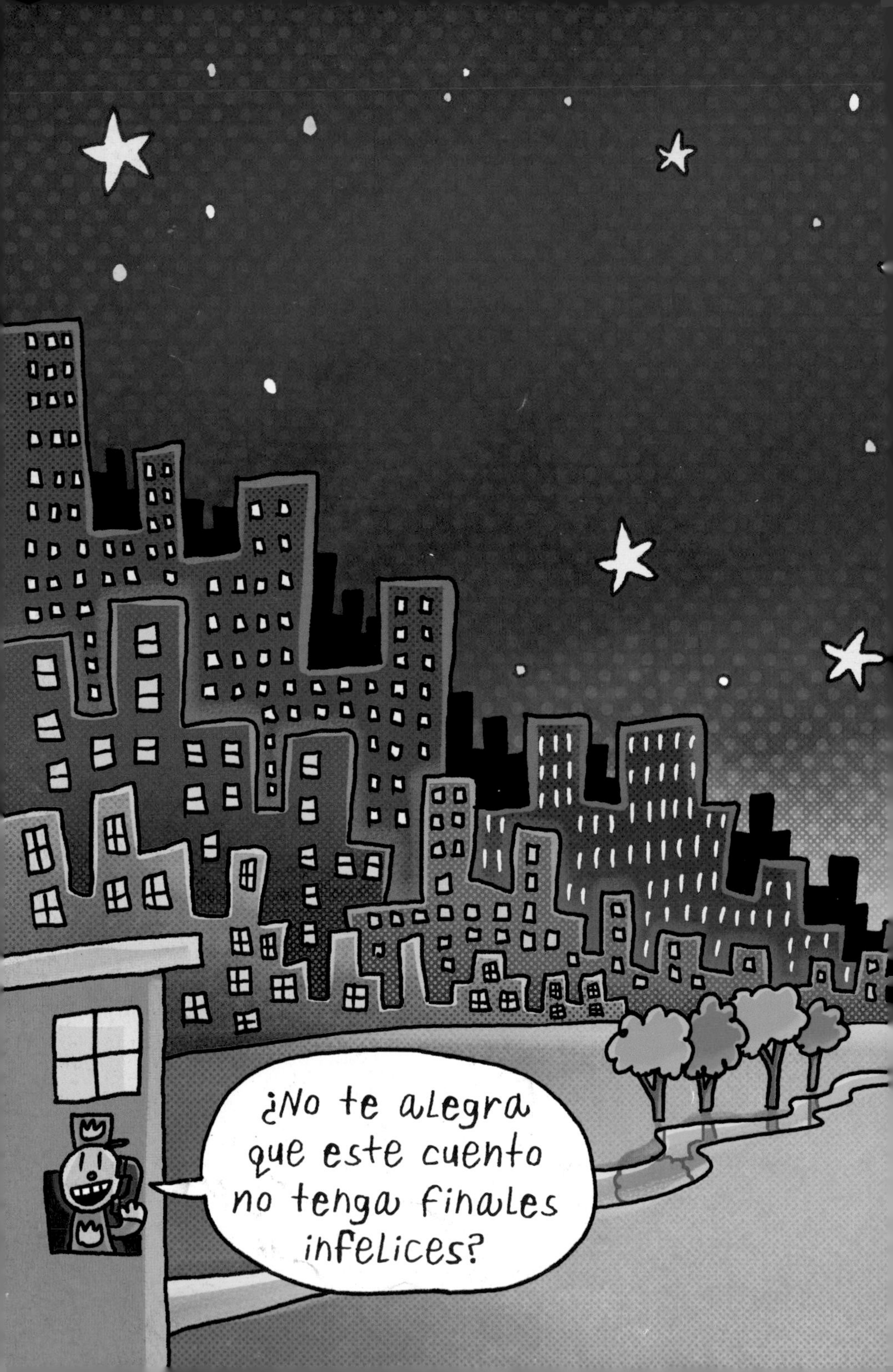
¿No te alegra que este cuento no tenga finales infelices?

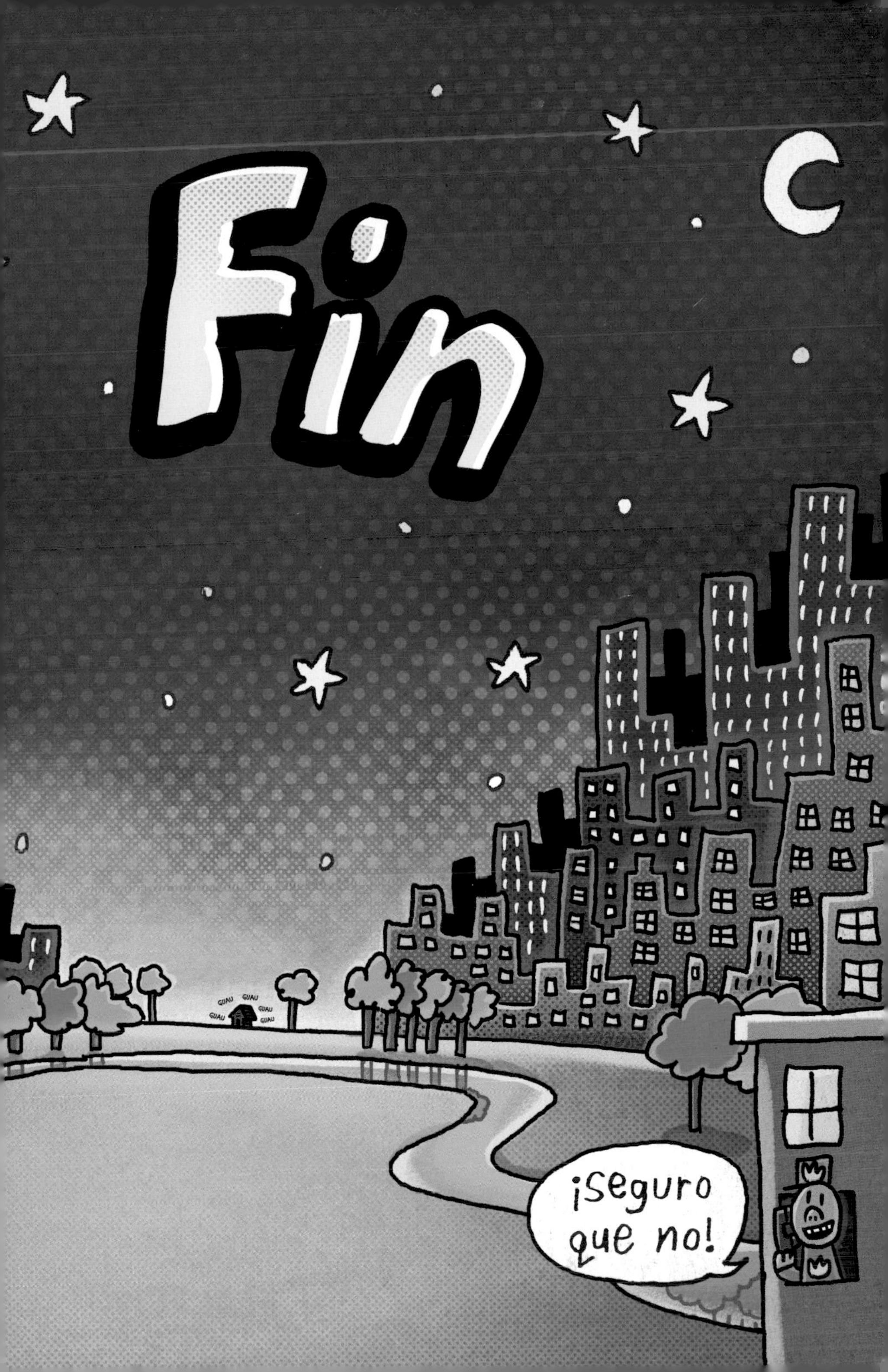
Fin
GUAU
GUAU
GUAU
GUAU
GUAU
¡Seguro que no!

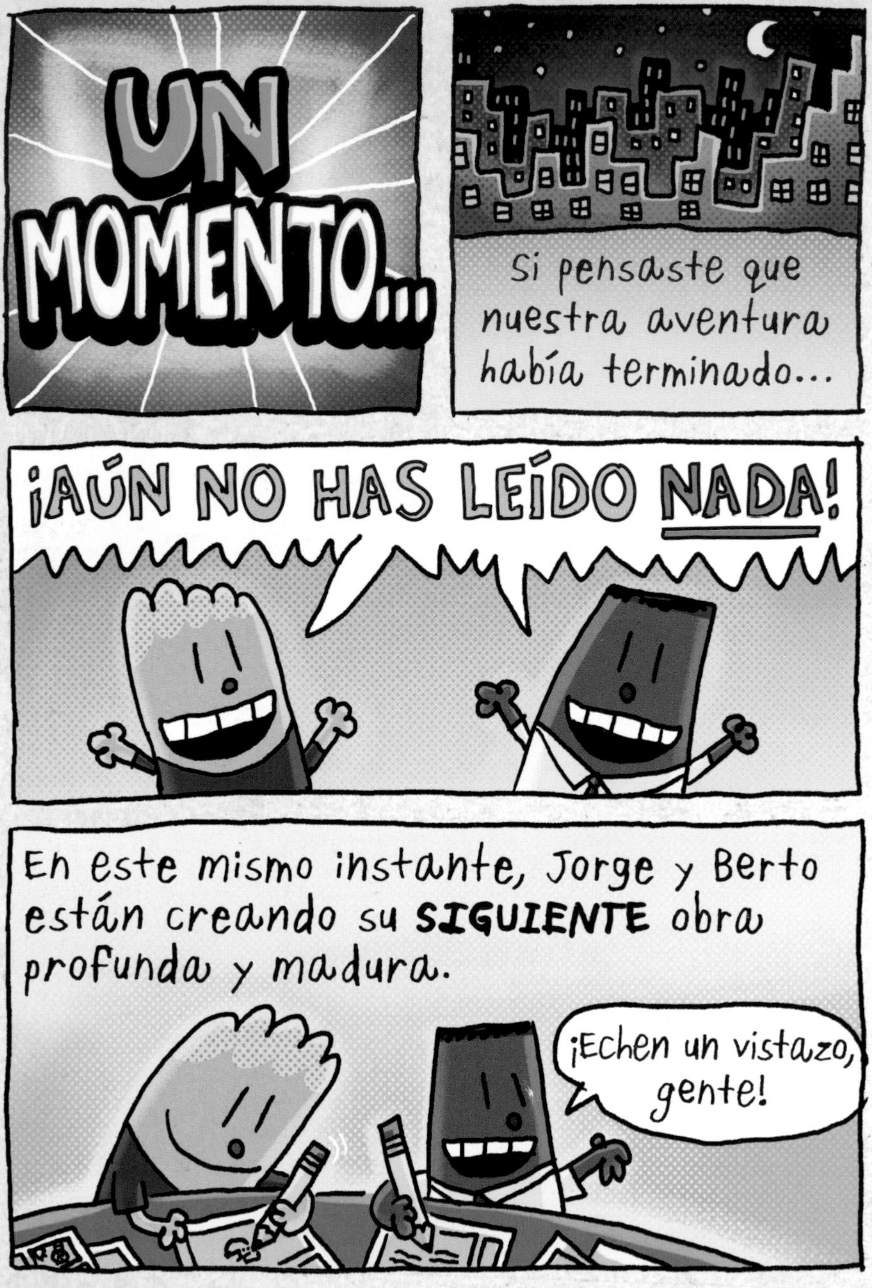
UN MOMENTO...
Si pensaste que nuestra aventura había terminado...
¡AÚN NO HAS LEÍDO NADA!
En este mismo instante, Jorge y Berto están creando su **SIGUIENTE** obra profunda y madura.
¡Echen un vistazo, gente!

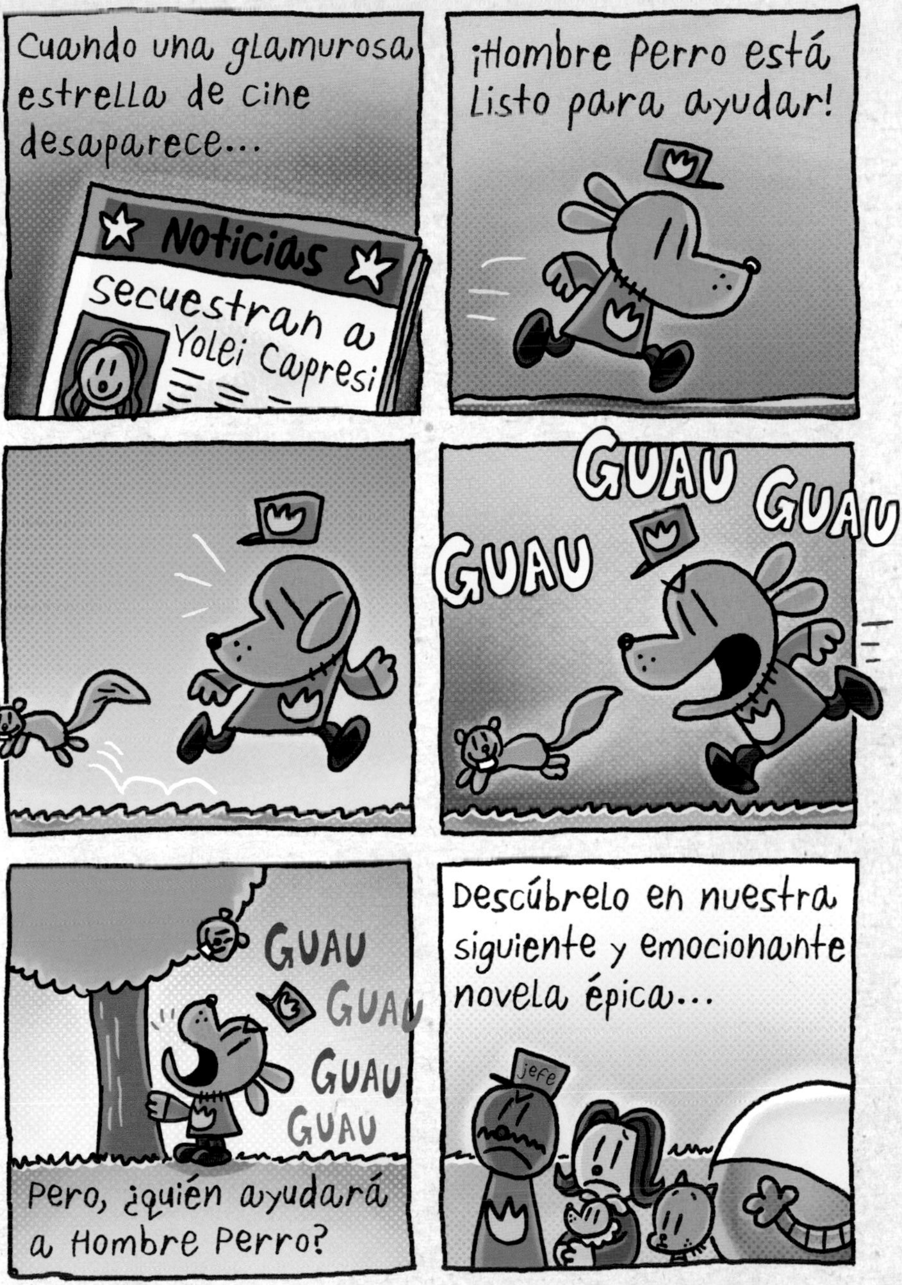
Cuando una glamurosa estrella de cine desaparece...
Noticias
Secuestran a Yolei Capresi
¡Hombre Perro está listo para ayudar!
GUAU
GUAU
GUAU
GUAU
GUAU
GUAU
GUAU
Pero, ¿quién ayudará a Hombre Perro?
Descúbrelo en nuestra siguiente y emocionante novela épica...
jefe

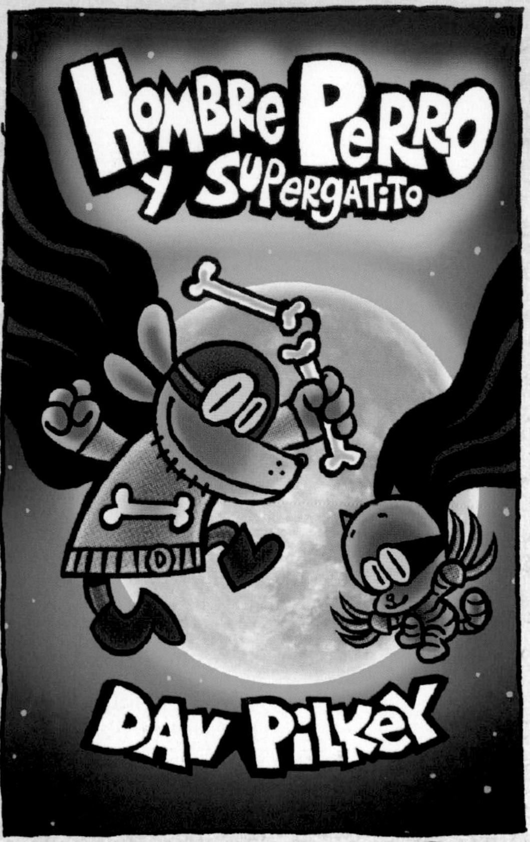

HOMBRE PERRO
Y SUPERGATITO
DAV PILKEY

Si te gusta la acción...

y te gusta el suspenso...

y te gustan las rrisas...

¡Entonces HOMBRE PERRO ES VAMOS!

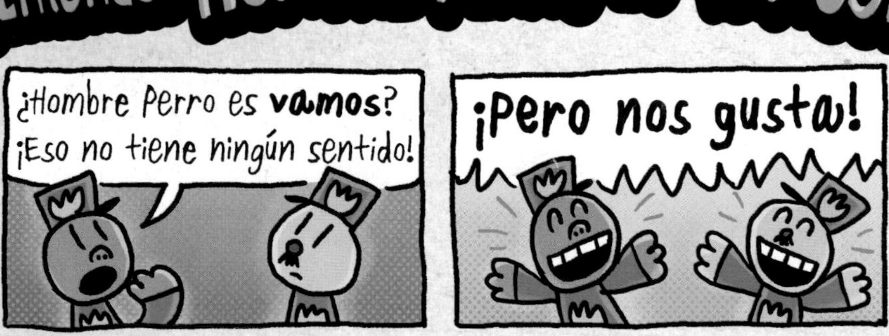

¿Hombre Perro es **vamos**? ¡Eso no tiene ningún sentido!
¡Pero nos gusta!

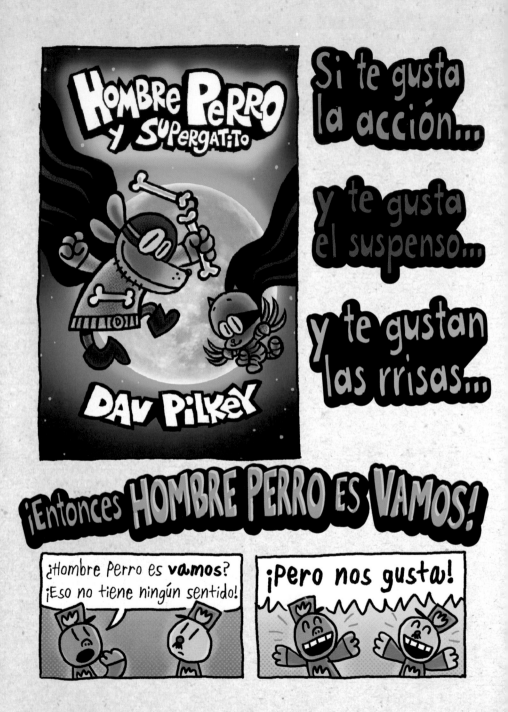

CÓMO DIBUJAR PEQUE PEDRITO

¡En 20 pasos increíblemente fáciles!

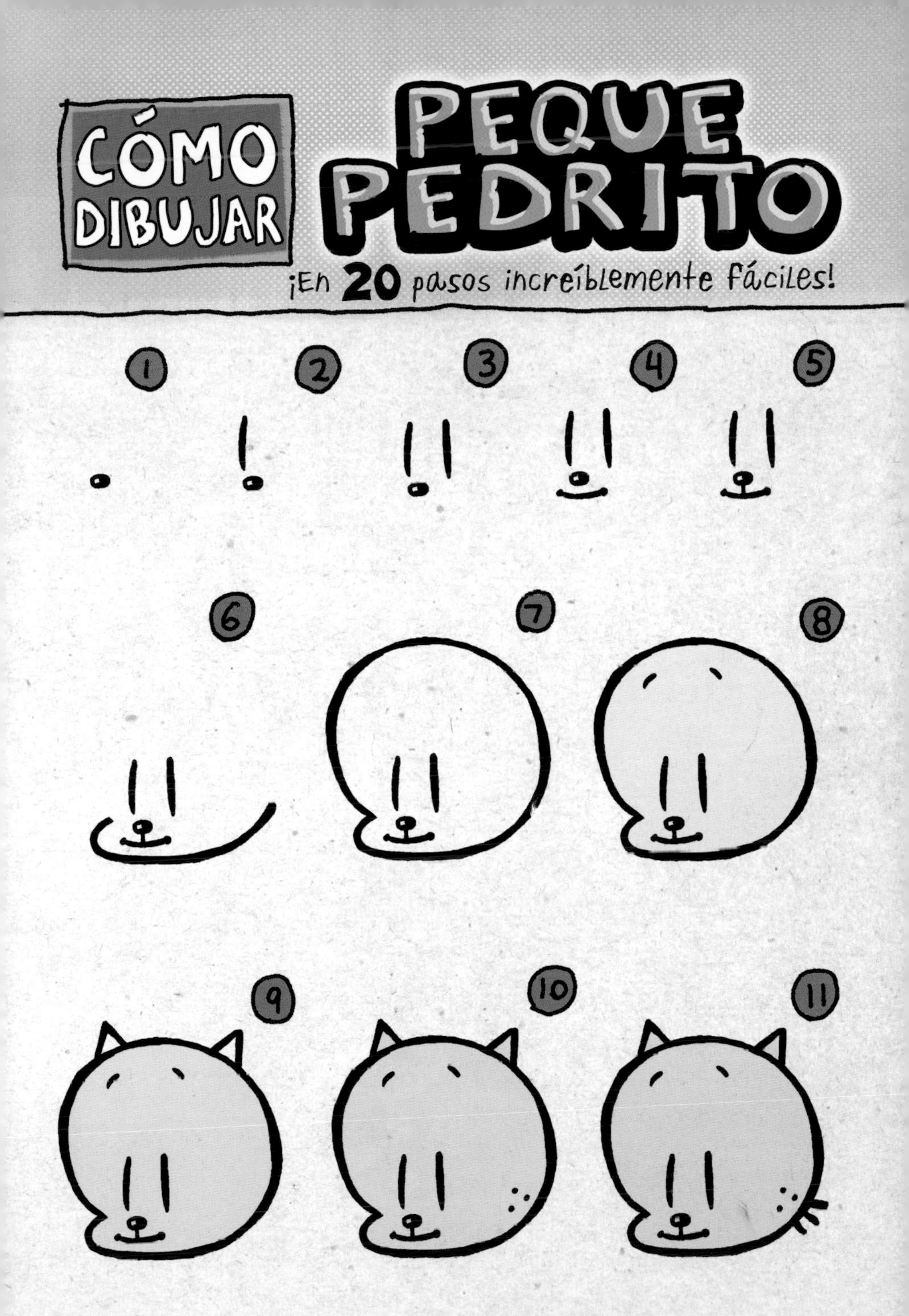

1
2
3
4
5
6
7
8
9
10
11

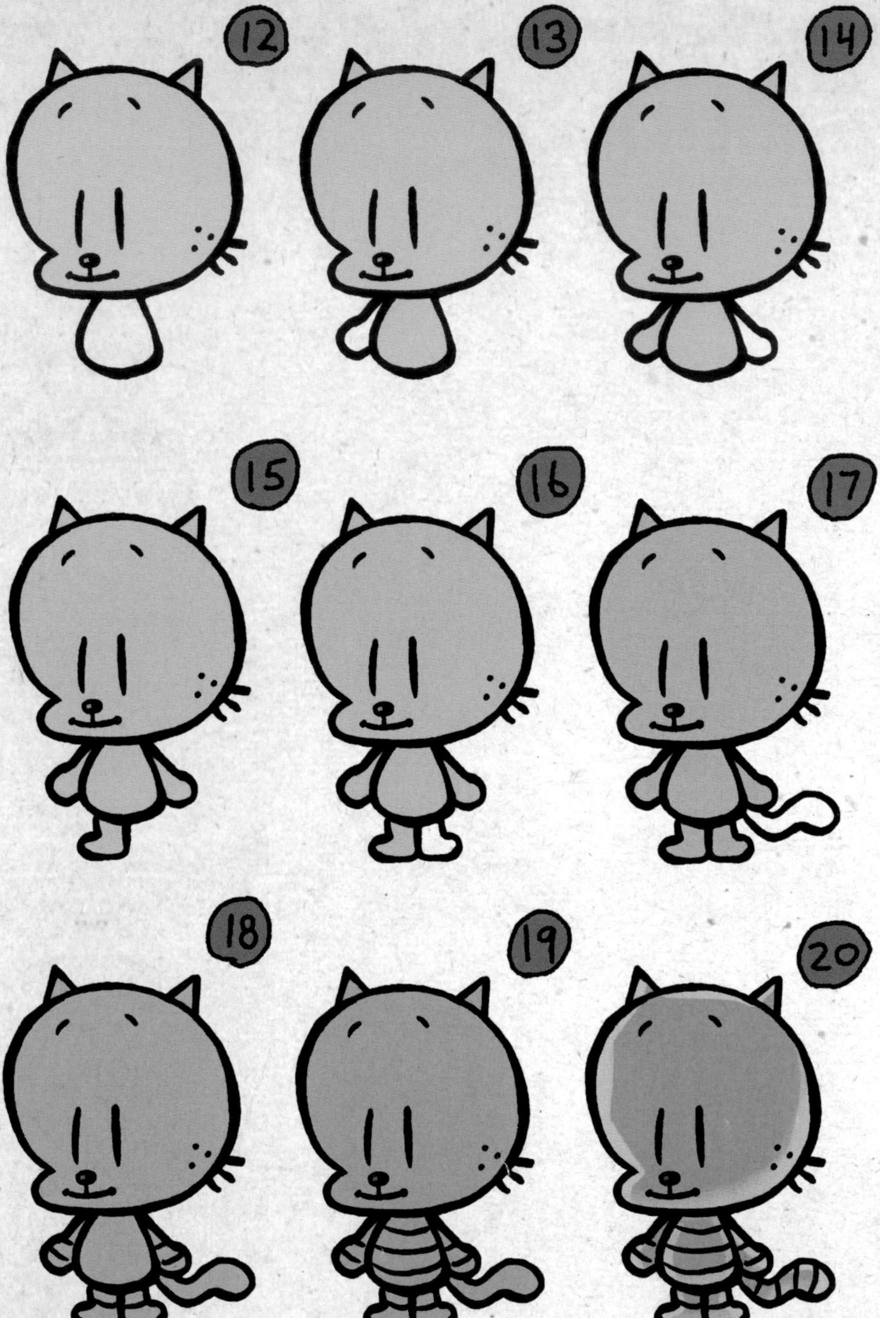
12
13
14
15
16
17
18
19
20

CÓMO DIBUJAR HD 80

¡En 18 pasos increíblemente fáciles!

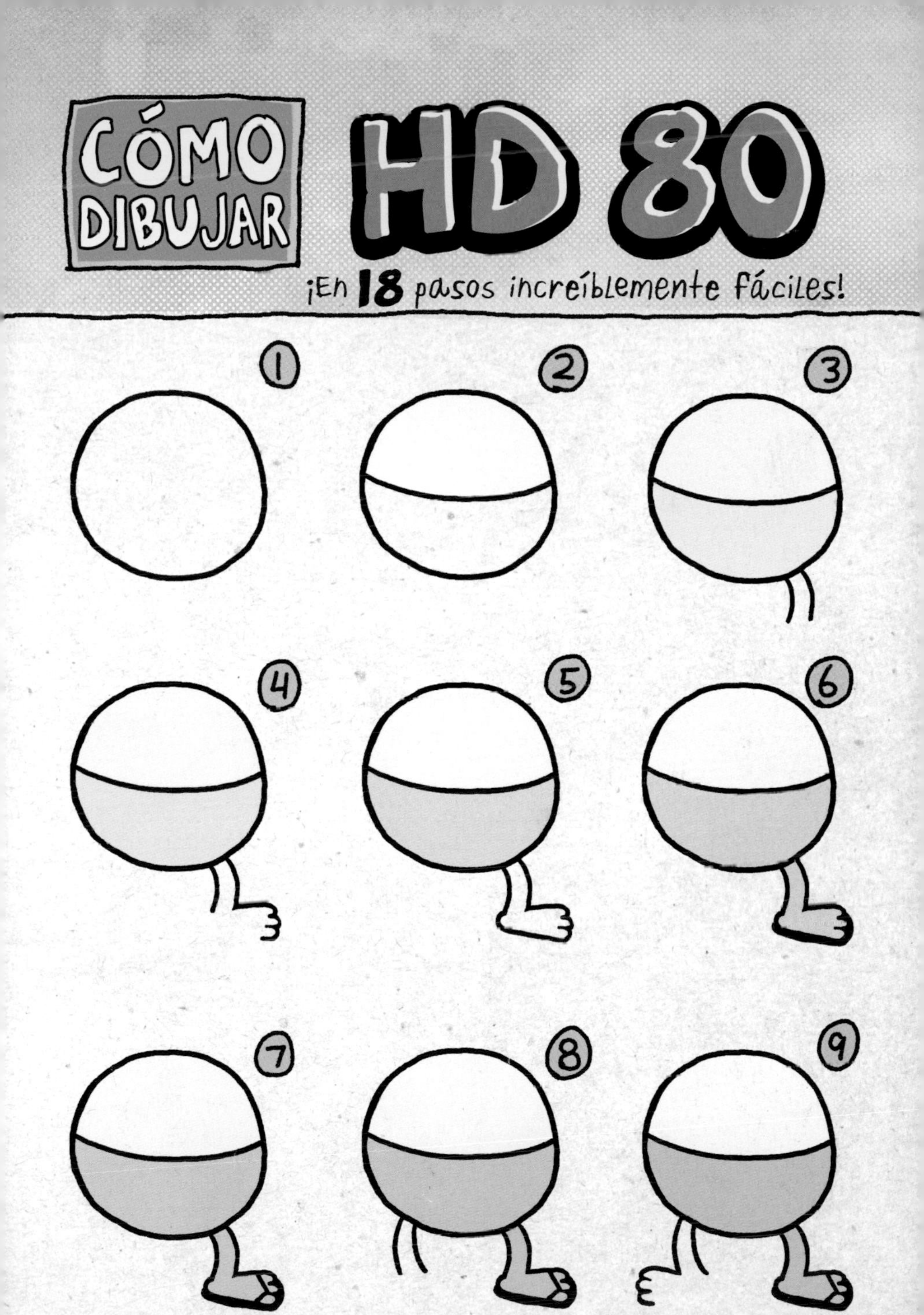

1
2
3
4
5
6
7
8
9

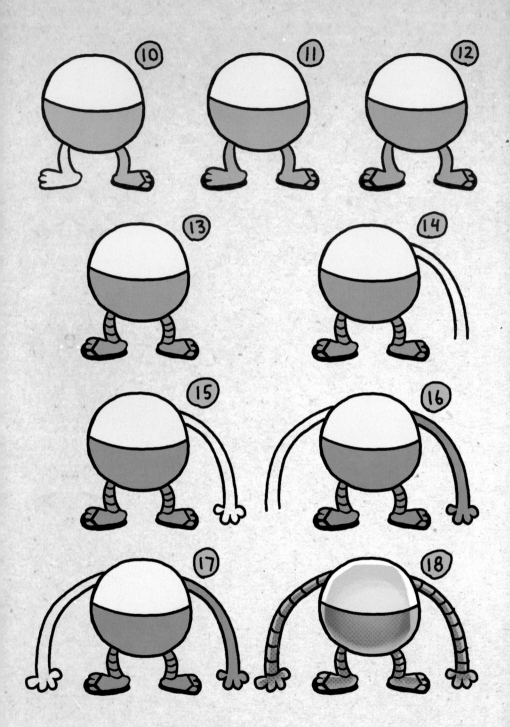

CÓMO DIBUJAR UN EDIFICIO BESTIAL

¡En **21** pasos increíblemente fáciles!

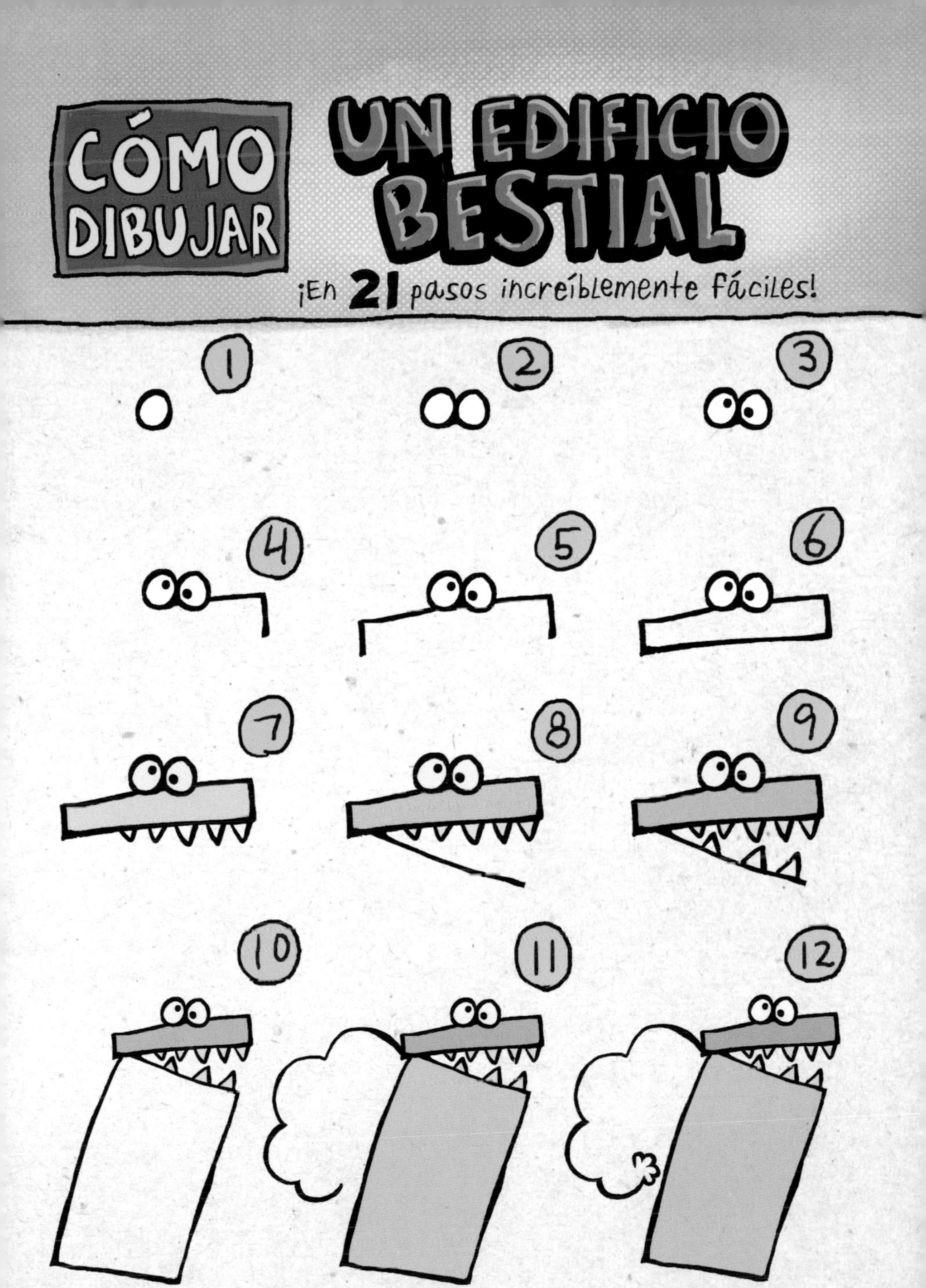

1
2
3
4
5
6
7
8
9
10
11
12

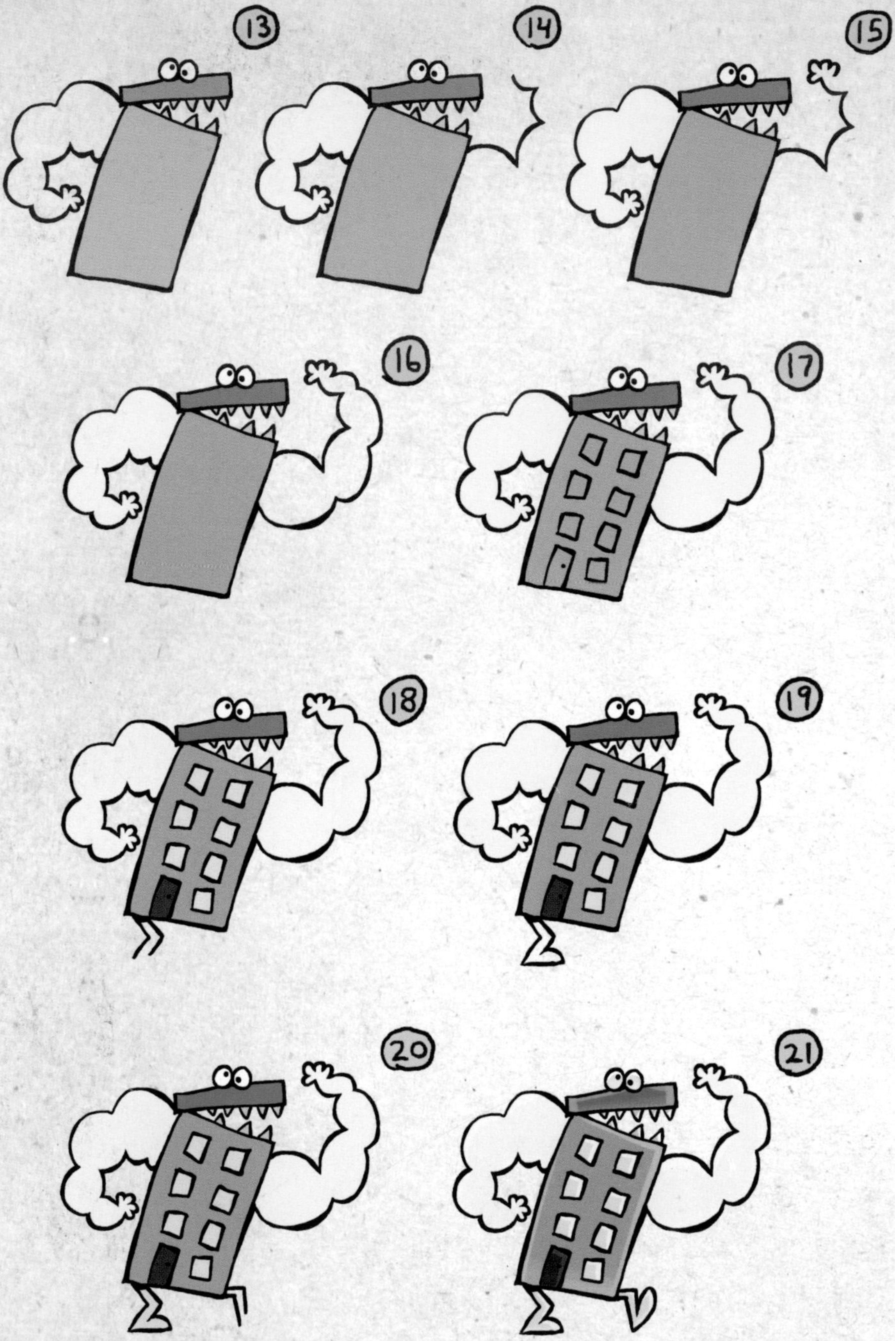
13
14
15
16
17
18
19
20
21

CÓMO DIBUJAR PEDRITO

¡En 28 pasos increíblemente fáciles!

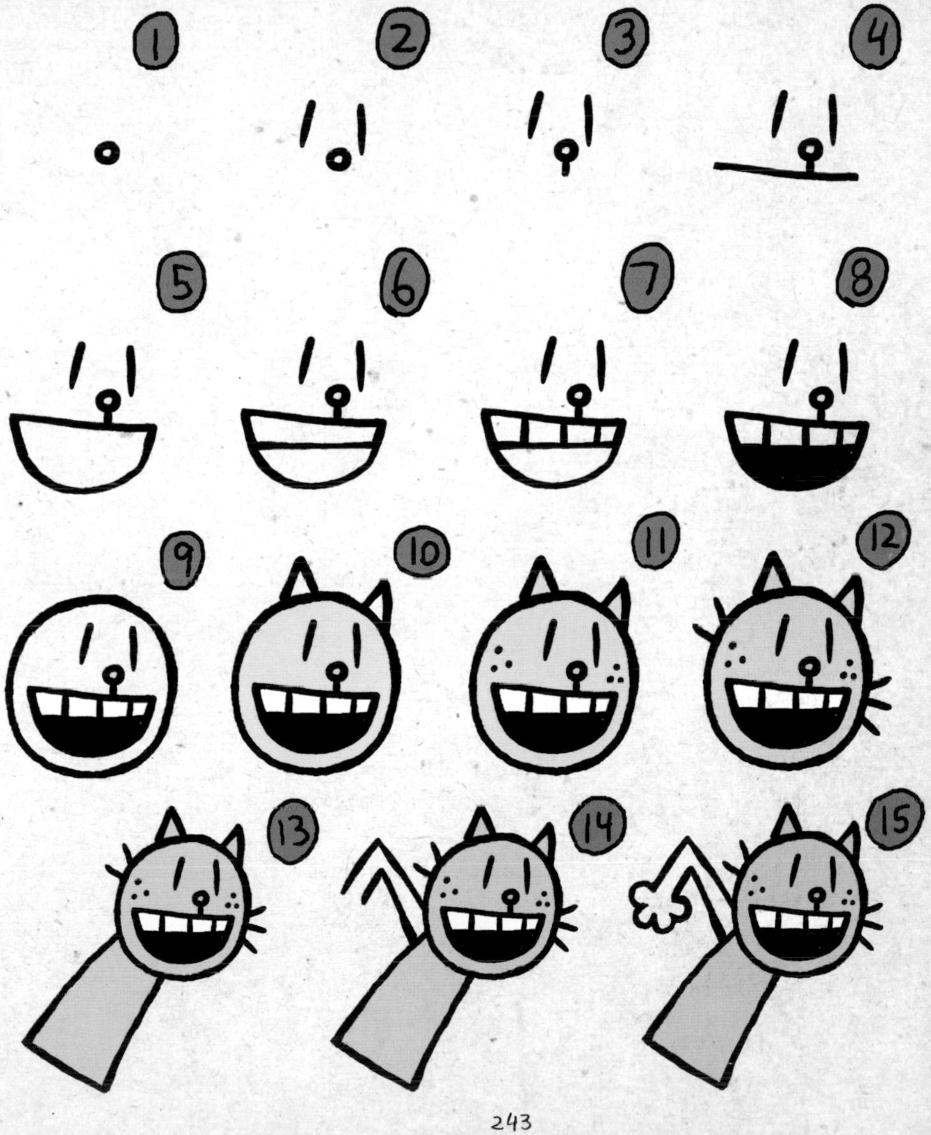
1
2
3
4
5
6
7
8
9
10
11
12
13
14
15

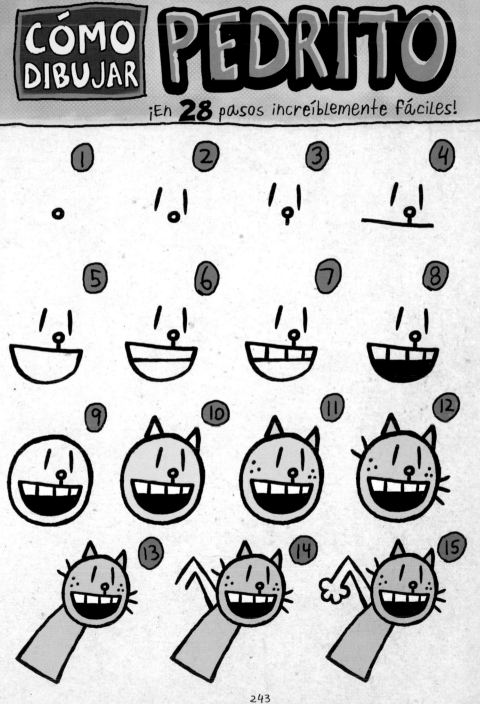

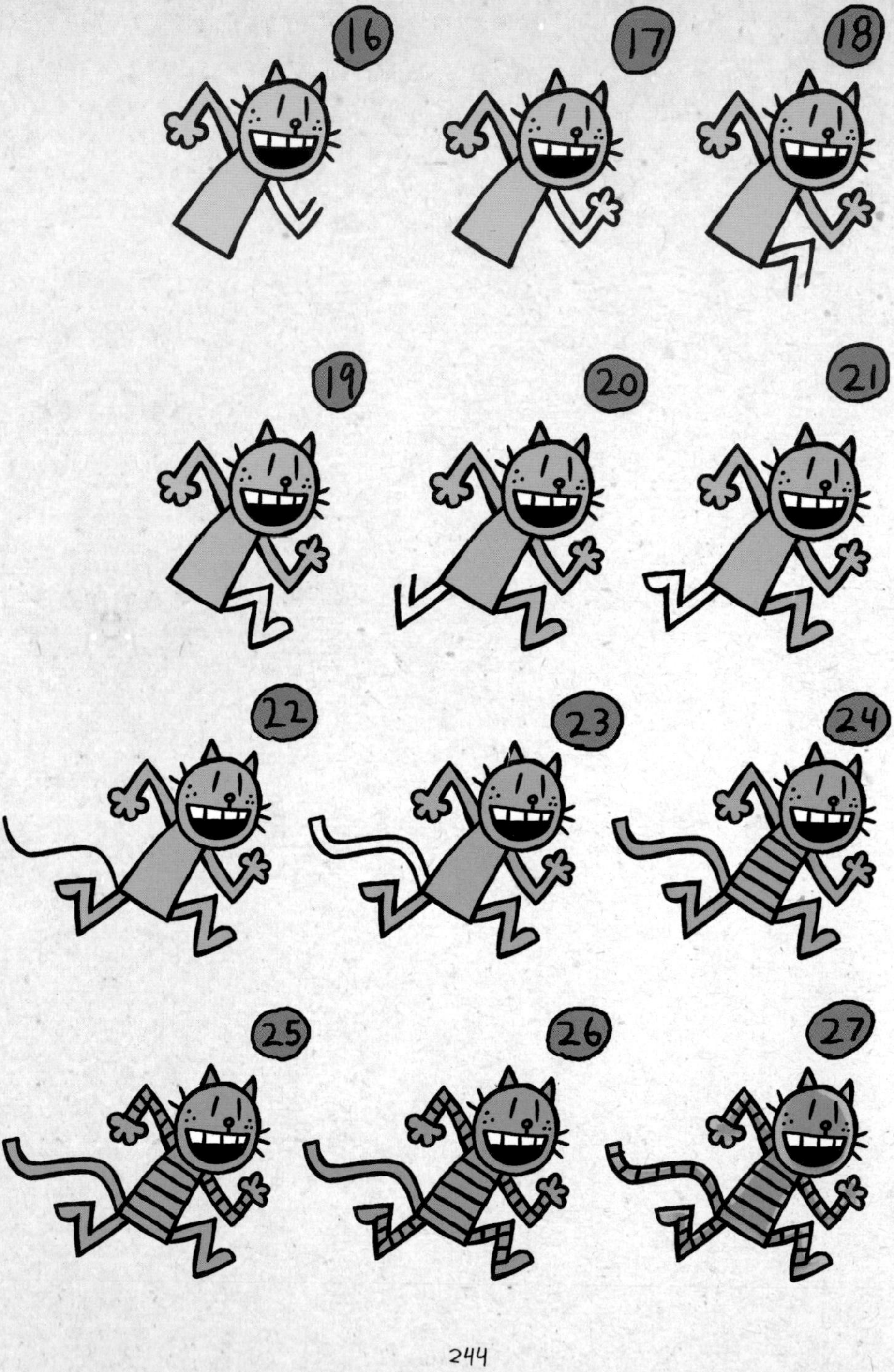
16
17
18
19
20
21
22
23
24
25
26
27

CÓMO DIBUJAR HOMBRE PERRO

¡En 34 pasos increíblemente fáciles!

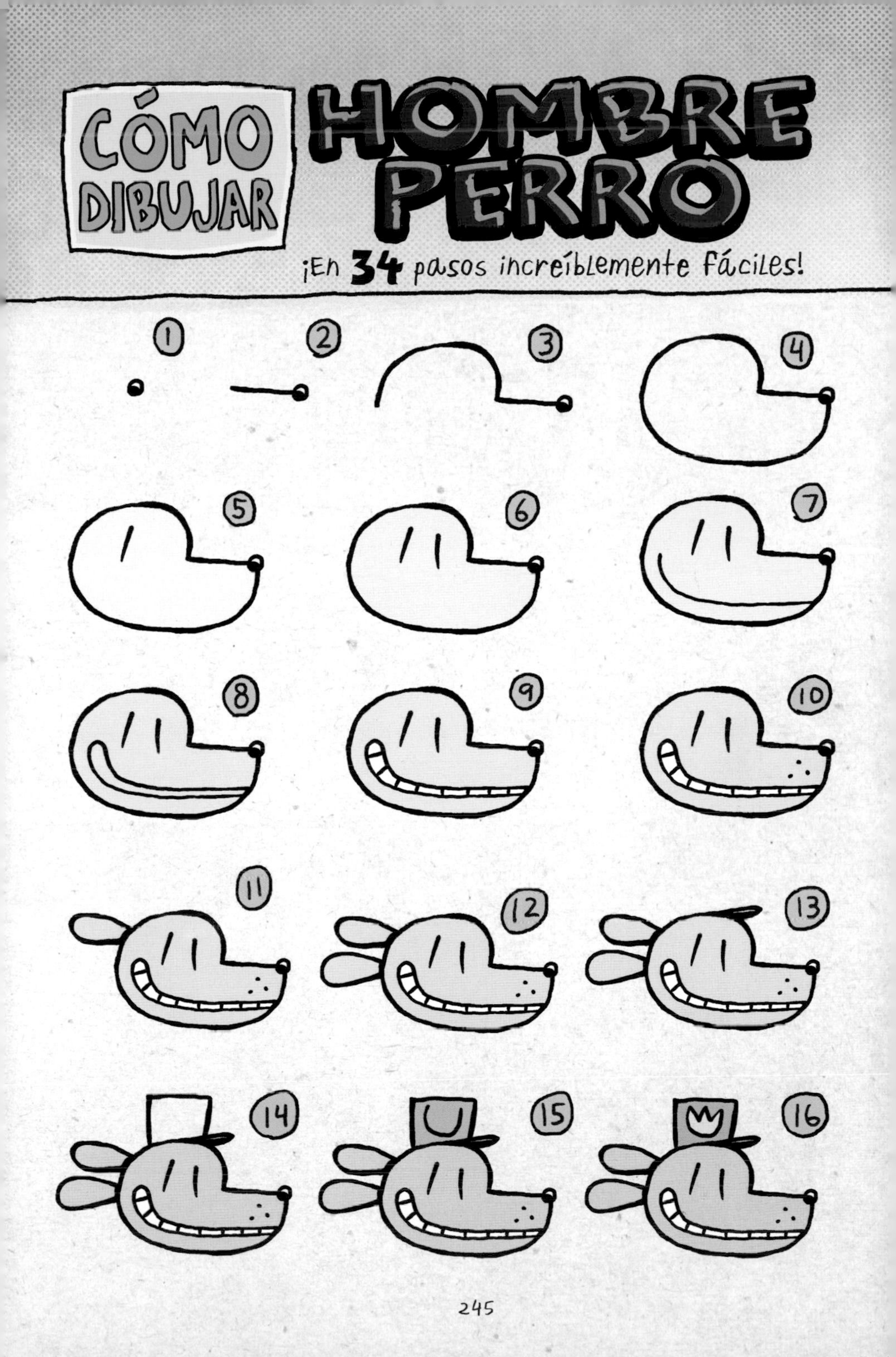
1
2
3
4
5
6
7
8
9
10
11
12
13
14
15
16

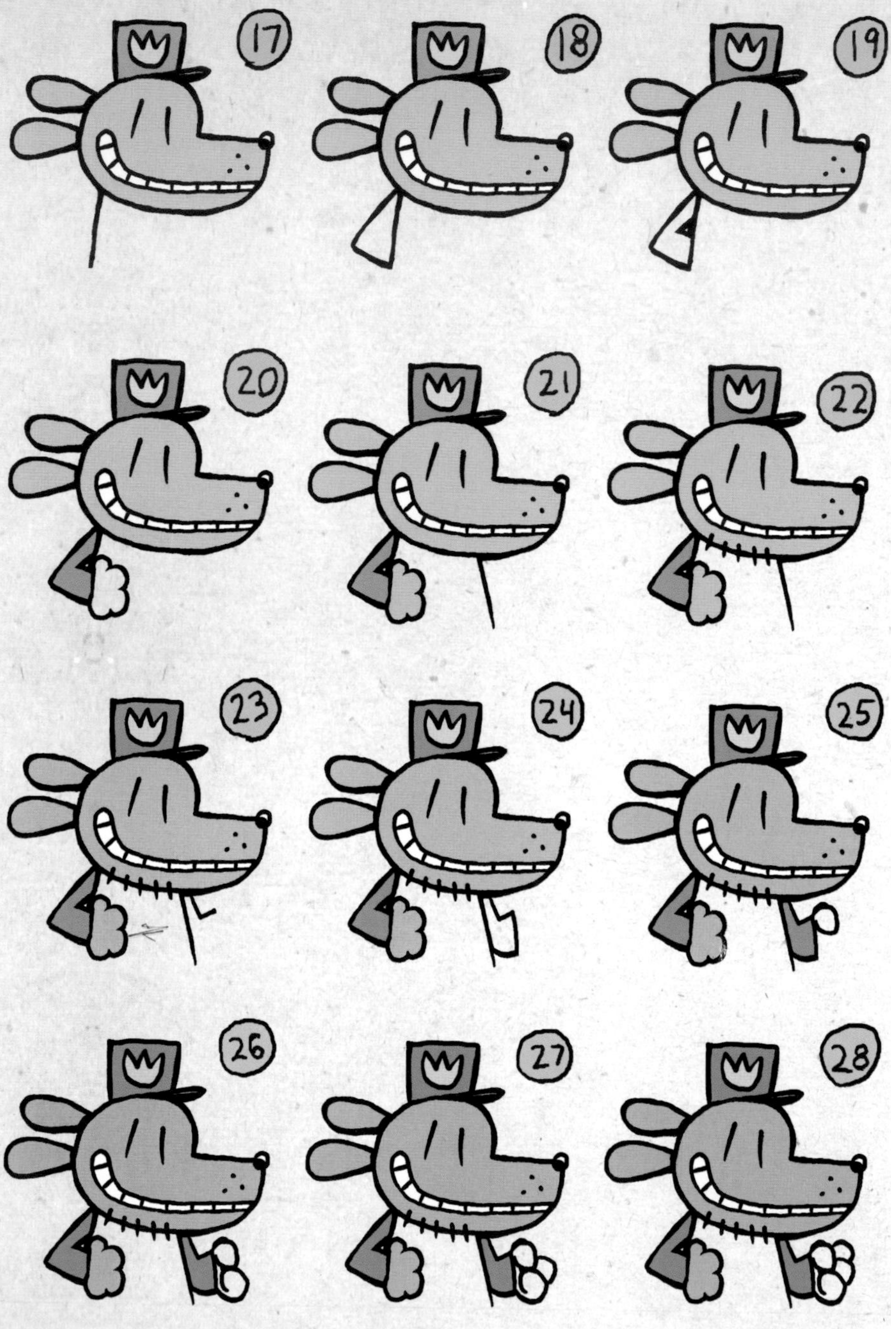
17
18
19
20
21
22
23
24
25
26
27
28

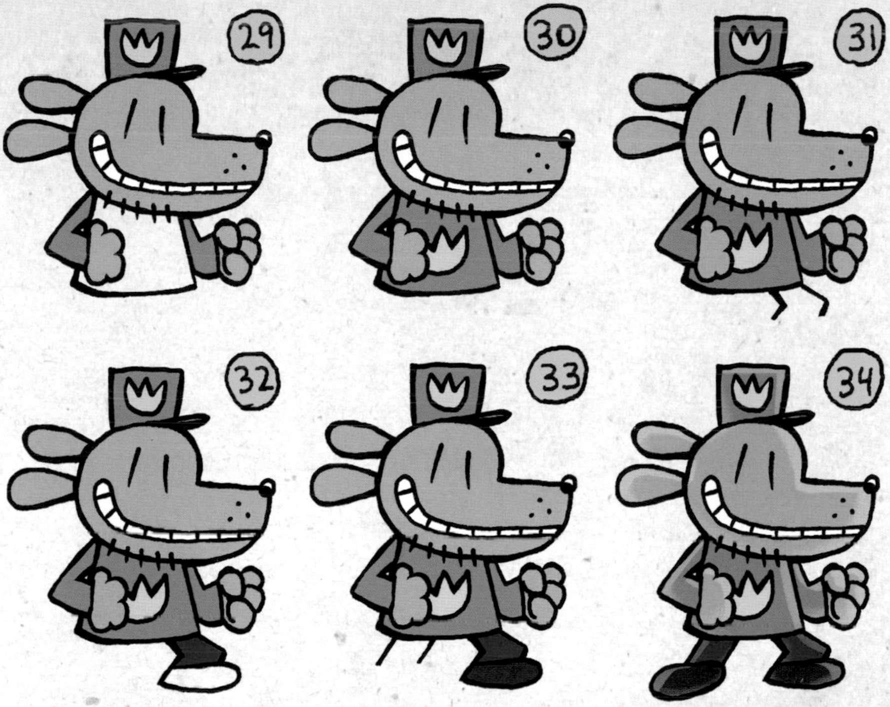
29
30
31
32
33
34

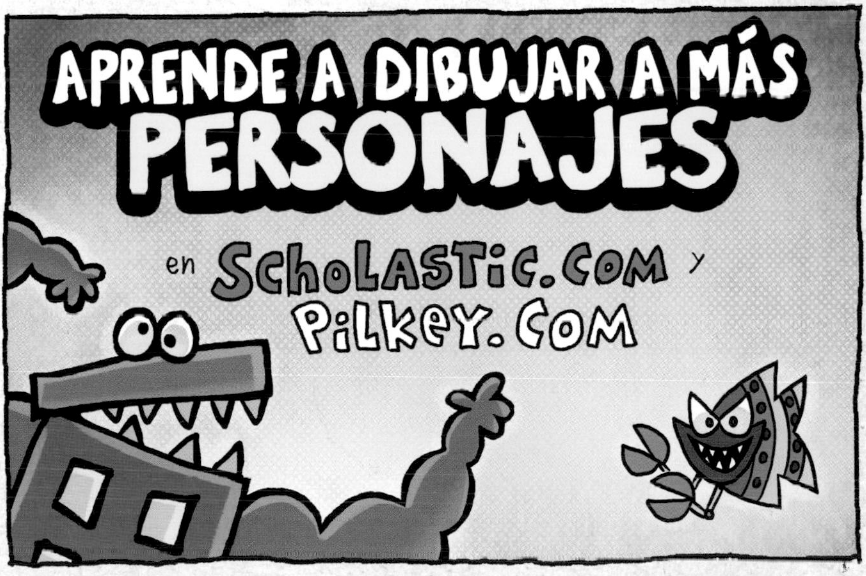
APRENDE A DIBUJAR A MÁS PERSONAJES
en SCHOLASTIC.COM y
PILKEY.COM

¡LÉELE A TU PERRO, HOMBRE!

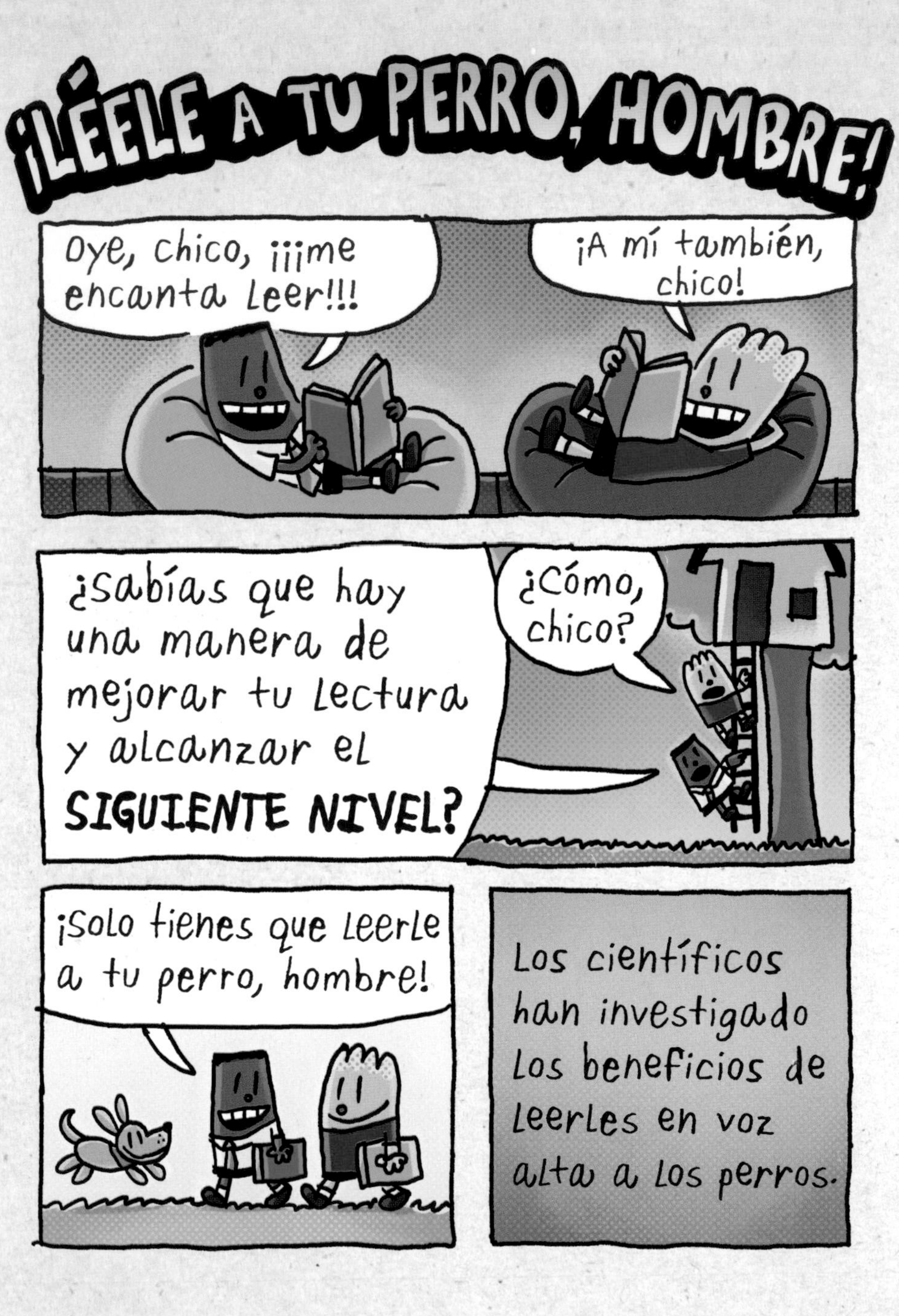

Oye, chico, ¡¡¡me encanta leer!!!
¡A mí también, chico!
¿Sabías que hay una manera de mejorar tu lectura y alcanzar el SIGUIENTE NIVEL?
¿Cómo, chico?
¡Solo tienes que leerle a tu perro, hombre!
Los científicos han investigado los beneficios de leerles en voz alta a los perros.

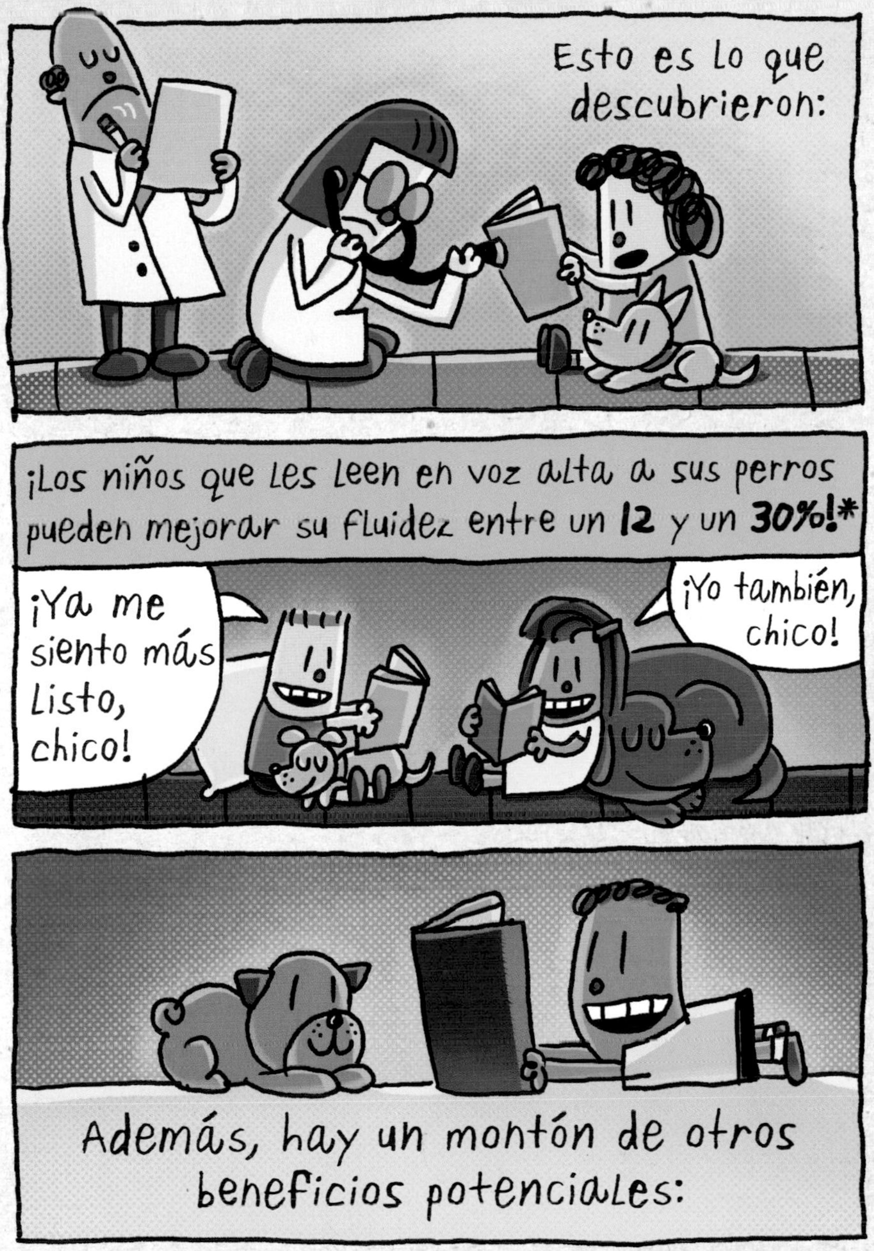
Esto es lo que descubrieron:
¡Los niños que les leen en voz alta a sus perros pueden mejorar su fluidez entre un 12 y un 30%!*
¡Ya me siento más listo, chico!
¡Yo también, chico!
Además, hay un montón de otros beneficios potenciales:

*Universidad de California-Davis: Reading to Rover, 2010

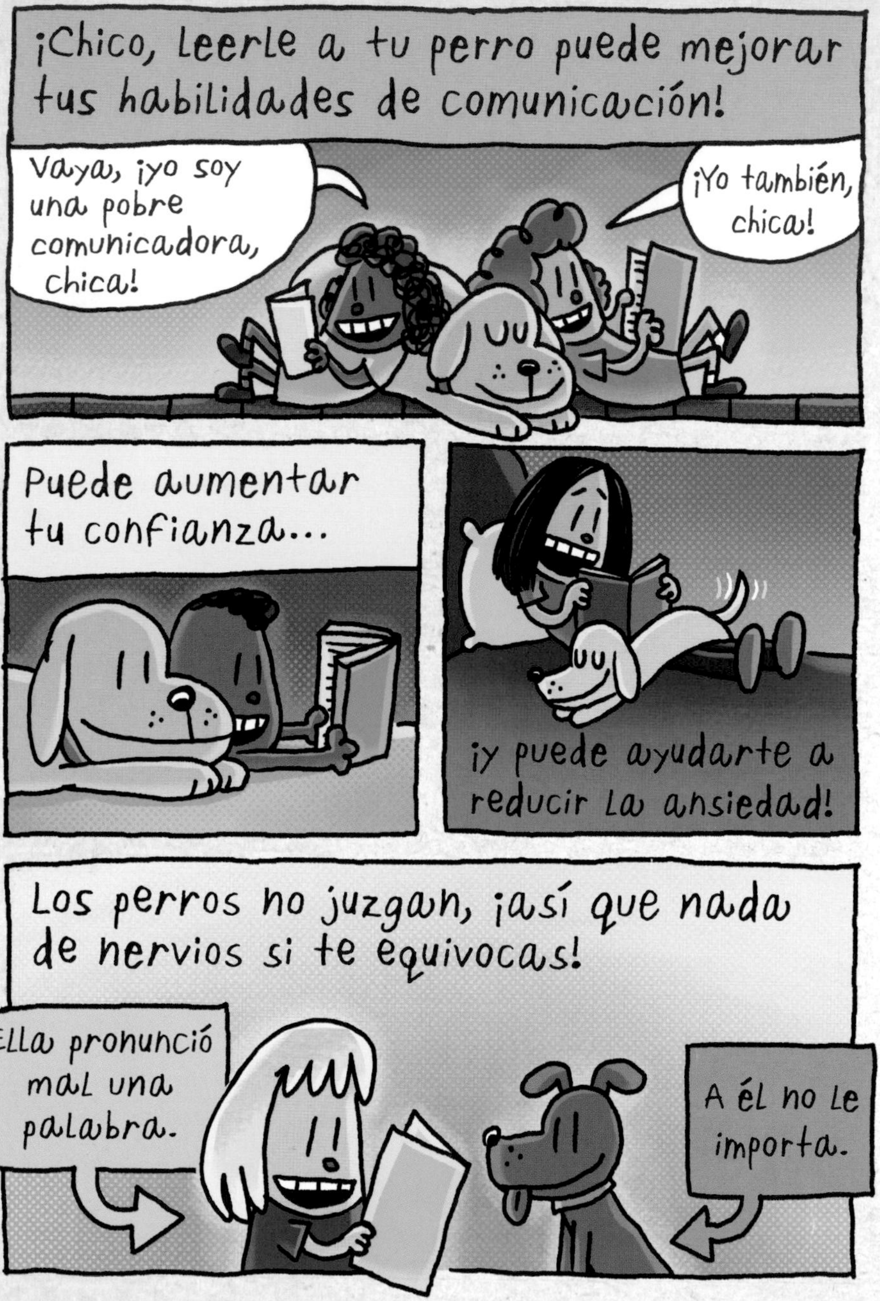
¡Chico, leerle a tu perro puede mejorar tus habilidades de comunicación!
Vaya, ¡yo soy una pobre comunicadora, chica!
¡Yo también, chica!
Puede aumentar tu confianza...
¡y puede ayudarte a reducir la ansiedad!
Los perros no juzgan, ¡así que nada de nervios si te equivocas!
Ella pronunció mal una palabra.
A él no le importa.

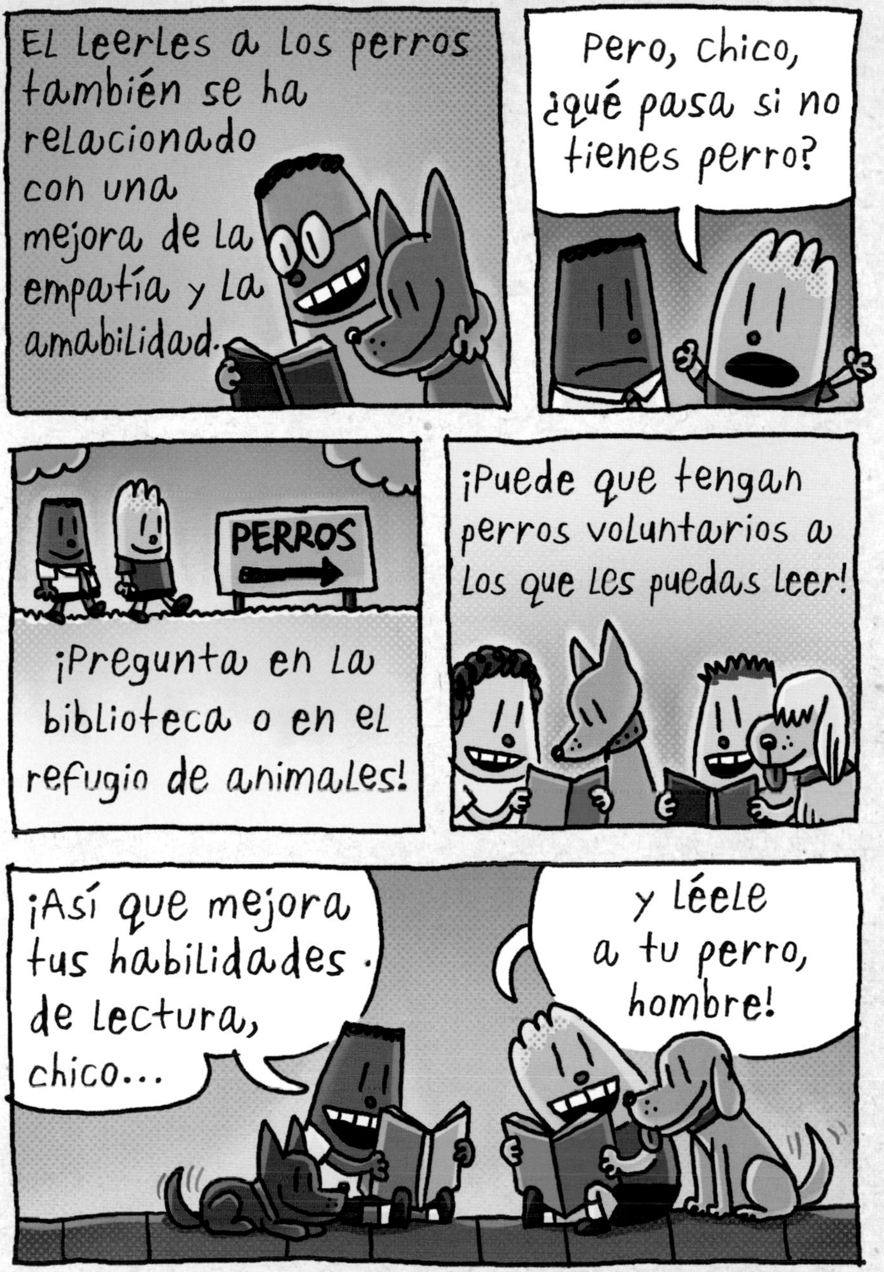
El leerles a los perros también se ha relacionado con una mejora de la empatía y la amabilidad.
Pero, chico, ¿qué pasa si no tienes perro?
PERROS
¡Pregunta en la biblioteca o en el refugio de animales!
¡Puede que tengan perros voluntarios a los que les puedas leer!
¡Así que mejora tus habilidades de lectura, chico...
y léele a tu perro, hombre!

¡LEERLE A TU PERRO SIEMPRE ES UNA EXPERIENCIA POSITIVA!

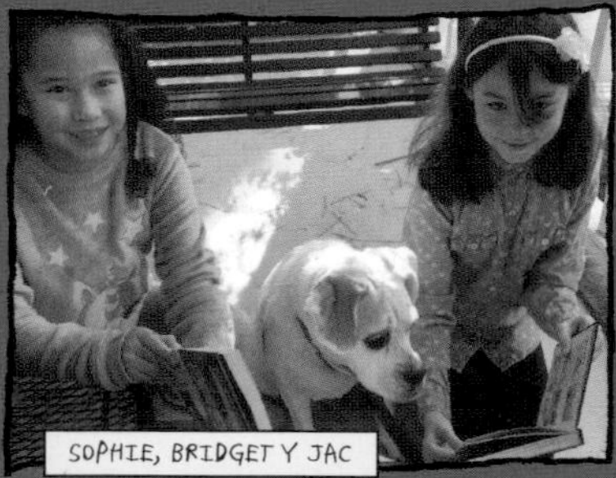
SOPHIE, BRIDGET Y JAC

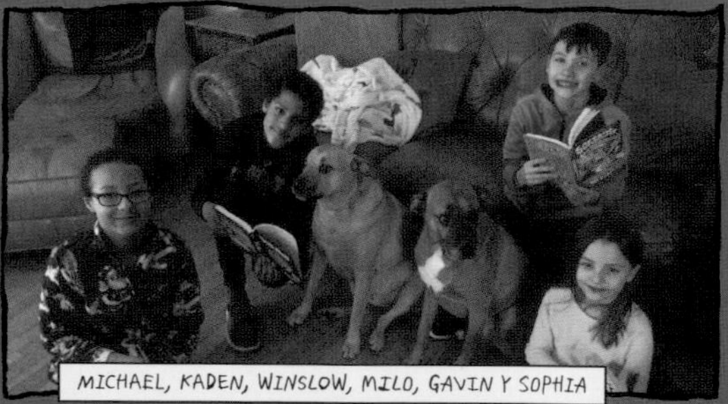
MICHAEL, KADEN, WINSLOW, MILO, GAVIN Y SOPHIA

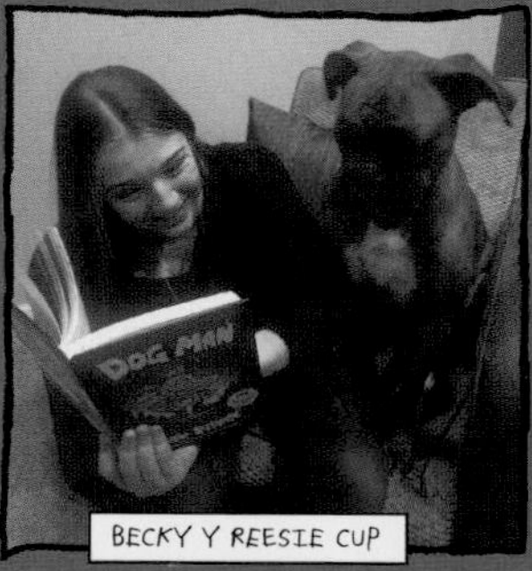
DOG MAN
BECKY Y REESIE CUP

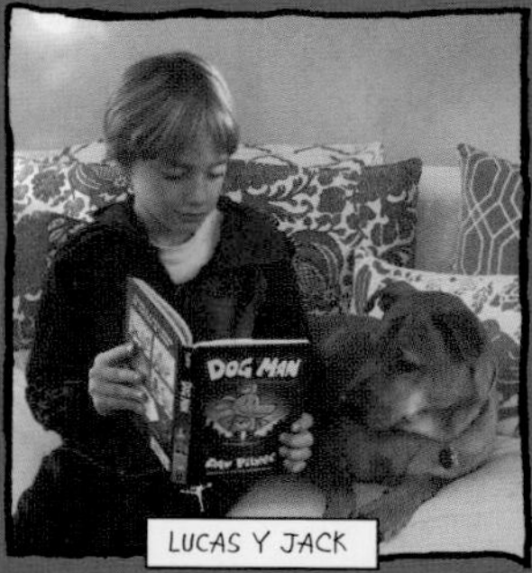
DOG MAN
LUCAS Y JACK

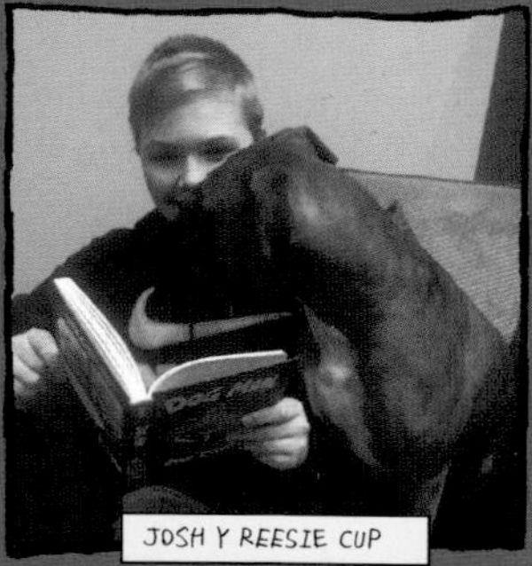
DOG MAN
JOSH Y REESIE CUP

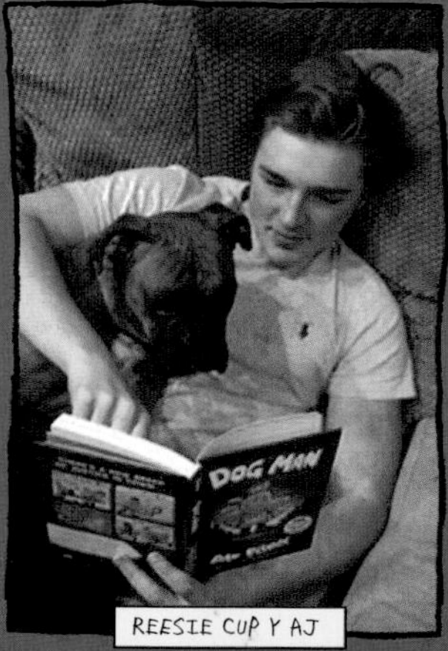
DOG MAN
REESIE CUP Y AJ

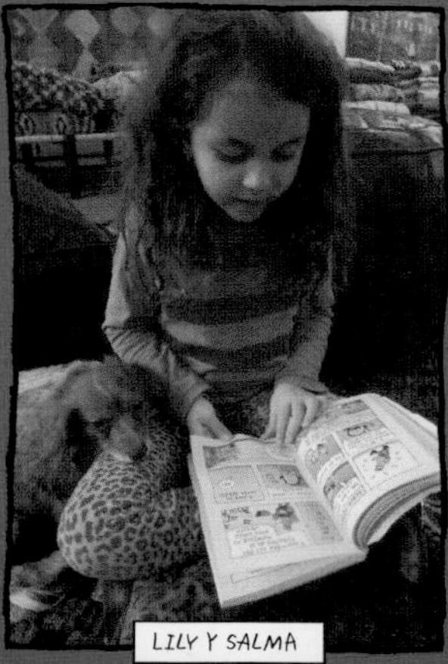
LILY Y SALMA

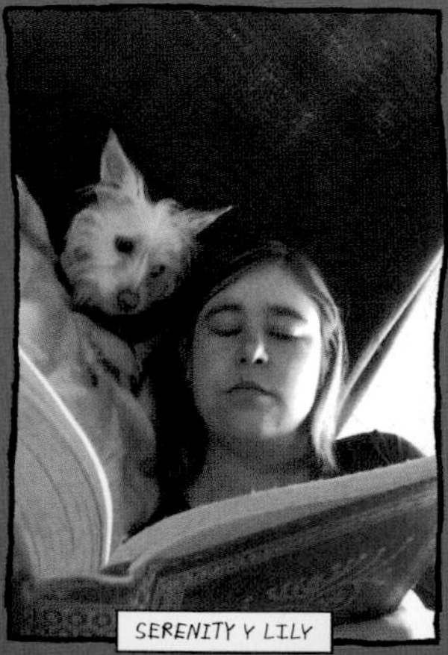
SERENITY Y LILY

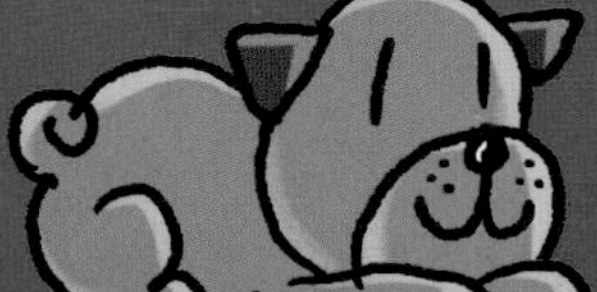

#léeleatuperrohombre

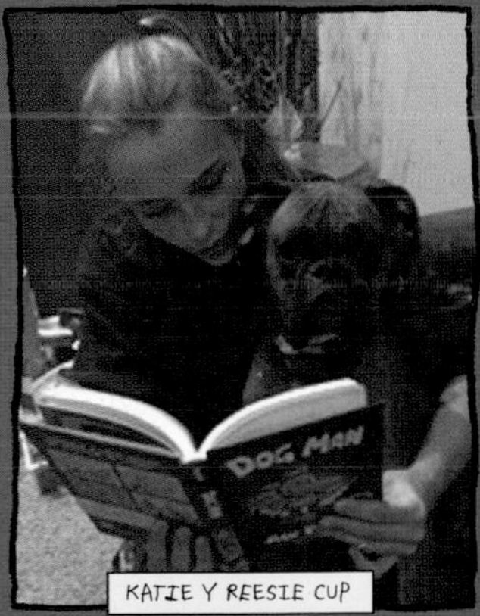

KATIE Y REESIE CUP

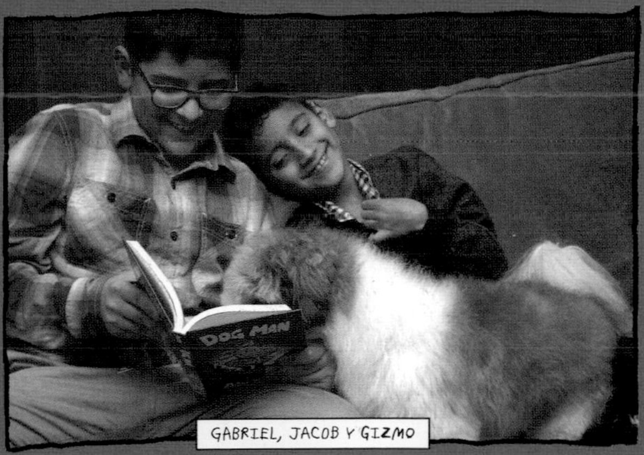

GABRIEL, JACOB Y GIZMO

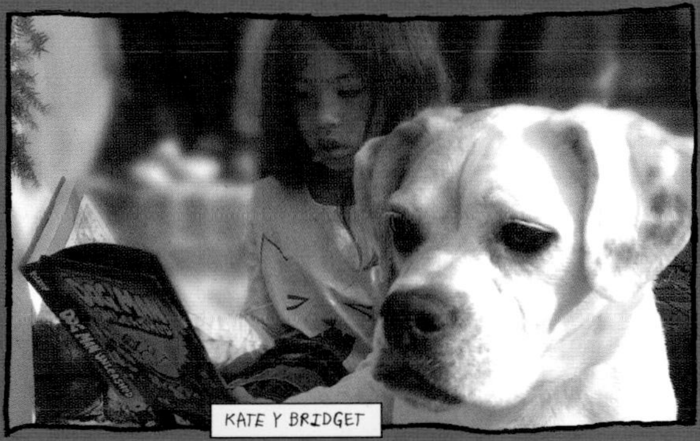

KATE Y BRIDGET

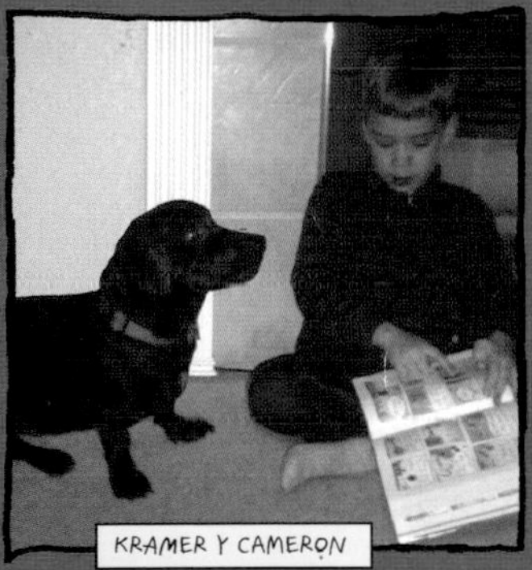

KRAMER Y CAMERON

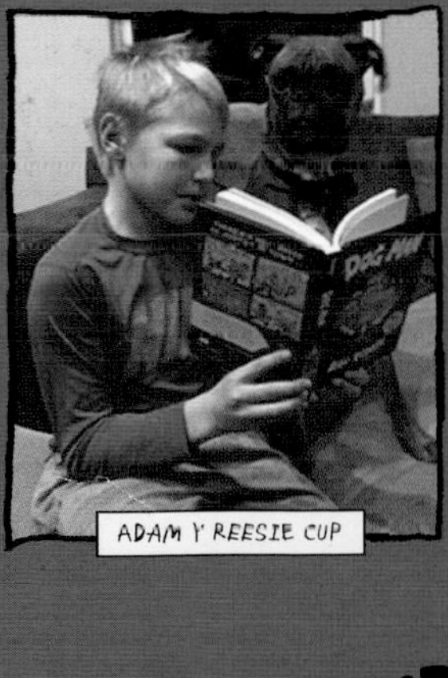

ADAM Y REESIE CUP

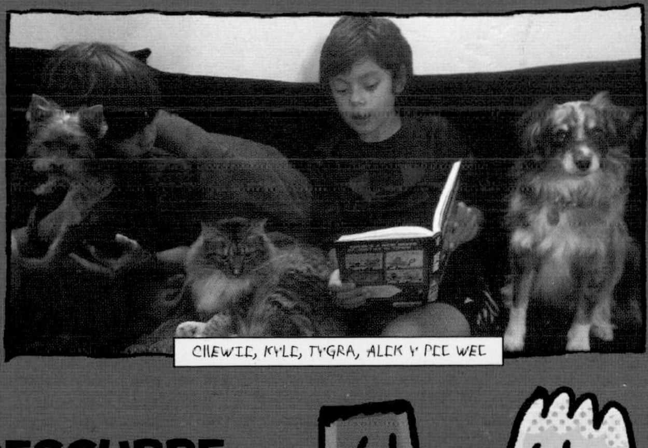

CHEWIE, KYLE, TYGRA, ALEX Y PEE WEE

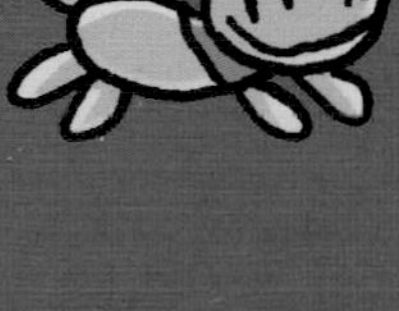

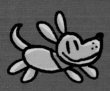

¡DESCUBRE MÁS EN PILKEY.COM!

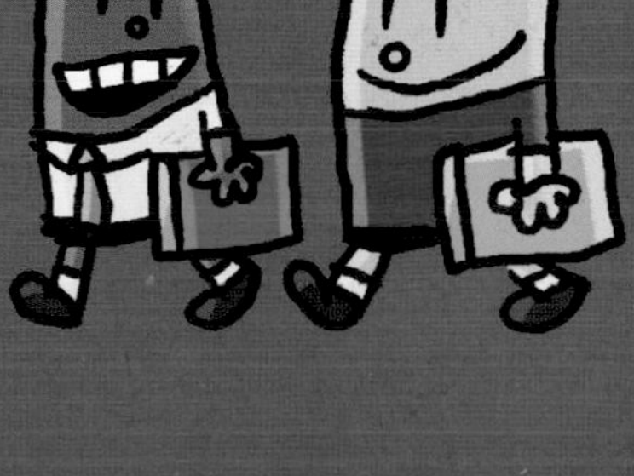

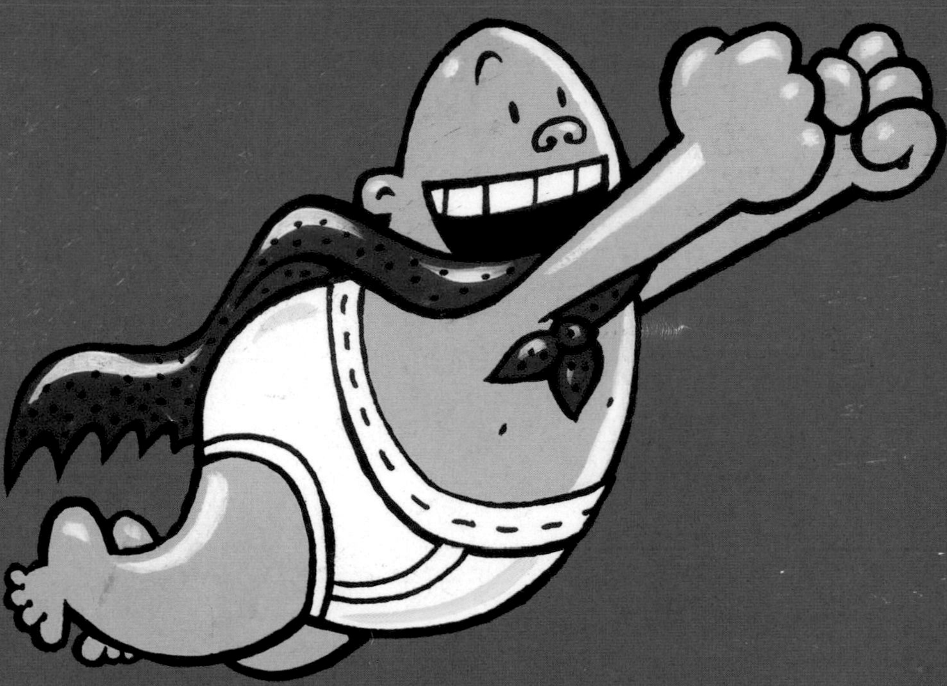

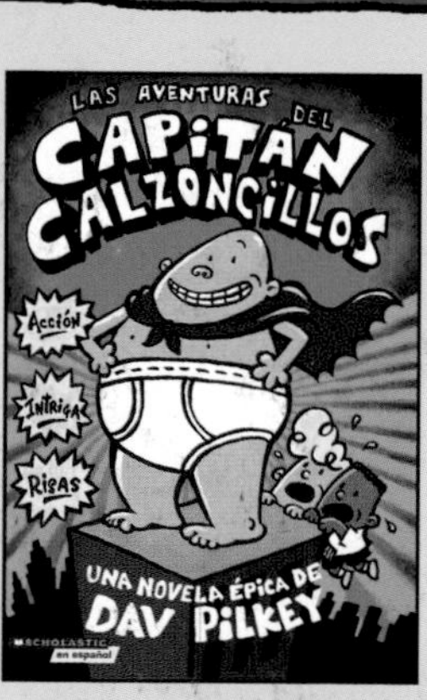
LAS AVENTURAS DEL
CAPITÁN
CALZONCILLOS
Acción
Intriga
Risas
UNA NOVELA ÉPICA DE
DAV PILKEY
SCHOLASTIC
en español

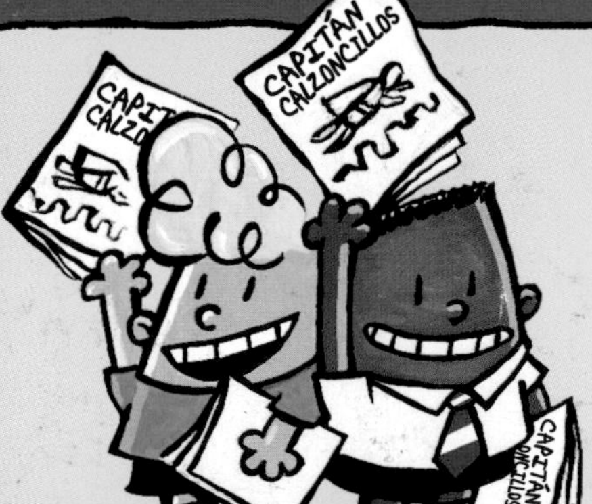
CAPITÁN
CALZONCILLOS

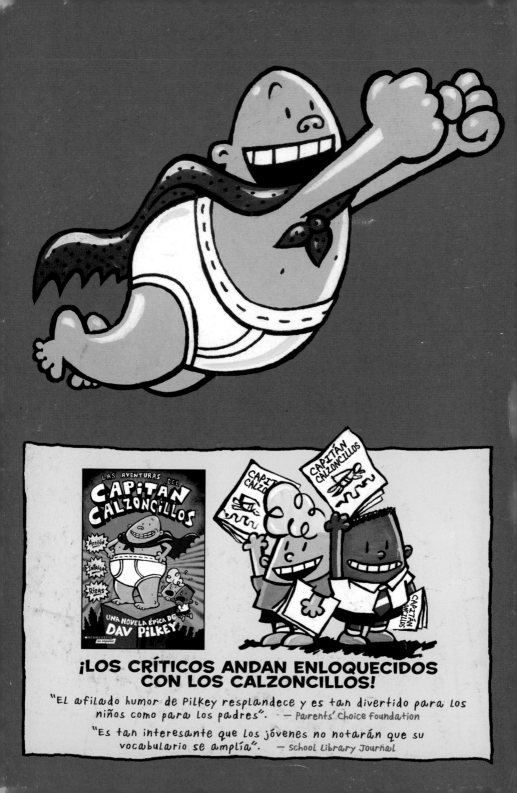

¡LOS CRÍTICOS ANDAN ENLOQUECIDOS CON LOS CALZONCILLOS!

"El afilado humor de Pilkey resplandece y es tan divertido para los niños como para los padres". — Parents' Choice Foundation

"Es tan interesante que los jóvenes no notarán que su vocabulario se amplía". — School Library Journal

¡LOS NIÑOS ESTÁN LOCOS POR LAS NOVELAS GRÁFICAS!

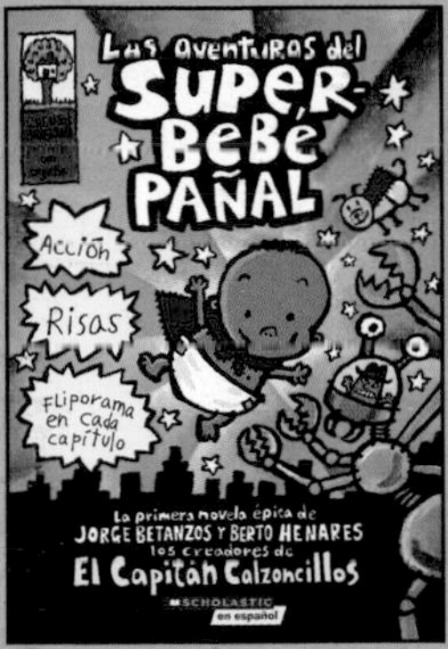
Las aventuras del
SUPER-BEBÉ PAÑAL
Acción
Risas
Fliporama en cada capítulo
La primera novela épica de
JORGE BETANZOS Y BERTO HENARES
los creadores de
El Capitán Calzoncillos
SCHOLASTIC en español

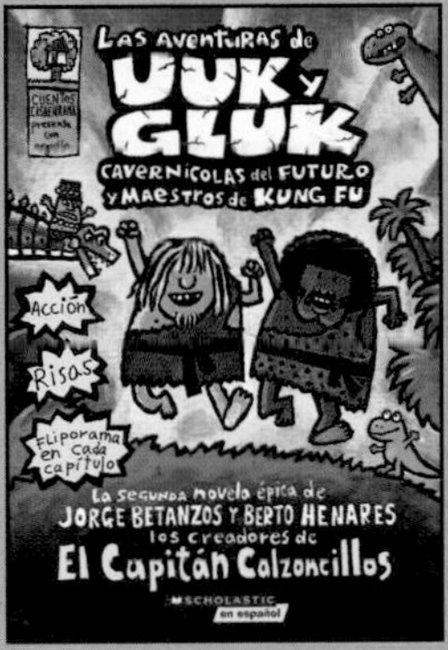
Las aventuras de
UUK y GLUK
CAVERNÍCOLAS del FUTURO y MAESTROS de KUNG FU
Acción
Risas
Fliporama en cada capítulo
La segunda novela épica de
JORGE BETANZOS Y BERTO HENARES
los creadores de
El Capitán Calzoncillos
SCHOLASTIC en español

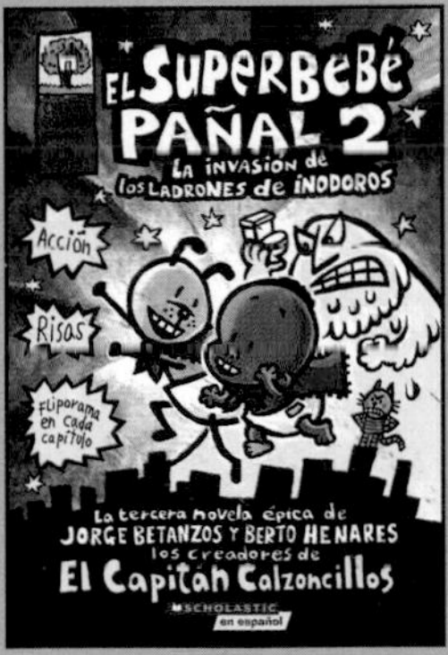
EL SUPERBEBÉ PAÑAL 2
La invasión de los LADRONES de INODOROS
Acción
Risas
Fliporama en cada capítulo
La tercera novela épica de
JORGE BETANZOS Y BERTO HENARES
los creadores de
El Capitán Calzoncillos
SCHOLASTIC en español

"Los chistes (y son muchos) son perfectos para la audiencia a la que van dirigidos".
— School Library Journal

"Interesará a aquellos a los que les gustan las aventuras absurdas".
— Booklist

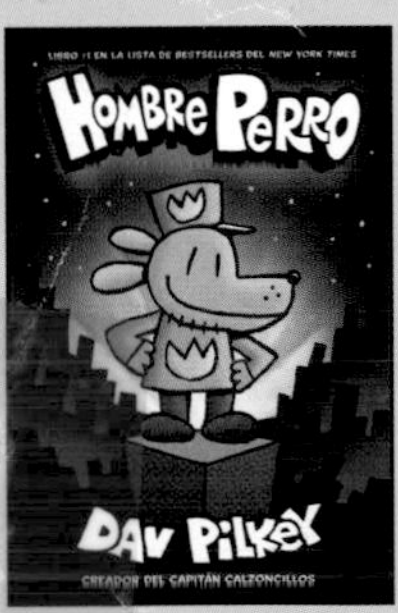
HOMBRE PERRO
DAV PILKEY
CREADOR DEL CAPITÁN CALZONCILLOS

¡LOS LECTORES SIGUEN AL PERRO DE MODA!

★ "Tremendamente divertido y original".
— School Library Journal, reseña estelar

★ "Una completa y absoluta delicia".
— Booklist, reseña estelar

★ "Los lectores (de todas las edades) se reirán desde el inicio hasta el final".
— Publishers Weekly, reseña estelar

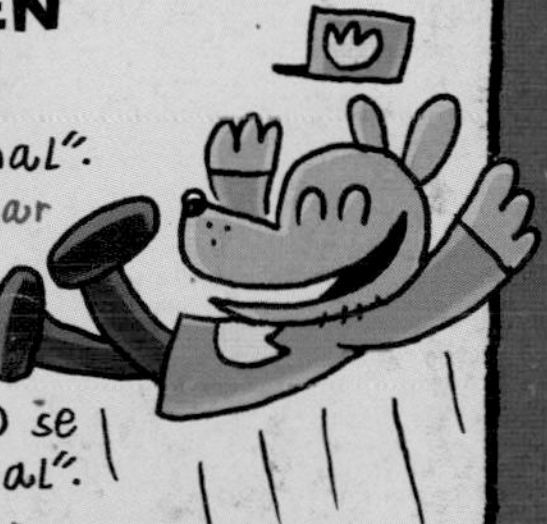

PLANET PILKEY

¡Descarga la aplicación gratuita de Planet Pilkey para comenzar tu aventura digital en inglés! ¡Crea un avatar, haz tus propios cómics y mucho más en planetpilkey.com!

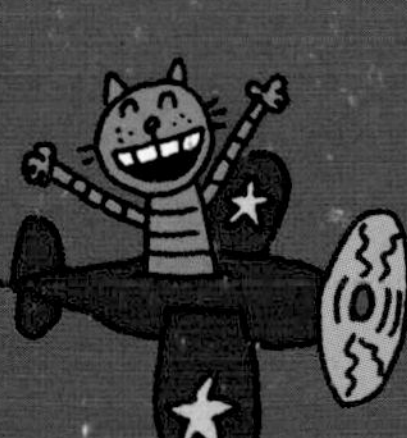

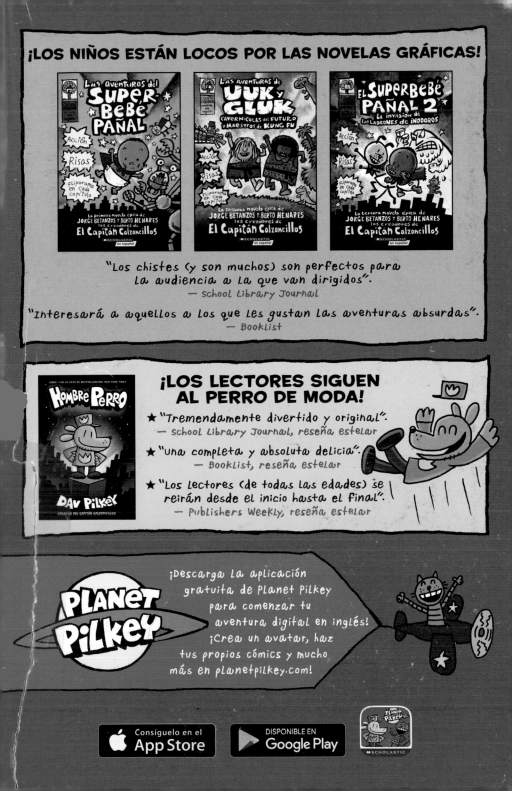

ACERCA DEL AUTOR-ILUSTRADOR

Cuando Dav Pilkey era niño, sufría de Trastorno por Déficit de Atención con Hiperactividad (TDAH), dislexia y tenía problemas de comportamiento. Dav interrumpía tanto las clases que sus maestros lo obligaban a sentarse en el pasillo todos los días. Por suerte, le encantaba dibujar e inventar historias. El tiempo que pasaba en el pasillo lo ocupaba haciendo sus propios cómics.

Cuando estaba en segundo grado, Dav Pilkey creó un cómic de un superhéroe llamado Capitán Calzoncillos. Su maestro lo rompió y le dijo que no podía pasarse el resto de la vida haciendo libros tontos.

¡Por suerte, Dav no le hizo caso!

ACERCA DEL COLORISTA

Jose Garibaldi creció en el sur de Chicago. De niño era un soñador y le encantaba hacer garabatos. Ahora ambas actividades son su empleo a tiempo completo. Jose es ilustrador profesional, pintor y dibujante de cómics. Ha trabajado para Dark Horse Comics, Disney, Nickelodeon, Mad Magazine y muchos más. Vive en Los Ángeles, California, con su esposa y sus gatos.